Leif GW Persson • Verrat

Leif GW Persson

VERRAT

Thriller

Aus dem Schwedischen
von Susanne Dahmann

btb

I

Montag, 11. Mai

Der britische Kollege hat angerufen

1

»Der britische Kollege hat angerufen«, sagte der Generaldirektor zu Lisa Mattei am Montag, 11. Mai. So fing alles an und war gleichzeitig auch das Ende von etwas ganz anderem.

Bereits in der Woche zuvor hatte Lisa Mattei entschieden, dass der 11. Mai ein besonderer Tag werden sollte, an dem sie zumindest einmal etwas verwirklichen wollte, was sonst in dem von Arbeit bestimmten Leben, das sie inzwischen lebte, dauernd verloren zu gehen drohte: Ein Mutter-Tochter-Tag zusammen mit Ella, ihrem einzigen Kind, die schon vor ein paar Monaten fünf Jahre alt geworden war. Keine große Sache also, die aber trotzdem eine umfassende Vorbereitung erforderte, obwohl es doch um nichts anderes ging, als dass sie mit ihrem eigenen Kind zusammen sein wollte. Eigentlich absurd.

Zuerst sprach sie mit der Tagesstätte und dann mit ihrem Mann Johan. Beide Stellen brachten ihr Erstaunen und einen Anflug von Sorge entgegen. Es war doch wohl nichts passiert?

»Nein, wirklich nicht. Ich will mit Ella zusammen sein«, sagte Lisa. »Wir zwei sehen uns viel zu selten.«

Mehr war es nicht, sie vermied allerdings, ihr schlechtes Gewissen zu erwähnen.

Danach teilte sie ihrem Chef, dem Generaldirektor, mit, dass sie am Montag der folgenden Woche einen Tag Urlaub nehmen wolle, um Zeit mit ihrer Tochter zu verbringen, und dass die organisatorischen Dinge im Zusammenhang mit der montäglichen, obligatorischen Stabsbesprechung mit der Leitung der Sicherheitspolizei diesmal von ihrem Stellvertreter organisiert werden müssten.

Der Generaldirektor unterstützte ihre Entscheidung »von ganzem Herzen und aus eigener Erfahrung«. Natürlich sollte sie einen freien Tag nehmen, um etwas mit ihrer Tochter zu unternehmen, er wusste nur zu gut, wovon sie sprach. Schließlich war er selbst Vater von vier Kindern, auch wenn die jetzt »schon groß« waren.

Naja, so groß nun auch wieder nicht, dachte Lisa. Das jüngste war vier Jahre älter als Ella, und das älteste würde im Sommer Abitur machen. Außerdem waren die vier Kinder auf drei Ehefrauen und eine Zufallsbekanntschaft verteilt, die wahrscheinlich nur den Übergang zwischen den Ehefrauen hatte erleichtern sollen und dann »versehentlich« schwanger geworden war.

»Wie schön, dass wir da einer Meinung sind«, sagte Lisa Mattei und behielt, was sie dachte, für sich.

Als alles geregelt war, weihte sie Ella ein. Die freute sich, guckte aber auch ein bisschen erstaunt. Bin ich so schlimm?, fragte sich Lisa und steckte einen auffordernden Schubser von ihrem schlechten Gewissen ein.

Am Montag, 11. Mai, durfte Ella ausschlafen, und als sie wach wurde, kroch sie ins Bett ihrer Mutter und schlief sofort wieder ein.

Lisa war wie immer um sechs Uhr morgens wach. Sie duschte, nahm die erste Tasse Tee des Tages zu sich und las dabei die Morgenzeitungen. Auch als Lisa danach zum dritten Mal bei Ella reingeschaut hatte, schlief Ella noch, und weil sie nichts Besseres zu tun hatte, legte sie sich selbst auch noch mal ins Bett, verspürte dabei eine bekannte Unruhe und kassierte noch einen Stoß von ihrem schlechten Gewissen.

Als Ella dann zum zweiten Mal aufwachte, hätte sie, wenn es ein normaler Tag gewesen wäre, schon seit einer Stunde in der Kita sein müssen. Stattdessen nahmen die beiden ein Schaumbad, schrubbten sich gegenseitig den Rücken und frühstückten erst nach zehn Uhr. Und zwar, wie es sich an einem besonderen Tag gehörte, ein Bademantelfrühstück, und Ella durfte bestimmen, was es gab. Sie wollte dasselbe Frühstück, das sie immer bekam, wenn sie bei ihrer Oma übernachtete.

»Und was ist das?«, fragte Lisa.

»Das ist ein Geheimnis«, erwiderte Ella, schüttelte den Kopf und hielt sicherheitshalber noch ihren Zeigefinger vor den Mund.

»Ich verspreche, dass ich nichts verraten werde«, behauptete Lisa. »Außerdem muss ich schließlich wissen, was du haben willst, wenn ich das gleiche Frühstück machen soll, oder?«

»Waffeln mit Erdbeermarmelade und ein großes Glas Saft. Aber keinen Apfelsaft. Ich will den mit Mandarine. Der ist viel besser. Wir haben den auch, das weiß ich«, erklärte Ella und nickte zum Kühlschrank hin.

»Waffeln mit Erdbeermarmelade«, sagte Lisa und nickte ebenfalls. Was war wohl aus dem Haferbrei geworden, mit dem sie selbst als Kind immer traktiert worden war?

»Ja. Und dann will ich auch einen Café Latte.«

»Gibt die Oma dir Kaffee?«

Mit der muss ich dringend reden.

»Aber mit ganz viel Latte. Ich kriege ihn auch mit Sahne und solchem braunen Zucker.«

»Okay«, sagte Lisa. »Das klingt gut. Dann mache ich das mal.«

Es ist ja schließlich ein besonderer Tag, dachte sie, und diesmal hielt ihr Gewissen fein still.

Während sie frühstückten, berieten sie, was sie mit dem Rest des Tages anfangen wollten. Draußen schien die Sonne von einem wolkenlosen Himmel, es war windstill und frühsommerwarm. Alles eben, worauf man an einem solchen Tag ein Recht hatte.

Ella wollte nach Skansen in den Zoo gehen und endlich wieder die kleinen Bären ansehen, die den ganzen Winter geschlafen hatten. Auf dem Weg dorthin konnten sie außerdem noch im Park am Kanal die Enten füttern. Lisa hatte zustimmend genickt. Höchste Zeit, dass sie auch mal die Enten am Kanal kennenlernte und nach Skansen kam, um sich die Tiere anzusehen. Es war sicher dreißig Jahre her, seit sie das letzte Mal dort gewesen war, und damals bestimmt mit ihrem Vater, während ihre Mutter wie üblich vollauf mit ihrer Arbeit zu tun hatte.

»Klingt nach einem superguten Programm«, stellte Lisa fest.

Sagte man das so? Supergut? Wahnsinnig gut? Oder sagten das nur die Älteren?

»Oh my God… Yesss«, rief Ella und machte einen High Five mit beiden Händen.

Während Lisa abdeckte, die Spülmaschine einräumte und sich so diskret wie möglich des übrig gebliebenen Waffelteigs entledigte, füllte ihre Tochter eine Plastiktüte mit altem und frischem Brot sowie einer Schachtel Rosinen, die sie in der Speisekammer fand.

Dann kleideten sie sich sorgsam für einen Tag Freiheit und Aktivitäten außer Haus, und als sie im Flur standen und nur noch die Schuhe anziehen mussten, um all das zu tun, was da draußen auf sie wartete, klingelte Lisa Matteis Handy. Beide wussten augenblicklich, dass ihr besonderer gemeinsamer Tag in diesem Moment eine völlig ungeplante Wendung nehmen und einen abrupten Abschluss finden würde.

Obwohl sie erst fünf Jahre alt war, begriff Ella das sofort. Ihre Mutter sah es in ihrem Blick. So schlimm bin ich also, dachte Lisa, ehe sie ranging.

»Schon klar, dass etwas passiert ist«, sagte Lisa Mattei. Das war eine Feststellung, keine Frage. Es war achtzehn Minuten nach elf, und der Tag war gelaufen.

2

»Lisa, es tut mir wirklich leid, aber es ist etwas geschehen, das danach verlangt, dass Sie so schnell wie möglich herkommen«, sagte ihr Chef.

»Da sind wir ja schon drei, denen das leidtut«, erwiderte Lisa Mattei. »Ella und ich wollten gerade nach Skansen aufbrechen.«

»Sie müssen sich keinerlei Gedanken um die praktischen Dinge machen«, fuhr ihr Chef fort, der nicht gehört zu haben schien, was sie gesagt hatte. »Ich schicke einen Wagen, der Sie abholt, Ella in der Tagesstätte abliefert und Sie direkt zur Arbeit fährt. Ich habe schon Karin gebeten, dort anzurufen und mitzuteilen, dass Ella kommen wird und dass …«

»Das machen wir anders«, unterbrach ihn Mattei. »Rufen Sie unsere Kontaktperson bei der Ordnungspolizei an und bitten sie die, ein buntes Auto zu mir nach Hause zu schicken.«

Eine Fünfjährige konnte doch nicht in ihrer eigenen Kita »abgeliefert« werden, so leicht würde sie sich nicht geschlagen geben.

»Ein buntes Auto? Sie meinen einen Streifenwagen?«

»Ja. Mit zwei netten Kollegen in Uniform, die sich die Zeit nehmen, eine Stunde in Ellas Kita zu verbringen.«

»Ja, doch, selbstverständlich. Warum?«

»Damage control«, erwiderte Lisa Mattei.

»Damage control?«

»Das erkläre ich Ihnen später«, sagte Lisa. »In einer Stunde bin ich im Büro.«

Ella hatte schon angefangen, sich die Schuhe anzuziehen. Keine vernehmbaren Proteste, kein Weinen, nicht der geringste Widerstand. Stattdessen formte sie Zeigefinger und Daumen der rechten Hand zu einem runden Ring, legte den Kopf schief und lächelte ihre Mutter an. Das war ihr geheimes Zeichen: Was passiert war, bedeutete nur, dass man wieder bei null anfangen musste. Und nächstes Mal würde alles wunderbar werden.

Sie ist viel zu freundlich, viel zu altklug, genau wie ich als Kind, dachte Lisa. Diesmal hätte sie es vorgezogen, wenn sich ihre Tochter auf den Boden geworfen und gebrüllt und getrampelt hätte, wie so viele andere Kinder in ihrem Alter es getan hätten. Und nicht mit ihrer kleinen Hand zwischen Zeigefinger und Daumen ihr Herz umfasst hätte.

3

Lisa Mattei war mit dem Taxi von Ellas Kita in ihr Büro im neuen Hauptquartier der Sicherheitspolizei Säpo draußen in Solna gefahren.

Das Verkehrsaufkommen war mäßig, der Fahrer chauffierte sie binnen zehn Minuten dorthin, nur unbedeutend länger als ihre Kollegen mit Blaulicht und Martinshorn brauchten. Da sie nun mal nicht aus ihrer Haut konnte, hielt sie, ehe sie aus dem Taxi stieg, ihre Ankunftszeit im Büro im Handy fest. Montag, 11. Mai, um 11:59 Uhr, noch neunzehn Minuten vor der ihrem Chef in Aussicht gestellten Ankunftszeit, der sie einundvierzig Minuten zuvor angerufen hatte. An dem Tag, der ein besonderer für sie und ihre einzige Tochter hätte werden sollen.

Während der Fahrt hegte sie finstere Gedanken und dachte an all das durch den Beruf verursachte Elend, das in ihrem Fall inzwischen fast immer mit einem Telefonanruf begann. Je kürzer das Telefongespräch, desto schlimmer.

Wann hat das angefangen?, fragte sich Lisa Mattei. Als sie vor knapp zwanzig Jahren eine junge Streifenpolizistin in Stockholm und immer wieder in akute Situationen und manchmal auch in Handgemenge geraten war, mit Menschen, denen es so schlecht ging, dass sie betreut oder mit Gewalt abtransportiert werden mussten, auf jeden Fall noch nicht. Damals erhielten sie und ihre Kollegen einen Funkspruch oder erreichten den Ort des Geschehens eigenständig, und das, was sich dann ereignete, war der reinste Urlaub, verglichen mit dem, was sich heute aus einem einfachen Telefonanruf entwickelte.

Das hier ist ein anderes Leben, dachte Lisa Mattei, als sie ihr Büro betrat.

Die Besprechung fand im Zimmer ihres Chefs statt. Nur sie und er. Niemand sonst. Hinter verschlossener Tür.

Da auch er nicht aus seiner Haut konnte, begann er das Gespräch damit, noch mal seinem tief empfundenen Bedauern Ausdruck zu verleihen. Danach fragte er, ob sie etwas zu trinken wünsche. Wasser? Tee, Kaffee vielleicht, auch wenn er inzwischen schon bemerkt habe, dass sie nur äußerst selten Kaffee trinke.

Das also hast du dir nach immerhin knapp drei Monaten einer im Großen und Ganzen schlechten Zusammenarbeit gemerkt, dachte Lisa Mattei. Glückwunsch, mein Junge.

»Nein, ich brauche nichts«, erwiderte sie. »Wenn ich das richtig verstanden habe, gibt es einen Anlass für diese Besprechung.«

»Gleich so weit, gleich so weit«, sagte der GD. Dann beugte er sich über seinen großen Schreibtisch zu ihr hin und lächelte gleichzeitig mit den blauen Augen und den weißen Zähnen.

»Doch erst einmal müssen Sie meine Neugier befriedigen«, fuhr er fort. »Das mit dem Streifenwagen, der Sie und Ihre Tochter gefahren hat, und der *damage control*, das habe ich wirklich nicht verstanden.«

»Dann werde ich es erklären«, sagte Mattei.

Männliches Machtgerede, dachte sie. Erst eine oder zwei Runden des üblichen Hahnentanzes, ehe er zur Sache kam, und das, obwohl er fast platzte vor Stolz über all die Geheimnisse, von denen er gleich erzählen würde.

»Ella hat in ihrer Kita erzählt, dass ihre Mutter Polizistin ist«, erklärte Mattei. »In der letzten Zeit haben einige der älteren Jungs sie geärgert und gesagt, dass sie sich das nur ausgedacht hätte, um anzugeben. Ihre Mutter würde nämlich gar nicht wie eine Polizistin aussehen, sondern wie alle anderen Mütter auch. Zumindest, wenn sie zur Kita käme. Deshalb fand ich, es wäre doch das Mindeste, sie für den nicht stattgefundenen Besuch auf Skansen und alles andere, was wir vorhatten, zu entschädigen. Das nenne ich *damage control*: Wir lassen sie mit einem richtigen Polizeiauto zur Kita fahren und sorgen dafür, dass zwei uniformierte Kollegen mitgehen und sich ein Weilchen mit Ella und ihren Kita-Freunden unterhalten. Das war's, und als ich da weg bin, schien das auch ganz ausgezeichnet zu funktionieren.«

Was mehr ist, als ich verdient habe, dachte sie.

Ihr Chef nahm nun Position Nummer zwei ein. Er lehnte sich auf seinem Stuhl zurück, probierte sicherheitshalber ein wenig, ob er hielt, faltete die Hände über dem Bauch und nickte mit gutmütiger Miene, den Mund geschlossen und diesmal nur die Mundwinkel hochgezogen.

»Dann verstehe ich, was Sie meinen«, sagte er. »Aber unsere Kollegen von der Schutzpolizei müssen sich ganz schön gewundert haben.«

»Nein«, erwiderte Mattei und schüttelte den Kopf, »nicht im Geringsten. Das waren nämlich zwei weibliche Kollegen, und die haben sofort begriffen, was Sache ist.«

So, darauf kannst du jetzt mal ein bisschen herumkauen, Alterchen, dachte Mattei, obwohl sie normalerweise sorgfältig jeden Gedanken an den legendären Polizisten in Solna vermied, der diese Formulierung geprägt hatte.

»Aha, ja«, erwiderte der GD. »Nun, dann ist es wohl höchste Zeit, dass ich Sie informiere, warum ich gezwungen war, Sie hierherzubitten.« Sicherheitshalber räusperte er sich, ehe er begann, die Papiere zwischen den Stapeln auf seinem Schreibtisch hin und her zu schieben.

»Ja, seien Sie doch so gut«, sagte Mattei und lächelte ihn freundlich an.

»Gewiss, selbstverständlich«, antwortete ihr Chef, beugte sich über den Tisch, stützte sich auf die Ellenbogen und war jetzt sehr ernst.

»Vor einer knappen Stunde haben wir im Führungskreis beschlossen, unsere nationale Bereitschaft zu erhöhen. Der Beschluss war übrigens einhellig, und ich wollte Sie bereits von Anfang an dazuholen.«

Mattei begnügte sich mit einem Nicken. Nur zu gut, dass du das nicht gemacht hast. Bei Waffeln und Erdbeermarmelade stören.

»Heute Morgen hat der britische Kollege angerufen, und das aus leider nicht erfreulichem Grund.«

4

Bevor ihr Chef aber auf den Grund des britischen Anrufs zu sprechen kam, der offensichtlich so bestürzend war, die schwedische Sicherheitspolizei zu veranlassen, ihre nationale Bereitschaft zu erhöhen, wollte er zunächst »das Praktische« klären.

»Ich habe Folgendes für Sie organisiert«, sagte der GD. »Sie und Ihre Mitarbeiter reisen nach England, aber ich kann Ihnen garantieren, dass Sie schon heute Abend zurück sein werden. Sie bekommen von den Briten sogar ein eigenes Flugzeug gestellt. Es wartet bereits draußen in Bromma am Privatterminal auf Sie. Sie fliegen direkt zu einer Luftwaffenbasis nördlich von London. Geschätzte Flugzeit zwei Stunden dreißig Minuten. Gleich nach der Besprechung kehren Sie hierher zurück.«

»Das klingt in der Tat sehr praktisch«, stimmte Mattei mit einem freundlichen Lächeln zu. Und es klingt so, als hätte Karin ganz schön rotieren müssen, dachte sie und sandte einen stillen Dank an ihre gemeinsame Assistentin.

»Doch, der britische Kollege war äußerst entgegenkommend«, stimmte der Chef zu. »Offenbar ein glücklicher Zufall, dass das Flugzeug bereits hier steht. Der britische Botschafter in Stockholm hat gestern ein paar hohe Gäste eingeflogen, und wir können ihr Flugzeug benutzen. Deren Regierungsflieger, so wie ich es verstanden habe. Anscheinend haben die Briten ein halbes Dutzend davon.«

»Fantastisch«, sagte Lisa Mattei, die bereits nach ihrer ersten Woche als Polizistin aufgehört hatte, an solche Zufälle zu glauben.

»Ja, wirklich. Das ist so ein Businessjet, Sie wissen schon, aber Platz für zehn Passagiere, ich würde also vorschlagen, dass Sie alle mitnehmen, die in Ihrem Ermittlerteam sitzen werden. Damit die gleich von Anfang an dabei ...«

»Entschuldigen Sie, wenn ich Sie unterbreche, aber worum geht es eigentlich?«, fragte Lisa Mattei.

»Darauf wollte ich gerade zu sprechen kommen«, sagte ihr Chef. »Laut dem britischen Kollegen plant eine Gruppe von zu al-Shabaab gehörenden Terroristen einen konkreten Terroranschlag in Schweden. Die Rede ist von einem so genannten Selbstmordattentat. Die Kerngruppe besteht aus mehr als zehn Personen, die scheinbar alle zur selben Familie gehören. Sämtlich schwedische Bürger und seit langem hier ansässig.«

»Wie wahrscheinlich ist das?«

»Sehr wahrscheinlich«, antwortete ihr Chef. »Wenn ich es richtig verstanden habe, steht die Ausführung kurz bevor, sind die Vorbereitungen zu dem Attentat abgeschlossen und zudem die Grenzen zu einem strafbaren Versuch überschritten, wie wir Juristen es nennen würden. Oder, dass es im schlimmsten Fall ... ja ... Sie verstehen, was ich meine.«

»Wo, wann, wie?«, fragte Lisa Mattei. Al-Shabaab, das mussten Somalier sein.

»Am Nationalfeiertag, am 6. Juni, mit anderen Worten in sechsundzwanzig Tagen. Genau gesagt geht es um ein Selbstmordattentat auf König und Königin sowie mehrere Mitglieder der schwedischen Regierung. Mehr wollte er am Telefon nicht preisgeben. Alles Übrige werden wir erfahren, wenn Sie sich mit ihm treffen. Er hat allerdings auch eine Bedingung dafür gestellt, dass er uns diese Information preisgibt.«

»Und die lautet?«

»Ja, auch in dem Punkt war er sehr verschwiegen, er hat angekündigt, seine Vorstellungen hierzu bei Ihrem Treffen mitzuteilen. Außerdem meinte er, wir würden wohl keine Einwände haben, denn wir hätten sicher genauso entschieden.«

Lisa Mattei begnügte sich damit, zu nicken. Klingt als hätte der britische Kollege mehrere Bälle in der Luft, dachte sie. Und genau wie alle anderen zieht er es vor, selbst zu entscheiden, in welcher Reihenfolge er sie wieder auffängt.

»Nun, das war wohl alles«, sagte ihr Chef noch einmal und kontrollierte sicherheitshalber erneut das Papier mit handgeschriebenen Notizen, das er in der Hand hielt.

»Das klingt ganz nach dem Nationalfeiertag auf Skansen«, stellte Mattei fest, die sehr gut über alle geplanten und möglicherweise kritischen Veranstaltungen im Bilde war. Alles, was politisch heikel sein konnte: von ausländischen Staats- und Regierungsbesuchen bis zu gewöhnlichen Vergnügungs- und Sportveranstaltungen, und dazu gehörte natürlich auch der Nationalfeiertag, der traditionell in großem Stil am 6. Juni im Beisein von Königsfamilie und Repräsentanten der Regierung im Tier- und Freizeitpark Skansen auf der dortigen Freilichtbühne begangen wurde.

»Ja, da denke ich so wie Sie. Aber das ist alles, was ich weiß«, sagte ihr Chef. »Doch ich bin überzeugt, dass er Sie vollständig ins Bild setzen wird, sowie Sie sich treffen. Soweit man das Bild kennt, natürlich.«

Nun, das wäre ja wohl das erste Mal, dachte Mattei. In ihrem Job klang ein solch großzügiger Umgang mit Informationen wie ein echtes Dienstvergehen. Aber da ihr Chef ein hochrangiger Jurist mit Wurzeln in der Politik und einem Hintergrund in der Staatskanzlei war und eben nicht Polizist wie sie, hatte sie nicht vor, diese Diskussion zu führen. Zumindest nicht mit ihm. Und die Idee, dass Ella und sie es noch nach Skansen schaffen und all die kleinen Bären würden ansehen können, vergaß sie am besten auch gleich.

»Zwei Dinge wüsste ich noch gern«, sagte sie. »Zunächst einmal erscheint mir das hier wie ein typischer Fall für unsere Anti-Terror-Einheit. Warum schicken Sie nicht den Chef der Abteilung rüber?«

»Dieser Einsatz ist viel zu groß für unsere Anti-Terror-Einheit, er erfordert eine Zusammenarbeit aller Abteilungen, die wir haben. Wir werden unsere Mannschaft schlicht maßschneidern müssen, und die Einzige, die das anleiten kann, sind Sie, Lisa. Sie leiten besondere Einsätze, und Sie sind meine Stellvertreterin. So einfach ist das. Sie sind de facto unser operativer Kopf. Hat man das nicht früher zu den Leuten gesagt, die mit der Ausführung solcher Jobs betraut wurden?«

»Okay«, sagte Lisa Mattei. »Dann machen wir das so.«

Die Sache gefällt mir, dachte sie.

»Eine Frage habe ich noch«, fuhr sie fort. »Mit wem werde ich mich treffen?«

Wen von all diesen britischen Kollegen, die an Stellen arbeiteten, deren Bezeichnungen oft mit einem großen »M« und einem großen »I« begannen, gefolgt von einer Zahl?

»Es ist dieser Mann hier«, sagte ihr Chef und schob ihr lächelnd ein Foto im DIN-A4-Format rüber. »Kein übler Arbeitspartner, wenn Sie mich fragen, und auf jeden Fall zeigt die Wahl seiner Person, welche Bedeutung die Briten dieser Sache beimessen.«

»Hat er auch einen Namen?«, fragte Mattei und dachte: der reine Schwiegermuttertraum, als sie sein Foto sah.

»Er heißt Jeremy Alexander. Arbeitet beim MI6, und wenn ich es richtig verstanden habe, nimmt er dort ungefähr dieselbe Position ein wie Sie hier bei uns.«

5

Als letzte Tat, ehe sie das Büro verließ, schickte Lisa eine kurze Mail an eine Freundin, die zwar in Schweden geboren war, aber seit ihrer Jugendzeit in England wohnte und arbeitete. Sie war inzwischen Dozentin und Wissenschaftlerin für Internationale Politik am Merton College in Oxford, und wenn jemand ihren britischen Kontakt kannte, dann höchstwahrscheinlich sie.

Man durfte nie vergessen, dass die Welt, in der man lebte, viel kleiner war, als man gemeinhin annahm.

Dann holte sie ihre Tasche, verließ das Büro und nahm den Fahrstuhl hinunter in die Garage, wo schon ihr Wagen auf sie wartete.

Zwei Stunden, nachdem sie ihre Tochter mit den Kollegen von der Streife in die Kita gebracht hatte, erreichte Lisa Mattei zusammen mit ihren drei Mitarbeitern das private Terminal auf dem Flughafen Bromma, und wenn nicht ihr Chef noch bis zum Schluss die Zusammensetzung ihrer Einsatztruppe hätte diskutieren wollen, hätten sie sich zu dem Zeitpunkt wahrscheinlich schon in der Luft befunden. Es war ihr gelungen, die Diskussion mit einem Kompromiss abzuschließen. Erst einmal hatte sie ihm Selbstverständlichkeiten erklärt, nämlich, dass diese Frage sehr gut warten könnte, bis sie wussten, wie ihr Auftrag eigentlich genau aussehen würde. Dann hatte sie ihm angeboten, sich noch einmal mit ihm zusammenzusetzen, bevor sie all die Mitarbeiter versammeln würde, die am Ende das Team stellten.

»Das klingt nach einer großartigen Idee«, stimmte ihr Chef zu, »wie wäre es mit morgen früh acht Uhr in meinem Büro?«

»Wie wäre es mit sieben Uhr?«, fragte Mattei. »Ich hätte die organisatorischen Dinge gerne bis mittags abgeschlossen«, erklärte sie.

»Ausgezeichnet. Dann machen wir das so.«

Diesmal nur ein kurzes und zustimmendes Nicken, plötzlich beamtenmäßig, an die neu entstandene Situation angepasst. Die erste brenzlige Lage während seiner vier Monate als Chef der Sicherheitspolizei.

Dann habe ich zumindest drei Wochen und drei Tage, um den großen Knall zu verhindern, den uns die Briten offensichtlich versprochen haben, dachte Mattei.

6

Der Fahrer brachte sie direkt aufs Rollfeld zu dem wartenden Flugzeug. Wie versprochen stand es da und wartete mit ausgefahrener Treppe auf sie. Stahlblau glänzend, mit drei Motoren und ohne jegliche Aufschriften, die auf irgendeine gewöhnliche Fluglinie oder kommerzielle Interessen hingedeutet hätten.

Auch die Besatzung stimmte, zumindest was ihr Äußeres betraf, mit ihrem Transportmittel überein. Ein Pilot und eine Pilotin in ihrem Alter, schlank, durchtrainiert, höflich, aber vor allem korrekt. Ein etwas älterer Kabinenchef mit sympathischer Neigung zu Übergewicht, der mehr lächelte als die beiden anderen zusammen und mit leichtem irischem Akzent sprach. Alle in gut gewienerten schwarzen Schuhen, blauen Anzughosen mit messerscharfen Bügelfalten, blauem Schlips und blendend weißen Hemden. Ansonsten keine irgendwie gearteten Details, die verraten hätten, woher sie kamen. Nicht einmal kleine Anstecker mit vergoldeten Flugzeugflügeln auf der Brusttasche, die für Besatzungen in Passierflugzeugen obligatorisch zu sein schienen. Doch da Lisa Mattei nie aus ihrer Haut konnte, beschloss sie, herauszufinden, wer diese Leute eigentlich waren.

Sowie sie sich hingesetzt und den Sicherheitsgurt geschlossen hatte, nickte sie dem Kabinenchef kurz zu und fragte ihn, ob die berechnete Flugzeit immer noch zwei Stunden und dreißig Minuten sei.

Er richtete sich reflexartig auf, ehe er antwortete, und nahm eine, mit Rücksicht darauf, dass er im Mittelgang eines nicht allzu hohen Flugzeugs stand, etwas eingeschränkte, aber doch fast militärische Haltung an.

»Yes, Ma'am«, antwortete er. »Two hours thirty minutes. We are taking off in five minutes and expect to land at base one five two zero, local time.«

Alles klar: das Flugzeug des Sicherheitsdienstes mit Besatzung der Royal Air Force, dachte Mattei. Sehr gut, und wenn man mal davon ausging, dass ihr britischer Kollege so direkt war wie sie und nicht umständlich und wortreich veranlagt wie ihr Chef, dann bestand die Chance, dass sie am Abend ihre Tochter noch sehen würde, ehe sie eingeschlafen war.

Je weniger, desto besser, war Lisa Matteis Devise gewesen, als sie aus ihren knapp tausend Arbeitskollegen bei der Säpo die drei ausgewählt hatte, die mit ihr nach Südengland fliegen sollten, um den britischen Kollegen zu treffen.

Drei von tausend und dabei kein höherer Chef auf ihrer Ebene. Stattdessen solche Leute, die operativ arbeiteten, ohne von zu viel Administration blockiert zu sein, gleichzeitig aber hoch genug angesiedelt, um direkte Anweisungen an ihre Leute aussprechen zu können. Zudem drei Personen, die sie seit langem persönlich kannte, denen sie rückhaltlos vertraute und von denen sie jetzt schon entschieden hatte, dass sie ihrem Ermittlungsteam angehören sollten. Sie sprachen außerdem alle fließend Englisch, was im Hinblick auf ihren Partner ja nicht außer Acht zu lassen war.

Dan Andersson, Kommissar und stellvertretender Chef der Abteilung Personenschutz – im Haus nannte man ihn »den Leibwächter« –, hatte schon bei Europol und Interpol gearbeitet sowie zwei Jahre als Verbindungsmann der schwedischen

Polizei an der Botschaft in London. Linda Martinez war Kommissarin und stellvertretende Chefin aller Ermittler bei der Anti-Terror-Abteilung – ihre Mutter war Engländerin und ihr Vater Jamaikaner. Jan Wiklander, Polizeiintendent und stellvertretender Chef des schwedischen Nachrichtendienstes, hatte sein Englisch auf die altmodische Weise gelernt, nämlich durch umfassendes Studium der englischen Sprache und Literatur. Fremdsprachen waren sein großes Hobby.

Es war doch schön, mit Leuten zu arbeiten, die wussten, was Durchschlag auf Englisch heißt, dachte Mattei. Sie selbst musste in solchen Fällen ihr Smartphone befragen.

Seltsam, als sie vor zwei Stunden Ella in der Kita abgegeben hatte, war sie ziemlich mieser Laune gewesen. Jetzt ging es ihr wie immer. Was mal wieder einfach nur bewies, wie schlimm es um sie stand.

Mattei und ihre Reisegesellschaft nahmen in einer Vierergruppe aus breiten und bequemen Sesseln Platz, die einander gegenüberstanden. Das alles glich nicht im Entferntesten den üblichen Flugzeugsitzen, sondern bot viel Beinfreiheit und einen richtigen Tisch für Teller und Gläser sowie alle möglichen Papiere, mit denen vielleicht gearbeitet würde.

Sowie sie ihre Reiseflughöhe erreicht hatten und die Anschnallzeichen erloschen waren, erschien der Kabinenchef und kündigte ein Mittagessen an. Gewiss, es sei ein wenig spät … was er aufrichtig bedauere … doch da es nun mal so sei, wie es sei in diesem Beruf … was sie selbst sicher viel besser beurteilen könnten als er … müsse man die Dinge nehmen, wie sie kämen … und es sich so angenehm wie möglich gestalten.

Er selbst habe unter den bestehenden Bedingungen sein Möglichstes getan und könne ihnen als Hauptgericht entweder gekochten Lachs mit Spinat in Weißweinsoße anbieten oder

Ossobuco mit Pilzrisotto. Dazu gäbe es einen kleinen, warmen Krabbenkuchen als Appetizer vorweg und hinterher ein Stück Käse und etwas Schokolade zum Kaffee. Oder zum Tee, wenn man diesen als Abschluss der Mahlzeit vorziehe, und aus irgendeinem Grunde nickte er bei diesen Worten Lisa Mattei höflich zu.

Was die Getränke zum Essen angehe, sei er glücklicherweise besser ausgerüstet. Eigentlich gäbe es fast alles an Bord, Champagner, Bier, Wein, natürlich auch Stärkeres, wenn gewünscht, Mineralwasser … selbstverständlich … sowohl mit wie ohne Kohlensäure.

Kurz gesagt, er habe sein Bestes gegeben, wenn er sich auch manchmal fühle wie Napoleons Koch in Marengo. Dies natürlich nur in aller Bescheidenheit und ohne weitere Ähnlichkeiten zu beanspruchen.

Es wurde alles andere als ein gewöhnliches Arbeitsessen, sondern vielmehr unter den Umständen ein sehr ungewöhnliches Mittagessen, und Auslöser dafür war Linda Martinez.

Sie wollte Ossobuco und alles andere auch, und zum Essen wollte sie ein großes Bier. Und wenn einer ihrer Reisebegleiter etwas dagegen einzuwenden habe, dann wolle sie von Anfang an gleich klarstellen, dass sie aus dem Urlaub gerufen worden sei. Und nun saß sie hier, gefangen in ihrer gutmütigen Art, immer bereit zu sein, und wenn jemand ein Problem mit ihrer Wahl des Getränkes habe, dann solle man doch einfach jemand anderen mitnehmen.

Martinez hatte solide Unterstützung aus ungewohnter Richtung erhalten. Erst einmal stellte Wiklander klar, dass er aus früheren Erfahrungen mit den britischen Kollegen sagen könne, dass es nachgerade ein taktischer Vorteil wäre, sich so schnell wie möglich ihren Gewohnheiten anzupassen. Natürlich ohne dabei das gute schwedische Mittelmaß aus den Augen zu verlieren. Er könne sich durchaus vorstellen, ein Bier vor dem Essen zu nehmen und dann zu seinem Kalb mit Risotto ein Glas Rotwein, gern einen italienischen, falls man einen solchen habe.

»Of course, Sir, very good choice«, bestätigte der Kabinenchef, und was den Wein angehe, so würde er den ausgezeichneten Piemonte aus Norditalien empfehlen, den ebenjenen Gästen servieren zu dürfen, die am Tag zuvor mitgeflogen seien, er im Übrigen das Vergnügen gehabt habe. Vielleicht sei er nicht so einschmeichelnd wie die Weine der südlichen Teile des Landes, doch mit ganz anderer Reife, Balance und Abgang, wenn er seiner simplen Meinung Ausdruck verleihen dürfe.

Dan Andersson hatte sich Wiklander angeschlossen. Nach fast sechs Jahren im ausländischen Dienst war ihm sehr bewusst, wie wichtig es war, sich rechtzeitig den Sitten anzupassen, denen man vor Ort begegnen würde. Das gleiche Essen, die gleichen Getränke wie Wiklander, und als sie ihre Bestellungen aufgegeben hatten, sahen sie mit gewisser Erwartung zu ihrer Chefin Lisa Mattei.

»Nun, Lisa, für dich wie immer Fisch mit Mineralwasser?«, fragte Martinez mit Unschuldsmiene.

»Gewiss nicht«, gab Mattei mit einem Kopfschütteln zurück. »Als Aperitif ein Glas Champagner«, fuhr sie fort und lächelte den Kabinenchef freundlich an. »Dann ein Glas von dem Rotwein, den Sie empfehlen, und das gleiche Essen wie meine Kollegen. Dazu gern eine Flasche Mineralwasser, ohne Kohlensäure.«

»Excellent choice, Ma'am«, betonte er. »Excellent.«

Natürlich, dachte Lisa Mattei. Ich bin ja schließlich die Chefin.

7

Ein höchst ungewöhnliches Mittagessen also, zumal sie erst nach dem Kaffee auf die Gründe zu sprechen kamen, warum sie hier überhaupt saßen. Bis dahin hatte man über andere Dinge geredet, und auch hier hatte Linda Martinez die Initiative ergriffen.

»Und was ist jetzt Marengo?«, fragte sie und nickte zu der geschlossenen Tür zu dem kleinen Raum zwischen Cockpit und Kabine, in das sich ihr Kabinenchef zurückgezogen hatte. »Irgend so ein Nachtisch? Mit spanischem Likör vielleicht?«

»Die Schlacht bei Marengo«, begann Wiklander mit einem schlichten Lächeln und sah fragend zu Lisa. Unverändert kollegial, seit dem Tag, als sie zur Säpo gekommen und er ihr direkter Vorgesetzter gewesen war. Jetzt waren die Rollen vertauscht, doch Jan Wiklander war immer noch derselbe. Freundlich, korrekt, zugewandt.

»Ich passe«, sagte Lisa Mattei. »Erklär du es uns, Jan.«

»Marengo war ein kleines Dorf in Norditalien, inzwischen ist es eine weitaus größere Stadt, in der Napoleon und seine Armee im Jahre 1800 eine berühmte Schlacht gegen die Österreicher gewonnen haben. Wobei die Franzosen zu Beginn dieses Krieges sowieso fast jede Schlacht gewonnen haben. Aber du bist auf der richtigen Spur, Linda«, fuhr er fort und nickte. »Marengo ist nämlich auch der Name eines berühmten Menüs geworden, ›Hühnchen à la Marengo‹, das Napoleon nach der

Schlacht angeblich gegessen haben soll. Weil sie ihren Tross hinter sich gelassen hatten, gab es kein Essen, das Napoleons Koch seinem Herrn hätte servieren können. Das Einzige, was er bieten konnte, waren ein Huhn und ein paar Eier, die er einem Bauern, der in der Nähe des Dorfes wohnte, abgeknöpft hatte. Sicher keine angenehme Geschichte, weder für den Bauern noch für sein Huhn, aber Napoleon soll satt und zufrieden gewesen sein, und deshalb findet man das Rezept in den meisten älteren Kochbüchern. Wenn ich mich recht erinnere, ist es mehr ein Geflügeleintopf. Huhn, Rauchfleisch, Weißwein, Olivenöl, Pilze, Zwiebeln, Tomaten, Paprika – gewöhnliche Gemüse also und dann die Kräuter der Region, wie Rosmarin, Thymian, Petersilie, Lorbeer. Man nimmt, was da ist, wie meine Großmutter es ausgedrückt hätte. Oder, wie unser Kabinenchef es nannte: Man passt sich der Situation an.«

»Klingt gut«, sagte Linda Martinez. »Aber dieses Kalbfleisch, das wir heute bekommen haben, war jetzt auch nicht ganz schlecht.«

»Ich glaube, auch Napoleon hat nicht darben müssen«, meinte Wiklander. »Wusstet ihr, dass Marengo im Piemont liegt? Derselbe Teil Italiens, aus dem unser ganz ausgezeichneter Rotwein stammt. Was der kostet, wage ich kaum zu denken. Und da er offensichtlich für die Gäste des britischen Botschafters gedacht war, kann man sich jetzt fragen, wer das wohl gewesen sein mag«, sagte Wiklander und drehte sein Glas.

»Ich weiß es«, sagte Dan Andersson, »wir stellen nämlich zum Teil deren Personenschützer.«

»Und, wer ist es?«, fragte Linda Martinez. »Ich würde ihnen gern eine Mail schicken und mich bedanken, dass sie zumindest eine Flasche für einen einfach gestrickten Menschen wie mich übrig gelassen haben.«

»Das darf ich leider nicht sagen«, antwortete Andersson mit

dem Anflug eines Lächelns. »Also zumindest, solange mir die Chefin nicht die Erlaubnis erteilt«, fügte er mit einem höflichen Nicken an Lisa Mattei hinzu.

»Die du hiermit hast«, sagte Lisa. »Erzähl schon, ehe ich vor Neugier platze.«

Das musste der Champagner sein, obwohl sie nur ein halbes Glas getrunken hatte.

»Zu Befehl, Chef«, sagte Dan Andersson. »Drei Besucher. Der stellvertretende Außenminister plus zwei Mitarbeiter aus dem Außenministerium. Die Aufgaben der beiden Letzteren sind nicht klar. Alle sind sie inkognito hier, sie wohnen in der Botschaft und haben den Tag mit internen Besprechungen verbracht, über deren näheren Inhalt wir nichts wissen. Bevor sie heute Abend spät nach Hause reisen, werden der Botschafter und seine Frau sowie vier schwedische Gäste draußen auf Drottningholm zusammen mit dem Königspaar zu Abend essen. Ein inoffizielles Abendessen, die Initiative dazu erfolgte durch Seine Majestät höchstselbst. Er und der britische Botschafter sollen gute Freunde sein. Unter anderem sind sie bei mehreren Gelegenheiten in England und in Schweden gemeinsam auf die Jagd gegangen. Was die schwedischen Gäste angeht, glaube ich, dass auch sie aus dem Jagd-Umfeld stammen. Es sind zwei unserer bekanntesten Finanzmänner mit jeweiligem Anhang.«

Der König und seine Jagdkameraden. Wir leben in einer viel zu kleinen Welt, dachte Mattei. Außerdem musste sie jetzt mal dringend zur Sache kommen.

»Wahrscheinlich fragt ihr euch, warum wir hier sitzen«, begann sie.

Dann berichtete Mattei ihren Kollegen, was ihr ein paar Stunden zuvor ihr Chef zugetragen hatte, und die Message selbst war schnell überbracht. Al-Shabaab, die mutmaßlichen Täter, gehörten wahrscheinlich zur selben Familie von mehr als zehn Personen, ein Anschlag, der am 6. Juni, dem Nationalfeiertag, von einem so genannten Selbstmordattentäter ausgeführt werden sollte und sich unter anderem gegen Mitglieder der königlichen Familie und der Regierung richtete. Dazu alle anderen, die sich zufällig zur falschen Zeit am falschen Ort befanden.

»Das ist alles, was ich weiß«, fasste Mattei zusammen. »Den Rest werden sie uns anscheinend erzählen, wenn wir dort sind.«

Wiklander nickte nachdenklich.

»Aha. Ja. Heutzutage muss ja alles so geheim gehalten werden, dass man den ganzen Tag nichts anderes mehr zu tun hat. Eine einfache Frage: Wie sicher ist es, dass die Informationen der Briten stimmen?«

So sicher, wie man nur sein konnte, ehe man mit der traurigen Tatsache einer vollendeten Tat konfrontiert sein würde, fasste Mattei zusammen – jedenfalls, wenn man ihrer hochstehenden Kontaktperson glaubte.

»Klar, aber warte mal«, wandte Martinez ein. »Bei allem Respekt und so weiter, aber wir reden hier ja wohl von unserem obersten Chef, und der ist ein Frischling in diesem Job. Nicht einmal irgendein gewöhnlicher Rookie, den man gerade aus der Polizeihochschule entlassen hat, sondern ein Politiker, der als Jurist in der Staatskanzlei gearbeitet hat. Wir wissen doch alle, wie so einer die Wände hochklettern kann, weil er nichts von dem begriffen hat, was man ihm gesagt hat.«

»Ja«, stimmte Mattei zu. »Das ist mir durchaus bewusst, aber ich denke, das kann man vernachlässigen. Wir sitzen hier, weil die Briten diese ganze Sache scheinbar aufgedeckt haben. Das sind Leute, die dieselbe Erfahrung haben wie wir, und die wollen uns jetzt treffen. Das Ganze ist also nicht die Idee von unserem GD. In dem Fall hätte ich erst mal bei denen angerufen und versucht, mir eine eigene Meinung zu bilden.«

»Dann befände ich mich immer noch im Urlaub«, seufzte Martinez, »hätte aber auch wohl kaum ein derartiges Mittagessen vorgesetzt gekriegt, es sei dir also verziehen, Lisa. Also, mal für den Fall, dass du an allem schuld bist.«

»Ich bin derselben Ansicht wie Lisa«, meinte Wiklander. »Was haltet ihr davon, wenn wir versuchen, schon mal ein bisschen Informationen zu sammeln? Es ist schließlich noch eine Stunde hin, bis wir landen.«

»Dann kann ich ja schon mal anfangen«, sagte Lisa. »Alle Mitglieder der al-Shabaab, die in Schweden leben, sind fast ausschließlich Somalier. Die einzige Ausnahme scheinen die schwedischen Mädchen zu sein, mit denen diese Jungs zusammen sind und die sich manchmal entschließen, die ganze Ideologie anzunehmen, die ihre Männer ihnen vermittelt haben. Wie viele das sind? Nun ja, derzeit viel weniger als fünfzig, und da spreche ich also von schwedischen Frauen. Berichtige mich, Jan, wenn ich falschliege.«

»Nein«, sagte Wiklander. »Wenn du genauere Zahlen willst, dann kannst du die kriegen, sowie wir wieder im Büro sind. Die Anzahl in Schweden lebender Männer, von denen wir glauben, dass sie eine ernsthaftere Verbindung zu al-Shabaab pflegen, beträgt derzeit ein paar Hundert. Fast alle von ihnen sind afrikanischer Herkunft, und zumindest neun von zehn stammen aus Somalia oder einem Nachbarland.«

»Die Briten behaupten außerdem, dass diejenigen, die zum engsten Kreis der Täter gehören, aus ein und derselben Familie mit mehr als zehn Mitgliedern stammen. Es gibt viele muslimische Familien sehr unterschiedlicher Abstammung und von dieser Größe, aber da sind dann andere Organisationen als al-Shabaab relevant«, fügte Mattei hinzu.

Wiklander nickte zustimmend.

»Was könnte das Ziel des Anschlags sein? Wenn man den

Zeitpunkt und die Opfer bedenkt, auf die er zielt, dann kann es sich eigentlich nur um die Veranstaltungen zum Nationalfeiertag auf Skansen handeln«, fuhr Mattei fort. »Da sind neben anderen der König und die Königin zugegen, der stellvertretende Ministerpräsident sowie ein paar andere Staatsräte, deren Namen ich noch nicht einmal habe lernen können. Und dann natürlich noch all die anderen vornehmen Menschen, die in deren Kielwasser folgen.«

»Das sehe ich auch so«, sagte Dan Andersson.

»Einfache Frage von einer einfachen Ermittlerin«, begann Martinez. »Diese Somalier, von denen wir hier reden, wo finde ich die denn? Nehmen wir mal an, dass die womöglich oben in Lappland wohnen oder in irgendeinem anderen kleinen Kaff mit ein paar Hundert müden Seelen. Da wird jemand wie ich gewisse praktische Probleme kriegen, im Klartext: Ich werde in Shit City sein.«

»Nein. Wir sprechen von gewissen Vororten im Großraum Stockholm«, erwiderte Wiklander. »Da wohnt der größte Teil der Somalier, und vor allem diejenigen, die eine bekannte Verbindung zu al-Shabaab pflegen. Die nächste Alternative in einem Hundertkilometerradius um Stockholm sind dann Städte wie Uppsala oder Eskilstuna unten in Sörmland.«

»Rinkeby, Akalla, Flemingsberg, Haninge, Botkyrka, das klingt alles wie Musik in meinen Ohren«, zählte Martinez die sozialen Brennpunkte im Großraum Stockholm auf. »All die leerstehenden Wohnungen, in denen meine Leute ihr kleines Nest einrichten können. Dann müssen wir nur noch ein Loch in die Wand bohren, und schon haben wir Ton und Bild. Man muss nicht mal rausgehen, um sich eine Pizza zu holen.«

»Eine Frage«, sagte Lisa Mattei, »wie viele Ermittler mit somalischem Hintergrund haben wir in unserem Dienst?«

»Null«, sagte Martinez mit Nachdruck. »Und wenn du nun

noch wissen willst, wie viele es davon insgesamt in der schwedischen Polizei gibt, dann verwette ich mein Hemd, dass es auch da null sind. Dunkelhäutige und schwarze Kollegen haben wir ungefähr zwanzig. Im Land Stockholm hundert. Aber keiner von denen ist Somalier.«

»Wie lösen wir das?«

»Das ist mein klassisches Problem. Ein paar Kollegen rauszusuchen, die in die Umgebung passen, und dann auch noch genug davon, so dass sie die gestellte Aufgabe bewältigen können. Wenn wir von an die zehn Tätern reden, dann werden wir definitiv Leute ausleihen müssen. Aus Skåne, aus Göteborg, von der Reichskripo. Im Grunde von allen Stellen im Land, an denen es einen geeigneten dunkelhäutigen Kollegen gibt. Damit musst du eiskalt rechnen, Lisa. Wir werden Leute ausleihen müssen, und schwarze Männer und Frauen sind in diesem Job leider Mangelware.«

»Das kriegen wir hin«, sagte Lisa.

Der Tag, die Sorge, dachte sie. Sie hatte schließlich keine andere Wahl.

»Noch eine Frage«, begann Wiklander, »weißt du, wer der britische Kollege sein wird, der mit uns zusammenarbeiten soll?«

»Allerdings«, antwortete Mattei und grinste. »Über den weiß ich tatsächlich bedeutend mehr als über unseren Fall.«

Dann holte sie das große Farbfoto von ihrem britischen Kollegen heraus und hielt es hoch.

»Oh my God«, stöhnte Linda Martinez. »Der reinste Schwiegermuttertraum! Aber definitiv nicht mein Typ.«

8

Lisa erzählte, was sie über Jeremy Alexander, den »britischen Kollegen«, den sie bald treffen würden, herausgefunden hatte.

Alexander war fünfundvierzig Jahre alt und seit fünfzehn Jahren mit einer zwei Jahre jüngeren Frau verheiratet. Sie hatten drei Kinder, einen vierzehnjährigen Sohn und zwei Töchter im Alter von zehn beziehungsweise elf Jahren. Die Familie lebte in London, die Adresse war unbekannt, lag aber bei seinem gesellschaftlichen Stand sicher im feinsten Teil des West End.

»Es handelt sich um einen Mann mit Ressourcen, höchstwahrscheinlich wohnt er fußläufig zu Parlament, Außenministerium und dem Hauptquartier des MI6«, fasste Mattei zusammen. »Wer weiß, vielleicht haben wir ja das Glück, zu ihm nach Hause eingeladen zu werden und dort Tee und Lachsschnittchen serviert zu bekommen«, fügte sie grinsend hinzu.

Es schien, als würde Alexander auf Beraterbasis oder als freier Mitarbeiter, als »Dozent, Autor und politischer Ratgeber in Fragen des Nahen Ostens« arbeiten, während seine Ehefrau offenbar Ärztin war und als psychiatrische Beraterin für private Unternehmen wie auch Einrichtungen der öffentlichen Hand tätig. Keiner von beiden hatte einen politischen Auftrag oder auch nur eine bekannte Anbindung an eine politische Partei.

In der offiziellen Beschreibung von Jeremy Alexander ging es vor allem um zwei Dinge. Zunächst einmal um seine erfolgreiche akademische Karriere und zum anderen um seine vornehme Herkunft. Hingegen fand sich kein Wort über seine Arbeit für den britischen Nachrichtendienst und das MI6.

Alexander hatte sowohl in Eton als auch in Oxford studiert, wo er im Alter von neunundzwanzig Jahren im Fach Politikwissenschaft mit einer Abhandlung über die politische Situation im Nahen Osten promoviert hatte. Er sprach unter anderem fließend Arabisch, und schon ehe er seine Doktorarbeit vorgelegt hatte, war er als Dozent und Mitarbeiter am Merton College in Oxford angestellt worden.

Als seine Abhandlung fertig und er Doktor der Philosophischen Fakultät geworden war, hatte er zunächst als Universitätsdozent gearbeitet, um dann zwei Jahre später, im Alter von zweiunddreißig Jahren, zum »Fellow« und »full time Professor in Political Science« am Merton College und dem gemeinsamen Forschungsinstitut für Fragen des Nahen Ostens, das von der Universität Oxford betrieben wurde, ernannt zu werden.

Doch schien er in den vergangenen zehn Jahren seine akademische Tätigkeit reduziert zu haben, um stattdessen als Sachverständiger am Britischen Außenministerium zu arbeiten, über seine genauen Aufgaben im Ministerium herrschte allerdings Unklarheit.

Bei allem, was über ihn geschrieben wurde, ging es doch meist um seinen familiären Hintergrund. Familie Alexander war nämlich seit mehr als fünfhundert Jahren ein Teil der britischen Geschichte, und ihr Adelsstatus war sogar noch älter. Jeremy Alexander war der jüngste Sohn des derzeitigen Klan-Oberhauptes, Lord George Jeffrey Alexander, und die Spuren, die seine Vorväter in der englischen Geschichte hinterlassen hatten, waren sowohl tief wie auch insgesamt sehr ansehnlich. Ein Adelsgeschlecht aus Großgrundbesitzern, hohen Beamten,

Offizieren und Diplomaten, und ganz gleich, welche Laufbahn sie eingeschlagen hatten, war doch der größte Teil von ihnen erfolgreicher gewesen als andere mit demselben Hintergrund in ihrer Umgebung.

»Unser britischer Kollege ist sogar noch feiner als die meisten Briten, und das, was er tut, ist wahrscheinlich eine schlichte Folge dessen, was er von Geburt her ist. Schließlich hat das MI6 seine Mitarbeiter schon immer aus diesen Schichten rekrutiert«, sagte Mattei abschließend.

»Falls ihr noch mehr wissen wollt, steht das sicher in der Aktennotiz, die ihr in euren Unterlagen finden werdet, wenn wir mal wieder in das Haus zurückkehren, in dem wir normalerweise arbeiten. Der Einfachheit halber habe ich sie DBK genannt, mit Großbuchstaben und wie in ›Der Britische Kollege‹«, erklärte sie.

»Wow«, sagte Martinez und konnte ihre Begeisterung nicht unterdrücken. »Wir haben bei der guten alten schwedischen Säpo also eine Personenakte über diesen Typen? Bei unserer ehrenhaften Säpo? Kaum zu glauben, dass wir uns das überhaupt trauen.«

»Nein«, sagte Mattei, »wir haben keine Akte über ihn. Aber er ist auf die ganz gewöhnliche Weise durch das System gelaufen, es besteht also nicht der geringste Zweifel, dass er der ist, der er vorgibt zu sein.«

»Wie kannst du dann all das wissen, wenn wir doch keine Akte über ihn haben?«, fragte Martinez erstaunt.

»Sein Schlips hat mich darauf gebracht. Und außerdem bin ich schließlich Polizistin«, erklärte Mattei und zuckte gespielt schüchtern mit den Schultern.

With a little help from my friend, fügte sie im Stillen hinzu.

»Kann ich den Schlips noch mal sehen?«, fragte Dan Andersson und streckte sich über den Tisch, um das Foto zu nehmen.

»Stimmt, du hast ja auch mehrere Jahre in der schwedischen Botschaft in London Schnittchen gereicht bekommen, während wir anderen uns hier mit Ganoven herumgeschlagen und versucht haben, zu Haus ein bisschen Recht und Ordnung aufrechtzuerhalten«, ätzte Martinez. »Lass hören, Danne. Bin ganz Ohr. Welche Vibes machen dir sein Schlips?«

»Scheint ein recht typischer Schlips zu sein«, meinte Andersson. »Wie ihn solche Leute zu haben pflegen, meine ich. Meist sind sie gestreift, so ein bisschen schräg, und die Streifen in unterschiedlichen Farben«, fügte er hinzu, »aber sie haben ja alle eins gemeinsam, und zwar dass sie zeigen, dass ihr Träger eine Verbindung zu irgendetwas hat.«

»Was ist denn das für ein Gerede, ich sage nur, komm bloß nicht auf die Idee, dass du jemals bei mir arbeiten darfst«, sagte Martinez und nahm das Foto und hielt es so hoch, dass alle es sehen konnten.

»Was haben wir hier?«, fragte Martinez. »Genau, einen hübschen Schlips. Seide, wenn ihr mich fragt, und sicher teuer. Er ist blau, und ich denke, das ist dieses Blau, was man Königsblau nennt. Dann hat er kleine Schilde in Gold, Rot und Blau, so an die zwanzig Stück, und sicher noch mal so viele, die unter dem Kragen oder auf der Rückseite des Schlipses sitzen. Was aber hat nun dieser Schlips über seinen Träger oder dessen Verbindung zu irgendetwas zu berichten? Wohl kaum, dass er Mitglied der Bandidos ist. Nicht wahr, Danne? In dem Punkt sind wir uns doch einig.«

»Hingegen, dass der Träger des Schlipses offensichtlich am Merton College in Oxford studiert hat«, stellte Jan Wiklander fest und nickte nachdenklich.

»Bravo, Jan«, sagte Mattei. »Ich hatte ja keine Ahnung, dass du ein Kenner von Schlipsen mit Verbindung zur britischen Akademikerwelt bist.«

»Das bin ich auch nicht«, gestand Wiklander mit einem Kopfschütteln. »Aber im Hinblick auf das, was du eben erzählt hast, und die Tatsache, dass auch ich Polizist bin, war das jetzt keine sonderlich verwegene Idee.«

9

Weiter kamen sie nicht, denn die Anschnallsymbole leuchteten wieder auf, und ihr Kabinenchef kam, um das letzte Geschirr abzuräumen und mitzuteilen, dass sie in zehn Minuten landen würden. Und außerdem, dass sie in ihren Sitzen verharren sollten, bis das Flugzeug im Hangar sei. Und natürlich auch, dass es ein großes Vergnügen für ihn gewesen sei, sie an Bord zu haben.

»Right on schedule, Ma'am, but today we have blue skies over Britannia and before we can disembark we have to have a solid roof over our heads to protect us from evil eyes«, erklärte er mit einem höflichen Kopfnicken Richtung Mattei und einem vielsagenden Blick zum Dach der Kabine und dem blauen Himmel über ihnen.

»Ja, über das Wetter kann man wirklich nicht klagen«, stimmte Dan Andersson zu, der schon aus dem Fenster auf seiner Seite sah. »Das scheint sogar besser zu sein als zu Hause in good old Sweden. Außerdem meine ich zu wissen, wo wir landen werden. Nur für den Fall, dass es jemanden interessiert«, fuhr er fort und grinste Martinez an.

»Mich nicht, nicht nach der Geschichte mit dem Schlips, vergiss es, Danne«, gab Martinez zurück. »Außerdem habe ich ein Problem mit Leuten, die das große Reden anfangen, wenn man landet. Das ist genau wie im Fahrstuhl, falls du weißt, was ich meine.«

»Dann interessiert es vielleicht jemand anders?«, beharrte Dan Andersson, der sich nicht sonderlich um Martinez' Einwände zu scheren schien. »Der Ort, an dem wir landen werden, ist eine der Basen der britischen Luftwaffe und heißt Royal Air Force Brize Norton. Liegt so zwanzig Kilometer südwestlich von Oxford. Eine knappe halbe Stunde von London entfernt, wenn man einen Helikopter nimmt. Es ist übrigens die Basis, die man für eigentlich alle Transporte von Personal und Material ins Ausland benutzt.«

»Das willst du also wissen«, sagte Martinez mit deutlich betonter Skepsis, »oder hat dir das nur der Militärattaché auf dem letzten Weihnachtsfest der Botschaft vertraulich zugeflüstert?«

»Ich bin hier schon mal gelandet«, gab Dan Andersson mit sichtlichem Vergnügen zurück.

»Und warum das, wenn man fragen darf?«

»Das hingegen ist geheim«, erwiderte Dan Andersson und schüttelte zufrieden den Kopf.

»Ja, ja, die Jugend von heute«, sagte Wiklander abwehrend. »Jetzt wird hier aber nicht gestritten. Brize Norton«, fuhr er fort und klang fast, als würde er den Namen im Mund zergehen lassen. »Wir können uns doch sicher darauf einigen, dass das ein schöner Name für eine solche Einrichtung ist. Also, ich meine, wenn man mal bedenkt, was die hier eigentlich machen.«

10

Als sie aus dem Flugzeug stiegen, stand der britische Kollege schon da und wartete auf sie. Er hatte sich offensichtlich dem überraschenden Sommerwetter angepasst. Der korrekte dunkelblaue Blazer, den er auf dem Foto getragen hatte, war gegen einen leichteren und lässigeren Anzug in hellerem Blau und ein weißes Leinenhemd getauscht. Dazu ein neuer Schlips. Ein blauer Seidenschlips mit einer Reihe weißer Mäuse und einem lateinischen Wahlspruch, der darauf hinwies, dass er noch zu anderen Institutionen als Merton College und der Universität Oxford in Verbindung stand.

Als er Lisa Mattei begrüßte, tat er dies mit einem höflichen Kopfnicken und einem Lächeln, das sowohl amüsiert wie interessiert wirkte.

»My name is not Bond«, sagte er. »Ich heiße Alexander, Jeremy Alexander.«

11

Wenn Lisa Mattei an ihr erstes Treffen mit Jeremy Alexander zurückdachte, dann drehten sich ihre Überlegungen mehr um ihn und die Art und Weise, wie er seine Botschaft vorgebracht hatte, als um das, was er wirklich gesagt hatte. Es waren die Äußerlichkeiten und nicht der Inhalt, die sie fasziniert hatten, und genau das störte sie im Nachhinein, wenn sie auch nicht glaubte, dass es daran lag, dass sie eine Frau war und er ein sehr ungewöhnlicher Mann. Was sie am meisten ärgerte, war, dass sie überhaupt darüber nachdachte. Weder Dan Andersson noch Jan Wiklander schienen auch nur einen Gedanken an diese Sache verschwendet zu haben, obwohl sie in derselben Besprechung gesessen hatten wie sie.

Männer haben einfach nicht diese Verhaltensweise gegenüber einem anderen Mann. Oder war sie, ganz gleich, worum es ging, als Frau mehr gewohnt, zuzuhören, was Männer sagten? Oder lag es einfach daran, dass sie so war, wie sie war? Dass sie sowieso die meiste Zeit damit verbrachte, über Sachen nachzugrübeln, die überhaupt nichts mit dem zu tun hatten, was sie eigentlich denken sollte? Ganz gleich, was es war, störte es sie doch, und die Tatsache, dass sie darauf reagierte, noch mehr.

Schon Alexanders Art, ihr erstes Zusammentreffen einzuleiten, hatte Matteis Hoffnung, Ella am Abend vielleicht noch sehen zu können, gestärkt. Erst eine Entschuldigung, die er in einer knappen Minute abgehandelt hatte. Dann die obligatorische Vorstellungsrunde, die unbedeutend länger gedauert hatte.

Zunächst einmal hatte er die Gelegenheit nutzen wollen, ihnen zu danken, weil sie so kurzfristig zu ihm und seinen Kollegen gereist waren. Bedauerlicherweise sei es so, wenn es ihm gestattet sei, sich zu entschuldigen, dass die Angelegenheit erst vor einer knappen Woche auf seinem Tisch gelandet sei. Bis dahin hatten ihre Kollegen bei der britischen Sicherheitspolizei sich um die Sache gekümmert. Diese Behörde, die in der »guten alten Zeit« unter der kollegialen Bezeichnung »Special Branch at Scotland Yard« gelaufen sei, aber nun, nach zwei Umorganisationen, die beide auf die sicherheitspolitische Entwicklung nach dem 11. September 2001 zurückzuführen gewesen seien, Counter Terrorism Command heiße und die Hauptverantwortung für den Kampf gegen den Terrorismus in Großbritannien trüge.

»Aus verschiedenen Gründen haben wir uns entschieden, diesen Teil der Ermittlungen, der mit Ihrem Landsmann zu tun hat, an uns zu ziehen. Deshalb diese Verzögerung, die ich aufrichtig bedauere. Ganz einfach, mea culpa«, sagte Alexander und begleitete seine Entschuldigung mit demselben leichten Lächeln und dem Kopfnicken, mit dem er sie begrüßt hatte.

Im Anschluss daran war er dazu übergegangen, seine Kollegen vorzustellen. Aus irgendeinem Grunde hatte er drei Mitarbeiter dabei, zwei Frauen und einen Mann, und praktischerweise war deren Auftrag innerhalb des britischen Sicherheitsdienstes derselbe wie der ihrer eigenen Begleiter.

Eine jüngere Frau um die dreißig, die mit den mehr intellektuellen Herausforderungen des Kampfes gegen den islamistischen Terrorismus arbeitete und, dem Namen und Aussehen nach zu schließen, ihre ethnischen Wurzeln im Nahen Osten hatte. Iran, Syrien, Libanon, vielleicht sogar Palästina, dachte Mattei.

Dann eine Frau in Matteis eigenem Alter. Eine Schwarze, dem Dialekt zufolge in der Gegend um London geboren und aufgewachsen. Derselbe Blick, dieselbe Körpersprache und Haltung zur Umwelt wie bei Linda Martinez, und da konnte es Mattei kaum mehr überraschen, dass auch sie Ermittlerin draußen im Feld war.

Auch Alexanders Pendant zu Dan Andersson erstaunte sie nicht. Dasselbe Alter, dieselbe physische Ausstrahlung und derselbe militärische Hintergrund in der SAS, den britischen Einsatzkräften der Luftwaffe. Vertraut mit dem Schutz sowohl hoher Persönlichkeiten als auch damit, wie man die schwierigsten Aufgaben erledigte, wenn man in problematische Situationen geraten war.

Womöglich war Alexanders Wahl seiner Mitarbeiter aber auch eine gut verpackte Botschaft, dass er mehr über Mattei und ihre Kollegen wusste, als sie über ihn und seine Mitarbeiter, und sowie die Vorstellungsrunde abgeschlossen war, hatte er eine Agenda vorgeschlagen.

Zuerst würde er eine kurze Zusammenfassung seiner eigenen Ansicht und der seiner Mitarbeiter zu dem aktuellen Fall geben, in deren Verlauf man auch die Möglichkeit erhielte, Fragen zu stellen. Allgemeine Fragen, keine Details, denn die sollten die Schweden mit ihrer eigenen Chefin klären. »Die vollständigen Unterlagen«, alles, was die Briten wüssten, würde Mattei selbstverständlich mitbekommen, ehe sie sich trennten, so dass sie auf übliche Weise würde entscheiden können, zu welchen Teilen die anderen Zugang erhalten sollten.

»Der alte Glaubensgrundsatz in der ganzen Sicherheitsarbeit ist immer noch, further information will be given on a need-to-know-basis. Was für einen offenherzigen Menschen wie mich ja immer eine Anfechtung bedeutet«, stellte Alexander mit einem freundlichen Lächeln fest.

Danach einzelne Gespräche unter vier Augen – er selbst würde sich wirklich freuen, »Deputy Director, Chief of Operations, Mattei« zu treffen, von der er so viel Gutes gehört habe –, gefolgt von einer weiteren Versammlung aller für eine Zusammenfassung, mögliche neue Fragen und sogar eine Tasse Tee und alles, was zum üblichen britischen Leben zwischen Mittag und Abendessen gehörte.

»Ich rechne damit, dass sie spätestens um fünf Uhr das Flugzeug werden besteigen können, so dass sie ungefähr um halb neun Uhr Ortszeit heute Abend daheim in Stockholm werden landen können«, sagte Alexander abschließend.

Ungefähr wenn Ella ihre Gutenachtgeschichte fertig gehört hatte und anfing, sich mit all ihren Kuscheltieren in Morpheus Arme aufzumachen, dachte Lisa Mattei. Aber vielleicht kann ich sie vom Flugzeug aus anrufen. Oder Johan bitten, eine besonders lange Geschichte auszusuchen.

Niemand hatte gegen die Agenda, die ihr Gastgeber vorgeschlagen hatte, etwas einzuwenden. Wie auch, dachte Lisa Mattei, da er ja von Anfang an die Leitung ihres Treffens mit einer unbeschwerten Selbstverständlichkeit übernommen hatte.

In der Welt, in der Lisa Mattei und Jeremy Alexander lebten, kam es durchaus vor, dass der Mann die eigentliche Botschaft darstellte. Wie war das hier mit den Äußerlichkeiten und Alexanders Person? Oder war alles ganz einfach?

12

»Nun, dann ist es wohl mal höchste Zeit, dass ich den jungen Mann vorstelle, der uns alle zusammengeführt hat. Er heißt Abdullah Mohammed Khalid, Spitzname Abbdo, und ist seit zehn Jahren schwedischer Bürger«, sagte Jeremy Alexander und schlug gleichzeitig mit seinem rechten Zeigefinger auf eine der Tasten des Laptops, der vor ihm auf dem Tisch lag.

Dann lehnte er sich auf seinem Stuhl zurück und faltete die Hände vorm Bauch, während der Name und eine Reihe von Bildern vom eben Genannten auf die kurze Wand des Raumes, in dem sie saßen, projiziert wurde.

»Trotz seines in diesem Zusammenhang jungen Alters, er ist achtundzwanzig Jahre alt, ist der junge Abbdo laut meiner Kollegen beim Special Branch das, was man in diesen Kreisen einen Bombenbauer nennt. Die einfache Erklärung ist wohl, dass er eine ganz andere Ausbildung hat als seine Vorgänger in der älteren Generation, die gezwungen waren, diese eher abseitige Anwendung explosiver Materialien durch praktische Anwendung zu erlernen. Wenn Sie mich fragen, ein eindeutiger Beweis für den Wert einer akademischen Ausbildung.«

Sieht gut aus, der Junge, dachte Jan Wiklander. Schmale Glieder, schönes Gesicht, erinnert an diese Männerfiguren, die man auf alten ägyptischen Vasen sieht.

Abdullah Mohammed Khalid, Spitzname Abbdo, geboren

am 11. August 1987, zwei Porträtfotos aus seinem schwedischen Pass und seinem Führerschein, ein drittes von einer Passierkarte, die laut Text von der Universität Manchester ausgestellt worden war, dachte Linda Martinez. Dazu an die zwanzig Fahndungsfotos, die meisten mit der ganzen Person, auf denen er sich in unterschiedlichen Umgebungen und zu unterschiedlichen Tageszeiten im Freien bewegte. Die müssen große Ressourcen auf ihn verwendet haben, dachte sie.

Typisch Somalier, dachte Dan Andersson. Könnte schlimmer sein, zum Beispiel einer von diesen Irren von der IS oder al-Qaida, die waren die reinsten Mordmaschinen.

Seltsamer Schlips mit diesen weißen Mäusen. Aber hübsche Hände hat er, dachte Lisa Mattei. Und einen flachen Bauch. Ob er wohl Klavier spielt?

Vor bald einem Jahr war Khalid als Student an der Universität Manchester angenommen worden, und aufgrund einer Kombination von Umständen in seinem Hintergrund war er von Anfang an Gegenstand des Interesses des britischen Sicherheitsdienstes gewesen.

Er war Ausländer, er war Somalier, er war Moslem, er hatte sich für Kurse in Physik und Chemie eingeschrieben, und aus seinen Bewerbungsunterlagen ging auch hervor, dass er ein schwedisches Abitur mit naturwissenschaftlicher Ausrichtung und ausgezeichneten Noten gemacht hatte, um sich dann aber zum Elektriker ausbilden zu lassen. Ein Beruf, den er, von seinem Arbeitgeber mit guten Zeugnissen versehen, außerdem mehrere Jahre ausgeübt hatte, bevor er dann an der Universität in Manchester aufgetaucht war.

Die Tatsache, dass er während der knapp zwanzig Jahre, die vergangen waren, seit seine Familie vor dem Krieg in ihrem Ursprungsland geflohen war, in Schweden aufgewachsen war, dort studiert und gelebt hatte, konnte das Interesse an seiner Person nur steigern. Auch seine guten Zensuren und die Tatsache, dass er nicht vorbestraft war, und der Umstand, dass er, seit er sein Studium in England aufgenommen hatte, in keiner Weise mit radikaleren muslimischen Kreisen in Verbindung gebracht werden konnte, änderten daran nichts.

Der Verdacht gegen ihn war die ganze Zeit da gewesen, und bereits im November des vorigen Jahres war etwas geschehen, das ihn zum Gegenstand direkter Ermittlungen gemacht hatte. Er hatte bei ein und derselben Gelegenheit drei Handys gekauft, die er dann auch noch bar bezahlt hatte.

»Sie wissen schon, diese Sorte Telefone, wo man nicht weiß, wem die Nummer gehört«, erklärte Alexander mit einem vielsagenden Schulterzucken. »Als man dann herausbekam, welche Nummern er hatte, stellte sich leider heraus, dass er nicht nur zu den falschen Personen Kontakt hatte, sondern sich auch noch die Sorte Rat geholt hatte, die ihm laut Rechtsabteilung des Sicherheitsdienstes eine lebenslängliche Gefängnisstrafe einbringen könnte. Ganz konkret geht es hier um die höchst traurige Geschichte vor dem Old Trafford in Manchester vor zwei Monaten. Am Samstag, 14. März, verübte eine junge muslimische Frau ein Selbstmordattentat, dem nicht nur sie und ihre zwei kleinen Kinder zum Opfer fielen, sondern auch vier Polizisten und zwei Zivilpersonen, die zufällig zum falschen Zeitpunkt am falschen Ort vorbeikamen. Außerdem wurden weitere zehn Personen, darunter drei Polizisten, mehr oder weniger schwer verletzt.«

»Ja, ich habe die Zusammenfassung gelesen, die Sie in unser gemeinsames Netz gestellt haben. Aber was die Verbindung zu Khalid angeht, bräuchte ich dann doch ein Update«, sagte Mattei.

Jetzt reiß dich endlich mal zusammen, Lisa, ermahnte sie sich selbst.

»Kein Problem«, sagte Alexander, »in dem Material, das Sie bekommen werden, finden Sie eine vollständige Auflistung dessen, was wir über die Ereignisse wissen. Und die konkreten Gründe für unser Interesse an Abbdo Khalid.«

13

Old Trafford, Englands zweitgrößtes Fußballstadion nach dem Wembley Stadion in London, erbaut zu Beginn des 20. Jahrhunderts, von den Deutschen im Zweiten Weltkrieg zerbombt, danach in Etappen um- und angebaut, bis es heute Platz für knapp 70 000 Zuschauer bietet. Außerdem ist es das Heimstadion von Manchester United, »The Theatre of Dreams«, wie es der legendäre United-Spieler Bobby Charlton einst nannte. Am Samstag, dem 14. März, wird es zum Schauplatz eines der schlimmsten Albträume der englischen Gegenwart.

Es ist das Lokalderby der englischen Premier League zwischen Manchester United und Manchester City, und fast 70 000 Zuschauer sind gekommen. Da die Polizei aus Erfahrung weiß, dass viel zu viele von denen sich auch durchaus mal anderen Aktivitäten widmen, als nur dem Fußball, hat man Hunderte von Polizisten und Ordnern abgestellt, um das Match zu bewachen.

Doch es wird eine ruhige Sache, und erst nach einunddreißig Minuten Spielzeit geschieht etwas. Vor dem Haupteingang des Stadions steht ein Polizeibus mit zusammen genommen sieben Polizisten, fünf Männern und zwei Frauen. Ihre Aufgabe ist es, die Lage vor dem Stadion zu beobachten, und da sechs von ihnen ergebene Fußballfans sind, verfluchen sie jede Minute, die sie genötigt sind, da rumzustehen. Gäbe es auch nur einen Funken Gerechtigkeit auf der Welt, dann würden sie, genau wie fast alle ihrer Kollegen, drinnen in der Arena sein.

Nur die siebte Beamtin ist völlig desinteressiert an Fußball. Außerdem ist sie im dritten Monat schwanger, und deshalb gehen in ihrem Kopf ganz andere Gedanken herum. In einem halben Jahr wird sie Mutter sein, und darauf hat sie sich seit mehreren Jahren gefreut.

In der einunddreißigsten Minute geht die Heimmannschaft United mit eins zu null in Führung, und als der Jubel von den Rängen zu den Polizisten vor dem Stadion dringt, versammeln sie sich augenblicklich um ihren Polizeibus und versuchen mit Hilfe des Autoradios herauszufinden, wie es steht. Nicht allerdings die schwangere Kollegin. Sie steht unverändert draußen, mit sich selbst beschäftigt, und als eine junge Frau in traditioneller muslimischer Kleidung sich dem Bus nähert, lächelt sie ihr einfach freundlich zu. Warum auch nicht? Die Frau trägt keinen Schleier vor dem Gesicht. Sie schiebt einen Kinderwagen vor sich her und hält gleichzeitig ihre schützende Hand über den Kopf eines kleinen Jungen, der vielleicht drei, vier Jahre alt ist und links von ihr geht.

Für das, was nun geschieht, gibt es einen Zeugen. Er überlebt wunderbarerweise im Gegensatz zu fast allen anderen in der Nähe, die buchstäblich in Stücke gerissen werden. Der Zeuge sagt aus, die Polizistin habe die muslimische Frau mit einem breiten und herzlichen Lächeln, dann habe sie zu dem Kinderwagen hingenickt und eine einfache Frage gestellt. »Boy or girl?«

Sicherlich war ihr zu dem Zeitpunkt schon klar gewesen, dass die Person, der sie diese Frage gestellt hatte, an einen anderen Gott glaubte als sie, doch wohl kaum, dass der Glaube der Frau so stark ist, dass sie, ohne zu zögern, ihre beiden kleinen Kinder mit in das Paradies nimmt, das auf sie wartet. Der Zeuge kann nicht sagen, ob die Polizistin eine Antwort auf ihre Frage bekommt, denn im selben Moment explodiert alles um ihn in einem blendenden, weißen Schein, und er wird plötzlich schwerelos direkt in die Finsternis geschleudert.

»Es ist eine schreckliche Geschichte«, fasste Alexander zusammen. »Vier von unseren Polizisten werden augenblicklich getötet und die anderen drei so schwer verletzt, dass sie niemals wieder in irgendeine Form des aktiven Dienstes zurückkehren werden. Zwei Zivilpersonen werden getötet, weitere zehn schwer verletzt. Ja, und dann die Täterin. Dreiundzwanzig Jahre alt, Flüchtling aus Syrien. Kam vor einem Jahr hierher. Zwei kleine Kinder, ein Junge von vier Jahren und ein Mädchen mit sechs Monaten. Insgesamt neun Tote und mehr als ein Dutzend Verletzte. Ganz einfach schrecklich.«

Was hatte das nun mit ihrem Verdächtigen, Abbdo Khalid, zu tun?

Es gab nichts, was darauf hindeutete, dass Abbdo in die verschiedenen praktischen Geschäfte im Zusammenhang mit dem Selbstmordattentat von Old Trafford verwickelt gewesen wäre. Seine Beteiligung ging auf zwei Dinge zurück. Er hatte mehrere Kontakte mit einer Person, die praktisch zu dem Attentat beigetragen hatte, und es war auch diese Person, der er bestimmte Projektile empfohlen hatte, die man der Sprengladung hinzufügte, um die zerstörerische Wirkung zu erhöhen.

Nach Untersuchungen und Rekonstruktionen, die von den Technikern des Sicherheitsdienstes durchgeführt worden waren, enthielt die Bombe eine Sprengladung zwischen vier und fünf Kilo. Normales Dynamit für zivile Anwendung beim Tunnel- und Straßenbau, nicht solches, was man für militärische Zwecke benutzte. Außerdem zwischen siebenhundert und tausend Projektile mit einem Gesamtgewicht von sieben bis zehn Kilo. Zwei Auslöservorrichtungen, eine manuelle, die die Frau selbst durch einen einfachen Knopfdruck aktivieren konnte, sowie ein Backup, bei dem die Ladung aus sicherer Entfernung mit Hilfe eines Handys gezündet werden konnte, falls sie selbst gehindert worden wäre, es zu tun.

»Alles zusammen im Kinderwagen unter der Decke platziert, auf die sie ihre sechsmonatige Tochter gelegt hatte«, sagte Alexander und verzog kurz das Gesicht vor Abscheu.

Die Wahl der Projektile war interessant, vor allem im Zusammenhang mit dem Verdacht gegen Abbdo Khalid. Es war nämlich das erste Mal überhaupt, dass Projektile dieser Art bei einem Selbstmordattentat in England benutzt worden waren. Und da man nun von zehn derartigen Bombenattentaten allein während der letzten zwei Jahre sprach, war es ohne Frage ein seltsames Zusammentreffen, dass Khalid drei Wochen vor dem Attentat Kontakt mit dieser Person hatte und dann in der Bombe ausgerechnet diese Projektilart verwendet wurde.

Welche Gründe gab es für den Verdacht gegen Abbdo? Kontakt zu einem direkt Beteiligten, der mit Hilfe von Überwachungskameras und anderen technischen Beweisen mit der Tat in Verbindung gebracht werden konnte und dessen Zusammenarbeit mit Abbdo wiederum durch mehrere abgehörte Telefongespräche belegt war. Ausreichend, um auch Abbdo festzunehmen, ins Gefängnis zu werfen und zu einer längeren Gefängnisstrafe zu verurteilen. Sogar zu lebenslänglich, wenn die Jury so drauf war.

»Eine neugierige Frage«, sagte Mattei. »Warum haben Sie das nicht getan? Warum haben Sie ihn nicht festgenommen?«

Schließlich läuft der immer noch da draußen rum, dachte Mattei. Auch wenn er jetzt mal den Ball flach hält und überwacht wird, besteht doch immer ein Risiko.

»Aus dem üblichen Grund«, sagte Alexander und wirkte dabei sehr amüsiert. »Aber ich will Ihre Zeit nicht damit verschwenden, etwas zu erzählen, was Sie sich auch selbst ausrechnen können.«

Du hast einen Informanten oder vielleicht sogar einen Eingeschleusten oder Agenten, der versprochen hat, noch mehr zu liefern, dachte Mattei. Was könnte der liefern? Mehr als neun Tote und ein halbes Dutzend Schwerverletzte?

»Stattdessen schlage ich vor, dass ich diesen einleitenden Vortrag damit beende, dass ich erzähle, was wir über Khalid, seine Familie und seine übrigen Kontakte wissen und was in diesem Zusammenhang noch interessant sein könnte.«

Niemand im Raum hatte irgendwelche Einwände.

»Gut«, stellte Alexander fest, klopfte ein weiteres Mal auf die Tasten seines Computers und projizierte das nächste Bild auf die Wand.

Oberfläche gekratzt« hätten, was die Analyse der Familie von Abbdo Khalid anging. Es hatte ganz einfach keinen Grund gegeben, der Sache mehr Aufmerksamkeit zu schenken. Alles, was seine Kollegen bei der britischen Anti-Terror-Einheit über Khalids Familie gesammelt hatten, stammte übrigens aus ihrer gemeinsamen Datenbank, zu der inzwischen alle innerhalb der westeuropäischen sicherheitspolitischen Zusammenarbeit Zugang hatten. Zudem wollte er gern unterstreichen, dass bis heute niemand innerhalb des britischen Sicherheitsdienstes wegen des Verdachts gegen Abbdo Khalid Kontakt zum schwedischen Sicherheitsdienst oder zu irgendwelchen anderen schwedischen Nachrichtenorganen aufgenommen hatte.

»Haben Sie dazu noch Fragen?«, fragte Alexander mit einer wohl abgezirkelten und dennoch einladenden Handbewegung.

»Ich habe eine Frage«, antwortete Linda Martinez. »Wo wohnt diese Familie?«

»In Eskilstuna«, erwiderte Alexander nach einem diskreten Blick auf seinen Computer.

»In Eskilstuna«, wiederholte Martinez und schüttelte abwehrend den Kopf.

»Ja, Eskilstuna«, bestätigte Alexander und nickte entschlossen, während er gleichzeitig auf den Computer tippte. »Eine kleinere Stadt mit zirka fünfzigtausend Einwohnern, die einhundertzwanzig Kilometer südwestlich von Stockholm liegt.«

»Sie wissen nicht, wie die wohnen?«, fragte Martinez mit einem vielsagenden Blick auf Mattei. »Ich meine, ob sie in einem Mietshaus wohnen oder so?«

»Nein«, erwiderte Alexander, der inzwischen alles gelesen zu haben schien, was auf seinem Bildschirm zur Verfügung stand. »Die Mitglieder der Familie sind alle an derselben Adresse gemeldet. Es ist ein älteres Haus, das unseren Informationen zufolge ein paar Kilometer vom Zentrum der Stadt entfernt liegt.

Großes Grundstück, nicht einsehbar, der nächste Nachbar ist ungefähr hundert Meter entfernt. Wir haben Satellitenfotos sowohl von dem Haus wie auch von der Umgebung, die Schärfe der Bilder ist ausgezeichnet. Alles das finden Sie in den Unterlagen.«

»Ne, oder? Das kann ja wohl nicht wahr sein«, sagte Linda Martinez und schüttelte den Kopf.

»Challenge«, warf ihre schwarze Kollegin bei der britischen Sicherheitspolizei ein, die ihre Heiterkeit nur schwer unterdrücken konnte.

»We will cross that bridge when we get to it«, stimmte auch Lisa Mattei zu.

Das hätte wahrscheinlich Lars Martin Johansson gesagt, dachte sie.

»Sehr klug«, sagte Alexander und nickte Mattei zu. »Wenn Sie keine Einwände haben, dann würde ich gern diesen Teil der Diskussion abrunden, indem ich etwas über die Kontakte sage, die Khalid während seiner Zeit hier in England etabliert hat.«

Niemand hatte Einwände. Am wenigsten Mattei, die noch einmal auf ihre Armbanduhr schielte und an Ella dachte.

Alexander gab ihnen eine rasche Zusammenfassung, die er damit einleitete, dass er nicht vorhabe, näher auf die Kontakte Khalids zu dem britischen Bürger syrischen Hintergrunds, der der Beteiligung an dem Attentat am Old Trafford verdächtigt wurde, einzugehen. Die Informationen dazu befänden sich in den Unterlagen, die Mattei bekommen würde, und wie sie diese dann unter ihren Mitarbeitern verteilen würde, wäre ihre Sache.

Abgesehen von den Treffen und dem Umgang, den er mit seinen Lehrern an der Universität, seinen Kommilitonen und seinen Nachbarn erwartungsgemäß hatte, schien Khalid hauptsächlich für sich geblieben zu sein. Er machte ganz einfach sein

Ding, und die meiste Zeit schien er den Studien zu widmen, die ihn nach England und an die Universität Manchester geführt hatten. Gleichzeitig war er jedoch nicht als Eigenbrötler aufgefallen oder als eine Person, die sich ihrer Umgebung gegenüber abweisend verhielt. Er war höflich, freundlich und hilfsbereit, und möglicherweise waren es die letzteren Eigenschaften, die nach nur einem Monat dazu geführt hatten, dass er eine eher ungewöhnliche persönliche Beziehung eingegangen war, indem er ein Verhältnis mit seiner Vermieterin Louise Urqhart begonnen hatte. Sie war alleinstehend, fünfzehn Jahre älter als er, geboren und aufgewachsen in Manchester, und zwar in einer Familie, die seit mehreren Generationen zur oberen Mittelklasse der Stadt gehörte.

Louise Urqharts Vater war als Anwalt in Manchester tätig gewesen, und sie war sein einziges Kind. Ihre Mutter starb, als sie zehn Jahre alt war, und Louise wuchs fortan mit ihrem Vater und einer Haushälterin auf. Abgesehen davon, hatte sie die meiste Zeit ihres Lebens auf verschiedenen Mädcheninternaten verbracht.

Im Alter von neunzehn Jahren nahm Louise an der Universität von York ein Studium der Geisteswissenschaften auf, sie verbrachte dort sieben Jahre, bis sie genügend Punkte für ein Masterexamen mit guten Zensuren zusammenhatte. Sie studierte verschiedene Fächer und schien dabei keine traditionellen Studienkombinationen zu verfolgen. »Es war alles dabei – von Zen-Buddhismus und orientalischen Sprachen bis hin zu Filmwissenschaften und Dramaturgie und dazu noch Gott weiß was«, stellte Alexander fest. »Vielleicht ist sie eine Suchende«, fügte er mit einem resignierten akademischen Schulterzucken hinzu.

Was sie getan hatte, nachdem sie ihre akademischen Studien abgeschlossen hatte, war auch nicht ganz klar, doch hauptsächlich handelte es sich wohl um verschiedene Jobs in der Medienbranche, wobei man auch hier nicht wusste, was ihre Arbeitsaufgaben jeweils gewesen waren. Ein halbes Jahr in einer Werbeagentur in London, ein weiteres halbes Jahr bei einem lokalen Radiosender ebenda, danach fast ein Jahr in Birmingham bei einem privaten Film- und Fernsehproduzenten, und so war es zehn Jahre gegangen, bis zum Tod ihres Vaters. Er starb an einem plötzlichen Herzinfarkt, eine Woche bevor er und seine einzige Tochter deren dreißigsten Geburtstag feiern wollten.

Laut Nachlassverzeichnis hatte er knapp fünf Millionen Pfund hinterlassen, doch da solche Dokumente gern zurückhaltend formuliert waren, handelte es sich sicher um gut das Doppelte.

Finanziell unabhängig mit dreißig, hatte Louise Urqhart seither ihre Zeit damit verbracht, zu reisen und ihr Vermögen zu verwalten. Sie hatte im Grunde alle Orte auf unserer Erde besucht und auf höchst unbeschwerte Weise gewöhnliche Unterhaltungsreisen nach New York, Mallorca, Venedig und Singapur mit Fußwanderungen durch Tibet, Yogacamps in Indien und monatelangen Fotosafaris in Afrika kombiniert.

»Anscheinend hat sie sogar fünfzehn Tage in Spitzbergen verbracht«, erklärte Alexander und schüttelte missgelaunt den Kopf. »Was in aller Welt hatte sie denn da verloren?«

Vielleicht eine Abenteuerreise auf den Spuren Pippi Langstrumpfs, dachte Mattei, die sich plötzlich unerklärlich fröhlich fühlte.

Ein Teil ihrer Geschäfte betraf die zehn bis zwanzig Mietshäuser in der Stadtmitte von Manchester, die sie von ihrem Vater geerbt hatte und um deren Verwaltung sie sich offenbar aktiv kümmerte, wenn sie nicht gerade auf Reisen war. Das hatte Louise Urqhart und Abbdo Khalid zusammengeführt.

Im September des vorangegangenen Jahres, einen knappen

Monat, nachdem er sein Studium an der Universität aufgenommen hatte, war Khalid in eine kleinere Wohnung in einem alten Patrizierhaus gezogen, das die Bombardierungen des Krieges heil überstanden hatte und nun zu einem kleineren Mietshaus mit fünfzehn Wohnungen umgebaut worden war. Louise Urqhart hatte ihm die Wohnung persönlich gezeigt, und als sie fragte, was er denn getan habe, ehe er nach Manchester zur Universität gekommen sei, habe er geantwortet: als Elektriker gearbeitet.

»So soll das Ganze begonnen haben«, erklärte Alexander. »Offenbar gab es in jenem Haus Schwierigkeiten mit der Elektrik. Khalid aber konnte das binnen einer Woche in Ordnung bringen, und nach einer weiteren Woche hatten sie eine Beziehung begonnen. Eine sexuelle Beziehung, die zudem, nach unserer Dokumentation zu schließen, sehr intensiv war. Vom Sicherungskasten ins Schlafzimmer, wenn ich es mal so zusammenfassen darf.«

»Haben Sie kein Bild von ihr?«, fragte Mattei.

»Doch, jede Menge. Sowohl bewegliche Bilder als auch normale. Und Ton dazu, natürlich. Was diese Dinge angeht, haben wir in unserem Land eine große Tradition«, erwiderte Alexander mit einem Seufzen.

Mit einigen Klicks auf seinem Computer hatte er die Fotos von Abbdo Khalid und seiner Familie verschwinden lassen und durch ein Foto von Louise Urqhart ersetzt.

»Das Interessante an diesem Bild ist, dass Abbdo Khalid es gemacht hat. Zu Hause im Garten ihres Hauses. Dasselbe Haus übrigens, in dem sie aufgewachsen ist.«

Ups, dachte Mattei, als sie das Bild von Louise Urqhart sah, die völlig anders aussah, als sie erwartet hatte.

»Gewiss eine sehr attraktive Frau für den, der diesen Typ bevorzugt«, sagte Alexander. »Mein alter Vater, der ein schrecklicher Sexist ist, pflegt solche Frauen als erstklassige britische Landrasse zu bezeichnen. Eine etwas seltsame Beschreibung, wenn man bedenkt, dass Urqhart keiner der drei Ehefrauen meines Vater gleicht, und am allerwenigsten meiner eigenen Mutter.«

Dann war das vielleicht nur ein Ausdruck seiner Sehnsucht, dachte Mattei, nach jemandem wie Louise Urqhart, die einfach nur in ihrem Garten steht und ihrem Geliebten in die Augen und die Kameralinse sieht. Barfuß, das Hemd über der zerschlissenen Jeans, gerade Haltung, zugewandter Blick und nur die Andeutung eines Lächelns. Und wonach suchst du, Alexander?

Als nun ein paar Wochen bevor Alexander in Schweden anrief die Osterferien an der Universität begannen, war Abbdo von London nach Schweden geflogen und auf dem Flugplatz Skavsta in Sörmland gelandet. Einer seiner jüngeren Brüder hatte ihn abgeholt und nach Eskilstuna gebracht. Auch Louise Urqhart hatte ihr Haus in Manchester verlassen, doch war unklar, wohin.

Der Sekretärin in der Rechtsanwaltskanzlei ihres Vaters, die immer noch ihre Angelegenheiten regelte, hatte sie mitgeteilt, sie wolle eine Weile Ferien in Europa machen. Sie hatte ihre Tasche gepackt, Kreditkarten, Pass, Geld, Smartphone mitgenommen, sich in ihr Auto gesetzt, das Haus verlassen, in dem sie wohnte, und sich fünf Minuten später in Luft aufgelöst. Das Team der Antiterroreinheit, die sie beschatten sollte, verlor sie im Rushhour-Verkehr im Zentrum von Manchester, und zwar kurz nachdem der Sender, den man unter ihrem Auto platziert hatte, den Geist aufgegeben hatte. Ihr Auto fand man eine Woche später. Es stand in einem Parkhaus am Flugplatz Manchester, doch von Louise Urqhart keine Spur. Und das war der aktuelle Stand der Dinge. Das Handy war abgeschaltet, und es gab keine Abbuchungen von ihrer Kreditkarte.

»Sie muss geplant haben, gleichzeitig mit Khalids Abreise nach Schweden auch zu verschwinden. Wahrscheinlich hat Khalid ihr auch dabei geholfen. Doch leider wissen wir nicht, wohin sie gefahren ist, wo genau sie sich jetzt befindet und was sie da wohl macht«, sagte Alexander.

»Hingegen wissen wir, dass sie über einige Monate hinweg, ehe sie verschwand, große Barbeträge abgehoben hat, und zwar insgesamt mindestens fünfzigtausend Pfund«, fuhr er fort.

»Und warum?«, fragte Wiklander.

»Um ihren neuen Freund und das, was er in Schweden zu tun plant, zu finanzieren. Ich glaube, dass sie ihm das Geld bereits gegeben hat und sich nun selbst so lange fernzuhalten plant, bis er seine Arbeit erledigt hat und die beiden wieder zusammen sein können. Ich möchte allerdings unterstreichen, dass dies nur meine Vermutung ist. Dieser Teil der Geschichte ist mit vielen Fragezeichen behaftet.«

Alexander sagte, Louise Urqhart sei eine sehr interessante Frau. Nicht nur als menschliches Individuum, sondern vielleicht vor allem als Beispiel für ein Mitglied einer schnell wachsenden Gruppe, die von großer Relevanz bei der Bekämpfung von islamistischem Terrorismus in der westlichen Welt geworden war.

»Sie kennen doch sicherlich die Geschichte von Samantha Lewthwaite? Die weiße Witwe des farbigen Selbstmordattentäters Germaine Lindsay, der sich bei dem Attentat in der U-Bahn von London vor zehn Jahren in die Luft sprengte, bei dem siebenundfünfzig Personen ihr Leben ließen. Inzwischen lebt sie mit ihren vier Kindern in Somalia. Sie ist übrigens seit einigen Jahren mit Hassan Maalim Ibrahim verheiratet, der eine leitende Position innerhalb der al-Shabaab innehat. Westlichen Frauen mit traditionellem bürgerlichem Hintergrund, die mit muslimischen Terroristen zusammenleben. Die Bombenbauer und ihre Frauen. Ich bin überzeugt, dass Louise Urqhart inzwischen zu dieser Gruppe gehört.«

Konnte es wirklich so einfach sein? Die Bombenbauer und ihre Frauen. Was war aus der erstklassigen britischen Landrasse geworden?, fragte sich Lisa Mattei

15

Ihr Treffen unter vier Augen hatte Lisa mit einer neugierigen Frage begonnen. Was stand auf dem kleinen Schildchen, das auf den Schlips mit den weißen Mäusen gestickt war?

»Semper excitet aliquem. Irgendjemanden stört es immer«, erwiderte Jeremy Alexander.

»Aber dieser Schlips kommt nicht vom Merton«, sagte Mattei.

»Um Himmels willen, nein«, entgegnete Alexander. »Wie würde das denn aussehen. An einem solchen Ort gibt es doch keine weißen Mäuse. Im Gegenteil. Die sind in den Statuten von Merton ausdrücklich verboten. Sie sind von 1342. Also, die Statuten, die Mäuse sollen noch viel älter sein, wenn man gewissen oppositionellen Stimmen glauben möchte, aber wenn Sie, einem späten Galileo nicht unähnlich, versuchen würden, diesen Standpunkt ernsthaft behaupten zu wollen, dann könnten Ihnen die schlimmsten Dinge zustoßen.«

»Woher kommen sie dann?«, beharrte Mattei.

»The White Mouse Club«, erklärte Alexander. »Was die Zahl betrifft, eine sehr viel kleinere Gemeinschaft als die, die an Orten wie Merton geschaffen wurde, und die selbstverständlich Ursache dafür ist, dass die erlaubten Mitglieder so wenige waren.«

Es sei eine Vereinigung für alte Freunde, die gemeinsam aufgewachsen waren, dieselben Schulen besucht, dasselbe Leben gelebt und sich mit denselben Sachen beschäftigt hatten. Er selbst habe mehrere ältere Verwandte, die diesen Schlips getragen hätten, und zwar aus denselben Gründen wie er.

Was den Text anging, so wäre das Wichtige hier die verborgene bildhafte Botschaft. Dass man nicht alles glauben solle, was man sehe. Wie zum Beispiel ein paar weiße Mäuse, die in einer Reihe über eine blaue Wiese tippelten. Vor allem nicht, wenn man vorher getrunken hatte.

Mit dem Schlips von Merton, den er auf dem fast nie gezeigten offiziellen Foto von sich trug, sei es hingegen einfacher, denn dieser vermittle eine andere Botschaft. Hier gehe es um wissenschaftliche Studien, intellektuelle Mühen, hoffentlich hohe Künste und große Moral, und wer wolle sich denn daran stören?

»Ich habe schon gehört, dass wir eine gemeinsame Bekannte am Merton haben«, stellte Alexander mit seinem amüsierten Lächeln fest.

»Und ich habe schon gehört, dass sie mit ihr gesprochen haben, ehe ich es tat«, erwiderte Mattei.

»Eine Frau mit besonderem Intellekt«, sagte Alexander. »Ich weiß nicht, ob sie Ihnen das erzählt hat, aber ich war tatsächlich ihr Betreuer, als sie ihre Doktorarbeit schrieb. Natürlich brauchte sie mich nicht. Wir trafen uns einmal im Monat in der Teestube des British Museum, um ihre Arbeit durchzugehen. Jedes Mal saßen wir stundenlang da und sprachen ununterbrochen miteinander, aber auf ihre Doktorarbeit kam die Rede eigentlich nie.«

»Worüber haben Sie dann gesprochen?«, fragte Mattei.

»Über alles Mögliche«, erwiderte Alexander, der plötzlich an etwas anderes zu denken schien. »Hauptsächlich wohl über weiße Mäuse, die über eine blaue Wiese tippeln.«

16

Danach wechselten sie das Thema und kamen zur Sache. Höchste Zeit, dachte Lisa Mattei.

Alexander hatte ihr einen gewöhnlichen USB-Stick gegeben, der sicherheitshalber rot war, aber als sie fragte, ob sie den Empfang in irgendeiner Weise mit ihrer Unterschrift bestätigen müsse, hatte er nur mit demselben leichten Kopfschütteln, dem amüsierten Lächeln und dem wissenden Blick zu den glatten Wänden des fensterlosen Raumes, in dem sie saßen, geantwortet.

»Papiere haben schon mehr Leute aus unseren Kreisen getötet als Kugeln und Pulver«, erwiderte Alexander. »Außerdem gibt es noch etwas, worüber wir einig werden müssen.«

»Dann reden wir mal davon«, sagte Lisa Mattei, die schon ahnte, was jetzt kommen würde. »Doch vorher habe ich eine sehr konkrete Frage. Das mit den Projektilen, die bei der Sprengung vor dem Old Trafford benutzt wurden, was war denn an denen so besonders?«

»Rebar«, sagte Alexander. »Kleine Stückchen von Rebar. Scharf, rostig, widerliche kleine Stückchen Rebar.«

»Rebar«, wiederholte Mattei. »Ist das irgendeine Art Schwermetall?« Wo war der Kollege Wiklander, wenn man ihn brauchte? Doch Alexander investierte eine Minute von ihrer kostbaren Zeit, um ihr zu verdeutlichen, was er meinte.

»Lange Eisenstangen, die man benutzt, um ein Dach, einen

Fußboden oder eine Wand zu verstärken, zum Beispiel, wenn man ein Haus mit Beton hochzieht«, erklärte Alexander.

»Verstehe«, sagte Mattei. »Armierungseisen.«

»Yes«, stimmte Alexander zu, obwohl er das Wort eigentlich nicht kennen konnte. »Lange Eisenstangen.«

»Armierungseisen«, sagte Mattei noch einmal.

»Armierungseisen«, echote ein offensichtlich vergnügter Alexander.

»Und was ist daran so besonders?«, fragte Mattei.

»Dass es hier in England noch nie zuvor als Material für Projektile benutzt worden ist. Und in Europa auch nicht, soweit wir wissen. In den letzten Jahren gab es nur ein paar bekannte Fälle. Einen in Kenia und einen im Irak.«

Dann holte er ein wenig aus und berichtete Mattei, was sein Analytiker ihm gesagt hatte, als er die ganz und gar berechtigte Frage gestellt hatte, warum Armierungseisen so interessant waren.

Zunächst einmal waren solche Bomben sehr selten und zum zweiten waren sie ungewöhnlich effektiv, wenn man sich einmal dafür entschieden hatte, eine zu bauen. Der Bombenexperte, mit dem er gesprochen hatte, wunderte sich im Grunde, dass sie nicht häufiger verwendet wurden.

Wenn man eine Selbstmordbombe herstellte, dann waren die Projektile, welche die Sprengladung umgaben, von entscheidender Bedeutung. Sie waren es, die Menschen töteten, die sich etwas weiter von der Sprengladung entfernt befanden, und verglichen mit den Projektilen war die Sprengladung fast eine harmlose Sache.

Wenn man nur durch die Druckwelle getötet werden sollte, dann musste man sich innerhalb eines Radius von höchstens zehn Metern davon befinden. Oder, falls man weiter weg stand, das Pech haben, mit dem Kopf an eine Hauswand geschleudert zu werden.

Bei der Herstellung einer Bombe gab es viele praktische Probleme. Zunächst einmal musste man sich solcher Materialien bedienen, die man ganz offen kaufen konnte, insofern, als sie für die Anwendung zu ganz anderen und friedlichen Zwecken gedacht waren. Deshalb wurden auch so oft Nägel, Schrauben, Eisenteile, grober Bleihagel oder ganz allgemein scharfkantige Metallteile verwendet. Wie bei einer Rohrbombe zum Beispiel, wo die Metallröhren um die Sprengladung herum splitterten und sich, wenn die Ladung detonierte, in eine Menge messerscharfer Scherben verwandelten. Außerdem strebte man immer danach, die Bombe so leicht und klein wie möglich zu halten, während man gleichzeitig so viele Projektile wie möglich darin unterbringen wollte.

Unter diesen Umständen war gewöhnliches Armierungseisen eine gute Wahl. Man schnitt das Eisen schräg ab, so dass man ein etwa drei Zentimeter langes, spitzes Eisenstück erhielt, das ungefähr zehn Gramm wog. »Wie ein verstümmelter Kegel«, verdeutlichte Alexander.

»Kleine, scharfe, rostige, garstige Stückchen Armierungseisen. Bedeutend leichter als Projektile aus Stahl oder Blei und dadurch mit der unangenehmen Eigenschaft, dass sie nicht in den Wänden steckenbleiben, sondern abprallen und hin und her schießen, wie andere Projektile es nicht tun.

Wie ein Schwarm tödlicher Killerwespen, die unermüdlich in der Luft kreisen«, fasste Alexander zusammen.

Viele der bekannten Bombenbauer signierten ihr Werk – in der Regel ohne es zu wissen, und zwar durch die Praktiken, die sie erlernt hatten. Manchmal aber auch bewusst, um ihren Widersachern eine Botschaft zu senden. Das konnte alles sein, von der Art, wie sie ihre Elektrokabel verbanden oder das überhängende Kabel einwickelten, bis zu der Art, wie sie ihre Projektile an der Sprengladung befestigten und anordneten.

Der Analytiker, mit dem Alexander gesprochen hatte, hielt es für nicht unwahrscheinlich, dass die Wahl von Armierungseisen das erste Beispiel für ein von Abbdo Khalid signiertes Werk darstellte. Was ja auch zu den Informationen passen würde, die man aus Kontakten zwischen Abbdo Khalid und den Attentätern von Manchester gewonnen hatte.

»Natürlich fragt man sich, woher er diese Idee haben könnte«, fuhr Alexander fort. »Soweit wir wissen, hat er weder auf dem Bau gearbeitet noch in irgendeiner Mechanikwerkstatt oder auf einem Bauernhof auf dem Lande.«

»Ich werde es Ihnen sagen, sobald wir es wissen«, sagte Mattei. »Doch eine konkrete Frage habe ich, wenn wir jetzt von Schweden sprechen. Die Informationen, dass dieses Attentat an unserem Nationalfeiertag und wahrscheinlich im Skansen-Park in Zusammenhang mit den öffentlichen Feierlichkeiten ausgeführt werden soll, womit es sich sowohl gegen Mitglieder des Königshauses richten würde als auch gegen solche aus unserer Regierung – wie gesichert sind diese Informationen?«

»Sie stammen von Khalid selbst. Ich beurteile sie als so sicher, wie man nur sein kann, bevor die Tat ausgeführt ist.«

»Okay«, sagte Lisa Mattei. »Wenn wir nun, um Zeit zu sparen, einfach mal annehmen, Sie haben einen Informanten in Khalids Nähe, auf diese Frage müssen Sie nicht einmal eingehen …«

»Wenn ich das nun hätte«, unterbrach Alexander sie, »dann könnte das ja ein Grund dafür sein, dass diese Person Kontakt zu unzähligen Menschen wie Khalid hätte und deshalb die Person wäre, die Khalid ein paar gute Ratschläge erteilt, wie man eine funktionierende Teufelsmaschine zusammenschraubt. Auch er studiert übrigens an der Universität Manchester, wenn auch an einem ganz anderen Institut als Khalid, und Sie finden alle Informationen, die wir über ihn haben, in dem Material, das ich Ihnen gegeben habe. Wer wen mit wem zusammengeführt hat, das können wir bis auf Weiteres unberücksichtigt lassen.«

»Kennen die Kollegen von der Anti-Terror-Einheit Ihren Informanten?«

»Wie würde das denn aussehen?«, erwiderte Alexander mit gespielter Entrüstung. »Diskretion ist Ehrensache, wenn es um unsere Mitarbeiter geht. Nicht zuletzt sind wir sehr bemüht, sie vor unseren verschiedenen Kollegen zu schützen.«

»Okay«, fuhr sie fort. »Dann habe ich nur noch eine Frage. Sagen Sie mir, worüber wir uns einig werden müssen.«

Und wie ich dir helfen kann, deinen Informanten zu schützen, fügte sie im Stillen hinzu. Ohne dafür das Leben meines Königs und der Königin plus einer Reihe von Mitgliedern der Regierung aufs Spiel setzen zu müssen.

»Das ist ganz einfach, was uns betrifft«, erwiderte Jeremy Alexander und rückte den Stuhl zurecht, auf dem er saß.

Vor einer knappen Woche hatte er bemerkt, dass die britische Polizei im Begriff war, ungefähr zehn Personen im Zusammenhang mit dem Selbstmordattentat vor dem Old Trafford festzunehmen. Einer davon war Abbdo Khalid, und zu diesem Zweck wollte man Kontakt zur schwedischen Säpo aufnehmen, um praktische Hilfe zu erbitten, da Abbdo, noch ehe man genügend Beweise gegen alle Beteiligten für einen Zugriff vorliegen hatte, nach Schweden ausgereist war.

Einem von Alexanders Mitarbeitern war in dem großen Fluss von Informationen, die unentwegt zwischen den verschiedenen Organisationen der britischen Sicherheitsbehörden hin und her wechselten, eine Notiz über den geplanten Zugriff aufgefallen.

Dieser Informationsfluss war schon immer Tradition gewesen, seit dem 11. September aber die absolute Regel, da sie zwangsläufig zu einer Institution werden mussten, in der die eine Hand immer wusste, was die andere gerade tat.

Es wäre übertrieben zu sagen, dass die Kollegen von der Terrorabwehr sich ohne Murren gefügt hätten. Seit dem 14. März standen sie durch die Medien im ganzen Land unter beträchtlichem Druck, und im Grunde genommen stellte sich jeden Tag irgendein Politiker im Parlament hin und fragte, was um Himmels willen eigentlich die Sicherheitsdienste den ganzen Tag so trieben. Ganz zu schweigen von der Stimmung innerhalb der normalen Schutzpolizei. Vier von ihren Kollegen wurden getötet und drei waren Invaliden.

Es war nicht leicht gewesen, sich zu einigen, berichtete Jeremy Alexander. Doch schließlich hatte es funktioniert. Die entscheidende Unterstützung hatte er von seinem »amerikanischen Freund« bekommen. Ferner hatte Alexander also, während er auf die Information wartete, Zeit gewonnen, die ihm und der Terrorabwehr die Möglichkeit gab, nicht nur gegen die Personen vorzugehen, die hinter dem Bombenattentat auf Old Trafford standen, sondern auch gegen eine bedeutend größere Zahl Gleichgesinnter, die außerhalb Englands unterwegs waren. In Europa und in den USA gleichermaßen.

So weit, so gut. Für ihn und die Leute, mit denen er zusammenarbeitete, gab es wichtigere Ziele als das, was ihnen jetzt durch den nicht erfolgten Zugriff verloren gegangen war. Wenn die Antiterroreinheit ihren Plan durchgezogen hätte, dann hätten sie alles verloren, was sie bisher aufgebaut hatten. Dann hätten sich ihre Widersacher höchstwahrscheinlich ausgerechnet, wie das alles vor sich gegangen war, und hätten beschlossen, unterzutauchen.

»Natürlich hege ich nicht den geringsten Wunsch, meinen

Arbeitsfrieden dadurch zu wahren, indem ich zulasse, dass irgendwelche wahnsinnigen Jihadisten die schwedische Regierung umbringen«, sagte Alexander. »Dennoch muss ich eine Forderung an Sie stellen, Lisa, wie ich sie auch an meine eigenen Kollegen gestellt habe. Wenn wir mal annehmen, dass Sie plötzlich in eine Ecke gedrängt werden und keine andere Wahl haben, als Khalid und die Mittäter, die er mit Sicherheit bereits rekrutiert hat, zu ergreifen, dann müssen Sie darauf achten, es so zu tun, dass es nichts davon aufs Spiel setzt, was wir innerhalb meiner Organisation und bei unseren amerikanischen Freunden aufgebaut haben. Hier geht es konkret darum, dass Sie rechtzeitig einen sehr glaubwürdigen Zufall konstruieren müssen oder eine Gelegenheit, die Sie veranlasst hat, Khalid zu ergreifen. Dass er ganz einfach Pech hatte. Sie dürfen keinen Anlass für auch nur den geringsten Verdacht schaffen, dass wir die ganze Zeit von allem gewusst und ihn einfach nur beobachtet haben. Deshalb müssen wir auch ständig Kontakt halten, Sie und ich. Ich muss fortlaufend und im Detail erfahren, was Sie und Ihre Kollegen tun und was Sie zu tun planen, und mir ist sehr bewusst, dass Sie das nicht gerade gerne hören.«

»Da täuschen Sie sich«, erwiderte Lisa Mattei, »ich würde ganz genauso handeln wie Sie.«

»Wie schön zu hören, dass wir uns einig sind«, sagte Alexander. »Außerdem habe ich die einzige gute Nachricht bis zum Schluss aufgehoben. Oder bis fast zum Schluss, wenn man ganz genau sein möchte.«

»Fast zum Schluss?«

»Es passieren die ganze Zeit Dinge«, sagte Alexander und zuckte mit den Schultern, »und das hier habe ich erst eine Stunde, bevor Sie hier gelandet sind, erfahren.«

»Dann sagen Sie es mir jetzt.«

»Nein«, erwiderte Alexander, »ich hebe es bis zum Schluss auf. Hoffentlich ist es nicht nur eine weiße Maus, die zufällig vorbeitrippelt. So eine, die es nicht gibt. Man muss nicht alles glauben, was man sieht.«

Die gute »Neuigkeit« war, dass der schwedische Nationalfeiertag am 6. Juni begangen werden sollte. Bis dahin waren es noch fast vier Wochen, und wenn alles in dem Zeitrahmen ablief, wie er es erwartete, dann würde sein praktisches Problem wahrscheinlich vor dem Nationalfeiertag gelöst werden. Damit wäre dann auch Lisa Mattei frei, zu handeln, wie sie wollte.

»Und Khalid? Wie wird er darauf reagieren?«, fragte Mattei.

»Sie können ganz beruhigt sein, Lisa«, sagte Alexander. »Er wird keine Ahnung haben, was passiert ist, ehe es für ihn zu spät ist, noch etwas zu tun.«

»Ich gehe mal davon aus, dass Sie nicht vorhaben, eine Drohne nach Eskilstuna zu schicken«, sagte Lisa Mattei.

Lieber frage ich mal, dachte sie.

»Nein«, sagte Alexander und schüttelte den Kopf. »Nicht nach Eskilstuna.«

Wie viele Leute er und sein amerikanischer Freund wohl schon getötet hatten? Und wie viele diesmal auf der Liste standen?

»Nun gut«, sagte Jeremy Alexander. »Höchste Zeit, dass wir mal von unserer weißen Maus sprechen. Oder von dem, was hoffentlich seine Ursache nur darin hat, dass ich langsam richtig paranoid werde und Sachen zu sehen glaube, die nicht existieren. Wo wollen Sie beginnen?«

»Erzählen Sie mir von dem Hintergrund«, sagte Mattei. »Ganz gleich, von welcher Alternative wir reden, muss der ja wohl immer derselbe sein.«

Vielleicht etwas selbstfixiert, dachte sie.

»Selbstverständlich, touché«, sagte Alexander, und da war wieder das jungenhafte Lächeln.

Ein paar Stunden zuvor hatte der britische militärische Abschirmdienst eine SMS an ein Handy aufgefangen, die ungefähr zur selben Zeit geschickt worden war, als Mattei und ihre Kollegen in Bromma ins Flugzeug gestiegen waren. Das Empfängerhandy befand sich ein paar Hundert Kilometer südlich von Stockholm, und das, welches die Nachricht gesendet hatte, im Zentrum von Stockholm. Drei Minuten später hatte das Empfängerhandy mittels einer leeren SMS bestätigt, die Nachricht erhalten zu haben.

»Wie interpretieren Sie das?«, fragte Mattei.

»Dass derjenige, der die Nachricht zuerst entgegennimmt, sich in einem Auto befindet, das mit einer Geschwindigkeit von ungefähr hundert Stundenkilometern auf der E4 in nördlicher Richtung nach Stockholm fährt. Unsere Techniker sind sich dieser Sache übrigens sehr sicher. Sie haben drei verschiedene Telefonmasten benutzen können, um das Handy zu orten.«

Makes sense, dachte Mattei und nickte.

»Beide Handys sind uns bekannt, obwohl sie nie zuvor benutzt wurden. Die Nummern, die sie haben, zeigen nämlich, dass es sich wahrscheinlich um zwei der drei Handys handelt, die Abbdo Khalid vor einem knappen halben Jahr hier in Manchester kaufte. Sie haben nämlich dieselbe SIM-Karte.«

»Wie lautet die Nachricht?«

»Sehr kurz ist sie, mit Raum für Interpretation«, sagte Alexander und schob ihr einen Zettel mit einer handschriftlichen Notiz darauf hin.

Take Care! L U

»Take Leertaste Care Ausrufungszeichen Leertaste Großes L Leertaste Großes U«, sagte Mattei, die laut las. »Exakt«, sagte Alexander und nickte.

»Und wie interpretieren Sie das?«

»Wenn es nun wirklich weiße Mäuse gäbe, würde ich es als eine Warnung interpretieren. Pass auf dich auf... Ausrufungszeichen... Großes L, großes U, was ja die Initialen von Louise Urqharts Namen sind. Dieser auf mystische Weise spurlos verschwundenen britischen Frau, die ihrem geliebten Bombenbauer sagen will, dass er Acht geben muss, weil Sie und Ihre Kollegen ihm auf der Spur sind.«

»Aber wie sollte sie das wissen?«

»Gute Frage«, erwiderte Alexander, »das sollte man herausfinden. Eine andere und wahrscheinlichere Interpretation ist die, dass sie inzwischen in Schweden ist und Khalid einfach eine Liebeserklärung schicken wollte. Dass sie ihm ein Lebenszeichen zukommen lassen wollte und sich dafür entschied, aus dem Ganzen einen kleinen Witz zu machen, indem sie in der Art und Weise schreibt, wie junge Leute es zu tun pflegen. Dass L U in Wirklichkeit für Love You und gleichzeitig auch Louise Urqhart steht, und dass sie vielleicht keine Ahnung von Abbdos etwas schrägem Interesse für explosive Materialien hat. Dass ich mir ganz einfach eingebildet habe, eine weiße Maus zu sehen.

»Und dann gäbe es noch eine dritte Variante«, sagte Mattei.

»Eine richtig fette weiße Maus«, stimmte Alexander zu.

»Wie sähe die aus?«

»Dass jemand innerhalb Ihrer Organisation von der Ermittlung gegen Khalid erfahren hat, die Sie gerade eingeleitet haben. Dass er oder sie ihn warnen will. Im schlimmsten Fall, dass er oder sie von Louise Urqharts Existenz weiß und um uns zu verwirren, ihre Initialen verwendet. Dass er oder sie bei Ihnen arbeitet und von unserer Ermittlung zur gleichen Zeit erfahren hat wie Sie. Dass Sie tatsächlich in Ihrem neuen, schönen Haus draußen in Solna einen Maulwurf beherbergen.«

»Ich denke, meine drei Reisebegleiter können Sie da ausschließen«, meinte Mattei. »Außerdem hatten sie keine Ahnung, worum es in diesem Fall überhaupt geht, ehe sie das Flugzeug bestiegen. Und keiner von uns wusste von Khalid, ehe Sie uns von ihm erzählt haben. Außerdem vertraue ich ihnen. Rückhaltlos.«

Bliebe noch mein Chef, der Generaldirektor, dachte Lisa Mattei. Den muss ich fragen, sowie wir uns sehen. Darauf freue ich mich schon.

»Ich vertraue Ihren Mitarbeitern auch«, stimmte Alexander zu. »Sie haben sie ausgewählt, und ich vertraue Ihnen.«

»Wie stellen wir das nun rein praktisch an?«, fragte Lisa Mattei.

»Darum habe ich mich bereits gekümmert«, sagte Alexander. »Wenn Sie an Ihren Schreibtisch kommen und Ihren Computer hochfahren, werden Sie eine neue Kontaktadresse vorfinden, die nur für Sie und für mich und nur für diese Sache gedacht ist. Dann werden wir wohl jeder an seinem Platz arbeiten müssen und sehen, wie sich das Ganze entwickelt. Hoffentlich ist es einfach so, dass ich mich täusche.«

»So machen wir das«, sagte Mattei. »Eine letzte Frage noch. Wie kommt es, dass Sie mir vertrauen? Wir haben uns doch gerade erst kennengelernt.«

»Weil Sie genauso sind wie ich«, sagte Alexander. »Das habe ich sofort begriffen, als ich Sie gesehen habe. Und an dem Tag, an dem ich aufhöre, mir selbst zu vertrauen, werde ich auch mit dieser Arbeit aufhören. Dann werde ich ans Merton zurückkehren und nur noch nachdenken, lesen und schreiben. Vielleicht auch mit meinen Kindern zusammen sein.«

»Also nicht eine Menge Fasane schießen und gute Weine trinken?«, fragte Lisa.

»Vielleicht den ein oder anderen«, antwortete Alexander mit einem leichten Lächeln. »Wir werden sehen. Jeder Tag hat seine Herausforderung. Sie verstehen sicher, was ich meine.«

17

Als Alexander und Mattei nach ihrem Gespräch unter vier Augen zurückkamen, warteten die Mitarbeiter schon. Außerdem war ihnen Tee serviert worden, und aus der ungezwungenen Stimmung zu schließen, waren sie dazu übergegangen, von anderen Dingen als der Arbeit zu sprechen.

Alexanders Mitarbeiterin, die Frau, die scheinbar aus dem Nahen Osten stammte, goss beiden mit einem freundlichen Lächeln Tee ein.

Lisa ließ die Scones aus und begnügte sich mit einer Tasse Tee, wobei sie zum vielleicht hundertstenmal verstohlen auf ihre Uhr schielte, denn sie verspürte eine zunehmende Ruhelosigkeit, die auch ihrem Gastgeber nicht entging. Ein fragender Blick, ein bekräftigendes Nicken von Lisa – mehr war nicht nötig.

»Fünf Minuten«, sagte Alexander, formte mit seinen langen Händen einen Bogen und legte die Fingerspitzen aufeinander. »Auch wenn es jetzt so nett ist, haben unsere schwedischen Kollegen doch einige Arbeit vor sich. Wir wollen sie deshalb nicht länger als nötig aufhalten.«

Zehn Minuten später saßen Lisa Mattei und ihre drei Reisebegleiter wieder im Flugzeug. Neue Besatzung mit zwei männlichen Piloten und einer Stewardess, doch schienen sie aus demselben Holz geschnitzt zu sein wie die Kollegen, die sie nach England hingeflogen hatten.

Wahrscheinlich alte englische Eiche, dachte Lisa Mattei. Bei der langen Geschichte. Dasselbe Material, aus dem sie schon fünfhundert Jahre lang ihre Seeleute gemacht haben, die über die Weltmeere herrschten.

Das Schweigen, das Linda Martinez sich auch für den Start erbeten hatte, hielt dann im Großen und Ganzen den gesamten Flug über an. Martinez und Dan Andersson hatten sich in den hinteren Teil der Kabine verzogen und sich jeder ein heißes Sandwich, Kaffee und Wasser servieren lassen, um dann auf ihren Computern zu tickern. Lisa hatte auch ein Sandwich bestellt, Mineralwasser dazu und eine Tasse Tee. Dann hatte sie den roten USB-Stick in ihren Laptop gesteckt und angefangen, die knapp fünfhundert Seiten umfassenden Unterlagen, die Alexander ihr gegeben hatte, schnell zu überfliegen.

Der Einzige, der von diesem Muster abwich, war Wiklander, der sein Sandwich zusammen mit Käse, Schokolade und Obst bestellt und die Aufmerksamkeit der Stewardess auf den ausgezeichneten Rotwein gelenkt hatte, der ihnen zum Mittagessen serviert worden sei. Ob man den vielleicht …

Selbstverständlich konnte man, versicherte ihm die Stewardess. Das Vergnügen wäre ganz auf ihrer Seite, und sie wäre überaus glücklich, wenn Wiklander sich der letzten Flasche eines Weines erbarmen würde, der ansonsten nur auf irgendeinem Regal liegen bleiben und ihre Verproviantierung unnötig verkomplizieren würde.

»Ich verspreche, mein Bestes zu geben«, versicherte Wiklander.

Dann nahm er ein zerknittertes Exemplar der *Times* aus der Tasche seines Jacketts, holte Bleistift und Radiergummi hervor und begann, das Kreuzworträtsel zu lösen.

»Zufällig habe ich eine *Times* von gestern gefunden«, sagte er zu Mattei, »deren Kreuzworträtsel ist einfach unschlagbar.«

»Hm«, brummte Mattei, die ein gutes Stück weit gelesen hatte und mit ihren Gedanken jetzt ganz woanders war.

Ich brauche jemanden, mit dem ich über all das hier reden kann, dachte sie. Jemanden, dem ich vertrauen kann. Wenn ihr alter Chef und Mentor Lars Martin Johansson noch am Leben wäre, dann wäre er natürlich ihre erste Wahl gewesen. Selbst wenn er in Rente wäre, hätte sie ihn trotzdem um Rat gebeten, zur Not, ohne ihren derzeitigen Chef darüber zu informieren. Aber er war tot. Er hatte sich sein eigenes Grab geschaufelt, mit Messer und Gabel, fröhlichem Humor und einer großen Serviette über dem Bauch, die er immer beim Essen in seinem Hemdskragen befestigte, weil er sich sonst »so grässlich bekleckerte«. Aber offensichtlich hatte er nicht genug gekleckert, denn das, was er trotz allem in sich hineinbekommen hatte, war genug für einen massiven Herzinfarkt gewesen.

»Du, Jan«, begann Mattei, »ich muss dich was fragen.«

»Hm«, brummte nun Wiklander, der darüber nachdachte, wer polyphone Motetten für Holmes geschrieben hatte. Drei Wörter mit drei, zwei oder fünf Buchstaben.

»Ich musste eben an Lars Martin denken«, sagte Mattei. »Was glaubst du wohl, hat er in dem Moment gedacht, als er begriff, dass er sterben würde?«

»Der Mann, der um die Ecke sehen konnte«, sagte Wiklander.

»Ja«, sagte Mattei.

»Dass es jetzt so weit war«, meinte Wiklander. »Das hatte er ja bereits gesehen.«

»Glaube ich auch«, erwiderte Mattei, »und deshalb möchte ich dich um einen Gefallen bitten.«

»Ich bin ganz Ohr«, erklärte Wiklander und legte Zeitung und Bleistift auf den Tisch, um sich dann in seinem Sessel zurückzulehnen.

Das Material, das die Briten ihr überlassen hatten, war in siebenunddreißig verschiedene Abschnitte mit an die zehn verschiedenen Berechtigungscodes eingeteilt. Wenn man das alles so befolgte wie gedacht, dann würde im Grunde niemand außer ihr selbst ein vollständiges Bild von der ganzen Sache haben.

»Aber so können wir ja nicht arbeiten«, meinte Mattei und schüttelte den Kopf. »Ich brauche zumindest jemanden, mit dem ich reden kann, und vermutlich wird sich sehr bald herausstellen, dass wir mehr Leute benötigen. Diese ganzen Codes und das ganze Gerede von Geheimnisträgern und Zugang und Berechtigung, das macht mich total kirre. Ganz zu schweigen von den verschiedenen Farben, die alle ganz unterschiedliche Sachen bedeuten können, und wo grün rot sein kann, aber noch roter, aber nicht umgekehrt …«

»Ich verstehe genau, was du meinst«, lachte Wiklander. »Ein echtes Glück, dass man nicht farbenblind ist.«

»Ich würde dir gern dieselben Unterlagen zukommen lassen, die ich von den Briten bekommen habe«, erklärte Mattei.

»Ja«, sagte Wiklander, »und auch wenn das vielleicht etwas komisch klingt, halte ich das für eine kluge Entscheidung. Das würde ich nämlich ganz genauso machen.«

»Gut«, sagte Mattei. »Dann haben wir jetzt eine Entscheidung getroffen, und ich möchte, dass es ganz unter uns bleibt, ehe ich weiß, worum es bei dieser ganzen Angelegenheit überhaupt geht.«

»Ist beschlossen«, bestätigte Wiklander, »jedes Ding hat seine Zeit, wie Lars Martin zu sagen pflegte.«

»Jedes Ding hat seine Zeit«, stimmte Mattei zu und hoffte insgeheim, dass es in der Wirklichkeit keine richtigen weißen Mäuse gab.

»Ich muss dich auch etwas fragen«, sagte Wiklander. »Die

polyphonen Motetten von Sherlock Holmes. Drei Wörter, sieben, zwei oder fünf Buchstaben.«

»Keine Ahnung«, erwiderte Mattei mit einem Kopfschütteln.

»Orlando di Lasso, holländischer Komponist des sechzehnten Jahrhunderts, in einer von Conan Doyles Erzählungen über Sherlock Holmes erwähnt. Natürlich«, sagte Wiklander, dem der Komponist in dem Moment eingefallen war, als er die Zeitung weggelegt hatte.

Ihr Flugzeug landete viertel vor neun Uhr abends auf dem Flughafen Bromma, ihr Wagen stand schon da und wartete, und hoffentlich würde Ella quietschfidel sein, wenn sie zu Hause die Wohnung betrat.

»Willkommen zurück, Chefin«, sagte ihr Chauffeur. »Wie ich hörte, muss es flotti gehen.«

»Sauflotti«, bestätigte Mattei.

So redet man wahrscheinlich, wenn man so alt ist wie der, oder?, dachte sie. Sauflotti. Hatte eben doch nicht alles seine Zeit.

18

Ihr alter Chef hatte natürlich wie immer recht gehabt, und an diesem Tag war ihre gemeinsame Zeit mit Ella bereits vorüber. Als sie in die Wohnung stürzte, die Tasche von sich warf und gleichzeitig die Schuhe von den Füßen schüttelte, trat ihr Mann Johan in den Flur.

»Willkommen zu Hause, Liebling«, sagte Johan, lächelte und legte ihr den Arm um die Schultern.

»Schläft sie?«

»Wie ein Stein«, stellte Johan fest, »und wenn das für die Mami ein Trost ist, das bereits seit zwei Stunden. Sie war schon total müde, während wir aßen. Dann ging nur noch Zähneputzen, Nachthemd mit den Bärchen drauf an und ins Bett. Eine Geschichte haben wir gar nicht mehr geschafft.«

»Sie wird doch wohl nicht krank werden?«, fragte Lisa, die schon Kurs auf Ellas Zimmer nahm.

»Nein«, meinte Johan. »Im Gegenteil. Seit ich sie heute um fünf von der Kita abgeholt habe, hat sie ununterbrochen von ihrer Mama geplappert und von eurem Frühstück mit Kaffee und Waffeln mit Marmelade drauf und dass sie in einer richtigen Polizeistreife zur Kita fahren durfte. Und das Allerbeste ist nämlich überhaupt, dass ihre Mama gar keine gewöhnliche Polizistin ist. Nein, sie ist die Bestimmerin über alle gewöhnlichen Polizisten, und deshalb sieht sie nämlich auch aus wie eine ganz normale Mama. Ella ist die unbestrittene Nummer eins in der

Kita. Alle großen, garstigen Jungs liegen ihr zu Füßen, und die Polizisten haben auch versprochen, noch mal wiederzukommen und einen richtigen Polizeihund mitzubringen, den alle Kinder, die nicht gegen Hunde allergisch sind, streicheln dürfen. Wie wäre es, wenn du mal tief Luft holen würdest?«

Lisa war an der Tür zu Ellas Zimmer wie angewurzelt stehen geblieben. Da lag sie, mitten im Bett, und schlief, wie nur kleine Kinder es können, denen es gut geht. Unbeweglich, lautlos, ohne dass man auch nur sah oder hörte, dass sie atmete. Auf dem Rücken, die Decke halb weggestrampelt, das Nachthemd bis zum Bauch hochgekrabbelt und von allen Kuscheltieren umgeben.

»Hallo, Erde an Lisa Mattei«, versuchte Johan.

»Entschuldige«, sagte Lisa, drehte sich um und umarmte ihn. »Entschuldige, ich bin ein bisschen im Stress.«

»Das merkt man aber kaum«, log Johan. »Hast du was zum Essen bekommen?«

»Sandwich und Tee«, sagte Mattei. »Ob ich hungrig bin? Daran habe ich noch gar nicht gedacht.«

»Mit dem Blutzucker ist nicht zu spaßen«, meinte Johan. »Ich kümmere mich darum, dann kannst du mit unserer Tochter kuscheln. Aber nicht wecken!«

»Verspreche ich«, meinte Lisa.

Und wann werden auch wir beide einen besonderen Tag haben?, dachte sie. Einen von den Tagen, die dazu geführt haben, dass wir zusammengezogen sind. Dass wir beschlossen haben, zu heiraten?

Als Lisa in die Küche kam, hatte er schon für sie beide gedeckt und stand mit ihrer roten Schürze angetan über den offenen Ofen gebeugt.

»Lass mich raten«, sagte Lisa. »Spaghetti mit Hackfleischsoße.«

»Da liegt die Kommissarin aber völlig falsch. Meine selbstgemachte Lasagne.«

»Fantastico«, sagte Lisa, die plötzlich unglaublich guter Laune war. »Ich dachte, du hättest schon gegessen.«

»Ich habe mich entschieden, das in zwei Etappen zu tun«, sagte Johan mit einem Schulterzucken. »Erst mit meiner Tochter, dann mit meiner Frau. Aber dasselbe Essen. Was hältst du eigentlich von einem Glas Rotwein?«, fragte er und hielt eine ungeöffnete Flasche hoch.

»Ich muss um halb sechs aufstehen, muss um sieben im Büro sein, Besprechung mit dem Chef…«

»Also kein Rotwein.«

»Natürlich will ich Rotwein. Ob ich ein Glas will? Nein, ich will mindestens zwei, und im Moment kann ich mir vorstellen, hier… ja… die ganze Nacht zu sitzen.«

Einen Augenblick später hatte er die Lasagne und einen frischen Salat serviert, hatte die Flasche entkorkt, den Rotwein eingegossen und eine große Flasche Mineralwasser herausgeholt und schließlich einen Teller mit geriebenem Käse und eine Pfeffermühle zwischen sie gestellt.

»Was für ein Glück, dass du nicht in einem Restaurant arbeitest, Johan«, sagte Lisa. »Sonst würde allen anderen außer dir gekündigt, weil sie nichts mehr zu tun haben.«

»Ich weiß«, sagte Johan. »Deshalb arbeite ich in der Filmbranche. Das ist wie eine beschützende Werkstatt. Niemandem wird gekündigt. Nicht einmal, wenn man Matjes zu den Nudeln serviert.«

»Erzähl«, fuhr er dann fort. »Ich will alles erfahren, was du heute gemacht hast. Von dem Zeitpunkt an, als du unsere Tochter heute Vormittag in der Kita abgegeben hast, bis vor zwanzig Minuten, als du nach Hause gekommen bist und persönliches Lösegeld um dich geschmissen hast, sowie du im Flur standst. Natürlich nur, wenn es nicht geheim ist. Dann reden wir von was anderem.«

»Schweinemäßig geheim«, sagte Lisa und senkte die Stimme und beugte sich vor, um seine Hand zu nehmen. »Aber weil du es bist, will ich dir trotzdem davon erzählen. Du bist ja schließlich mein Mann. Du hast das Recht, zu wissen …«

»Und wie steht es um die Geheimnisregeln für Ehegesponse?«

»Leider fürchte ich, dass es sich dabei um dieselben Regeln handelt wie bei unverheirateten Partnern«, sagte Mattei und nahm einen Schluck von ihrem Rotwein. »Aber die Strafen fallen kleiner aus, wenn man verheiratet ist, so schlimm wird's schon nicht sein.«

»Das sagst du«, meinte Johan und stellte vorsichtshalber sein Glas auf den Tisch.

»Ich war in England und habe James Bond getroffen«, sagte Lisa Mattei und fuhr mit dem Zeigefinger über seinen Handrücken.

»Es ist doch wohl nichts passiert? Also, ich meine, was ich wissen sollte?«

»Doch«, sagte Lisa. »Natürlich ist etwas passiert. Als ich hier zur Tür reinkam und erst dich sah und dann Ella beim Schlafen zuschaute, wie sie da in ihrem Bett lag, da wurde mir klar, wie gut ich es habe. Abgesehen davon, und das ist überhaupt nicht geheim, und du darfst es gern allen, die zuhören wollen, erzählen, ist ziemlich viel passiert. All das Gewöhnliche, was sonst auf der Strecke bleibt. Aber das andere darfst du niemandem erzählen, nicht einmal meiner lieben Mama, auch wenn sie länger an derselben Stelle gearbeitet hat wie ich, sonst wäre ich gezwungen, dich zu erschießen. Sicherheitshalber, sozusagen. Was krass traurig wäre, wenn man alles bedenkt, was ich vorher gesagt habe. Krass traurig«, wiederholte Lisa. »So sagt man doch, oder?«

»Ja, manche Leute sagen das, aber du nicht. Okay. Dann reden wir von was anderem«, sagte Johan.

»Genau«, meinte Lisa und nickte. »Wir reden von dir und mir und unserer Tochter. Wir reden ausnahmsweise mal von etwas Wichtigem, und wenn du einverstanden bist, dann würde ich gern anfangen.«

»Okay, okay«, sagte Johan. »Aber ehe du anfängst, ehe ich vor Neugier sterbe, kann ich doch eine Frage über das andere stellen? Nur eine Frage, ich verspreche es.«

»Selbstverständlich«, sagte Lisa und nahm vorsichtshalber noch einen Schluck von ihrem Wein. »I am all ears. Shoot, officer.«

»Du warst in England und hast James Bond getroffen?«

»Ja«, sagte Lisa, »oder zumindest seinen Chef. Aber in Wirklichkeit.«

»Seltsames Leben, das du da lebst.«

»Ja«, sagte Lisa.

Was sollte sie darauf auch anderes antworten.

Schon beim zweiten Glas Wein begann Lisa von dem zu sprechen, was sich in ihrem Kopf bewegte und sie quälte. Zögernd, abgehackt und unsortiert zunächst, so, wie es ist, wenn man von etwas spricht, das schwierig und wichtig ist und außerdem mit einem selbst und dem, mit dem man redet, zu tun hat.

Lisa Mattei hatte zwanzig Jahre als Polizistin gearbeitet, und vieles sprach dafür, dass sie das mindestens noch zwanzig weitere Jahre tun würde. Sie arbeitete fünfzig Stunden die Woche, und wenn sie nicht fünfzig Stunden arbeitete, dann mehr. In ein paar Jahren würde Ella kein Kind mehr sein, sondern Teenager, und noch ein paar Jahre später würde sie erwachsen sein und nicht mehr zu Hause wohnen.

»Vorige Woche«, begann Lisa, »erinnerst du dich, wie viele Male ich sie zur Kita bringen und abholen konnte? Ein einziges Mal. Du hast sie viermal hingebracht und fünfmal abgeholt. Und wie viele Tage bin ich weggefahren, als sie noch schlief, und nach Hause gekommen, als sie schon eingeschlafen war? Die halbe Woche. Wie soll das in zwanzig Jahren aussehen? Wenn ich nicht mehr bei der Polizei sein kann? Was werde ich dann sein? Nichts, weil ich alles andere weggeworfen habe dafür, Polizistin zu sein.«

»Das ist doch nicht wahr«, sagte Johan mit einem Kopfschütteln. »Ella liebt ihre Mama. Jetzt genauso wie in Zukunft. Vergiss das mit der Kita. Sie liegt nun mal auf meinem Weg zur Arbeit. Das ist am praktischsten. Was ist denn das Problem? Hier geht es um praktische Fragen, und die löst man am besten praktisch.«

»Du hörst mir nicht zu«, sagte Lisa. »Ich spreche von mir.«

»Doch, ich höre zu, aber das mit dem Abholen und Hinbringen nehme ich dir nicht ab. Darum geht es doch nicht.«

»Worum dann?«

»Wie oft hat ihr Papa es zustande gebracht, dass sie mit der Polizeistreife zur Kita fahren konnte? Kein einziges Mal. Darum geht es. Wenn sie einmal groß sein wird und sich zurückerinnert, wie es war, als sie klein war.«

»Wir hätten nach Skansen gehen und die kleinen Bären anschauen sollen, die gerade aufgewacht sind«, sagte Mattei.

»Die sind doch immer noch da. Wo sollten die denn hin? Wenn ich so leben würde wie die, würde ich auch das ganze Jahr schlafen.«

»Das mit der Streife zur Kita, das ist was ganz anderes«,

fuhr er fort. »Timing, die Gelegenheit ergreifen, solche Sachen haken sich auf ewig in der Erinnerung fest. Das sind gute Erinnerungen. Papa hat mich in die Kita gebracht. So what!«, rief Johan und machte eine ergebene Geste.

»Noch was ganz anderes«, sagte Lisa, »wenn du noch zuhören magst …«

»Ja«, sagte Johan. »Ich werde dir so lange zuhören, bis du kapiert hast, dass der Grund dafür, dass wir unterschiedliche Dinge tun, der ist, dass wir uns für die praktischste Lösung entscheiden. Für jeden von uns und für uns alle.«

»Doch, ich weiß. Ich weiß das alles, aber ich will jetzt von mir reden. Hör dir das mal an«, unterbrach Lisa ihn und goss sich noch Wein nach.

»Jedes Mal, wenn ich eine Zeitung lese, Radio höre oder fernsehe, geht es da um Beziehungen, und aus irgendeinem Grund meist um die Beziehung zwischen Mutter und Tochter.«

»Selektive Wahrnehmung«, sagte Johan. »Es kann sehr schwierig sein, einen Film zu zeigen, in dem …«

»Hör mir zu«, wiederholte Lisa.

»Okay, okay«, sagte Johan und hielt beide Hände hoch.

»Was glaubst du, wie es mir geht?«, fragte Lisa. »Ich muss nicht bei der Polizei gearbeitet haben, um zu begreifen, dass, wenn es irgendeine Gerechtigkeit in der Welt gäbe, so einer wie mir das Sorgerecht für Ella entzogen gehörte. So fühle ich mich jedenfalls, wenn ich so was lese.«

Und trotzdem las sie es, wie der Nachtfalter, den es zur Petroleumlampe zieht, obwohl die Flamme ihm die Flügel versengen wird und obwohl er sich davon fernhalten sollte und niemals etwas denken sollte, was zur Zeit von Hjalmar Söderberg üblich war. Außerdem wurde sie dann auch immer wütend auf sich selbst, weil sie so dachte. Hundert Jahre zu spät. Wütend auf ihr eigenes Gewissen.

»Das sollten viel mehr Leute tun«, meinte Johan.

»Was tun?«

»Denken, wie man zu Zeiten von Hjalmar Söderberg dachte. Nicht genauso denken, sondern daran denken. Und sei es auch nur, um zu kapieren, dass wir jetzt in einer anderen Zeit leben. Das ist eine gute Methode, sich einen Blick auf die Gegenwart zu verschaffen. Nicht den Boden unter den Füßen zu verlieren in dem Leben, das man lebt.«

»Du musst mich wirklich ganz schön leid sein«, sagte Lisa.

»Nein«, sagte Johan und schüttelte den Kopf.

»Warum nicht?«

»Weil ich dich liebe. Ganz einfach.«

Dann legte er seine Hand auf ihre, sah sie an und nickte in Richtung Schlafzimmer.

»Was meinst du, wenn …«

»Und ich dachte schon, du fragst nie«, sagte Lisa, stellte ihr Glas weg und erhob sich.

Sex ist gut, dachte sie eine Stunde später. Es brachte sie fast immer auf andere Gedanken, und wenn es richtig gut lief, musste sie gar nichts denken. So wie jetzt, dachte sie, und schon war sie eingeschlafen.

II

Dienstag, 12. Mai, bis Montag, 18. Mai

Der Bombenbauer und seine Frau

Vorbereitungen auf die Jagd

19

Lisa Mattei wachte fünf Minuten vor der Zeit auf und schaffte noch, den Wecker an ihrem Handy auszuschalten, um den schlafenden Johan nicht zu wecken. Wann habe ich das letzte mal an einem Montag drei Gläser Rotwein getrunken?, fragte sie sich. Noch nie. Trotzdem war sie ausgeruht, klar im Kopf und von einer seltsamen Zuversicht erfüllt. So eine Situation gefiel ihr ganz einfach.

Auf dem Weg ins Badezimmer stellte sie sich in die Tür von Ellas Zimmer und betrachtete das Kind. Sie schlief, ebenso ungestört, wie nur Kinder schlafen können. Lisa selbst hatte auch wie ein Kind geschlafen, vielleicht ging es ihr deswegen so gut.

Eine halbe Stunde später hatte sie geduscht und sich auf ihre zurückhaltende Art geschminkt. Ihre Garderobe hatte sie sorgfältig und mit Hinblick auf den Auftrag, der auf sie wartete, ausgewählt. Blaue Hosen, dunkelblaues Hemd, blaues Jackett, schwarze Pumps mit halbhohen Absätzen. So nahe an einer Uniform, wie sie konnte, ohne jedoch irgendetwas von den Sachen tragen zu müssen, mit denen sie schon in ihrer Zeit als frisch eingestellte Anwärterin bei der Schutzpolizei in der City ihre Probleme gehabt hatte.

Während sie den ersten Tee des Tages trank und dabei frühstückte, schrieb sie eine Nachricht an Ella. Sie malte ein großes rotes Herz mit dem Text »Mama hat dich lieb«. Dann malte sie rechts und links von dem Herz zwei lächelnde Polizistinnen in Uniform, die winkten.

Als sie eben die Nachricht auf die Schwelle zu Ellas Zimmer gelegt hatte, bekam sie eine SMS von ihrem Chauffeur. Er stand vor ihrer Haustür.

Um zehn Minuten vor sieben betrat sie das Büro.

»Blau, gute Wahl«, stellte ihre Assistentin Karin fest und nickte anerkennend. »Da können die Jungs ihre weitschweifigen Ausführungen gleich wieder einpacken. Jetzt wird hier mal gearbeitet. Der Kollege Wiklander hat eben angerufen und gefragt, ob er mit dir sprechen kann. Er ist im Haus.«

»Das könnte knapp werden«, sagte Mattei. »In zehn Minuten habe ich Besprechung mit dem Chef.«

»Mach dir wegen dem keine Gedanken«, erwiderte Karin. »Er hat angerufen und gesagt, es würde eine halbe Stunde später. Viel Verkehr, wie es scheint.«

Karin mag unseren neuen Chef nicht, dachte Lisa. Warum?

»Ja, dann«, sagte sie, »sag doch Jan, dass er zu mir kommen kann. Und zwar ein bisschen zackig«, fügte sie hinzu und grinste Karin an.

»Jawohl, das können die gebrauchen«, stimmte Karin zu. »Obwohl, Wiklander mag ich gern. Das ist jetzt mal ein angenehmer Mann. Sehr gute Allgemeinbildung noch dazu, damit wird man in diesem Haus ja nicht gerade verwöhnt.«

Drei Minuten später betrat Jan Wiklander ihr Zimmer.

Er wollte über zwei Dinge reden. Zunächst einmal über die Vertraulichkeit der Informationen, die der britische Kollege ihnen überlassen hatte. Dann über etwas anderes, wozu er kommen wollte, wenn er die erste Frage gestellt hatte.

»Leg los«, forderte Lisa Mattei ihn auf.

In Manchester und Umgebung wohnten knapp zweieinhalb Millionen Menschen. Tausende von ihnen waren Muslime und an die dreihundert standen auf der Liste »bekannter, verdächtiger und möglicher Terroristen mit Verbindung zu muslimischen Terrororganisationen«, wie es die britische Polizei ihren Partnern gegenüber ausgedrückt hatte.

Ungefähr vierzig von denen, die auf der Liste standen, hatten auf die eine oder andere Weise eine Verbindung zur Universität Manchester. Zwei von ihnen standen nicht auf der Liste. Einer davon war der Student, den man der Beteiligung an dem Selbstmordattentat vor dem Old Trafford verdächtigte, und der andere war sein Landsmann Abbdo Khalid, der den Rat zur Verwendung der Projektile für den Bau der Bombe erteilt haben sollte.

Wiklander war sich inzwischen ganz sicher, dass Alexander einen Informanten hatte, der zu diesem Kreis von Personen gehörte. Das war sicherlich kein gewöhnlicher Informant, sondern eher ein Infiltrator, den der MI6 dort hatte platzieren können und der so wichtig für sie war, dass sie nicht einmal ihren Kollegen, die bei anderen Organisationen der britischen Sicherheitsbehörden arbeiteten, von dieser Person erzählt hatten.

»Ich höre«, sagte Mattei und verfiel damit in den Jargon ihres Vorgängers. Ich muss mich am Riemen reißen, dachte sie.

»Ich glaube kaum, dass es um diesen Studentenkollegen geht, der den Rat von Khalid erhalten hat«, meinte Wiklander, »und auch nicht, dass es Khalid selbst ist. Der und sein britischer Kamerad befinden sich ganz einfach auf dem falschen Niveau. Diese eingeschleuste Person hat Wichtigeres vor.«

»Wer ist es dann?«

»Eine Idee wäre, denn ich rate hier ja nur, es muss jemand sein, der innerhalb der Universität eine Tätigkeit oder eine Funktion innehaben muss, wodurch er oder sie solche Leute aufspüren kann«, meinte Wiklander. »Jemand, der dort als Lehrer oder in der Verwaltung arbeitet und der keinerlei Probleme hat, glaubwürdig zu wirken und sie anzulocken.«

»Das glaube ich auch«, meinte Lisa Mattei. »Was tun wir jetzt?«

»Alexander danach zu befragen können wir uns, glaube ich, sparen.«

»Allerdings«, stimmte Mattei zu. »Den Versuch habe ich nämlich bereits unternommen.«

»Das ehrt ihn«, stellte Wiklander fest. »Da hätte ich auch nichts rausgelassen.«

»Und was machen wir dann?«

»Entweder unternehmen wir einen Versuch, es selbst herauszubekommen, oder wir lassen die Sache los. Wie wichtig ist das für uns? Das ist doch wohl die entscheidende Frage.«

»Dann lassen wir es los. Zumindest fürs Erste.«

»Kluge Entscheidung«, sagte Wiklander und nickte mit einem gewissen Nachdruck.

»Was war das andere, worüber du reden wolltest?«, fragte Mattei.

»All diese westeuropäischen Frauen, die in diesen Zusammenhängen auftauchen. Von der verrückten Amerikanerin Jihad Jane, die Lars Vilks ans Leben wollte, bis zu Samantha Lewhtwaite, der weißen Witwe von diesem Jamaikaner, der sich in der Londoner U-Bahn zu Tode gesprengt hat. Vielleicht auch Louise Urqhart, die möglicherweise Khalids Beitrag auf diesem Gebiet ist. Aus den Unterlagen, die uns Alexander gegeben hat, geht ja hervor, dass es allein in den USA und England noch mehrere Hundert sind. Also, von denen wir wissen.«

»Du möchtest also, dass wir auch hier bei uns eine Liste mit solchen Frauen anlegen?«, fragte Mattei.

»Ja«, sagte Wiklander. »Ich wollte einen meiner Analytiker

daransetzen. Ohne allerdings eine Ahnung zu haben, ob das für unsere Ermittlung relevant ist.«

»Tu das«, sagte Mattei. »Zumindest wird es der Allgemeinbildung dienen.«

»Ja, und im schlimmsten Fall kann es das nächste Mal, wenn wir mit so etwas konfrontiert werden, von Bedeutung sein. Sag mal, aber solltest du nicht um diese Zeit schon mit unserem höchsten Chef zusammensitzen?«

»Er hat angerufen und gesagt, dass er sich verspäten würde«, sagte Mattei. »Viel Verkehr oder so.«

»Seltsam«, sagte Wiklander und schüttelte den Kopf.

»Wieso?«

»Er wohnt doch in Birkastan. Auf der anderen Seite der Solna-Brücke. Höchstens sieben Minuten mit dem Auto.«

»Du solltest dich hören«, sagte Mattei.

Weder Wiklander noch ihre Assistentin Karin schienen also den obersten Chef zu mögen.

»Nun gut«, sagte Wiklander mit einem kleinen Lächeln und machte Anstalten, sich zu erheben.

»Wenn ein Schläger funktionieren soll, dann muss er den Ball abprallen lassen, wenn man ihn schlägt«, sagte Lisa. »Oder?«

»Ich weiß, was du meinst«, sagte Wiklander und sank wieder auf seinen Stuhl zurück. »Sagen wir mal so: Ich habe hier so lange gearbeitet wie deine Mutter, und im Laufe der Jahre habe ich viel zu viel Zeit darauf verwandt, zu lügen. Im Grunde habe ich alle angelogen, die zuhören wollten. Ich habe meine Frau angelogen und meine Kinder, meine Arbeitskollegen, besorgte Mitbürger, Journalisten und alle Schurken, die ich versucht habe, ins Gefängnis zu bringen oder wenigstens ausweisen zu lassen. Lügen in allen Schattierungen, von ganz weiß bis pechschwarz, und allen war gemeinsam, dass ich im Dienste meines Jobs gelogen habe.«

»Ja, das kenne ich nur zu gut«, gab Lisa Mattei zu, »aber der Zweck heiligt eben die Mittel.«

»Klar, aber um nicht den Verstand zu verlieren, habe ich deshalb schon sehr früh beschlossen, nicht unnötig zu lügen. Mich zumindest an die Wahrheit zu halten, wenn es nichts mit dem Dienst zu tun hat.«

»Zum Beispiel, es nicht auf den Verkehr zu schieben, wenn du einfach verschlafen hast«, meinte Lisa Mattei.

»So ungefähr«, antwortete Wiklander.

»Entschuldigt die Störung«, sagte Karin, die eben die Tür geöffnet hatte.

»Ich höre«, erwiderte Mattei und krümmte sich gleichzeitig innerlich.

»Der Chef hat aus der Garage angerufen. Er wird in zwei Minuten in seinem Büro sein und würde dich gern sofort sehen. So wie alle Sünder, die zu spät erwacht sind.«

»Sag ihm doch bitte, dass er zu mir kommen soll«, erwiderte Mattei. »Ich möchte mein Büro gerade nicht verlassen, ich warte nämlich auf eine Nachricht. Du weißt schon, etwas Geheimes«, sagte sie und nickte zu ihrem Rechner.

»Wunderbar«, erwiderte Karin und zog mit fröhlicher Miene davon.

»Lisa, benimm dich«, sagte Jan Wiklander und erhob sich kopfschüttelnd. »Wir sehen uns um zwölf. Erste Besprechung mit der Ermittlergruppe.«

»Ja, Papa«, gab Mattei zurück.

20

Fünf Minuten, nachdem Wiklander gegangen war, kam ihr Chef, der Generaldirektor, in ihr Büro, marschierte direkt auf ihren Schreibtisch zu und ließ sich ihr gegenüber mit der Selbstverständlichkeit, die daraus folgte, dass er der war, der er war, nieder.

Ihr Chef leitete seinen Besuch damit ein, seine verspätete Ankunft zu bedauern. Zwar wohne er in der Stadt, doch an manchen Tagen sei der Verkehr in Stockholm einfach unbeschreiblich, und dies sei leider ein solcher Tag. Dann nickte er neugierig zu ihrem Computer hin. Er hatte von Karin schon gehört, dass wichtige Sachen im Anmarsch waren, und nun wollte er natürlich gern wissen, was los war. Hatte ihr britischer Kollege wieder von sich hören lassen?

»Ich warte noch«, log Lisa mit einem freundlichen kleinen Lächeln. »Das ganze Kodieren und Freigeben dauert alles unheimlich lange«, ergänzte sie.

»Ja«, stimmte ihr Chef zu. »Ich bin zwar neu hier, aber das habe ich schon gelernt. Ich finde ja, diese ganze Geheimnistuerei beansprucht viel zu viel unserer kostbaren Zeit.«

Dann stellte er die nächste Frage. Der Besuch bei den Engländern. Wie war es gelaufen? Was hatten sie zu bieten, und wie ernst war die Lage wirklich, die sie schon am Tag zuvor dazu veranlasst hatte, die Gefährdungsstufe zu erhöhen?

Mattei ging seiner Frage aus dem Weg und erzählte erst einmal, dass die Briten ihnen die Identität eines verdächtigen und möglichen Täters genannt hatten, eines schwedischen Bürgers somalischer Herkunft, der die Durchführung eines so genannten Selbstmordattentates am schwedischen Nationalfeiertag plane.

Alles das wisse er aber ja bereits.

»Haben die nicht mehr für uns?«, fragte der Generaldirektor.

Lisa Mattei berichtete von dem sehr umfangreichen Hintergrundmaterial, das sie noch nicht habe ganz durchsehen können, weshalb sie lieber mit einer eigenen Einschätzung warte. Da der britische Kollege die Sache allerdings höchst ernst zu nehmen schien, habe sie sich dennoch entschlossen, sogleich eine Ermittlung gegen die betreffende Person einzuleiten. Sie habe auch schon Kontakt mit der Staatsanwaltschaft aufgenommen, die sie in einer Stunde treffen wolle. Um zwölf dann werde die erste Besprechung mit der Ermittlergruppe stattfinden, so dass die praktische Arbeit hoffentlich am Nachmittag bereits anlaufen würde.

Was Letzteres betreffe, habe sie auch schon entschieden, dass die Ermittlung unter höchster Geheimhaltungsstufe vor sich gehen sollte und dass man bereits von Anfang an mit zusätzlichen Kräften arbeiten sollte, so wie es der Plan für besondere Einsätze bei Ermittlungen von größerem Umfang vorschriebe.

»Das klingt wie eine ziemlich traurige Geschichte«, sagte der Generaldirektor. »Sie wirken ebenso beunruhigt wie unsere britischen Kollegen.«

»Zumindest, bis das Gegenteil bewiesen ist«, gab Mattei zurück.

»Das ist klug«, pflichtete ihr Chef bei.

»Es gibt da noch eine andere Sache, von der Sie wissen sollten, und da ich nicht möchte, dass Sie das falsch verstehen, will ich es jetzt gleich klären«, sagte Mattei und lächelte freundlich, um die nachfolgende Botschaft abzumildern.

»Legen Sie los«, forderte der Generaldirektor sie auf und erwiderte das Lächeln. »Wenn man zehn Jahre in der Staatskanzlei und noch länger in der Politik gearbeitet hat, dann kann man was vertragen.«

»Na ja, aber am schönsten wäre natürlich, wenn man sich an gewisse Sachen gar nicht erst gewöhnen müsste«, entgegnete Mattei und verzog den Mund.

»Was ist es denn?«, fragte der Generaldirektor, der nun geradezu erheitert aussah.

Da dies eine Ermittlung sei, die zumindest zu Beginn mit der höchsten Geheimhaltungsstufe betrieben werden müsse, die es bei der Sicherheitspolizei gab, bedeute das auch, dass ihre Möglichkeiten, ihn zu informieren, entschieden beschnitten waren. Zumal sie es sei, und nur sie, die entschied, zu welchen Informationen er Zugang erhalten solle.

Ihr Chef schien sogar das mit guter Laune zu nehmen. Sie würde ja in diesem Fall hoffentlich Erbarmen mit ihm haben, denn er sei ja so neugierig. Doch er würde das nicht verübeln, denn ihm seien die Regeln, die für ihre Arbeit galten, sehr bewusst.

»Das ist schön zu hören«, erwiderte Mattei. »Es ist gar nicht so einfach, so etwas zu seinem Chef zu sagen, das können Sie sich ja wahrscheinlich denken.«

»Ich beneide Sie nicht, Lisa«, sagte der Chef. »Aber ich möchte doch betonen, dass Sie mein volles Vertrauen und meine ganze Unterstützung genießen.«

»Schön zu hören«, sagte Lisa Mattei noch einmal und lächelte, um zu zeigen, wie erleichtert sie war. »Es gibt noch eine Frage, die ich stellen muss.«

»Ich gestehe alles«, scherzte ihr Chef. »Geben Sie mir nur das Papier, damit ich mein Geständnis unterschreiben kann.«

»Nun, so schlimm ist es wohl nicht, aber getreu dem Reglement, das ich befolgen muss, bin ich auch dafür verantwortlich, dass diese Ermittlung vollständig dokumentiert wird, und bei dieser Dokumentation geht es hauptsächlich um Informationen, die verschiedene Personen über die Ermittlung erhalten haben könnten.«

»Sie fragen also, ob ich das, was ich Ihnen gestern erzählt habe, noch jemand anders weitergegeben habe, oder? Das, was Alexander mir berichtet hat?«

»Ja«, sagte Mattei. Dumm ist er nicht.

»Nein«, erwiderte der Generaldirektor, lächelte und schüttelte den Kopf. »Ob Sie es glauben oder nicht, aber ich habe tatsächlich kein Wort über die Sache verloren. Ich habe nicht einmal erwähnt, dass wir uns gestern gesehen haben, und noch weniger, worüber wir gesprochen haben. Die einzige Person, die weiß, dass wir eine Besprechung hatten, ist Karin, aber auch nicht, weil ich es zu ihr gesagt hätte.«

»Ausgezeichnet«, sagte Lisa Mattei. »Dann gibt es nur noch eine Sache, um die ich Sie bitten muss, nämlich, dass ich einen kurzen Termin mit Ihnen bekomme, nachdem ich meine Ermittlergruppe ins Boot geholt habe.«

»Selbstverständlich«, erwiderte der Generaldirektor. »Wollen Sie Gnade vor Recht ergehen lassen und mir alle Geheimnisse verraten, mit denen Sie zugange sind?«

»Nein«, erwiderte Mattei und schüttelte den Kopf. »Aber ich möchte Ihnen eine Übersicht über das Personal geben, das ich für diese Sache benötige. Plus eine Vorab-Kostenberechnung.«

»Da sind Sie beim richtigen Mann«, sagte ihr Chef mit einem Seufzen. »Wenn man so wie ich vier Jungs in einem gewissen Alter hat, dann ist man gewohnt, zu bezahlen. Ganz zu schweigen von zwei Exfrauen. Aber das gehört ja zu den Dingen, die man auf keinen Fall sagen darf.«

Nein, das darf man nicht, dachte Lisa Mattei, und sei es nur, um seine eigene Würde zu wahren. Aber du bist nicht schlimmer als die anderen deines Kalibers.

21

Zehn Minuten bevor Mattei sich mit ihrer Ermittlergruppe traf, ging sie auf die Toilette, um noch einmal ihre Erscheinung zu überprüfen. Für sie galt nicht dieselbe Großzügigkeit, wie sie männlichen Kollegen gegönnt wurde. Bei ihr würde schon etwas Lippenstift auf den weißen Zähnen genügen, um sich für den Rest ihres Polizistenlebens den Beinamen »Lippen-Lisa« einzuhandeln.

Hat ja niemand behauptet, das Leben sei gerecht, dachte sie. Sie musste ein unfehlbares Äußeres demonstrieren, und da ging es ihr wie Jeremy Alexander, nur unterschied sie beide, dass er darüber wahrscheinlich nicht nachdenken musste.

»Impeccable«, stellte Lisa Mattei fest und nickte ihrem eigenen Spiegelbild zu. Ein Schlips mit weißen Mäusen hingegen wäre undenkbar für jemanden wie sie. Wozu auch.

Erste Besprechung mit der Ermittlergruppe. Mit ihr zusammen waren es zwölf Personen. Neben der Staatsanwältin, die formal für die Arbeit, die nun anstand, verantwortlich war, Matteis engster Mitarbeiter Jan Wiklander, dazu acht Gruppenchefs, die für Analyse, Nachrichtendienst, Verhöre, interne und externe Ermittlungen verantwortlich zeichneten, dazu die ganze Reihe der technischen Abteilungen. Von normalen technischen Untersuchungen und Rekonstruktionen über Handy- und Telefonabhören bis zum Einbau einer Wanze in das Schlafzimmer eines Verdächtigen. Darüber hinaus gab es die Möglichkeit, bei Bedarf noch mehr spezialisierte Techniker hinzuzurufen. Dan Andersson war da, der die Personen, denen der Anschlag galt, schützen sollte und ein selbstverständlicher Gesprächspartner war, wenn es um deren Sicherheit ging. Es saß niemand am Tisch, der zufällig dort gelandet wäre.

Mattei begrüßte alle, eine Vorstellungsrunde war nicht nötig, da man sich bereits von anderen Ermittlungen kannte. Die Unterlagen über den Fall, die sie brauchten, hatten sie bereits alle erhalten, und Mattei wies noch einmal darauf hin, dass höchste Geheimhaltung gelte und der Fall höchste Priorität habe.

»Wenn es so ist, wie manche befürchten, dann werde ich die Sache über SISU laufen lassen, doch bevor ich diese Entscheidung treffe, möchte ich erst mal wissen, was eigentlich Sache ist«, erklärte Lisa Mattei.

»Heute ist Dienstag«, fuhr sie fort, »spätestens am Freitagnachmittag um vierzehn Uhr will ich alles über Abbdo Khalid wissen, über seine Familie und alle übrigen Kontakte, die in diesem Zusammenhang von Interesse sein könnten. Wiklander kümmert sich um die laufenden täglichen Abstimmungen zur Lage, so dass ich weiter am Schreibtisch sitzen und meine Ordner hin und her schieben kann. Ja, das wäre alles«, sagte Mattei und lächelte freundlich. »Irgendwelche Fragen?«

Ein bisschen Selbstironie kleidet immer, schadet nie.

Einhelliges Kopfschütteln, freundliches Grinsen – keine weiteren Fragen.

»Okay«, sagte Mattei. »Dann bleiben noch einige praktische Dinge, die ihr mir schicken müsst, so dass ich sie mit unserem Generaldirektor besprechen kann, während ihr zuseht, dass ihr was geschafft kriegt. Ich möchte vorläufige Kostenschätzungen, Dienstpläne, Anträge für Zwangsmittel, besondere Ausrüstung und mögliches Backup durch andere Einheiten und Behörden, plus alle zusätzlichen Wünsche und all das, was ich bestimmt vergessen habe. Ich höre.«

Siebenunddreißig Minuten insgesamt, dachte Lisa Mattei, als sie eine halbe Stunde später die erste Besprechung der Ermittlergruppe verließ und zum Büro des GD marschierte.

22

Als Mattei bei ihm reinkam, lag er auf dem Sofa und las *Dagens Industri.* Auf dem Tisch neben ihm stand eine Schale mit Nüssen, Rosinen und irgendwelchen Samen.

»Setzen Sie sich, Lisa, setzen Sie sich«, sagte er mit einer freundlichen, aber gleichzeitig leicht abwesenden Handbewegung zum Sessel auf der anderen Seite des Tisches. »Womit kann ich dienen?«

»Vorab-Kostenberechnungen, Personallisten, diverse andere Kostenpositionen, die mit unserem Fall verbunden sind«, sagte Mattei und legte eine rote Plastikmappe mit Papieren auf den Sofatisch zwischen ihnen.

»Ich erwäge, Medikamente zu kaufen«, sagte ihr Chef, der mit den Gedanken ganz woanders zu sein schien.

»Ich hoffe, es ist nichts Ernstes«, erwiderte Mattei mit unschuldiger Miene.

»Was Ernstes?«, fragte der Generaldirektor, um sich dann aufzusetzen und die Zeitung wegzulegen. »Was Ernstes? Nein, Sie verstehen mich falsch. Ich meine Aktien. Pharmazie-Aktien. Danke für Ihre Sorge, aber es geht mir ausgezeichnet. Wie ein Fisch im Wasser, wie eine Made im Speck«, verdeutlichte er.

»Schön zu hören«, sagte Mattei und lächelte freundlich.

Wozu brauchen wir hier eine Made?

»Erzählen Sie, wie es gelaufen ist«, bat der Generaldirektor, nahm sich eine Handvoll Nüsse und Rosinen und stopfte sie sich in den Mund.

»Ich möchte erst einmal herausfinden, worum es eigentlich geht«, sagte Mattei. »Wenn es so ist, wie einige Leute befürchten, dann werde ich das Ganze strikt nach SISU durchziehen, und diese Entscheidung werde ich am späten Freitagnachmittag treffen.«

»SISU, SISU, was ist das denn? Etwas Finnisches?«

»Irgendwie schon«, meinte Mattei, »getreu unseren Anweisungen für Spezielle Interaktionen bei Sonder-Untereinsätzen, SI … SU, spezielle Interaktionen … Sonder … Untereinsätze«, wiederholte Mattei mit gutem Abstand zwischen den Worten.

»All diese verdammten Abkürzungen«, grummelte der Generaldirektor verärgert. »Wer denkt sich die bloß alle aus?«

»Gute Frage«, sagte Mattei. »Außerdem habe ich einen Vorschlag zu machen.«

»Und?«

»Ich habe noch nichts zu Mittag bekommen«, sagte Mattei, »und wollte jetzt mal schnell runtergehen, um was zu essen. Sie können in der Zwischenzeit in aller Ruhe die Papiere durchgehen, die ich Ihnen gegeben habe. Und dann sehen wir uns einfach wieder, wenn ich was gegessen habe.«

»Das klingt weise«, stimmte er zu. »Haben Sie schon mal diese Steinzeit-Diät ausprobiert, jede Menge Nüsse und getrocknete Wurzeln und Samen und all das?«, erklärte er und zeigte auf die Schale, die auf seinem Tisch stand.

»Nein. Aber das ist bestimmt eine gute Sache«, meinte Mattei. »Wir sehen uns in einer halben Stunde.«

Unten im Speiseraum stand als Tagesgericht gebratenes Fleisch mit gestampftem Weißkohl oder wahlweise gekochter Schellfisch mit Kräuterbouillon und knusprigem Gemüse auf dem

Plan. Was hätte Lars Martin hier wohl genommen, fragte sich Lisa Mattei und stocherte mit der Gabel in dem Krabbensalat herum, den sie auf dem Sondermenü gefunden hatte. Zwanzig Minuten später war sie schon wieder fertig, hatte ihr Tablett aufs Band gestellt und war auf dem Weg nach draußen.

Du isst viel zu schnell und zu fett, dachte sie.

Als sie eine knappe halbe Stunde später wieder in das Büro des GD kam, saß er auf seinem Stuhl hinter dem Schreibtisch und war in den Prospekt eines Pharmazeutischen Unternehmens vertieft, das offenkundig an der schwedischen Börse zugelassen werden sollte.

»Ich musste an Ihren Vater denken«, sagte er. »Hatte der nicht etwas mit Medikamenten zu tun? Ich meine, irgendjemand hier hätte erzählt, er sei unten in Deutschland Apotheker.«

»Nein«, erwiderte Mattei und schüttelte den Kopf. »Nicht Apotheker. Er ist Biochemiker und ist in den Sechzigerjahren als junger Student aus Bayern hierhergekommen. Claus Peter Ferdinand Mattei heißt er. Als ich klein war, hat er bei Astra gearbeitet, und irgendwann wurde er dort auch Chef der Forschungsabteilung, aber als meine Eltern sich scheiden ließen, ist er wieder nach Deutschland gezogen. Inzwischen ist er in Rente und wohnt in München. Vorher hat er viele Jahre in New York gelebt.«

»In New York. Interessant«, sagte der Generaldirektor, »was hat er da denn gemacht? Immer noch mit Medikamenten gearbeitet?«

»Ja, aber nicht als Apotheker«, erklärte Mattei. »Er war in der Konzernleitung von Pfizer.«

»Pfizer? Das ist das größte pharmazeutische Unternehmen der Welt.«

»Wenn Sie es sagen«, erwiderte Mattei mit einem unbekümmerten Schulterzucken. »Ich selbst habe keine Ahnung von all dem, aber ich weiß, dass er unter anderem eine Forschungsgruppe geleitet hat, die so genannte Lifestyle-Medikamente entwickelt hat. Viagra und all das, darüber wissen Sie bestimmt mehr als ich.«

»Viagra. Gute Güte«, sagte ihr Chef. »Da muss er ja unglaublich viel Geld verdient haben.«

»Mehr als das, wenn Sie mich fragen. Angeblich ist das ja das meistverkaufte Medikament der Welt«, fuhr Mattei in nach wie vor desinteressiertem Ton fort. »Mein Vater spricht nie über Geld.«

So, da kannst du jetzt mal drauf rumkauen.

»Ah ja, aha, ja«, seufzte ihr Chef und holte die Papiere hervor, die sie ihm gegeben hatte. »Dann kümmern wir uns mal um das Praktische.«

Selbst hatte er »eine Reihe von administrativen Gesichtspunkten«, die ihren Fall betrafen, und wenn er einmal versuchen würde, die zu systematisieren, wären es vor allem drei Fragen, die er überdenkenswert fände. Unter anderem der umfangreiche Einsatz von Personenüberwachern, die ja kosteten und woanders abgezogen werden mussten.

Mattei nahm sich viel Zeit für ihre Erklärung. Man habe ja gerade erst begonnen, und sie wolle erst einmal herausfinden, worum es dabei eigentlich gehe. Je nachdem, wie sich das Ganze entwickelte, würde sich das Bild vielleicht auch schnell ändern.

»Die Ermittlung selbst muss uns die Bedingungen vorgeben«, stellte Mattei fest.

Der Generaldirektor nickte zustimmend. Doch gäbe es ein Detail in der ganzen Sache, über das er gern mehr wissen wolle. Aus verschiedenen Posten, zum Beispiel die Kosten für Dienstreisen und -aufenthalte habe er nämlich geschlossen, dass es sich nicht um eine reine Stockholm-Angelegenheit handeln würde.

»Mal ganz direkt gefragt«, begann der GD, »von welchem Teil des Landes sprechen wir? Und ich würde es sehr schätzen, wenn Sie bei dieser Sache so konkret wie möglich sein könnten.«

Irgendwo in Schweden, dachte Mattei, aber das konnte sie ja nicht sagen.

»Ich verstehe durchaus, dass Sie diese Information benötigen, wenn unsere Revision mit Fragen kommt, aber in dem Fall werde ich ja auch gezwungen sein, zu dokumentieren.«

»Selbstverständlich«, sagte der GD. »Kein Problem.«

»Eskilstuna«, erwiderte Mattei.

»Eskilstuna«, echote er und nickte. »So. Das sagen Sie also.«

»Ja«, sagte Mattei.

Warum wirkt er so erstaunt?

»Sie scheinen erstaunt.«

»Ja. Ich hätte nicht einmal gedacht, dass es in der Stadt überhaupt Muslime gibt.«

»Bedeutend mehr als in Stockholm«, erwiderte Mattei. »Also, wenn Sie den Anteil an der Gesamtbevölkerung des Ortes rechnen.«

»So was aber auch«, sagte ihr Chef. »Das hätte ich nicht gedacht. Ausgerechnet Eskilstuna.«

Blieb noch eine Frage. Nicht, weil er irgendwelche Kritik an der Art gehabt hätte, wie sie ihre Ermittlung durchführen wollte, das läge ihm fern, doch gäbe es eine Sache, die ihn erstaunen würde. Nämlich, dass er in der Ermittlergruppe bestimmte Personen und auch Funktionen vermissen würde.

»Wie meinen Sie das?«, fragte Mattei, obwohl sie bereits ahnte, was jetzt kommen würde.

»Was ist mit den Kollegen vom NCT, unserem Nationalen Centrum zur Terrorismusbekämpfung. Die haben ja zudem noch den großen Vorteil, dass sie nicht unser Budget belasten, und das gilt sowohl für diejenigen, die beim militärischen Nachrichtendienst arbeiten, wie für die vom Nachrichtendienst der Armee.«

»NCT und Must und FRA«, stellte Mattei mit einem kühlen Lächeln fest. »Ich dachte, Sie mögen diese Abkürzungen nicht.«

»Nun ja«, entgegnete ihr Chef, »ich sehe hier gewisse Probleme, nicht zuletzt, wenn man mal den Hauptgrund für die Gründung des NCT bedenkt. Es sollte eine wichtige Rolle in Ermittlungen spielen, die sich mit Terrorismusbekämpfung beschäftigen. Und jetzt haben wir plötzlich eine kritische Situation, und die sind nicht mal Teil unserer Ermittlergruppe. Glänzen durch Abwesenheit, wenn ich es mal so formulieren darf.«

»Wenn sich herausstellt, dass wir ihre Dienste und allgemeine Unterstützung benötigen, dann werden wir sie natürlich hinzurufen, und ich hoffe, Ihnen so bald wie möglich eine Antwort auf diese Frage geben zu können.«

»Ausgezeichnet«, stellte der Generaldirektor fest. »Wir dürfen schließlich nicht vergessen, dass ein solcher Fall unsere gesamte Organisation betrifft und dass eine wichtige Frage hier natürlich ist, wie man unnötige Überschneidungen zwischen den Abteilungen vermeiden kann. Wir dürfen in der Säpo-Organisation uns nicht dem Verdacht aussetzen, dass wir immer noch den alten Schuh fahren.«

»Nein, wirklich nicht«, sagte Mattei und schüttelte den Kopf.

»Es freut mich, dass Sie das auch so sehen«, erwiderte der Generaldirektor. »Außerdem bin ich dankbar, dass Sie bereitwillig meinen eher laienhaften Ausführungen lauschen, aber was die übergreifenden Organisationsfragen angeht, möchte ich dennoch behaupten, dass ich in diesen Dingen durchaus eine gewisse Erfahrung habe.«

»Damit habe ich überhaupt kein Problem. Ich schätze Ihre Anregungen sehr«, erwiderte Mattei und lächelte freundlich.

»Wie schön. Ja, das war dann alles«, fasste ihr Chef zusammen. »Dann will ich Sie nicht unnötig aufhalten.«

Ich dachte, du wolltest dich nicht in meine Ermittlung einmischen, dachte Mattei, als sie den Raum verließ.

23

Bis Mattei wieder in ihrem Zimmer war, hatte sie einen Beschluss gefasst. Erst einmal für sich ein Taxi rufen, um dann auf diskrete Weise ihren Arbeitsplatz zu verlassen, während die fünfzig Mitarbeiter, über die sie verfügte, den Laden weiter am Laufen hielten. In der Sicherheit des Taxis würde sie dann ihren Ehemann anrufen und ihm mitteilen, dass sie sich um alle die Familie betreffenden Termine des Tages kümmern würde. Sie würde Ella von der Kita abholen, Essen einkaufen, zusammen mit Ella kochen, mit Ella und Johan zu Abend essen, Ella ins Bett bringen und ihr dann eine längere Gutenachtgeschichte vorlesen.

An dieser Stelle war sie dann von einer schwerwiegenden Entscheidungsunfähigkeit heimgesucht worden, und aus diesem Dilemma hatte Jan Wiklander sie gerettet.

»Wenn du mal Zeit hast, Lisa, würde ich dich gern auf den neuesten Stand bringen«, sagte er mit seinem üblichen freundlichen Lächeln.

»Selbstverständlich«, erwiderte Mattei, lächelte auch und nickte zu ihrem Besucherstuhl auf der anderen Seite des Schreibtisches hin. »Setz dich.«

Jan ist eine Bank, dachte sie, und was sie selbst war, daran wollte sie am liebsten gar nicht denken.

»Es geht alles nach Plan«, stellte Wiklander fest. Die Staatsanwältin hatte angefangen, die Genehmigung für die verschiedenen

Ermittlungshilfen einzuholen, die sie benötigten: Überwachung, Handy- und Telefonabhören, verdecktes Abhören, verdeckte Hausdurchsuchungen, um nur die paar Dinge zu nennen, die ganz oben auf ihrer Wunschliste standen. Martinez und ihre Kollegen waren bereits unten in Eskilstuna vor Ort, um die notwendigen Bedingungen herzustellen, ehe man zur Feldarbeit übergehen konnte, und er selbst hatte den Nachrichtendienst und die allgemeine Informationsbeschaffung schon ganz gut im Griff.

»Calle Lewenhaupt wird sich darum kümmern«, sagte Wiklander. »Er meint, er würde schon eine erste Übersicht zu Khalid, seiner Familie und seinem nächsten Umfeld präsentieren können, wenn wir uns am Freitag sehen.«

»Calle ist gut«, stimmte Mattei zu. »Auch wenn ich mich manchmal frage, warum so einer ausgerechnet hier arbeitet. In einer besseren Welt müsste der eigentlich im Reichsarchiv sitzen oder mit der Verwaltung der Kunstsammlung des Königlichen Hofes betraut sein.«

»Nicht Calle«, meinte Wiklander und schüttelte den Kopf, »der ist ein Kämpfer, trotz seiner sanften Art. Außerdem habe ich ihn das mal gefragt.«

»Und was hat er gesagt?«

»Genau was ich schon vermutet hatte, es sind die Gene«, meinte Wiklander. »Seine Familie hat dem Königreich Schweden ungefähr fünfhundert Jahre gedient und im Laufe dieser Zeit mehr Blut für das Überleben des Reiches geopfert, als sämtliche Polizisten im Land im Laufe der rund zweihundertjährigen Geschichte der Truppe es getan haben. Na, du weißt ja, wie das klingt, wenn er so drauf ist.«

»Was weiß er über Islam und islamistischen Terrorismus?«, beharrte Mattei.

»Das meiste, wenn du mich fragst«, antwortete Wiklander. »Außerdem behauptet er, dass auch das erblich bedingt sei.«

»Und wie das?«

»Einer seiner Vorväter soll mit Karl XII. unten in der Türkei in Bender gewesen sein, als der König beim Sultan von Osman gefangen war. Was überhaupt den Grundstein des Interesses der Familie Lewenhaupt an der islamischen Kultur gelegt haben soll.«

»Na, da kann man wohl nur dankbar sein«, meinte Mattei. »Auch wenn das wahrscheinlich eine Legende ist.«

»Egal«, sagte Wiklander. »Und ich will dir noch einen Vorschlag machen«

»Der wäre?«

»Fahr nach Hause«, sagte Wiklander und zeigte sicherheitshalber auf die Tür in ihrem Zimmer. »Fahr nach Hause, kümmere dich um deine kleine Tochter und deinen Mann, und wir sehen uns morgen. Im Moment braucht man dich hier ehrlich gesagt nicht.«

»Danke«, sagte Mattei mit mehr Emotion, als sie eigentlich vorgehabt hatte. »Genau das wollte ich nämlich gerade tun.«

24

»Wo ist Papa?«, hatte Ella gefragt, als Lisa Mattei in die Kita gekommen war, um ihre Tochter abzuholen, und weil Fünfjährige mit Ironie nichts anfangen können, hatte Mattei sich bemüht, sich nicht anmerken zu lassen, dass die Frage eine Prüfung für sie war.

Zuerst einmal hatten sie Lebensmittel eingekauft, und das schlechte Gewissen der Mutter hatte Ella einen entscheidenden Einfluss auf die Mahlzeit gewährt. Fleischbällchen, Kartoffelbrei, und zwar richtiger!, dazu braune Soße und viel Preiselbeerkompott, auf das extra Zucker muss, sonst schmeckt das nämlich sauer. Zum Nachtisch Vanilleeis mit Schokoladensoße, Schlagsahne und kleinen Baisers. Genau wie bei Oma, erklärte Ella.

Und dann nach dem Essen einen richtigen Kaffee, dachte Mattei ergeben, nickte aber und lächelte dazu.

Mattei hatte für die Fleischbällchen das Kochbuch bemühen müssen, während Ella den Tisch gedeckt, auf die kochenden Kartoffeln geachtet und ihrer Mutter ganz allgemein gute Ratschläge gegeben hatte. Dabei hatte sie auch eine Reihe von Fragen gestellt. Wie war es möglich, dass Mama in einem Buch las und gleichzeitig Fleischbällchen machte? Das machten Papa und Oma nie. Die Erklärung, dass das Essen dadurch besser würde, hatte das Kind mal so hingenommen, wirkte aber nicht überzeugt.

Dann war Johan nach Hause gekommen. Er hatte seiner Frau

einen Kuss gegeben, seine Tochter geknuddelt, sie in die Luft gehoben und so lange auf den Bauch geküsst, bis sie vor Lachen juchzte, hatte sie beide umarmt und das Durcheinander um Herd und Arbeitsflächen mit einem kleinen Lächeln, aber ohne Kommentar bemerkt.

»Großmutters selbstgemachte Fleischbällchen mit brauner Soße wie früher und gestampften Kartoffeln, juchu. Alle diese himmlischen Düfte, die das arme, erschöpfte Familienoberhaupt begrüßen, sowie er die Schwelle zur behaglichen Wohnung übertritt. Kann es etwas Besseres geben?«, fragte Johan und grinste Lisa an.

»Sei so gut und setz dich einfach hin«, erwiderte diese. »Möchtest du, dass ich dir etwas auftue?«

»Ja, sehr gern«, sagte Johan. »Aber du darfst gerne mit am Tisch sitzen.«

Nimm dich in Acht, dachte Lisa.

Nach dem Essen hatte Ella auf die Frage ihrer Mutter, wie es ihr geschmeckt habe, ein zurückhaltendes Urteil abgegeben. Die Preiselbeeren waren zu sauer gewesen. Zu wenig Zucker drauf. Aber ansonsten war es »okay«, auch wenn Kartoffelbrei, Fleischbällchen und Soße »dünner« schmeckten als bei Oma. Aber der Nachtisch war »total okay« gewesen, obwohl das Eis, das Oma immer kaufte, irgendwie »eisiger« schmeckte als das, was ihre Mutter mitgebracht hatte.

»Also, ich fand es supergut«, erklärte Lisa.

Was mache ich hier eigentlich grade? Versuche ich, mich bei meiner eigenen Familie anzubiedern?

Während ihr Ehemann die Küche »renovierte«, wie er sich ausgedrückt hatte, brachte Lisa das Kind ins Bett. Sie half ihr bei der kleinen Abendwäsche und beim Zähneputzen, dann beim

Anziehen des Nachthemds. Ganz getreu gewohnter Routinen und ohne irgendwelche literarischen Hilfen zu bemühen.

»Willst du das mit den Bärchen oder ein neues?«, fragte Lisa mit Zögern und hielt sicherheitshalber mal das mit den Bärchen hoch.

»Die Bärchen«, sagte Ella. »Das mit den Bärchen.«

Dann ging es ins Bett, ein bisschen Kuscheln, die abschließende Gutenachtgeschichte über den einsamen kleinen Onkel, und mitten in einem Satz war Ella eingeschlafen.

Ich bin nicht nur Polizistin, sondern auch Mutter, dachte Lisa Mattei und strich ihrer Tochter über die Stirn. Höchste Zeit, dass sie mal die Polizistin in sich am Kragen packte und ein ernstes Gespräch mit ihrer eigenen Mutter führte.

Eine halbe Stunde später rief Martinez auf ihrem Handy an.

»Schläfst du, oder bist du noch wach?«, fragte Martinez.

»Wie man's nimmt«, erwiderte Mattei.

»Also, ich sitze in einer Bar und nehme ein Bier. Bin unten in Vollpampa-Stadt und recherchiere. Wohne im Stadthotel. Hier wird viel gebaggert. Hab schon zwei örtliche Platzhirsche gebeten, eine Fliege zu machen.«

»Schön zu hören, dass du nicht auffällst«, sagte Mattei.

»Ehrensache, sehen, aber nicht gesehen werden, wie man in meiner Branche sagt. Ich habe nur gedacht, ob du vielleicht Lust hast, selbst mal herzukommen und ein Ohr auf die Eisenbahnschienen zu legen.«

»Okay. Was hast du dir gedacht, wann ich kommen soll?«, fragte Mattei.

»Morgen früh. Du kannst mit einem von meinen Jungs runterfahren. Mit etwas Glück kriegst du sogar unseren eigenen Bombenbastler zu sehen. Ich habe Frank angerufen, du kannst mit ihm fahren.«

»Frank? Kenne ich den?«

»Frank Motoele. Der arbeitet jetzt seit ein paar Jahren schon bei mir. Den vergisst man nicht, wenn man ihn schon mal gesehen hat. Der schwarze Albtraum des weißen Mannes, wenn du mich fragst. Eigentlich sollte er runter nach Kopenhagen, um den dänischen Kollegen behilflich zu sein, aber ich habe ihn losgekriegt. Morgen früh sollte er hier sein.«

»Ich erinnere mich nicht an ihn. Wahrscheinlich habe ich ihn übersehen«, sagte Mattei. Frank Motoele?

»Wie wäre es mit acht Uhr hier? Er kann dich zu Hause abholen.«

»Passt perfekt«, sagte Mattei.

»Und, Lisa …«

»Ja?«

»Lass das edle Jackett und die kleine Bluse und die schwarzen Schuhe und all das zu Hause, ja? Versuch eine vierzig plus mit lokalen Wurzeln darzustellen, die zu Hause Probleme mit Mann und Kindern hat, okay?«

»Da bin ich schon angekommen, das dürfte mir also leichtfallen. Bis Morgen«, sagte Mattei.

Ihr Ehemann lag im Bett und las ein Buch, doch im Unterschied zu ihrem Chef legte er es sogleich weg, als er ihrer ansichtig wurde. Dann sah er sie an.

»Wie ist es, Liebling?«

»Geht so«, sagte Lisa Mattei und machte eine undefinierbare Schulterbewegung.

Nicht am Heulen, aber fast, dachte sie, denn so fühlte sie sich mit einem Mal.

»Es ist doch wohl keine Lebenskrise?«

»Nein, aber es knirscht ein bisschen«, erwiderte Lisa und zuckte wieder mit der Schulter.

»Wenn du möchtest, dann rede ich mit meiner teuren Schwiegermutter«, sagte Johan und lächelte. »Bevor unsere Tochter rund wird wie ein kleiner Mumintroll.«

»Nein«, sagte Lisa, »ich werde mit ihr sprechen.«

Johan ist ein freundlicher Mensch. Und er weiß auch, wann es besser ist, das Thema zu wechseln.

»Komm und leg dich hin«, sagte er und klappte auf ihrer Seite die Decke auf.

»Danke«, sagte Lisa.

»Und eins noch«, sagte Johan und grinste wieder. »Denk an das, was ich gesagt habe, keine große Sache aus Dingen machen, die es nicht sind. Sachen, die ich außerdem gern tue, während ich an anderes denke.«

»Zum Beispiel, die Küche aufzuräumen«, sagte Mattei und lächelte widerwillig.

»Zum Beispiel. Oder Essen zu kochen.«

»Aber man konnte es essen, oder?«

»Ja, absolut. Durchaus essbar. Wahrscheinlich lebensgefährlich, wenn wir es jeden Tag essen würden. Aber mal einen Tag … Denk an das, was ich gesagt habe.«

»Versprochen«, murmelte Lisa und war eine Viertelstunde später eingeschlafen.

25

Am Abend vorher hatte Lisa Mattei ihren Wecker eigentlich auf sieben Uhr stellen wollen. Wenn sie um acht Uhr abgeholt werden würde, dann müsste eine Stunde eigentlich gut für ihre morgendlichen Routinen reichen. Unter die Dusche gehen, sich anziehen, zurechtmachen, durch die Zeitungen blättern und ein bisschen mit Ella und Johan zusammen frühstücken.

Heute machte ihr aber doch ein wenig Stress, dass Martinez gewünscht hatte, sie solle die goldene Regel der Beschatter auf ihr Äußeres anwenden: Sehen, aber nicht gesehen werden. Eine runtergekommene Vierzigplusserin, am besten lokal verortet, die Probleme mit Ehemann und Kindern hatte. Rein gefühlsmäßig war das kein Problem, aber das Äußerliche würde wahrscheinlich länger in Anspruch nehmen als die schicke Variante der Säpo-Chefin.

Sie wachte wie immer ein paar Minuten vor dem Weckerklingeln auf und ging ins Bad. Make-up oder nicht? Besonders viel oder gar keins?

Okay, kein Make-up, denn »ihr Typ« hatte ihr ja am Abend zuvor eröffnet, dass er mit ihrer besten Freundin zusammenziehen würde, weil sie ein Kind erwartete, und dann hatte der miese Feigling das auch noch per Telefon getan, und… Kein Make-up, dachte Lisa Mattei, als sie aus der Dusche stieg, sich zwei Handtücher griff, eines davon um ihre nassen Haare schlang und sich mit dem anderen abzutrocknen begann.

Ich werde den Idioten umbringen, dachte sie wild und rubbelte sich mit aggressiven Bewegungen ab.

Alles andere ergab sich aus dem Schwung, so dass sie keine zusätzliche halbe Stunde benötigt hätte. Erst drehte sie ihr blondes Haar mit einem rosa Haargummi, das sie von ihrer Tochter auslieh, zu einem Knoten im Nacken. Die Jeans, die sie immer im Sommerhaus anhatte, ein verwaschenes T-Shirt, das wegzuwerfen sie vergessen hatte, dazu ein Paar alter Schlappen, die sie in einem gemeinsamen Kroatienurlaub mit Johan auf einem Markt gekauft hatte. Schließlich krönte sie das Werk mit einer blauen Strickjacke, die Johans Mutter mal bei ihnen vergessen hatte.

Zeit für ein ganz normales Frühstück, dachte Lisa. Drei Teilnehmer. Eine Polizistin, vierzig Jahre alt, normalerweise hauptverantwortlich für das Operative bei der Schwedischen Sicherheitspolizei Säpo. Inzwischen, im besten Fall und in den Augen ihres neuen Chefs, das höchste Huhn an derselben Stelle, wo er nunmehr der Hahn auf dem Hofe war. Dynamisch zunehmende existenzielle Probleme.

Dann ihre fünfjährige Tochter mit total eigenem Kopf, die oft mit anderen Gedanken beschäftigt war als denen, die im Kopf ihrer Mutter unterwegs waren, oder jedenfalls bewegten sie sich bei ihr auf andere Weise. Dann der Ehemann der Polizistin, Vater des Kindes, sieben Jahre jünger als die Mutter, frisch gebackener Dozent der Filmwissenschaft, beim Filminstitut angestellt. Trotz seines jungen Alters wie ein älterer Mann und ein guter Vater wirkend. Dazu ein besserer Ehemann, als sie sich zu wünschen das Recht gehabt hätte, und der geborene Moderator eines jeden Frühstücks im Kreise der Kleinfamilie.

Als sie in die Küche kam, stand Johan an der Arbeitsfläche,

während Ella schon am Tisch saß und in einem Teller mit Blaubeeren, Dickmilch und Müsli herumrührte. Sie sah ihre Mutter erstaunt an.

»Du siehst voll komisch aus, Mama«, sagte Ella. »Fahren wir ins Sommerhaus? Du hast so hässliche Kleider.«

»Mama geht und beobachtet ein paar Bösewichte«, erklärte Johan und grinste. »Deshalb hat sie sich so angezogen. Sie hat sich so verkleidet, dass die Bösewichte nicht merken, dass sie Polizistin ist.«

»So wie beim Fasching?«, fragte Ella und strahlte.

»Genau«, erwiderte Johan, »so ähnlich jedenfalls.«

»Okay«, fuhr er dann Lisa zugewandt fort. »Gibt mir eine kurze Beschreibung des Charakters, dann kriegst du ein professionelles Urteil von mir.«

»Gebeutelte vierzig plus mit lokalen Wurzeln, mittelgroße Stadt in Mittelschweden«, fasste Mattei zusammen.

»Lass mich raten. Ihr Typ hat sie verlassen und hat den Hund und das einzige ihrer beiden Autos mitgenommen, das zuverlässig anspringt, und außerdem hat er ihr gemeinsames Bankkonto abgeräumt. Sie selbst durfte die Kinder behalten, die sich ausgerechnet heute beide weigern, in die Kita zu gehen.«

»So ungefähr«, stimmte Mattei gnädig zu.

»Der kurze Pferdeschwanz gefällt mir«, meinte Johan. »Wenn deine Haare getrocknet sind, wirst du wie ein ganz gewöhnlicher Schrei nach Hilfe aussehen. Ich glaube, da liegst du richtig. Diese blaue Strickjacke ist einfach nur phänomenal. Kommt mir auch irgendwie bekannt vor, das Ding.«

»Gehört deiner Mutter«, erklärte Lisa.

»Bestimmt ein Sonderangebot aus dem Supermarkt in Norrtälje«, meinte Johan und zuckte mit den Schultern. »Die Sorte Sachen, die vorne an der Kasse in den Körben liegen. Sozusagen die Verkörperung des Themas lokale Wurzeln. Sparsame

Mittel, das ist gut. Wenn du die Körpersprache noch hinkriegst, dann verspreche ich dir, dass dich nicht einmal unsere Nachbarn hier wiedererkennen.«

»Die Körpersprache?«

»Du musst dich so bewegen, wie du dich fühlst. Wenn eine Frau, die aufgegeben hat, mit raschen Schritten und geradem Rücken ankommt, dann ist es richtig schlimm. Dann hat sie beschlossen, etwas Schreckliches zu tun.«

»Warum hat Mama Omas Jacke an?«, beharrte Ella.

»Das erkläre ich dir nachher, Liebes«, schob Johan ein.

»Eins noch«, ergänzte er und nickte Lisa zu, »alle richtigen Schauspieler sind verrückt. Vergiss das nicht. Das macht es nämlich leichter, wenn man ganz im Ernst denken soll, man sei jemand anders.«

»Was willst du damit sagen?«, fragte Mattei. »Ist das ein Kompliment?«

»Ich weiß es nicht. Vielleicht soll es nur heißen, dass ich meine Frau vermisse. Und dass du auf dich aufpassen sollst«, sagte Johan.

Eine Minute vor acht Uhr bekam sie eine SMS, deren Absender den Text aus Schwedisch und Arabisch gemischt hatte.

»Salam alaikum, sharifa. Ich stehe draußen, schwarzer BMW«, las Mattei laut vor und hielt das Display so hoch, dass Ella und Johan sehen konnten, was dort stand.

»Hallöchen, Sheriff«, übersetzte Johan. »Sharifa, das ist derselbe Wortstamm wie das Wort Sheriff, das also aus dem Arabischen stammt, genauer gesagt, von den Mauren in Spanien. Sharifa ist die weibliche Form von almo-jarife oder jarife, was ursprünglich einmal Steuereintreiber hieß. Im 7. Jahrhundert gab es eben keine Polizisten, zumindest nicht in Spanien. Woanders vielleicht, das müsstest du ja wissen. Ich weiß, dass es bei den alten Römern Polizisten gab, aber im 7. Jahrhundert gab es ja kein Römisches Reich mehr.«

»Keine Ahnung. Aber woher weißt du das denn alles?«

»Vom islamischen Filmfestival in Casablanca, glaube ich«, erwiderte Johan, »vielleicht war's auch Marrakesch. Weiß nicht mehr. Aber ich bin ganz sicher, dass man uns da eine ganze Woche lang keinen einzigen West-Film gezeigt hat.«

»Der Freund von Ture Sventon ist Araber. Der heißt Omar«, sagte Ella. »Zwei Kamele hat der. Das eine heißt Juwel, und wie das andere heißt, hab ich vergessen.«

»Ich weiß«, sagte Mattei und strich dem Kind über die Wange.

»Und wie heißt das andere Kamel?«, fragte Ella auffordernd.

»Ich hab auch vergessen, wie es heißt.«

»Saphir«, meinte Johan. »Das andere Kamel heißt Saphir.«

»Außerdem hat der auch einen fliegenden Teppich«, sagte Ella. »Aber der heißt nur fliegender Teppich und nix sonst.«

»Das genügt ja auch«, meinte Lisa.

»Wenn man auf die Teppicherfransen klopft, dann fliegt er.«

»Teppichfransen, Schätzchen. Nicht Teppicherfransen«, verbesserte Lisa.

»Aber man muss weich klopfen«, mahnte Ella.

Höchste Zeit, arbeiten zu gehen, dachte Mattei und schielte auf die Uhr. Sie stand auf und beugte sich über ihren Mann und ihre Tochter.

»Salam alaikum«, sagte sie und dachte: Friede sei mit euch.

»Wa alaikum assalam«, sagte Johan, legte dabei die Handflächen gegeneinander und neigte den Kopf.

Ob ich jetzt wohl gegen das Geheimhaltungsgebot verstoßen habe? Eine Sicherheitspolizistin, die gestern in England war und dort James Bond getroffen hat und jetzt Nachrichten mit jemandem auf Arabisch austauscht. Die offenbar an einer sehr wichtigen Ermittlung arbeitet, die irgendetwas mit einer mittelgroßen Stadt in Mittelschweden zu tun hat. Oder nur jemand, der die ganze Zeit rumplappert, wie es alle normalen Menschen die meiste Zeit tun.

26

Aus all diesen selbstverständlichen Gründen hatte Frank Motoele das Auto hundert Meter von ihrem Haus entfernt abgestellt. Als Mattei aus der Tür trat, signalisierte er ihr durch ein Blinken mit den Bremslichtern, wo er stand. Und als Lisa Mattei einen Moment später die Beifahrertür aufmachen wollte, öffnete er sie von innen, ohne den Fahrersitz zu verlassen.

Mattei beugte sich ins Auto und sah ihn an. Der schwarze Albtraum des weißen Mannes, wie wahr, dachte sie, und wenn Motoele mit dem falschen Fuß aufgestanden war, dann könnte das sicher auch noch bedeutend schlimmer ausgehen, so der erste Eindruck.

»Möchte die Chefin meine Dienstmarke sehen?«, fragte Motoele und lächelte.

»Nein«, erwiderte Mattei mit einem Kopfschütteln. »Ich kaufe dich über die Beschreibung.«

Ein dünnes dunkelblaues Baumwollhemd, das bis auf den halben Oberschenkel reichte, kein Kragen, keine Knöpfe, V-Ausschnitt und lange Ärmel, schwarze Jeans, schwarze Sneakers aus Leder, keine Strümpfe an den Füßen, aber Kette, Armband und drei Ringe an jeder Hand, alles aus Gold.

»Black, Muslim, Gangsta«, fasste Motoele sein Outfit mit einem schiefen Lächeln zusammen.

»Verstehe«, erwiderte Mattei.

Schwarzer Bart, dicke, wild wachsende schwarze Haare, die schwarzen Augen tief verschanzt unter der breiten Stirn, sicher hundert Kilo Körpergewicht, ausschließlich Muskeln und Knochen, dachte Mattei.

»Hast du nie erwogen, Schauspieler zu werden?«, fragte sie.

»Nein«, antwortete Motoele und schüttelte den Kopf. »Das würde nicht funktionieren. Ich bin, wer ich bin. Welche Rollen sollte ich denn spielen? Den Schurken, der den Helden fast totschlägt?«

»Das glaube ich keine Sekunde«, entgegnete Mattei. »Martinez sagt, du hast ein Herz aus Gold.«

»Wie möchte die Chefin gern gefahren werden? Schweigend, oder? Das erste Mal mit einem neuen Fahrer, das ist ein bisschen so wie das erste Mal bei einem neuen Friseur«, erklärte Motoele.

»Ich unterhalte mich gern«, verkündete Mattei. »Aber erst muss ich noch ein Telefonat erledigen.«

Motoele begnügte sich mit einem Nicken.

Mattei rief Wiklander an und erklärte, sie sei unterwegs, um Martinez zu treffen, und würde gegen zwei Uhr nachmittags wieder im Büro aufschlagen und sich dann gern mit ihm unterhalten, um sich à jour zu bringen. Kein Problem, meinte Wiklander, es sei schließlich nie falsch, mal aufs Terrain rauszugehen. Außerdem habe er das unbestimmte Gefühl, als würde es ihr guttun, mal rauszukommen und sich zu bewegen.

»Das Ohr auf die Eisenbahnschienen zu legen«, meinte Mattei.

»Genau«, ergänzte Wiklander, »ist dann aber wichtig, dass man den Zug hört und den Kopf rechtzeitig vom Gleis nimmt. Kriegt nicht jeder hin.«

Mattei beendete das Gespräch und wandte sich mit einem freundlichen Lächeln wieder Motoele zu.

»Wo waren wir stehengeblieben?«, fragte sie.

»Nirgends, um genau zu sein. Jetzt gerade sind wir am Strandvägen und fahren nach Südwesten. Aber wenn die Chefin möchte, kann ich anfangen. Oder die Chefin kann anfangen, wenn die Chefin das vorzieht.«

»Fang nur an«, meinte Mattei. »Woran hast du gearbeitet, ehe du in diesem Auto mit mir gelandet bist?«

Frank Motoele war fünfunddreißig Jahre alt und alleinstehend. Als Adoptivkind aus Kenia nach Schweden gekommen. Nach dem Abitur hatte er sich auf der Polizeihochschule beworben und war sofort angenommen worden, obwohl seine Noten eher mittelmäßig waren. Seine physischen Qualitäten hatten ihn zu einem begehrten Exemplar gemacht.

»Es gab irgendeinen Obermufti, der entschieden hatte, dass jeder Fünfte, den die Polizeihochschule aufnahm, so einer wie ich sein sollte. Die können ja keine Ahnung gehabt haben, worauf sie sich da eingelassen haben. Solche wie ich sind für normale Menschen überhaupt nicht zu verstehen. Abitur? Die Hälfte von allen, die die besten Polizisten geworden wären, saß ja schon im Knast.«

»Da waren sie aber sicher froh, dich zu finden«, stellte Mattei fest, »also, ich meine, deine Lehrer auf der Hochschule.«

»Vielleicht nicht alle, aber einige.«

»Wo bist du dann eingesetzt worden?«

Er sei wie so viele andere nach Stockholm gekommen, und außerdem hatte er sich auch dahin beworben, und genau wie alle, die dort landeten, war er erst einmal Streife gefahren. Doch man hatte ihm von Anfang an auch schon besondere Aufgaben übertragen.

»Schließlich gab es keinen Verbrecher, der in seinen Kopf kriegen konnte, dass einer wie ich Polizist sein könnte.«

»Dann hast du also bei der Personenüberwachung angefangen«, stellte Mattei fest.

»Was hätte ich denn sonst machen sollen?«, fragte Motoele mit einem vielsagenden Schulterzucken.

»Ich arbeite seit fünfzehn Jahren als Polizist, drei davon Streife, den Rest bei der Überwachung, erst im Drogendezernat in Stockholm-City und auf Söder, dann Gewaltverbrechen bei der Landeskripo, dasselbe bei der Reichskripo. Die letzten fünf Jahre bei der Säpo, und zwar bei unserer gemeinsamen Bekannten Linda.«

»Die magst du, oder?«

»Jeder, der mit Martinez arbeitet, mag sie«, erwiderte Motoele. »Das geht gar nicht anders. Klar kann sie übel drauf sein, und zwar immer. Linda kann schon richtig nerven. Aber meist ist sie gechillt, und ... bei den Überwachern gibt es zwei Typen«, fuhr er fort. »Erst mal die Alten mit dem Motto: Sehen, aber nicht gesehen werden. Und dann gibt es solche wie mich, die sich der Vorurteile der Umwelt bedienen.«

»Vorurteile?«

»Wir sehen einfach so abgefuckt aus, dass wir noch abgefuckter sein müssen, weil, so scheint es unmöglich, dass wir Polizisten sein können«, erklärte Motoele.

»Verstehe«, sagte Mattei.

»Da bin ich nicht sicher«, gab Motoele mit einem vergnügten Grinsen zurück. »Aber das können wir ja rauskriegen.«

»Und wie das?«

»Wenn die Chefin heute Nachmittag wieder ins Büro kommt, dann lassen Sie mal dieselben Sachen an wie jetzt. Gehen Sie zum Empfang und sagen Sie, Sie heißen, sagen wir mal Lisa Johansson und Sie hätten einen Termin mit Wiklander. Wenn er fragt, worum es geht, dann sagen Sie geheim. Wenn er Ihren Ausweis sehen will, dann sagen Sie, das sei nicht nötig, Wiklander würde Sie bereits kennen. Dieser Pferdeschwanz ist der Hammer und die gruselige Jacke trifft genau ins Schwarze.«

»Was passiert dann?«

»Soforttransport in die Klapse. Wenn man so aussieht und behauptet, man wolle einen wie Wiklander treffen, dann landet man immer in der Klapse. Unsere Vorurteile, das, was wir zu wissen glauben, ohne darüber reden zu müssen, garantiert diese Reise.«

Dumm ist er definitiv nicht, dachte Mattei. Aber vielleicht ein bisschen jobgeschädigt.

Eine Stunde später waren sie von der Autobahn abgebogen und fuhren Richtung Eskilstuna Zentrum, dort am Rathaus vorbei und in ein Parkhaus, das im Viertel daneben lag.

»Herzlich willkommen, Lisa«, sagte Martinez. »Ich hoffe, Frank hat sich benommen.«

»Vorbildliches Fahren, bereichernder Gesprächspartner«, fasste Mattei zusammen.

»Ja, und viel mehr darf man ihm heutzutage ja auch leider nicht mehr abverlangen«, seufzte Martinez. »Du kannst dann los, Frank.«

»Yes, boss«, erwiderte Motoele.

»Dieses Mal bleiben dir Brotverkaufswagen, Eisbude und normaler Kastenwagen erspart, Lisa«, fuhr Martinez fort und nickte zu einem Taxi, das ein paar Reihen entfernt parkte. »Zur Feier des Tages darfst du Taxi fahren.«

27

Linus Rasmusson war achtundzwanzig Jahre alt. Äußerlich betrachtet war er das absolute Gegenteil von Frank Motoele, und wenn man davon ausging, was sich in ihrer beider Köpfe abspielte, dann waren die Unterschiede sicher noch größer. In der Welt von Martinez waren die beiden jedoch gewissermaßen das Ergebnis derselben Geschäftsidee. Kein denkender Mensch, ganz gleich ob gut oder böse, würde auf die Idee kommen, dass Linus Polizist war.

Mager und gerade mal mittelgroß, mit blondem, ungebändigtem Haar und einem freundlichen und leicht abwesenden Gesichtsausdruck, der noch von einer Drahtbrille verstärkt wurde, die sicherheitshalber auf seiner schmalen Nase hing. Er konnte gut und gerne für zehn Jahre jünger genommen werden, als er in Wirklichkeit war, und bei den seltenen Gelegenheiten, zu denen er das Alkoholgeschäft besuchte – nicht für sich, sondern um für seine Mutter einzukaufen, die nicht mehr tragen konnte, oder wenn seine Freundin ihn gebeten hatte, etwas zum Abendessen mitzubringen –, musste er immer seinen Ausweis zeigen. Das war zuletzt vor nur einem Monat geschehen, und als er dazu seine Polizeidienstmarke gezeigt hatte, war es der Kassiererin schwergefallen, ihr Erstaunen zu verbergen. Linus hatte freundlich genickt und ihr zugestimmt. Es war nicht das erste Mal, und außerdem könne er gut verstehen, dass sie diese Frage stellte. Sie versuche schließlich nur, ihre Arbeit zu machen. Selbst hatte er dieselbe Frage auch schon oft stellen müssen. Bei seiner Arbeit.

»Das hier ist der kleine Linus«, erklärte Martinez. »In seiner Freizeit ist er Vogelbeobachter, und jetzt hat er zudem einen Sommerjob beim Taxiunternehmen hier in Eskilstuna bekommen, und ich dachte, er könnte uns mal zeigen, wo das Objekt wohnt. Ja, er besitzt einen Führerschein, falls du dich das gerade gefragt hast«, fügte sie hinzu.

Abbdo und seine Familie wohnten in einem Haus, das ungefähr sieben Kilometer von Eskilstuna entfernt stand. »Was unsere Arbeit betrifft, ist es ein Albtraum«, sagte Martinez, wollte das aber erst näher erklären, wenn Mattei das Haus und das Grundstück mit eigenen Augen sähe.

Jetzt gab es erst noch etwas anderes zu berichten: Gegen halb sieben am Morgen, drei Stunden zuvor, hatte Abbdo sich in sein Auto gesetzt und die Wohnung verlassen. Er war ins Zentrum von Eskilstuna gefahren und hatte nach nur fünf Minuten die Leute, die ihn beschatteten, abgehängt. Nicht so schlimm, fand Martinez, denn so etwas konnte aus den unterschiedlichsten Gründen passieren, wovon die meisten völlig unspektakulär waren. Sie hatte noch nicht alle Kräfte vor Ort, sondern nur eine Patrouille, die ihm hatte folgen können, und das Auto, das Abbdo selbst fuhr, trug keinen Sender. Im Hinblick darauf, wie sich seine englische Freundin in Luft aufgelöst hatte, würde Martinez das aber in Erwägung ziehen.

»Wie wirkt er denn?«, fragte Mattei.

»Völlig unbekümmert«, stellte Martinez mit einem Achselzucken fest. »Ist seit heute früh um sieben Uhr weg, und ich habe keine Ahnung, ob er in die chemische Reinigung fahren wollte, oder ob wir ihn einfach so verloren haben.«

»In die chemische Reinigung?«

»Ob er uns bewusst abgehängt hat«, verdeutlichte Martinez und grinste schief. »Soll ich dir einen kleinen Kurs geben, damit wir uns auch verstehen?«

»Na klar.«

»Die chemische Reinigung«, sagte Martinez. »Vorsorglich, was nicht heißen muss, dass er weiß, dass wir ihn bereits beschatten.«

»Wieso glaubst du das?«

»Vor einer halben Stunde ist er wieder zu Hause aufgetaucht. Ist auf das Grundstück eingebogen und direkt in die Garage, die Teil des Hauses ist. Leider weiß ich überhaupt nicht, was er während der drei Stunden gemacht haben könnte, in denen er weg war, aber ich habe so meinen Verdacht.«

»Und der wäre?«

»Er hat etwas erledigt. Innerhalb des Hundert-Kilometer-Radius von der Bruchbude, in der er wohnt, vermutlich viel näher. Er wollte sichergehen, dabei allein zu sein. Vorsorglich.«

»Vorsorglich? Nicht, weil er weiß, dass wir ihm auf den Fersen sind?«

»Glaube ich nicht«, sagte Martinez. »So einer wie er müsste eigentlich genauso jobgeschädigt sein wie wir. Noch mehr, wenn du mich fragst, bei dem Job.«

Das Haus lag am Lötgärdesstigen, eine kleine Querstraße zu einer der Durchfahrtsstraßen von Eskilstuna. Linus war in die Straße davor, die Lötgatan hieß, eingebogen, war bis an deren Ende gefahren und hatte dann auf einem Kies-Wendeplatz angehalten.

»Da oben liegt die Bude, Chefin«, sagte Linus und nickte zu einem großen roten Holzhaus hin, das ungefähr hundert Meter weiter rechts lag. »Das hier ist der beste Platz, denn wir können im Auto sitzen bleiben und müssen nicht auf dem Gelände rumschleichen.«

Ein Albtraum der Beschatter hatte Martinez gesagt, und Mattei verstand genau, was sie meinte. Ein altes dreistöckiges Haus. Vom Stil her zu schließen aus den Fünfzigerjahren und etappenweise um- und angebaut. Etwa zehn Meter von dem Haus entfernt ein freistehender Bungalow, der als Schuppen fungierte, und um beide Gebäude herum ein eingezäuntes Gelände, so groß wie ein halbes Fußballfeld. Eine ungemähte Wiese, ein paar einzelne Bäume und ein zugewuchertes Beet mit etwas, das aussah wie Beerensträucher. Auf der Vorderseite des Hauses hatte jemand eine Hollywoodschaukel und eine größere Gruppe Gartenmöbel platziert, insgesamt zwei Tische, zwei Bänke und an die zehn Stühle unterschiedlichen Stils, die um einen größeren gemauerten Außengrill gruppiert waren. Dazu ein aufblasbares Planschbecken, zwei kleinere Fahrräder, ein umgeworfenes Dreirad und ein leerer Kinderwagen. Die reinste Villa Kunterbunt.

»Wie sieht es aus, wenn man die Gasse, in der sie wohnen, rauffährt?, fragte Mattei.

»Noch schlimmer«, meinte Martinez. Das Haus der Familie war das letzte in der Straße. Der nächste Nachbar befand sich ungefähr hundert Meter die Straße hinunter, doch auch von dort war das Grundstück nicht einsehbar.

»Die Straße endet vor deren Haus. Es gibt dort eine Wendeplatte und eine Einfahrt zu ihrem Grundstück. Dazu noch die Einfahrt zur Garage, die im Keller des Wohnhauses selbst liegt. Das ist der Weg, den sie nehmen, wenn sie ihre Autos raus- und reinfahren oder einfach nur einen Spaziergang machen. Auf der Rückseite liegt ein Waldstück von knapp drei Hektar, das sich nach Osten und Süden ausbreitet, gemischter Laubwald und Büsche, hat Linus gesagt. Er war gestern Abend schon hier und hat Vögel beobachtet.«

»Da ist er ja«, unterbrach Linus sie und nickte zum Haus hin. »Unser Abbdo Khalid höchstselbst.«

Abbdo machte einen sehr entspannten und friedlichen Eindruck. Überhaupt nicht so, wie man sich einen Bombenbauer vorstellte. Er trug dieselbe Kleidung wie Motoele, allerdings war sein Hemd weiß und noch länger, nicht bis zu den Knöcheln wie ein traditioneller Kaftan, aber doch wie eine Tunika. Er ging zur Hollywoodschaukel, setzte sich und legte die Füße hoch. In der rechten Hand hatte er eine große Tasse, die er auf den Tisch stellte. Dann schlug er eine Zeitung auf, in der er zu lesen begann.

»Check mal, ob das *Al Jazeera* ist, was er da liest«, sagte Martinez und reichte Mattei einen Feldstecher. »Mit etwas Glück können wir ihn vielleicht wegen Vorbereitung von irgendwas einkassieren, dann haben wir den Mist schnell erledigt.«

Er sieht gut aus, dachte Mattei, sowie sie den Feldstecher scharf gestellt hatte. Kurzes, gut frisiertes Haar, gepflegter Bart. Sehr viel hellere Haut als Motoele. Klare, ebenmäßige Gesichtszüge. Sie sah ihm mindestens fünf Minuten zu, während er in seiner Zeitung blätterte und immer wieder aus der großen Tasse trank, die er jedes Mal wieder auf den Tisch stellte und sich dann mit dem rechten Daumen über den Mundwinkel wischte. Ruhige, wohlabgestimmte Bewegungen. Es schienen ihn nicht die geringsten Sorgen zu plagen. Kann das alles wirklich stimmen?, fragte sie sich und gab das Fernglas an Martinez zurück.

»Hast du gesehen, was er da liest?«

»Den *Eskilstuna-Kuriren*«, antwortete Mattei. »Tut mir leid, Linda, aber da bin ich ganz sicher.«

»Verdammter Mist«, erwiderte Martinez. »Warum kann er uns nicht den Gefallen tun, dazusitzen und Gras zu rauchen oder irgendwas zu kauen, was solche wie er doch sonst den ganzen Tag machen? Dann könnten wir ihn dafür mitnehmen. So schlage ich mal vor, dass wir die Sache hier abbrechen, damit du unseren Meisenkasten angucken kannst, wenn du willst.«

»Das müssen wir auf einen anderen Tag verschieben. Ich muss ins Büro zurück. Wenn ihr mich zum Bahnhof bringen könntet, dann fahre ich mit dem Zug. Auf dem Weg dahin kannst du mir ja alles erzählen.«

Der »Meisenkasten«, für den sich Martinez entschieden hatte, lag an einer weiteren Querstraße zum Haus, in dem Abbdo wohnte, und war alles andere als günstig für ihre Aufgabe.

»Zwischen der Bruchbude von Abbdo und unserem Meisenkasten liegen mehr als hundert Meter«, erklärte sie und seufzte. »Wir arbeiten damit, aber rechne besser mit Problemen bei Bildern und Tönen. Es ist hier in der Gegend an und für sich ruhig, rundherum wohnen hauptsächlich alte Leute, aber die Entfernung bedeutet natürlich ein Problem. Der Vorteil an dem Meisenkasten ist, dass wir freie Sicht haben und sowohl die Vorder- als auch die Rückseite von ihrem Haus einsehen können.«

»Probleme über Probleme«, fasste Mattei zusammen und grinste. »Du hast nicht zufällig irgendwas, das mich fröhlich stimmen könnte?«

»Also, abgesehen von der Entfernung ist er perfekt«, sagte Martinez, »wenn wir ihn nur um hundert Meter versetzen könnten.«

Der Meisenkasten war ein größeres Einfamilienhaus, das vom vorigen Besitzer als kombinierte Wohnung mit kleiner Werkstatt genutzt worden war, in der er Fleischsägen und Filetmesser für den Fleischereigebrauch hergestellt hatte. Seither hatte das Haus fünf Jahre lang leer gestanden, und der Makler, der es verkaufen sollte, war immer verzweifelter geworden (»Traumobjekt für handwerklich Begabte«), bis nach dem Tod des ursprünglichen Besitzers seine Erben die Sache in die Hand genommen und die Idee von einem raschen Verkauf aufgegeben und das Haus im Grunde in aller Ruhe hatten verfallen lassen. Immer noch nicht verkauft und zudem nicht bewohnt, hatte Martinez den Makler überreden können, es über den Sommer für wenig Geld zu vermieten. Außerdem verfügte das Haus sowohl über Wasser als auch Strom.

»Und der hat nicht gefragt, wozu du das Haus brauchst?«, fragte Mattei.

»Als Keramikwerkstatt über den Sommer für mich und meine Freundinnen.«

»Und das hat er dir abgekauft?«

»Zusammen mit der Vorschussmiete bis August schon«, erwiderte Martinez und grinste. »Dazu noch, dass ich mir auch vorstellen könnte, dazubleiben und die Bruchbude irgendwann zu kaufen, weil sie für einen handwerklich interessierten Menschen wie mich das reinste Traumobjekt ist. Außerdem hatten die Nachbarn offenbar schon angefangen zu meckern, weil das Haus leer steht und irgendwelche Penner da herumstreichen würden.«

Hier lautet die Devise also, den Mangel an besseren Alternativen, diverse praktische Probleme und die allgemeine Situation zu akzeptieren, dachte Mattei.

»Wenn du es dir anders überlegt hast, lass uns kurz vorbeifahren, dann kannst du es dir ansehen«, schlug Martinez vor.

»Nein. Ich vertraue dir«, sagte Mattei und schüttelte den Kopf. »Muss ich sonst noch was wissen?«

Möglicherweise noch den »Block«, den Martinez für sie organisiert hatte und wo es Platz für die gesamte Einsatzgruppe gab. Eine ehemalige Jugendherberge, die vor zehn Jahren zu einer einfachen Unterkunft für Gastarbeiter umfunktioniert worden war, die nach Schweden kamen und auf den umliegenden Höfen arbeiteten. »Handwerker, Leute, die in der Landwirtschaft arbeiten, und solche, die davon leben, Pilze und Beeren zu pflücken«, fasste Martinez zusammen. Im Moment stand das Haus leer, und Martinez hatte die gesamte Anlage für einen Monat gemietet. Kein Luxus, aber es funktionierte. Küche, Duschen und Betten waren okay. Außerdem lag es etwas abseits, zwanzig Minuten von Eskilstuna Mitte entfernt. Mit Blaulicht zehn Minuten, wenn es in dem Haus, wo Abbdo und seine Familie wohnten, Probleme geben sollte.

»Dann muss man nicht die ganze Zeit zwischen Stockholm und hier pendeln oder alle Leute auf lauter verschiedene Hotels verteilen. Ich will sie unter einem Dach haben«, erklärte Martinez.

»Klingt sinnvoll«, stimmte Mattei zu.

»Sonst noch Fragen?«, erkundigte sich Martinez.

»Nein, jetzt fahre ich nach Stockholm zurück. Ich bin zufrieden. Das sieht alles sehr gut aus.«

»Linus kann dich in die Stadt fahren.«

»Nein, aber danke für das Angebot. Zug ist wunderbar«, sagte Mattei.

Dann habe ich Zeit, in Ruhe nachzudenken.

28

Ehe Mattei ihren Schnellzug nach Stockholm bestieg, ging sie noch in ein Café neben dem Bahnhof und kaufte sich etwas Reiseproviant.

Während sie aß und trank, schaute sie ihre Mails und die übrigen Nachrichten durch, die sie bekommen hatte, und dann hatte sie immer noch viel Zeit, um über ihre Ermittlung nachzugrübeln. Martinez würde das hier hinkriegen. Linda war so eine Mitarbeiterin, die immer Leistung brachte. Sie redete niemals über Dinge, die nichts zur Sache taten, und versprach nur, was sie auch halten konnte.

Im Unterschied zu manchen anderen, seufzte sie, als sie durch Södertälje fuhr und gerade die neueste Mail ihres höchsten Chefs las, die soeben auf ihrem Handy gelandet war.

»Wie ich hörte, sind Sie in Eskilstuna und sehen dort nach dem Rechten. Ich werde heute Nachmittag nicht im Haus sein, nehme an einer Besprechung im Regierungssitz Rosenbad teil, aber es wäre wunderbar, wenn wir uns so bald wie möglich mal zusammensetzen und die Vorschläge diskutieren könnten, die ich Ihnen zu unserer Ermittlergruppe geschickt habe. Wie wäre es morgen Vormittag so früh wie möglich?«

Ne, oder? Der Mann hatte sie doch nicht alle, dachte Lisa Mattei und schaltete sicherheitshalber ihr Handy aus, um es erst wieder einzuschalten, als sie am Stockholmer Hauptbahnhof ankam. Aus dem Taxi schickte sie eine SMS an Wiklander und fragte ihn, ob sie sich in einer halben Stunde in ihrem Büro treffen könnten. Er antwortete postwendend: »OK.«

Wie würde ich es nur ohne euch beide schaffen?, fragte sich Lisa Mattei und meinte damit ihren zwanzig Jahre älteren Kollegen und ihr Smartphone.

Eine halbe Stunde später saß Wiklander in ihrem Büro. Er hatte nicht einmal ihr Aussehen kommentiert, das immer noch ziemlich zu wünschen übrig ließ, obwohl sie sofort ihren privaten Waschraum aufgesucht und fast eine Viertelstunde darauf verwandt hatte, ihr eigentliches Ich wiederherzustellen.

»Ich habe von Martinez gehört, dass du einen Blick auf unser Objekt werfen konntest. Wie ist dein Eindruck?«

»Spontan«, erwiderte Mattei, »dass es vielleicht sogar sein könnte, dass wir völlig falschliegen. Das wäre ja nicht das erste Mal. Was meinst du selbst?«

»Alexander«, begann Wiklander, »unser britischer Kollege. Du solltest wissen, dass er ein Mann mit sehr beträchtlichem Ruf ist, den er, laut meiner Informanten, auch durchaus verdient hat. Dann wiederum glaube ich, dass er mehr über Abbdo weiß, als er uns erzählt hat.«

»Ganz sicher«, meinte Mattei. »Was ist das Problem?«

»Im Grunde gibt es keins. Er ist überzeugt davon, richtigzuliegen, dass Abbdo Khalid wirklich ein Attentat plant, aber er kann aus unterschiedlichen Gründen nicht preisgeben, woher er das weiß. Natürlich wäre es viel besser für uns, wenn er kein Blatt vor den Mund nehmen und uns sagen würde, wie er auf die Sache gekommen ist. Al-Shabaab hat außerhalb Afrikas noch nicht viele Aktionen durchgeführt. Wenn wir Europa oder die EU-Länder nehmen, dann sprechen wir hier von zehn Vorkommnissen in zehn Jahren, fünf davon in den letzten paar

Jahren. Dürftig, wenn du mich fragst. Also, wenn du Unterstützung in der Statistik suchst.«

»Du hast vollkommen recht, ein bisschen mehr Klarheit wäre gut.« Anstelle der weißen Mäuse, von denen er so gerne redet.

»Aber du hattest etwas auf dem Herzen«, erinnerte Wiklander sie. »Ich hoffe, es ist nichts Ernstes.«

»Geht so«, meinte Mattei mit einem vielsagenden Schulterzucken. »Hauptsächlich muss ich wohl mal Druck ablassen.«

»Ich fürchte, ich weiß schon, was jetzt kommt«, sagte Wiklander.

Mattei verschaffte sich Erleichterung, indem sie ihm von ihrem obersten Chef erzählte, der sich ständig in Sachen einmischte, von denen er keine Ahnung hatte, und der sogar die Dreistigkeit besaß, konkrete Vorschläge abzusondern, wie sie ihre Ermittlergruppe organisieren sollte. Er wollte Dinge wissen, die zu fragen schon ungehörig war, und zu allem Überfluss schien er gelinde gesagt leichtfertig mit dem umzugehen, was ihm zu erzählen sie gezwungen war. So wie vor einer knappen Stunde, als sie im Zug nach Stockholm seine Mail erhalten hatte, in der er ihren Einsatz erwähnte. Mattei rief seine Nachricht auf und zeigte sie Wiklander.

»Nicht gut«, sagte Wiklander, »und obendrein noch völlig unnötig.«

»Aber warum macht er das denn?«

Wiklander meinte, da könne es verschiedene Erklärungen geben. Dass er für »fremde Mächte« arbeite oder weil er »insgeheim mit muslimischen Terroristen liiert« sei, könne man ja wohl glücklicherweise ausschließen.

»Das ist einfach nur dumm. Kein seriöser Agent, Spion oder Maulwurf, wie du sie auch immer nennen willst, aktiv oder schlafend, würde sich auf diese einfältige Weise verhalten«, stellte Wiklander fest.

»Was ist dann der Grund?«, beharrte Mattei.

Es seien die üblichen menschlichen Ursachen, meinte Wiklander, und was ihren obersten Chef beträfe, handele es sich um mehrere davon gleichzeitig. Zunächst einmal ließe er das Sicherheitsbewusstsein vermissen, das in ihrem Job ein absolutes Muss war. Zum Beispiel würde er einfach schon zu viel reden. Dann würde er nicht verstehen, dass eine gewöhnliche Frage viel zu oft auch Antworten produzierte, im schlimmsten Fall für Leute, die sie auf keinen Fall in die Hände bekommen durften. Ferner wisse er einfach nicht, wie man eine solche Ermittlung praktisch und handwerklich durchführte. Erschwerend komme hinzu, dass er auf so eine romantische, detektivromanartige Weise sehr gern an dieser Arbeit teilhaben würde. Und schließlich würde er das alles überhaupt nicht seltsam finden, da er ja formell betrachtet der oberste Chef der Unternehmens sei.

»Dazu kommt noch alles mögliche andere, dass er natürlich nervös und deshalb auch kontrollfixiert ist. Sein Erfolg hier hängt davon ab, dass Leute wie du und ich nicht irgendwelchen Mist machen, von dem er dann auch noch keine Ahnung hat. Und dann hat er ganz einfach zu wenig zu tun. Langsam begreift er, dass er hier angestellt ist, um unser Gesicht nach außen zu sein, dass er aber in allem, was die wirkliche Arbeit betrifft, nur ein Papiertiger ist.«

»Aber das hätte er sich doch vorher ausrechnen können. Was sollte er hier denn schon machen? Johansson hätte ihn an den Ohren gepackt und rausgeschmissen«, erwiderte Mattei aufgebrachter, als sie eigentlich sein wollte.

»Ganz gewiss«, meinte Wiklander, »und das wäre auch gar keine schlechte Idee, wenn du mich fragst. Ich glaube, du solltest das probieren. Manchmal bist du zu gewissen Leuten einfach zu freundlich, und die verstehen dann die Botschaft nicht.«

»Schon klar«, wandte Mattei ein, »du hättest das Problem nicht.«

»Nein«, stimmte Wiklander zu, »aber wie würde das denn aussehen? Wie wäre es denn, wenn du ihm das nächste Mal, wenn er mit seinen Ideen und Wünschen kommt, einfach ein klares Nein bietest?«

»Ich kann mich kaum beherrschen«, sagte Mattei.

»Das wirst du auch nicht müssen, denn schon morgen wird er mit demselben Anliegen kommen. Ein weiteres Mal.«

»Warte mal«, sagte Lisa Mattei. »Morgen ist Feiertag, Freitag ist Brückentag und dann ist wieder Wochenende. Vier Tage frei. Warum sollte er an einem langen Wochenende herkommen wollen?«

»Weil er mit dir reden will. Einen anderen Grund sehe ich nicht. Offenbar war er auch schon bei Karin und hat gefragt, ob sie sich vorstellen könne, morgen reinzukommen. Wahrscheinlich, um ihm Kaffee zu bringen.«

»Und was hat sie gesagt?«

»Sie hat ihm ein klares Nein geboten. Und hinzugefügt, dass sie sich freuen würde, am Montag wie immer für ihn da zu sein. Klartext reden, Lisa, denk daran.«

Ein klares Nein, wir werden sehen, dachte Lisa Mattei.

29

Am Donnerstagmorgen kurz vor zehn Uhr kam der GD in Matteis Büro und ließ sich nieder, ohne zu fragen und ohne Zeit auf Höflichkeiten oder Formalitäten zu verschwenden.

»Haben Sie über meine Wünsche die Sache mit der Organisation unserer Ermittlergruppe betreffend nachgedacht?«, fragte er.

»Ja«, erwiderte Lisa Mattei. »Und wie ich schon sagte, hoffe ich, Ihnen morgen Nachmittag einen Bescheid dazu geben zu können.«

»Was heißt, Sie hoffen?«

»Nun, ich kann ja nicht hellsehen. Der Bescheid, den ich Ihnen geben werde, hängt ganz davon ab, welche Ressourcen diejenigen, die an diesem Fall arbeiten, einfordern werden. So ist das nun mal«, sagte Mattei. »Aber es gibt noch eine andere Sache, die ich mit Ihnen besprechen muss.«

»Das klingt ernst.«

»Es ist ernst«, gab Mattei zurück. »Es geht um die Geheimhaltung, die für diese Ermittlung, die ich leite und verantworte, gilt.«

»Ich fürchte, ich muss um eine Erklärung bitten.«

»Die Sie selbstverständlich bekommen werden«, versicherte Mattei. »Doch leider war ich auch gezwungen, eine Aktennotiz über diese Angelegenheit zu verfassen. Sie finden sie in Ihrem internen Mailpostfach, und ich schlage vor, dass Sie sie in aller Ruhe durchlesen. Kurz gesagt geht es um die Nachricht, die Sie gestern um elf Uhr zweiundvierzig von Ihrem Diensthandy auf mein Diensthandy geschickt haben und die ich bekam, als ich im Zug zwischen Eskilstuna und Stockholm saß. Die Mitteilung war weder codiert noch verschlüsselt, und weder Ihr Handy noch meines erfüllen die technischen Voraussetzungen dafür, dass wir solche Nachrichten im Klartext austauschen dürfen. Am allerwenigsten in einem Fall, der unter die höchste Geheimhaltungsstufe fällt. Zudem gibt Ihre Nachricht konkrete Informationen über unsere Ermittlung preis, die dieses Schutzes bedürfen.«

»Ach, sagen Sie. Ich hatte ja keine Ahnung, dass Sie Juristin sind. Ich dachte, Sie seien eine Art Genderwissenschaftlerin. Ja, und Polizistin. Ich hingegen …«

»Eskilstuna«, unterbrach ihn Mattei.

»Eskilstuna?«

»Aus Ihrer Nachricht ging klar und deutlich hervor – und um das zu begreifen, muss man kein Jurist sein, da genügt es, wenn man lesen kann –, dass die oberste Verantwortliche bei der Sicherheitspolizei, also ich, offenbar eine Ermittlung in Eskilstuna leitet und dass ihr oberster Chef, der Generaldirektor der Sicherheitspolizei, dringende Vorstellungen hat, wie die Einsatzgröße dieser Ermittlung auszusehen habe. Wie klingt das denn Ihrer Meinung nach? Nach ein paar Glatzköpfen, die ein Flüchtlingsheim mit Naziparolen vollsprühen?«

»Jetzt bin ich aber doch beunruhigt, Lisa. Was wollen Sie damit sagen? Sie haben doch sicher Mengen von geheimen Dingen auf Ihrem Handy.«

»Nein, nichts, was jemand außer mir nicht lesen dürfte. Einzige Ausnahme: die Nachricht, die Sie mir schicken, ohne eine Ahnung davon zu haben, wo ich mich befinde.«

»Korrigieren Sie mich bitte, wenn ich da falschliege, aber ich habe in der Vorstellung gelebt, dass Sie die Einzige sind, die Ihre Nachrichten öffnen kann.«

»Ja, und das wäre auch völlig risikolos gewesen, selbst wenn ich in der Rushhour in der U-Bahn gestanden hätte. Bis gestern. Und wenn Sie nicht begreifen, was hier Sache ist, dann schlage ich vor, dass Sie mit einem unserer Kollegen vom Nachrichtendienst oder vielleicht mit jemandem, der beim Must oder dem FRS arbeitet, wenn Ihnen das lieber ist, sprechen und fragen, wie leicht es für einen Unbefugten ist, durch ein bisschen normales Hacken eine solche Nachricht aufzuschnappen. Oder, wenn wir es noch einfacher machen wollen: Es genügt schon, wenn irgendein Wahnsinniger im selben Zugabteil sitzt, der mich zufällig erkennt, sich mein Handy schnappt und wegrennt …«

»Das klingt sehr nach der allzu verbreiteten Berufskrankheit an dieser …«

»Unterbrechen Sie mich nicht«, sagte Mattei. »Ich weiß nicht, ob es eine deutlichere Weise gibt, Ihnen zu erklären, worum es hier geht.«

»Irgendwie habe ich das Gefühl, dass wir nicht weiterkommen«, sagte ihr Chef und erhob sich dabei.

»Ja«, sagte Mattei, »in dem Punkt sind wir leider einer Meinung. Es gibt da auch kein Weiter.«

Dann verließ er ihr Büro. Marschierte direkt in Karins Büro, dann weiter in sein eigenes und schlug die Tür hinter sich zu.

Ein klares Nein, dachte Lisa Mattei. Und keinen erhöhten Puls – sicherheitshalber befühlte sie noch einmal ihr linkes Handgelenk.

30

Fünf Minuten später hatte der GD das Haus verlassen. Nach weiteren fünf Minuten war Wiklander zu ihr gekommen. Er musste nicht einmal anrufen, offensichtlich waren ihm die Reaktionen des GD so gut vertraut, dass er ihr Gespräch mit einem Urteil über ihr Treffen mit dem Chef einleitete. Als »klares Nein« sei es vielleicht an der unteren Kante gewesen, aber als Botschaft doch deutlich genug.

»Und was machen wir jetzt?«, fragte Wiklander.

Sollten sie ihren obersten Chef wegen Verstoßes gegen die Geheimhaltungsvorschriften anzeigen? Die Anzeige bei dem Staatsanwalt einreichen, der für den internen Schutz der Abteilungen verantwortlich war und dazu die Unterlagen: die Nachricht des GD an Mattei, den Mitschnitt ihres Gespräches und dazu Matteis Notizen?

Auch wenn es keine übliche Verfahrensweise in der Geschichte der Behörde war, so war es doch schon ungefähr zehnmal passiert, dass jemand, der bei der Säpo arbeitete, sich entschloss, die Reißleine zu ziehen. Das war zwar nicht zum Vorteil ihrer eigenen Karriere, doch bei einer dieser Gelegenheiten hatte zumindest die Regierung sich entschieden, den obersten Chef der Behörde mit sofortiger Wirkung zu entlassen, und bei einer anderen hatte man ihm seine Arbeitsaufträge genommen und dafür gesorgt, dass er um Urlaub bat, bis man in guter Ordnung einen anderen Job für ihn gefunden hatte.

Mattei hatte bereits entschieden, mit einer Anzeige erst mal zu warten. Jeder verdiente die Chance, vernünftig zu werden. Wenn er das nicht tat, könnte sie ihre Entscheidung immer noch überdenken. Die Unterlagen für die Anzeige gab es ja bereits, und die würden ihr auch nicht weglaufen.

»Im Augenblick glaube ich, wir haben Wichtigeres zu tun«, fasste Mattei zusammen.

»Wenn man bedenkt, wie er sich verhalten hat, hatte er wahrscheinlich keine Ahnung, dass du euer Gespräch mitgeschnitten hast«, meinte Wiklander.

»Nein, das glauben solche Leute nie«, stellte Mattei fest. »Was eine Erklärung dafür ist, warum sie sich so verhalten.«

»Du hast gesagt, er hätte Wünsche, wie wir unsere Ermittlung anlegen sollen?«, fragte Wiklander.

»Er will, dass ich unsere Militärs in die Ermittlergruppe integriere. Sowohl die vom Nachrichtendienst als auch die vom Abhördienst. Und zwar, damit sie sich nicht ausgeschlossen fühlen, weil wir sie nicht mit uns Polizisten spielen lassen. Das wiederum könne die gesamte Organisation beschädigen. Falsche Signale und so.«

»Und was hast du gesagt?«

»Ich habe versucht, ihm zu erklären, dass ich die Ressourcen besorgen werde, die wir benötigen, um unseren Auftrag zu erledigen, und wenn es sich erweisen sollte, dass wir Leute vom Must oder vom FRA brauchen, dann werde ich das natürlich regeln. Aber da ich noch nicht weiß, wohin die Reise geht, habe ich ihm auch gesagt, muss er sich gedulden. Das habe ich inzwischen dreimal gesagt. Reine Selbstverständlichkeiten, die ihn obendrein noch nichts angehen. Sehr traurig, dass ich hier sitzen und über so was reden muss.

»Da sind wir ganz einer Meinung«, sagte Wiklander, »ebenso, was die Gründe für sein Verhalten angeht.«

»Ja, aber ich höre raus, dass es vielleicht Punkte gibt, in denen wir nicht einer Meinung sind.«

»Weiß nicht«, meinte Wiklander. »Beim Nachrichtendienst haben wir viele Jahre mit denen zusammengearbeitet. Davon hatten wir großen Nutzen, und die sicher auch.«

»Schön und gut. Aber wie, meinst du, sollten wir die in Eskilstuna einsetzen?«

»Martinez hat alles andere als einen einfachen Job, wenn man bedenkt, wie Abbdo und seine Familie wohnen, und vieles von dem, was uns interessiert, wird sich auch noch in dem Haus abspielen.«

»Schon klar«, sagte Mattei, »ich habe das Haus mit eigenen Augen gesehen.«

»Ich selbst habe es nur auf ein paar Satellitenbildern gesehen, und wer uns dabei geholfen hat, kannst du dir ja sicher denken. Das sind so gute Bilder, wie wir sie aus unseren Helikoptern auch machen können, aber mit dem Unterschied, dass hier diejenigen, die auf den Bildern landen, keine Ahnung davon haben.«

»Um auf deine Frage zu antworten«, fuhr Wiklander fort, »ja, ich kann mir in der Tat vorstellen, dass die vom Militär uns und Martinez helfen können, einen Teil dieser Probleme zu lösen. Die FRA hat schließlich einen verdientermaßen sehr guten Ruf, wenn es darum geht, alle Arten von Telefonkommunikation aufzufangen, und sie sind auch brauchbar, wenn das Abhören von Leuten, die einfach zusammensitzen und reden, gefragt ist. Sie haben gute Übersetzer, und das gilt sowohl für Arabisch und Somali als auch für die Sprachen, die in den Nachbarländern von Somalia gesprochen werden.«

»Das kann ich mir vorstellen«, ätzte Mattei.

»Du brauchst nicht ironisch zu werden, Lisa, das ist an jemanden wie mich total verschwendet. Außerdem gibt es hier noch mehr abzuhören, das unsere Arbeitskollegen beim Militär für uns erledigen können.«

»Zum Beispiel?«

»Wenn es erforderlich ist, in Büschen rumzukriechen, dann weiß ich, dass es beim militärischen Nachrichtendienst und deren eigenen Einsatztruppen jede Menge Leute gibt, die darin besser sind als wir.«

»Abbdo hat eine Menge Beerensträucher auf seinem Grundstück, vielleicht können sich deine alten Wehrdienstkumpel da eingraben. Ist nur zehn Meter von der Hausecke entfernt.«

»Das wär machbar«, erwiderte Wiklander mit einem kleinen Lächeln. »Aber ich habe das Gefühl, als würde dich noch etwas anderes zögern lassen. Erzähl.«

»Das stimmt«, sagte Mattei. »Zwei Sachen, um genau zu sein. Eine berufliche und eine private.«

Der berufliche Grund war einfach und lag auf der Hand. Wenn man jemanden in großem Stil beschattete, dann war die Geheimhaltung von entscheidender Bedeutung. Wenn es dann an der Zeit war, zuzugreifen, musste das für die betroffenen Personen wie ein Blitz aus heiterem Himmel kommen. Bis dahin galt es, alle geheimen Aktionen in so festem Griff wie möglich zu halten, und je weniger Leute eingeweiht waren, desto besser funktionierte das. War man viele, dann war auch die Gefahr groß, dass sich jemand verplapperte. Dieses Risiko stieg, wenn man Personen vom Außenrand der Ermittlung heranzog. Die Menschen redeten schließlich die ganze Zeit, und ihre Erfahrung war, dass umso mehr geredet wurde, je weniger man wusste.

Wiklander nickte zustimmend. Das war ihm bewusst. Blieb noch ihr privater Grund, auf den er sehr neugierig war.

»Ich habe einfach ein Problem mit denen«, erklärte Mattei und zuckte mit den Schultern. »Also, rein privat und persönlich.«

»Du hast ein Problem mit denen?«, echote Wiklander, dem es offensichtlich schwerfiel, sein Erstaunen zu verbergen.

»Ja«, sagte Mattei. »Ich werde dir erklären, warum.«

Als die Säpo vor ein paar Jahren ihr neues Hauptquartier an der Ingentingsgatan draußen in Solna bezogen hatte, war ihr neuer Partner, das Nationale Centrum zur Terrorbekämpfung, NCT, im selben Haus untergebracht worden. Inzwischen arbeiteten fast zweihundert Personen im Nationalen Centrum. Militärs, Sicherheitsbeamte und eine rasch wachsende Zahl ziviler Angestellter, die Experten für alles, von Waffentechnik und Computern bis hin zu Sprachen, Politik und Religionsgeschichte waren.

Als sie neu im Haus waren, hatte der damalige Säpochef entschieden, dass es wichtig sei, sich so früh wie möglich kennenzulernen, und deshalb waren bereits im ersten halben Jahr insgesamt vier Arbeitskonferenzen angeordnet worden, auf denen die alten Angestellten der Säpo und ihre neuen Arbeitskollegen verschiedene Arbeitsaufgaben diskutieren und sich gleichzeitig unter so angenehmen Umständen wie möglich begegnen sollten.

»Ich war zu der Zeit Stabschefin des damaligen Chefs, doch ein halbes Jahr lang fungierte ich eigentlich hauptsächlich als eine Art geheimes Gegenstück zu diesem Arrangeur der Feste, Micael Bindefeld«, stellte Mattei fest. »Im Unterschied zu ihm aber war ich auch noch gezwungen, an meinen eigenen Arrangements teilzunehmen.«

»Das kann nicht leicht gewesen sein«, pflichtete Wiklander ihr bei.

»Nein, das war es nicht. Es gab ein ewiges Getue, wer wen treffen sollte, und das aus Gründen, über die man nicht reden durfte. Und dann noch das ganze Drumherum, ich sage dir.

Viel zu viele von den neuen Kollegen hinterließen leider einen bleibenden Eindruck bei mir, aus persönlichen Gründen, und zwar mit dem, was sie dachten, meinten und auch sagten. Das war, vorsichtig ausgedrückt, nicht vereinbar mit den Intentionen unserer Politiker und der Gesetzgebung, die unsere Tätigkeit betreffen.«

»Ich weiß genau, was du meinst«, sagte Wiklander. »Aber das ist ja auch bei uns, innerhalb der Polizei, ein Problem. Sexismus und Rassismus und übliche Vorurteile ganz allgemein, und dann der ganze andere Blödsinn, der sich Bahn bricht, sowie sie das Gefühl haben, unter ihresgleichen zu sein. Gleichzeitig musst du doch zugeben, dass, wenn du die Polizei von heute mit der von gestern vergleichst, alles sehr viel besser geworden ist. Ich glaube, dass wir, die auf der geschlossenen Seite der Behörde arbeiten, selbst im Vergleich mit der jüngeren Generation von Kollegen ganz gut dastehen.«

»Denkst du an die jüngere Kollegin, die als Ermittlerin bei der Kripo in Stockholm tätig ist, während sie gleichzeitig als Vertreterin der rechten Schwedendemokraten in unserer politischen Führung sitzt?«, fragte Mattei.

»Vielleicht nicht gerade an sie. Außerdem besitzt sie ein politisches Mandat, weshalb es mir fernläge, da irgendetwas kritisieren zu wollen.«

»Nein, wie würde das denn aussehen«, stimmte Mattei zu. »Schließlich ist sie eine Vertreterin der drittgrößten Partei Schwedens. Im Reichstag, Jan. Ich weiß wirklich nicht, wo diese Leute zu deiner Zeit waren. Aber auf jeden Fall saßen sie nicht im Schwedischen Reichstag.«

»Ja, natürlich, ist schon klar«, sagte Wiklander mit einem Seufzen.

»Aber, falls das ein Trost ist: Von denen rede ich ja gar nicht. Ich meine ein paar von denen, die inzwischen in denselben

Räumen arbeiten wie wir. Drei von ihnen, die übrigens alle Militärs und komplett durchgeknallt waren, haben einen nachhaltigen Eindruck bei mir hinterlassen. Jeder für sich, und das, obwohl sie sicher völlig unterschiedliche psychiatrische Diagnosen bekommen würden.«

»Wenn du das sagst, bin ich plötzlich beruflich sehr interessiert«, meinte Wiklander. »Kannst du mir ihre Namen nennen?«

»Nein«, sagte Mattei. »Dazu kann ich mich nicht durchringen. Lass uns das für einen Abend aufheben, an dem wir nichts Besseres zu tun haben. Der italienische Rotwein geht dann auf mich, wenn du willst.«

»Keine Namen?«

»Okay«, sagte Mattei ergeben. »Einen kriegst du, damit du Ruhe gibst. Derjenige, an den ich mich am besten erinnere, war Major, und der Grund dafür, dass ich mich an ihn erinnere, ist, dass er denselben Nachnamen hat wie unser damaliger Verteidigungsminister. Nach dem, was er gesagt hat, sah ich mich gezwungen, zu kontrollieren, ob sie auch nicht verwandt sind, was glücklicherweise nicht der Fall ist.«

»Du denkst an Björklund«, sagte Wiklander. »Calle Björklund, Major Carl Björklund.«

»So ist es«, stimmte Mattei zu. »Wenn er Verteidigungsminister wäre, dann hätte er erst einmal dafür gesorgt, dass wir Nato-Mitglied würden, und als Nächstes hätte er Russland den Krieg erklärt. Aber das war ihm ja nicht vergönnt, weil er stattdessen den Job bei uns bekommen hat.«

»Calle Björklund soll einer der besten Experten der Welt auf dem Gebiet konventionelle Waffen sein. Er weiß alles darüber, wie man Leute plattmacht. Von Kugeln und Sprengungen bis hin zu Panzern und Kanonen. Gase, Gift, biologische Waffen, alles.«

»Wie schön«, sagte Mattei. »Worauf warten wir noch? Wenn er dir auf dem Flur begegnet, dann grüß ihn doch bitte von mir und frag ihn, was er über Selbstmordattentäter und all die Finessen, mit denen die sich ausstatten, weiß.«

»Gut«, sagte Wiklander, »das werde ich tun. Versprochen. Danke für den Tipp.«

31

Mattei war unruhig. Sie hatte sogar schon erwogen, Martinez oder jemand anders anzurufen und zu fragen, wie es lief. Das muss der schlechte Einfluss von meinem Chef sein, dachte sie, denn schließlich hatten Martinez und die anderen alle Hände voll zu tun, und wenn etwas passiert wäre, worüber Mattei informiert sein müsste, dann hätten sie sich garantiert gemeldet. Also fing sie an, ihre Papiere durchzusehen, um sicher zu sein, dass sie nichts zu notieren vergessen hatte. Natürlich nicht, dachte sie und seufzte. Eine Ermittlungsleiterin, die nur herumsaß und wartete, dass etwas passieren würde, erinnerte an einen Kämmerer, der von einer Zwangsneurose heimgesucht wurde.

Was mache ich jetzt?, fragte sich Lisa Mattei. Doch in dem Augenblick, als sie ihren Rechner aufklappte, erhielt sie eine Mail an die geschützte Adresse, die Jeremy Alexander ihr für solche Informationen, die Abbdo Khalids Handy betrafen, gegeben hatte.

Endlich.

Jeremy hatte, was die Wahrung seiner Geheimnisse anging, nicht die geringste Ähnlichkeit mit ihrem obersten Chef. Als Mattei ihre Zugangscodes eingetippt hatte, dauerte es noch ein paar weitere Minuten, ehe sie die Information erhielt, die er ihr im Klartext auf ihren Bildschirm geschickt hatte. Immer diese Codes, dachte Lisa Mattei und trommelte ungeduldig mit den Fingern auf ihren Schreibtisch.

Um zehn Minuten nach sieben am Morgen des vorangegangenen Tages, also ungefähr zu der Zeit, als Mattei zu Hause in ihrer Wohnung am Narvavägen unter der Dusche stand, hatte Abbdo Khalid eine SMS erhalten, und zwar von demselben Handy, das ihn auch schon vorher einmal kontaktiert hatte.

Gonna miss U! L U

Diesmal ließ er mit der Antwort auf sich warten. Erst nach einer knappen Stunde bestätigte er den Empfang der Nachricht, und zwar auf dieselbe Weise wie letztes Mal, durch eine einfache Leertaste ohne Worte. Außerdem hatte das Handy dieselbe GPS-Position wie das letzte Mal, was auch für das andere Handy galt.

Alexander hatte die Koordinaten für beide Handys beigefügt. Seine Mitarbeiter sagten, Abbdos Handy habe sich zweiundvierzig Kilometer südöstlich von Eskilstuna befunden, während das Handy, das die Nachricht gesendet hatte, im Stockholmer Zentrum lokalisiert werden konnte.

Außerdem schrieb Alexander, er freue sich darauf, mit ihr sprechen zu können, sowie sie die Information, die sie hier erhalten habe, verarbeiten konnte. Am einfachsten wäre es wohl, wenn sie ihn auf ihrer geschützten Leitung anriefe, dann könnten sie alles am Telefon besprechen. »Am besten mit einem dieser praktischen Geräte, deren Umgang ich nie gelernt habe, auf denen man die Person, mit der man telefoniert, sowohl sehen als auch hören kann«, erklärte er.

Hoffentlich denkt er, es habe draußen geregnet, wenn er meine Frisur sieht, dachte Lisa Mattei und tippte seine Nummer ein.

Jeremy Alexander war unverändert, auch wenn er jetzt auf dem Bildschirm ihres Rechners in Erscheinung trat. Dasselbe tadellose Äußere, dieselbe vornehme Haltung und wieder ein Schlips. Diesmal war er schräg rot, blau und grün gestreift, was sicher eine irgendwie geartete Verbindung zu etwas oder jemandem darstellte, die Mattei nicht vorhatte zu ergründen.

Er begann ihr Gespräch damit, dass er bedauerte, sich nicht früher gemeldet zu haben. Im Grunde hätte er das schon am Abend zuvor tun können, doch aus unterschiedlichen Gründen, die er gleich erläutern würde, war er gezwungen gewesen, sich mit seinem »amerikanischen Freund« zu besprechen, ehe er Mattei informieren konnte. Zusammen mit der Zeitverschiebung zwischen London und Washington war dies die Erklärung dafür, warum es noch einmal zwölf Stunden gedauert hatte. Außerdem waren sowohl er als auch sein Kollege beim CIA besorgt über das, was geschehen sei. So wie man es ja leicht werde, wenn man weiße Mäuse sähe.

»Was macht Ihnen Sorgen«, fragte Mattei.

»Ich bekomme den Eindruck, dass es diese weißen Mäuse tatsächlich gibt«, antwortete Alexander. »Außerdem bekomme ich den Eindruck, dass dies wahrscheinlich das letzte Mal sein wird, dass eines von diesen Handys benutzt werden wird. So jedenfalls interpretiere ich die Nachricht. Die erste SMS, die er am Montag erhielt, war eine Warnung. Er solle vorsichtig sein, denn es wäre etwas im Gange.«

»Und die von gestern sollte also die Bestätigung dafür sein, dass es so ist«, ergänzte Mattei.

»Ja, so interpretieren wir das. Ich werde dich vermissen, bedeutet, dass Khalid sein Handy nicht benutzen kann, um ihn oder sie zu kontaktieren, weil Sie ja nun begonnen haben, ihn zu beschatten.«

»Ja«, bestätigte Mattei, »damit haben wir bereits am Montagabend begonnen.«

»Jemand von denen, der in diese Arbeit eingebunden ist

oder einfach nur davon weiß, hat Kontakt zu ihm aufgenommen. Wenn man bedenkt, dass es anderthalb Tage gedauert hat, würde ich jemanden aus der Peripherie vermuten.«

»Also keiner unserer Ermittler draußen im Feld, sondern jemand, der darüber in Kenntnis gesetzt wurde, dass wir Abbdo jetzt beschatten.«

»Genau«, sagte Alexander. »Wenn Ihre Ermittlergruppe ebenso viele Personen umfasst, wie das bei uns gewöhnlich der Fall ist, dann gibt es wahrscheinlich einige, unter denen sie wählen können. Ich beneide Sie nicht.«

»Am Dienstagnachmittag, zum Zeitpunkt unserer ersten Besprechung, waren es ungefähr fünfzig Personen, die wussten, dass wir an Abbdo Khalid interessiert sind«, stelle Mattei fest.

»Und zwölf Stunden später?«, fragte Alexander. »Als Sie angefangen haben, in Ihren Registern nach ihm zu suchen und ihn auf alle Überwachungslisten geschrieben haben? Vergessen Sie nicht jene Leute, die sich immer verplappern. Wie viele waren es dann?«

»Viel zu viele«, sagte Mattei.

»Das ist eine traurige Geschichte. Der einzige Trost in diesem Zusammenhang ist wohl, dass ich glaube, dass er oder sie, von dem wir reden, immer noch nicht weiß, dass Sie diese Handynummer kennen, aber gleichzeitig die Gefahr, dass Sie früher oder später die Nummer bekommen, als so groß erachtet, dass Khalid aufhören muss, sie zu benutzen.«

»Im Grunde sagen Sie, dass ich einen Maulwurf im Haus habe.«

»Ja, definitiv«, erwiderte Alexander und schien nachgerade erfreut darüber. »Sie müssen wissen, da, wo ich arbeite, haben wir in den hundert Jahren, die es uns gibt, jede Menge davon gehabt. Es ist ein Teil unserer stolzen Tradition, und viele von denen, die sich unter den Füßen von uns anderen freundlichen und ehrenhaften Menschen durchgegraben haben, wurden später sicher mit einer Pension und dem ein oder anderen Orden von Ihrer Majestät der Königin verabschiedet. Sie scheinen sich da viel besser gewehrt zu haben.«

»Diesmal offensichtlich nicht«, entgegnete Mattei.

»Ich vertraue Ihnen, Lisa«, sagte Alexander. »Wenn jemand diesen Maulwurf finden kann, dann Sie. Aus purer Neugier habe ich mich informiert. Der einzige Maulwurf, den ich bei Ihnen finden konnte, war ein Polizist, der gleichzeitig Offizier der Reserve war und für Ihre Zusammenarbeit mit dem Militär verantwortlich. Das war Ende der Siebzigerjahre. Er hat das schwedische Militär für die Russen ausspioniert und gleichzeitig als Maulwurf die schwedische Sicherheitspolizei, bei der er angestellt war, umgegraben. Lange vor meiner Zeit, falls Sie sich fragen, warum ich damals noch nichts von mir habe hören lassen. Zu jener Zeit lief ich noch in kurzen Hosen herum, auch wenn es Winterzeit war.«

»Sie meinen Stig Bergling«, sagte Mattei.

»Genau«, sagte Alexander, »Stig Bergling, so hieß er. Keine große Nummer, wenn Sie mich fragen, aber doch The One and Only, wenn ich richtig informiert bin.«

»Ich war fünf Jahre alt, als er entlarvt wurde«, sagte Mattei.

»Ich weiß«, erwiderte Alexander. »Unglücklicherweise bin ich älter. Aber ich muss sagen, das ist fantastisch.«

»Fantastisch? Wie meinen Sie das?«

»Ein einziger Maulwurf in all diesen Jahren. Erst jetzt scheint es so, als würde noch ein weiterer dazukommen. Immerhin gibt es die schwedische Sicherheitspolizei ebenso lange wie uns. Zwei Maulwürfe in hundert Jahren. Das ist zu schön, um wahr zu sein, das müssen Sie zugeben.«

Zu schön, um wahr zu sein, dachte Lisa Mattei, als sie das Gespräch mit dem britischen Kollegen beendet hatte. Und was mache ich jetzt? Eins nach dem anderen.

Eine Stunde später hatte sie fertig gedacht und sogar einen Entschluss gefasst. Wenn ich aufhöre, ihm zu vertrauen, dann kann ich genauso gut aufhören, mir selbst zu vertrauen, dachte sie, nahm ihr Handy und rief Jan Wiklander an.

32

Wiklander hatte sich viel Zeit genommen, die Unterlagen von Mattei zu lesen, sie mit Notizen versehen und im Laufe des Lesens Fragen gestellt. Als er schließlich die Papiere weglegte, saß er erst einmal schweigend da und schüttelte den Kopf, ehe er sprach. Wenn sie einen Maulwurf im Haus hätten, dann wäre das sehr schlimm, wahrscheinlich sogar schlimmer als das, was Abbdo Khalid im Schilde führte. Aber beides gleichzeitig wollte er sich lieber gar nicht vorstellen.

Falls es also stimmte, gäbe es in der aktuellen Lage viel zu viele, die in Frage kämen. Da waren erst einmal die zirka sechzig Mitarbeiter der Säpo, die entweder zur Ermittlergruppe gehörten oder zumindest von der Existenz dieser Gruppe wussten. Zwei von ihnen befänden sich in diesem Raum, fügte Wiklander hinzu.

Darüber hinaus gab es eine unbekannte Anzahl von Personen, die in Kontakt zu jemandem aus der vorherigen Gruppe standen, der bereits geplaudert hatte. Da man annehmen durfte, dass eine solche Person mehr als einmal ihre Zunge nicht im Zaum hatte, bestand die Gefahr, dass sich dieses Muster wiederholte. Er selbst glaubte übrigens nicht, dass es sich um eine solche Person handelte.

»Warum nicht?«, fragte Mattei

»Die Person, die für Khalid spioniert, scheint ein echter Profi zu sein. Handys, die nicht nachverfolgt werden können, kein unnötiges Gerede, und dazu genau die Methode, sich mitzuteilen, die diese Leute haben: abstrakt, widersprüchlich, die ganze Zeit völlig offen für alle möglichen Interpretationen.«

»Louise Urqhart«, schlug Mattei vor, »kann es sein, dass wir hier von ihr sprechen?«

»Dazu müsste sie von Abbdo erst angebaggert und dann rekrutiert worden sein. Ich bin insoweit deiner Meinung, als ich mir vorstellen kann, dass ihr Geld eine Rolle gespielt hat.«

»Aber ansonsten glaubst du nicht daran?«

»Ich denke, das ist es, und nicht mehr«, meinte Wiklander. »Nach Alexanders Beschreibung scheint sie ja außerdem ein ganz gewöhnlicher Wirrkopf aus der britischen Oberklasse zu sein. Und dann noch all das andere, das rein Praktische.«

»Wie meinst du das?«

»Na ja, dass sie nach Schweden kommt, sich an jemanden hier im Haus ranmacht, der mit Antiterror zu tun hat, ihm Informationen abzapft – in dem Fall wäre es ja sicher ein männlicher Kollegen, von dem wir hier reden –, die sie daraufhin dann an Khalid weiterleitet. Das ist für meinen Geschmack alles ein bisschen viel.«

»Gibt es denn einen Hinweis darauf, dass sie sich in Schweden befindet?«

»Im Moment nicht. Wir haben angefangen, die Einreisen per Flugzeug und auch auf andere Arten zu kontrollieren, die Passkontrollen natürlich und die Hotels in der Region Stockholm. Bisher ohne Ergebnis. Aber trotzdem, wenn man so unverdächtig aussieht wie sie, dann ist es wahrscheinlich keine große Kunst, doch hierherzukommen. Selbst ohne einen falschen Pass. Sie darf nur nicht mit dem Flugzeug fliegen und muss die überwachten Grenzübergänge vermeiden. In ein Land nach dem anderen einreisen.«

»Wo ist sie dann jetzt? Ich meine, wenn sie nicht hier ist?«

»Ich würde mal raten, dass sie an irgendeinem sicheren Ort im Ausland hockt und darauf wartet, dass ihr junger Liebhaber seinen Job erledigt und sie wieder vereint sein können. Vielleicht in Somalia oder im Nahen Osten. Da landen diese Leute doch immer«, fasste Wiklander mit einem vielsagenden Schulterzucken zusammen.

»Und um ihr Geld hat sich Abbdo gekümmert.«

»Das war bestimmt seine erste Sorge«, stimmte Wiklander zu. »Wenn er von der Sorte ist, wie gewisse Leute von uns befürchten, dann würde ihn doch nichts daran hindern, sie umzubringen, sowie er das Geld gekriegt hat, die Leiche loszuwerden und dann ihr Auto an den Flughafen in Manchester zu stellen. Vielleicht ist sie also in Wirklichkeit tot und hat England nie verlassen.«

»Daran habe ich auch schon mal gedacht«, meinte Mattei.

»Wenn wir nun also einen Maulwurf im Haus haben, dann wird es leider jemanden betreffen, der hier arbeitet«, sagte Wiklander. »Und zudem noch jemanden, der sehr früh informiert worden ist. Denn als er oder sie zum ersten Mal von sich hören ließ, das war ja, als wir uns gerade ins Flugzeug gesetzt hatten, um nach England zu reisen und Alexander zu treffen.«

»Dann ist es ja ganz leicht«, erwiderte Mattei und lächelte. »Entweder bin ich es oder unser oberster Chef. Oder jemand, der uns belauscht hat, falls wir uns mal verplappert haben.«

»Nein«, sagte Wiklander mit einem entschiedenen Kopfschütteln. »Ich glaube weder, dass du es bist, noch er. Dir vertraue ich und du weißt, was du tust. Unseren GD kann ich nicht mit demselben Argument freisprechen, sondern eher mit dem genauen Gegenteil, also, rein sachlich betrachtet. Falls ich mich nicht zu kryptisch ausdrücke.«

»Du meinst, er redet viel zu viel über Dinge, von denen er keine Ahnung hat«, meinte Mattei.

»Ja, so ungefähr. Aber das hast du gesagt. Außerdem gibt es noch zwei weitere Möglichkeiten, die wir nicht vergessen dürfen«, fuhr Wiklander fort.

»Und beide haben mit unserem britischen Kollegen zu tun, der uns den ersten Tipp gegeben hat«, sagte Mattei, die gleich nach Beendigung des Gesprächs mit Alexander schon in diese Richtung gedacht hatte.

»Exakt«, sagte Wiklander, »unsere britischen Kollegen von der Anti-Terror-Einheit interessieren sich bereits seit neun Monaten für Abbdo Khalid. Es findet sich bei uns nicht die kleinste Notiz, die darauf hindeutet, dass sie uns auf dem formellen Weg kontaktiert hätten. Das habe ich nämlich schon nachgeprüft, nicht zuletzt, um nachzusehen, ob es einen für uns unbekannten Kollegen gibt, der mal ein paar Geheimhaltungsklauseln unterschreiben sollte. Habe nichts gefunden. Bleibt die zweite Möglichkeit. Wie viele informelle Kontakte mit ausländischen Kollegen hast du im Laufe der Jahre gehabt, Lisa?«

»Weiß nicht«, sagte Mattei. »Mehr als hundert auf jeden Fall.«

»In meinem Fall sind es bedeutend mehr als das«, sagte Wiklander. »Während der knapp zehn Jahre, die ich hier arbeite, vielleicht einer in der Woche.«

»Ja, so ist es wahrscheinlich bei den meisten von uns«, stimmte Mattei zu.

»Wir dürfen auch Alexander selbst nicht vergessen. Er ist schließlich die Ursache dafür, dass wir diese Ermittlung ins Leben gerufen haben. Außerdem scheinen wir beide zu vermuten, dass er eine versteckte Agenda hat. Das hat er uns ja selbst angedeutet.«

»Ja«, sagte Mattei. »Aber ich habe da ein Problem mit der Logik. Zum Beispiel, dass er derjenige gewesen sein soll, der diese SMS geschickt hat, die er uns weitergeleitet hat. Warum sollte er das denn tun?«

»Ich glaube auch nicht, dass er es getan hat«, meinte Wiklander. »Problematisch wäre in so einem Fall wahrscheinlich das, was er uns vorenthalten hat. Vielleicht will er ja, dass wir ihm helfen, die ganze Soße durchzurühren und seine Widersacher glauben zu machen, er wisse Dinge, die er nicht weiß. Oder umgekehrt, dass er Dinge nicht wisse, die er weiß. Die allereinfachste Variante wäre da noch die alte Spiegelfechterei, die Leute wie Alexander mit der Muttermilch eingesogen zu haben scheinen.«

»Wenn ich das mal zusammenfasse«, sagte Mattei und lehnte sich auf ihrem Stuhl zurück.

»Ja, tu das«, sagte Wiklander.

»Seufz und stöhn«, knurrte Mattei. »Das war meine erste Zusammenfassung der Probleme, die ein möglicher Maulwurf schafft, der sich hier durch unsere Büros gräbt. Zweitens habe ich noch praktische Empfehlungen.«

»Ich höre«, sagte Wiklander.

»Wir sollten weiter nach Louise Urqhart suchen. Auch wenn vieles dafür spricht, dass sie niemals ihren Fuß in unser Land gesetzt hat.«

»Ich stimme zu«, erwiderte Wiklander.

»Ferner müssen wir die Leute vom militärischen Nachrichtendienst mit einbinden. Wenn es nun so sein sollte, dass Alexander uns nur ein bisschen an der Nase herumführt, dann würde ich da doch wenigstens meine eigenen Schlüsse ziehen wollen. Außerdem habe ich keine Lust, rumzusitzen und darauf zu warten, dass er mal von sich hören lässt.«

»Ich bin ganz deiner Meinung.«

»Dann will ich noch ein paar Leute in der Ermittlung drin haben, also abgesehen vom Nachrichtendienst, und das sind die Kameraden vom Must, die sich unter einen Brombeerbusch eingraben können. Beide brauchen wir umgehend, und ich würde eine Verbindungsperson zwischen uns und denen gleichberechtigt neben dich in unsere Ermittlungsleitung stellen. Diese hierarchischen Dinge sind für unsere Militärs ja erfahrungsgemäß immer sehr wichtig.«

»Auch da bin ich deiner Meinung. Wenn die sich nur um ihren Kram kümmern, dann kümmere ich mich um meinen«, sagte Wiklander. »Wenn du willst, nehme ich mir das Praktische vor.«

»Es wäre wunderbar, wenn du das tun könntest, und pass auf, dass sie morgen zur Stelle sind, wenn wir richtig loslegen. Wenn du dann noch eine Verbindungsperson vom Militär rekrutieren kannst, die so wenig wie möglich Major Björklund ähnelt, dann würde ich ernsthaft in Erwägung ziehen, dir ein paar Flaschen von dem teuren italienischen Rotwein zu schenken.«

»Da bedanke ich mich doch schon mal im Voraus«, sagte Wiklander. »Außerdem meine ich, die Verbindungsperson bereits gefunden zu haben.«

»Und wie heißt der Mann?«

»Es ist kein Mann, sondern eine Frau, ob du es glaubst oder nicht. Sie heißt Helena Palmgren. Hat vor ein paar Monaten bei unserer Anti-Terror-Einheit angefangen.«

»Ah so«, sagte Mattei. »Militär oder Polizei? Woher kommt sie?

»Keins von beiden. Sie ist Akademikerin und Militärpsychologin. Zuletzt hat sie beim Must gearbeitet.«

»Und sie ist gut?«

»Ganz ausgezeichnet. Nett, verschwiegen, sachlich, nicht im Geringsten reaktionär, sowohl kenntnisreich als auch begabt. Wenn wir mal vom Äußeren absehen, erinnert sie übrigens ziemlich an dich.«

»Fantastisch«, sagte Mattei. »Sprichst du mit ihr? Grüße sie von mir.«

»Mach ich«, sagte Wiklander und erhob sich. »Hast du noch etwas?«

»Im Moment nicht«, erwiderte Mattei. »Ich habe vor, nach Eskilstuna runterzufahren, mich mit Martinez zu treffen und etwas altmodische, herrliche Polizeiarbeit zu leisten.«

»Viel Glück«, wünschte Wiklander, »und pass auf dich auf.«

Obwohl Wiklander und Martinez einander überhaupt nicht ähneln, sind sie doch beide gleich gut in dem, was sie tun, dachte Mattei als sie in die Garage kam, um ihren Dienstwagen zu holen. Sie solle nicht vergessen, die blaue Strickjacke anzuziehen, hatte Martinez noch gesagt, als sie ihr angekündigt hatte, am Abend noch einmal nach Eskilstuna zu kommen.

33

Abbdo Khalid verließ also um kurz nach halb sieben am Mittwochmorgen das Haus, in dem er wohnte, schüttelte das Auto der Säpo, das ihm folgte, ab, um zwei Stunden und fünfzig Minuten später in seine Wohnung zurückzukehren. Zu diesem Zeitpunkt musste er eigentlich schon gewusst haben, wie die Dinge lagen, denn zweieinviertel Stunden zuvor hatte ihn jemand per SMS gewarnt. Diese Nachricht beantwortete er nach einer Stunde und zehn Minuten, um zwanzig nach acht, so dass er, als er in seine Hauseinfahrt einbog, schon seit mindestens einer knappen Stunde davon gewusst haben musste.

Vierzig Minuten später beobachtete Lisa Mattei ihn durch ein Fernglas, wie er in seiner Hollywoodschaukel im Garten saß. Ein junger Mann, dessen Verhalten keine größeren Sorgen vermuten ließ.

Vielleicht hatte einfach eine Frau, in die er verliebt war, von sich hören lassen. Und er war zu ihr gefahren. Dann würden die weißen Mäuse, an die Alexander glaubte, nur in seinem Kopf existieren. Blieb für Mattei und ihre Kollegen, die offene Frage zu klären, was Abbdo in den fast drei Stunden seiner Abwesenheit getan hatte.

Bevor Lisa nach Eskilstuna fuhr, machte sie den Umweg über zu Hause. Da sie beschlossen hatte, über Nacht in Eskilstuna zu bleiben, im Stadthotel zu übernachten und am folgenden Morgen direkt von dort ins Büro zu fahren, musste sie eine kleine Tasche packen.

Dann zog sie sich an, wie eine Beschatterin es für ihren Auftrag tun sollte: Jeans, Hemd, einen dünnen Pullover, Sneakers – praktische Kleider, nett und ordentlich, aber nicht auffällig.

Schließlich schloss sie den Waffentresor ganz hinten in ihrem Kleiderschrank auf, holte ihre Dienstwaffe heraus und befestigte das Holster an ihrem Gürtel.

Anschließend betrachtete sie sich im großen Flurspiegel und zog ihrem Spiegelbild eine finstere Grimasse. Come on, Abbdo. Make my day, dachte Mattei und schloss ihre Verwandlung ab, indem sie eine Lederjacke anzog, die lang genug war, um die Waffe zu verbergen. Die blaue Strickjacke musste zu Hause bleiben.

Während sie sich in Richtung Autobahn nach Süden durch den Innenstadtverkehr kämpfte, dachte sie nicht über das nach, was sie nach Eskilstuna führte. Es geschah ihr oft, dass ihre Gedanken in solchen Situationen ganz woanders waren. In jüngeren Jahren hatte sie das beunruhigt, und sie hatte sogar einmal mit ihrem Chef und Mentor Lars Martin Johansson darüber gesprochen. Und völlig anders als erwartet hatte er sie beglückwünscht, dass sie diese Eigenschaft besaß, er selbst sei auch damit gesegnet.

Nur Idioten dächten die ganze Zeit an bestimmte Dinge, und am allerschlimmsten seien die, die nur an ihre eigenen Arbeitsaufgaben denken könnten. Johansson meinte, man solle vermeiden, an Sachen *zu denken*. Wichtig sei, dass man selbstständig dachte, und gern an etwas, das mit der Sachfrage nicht das Geringste zu tun hätte. Dann hatte er ihr auf die Schulter geklopft und genickt.

»Vergessen Sie das nicht, Lisa. Das ist nämlich, was Sie und mich von all den anderen einfacher gestrickten Seelen unterscheidet, die uns umgeben.«

Johansson war der Meinung, Intuition zeichne jeden richtigen Polizisten aus. Das waren die seltenen Menschen, die durch die Kraft ihrer Zweifel und ihrer Überzeugung lebten.

Nicht alle waren so, dachte Mattei, obwohl mancher von ihnen auch ein ausgezeichneter Polizist sein konnte. Linda Martinez zum Beispiel. Als Mattei ihr vor ein paar Stunden mitgeteilt hatte, warum sie sich in Eskilstuna treffen mussten, hatte Martinez erst einmal laut gestöhnt und damit auch nicht so schnell aufgehört. Diese Geheimniskrämerei, mit der man sich in ihrem Job andauernd abgeben müsse, stelle eine ernsthafte Bedrohung für einen jeden Überwacher dar. Schließlich sei Überwachung nichts, was man mit einem kleinen Fingerschnippen mal eben so in Gang setzte, so ein etwas schillernder Ableger in der allgemeinen polizeilichen Ermittlungsarbeit. Überwachung sei etwas, das man so lange wie möglich im Voraus plante, und wobei es im Wesentlichen darum gehe, vorbereitet zu sein.

Am Ende hatte Mattei sie unterbrochen. Dieses Mal sei es ausnahmsweise so, dass sie erst eine Stunde zuvor von dem erfahren habe, was sie ihr nun berichtet hatte.

»Wie wäre es also, wenn wir die Dinge einfach so nehmen würden, wie sie liegen, Linda?«, fasste Lisa zusammen.

»Ich liebe die Dinge, wie sie sind. Fast so sehr, wie ich dich liebe, Lisa«, erwiderte Martinez.

Als Mattei auf der Autobahn war, rief sie im Sommerhaus ihrer Schwiegereltern an, um mit Johan und Ella zu sprechen. Ella war am Telefon. Sie war mit ihrem Vater und ihrem Großvater angeln gewesen, mit solchen einfachen Angelschnüren, an denen man ruckte. Ella hatte sie aber nur auf und ab gezogen, damit ihr die Arme nicht müde wurden. Sie hatten ganz viele Heringe gefangen, was gut war, weil die viel kleiner waren als die Hechte und Barsche, die Opa und sie immer mitbrachten, wenn sie Netze auslegten. Einige waren sogar miniminiklein gewesen.

»Miniminiminiklein«, verdeutlichte Ella.

Als sie nach Hause gekommen waren, hatte die Oma alle Heringe genommen, und jetzt stand sie da und briet sie in einer Pfanne, weil sie die zum Abendessen essen wollten.

»Das heißt, die Oma kocht das Essen?« Das war ja zu erwarten gewesen.

»Ja«, bestätigte Ella. »Ich kriege Kartoffelbrei und nicht diese normalen runden Kartoffeln, weil ich nämlich Brei viel lieber mag. Und ich kriege auch richtige Preiselbeermarmelade, weil das viel besser ist als nur Preiselbeeren, weil die sind sauer.«

Mit meiner Schwiegermutter muss Johan reden, schließlich ist das seine Mutter, dachte Lisa. Aber das würde sie nicht mit Ella verhandeln.

»Du fehlst mir, Mama«, sagte Ella. »Ich hab so Sehnsucht.«

»Du fehlst mir auch, mein Liebes. Morgen muss ich noch arbeiten, aber dann komme ich auch raus aufs Land. Dann können wir das ganze Wochenende zusammen sein.«

»Aber dann ist das Wochenende ja schon fast vorbei«, gab Ella zu bedenken.

»Nein«, entgegnete Lisa, »wir sehen uns morgen und dann am Samstag und am Sonntag. Das ist fast ganz.«

»Großes Indianerehrenwort?«

»Großes Indianerehrenwort«, versprach Lisa, »und keine gekreuzten Finger hinter dem Rücken.«

Mattei checkte im Hotel ein, trug ihre Tasche nach oben, und als sie wieder runter in die Lobby kam, stand da schon Martinez und wartete auf sie.

»Schicke Jacke, Lisa«, sagte Martinez und grinste. »Diese blaue Strickjacke, die du gestern anhattest, war aber auch einfach grässlich.«

34

Trotz des Mangels an Vorbereitung hatte Martinez versucht, das Beste aus ihrem Auftrag zu machen. Das war einer der Gründe, warum sie sich nun hinters Steuer setzte. Mattei hingegen, die ja immerhin einen akademischen Abschluss habe, solle jetzt die Dokumentation in Angriff nehmen. Aufnahmegerät, Kamera mit Teleobjektiv, Fernglas, Stoppuhr, sogar Stift und Papier – all das gäbe es im Fach zwischen den Vordersitzen, und am einfachsten wäre es, wenn Mattei jetzt schon mal die Sachen rausholte und sich mit den Geräten vertraut machte, während Martinez den Anfangspunkt ihrer Beobachtung ansteuerte.

»Ich dachte, wir könnten da anfangen, wo er meine Jungs abgehängt hat«, meinte Martinez.

»Und dann?«

»Dann würde ich gern das GPS zu Hilfe nehmen und auf direktem Weg zu der Stelle fahren, wo sich sein Handy befand, als diese Nachrichten ausgetauscht wurden. Die Stelle liegt in einem Radius von ungefähr einem Kilometer, und der Einfachheit halber wollte ich im Zentrum des Kreises beginnen. Das wäre ungefähr dreißig Kilometer von hier entfernt.«

»Könnte er die Autobahn genommen haben?«, fragte Mattei.

»Nein«, entgegnete Martinez. »Wenn die Leute Ortskenntnis besitzen, dann vermeiden sie gewöhnlich die größeren Straßen, weil die immer ein unnötiges Risiko darstellen, für den Fall, dass etwas Unerwartetes passiert.«

»Okay«, sagte Mattei. »Du hast so was schon mal gemacht, oder?«

»Ne, das ist das erste Mal«, erwiderte Martinez und schüttelte den Kopf. »Aber man kann sich ja einiges anlesen.«

Die »chemische Reinigung«, die Abbdo benutzt hatte, lag in einer kleinen Querstraße zum Västeråsvägen, ungefähr fünf Kilometer von Abbdos Haus entfernt in Richtung Innenstadt.

»Okay«, sagte Martinez und kontrollierte ihre Position in ihrem GPS. »Hier hat er uns abgehängt. Ist ohne zu blinken in diese Querstraße abgebogen, hat Gas gegeben, und nach ein paar weiteren Abzweigungen war er ein freier Mann. Noch Fragen?«

»Nein«, sagte Mattei.

»Ich habe aber eine«, entgegnete Martinez und nickte zu dem Fach, in dem sie ihre verschiedenen Hilfsmittel aufbewahrte. »Wie wäre es, wenn du mit dieser Stoppuhr da mal die Zeit nimmst.«

»Wie unaufmerksam von mir«, sagte Mattei. Eine Minute vor acht. Sie hatten immer noch ein paar Stunden, ehe es dunkel werden würde.

»Nun gut«, sagte Martinez. »Dann fahren wir mal.«

Fünf Minuten später hatten sie Eskilstuna hinter sich gelassen. Die Straße, auf der sie fuhren, war nicht einmal asphaltiert, es gab nur wenige Häuser und ebenso wenig Straßenlaternen, ansonsten Bauernhöfe mit Wirtschaftsgebäuden, ein paar einzelne Einfamilienhäuser und gewöhnliche Sommerhütten. Inzwischen hatte auch Mattei ihre erste Frage gestellt.

»Es gibt da eine Sache, über die ich nachgedacht habe.«

»Und die wäre?«

»Diese zweite Nachricht, die er bekommen hat. Warum dauerte es eine knappe Stunde, ehe er darauf geantwortet hat?«

»Die einfachste Erklärung ist wahrscheinlich, dass er sein Auto verlässt, aber das Handy drin vergisst.«

»Wieso sollte er? Das Handy ist die Sicherheitsleine, die er hat.«

»Menschen machen Fehler«, sagte Martinez mit einem vielsagenden Schulterzucken. »Das passiert andauernd und macht niemandem mehr Freude als mir. Unser lieber Abbdo kommt hierher, das Handy liegt auf dem Beifahrersitz, damit er es auch sicher hört, wenn er während der Fahrt eine Nachricht bekommt. Aber er hat wichtigere Dinge im Kopf, also vergisst er das Handy im Auto, als er hier ankommt und tut, weshalb er gekommen ist. Es dauert ungefähr eine Stunde, ehe er hier wieder wegfahren kann. Da sieht er dann, dass er eine Nachricht bekommen hat, und ich glaube, dass er sofort darauf antwortet.«

»Klingt plausibel«, sagte Mattei mit zustimmendem Nicken.

»Ist aber nur geraten«, erwiderte Martinez und grinste. »Wenn ich mich besser hätte vorbereiten können, dann würde ich dir jetzt detailliert beschreiben, was er getan hat.«

Sörmland. Bald würde der Sommer Einzug halten. Ein verschlungener Schotterweg, stets tauchten neue Seen neben der Straße auf, dazu einzelne Höfe und Häuser, fast alle rot gestrichen und mit den charakteristischen weißen Eckbalken. Spärliches Grün auf den Feldern, Wiesen und Wäldern, Weiden mit Tieren, ein paar Hirsche, die plötzlich über die Straße laufen.

»Hier ist es«, sagte Martinez und hielt den Wagen an. »Hier ist der Schnittpunkt mit der Mastpeilung, den man errechnet hat, was bedeutet, dass sein Auto ungefähr hier gestanden hat, zumindest innerhalb eines Radius von ein paar Hundert Metern. Im schlimmsten Fall ein Stück weiter entfernt.«

»Zweiunddreißig Minuten«, sagte Mattei und drückte auf die

Stoppuhr. »Immerhin noch fünf Minuten bevor er die SMS bekommt.«

»Genau«, sagte Martinez. »Aber zu dem Zeitpunkt hat Abbdo schon das Auto verlassen und ist auf jeden Fall so weit weg, dass er den Eingang der Nachricht nicht mitbekommt. Ansonsten hätte er sofort geantwortet.«

»Da hinten liegt ein Bauernhof«, sagte Mattei und zeigte durch die Windschutzscheibe des Wagens. »Wenn du auf deiner Seite nach links siehst, da kann man das Dach von einem weiteren erkennen. Auf der anderen Seite des Sees steht so ein typisches sörmländisches Sommerhaus.«

»Der nächste größere Ort ist Åkers Styckebruk«, sagte Martinez, »das liegt elf Kilometer direkt nach Osten. Wenn wir den größeren Umkreis nehmen, dann kann man sagen, dass wir uns ungefähr mitten in einem Dreieck, dessen Seiten zwanzig Kilometer messen, zwischen Eskilstuna im Westen, Strängnäs im Osten und Malmköping im Süden befinden. Mitten in fucking beautiful Sörmland, und zwar da, wo es am allerlieblichsten ist, auf der Strecke zwischen Ärla und Styckebruket.«

»Was macht er hier um sieben Uhr morgens mitten in der Woche?«

»Er will jemanden treffen, etwas holen oder etwas abliefern«, sagte Martinez.

»Könnte es so simpel sein, dass er irgendein Versteck hier hat? Sprengstoff, Waffen, all das, was er zu Hause nicht aufbewahren kann? Dass er etwas holen oder abliefern will, was er hier versteckt?«

»Glaube ich nicht«, sagte Martinez und schüttelte den Kopf. »Da gäbe es doch viel bessere Orte, viel näher. Außerdem ist es die falsche Zeit. Hier draußen auf dem Lande sind die Leute um diese Zeit draußen und arbeiten im Garten, holen die Zeitung aus dem Briefkasten, unternehmen einen Morgenspaziergang oder joggen, gehen mit ihren Kötern raus oder was auch immer. Und dann sind die auch noch verdammt wachsam. Niemand ist so wachsam wie die Landeier, die an solchen Orten wohnen. Und jeder kennt jeden. Jetzt hingegen ist kein Schwein auf der Straße unterwegs. Um diese Zeit sitzen sie alle drinnen vor der Glotze oder spielen Computerspiele und surfen auf Pornoseiten rum, was weiß ich? Jedenfalls sind sie nicht draußen. Wenn ich raten müsste, würde ich sagen, dass er sich mit jemandem getroffen hat, und zwar wahrscheinlich mit jemandem, der hier um die Ecke wohnt.«

»Was machen wir jetzt?«

»Hier sollte man sehr vorsichtig damit sein, von Tür zu Tür zu gehen«, sagte Martinez. »Die Gefahr, dass wir an die falsche Tür klopfen, ist da ziemlich groß, genauer gesagt fast hundert Prozent.«

»Und was machen wir dann?«

»Ich werde erst mal alles rauskriegen, was jeder verdammte Typ macht, der hier wohnt, ohne dass die davon auch nur das Kleinste merken. Dann ist es möglicherweise mal an der Zeit für den ein oder anderen Hausbesuch.«

»Und was machen wir zwei jetzt?«

»Wir drehen eine diskrete Runde durch die Umgebung, und dann fahren wir ins Hotel zurück und essen was. Ich wollte mir eigentlich ein Bier genehmigen, aber ich weiß, dass die auch Mineralwasser haben, du kannst also ganz beruhigt sein.«

»Okay, dann machen wir das«, sagte Mattei.

»Dann hätte ich noch ein paar praktische Sachen mit dir zu besprechen. Je schneller, desto besser. Okay?«

»Worum geht es?«

»Ich möchte die Nummern, die du mir gegeben hast, demjenigen geben, der unsere eigene Handyverfolgung fährt. Die Masten orten, von denen die SMS an Abbdo geschickt wurde, checken, ob es irgendein anderes interessantes Handy gibt, das ungefähr zur gleichen Zeit funkt. Suchen, ob wir ein paar andere Nummern finden, die er auch benutzt. Der übliche Kram.«

»Absolut in Ordnung«, sagte Mattei.

»Ich traue diesem Briten nämlich nicht, den wir da getroffen haben. Dem mit den Schlipsen.«

»Jeremy Alexander«, ergänzte Mattei und lächelte. »Warum traust du ihm nicht?«

»Nicht mein Typ. Und was den Job angeht, finde ich geradezu, dass er der falsche Typ ist. Der völlig falsche Typ.«

Der falsche Typ? So was noch mal zu überprüfen ist nie eine schlechte Idee, dachte Mattei bei sich.

35

Feiertag. Christi Himmelfahrt, ein feiertagsleeres Stadthotel in Eskilstuna. Als Mattei und Martinez sich an der Bar niederließen, um ein spätes Abendessen zu sich zu nehmen, waren sie die einzigen Gäste. Mattei bestellte einen lauwarmen Salat mit gegrillten Jakobsmuscheln und stilles Mineralwasser, und Martinez einen Hamburger mit allen Extras und ein großes Bier.

»Du isst wie ein Vögelchen, Lisa«, sagte Martinez.

»Esse wie ein Vögelchen, sehe aus wie ein Vögelchen, fühle mich wie ein Vögelchen«, stimmte Mattei zu.

»Schlägt er dich auch? Also, ich meine, wenn du mal ordentlich isst?«

»Wer? Du meinst Johan?«, fragte Mattei. »Der schlägt sich mit niemandem. Der wird nicht mal wütend.«

»Das muss ja echt die Hölle sein, mit so einem Mann zu leben.«

»Hölle ist vielleicht ein bisschen übertrieben, aber klar, manchmal habe ich echt das Gefühl, dass er mich wahnsinnig macht. Mit Johan ist alles sehr einfach. Er ist groß und stark und durchtrainiert, er ist begabt, gebildet, hat Humor, und wenn er mal sauer ist, dann zeigt er es nicht. Außerdem ist er ja sieben Jahre jünger als ich. Ja, und … all das andere … kann er auch gut, nur falls du das jetzt noch fragen wolltest.«

»Gut im Bett, meinst du?«

»So ähnlich.«

»Sag ich doch«, meinte Martinez. »Warum sollte es so schwer sein, darüber zu reden. Es muss die reine Hölle sein, mit ihm zu leben.«

»Ja«, sagte Mattei, »manchmal kann das schon etwas viel sein.«

»Und wie kommst du damit klar? Verpasst du ihm manchmal einen Kinnhaken? Ich meine, wenn er so ist, wie du sagst, dann ist das doch völlig ohne Risiko.«

»Ich hab aber immer gleich ein schlechtes Gewissen«, seufzte Mattei.

»Und woher kommt er? Vom Mond?«

»Nein, aus Huddinge. Geboren und aufgewachsen in Huddinge. Seine Mutter ist Grundschullehrerin, sein Papa Ingenieur. Magdalena und Gunnar heißen sie, frühe Fünfzigerjahretypen, beide inzwischen in Rente. Einen älteren Bruder und eine jüngere Schwester hat er. Beide verheiratet, berufstätig, beide haben Kinder. Alle ohne Vorstrafen, keine Drogenprobleme bekannt.«

»Also sämtlich vom Mond«, stellte Martinez fest. »Solche Leute können nur von da kommen.«

»Schon, aber Johans jüngere Schwester mag ich wirklich. Sie ist richtig schlimm, ein schrecklicher Mensch. Eifersüchtig auf diese Art, die einen von innen her auffrisst. Madeleine heißt sie. Nach unserer Prinzessin.«

»Schön zu hören«, sagte Martinez, »dass einer von denen auch normal ist. Was macht sie?«

»Arbeitet im Einkauf bei irgendeinem IT-Unternehmen. Ihr Mann ist bei einer Bank als Berater.«

»Ich sehe sie quasi vor mir«, sagte Martinez. »Herrlich. Wahrscheinlich lässt du keine Gelegenheit aus, sie in deine kleine Wohnung am Narvavägen einzuladen.«

»Selbstverständlich«, sagte Lisa Mattei. »Sie haben eine Dauereinladung. Aber noch mal was ganz anderes. Ich habe es mir anders überlegt. Könntest du vielleicht diesen Barkeeper, der dich die ganze Zeit schon heimlich abscannt, mal herwinken, damit ich ein Glas Weißwein bestellen kann? Gern einen Italiener. Mich sieht er nämlich nicht.«

»Gut, Lisa. Jetzt gefällst du mir schon besser. Das ist aber hoffentlich keine Lebenskrise.«

»Nein«, sagte Mattei, »ein Glas werde ich schon verkraften. Wie wäre es, wenn wir mal das Thema wechseln?«

»Kein Problem«, sagte Martinez. »Denk du dir was Gutes aus, dann besorge ich den Wein für dich. Ich mag dich, Lisa. Du bist ein richtiger Mensch, im Guten wie im Schlechten, meine ich.«

Und dann wechselten sie das Thema und sprachen nicht mehr über die engsten Verwandten, sondern über gemeinsame Bekannte, Kollegen und all das andere, worüber Leute so reden. Allerdings vermieden sie, irgendwelche Anhaltspunkte in Zeit oder Raum zu geben, sprachen leise ohne jedoch zu flüstern, denn sie hatten einen Barkeeper am anderen Ende des Raumes, der sicherlich ihre Rechnung zerrissen hätte, wenn er gewusst hätte, wessen Gespräche er da hatte mithören dürfen. Am Ende mussten sie dann doch anfangen, über den Job zu reden.

»Was hältst du denn vom praktischen Peter?«, fragte Martinez mit unschuldiger Miene.

»Vom praktischen Peter?«

»Ja, der praktische Peter, unser kleiner Elektriker, der mit dem englischen Sicherungskasten. Der so gut darin ist, Sachen zusammenzuschrauben.«

»Ich weiß es ehrlich gesagt nicht«, sagte Mattei mit einem Kopfschütteln, »als ich ihn beobachtet habe, hatte ich mal kurz das Gefühl, dass wir auf der völlig falschen Fährte sind. Das war aber, nachdem er diese SMS bekommen hatte, das müsste ihn doch eigentlich erschüttert haben, oder? Aber von wegen, er saß einfach nur in seiner Hollywoodschaukel und las Zeitung, trank Tee und schien völlig sorglos im Hier und Jetzt.«

»Das war er sicherlich auch«, sagte Martinez. »Er hat doch seinen Glauben. Er hat sich bereits sowohl für das Paradies qualifiziert als auch für einen Palast, der so groß ist wie halb Sörmland, dazu viele Bedienstete und siebzig Jungfrauen. Auf all das kann er hoffen, wenn er nichts Besseres zu tun hat. Er ist nicht so wie wir und all die anderen Kollegen.«

»Wie sind wir denn?«

»Eben nicht so wie er. Vergiss es, Lisa. Wenn Leute wie du und ich zur Arbeit gehen, haben wir doch nur einen einzigen Wunsch in unseren kleinen Köpfen.«

»Und der wäre?«

»Dass wir, wenn wir fertig gearbeitet haben, wieder nach Hause gehen und in unserem eigenen kleinen Bett einschlafen können, damit wir am nächsten Tag wieder zur Arbeit gehen können. Mit dem praktischen Peter ist es genau umgekehrt. Wenn er uns an unserem Leben hindern kann, am besten, indem er uns in Atome sprengt, dann landet er im Paradies.«

»Und ich hatte schon den Eindruck, du würdest die Botschaft des britischen Kollegen nicht richtig kaufen.«

»Diesen Part kaufe ich«, sagte Martinez, »you bet, Lisa.«

»Und was kaufst du nicht?«

»Alles andere. Er enthält uns Informationen vor, die zu haben superpraktisch wäre. Dann würde man nämlich ausnahmsweise ein bisschen vorbereitet sein.«

»Aber unser Peter ist kein netter Mensch.«

»Der praktische Peter lebt kraft seines Glaubens. Es gibt sonst nichts von Bedeutung für ihn. Er dient einer guten Sache, er ist ein guter und rechtgläubiger Mensch, er ist ein glücklicher Mensch. Und er hat die Ruhe weg, denn er hat nichts zu fürchten. Ja, und außerdem beabsichtigt er, so vielen von uns wie möglich das Leben zu nehmen, um zu zeigen, wie gut er ist. Und da das für ihn nur ein Detail der Sache ist, hat er nicht vor, in der Angelegenheit zu schlampen.«

Mattei nickte nur und sah auf ihre Armbanduhr.

»Ich muss schlafen«, sagte sie. »Ich fahre morgen früh direkt ins Büro. Das Paradies muss warten.«

»Na klar«, sagte Martinez. »Das ist auch gar nicht die Reise, zu der uns der liebe Peter einladen will.«

36

Als Mattei am Freitagmorgen in ihr Büro kam, wurde sie von einem großen Blumenstrauß empfangen, den jemand in einer Vase auf ihren Schreibtisch gestellt hatte. Aus der handgeschriebenen Karte, die in dem Strauß steckte, ging hervor, dass es sich um eine »vorbehaltlose Entschuldigung« von ihrem höchsten Chef handelte. Es sei eine Sache, unterschiedlicher Ansicht zu sein, aber sich so auszudrücken, wie er es getan habe, sei unverzeihlich und er bedaure zutiefst. Außerdem habe er, nach gründlichem Nachdenken, erkannt, dass er sich in Dinge eingemischt habe, die ihn nichts angingen, und Mattei genieße sein volles und ungeteiltes Vertrauen. Er könne sich keine bessere Mitarbeiterin als sie vorstellen.

Entweder habe ich ihn erschreckt oder jemand, auf den er hört, hat mal Tacheles mit ihm geredet. Die dritte Möglichkeit wäre, dass er tatsächlich ein besserer Mensch ist, als ich gedacht habe. Egal, nette Blumen, bestimmt ein teurer Strauß, und höchste Zeit, dass ich mal anfange zu arbeiten.

Schon im Auto auf dem Weg nach Stockholm hatte Mattei beschlossen, den größten Teil ihres Vormittags darauf zu verwenden, sich näher mit Louise Urqhart bekannt zu machen. Diese mysteriöse Engländerin, die, wenn man Alexander glaubte, nicht nur die Geliebte ihres Bombenbauers war, sondern auch seine Gehilfin bei der Ausführung seines praktischen Auftrags.

Und möglicherweise hatte sie auch die SMS mit der Unterschrift LU geschickt, was bedeuten würde, dass Louise Urqhart Kontakt zu jemandem hatte, der bei der schwedischen Sicherheitspolizei arbeitete.

Fünf Abschnitte von den insgesamt siebenunddreißig in dem Material, das Alexander Mattei übermittelt hatte, behandelten die Person Louise Urqhart. Die Zusammenstellung wurde mit einer kurzen Biografie eingeleitet, in der man jeweils auf die folgenden Abschnitte verwies, die über Studium, finanzielle Lage, persönliche Kontakte, Freizeitinteressen, Reisen und andere private Dinge informierten. Wie hatte Lars Martin immer gesagt? Fang mit der kleinen Biografie an, die höchstens eine halbe Seite lang sein sollte, und notiere dann gründlich alles, was du darin vermisst.

Louise war 1972 geboren und dreiundvierzig Jahre alt. Sie war Tochter und einziges Kind des Rechtsanwalts George William Urqhart, geboren 1930, und seiner zwanzig Jahre jüngeren Ehefrau Judith Rebecka Urqhart, geborene Stein. Als Louise zehn Jahre alt war, 1982, starb ihre Mutter, nur zweiunddreißig Jahre alt. Zwanzig Jahre später war auch Louises Vater gestorben, zweiundsiebzig Jahre alt, was eigentlich auch kein besonders hohes Alter war, und zwar an einem massiven Herzinfarkt.

Woran ihre Mutter wohl gestorben war?, dachte Mattei und las doch noch schnell über die folgenden Abschnitte, ohne etwas darüber zu finden. Vermutlich Krebs, dachte sie. Sicherheitshalber machte sie eine Notiz zu der Sache.

Die folgenden Abschnitte hatte sie nur überflogen, denn es schien, als hätte Alexander alles Wesentliche erwähnt, als er ihr auf ihrem Treffen Louises Person beschrieben hatte. Ihre gelinde gesagt vielfältigen Studien, ihre finanzielle Unabhängigkeit, die ständigen Reisen zu weit entfernten Orten, und dass sie scheinbar keine eigene Familie und keine Freunde und Bekannten hatte.

Mattei machte auch dazu eine Notiz. »Einsiedlerin? Oder eher ein Solitär?«, schrieb sie, wobei die Bilder sie dann von der letzteren Möglichkeit überzeugten.

Louise Urqhart war eine schöne Frau, zumindest nach dem Maßstab von Lisas eigenem Vater, und wahrscheinlich auch dem Vater von Alexander, wenn man bedachte, wie er sich über die erstklassige englische Landrasse geäußert hatte.

Keine schmale, blasse und kühle Blondine wie sie selbst, sondern mehr wie Lisa Matteis eigene Mutter, die ehemalige Polizeiintendentin Linda Mattei. Doch Louise war nicht blond, so wie Lisas Mutter, sondern hatte dickes, rotbraunes, naturgelocktes Haar, das sie entweder offen oder in einem Knoten im Nacken trug. Blaue Augen, offener Blick, gleichmäßige Gesichtszüge, helle Haut mit Sommersprossen um die Nase. Eine bürgerliche Vestalin mit schmaler Taille, klassischen weiblichen Formen und nach den Angaben im Pass eins achtzig groß, sechs Zentimeter größer als Abbdo Khalid, der Bombenbauer, der auch ihr Geliebter war.

Blieb noch das Filmmaterial. Zusammen genommen waren es ein paar Stunden Film, die in ungefähr fünfzig verschiedene kürzere und längere Sequenzen aufgeteilt worden waren. Es waren Videos, die Matteis britische Kollegen heimlich aufgenommen hatten, und es waren darauf durchgehend dieselben zwei Akteure zu sehen: der Bombenbauer Abbdo Khalid und seine Frau Louise Urqhart.

Der größte Teil der Filme, die sie anschaute, war recht unspektakulär. Verschiedene Situationen des Alltagslebens. Louise und Abbdo setzen sich in ihr Auto und fahren davon. Louise sitzt hinter dem Steuer. Louise und Abbdo gehen in einem Park in Manchester spazieren, sitzen draußen vor einem Café in derselben Stadt, gehen durch einen Hauseingang, dann durch einen anderen Eingang, und alle Filme zeigen einen jungen Schwarzen, der sich offenkundig verliebt und aufmerksam einer weißen Frau gegenüber zeigt, die erkennbar älter ist als er, aber nicht auf diese Art, die alles andere dahinter unsichtbar macht. Zwei junge, schöne Menschen, ein Mann und eine Frau, die verliebt zu sein scheinen und kein Problem damit haben, das einfach zu zeigen.

So, wie als Louise im Vorübergehen ihre rechte Hand um seinen Nacken legt, als sie eine kleine Gasse in Manchesters Altstadt heruntergehen, und wie er darauf antwortet, indem er seinen Arm um ihre Hüfte legt. Die Aufnahmen sind von hinten gemacht worden, doch die Botschaft ist deutlich zu erkennen.

Wie sie auf einer Bank sitzen und jeder ein Eis essen, wie er sich vorbeugt, ihr Eis nimmt, es in dieselbe Hand nimmt wie sein eigenes, sich dann wieder vorbeugt und sie küsst, ehe er mit einem Lächeln und einer leichten Verbeugung das Eis wieder zurückgibt. Louise Urqhart, die ihn breit anlächelt, ihren Kopf und das lockige Haar schüttelt, die Arme um seinen Nacken legt, seinen Kopf an ihre Brust zieht und ihn fest umarmt. Ihr eigenes Eis hatte sie dabei einfach auf die Bank gelegt, auf der sie sitzen.

Verliebtheit, vielleicht Liebe, die sie verbindet, dachte Mattei, und wenn es nun der Glaube an den Islam war, der den Anlass bot, dann gab es dafür jedenfalls viel weniger Anhaltspunkte. Ein unscharfer Filmausschnitt von ein paar Minuten, in dem Abbdo und Louise in dem geschlossenen Innenhof ihres Hauses gemeinsam beten. Abbdo liegt schräg vor Louise, jeder auf seinem Gebetsteppich. Louise ist barfuß und trägt ein Tuch, Abbdo hat eine kleine weiße gehäkelte Mütze auf, doch ansonsten scheinen sie dieselben Kleider zu tragen wie immer.

Und dann gab es noch andere Filme, wie alle anderen insgeheim aufgenommen, mit denselben technischen Hilfsmitteln, die aber als Urheber vermuten ließen, was Alexander die »beste Abteilung des britischen Nachrichtendienstes« genannt hatte. Hier hatten Abbdo Khalid und Louise Urqhart Sex miteinander, mit und ohne Kleider am Leib.

Louise, die mit ihrem Auto vor dem Haus parkt, wo Abbdo wohnt. Wie sie den Sicherheitsgurt abnimmt, etwas zu ihm sagt, ihm die Haare zerzaust, sich über ihn beugt und aus dem Bild verschwindet. Oralsex, aus den Bildern von Abbdo zu schließen.

Wie sie zwei Minuten später aus dem Auto springt, über die Straße läuft, im Eingang seines Hauses stehen bleibt, lächelt und ihm winkt, dass er sich beeilen möge. Abbdo, der aus demselben Auto kommt, den Kopf schüttelt, lächelt, die Hände in einer gespielt resignierten Geste, um dann auch über die Straße zu laufen, sie umarmt und ins Haus zieht.

Das Bett in Abbdos Schlafzimmer. Die Gardinen aufgezogen. Mitten am Tag, gutes Licht und offenbar aus dem Fenster eines Nachbarhauses gefilmt. Abbdo liegt auf dem Rücken im Bett, Louise sitzt rittlings auf ihm. Nackt, einhellige, wohl abgewogene Bewegungen, als sie ihn reitet und er in ihr ist, ihre Brüste streichelt, wie Khalid seine Hüften hochschiebt, den Kopf zurückwirft, ihre Brüste fester packt, an ihren Brustwarzen zieht, etwas ruft, stöhnt. Wie Louise auf ihn wartet, ehe sie wieder den Takt steigert, den Körper zurückbeugt, die Handflächen auf seine Brust presst, ihre vielen Haare herumwirft, laut schreit.

Ich muss das Frauenbild des Islam völlig falsch verstanden haben, dachte Lisa Mattei, als sie eine halbe Stunde später ihren Rechner ausschaltete. Oder zumindest das Frauenbild mancher Muslime. Zum Beispiel das von Abbdo Khalid.

37

Ehe Lisa Mattei die Ermittlergruppe einberief, hatte sie noch eine Besprechung mit Lisa Lamm, der Oberstaatsanwältin, die formell gesehen ihre Ermittlung »In Sachen Abdullah Mohammed Khalid« leitete. So stand es zuoberst in der Akte mit Geheimhaltungsstempel, die man erst drei Tage zuvor angelegt hatte, als der Beschluss erfolgt war, eine Ermittlung gegen Khalid wegen des Verdachts, dass er »zusammen mit anderen Personen« ein sehr ernstes terroristisches Verbrechen planen würde, zu eröffnen.

Während Lisa Lamm vom Titel her die Voruntersuchung leitete, war ihre Namensvetterin Lisa Mattei es, die alle wesentliche Polizeiarbeit führte, die dazu notwendig war. Lamm war im selben Alter wie Mattei und arbeitete seit einem knappen Jahr bei der besonderen Staatsanwaltskammer für Sicherheitsanliegen in Stockholm, war also ihre »eigene Staatsanwältin«, wie Lisa Matteis Kollegen sie immer beschrieben – eine Einschätzung, die unter denjenigen, die es betraf, allerdings nicht sonderlich beliebt war.

Lisa Mattei und Lisa Lamm kannten sich noch nicht wirklich. Zwar waren sie einander in verschiedenen beruflichen Zusammenhängen, die mit ihrer Arbeit einhergingen, durchaus schon begegnet, doch gab es jetzt gute Gründe dafür, dass sie sich einmal trafen und ihren Fall in aller Ruhe durchsprachen. Da Mattei in dem Gebäude ihr Büro hatte, in dem sie beide später am selben Tag eine Besprechung mit der Ermittlergruppe haben würden, hatte sie vorgeschlagen, dass man sich in ihrem Büro traf und sich Essen bestellte, um in Ruhe sein zu können. Im Unterschied zum GD schien die Staatsanwältin kein Problem damit zu haben. Außerdem schaffte sie es auch, pünktlich zu sein. Auf die Minute hatte sie an Matteis Tür geklopft, und jetzt saß sie ihr gegenüber.

»Sie haben aber nicht Geburtstag, oder?«, fragte Lisa Lamm neugierig und nickte zu dem riesigen Blumenstrauß hin, der auf dem Tisch thronte.

»Nein«, antwortete Mattei, »so einfach kann man das nicht erklären, fürchte ich.«

»Jetzt bin ich aber richtig neugierig.«

»Na ja«, erwiderte Mattei mit einem Lächeln, »davon wollen Sie nichts hören. Aber ich habe einen Vorschlag zu machen.«

»Dass wir erst die praktischen Details klären, ehe wir uns an die großen Fragen heranmachen«, riet Lisa Lamm.

Irgendwie habe ich das Gefühl, als würde das hier wunderbar funktionieren, dachte Lisa Mattei.

Die erste praktische Frage war ein passender Operativname ihrer Ermittlung. Das war seit langem schon Tradition, und nicht nur bei der Säpo, sondern bei den meisten Sicherheitsdiensten der Welt. Einen Namen, unter dem die Ermittlergruppe zusammengefasst werden konnte und der es denjenigen, die damit arbeiteten, ermöglichte, ihr Bestes zu geben, ohne ihrem Widersacher auf die Nase binden zu müssen, worum es dabei eigentlich ging.

»Sie meinen, diese Operationen, über die man manchmal in der Zeitung lesen kann? Operation Olga, Operation Entebbe, Operation Mogadishu, hieß nicht eine auch Nimrod? Und dann natürlich Operation Ebba Grön. Als man diesen deutschen Terroristen dingfest machen sollte, der Anna-Greta Leijon kidnappen wollte.«

»Ach ja«, sagte Mattei. »Norbert Kröcher hieß er, das war 1976 Ende März, aber die Operation, bei der es um ihn und seine Mitverschwörer ging, hieß in Wirklichkeit Ebba Röd. Ebba Grön sagte nur einer der Kollegen über Funk, als es an der Zeit war, zuzuschlagen und ihn festzunehmen. Als sie ihn kriegten, saß er in einer Kneipe und trank Bier.«

»Haben Sie bitte Nachsicht mit mir«, bat Lisa Lamm, »als das passierte, war ich noch nicht einmal geboren, deshalb habe ich offenbar eine Reihe von Details verpasst. Und im Grunde muss man auch sagen, war Ebba Grön ein besserer Name als Ebba Röd, denn dieser Kröcher war doch sicher eine Art Kommunist, oder?«

»Ja, auf eine Art«, stimmte Mattei zu.

»Ich hätte wahrscheinlich Ebba Grön genommen, so wie in der Umweltpartei. Um seine Aufmerksamkeit nicht zu wecken, falls er zufällig den geheimen Namen der Operation hören würde.«

»Das ist richtig. Was halten Sie von Operation Praktischer Peter?«

»Sehr gut, wie so einer, der gut darin ist, Sachen zusammenzuschrauben. Ein großer, schweigsamer Typ in kariertem Flanellhemd, der Norrland-Dialekt spricht und deine letzte Rettung ist, wenn du in einem Baumarkt gelandet bist und den richtigen Wasserhahn zum Waschbecken brauchst.«

»So ungefähr. Linda Martinez hatte die Idee.«

»Ist gekauft«, sagte Lisa Lamm. »Kein normaler Mensch würde dabei an Abbdo Khalid denken. Ich hatte schon Angst, Sie würden Wüstensturm oder so was vorschlagen. Aber ich habe noch an etwas anderes gedacht, das mit Namen zu tun hat. Wir heißen ja beide Lisa. Das könnte unsere Mitarbeiter verwirren und sie dazu veranlassen, es intern zu lösen, indem sie mich die S-Lisa und Sie die P-Lisa nennen.«

»Nein«, sagte Mattei, »bloß nicht. Unter meinen Kollegen heißen Sie Lamm oder die Oberstaatsanwältin, je nachdem, wer redet. Und ich heiße Mattei. Oder Chefin.«

»Das ist schön zu hören«, sagte Lisa Lamm, »denn wer will denn schon S-Lisa heißen?«

»Nicht einmal die P-Lisa«, stimmte Mattei zu.

Bei der nächsten praktischen Frage ging es um die Rolle, die ihr Partner vom Militärischen Abschirmdienst in der Ermittlung spielen sollte.

»Ganz nach dem Bedarfsprinzip«, schlug Mattei vor, »und aufgrund der speziellen Expertise, die man bei der FRA und im Must besitzt, die aber bei der Säpo möglicherweise fehlt.« Und sie berichtete von Helena Palmgren, die als stellvertretende Ermittlungsleiterin die Kommunikation und Zusammenarbeit mit dem Militär übernehmen würde.

»Ich habe sie selbst noch nicht kennengelernt«, sagte Mattei, »aber das werde ich nun bei dem Ermittlertreffen tun. Einer meiner Mitarbeiter hat sie empfohlen.«

»Ich kenne sie. Wir hatten bereits ein paarmal miteinander zu tun.«

»Und wie ist sie?«

»Nun«, sagte Lisa Lamm und lächelte, »wie soll ich sie beschreiben? Ein richtiges Frauenzimmer von der alten Sorte, obwohl sie zu unserer Generation gehört. Ein paar Jahre älter vielleicht. Aber sie ist gut. Klug und ausgewogen. Außerdem ziemlich anders als die anderen, die da arbeiten. Verrückt ist vielleicht ein bisschen stark ausgedrückt, aber bei unseren militärischen Freunden sind doch einige schräge Existenzen am Start.«

»Wie wäre es mit Mittagessen?«, fragte Mattei.

»Wie wäre es, wenn sie mich noch kurz über die aktuelle Ermittlungssituation auf den neuesten Stand bringen?«

»Ich habe ein bisschen Sushi und Sashimi bestellt. Gemischt. Unten in Sundbyberg gibt es einen richtig guten Japaner.«

»Ich liebe Sushi, woher wussten Sie das?«

»Ich mag es selbst gern«, erwiderte Mattei.

38

Mattei berichtete, dass die Ermittlungssituation gut sei. Sie hatte kurz vor dem Treffen mit Lisa Lamm alle Gruppenleiter gesprochen und den Bescheid erhalten, es laufe nach Plan. Die Genehmigungen für die Personenüberwachung lagen vor, in Eskilstuna wurden die ersten Informationen über Khalid und seine Familie gesammelt, und die Personalgruppe war im Großen und Ganzen vollständig, abgesehen von einigen wenigen Ermittlern, die von der öffentlichen Seite dazustoßen und in ein paar Tagen ihren Dienst antreten sollten.

»Keine besonderen Wünsche oder Klagen?«

»Keine«, sagte Lisa Mattei und bediente den Rechner vor ihr auf dem Schreibtisch. »Das übliche Gejammere natürlich, aber damit habe ich zu leben gelernt. Sollen wir jetzt essen? Es ist gerade unten angeliefert worden.«

»Das ist gut«, sagte Lisa Lamm. »Dann können wir die großen Fragen beim Essen abhandeln. Wenn es für Sie in Ordnung ist, würde ich gern anfangen, es gibt nämlich zwei Dinge, die mir Sorgen machen. Unser Fall, natürlich, aber auch die juristischen Probleme, in die wir bei ein paar früheren Fällen geraten sind.«

»Alles, was Ihnen Sorgen macht, ist auch für mich problematisch. Ich höre«, sagte Mattei.

Die Staatsanwältin begann damit, ihre Einschätzung der juristischen Fragen wiederzugeben, die sie beunruhigten. Konkret ging es um zwei größere Ermittlungen in Sachen Terrorismus, die die Säpo während der letzten drei Jahre betrieben hatte, eine in Göteborg und eine Malmö, mit insgesamt zehn Verdächtigen, die sämtlich der al-Shabaab angehörten.

Alle Verdächtigen, drei in Göteborg und sieben in Malmö, waren angeklagt und von den Gerichten auch verurteilt worden, und zwar zu Gefängnisstrafen zwischen einem und zehn Jahren. Daraufhin hatten ihre Verteidiger Berufung eingelegt. In dem älteren der beiden Fälle in Göteborg hatte das Oberlandesgericht einen Standpunkt eingenommen, der der Sichtweise des Landgerichts in derselben Stadt vollkommen entgegengesetzt war.

Die in erster Instanz Verurteilten wurden in sämtlichen Punkten freigesprochen, zudem waren ihnen ansehnliche Schadensersatzsummen zugesprochen worden. In juristischer und in sachlicher Hinsicht und in der Juristenprosa, die in einem solchen Fall üblich war, hatte das Oberlandesgericht in Göteborg der Sicherheitspolizei und der Staatsanwaltschaft eine echte Ohrfeige erteilt. Die Beweislage, die der Staatsanwalt vorgetragen hatte, sei nicht nur in sich unzureichend, sondern laut Gericht noch viel schlimmer als das: Man war der Meinung, dass sie nicht einmal Tatbestände umfasste, die nach schwedischem Recht strafbar waren.

Die Beweismittel: fast ausschließlich abgehörte Gespräche der drei Angeklagten. In einem Mix aus Arabisch, Somalisch, Schwedisch und Englisch. Der Inhalt: die Ausführung einer Terroraktion gegen Feinde der al-Shabaab in ihrem Heimatland Somalia. Laut Staatsanwalt erfüllten das, was dort verhandelt wurde, und die Art und Weise, wie es geplant war, den Tatbestand einer strafbaren Vorbereitung zu einem Terrorangriff.

Das Oberlandesgericht in Göteborg teilte diese Auffassung nicht. Einleitend hatte man scharfe Kritik an der »rein sprachlichen Interpretation« der Gespräche geübt, die der Staatsanwalt im Gerichtsverfahren präsentiert hatte. Die sei »in entscheidenden Punkten schlicht fehlerhaft« gewesen und hätte insgesamt ein irreführendes Bild von dem vermittelt, was geschehen war. Die Durchführung eines Verbrechens sei keinesfalls Inhalt der Konversation gewesen. Stattdessen seien lediglich »Gedanken und Ansichten hypothetischen Charakters« geteilt worden, die »möglicherweise von einer Unzufriedenheit mit der politischen Situation in ihrem Heimatland beeinflusst« waren. Und schließlich sei es nach schwedischem Recht nicht strafbar, solche Gespräche zu führen, in welcher Sprache auch immer.

Das erste Verfahren fand relativ unbemerkt von der öffentlichen Meinung statt. Einer der Anwälte der Angeklagten hatte zwar auf der Diskussionsseite in *Dagens Nyheter* einen Beitrag verfasst, der wiederum in einem der Gesellschaftsprogramme des Schwedischen Fernsehens aufgegriffen worden war, doch im Großen und Ganzen war es das. Der Chefredakteur von *Dagens Nyheter* hatte sich in einem seiner Leitartikel darüber lustig gemacht: »Dass unsere Gedanken immer noch frei sind wie ein Vogel – zumindest, wenn man nun dem Oberlandesgericht Göteborg glauben mag –, füllt bei uns dennoch keine Titelseite.«

Bei dem Ereignis in Malmö vor knapp einem Jahr waren die Reaktionen dann andere. Sieben Angeklagte mit somalischem Ursprung und Zugehörigkeit zur al-Shabaab hatten laut Staatsanwaltschaft ein sogenanntes Selbstmordattentat in der Jüdischen Gemeinde in Malmö geplant.

Das Gericht in Malmö verurteilte die meisten von ihnen zu langen Gefängnisstrafen, doch als die gefällten Urteile erneut in Berufung gingen, hatte das Oberlandesgericht Skåne und

Blekinge sich ebenso verhalten wie die Kollegen in Göteborg und sämtliche Angeklagten in allen Punkten freigesprochen und die Urteile kassiert.

Die Beweislage in Malmö war im Großen und Ganzen identisch mit der in Göteborg. Abgehörte Gespräche, die per Telefon oder zwischen den Angeklagten direkt geführt worden waren, Nachrichten, die per Mail oder per SMS ausgetauscht worden waren. Das Oberlandesgericht urteilte genauso wie im Fall von Göteborg. Hier ginge es um einen bloßen Austausch von Meinungen und Gedanken, der laut schwedischer Verfassung innerhalb des Rahmens der freiheitlich demokratischen Grundordnung liegen würde. Keine Form von strafbarer Vorbereitung eines Verbrechens.

Das Oberlandesgericht hatte auch hier in scharfem Ton die Arbeit der Sicherheitspolizei und der Staatsanwaltschaft kritisiert. Das war schon mehr als eine kleine Ohrfeige, und in diesem Fall war auch die öffentliche Aufmerksamkeit und die Wirkung innerhalb der Justiz von ganz anderem Ausmaß.

Wesentliche Ursache dafür war im Grunde nicht das Agieren der Säpo. Auslöser war vielmehr die schwedische Außenpolitik, weil die Regierung ein halbes Jahr zuvor aufgrund von aufgekündigten Handelsabkommen und öffentlichen Aussagen über die augenscheinlichen demokratischen Defizite in den politischen Systemen dieser Länder mit mehreren arabischen Staaten in Konflikt geraten war und auf diese Weise starke und sehr negative Reaktionen in der muslimischen Welt hervorgerufen hatte.

Innerhalb von kurzer Zeit hatte Schweden denselben schlechten Ruf wie sein südliches Nachbarland Dänemark. Zwei Länder in Nordeuropa, in denen man offensichtlich sowohl die Muslime als auch die Religion, die sie ausübten, hasste. Dass dies nicht so einfach mit den zwei aufgehobenen Gerichtsurteilen vereinbar war, schienen die Kritiker übersehen zu haben. Stattdessen schoss man sich darauf ein, dass die schwedische Sicherheitspolizei sich darauf konzentrieren würde, in Schweden lebende Muslime aufgrund ihres Glaubens zu verfolgen.

Diesmal hatte die Kritik auch Folgen für die Rechtsorgane. Die Regierung setzte einen Sonderermittler ein, der die Richtlinien für die Arbeit der Säpo gegen den Terrorismus überprüfen sollte. Lisa Matteis früherer Chef hatte beschlossen, seinen Dienst zu quittieren, um stattdessen Sicherheitschef und Mitglied der Konzernleitung in einer der größten Banken des Landes zu werden. Zwei der insgesamt sechs Staatsanwälte und Staatsanwältinnen wählten denselben Weg. Eine von ihnen äußerte sich sogar öffentlich dazu, warum sie diese Entscheidung getroffen habe. Seit einigen Monaten werde sie und ihre Familie aufgrund ihrer Arbeit immer wieder ernsthaften Drohungen ausgesetzt, weshalb sie ihre Arbeit als Staatsanwältin aufgeben wollte, um sich stattdessen einer privaten juristischen Tätigkeit in einer Anwaltskanzlei in Stockholm zu widmen.

Auch Lisa Lamm war in die allgemeinen Turbulenzen verwickelt worden. Als ihr oberster Chef, der Bundesstaatsanwalt, sie gefragt hatte, ob sie interessiert sei, stellvertretende Chefin der Kammer für Sicherheitsanliegen zu werden, tat er dies mit dem Argument, sie sei unter Juristen als »eine Staatsanwältin mit deutlichem Rechtssicherheitsprofil« bekannt.

»Aus irgendeinem Grund verschwieg er hingegen, dass es … offensichtlich … zudem noch praktisch war, dass ich weder Mann, noch Kinder oder Geschwister habe. Und meine beiden Eltern tot sind«, erklärte Lisa Lamm. »Wahrscheinlich nur glückliche Zufälle«, fügte sie mit einem schwachen Lächeln hinzu.

»Aber Sie haben den Job angetreten«, stellte Mattei fest.

»Das wäre ja noch schöner. Wo würden wir denn hinkommen, wenn man vor einem Haufen von Verbrechern und ihren Drohungen kuschen würde?«

»Die Lage könnte ohne Frage besser sein«, stimmte Mattei zu. »Der Grund, warum wir hier sitzen: Unsere britischen Kollegen sind davon überzeugt, dass Abbdo Khalid ein richtig übler Finger ist. Haben Sie die Unterlagen gelesen?«

»Ja, und ich kann nicht umhin zu denken, dass es viel zu sehr dem gleicht, was meine Kollegen bei den Verfahren in Göteborg und Malmö präsentiert haben«, fasste Lamm zusammen. »Das bereitet mir ein wenig Unbehagen.«

»Ich stimme Ihnen zu. Ich habe mich damit getröstet, dass Alexander vielleicht mehr weiß, als er uns sagt. Das ist in dieser Branche ja fast üblich. Ich habe ihm eine direkte Frage gestellt und er sagte, er sei überzeugt davon, dass Khalid für seine Beteiligung an dem Selbstmordattentat vor dem Old-Trafford-Stadion lebenslang bekommen würde.«

»Sicher. Und im Hinblick auf die gelinde gesagt schrecklichen Erfahrungen der Engländer mit solchen Sachen fände man wohl kaum eine Geschworenenjury, die ihn nicht dafür verurteilen würde. Aber wenn Alexander so überzeugt davon ist, dann verstehe ich nicht, warum er vor einem knappen Monat zugelassen hat, dass Khalid das Land verlässt. Oder warum er sich nicht bei mir gemeldet und darum gebeten hat, dass er festgenommen und an England ausgeliefert wird.«

»Das weiß ich«, sagte Mattei. »Er hat noch etwas anderes am Laufen, das viel wichtiger ist als die Ergreifung von Abbdo Khalid. Ich musste ihm sogar versprechen, nichts zu tun, weil das die andere Sache, an der er dran ist, gefährden würde.«

»Und Sie glauben ihm?«

»Ja«, sagte Mattei. »Obwohl ich keine Ahnung habe, um was es geht, und noch weniger, worin die Verbindung zu einer Festnahme von Khalid besteht. Es tröstet mich lediglich, dass er mir versichert hat, diese Angelegenheit sei vor unserem Nationalfeiertag erledigt.«

»Und dann hat er nichts dagegen, ihn zu übernehmen?«, fragte Lamm. »Ich meine, falls wir bis dahin den Verdacht gegen ihn mit nichts Substantiellerem als privatem Geplauder mit ein paar Verwandten erhärten konnten?«

»In dem Fall empfangen Alexander und seine Kollegen ihn sicher mit offenen Armen.«

»Was ein schwacher Trost für mich ist«, erwiderte Lisa Lamm und schüttelte den Kopf. »Was, wenn er unschuldig ist? Oder wenn ich in dem Punkt nur unsicher bin? In solch einer Situation einen jungen Mann nach England zu schicken, wo ihn eine lebenslange Strafe in einem fremden Land erwartet, ist wirklich kein erquickender Gedanke. Immerhin ist er schwedischer Staatsbürger. Rein humanitär gesehen ist das vielleicht uninteressant, doch nicht, wenn es um die formale Behandlung der Sache hier in Schweden geht.

»Der Bombenbauer und seine Frau«, fuhr Lisa Lamm fort. »Was meinen Sie? Ist da was dran?«

»Das wird sich ja wohl rauskriegen lassen«, antwortete Lisa Mattei und zuckte mit den Schultern, obwohl sie immer noch ziemlich im Dunkeln tappte.

39

Noch ehe die erste Besprechung mit den Ermittlern losging, nutzte Mattei die Gelegenheit, Helena Palmgren zu begrüßen – in Zukunft zuständig für die Verbindung zum Militär und dem Nachrichtendienst. Sie passte sehr gut zu Lisa Lamms Beschreibung eines »richtigen Frauenzimmers« und sah zumindest nicht jünger aus als ihre fünfundvierzig Jahre. Ungeschminkt, das blonde Haar zu einem dicken geflochtenen Zopf gebunden, blaue Augen, Hosenanzug, Hemd und schwarze Pumps mit halbhohen Absätzen.

»Wie schön, Sie kennenzulernen, Helena, und herzlich willkommen. Ich hoffe, Sie haben alle Unterlagen bekommen, die wir zusammengestellt haben.«

»Danke«, erwiderte Helena Palmgren und lächelte freundlich. »Ja, ich bin schon fleißig dabei, alles durchzulesen. Bisher habe ich keine Fragen.«

»Sonst melden Sie sich einfach, und am besten bei Wiklander. Den kann man immer gut erreichen.«

Stattlich und auch pflichtbewusst. Wie meine Schwiegermutter. Vielleicht sollte ich ihr die blaue Strickjacke anbieten.

Lisa Lamm hieß alle willkommen und erklärte eine Vorstellungsrunde für unnötig, da sie sich ja alle kannten.

Danach ging sie zu den Formalitäten über und erklärte Inhalt und Leitung der Ermittlung, die nach den Grundregeln des SISU verlaufen würde und somit der höchsten Geheimhaltungsstufe unterlag. Ferner trügen die einzelnen Gruppenleiter die Verantwortung dafür, dass diejenigen Mitarbeiter, die an diesen Besprechungen nicht teilnehmen konnten, über die Entwicklung informiert würden.

»Noch Fragen?«, sagte Lisa Lamm abschließend, worauf alle, die um den großen Konferenztisch saßen, ihre Köpfe schüttelten.

»Gut«, stellte die Staatsanwältin fest. »Dann übergebe ich an Lisa Mattei.«

Auch Lisa Mattei fasste sich kurz. Sie begann damit, zu berichten, dass die Ermittlung nunmehr einen Namen habe, nämlich Operation Praktischer Peter. Das sei die Idee von Martinez gewesen, und Peter sei eben jemand, der gerne Sachen zusammenschraube, erklärte sie und goutierte das zustimmende Kopfnicken am Tisch.

Daraufhin bat sie die Gruppenchefs, einen Überblick über die aktuelle Lage zu geben, und da ihre Arbeit eben erst angelaufen war, hatten die meisten von ihnen noch nicht viel zu sagen. Die für die Verhöre zuständige Kommissarin hieß Ingrid Dahl. Unter den Kollegen war sie für drei Dinge bekannt: ihre unglaubliche Geduld, ihr starkes Bedürfnis nach Einsamkeit und dass sie – obwohl sie bald fünfzig wurde – immer noch zur Elite der Langstreckenläuferinnen des Landes zählte.

Sie schüttelte zunächst den Kopf. Dann betonte sie, sie verbliebe einfach so lange in Warteposition, bis ihre Kollegen dafür sorgten, dass einer von den armen Schweinen im Fond eines Polizeiwagens landete, wo sie vorhatte, mal ein erstes Wörtchen mit ihm zu reden. Ansonsten habe sie keine besonderen Wünsche.

Dan Andersson hatte eine Liste von insgesamt hundert

Ehrengästen mitgebracht, die den Feierlichkeiten zum Nationalfeiertag auf Skansen beiwohnen sollten. Aus dem Königshaus der König und die Königin. Aus der Regierung der stellvertretende Ministerpräsident, der Verteidigungsminister und der Innenminister, dazu eine Reihe anderer Politiker aus dem Reichstag, den Kommunen und den Ländern. Des Weiteren hohe Beamte aus der staatlichen Verwaltung, einige herausragende Repräsentanten der freien Wirtschaft, Militärs, Diplomaten, feines Volk und ganz allgemein bekannte Persönlichkeiten. Nicht zuletzt die Personen und Vertreter verschiedener Einrichtungen, die Ehrungen in Form von Urkunden und Orden aus der Hand Seiner Majestät des Königs erhalten würden.

Abgesehen von diesen Gästen gab es noch weitere zirka einhundertzwanzig Personen, die auf unterschiedliche Weise in dem Arrangement selbst mitwirkten. Darunter zwanzig, die Sachen rein- und raustragen und alles Praktische organisieren sollten, und bis zu ungefähr dreißig Mitarbeiter des Schwedischen Fernsehens, die dafür sorgen sollten, dass jeder im Land an den Feierlichkeiten teilhaben konnte.

Außerdem eine entsprechende Anzahl Musiker und Künstler, von einem Jugendchor des Stockholmer Musikgymasiums bis hin zu einem aus Funk und Fernsehen sehr bekannten Opernsänger zur Begleitung der Ehrengäste und des übrigen Publikums beim Singen der Nationalhymne und des Königslieds.

Blieb noch das übrige Publikum, hier konnte Dan Andersson seinen Kollegen noch keine Listen mit Namen bieten. Aber laut Schätzungen des Schwedischen Fernsehens zwischen ein- und zweitausend Personen, je nach Wetterlage.

Ohne Frage, wie Andersson formulierte, eine ganze Menge, um die man sich kümmern musste, und wenn er hier jetzt mal abschließend einen Wunsch äußern dürfte, dann den, dass das gesamte Ermittlerteam diese Namensliste gründlich studierte, um festzustellen, ob bei irgendeinem Namen im Hinblick auf den Anschlag, den Abbdo Khalid mutmaßlich plante, die Alarmglocken schrillten.

Die Liste der Polizisten, die das Ganze überwachen sollten, würde er noch nachreichen. Der ursprüngliche Plan sah vor, an die achtzig Kollegen von der Polizei in Stockholm und von der Sicherheitspolizei abzuordnen, doch in Anbetracht der neuen Lage wäre zu überlegen, nicht bedeutend mehr einzusetzen.

Nach ihm nahm Martinez die Gelegenheit wahr, über alle Widrigkeiten des Daseins zu meckern, die dem serösen Personenüberwacher das Leben schwer machten.

Siebzehn Personen, die alle zur selben Familie gehörten und im selben Haus wohnten, wo sich immer mehrere von ihnen, ganz gleich, welches Wetter, welcher Wochentag oder welche Tageszeit herrschte, aufhielten. Ein abseits gelegenes Haus, hundert Meter Luftlinie von dem Meisenkasten entfernt, mit dem sie und ihre Mitarbeiter sich schließlich hatten zufriedengeben müssen, und das Ganze dann noch von einem eingezäunten Grundstück umgeben, das man am besten als ein gewöhnliches Fußballfeld beschrieb. Die Konsequenzen dieser Lage sollten selbst Leuten, die sich noch nie mit Personenüberwachung beschäftigt hatten, bewusst sein, und sie verkneife sich weitere Kommentare.

Calle Lewenhaupt, zuständig für die Überwachung im Inneren und den Nachrichtendienst, konnte auch nur wenig aktuelle und sachlich relevante Informationen beisteuern.

Obwohl Abbdo Khalid und sein Klan eine ansehnliche Menge ganz legaler Internetdienste konsumierten, dazu zwei Festnetztelefone, ungefähr zehn Handys mit bekannten Teilnehmern und Nummern und vier verschiedene Computer in

Betrieb hatten, war die Telefon- und Handyüberwachung bereits gut in Gang. Als er und seine Mitarbeiter begannen, den Datenverkehr der Familie durchzugehen, fanden sie nämlich eine Reihe von Nachrichten, die es ihnen möglich machte, Abbdo Khalid einer konkreten Lüge zu überführen.

Abbdo Khalid hatte England Mitte März verlassen, als die Semesterferien an der Universität Manchester begonnen hatten. Knapp drei Wochen später, in der zweiten Aprilwoche, war er nach den Osterferien an der Uni zurückerwartet worden. Doch ein paar Tage vor dem Start hatte er eine Mail an seinen Betreuer an der Universität geschickt, in der er bedauerte, verhindert zu sein, denn sein Vater sei plötzlich erkrankt, und er als der älteste Sohn müsse nun in Schweden bleiben und sich um seine Mutter und die übrigen Familienmitglieder kümmern. Er hoffe jedoch, dass der Vater bald wieder gesund würde, und sowie er sich in der Sache sicher sein könne, kehre er an die Universität zurück. Bis dahin bemühe er sich, mit Hilfe seines Computers aus der Ferne weiterzustudieren, denn er habe ja Zugang zu Vorlesungen, Seminaren und der aktuellen Kursliteratur.

Sein Betreuer hatte das bedauert, dem Vater eine baldige Genesung gewünscht und gesagt, er freue sich, Abbdo bald wieder im Seminar zu sehen.

Man hatte Abbdos Angaben überprüft. Der Vater erfreute sich bester Gesundheit und war die ganze Zeit zur Arbeit gegangen; es gab keinerlei Informationen darüber, dass er einen Arzt aufgesucht hätte. Man war auch die Mails des Vaters durchgegangen, und da fanden sich ebenso wenig Hinweise auf gesundheitliche Probleme akuter oder chronischer Art. In einer Mail an seinen zwei Jahre jüngeren Bruder dankte er vielmehr Gott für die gute Gesundheit, die ihm immer noch vergönnt sei, obwohl er bald zweiundsechzig Jahre alt würde.

Abbdos Geschichte war also eine Lüge, erklärte Lewenhaupt, und der Grund dafür, warum er log, war wohl, dass er mit anderen Sachen beschäftigt war, die nicht offen kundgetan werden konnten und seine Anwesenheit in Schweden erforderten.

»Habt ihr irgendwelche Anhaltspunkte, wann sein Vater wieder genesen sein wird?«, fragte Mattei mit einem süffisanten Lächeln.

»Wenn nun Abbdo der Praktische Peter ist, dann wird er sich wohl in Sicherheit bringen wollen, sowie er das Praktische erledigt hat. Wann, wissen wir nicht. Und wir wissen auch nicht, ob er überhaupt vorhat, wieder nach Manchester zu reisen«, erwiderte Lewenhaupt.

»Okay«, sagte Mattei und sah auf ihre Uhr. »Ehe wir uns ein bisschen die Beine vertreten, gibt es noch eine Sache, die ich gern ansprechen würde, und zwar die Ansicht unserer britischen Kollegen, dass unser Bombenbauer inzwischen auch eine englische Geliebte hat, Louise Urqhart, die er in Manchester kennengelernt hat und die zudem noch seine Vermieterin ist. Sie dürfen in dieser Sache gern frei ermitteln, wenn Sie das möchten. Ich würde es begrüßen.«

40

Jan Wiklander war der Erste, der den Faden aufgriff.

Ganz gleich, ob es sich nun so verhielt, wie die Briten behaupteten, nämlich dass Abbdo Khalid ein Bombenbauer sei, sprächen in jedem Fall die Unterlagen, die man der Säpo übergeben hatte, dafür, dass er eine sexuelle Beziehung zu Louise Urqhart unterhalte. Das hieß allerdings nicht, dass sie über seine möglichen terroristischen Aktivitäten im Bilde war, und noch weniger, dass sie vorhatte, ihm bei der Durchführung zu helfen.

Was allerdings möglicherweise Letzteres wahrscheinlicher werden ließ, waren die Umstände, unter denen sie Manchester verlassen hatte. Auch wenn es dafür natürlich jede Menge normaler Erklärungen gab, deutete doch einiges darauf hin, dass sie ihren Überwachern bewusst entwischt war.

Und natürlich konnte es auch sein, dass ihr geholfen wurde, zu verschwinden, ohne dass ihr das bewusst war. Oder aber dass sie es wusste, dennoch aber nicht in Abbdos Bombenpläne verwickelt war.

»So sieht es aus«, fasste Wiklander zusammen. »Insgesamt betrachtet, ist da für meinen Geschmack ein bisschen zu wenig Fleisch dran.«

»Wie schön, dass du dir treu bleibst, Jan«, stellte Martinez mit einem Seufzer und einem Kopfschütteln fest.

Sie kapierte nicht, was Wiklander wollte. Hier waren doch

keine philosophischen Erläuterungen mit einer Menge Wenn und Aber nötig. Ein bisschen Fingerspitzengefühl eines Polizisten sagte einem doch sehr deutlich, dass Louise Urqhart sehr gut wusste, was ihr junger Lover da trieb. Und nicht genug damit, sie half ihm doch bereits allein damit, dass sie ihm eine Menge Geld zuschoss.

Das war eine ganz gewöhnliche selbstfixierte Oberschichtenbraut, die alles tun würde, um ihrem Leben ein bisschen Spannung zu verleihen. Noch nicht mal eine Patty Hearst, die man erst kidnappen und vergewaltigen musste, um sie zu überreden. Louise Urqhart war von Anfang an *all in* gewesen, und damit von der übelsten Sorte, wie sie Linda Martinez schon mal begegneten.

Calle Lewenhaupt war nicht so überzeugt, obwohl er schon fand, dass Martinez da streckenweise durchaus recht hatte, vor allem, was das Fingerspitzengefühl anging, und vor allem, wenn die Finger von Martinez im Spiel waren.

Andererseits konnte er sich auch gut den Vorbehalten seines Chefs Jan Wiklander anschließen. Fisch oder Fleisch? Das war hier die Frage, und er konnte Urqharts Rolle in dem Ganzen nicht so recht greifen. Man nehme nur mal die Beschreibung ihrer Person, die der britische Sicherheitsdienst zusammengestellt hatte. Seiner Meinung nach nur wenig hilfreich, vor allem, wenn man sich die akademischen Studien ansah, mit denen sie offenbar mehr als zehn Jahre ihres Lebens verbracht hatte.

Wer war sie eigentlich? Ein gewöhnlicher reicher Wirrkopf, der keine Ausbildung nötig hatte, um sich so schnell wie möglich selbst versorgen zu können wie normale Menschen? Oder war sie eine Suchende, die am Ende die Wahrheit und das Licht gefunden hatte, obwohl in ihrem Fall das Feuer so stark für die islamistische Sache brannte, dass sie bereit war, Gewalt zu gebrauchen? Wie auch immer, das konnte sowohl zu ihrem Nachteil als auch zu ihrem Vorteil sprechen.

Sicherlich gab es in der Beschreibung ihrer Person einige blinde Flecken, und vielleicht machte die Briten auch nur die alte Geschichte von Samantha Lewthwaite übervorsichtig, der Weißen Witwe, oder den anderen Überläuferinnen aus der westeuropäischen Mittelschicht, die täglich in irgendwelchen sozialen Medien auftraten und von ihrem neuen Glauben berichteten.

Vielleicht aber war die einfachste Erklärung, der britische Sicherheitsdienst wusste etwas über Louise Urqhart, das deutlich ihre Verstrickung in die Sache bewies, das man aber aus den üblichen Gründen den schwedischen Kollegen nicht mitteilen konnte.

»Mein Gott, Calle«, unterbrach ihn Martinez, »wie wäre es, wenn du mal zum Punkt kommen würdest?«

»Also, in dem Fall würde ich sagen, ich bin deiner Meinung«, erwiderte Lewenhaupt und nickte.

»Und warum?«, fragte Martinez und streckte die Finger der rechten Hand aus. »Dasselbe ungute Gefühl, oder was?«

Eher ein paar Beobachtungen, die ihn stutzig machten. Zum Beispiel die gefilmte Sequenz aus dem Innenhof von Louise Urqharts Haus, wo die beiden gemeinsam beteten. Dass er das Ritual beherrschte, war nicht verwunderlich, aber dass auch sie es tat, war doch bemerkenswert. Zudem hatte Lewenhaupt die Gebetsstelle in sein GPS-Programm eingegeben und konnte feststellen, dass sogar ihre Ausrichtung korrekt war.

»Wie, korrekt?«, fragte Martinez.

»Er liegt näher an Mekka als sie«, stellte Lewenhaupt fest. »Zwei Meter ungefähr, wenn man genau sein will. Das heißt, dass sie wohl Zugang zu einem eigenen GPS haben.«

»Interessant«, sagte Mattei und schaffte es, so auszusehen, als würde sie das wirklich meinen. »Mir selbst ist aufgefallen, dass immer sie es ist, die das Auto fährt, die die dominante Stellung beim Sex einnimmt. Er hingegen verhält sich mehr wie ein aufmerksamer und zurückhaltender junger Mann.«

»Wohl wahr. Solche Details sind selten eindeutig«, stimmte Lewenhaupt ihr zu. »In Saudi-Arabien wäre sie ausgepeitscht worden, wenn sie sich hinters Steuer gesetzt hätte. Und er bestimmt auch, weil er sie gewähren ließ. In den meisten anderen muslimischen Ländern ist es nicht verboten und sogar ganz normal, und in England schon gar. Was den Sex anbelangt, glaube ich, dass ihr Verhalten überall gleichermaßen geschätzt würde.«

»Okay, und was ist das Problem?«, fragte Martinez. »Ein junger, dunkelhäutiger Mann, außerdem ziemlich gutaussehend, der eine sehr hübsche weiße Frau fickt und offensichtlich Spaß dran hat.«

»Die Art und Weise«, wandte Mattei ein. »Besser gesagt, ihre Art und Weise. Ich habe das Gefühl, sie ist diejenige, die initiativ ist, sowohl in ihrem Schlafzimmer als auch im Auto auf der Straße. Wie ist das mit dem traditionellen muslimischen Bild der Frau vereinbar?«

»Muslime poppen halt genauso wie andere«, wandte Martinez ein. »Es gibt guten Sex und es gibt schlechten.«

»Das ist alles?«

»Ja«, erwiderte Martinez. »Ich glaube, du solltest dich nicht groß mit dem Gerede von den ganzen Jungfrauen aufhalten, die im Paradies auf sie warten. Alle, ganz gleich, ob sie nun Abbdo oder Nisse Svensson aus Motala heißen, würden sich gratulieren, wenn sie auch nur die kleinste Chance hätten, es mit einer wie Louise Urqhart zu tun.«

»Ja, ja. Ich versteh ja, was du meinst, aber es gibt irgendetwas an dieser Urqhart, das komisch ist«, meinte Mattei.

»Ja, aber was?«, fragte Martinez.

»Ich weiß es nicht«, antwortete Lisa mit einem Kopfschütteln. »Ich weiß es einfach nicht.«

Auch die Vertreterin des Militärs, Helena Palmgren, schien der Auffassung von Martinez und Lewenhaupt zuzuneigen. Allerdings drückte sie es auf eine bedeutend zurückhaltendere und höflichere Art aus als Martinez.

Sie meinte, alle, die wie sie hier im Raum gewöhnliche christliche Leute aus dem Westen waren, hätten eine ungeschliffene Sichtweise von Muslimen und betrachteten Muslime gern mit anderen Augen als sich selbst. Vielleicht dämonisiere man sie auch, obwohl sie – jetzt mal in der gewöhnlichen menschlichen Bedeutung – genau wie alle anderen Menschen waren, abgesehen von dem Gott, an den sie glaubten.

So waren alle, die in diesem Raum saßen, ob getauft oder konfirmiert und in diesem Sinne christlich, sich ansonsten ja auch nicht sehr ähnlich, vor allem, wenn es an die Methoden ging, in denen sie ihren Glauben ausübten. Ihr Vater zum Beispiel sei Pfarrer gewesen und habe viel Entwicklungsarbeit geleistet. Was die christliche Botschaft anging, sei er sehr altmodisch gewesen und habe dies seiner Gemeinde immer als Richtlinie vorgegeben, sie aber, was sein eigenes Leben anging, gern mal beiseitegelassen.

»Ich glaube, man sollte sich davor hüten, alle Menschen, unabhängig davon, welche Religion sie haben, über einen Kamm zu scheren«, fasste Helena Palmgren zusammen.

»Ich bin Ihrer Meinung, Helena«, stimmte Lisa Lamm zu. »Außerdem finde ich, wir haben schon viele Aspekte gesammelt. Wie wäre es, wenn wir eine kurze Pause machen und dann Calle Lewenhaupt bitten, die Besprechung für uns zu komplettieren.«

41

Als sie eine Viertelstunde später in das Besprechungszimmer zurückkehrten, war Lisa Lamm nicht mehr dabei, denn sie hatte runter zum Gericht laufen müssen, um vor dem Wochenende noch eine Anhörung durchzuführen, weshalb Lisa Mattei wieder die Leitung übernahm.

»Wie ich hörte, hast du ein paar Unterlagen für uns, Calle?«, begann sie.

»Die Sachen sind fertig; wenn ihr an eure Schreibtische zurückkommt, liegen sie in der Mailbox unter dem Namen Praktischer Peter. Ihr findet dort alles Material, was mit dieser Ermittlung zu tun hat. Da ist zunächst einmal ein eher allgemeines Briefing zum Thema Somalier und Muslime in Eskilstuna.«

»Ausgezeichnet«, sagte Mattei. »Und sonst?«

»Das andere Dokument ist eine erste Beschreibung von Abbdo Khalid und seiner Familie. Das wird natürlich im Laufe der Ermittlung immer weiter ergänzt. Ich kann schon mal sagen, dass es sich um eine interessante Familie handelt, die sich auch von anderen Somaliern, die in Eskilstuna leben, unterscheidet. Und zwar auf sehr markante Weise.«

»Kannst du gleich zum Punkt kommen?«, fragte Mattei.

»Selbstverständlich, Chefin«, erwiderte Lewenhaupt.

Dann tippte er auf seinen Rechner und projizierte das erste Bild auf den Schirm am kurzen Ende des Raumes: eine einfache

Zusammenstellung statistischer Daten zu Eskilstuna und den Menschen, die dort wohnten.

»Eskilstuna ist mit fünfundsechzigtausend Einwohnern die größte Stadt der Provinz Sörmland und der zentrale Ort der gleichnamigen Kommune, die ungefähr einhunderttausend Einwohner hat. Eine alte Handels-, Handwerks- und Industriestadt, deren stolze historische Traditionen bis in das schwedische Mittelalter zurückreichen. Heute ist es auch eine stark von Segregation betroffene Stadt mit wachsenden sozialen Problemen und ethnischen Gegensätzen.

In ganz Schweden lebten ungefähr fünfzigtausend Somalier. Die Mehrheit von ihnen sind inzwischen schwedische Staatsbürger, und ihr Anteil an der Gesamtbevölkerung beträgt ziemlich genau ein halbes Prozent. Dreitausend davon leben in Sörmland, zweitausend allein in Eskilstuna.

Fast alle wohnen in der Stadt selbst und auch im selben Stadtteil«, erklärte Lewenhaupt, »und zwar in der Gegend um den Bellmansplan im Stadtteil Fröslunda, der direkt an das Zentrum von Eskilstuna anschließt.«

Fröslunda war ursprünglich ein alter Arbeiterstadtteil, der Mitte der Fünfzigerjahre gebaut wurde und dessen Bebauung von den für jene Zeit typischen drei- oder viergeschossigen Mietskasernen dominiert wurde, die man in den folgenden fünfzig Jahren noch durch einzelne Hochhäuser, ein größeres Einkaufszentrum und die größte Ärztezentrale der Provinz ergänzt hatte.

Der Stadtteil war für die schwedischen Arbeiter der wachsenden Industriestadt und ihre Familien geplant worden, doch diese zogen nach und nach weg und suchten sich bessere Wohnungen. Es folgten Einwanderer aus Südeuropa, die als Gastarbeiter nach Eskilstuna kamen, und in den letzten zwanzig Jahren auch ein steter Strom von Flüchtlingen, viele aus Afrika und dem Nahen Osten.

»Zwei von drei Menschen, die dort wohnen sind Einwanderer oder Flüchtlinge«, stellte Lewenhaupt fest. »Dieser Anteil wächst auch unter den Jüngeren in der Bevölkerung in dieser Gegend. In der Schule von Fröslunda sind zum Beispiel fünfundsiebzig Prozent der Schüler Kinder von Einwanderern oder Flüchtlingen.«

Zwar meinte Lewenhaupt, es sei übertrieben, hinsichtlich Fröslunda von Ghettoisierung zu sprechen. Dennoch sei die Gegend stark von dem geprägt, was man in der politischen Debatte über Flüchtlinge und Einwanderer als ein klassisches Beispiel für das Scheitern der schwedischen Gesellschaftspolitik anführte.

Eine große Zahl Einwanderer und Flüchtlinge waren auf ein kleines Gebiet konzentriert und wiesen die ganze Latte sozialer und anderer Probleme auf: hohe Arbeitslosigkeit, hohe Abhängigkeit von Sozialhilfe, hohe Kriminalität, hoher Anteil Drogenabhängiger, hohe Krankheitszahlen aus sowohl physischen wie psychischen Gründen, schlechte Schulergebnisse und eine Vielzahl nicht mehr intakter Familien, Einsamkeit, Ausgrenzung, Isolierung.

Wollte man dies noch in Geld ausdrücken, klafften die Unterschiede noch weiter auseinander. Im reichsten Stadtteil, Snälltorpet, lag das Durchschnittseinkommen bei dreißigtausend Kronen im Monat. Einige Kilometer entfernt davon, in den Mietshäusern um den Bellmansplan, waren es weniger als zehntausend Kronen im Monat, und ungefähr die Hälfte dieses Einkommens bestand aus unterschiedlichen Zuschüssen der Sozialfürsorge.

»Die Gegend ist vergleichbar mit den Brennpunkten in den großen Städten, Rinkeby in Stockholm, Rosengård in Malmö und Hammarkullen in Göteborg«, fasste Lewenhaupt zusammen.

»Die ersten Somalier kamen zu Beginn der Neunzigerjahre hierher«, fuhr er fort. »Das war die erste Welle, die nach Schweden floh, und danach sind immer mehr nachgekommen. Der Krieg da unten tobt ja nach wie vor seit fünfundzwanzig Jahren, und die Situation ist dabei ja wohl kaum besser geworden.«

»Wie ist es ihnen denn in Schweden ergangen?«, fragte Wiklander.

Schlecht, meinte Lewenhaupt. Wollte man ihre soziale Integration nach gängigen Mitteln messen, dann müsste man sogar sagen, sehr schlecht. Mehr als achtzig Prozent aller Somalier, die in Eskilstuna lebten, hatten keine Arbeit, und unter den Jugendlichen hatten sogar nur sieben Prozent eine Arbeit oder auch nur eine vorübergehende Beschäftigung. Die große Mehrheit von ihnen lebte ganz einfach von der Wohlfahrt.

»Das hier geht natürlich mit allem anderen Hand in Hand«, fuhr er fort. »Es gibt in dieser Bevölkerungsgruppe einen großen Anteil an Drogenabhängigen. Fast alle Sorten von Drogen, Kath natürlich, der ja eine Art somalische Spezialität zu sein scheint, aber auch Alkohol, obwohl eigentlich alle Somalier in Eskilstuna Muslime sind. Wenn wir mal unser Dezernat nehmen, dann ist der Anteil Somalier dort, die im Kriminalregister vorkommen, mehr als viermal so hoch wie der Durchschnitt der übrigen Bevölkerung in der Gegend, und da geht es in die Breite: von Mord, Misshandlung, Vergewaltigung, Raub, Waffenbesitz und Drogen bis hin zu Verkehrsdelikten, normalen Diebstählen und Klauen, einfach alles«, sagte Lewenhaupt und seufzte.

»Wie ist es mit diesem muslimischen Anteil?«, fragte Dan Andersson. »Es muss doch noch andere Anhänger des Islam geben als die aus Somalia, meine ich.«

»Definitiv«, antwortete Lewenhaupt. »In der ganzen Kommune gibt es fast zehntausend Personen islamischen Glaubens.

Knapp sechstausend davon wohnen in Eskilstuna, während man die übrigen in verschiedenen Flüchtlingsunterkünften im Umkreis findet. In den letzten Jahren sind dies meist Flüchtlinge aus dem Nahen Osten und vor allem aus Syrien gewesen. Der muslimische Anteil der Bevölkerung ist definitiv gewachsen. Heute hat man in Eskilstuna sechs Moscheen, vor zwei Jahren waren es noch zwei. Die erste muslimische Gemeinde in Eskilstuna wurde bereits 1971 gegründet.«

»Wenn ich das richtig sehe, hat es da in der letzten Zeit eine Reihe von Moscheebränden gegeben«, sagte Helena Palmgren. »Vier in einem knappen Jahr, oder?«

»Ja«, sagte Lewenhaupt und nickte. »Das stimmt.

»Und?«, schob Mattei ein und sah Lewenhaupt prüfend an.

Das ist jetzt die Situation, in der ich meine Lesebrille dabeihaben sollte. Dann könnte ich jetzt den lieben Calle auffordernd über den Rand hinweg ansehen, dachte sie.

»Ja, in den Medien ist da wohl durchgehend, zumindest zu Anfang, von Attentaten gegen Muslime gesprochen worden.«

»Und wie lagen die Dinge?«, erkundigte sich Mattei.

Bei allen vier Bränden war wegen des Verdachts der Brandstiftung ermittelt worden. Die ersten drei hatte man als Unglücke oder möglicherweise Missgeschicke abschreiben können. Das letzte Ereignis war ein Brand, der aus ungeklärter Ursache im Müllraum des Kellers entstanden war, es handelte sich jedoch nicht um Benzinbomben oder so, wie es in den Medien behauptet worden ist. Was den Brand im Müllraum anging, wird noch ermittelt, aber auch dort geht die Tendenz dahin, dass es sich wohl nicht um Brandstiftung handelt.

»Nun fragt man sich vielleicht, wer denn die Ermittlungen der Polizei geführt hat«, sagte Lewenhaupt und lächelte. »Das ist die örtliche Polizei in Eskilstuna. Selbstverständlich haben wir darum gebeten, alle Ermittlungsunterlagen einsehen zu dürfen.«

»Und …?«, fragte Mattei.

»Ja, hier im Haus teilen wir ihre Auffassung«, sagte Lewenhaupt. »Mit Vorbehalt für den letzten Fall, der ja noch nicht abgeschlossen ist.«

»Wie sieht man das denn in den betroffenen Gemeinden?«, fragte Ingrid Dahl. »Denn mal abgesehen von der Ursache, warum es brannte, sind sie ja wohl Betroffene, nicht wahr?«

»Da teilt man anscheinend die Auffassung der Polizei nicht«, sagte Lewenhaupt und räusperte sich sicherheitshalber kurz.

»Kannst du da mal etwas konkreter werden?«, bat Mattei.

»Nun«, begann Lewenhaupt, »für die sind das christliche Rassisten gewesen, die Muslime, Schwarze, Araber, alle, die nicht so sind wie sie, hassen und meinen, hier zwei Fliegen mit einer Klappe schlagen zu können, indem sie sowohl deren Räume als auch die Menschen, die sich dort aufhalten, abfackeln.«

»Und die von der örtlichen Polizei und von uns auch noch geschützt werden.«

»Genau, daraus wird kein Geheimnis gemacht. Das ist die Sorte Überzeugung, die täglich über den Markt geschrien wird, sowohl in den sozialen Medien hier wie auch in den normalen Medien in der arabischen Welt.«

»Ja, das weiß ich«, meinte Mattei. »Aber es gibt doch eines, was ich ein wenig seltsam finde. Seit 1971, als die erste Moschee gebaut wurde, bis vor knapp einem Jahr hat es niemals in irgendeiner Moschee in Eskilstuna gebrannt. Nicht das kleinste Feuerchen in fast einem halben Jahrhundert. Und jetzt plötzlich vier …«

»Moment mal, Chefin«, unterbrach Calle Lewenhaupt.

»Unterbrich mich bitte nicht«, konterte Mattei. »Jetzt haben wir plötzlich vier Brände in einem Jahr, und da soll es undenkbar sein, dass es sich um Brandstiftung handelt oder sogar

Attentate auf… zum Beispiel… sich verschärfende Gegensätze zwischen der muslimischen Bevölkerung und ihrer Umgebung?«

»Und wenn dann noch dazu kommt, dass es Eigenverschulden sein soll, dann kommt mir das tatsächlich etwas fragwürdig vor«, fuhr sie fort. »Wie in aller Welt kann es sein, dass plötzlich dermaßen verantwortungslos mit Streichhölzern, Fritteusen, Zigaretten, Müllsäcken und Papierkörben und was weiß ich umgegangen wird?«

»Ich glaube, ich habe da eine Idee«, meinte Martinez mit Unschuldsmiene.

»Das erstaunt mich nicht«, gab Mattei zurück. »Calle, wenn ihr euch jetzt noch mal diese Brände vornehmt, dann möchte ich, dass ihr eine Brandursache, die darin besteht, dass man etwas nachgeholfen hat, um Versicherungsgelder zu kassieren, nicht ausschließt.«

»Selbstverständlich«, beeilte sich Lewenhaupt zu sagen. »Ich werde dafür sorgen, dass wir alles noch einmal gründlich durchsehen.«

»Ausgezeichnet«, sagte Mattei. »Am liebsten gestern und spätestens bis Montag. Aber jetzt wüsste ich doch noch gerne genauer, wie es denn um die politischen Gegensätze zwischen Muslimen und der übrigen Bevölkerung in Eskilstuna steht. Wie lief es denn bei der letzten Wahl für die rechtsradikalen Schwedendemokraten?«

Laut Carl Lewenhaupt über alle Erwartungen gut. In der jüngsten der beiden Neuwahlen, die im letzten Jahr abgehalten worden waren, hatten ja bekanntermaßen neunzehn Prozent der Wähler des Landes den Schwedendemokraten ihre Stimme gegeben. Seit man 2010 mit der Unterstützung von fünf Prozent der Wähler im Reichstag Platz genommen hatte, hatte man sich über eine starke und ungebrochene Welle des Zuwachses freuen können, die sich über eine allgemeine Wahl, zwei zusätzlich angesetzte Neuwahlen und eine Periode von sechs Jahren als Reichstagspartei gehalten hatte.

»Ich habe eine Zusammenstellung auch darüber beigelegt. Woher kommen all die Schwedendemokraten?«

»Das ist eine rassistische Epidemie, die ausgebrochen ist«, sagte Martinez. »So etwas kommt und geht. Wie Grippe und Pest.«

»Na ja«, meinte Lewenhaupt, »hier schient man sich ziemlich einig zu sein. Wahrscheinlich sind es eher alte Sozis und Bürgerliche, die sich von den Parteien, die sie sonst immer gewählt haben, betrogen fühlen. Ein bedeutend hoher Anteil an Alten. Nicht gerade rassistisch, aber vor allem in Sorge. Sie haben Angst, dass ihre Renten benutzt werden, um für all die Flüchtlinge zu bezahlen, die hierherkommen, sie machen sich Sorgen, dass ihr altes Schweden verschwindet, und nicht zuletzt haben sie Angst vor der Kriminalität. Sie haben eigentlich vor fast allem Angst. Lest es selbst.«

»Eskilstuna«, beharrte Mattei und sah auf ihre Uhr. »Wie sieht es dort aus?«

In Eskilstuna war es noch eklatanter, und scheinbar hatte zum Erfolg der Rechten beigetragen, dass hier zwischen der schwedischen Ursprungsbevölkerung auf der einen Seite und Einwanderern und Flüchtlingen auf der anderen Seite ein so tiefer Graben verlief. Beide Lokalzeitungen der Gegend, der *Eskilstuna-Kuriren* und *Folket* hatten jede eine Wahluntersuchung durchführen lassen, und beide deuteten das an.

»In der letzten Wahl haben die Schwedendemokraten in Eskilstuna zweiundzwanzig Prozent der Wähler hinter sich vereint. Das bedeutet, dass sie nunmehr die zweitgrößte Partei der Kommune sind. Am größten sind immer noch die Sozialdemokraten mit siebenundzwanzig Prozent, doch das ist wirklich kein großer Unterschied mehr. Die liberalen Moderaten sind richtig eingebrochen, haben vier Prozent verloren und liegen jetzt bei knapp siebzehn Prozent.«

»Aber es sind immer noch die Sozialdemokraten, die die Gemeinde führen?«, fragte Wiklander.

»Ja, aber in einer Minderheitsregierung mit Hilfe der Umweltpartei, der Linkspartei und diversen unheiligen Allianzen, je nachdem, welches Thema auf der Agenda steht. Die Rechten sind stark, da besteht gar kein Zweifel, und sie haben die Sozis schon bei mehreren Gelegenheiten ausgehebelt. Zuletzt, als es um die Genehmigung einer weiteren Flüchtlingsunterkunft ging. Ich denke, dass wir hier leider auch ein praktisches Problem haben könnten.«

»Wie das?«, fragte Mattei.

»Die Rechten haben insgesamt einundzwanzig normale Plätze und elf Nachrückerplätze im Kommunalrat. Gewiss ein Ausdruck für Volkes Wille, und das ist vielleicht auch nicht das Problem.«

»Sondern?«, fragte Wiklander.

»Zwei von ihren normalen Abgeordneten sind Polizisten«, erklärte Lewenhaupt. »Beide arbeiten in Eskilstuna. Einer von ihnen als leitender Beamter im Ordnungsdienst, der andere als Ermittlungsleiter bei der Kripo. Der erste ist Inspektor und der andere Kommissar.«

»Okay«, meinte Mattei. »Gib mir die Namen, dann bitte ich die Kollegen beim Verfassungsschutz, für uns zu checken, ob wir da Probleme mit der Geheimhaltung kriegen.«

»Natürlich«, erwiderte Lewenhaupt.

»Wunderbar«, sagte Mattei und hielt demonstrativ ihre Armbanduhr hoch. »Ich habe einen Vorschlag, der euch nicht behagen wird.«

»Endlich«, sagte Martinez und grinste. »Die Chefin ist ein guter Mensch.«

»Genau«, stimmte Mattei zu. »Die meisten von uns haben hier eigentlich nichts mehr zu tun. Wir sitzen in der Warteschleife, während Linda und Carl mehr als genug Arbeit haben. Wie wäre es also, wenn wir uns am Montag um acht Uhr wieder hier treffen?«

Zustimmendes Nicken von allen.

»Gut«, sagte Mattei. »Dann können wir uns am Schreibtisch in aller Ruhe Calles Beschreibung von Abbdo und seiner Familie ansehen. Ich bin jetzt wirklich neugierig, nachdem du gesagt hast, sie würden sich von den anderen Somaliern in Eskilstuna unterscheiden. Wahrscheinlich auf eine positive Weise, oder?«

»Ja, wirklich.«

»Nun gut«, stellte Mattei fest. »Ein möglicher oder wahrscheinlicher Bombenbauer als moralisches Vorbild für den Ort. Da bleiben doch keine Wünsche offen. Noch Fragen?«

Alle schüttelten die Köpfe und lächelten diesmal noch dazu. Abgesehen von Calle Lewenhaupt, der ein wenig skeptisch aussah.

»Calle? Du hast noch etwas zu sagen? Raus damit. Wir wollen jetzt Feierabend machen, während du mit Linda zusammen die Stellung hältst.«

»Na ja«, meinte Lewenhaupt, »also, keine Frage. Eher ein witziges Detail. Nicht alle, die in Fröslunda wohnen, sind Somalier. Es gab auch mal einen, der da lebte und starb und ein alter Kollege von uns war, und zwar der bekannteste, der jemals hier bei der Säpo gearbeitet hat. Was wohl die andere große Legende hier im Haus, unser alter Chef Lars Martin Johansson, der Mann, der um die Ecke sehen konnte und uns beigebracht hat, den Zufall zu hassen, davon gehalten hätte, wenn dieser Name in einer seiner Ermittlungen aufgetaucht wäre.«

»Nun, wer ist es? Sag uns den Namen«, sagte Mattei, obwohl sie die Antwort bereits kannte.

»Der Maulwurf, der Spion, the one and only … Stig Bergling«, sagte Lewenhaupt.

42

Als Mattei die Tiefgarage betrat, um sich ins Auto zu setzen und endlich raus aufs Land zu fahren, traf sie Frank Motoele.

»Ich kann Sie fahren, Chefin«, sagte Frank.

»Ich muss aufs Land«, gab Mattei zu bedenken. »Außerhalb von Norrtälje. Achtzig Kilometer einfache Strecke.«

»Klingt nach einem Stündchen Fahrt«, erwiderte Motoele.

»Sie haben also nichts Besseres zu tun?«

»Was könnte man Besseres zu tun haben, als die Chefin aufs Land zu fahren?«

»Das liegen Sie nicht ganz falsch, Frank«, stimmte Mattei zu und nickte. »Dann können wir uns unterhalten. Ich frage und Sie antworten.«

Mattei bat Motoele, zu berichten, wie es in Eskilstuna lief. Nicht wie es mit den Ermittlungen lief, sondern wie er selbst die Umgebung erlebte, in der sie da gelandet waren.

»Ich nehme mal an, dass Sie bis jetzt schon ausführlich das Ohr auf die Schienen haben legen können«, verdeutlichte sie.

Motoele verstand genau, was sie meinte, und in seinem Fall war es zudem so praktisch arrangiert, dass er weder seine Ohren noch irgendwelche Schienen brauchte, um das zu klären. Motoele war geborener Massai und somit von jeher Krieger, Jäger, Beobachter und Späher. Für jemanden wie ihn genügte es, einen Fuß auf das Gelände zu setzen, um zu wissen, was beim nächsten Schritt auf ihn wartete.

Eskilstuna war nun kein Ort, in dem er selbst würde leben wollen. Es war nicht wie Stockholm und nicht einmal wie Borlänge oben in Dalarna, wo er aufgewachsen war, seit er im Alter von fünf Jahren als Adoptivkind aus Kenia gekommen war.

In Stockholm fiel er nicht auf. In Borlänge wohnten alle seine Geschwister und Freunde und er fühlte sich wie ein Fisch im Wasser. In Eskilstuna lagen die Dinge anders, und das konnte er in den Blicken der Leute erkennen. Nicht, dass irgendjemand ihn bedrohte, auch schrie ihm niemand Schimpfwörter hinterher oder zeigte ihm den Finger, wenn er auf der Straße lief. Es war dieser Blick, den die Leute bekamen, wenn sie ihn sahen. Unbehagen, oder vielmehr Angst, das schnell abgewandte Gesicht, der rasche Blick über die Schulter, wenn sie vorbeigegangen waren und sich in sicherem Abstand wähnten. So sahen sie ihn an. Alle Leute, die schon lange, bevor er hingekommen war, da gewohnt hatten. Und nicht nur die, übrigens. Dieselbe Reaktion zeigten auch diejenigen, die ihm äußerlich glichen.

»Selbst die Somalier haben sich skeptisch gezeigt«, erklärte Motoele. »Gestern war ich unten in der Moschee, die am Bellmansplan liegt, wo irgendwie alle Somalier außer unserem Typen zu wohnen scheinen. Dass ich schwarz bin, zählt nicht. So einer wie ich passt genauso wenig rein, wie die Chefin das tun würde. Der Unterschied zwischen mir und einem Somalier ist genauso groß wie zwischen mir und einem gewöhnlichen Schweden. Nur Weiße denken, dass alle schwarzen Männer gleich aussehen.«

»Bekommen die Somalier auch Angst, wenn sie Sie sehen?«

»Einige haben sicher so richtig Angst, vor allem die Älteren, die da unten aufgewachsen sind. Ein Massai taucht in einer Menge somalischer Brüder auf. Vor allem jetzt, wo der Krieg zwischen Kenia und den somalischen Terroristen voll in Fahrt ist. Was macht der hier? Will der uns umbringen? Will er uns auffressen? Alle sind misstrauisch und wachsam, selbst die, die hier geboren sind und noch keinen Fuß nach Afrika gesetzt haben. Wahrscheinlich haben sie Eltern und ältere Verwandte, die ihnen das alles erzählen.«

»Wie lösen wir das?«, fragte Mattei.

»Linda scheint irgendeinen Kollegen gefunden zu haben, der im Drogendezernat arbeitet. Kein Somalier, denn Somalier werden nie Polizisten, aber aus Eritrea, dem Nachbarland im Norden. Sie wollte es mal mit dem versuchen. Ein paar von ihnen sehen ähnlich aus wie Somalier, vor allem, wenn sie aus dem südlichen Teil von Eritrea stammen.«

»Was meinen Sie, wird das funktionieren?«

»Einen Versuch ist es wert«, meinte Motoele und zuckte mit den Schultern. »Linda ist eine Zockerin. Ich habe versucht, ihr zu erklären, dass die da unten am Horn ihre Nachbarn wie nur was ermorden, und zwar schon so lange, wie sie da leben.«

»Und was sagt sie dann?«

»Da sie nicht in der Gewerkschaft arbeiten würde, geht sie das Risiko ein.«

»Was ist denn mit unseren Kollegen vor Ort?«, fragte Mattei. Ich muss mit Martinez reden.

Mit denen laufe es wunderbar, so Motoele. Während der vier Tage, an denen er in Eskilstuna herumgefahren war, um die Umgebung kennenzulernen, war er nur viermal angehalten worden. In sämtlichen Fällen von der Verkehrspolizei, die aus den üblichen Gründen seinen Führerschein sehen wollte. Wenn man den teuren BMW in Betracht zog, mit dem er rumfuhr, und all die Goldketten um seinen Hals, war das sicher nicht ungewöhnlich. Er hatte seinen auf Frank Andersson ausgestellten Führerschein gezeigt, denn so hatte er schließlich auch geheißen, als er als Adoptivkind in Schweden aufwuchs.

»Nach Mama und Papa«, erklärte Frank. »Ulla und Gunnar

Andersson. Mein leiblicher Vater ist Zimmermann. Hat unten in Nairobi auf einer Hotelbaustelle gearbeitet. So haben wir uns kennengelernt. Meine Eltern und ich.«

»Sie haben Sie adoptiert.«

»Ja, als wir uns das erste Mal begegneten, war ich fünf Jahre alt. Meine Mutter tönte immer rum, ich wäre das Süßeste gewesen, was sie je gesehen hätte. Aber das ist nun auch schon eine Weile her«, stellte Motoele mit einem Seufzer fest.

»Bestimmt denkt sie das immer noch«, sagte Mattei. »Das ist bei Müttern so.«

»Frank hieß ich schon immer, Frank Motoele. Dann wurde Frank Andersson daraus. Motoele habe ich dann wieder angenommen, als ich auf der Polizeihochschule angefangen habe.«

»Aber da hat sich jetzt niemand Ihnen gegenüber blöd verhalten, Frank? Ich meine, von den Kollegen unten in Eskilstuna.«

Niemand hatte sich blöd verhalten. Sie waren misstrauisch, wachsam, ungefähr so wie seine schwarzen Brüder aus Somalia, aber alles in allem korrekt. Sie kontrollierten seinen Führerschein und das Auto, in dem er fuhr. Keine Bemerkungen, und die Fragen, die sie gestellt hatten, zielten zumeist auf das Unternehmen, auf welches das Auto angemeldet war, African Taboo Entertainment AG, ob er da arbeite, weil er nun im Wagen des Unternehmens herumfahre.

»Als Musikproduzent«, sagte Motoele und grinste breit. »Mit rap and crap and all that shit, man.«

»Und das haben sie gekauft?«

»Na klar. Ich hab Ihnen doch schon gesagt, Leute wie ich leben von den Vorurteilen der anderen.«

»Was halten Sie von Abbdo Khalid?«, fragte Mattei. »Wenn man mal an die Vorurteile denkt. Also, unsere Vorurteile als Polizisten.«

»Über Abbdo denke ich mehrere Dinge«, sagte Motoele mit einem vielsagenden Schulterzucken. »In einer Sache bin ich ganz sicher, nämlich dass er vorhat, was richtig Übles anzustellen. Dass er eine Menge unschuldiger Menschen in die Luft sprengen will. Das weiß ich nämlich.«

»Und das, was Sie nur glauben? Was ist das?«

»Abbdo ist ein Mann mit Ehrgeiz. Er wird sich nicht mit zweiundsiebzig Jungfrauen zufriedengeben. Er will in die Geschichte eingehen, und deshalb plant er jetzt einen ganz anderen Gig als das, was er und seine Kumpel da in Manchester vor dem Theatre of Dreams gedreht haben. Ein halbes Dutzend Polizisten und ein paar Leute, die zufällig am falschen Ort waren … das ist doch schon wieder vergessen. Aber wenn ihm das Ding auf Skansen gelingt, dann schafft er es in die Geschichtsbücher.«

»Eine Frage noch«, sagte Mattei, »und das habe ich übrigens auch Linda gefragt.«

»Ob er Unrat wittert«, kam Motoele ihr zuvor. »Dass wir ihn im Visier haben.«

»Genau. Tut er das?«

»Nein«, sagte Motoele und schüttelte den Kopf. »Falls Sie das meinen, weil er eines unserer Autos abgehängt hat, machen Sie sich da mal keine Sorgen. Übrigens ist Linda da die falsche Ansprechpartnerin, denn das hier ist ihr Lieblingsthema.«

»Aber Sie glauben nicht daran. Warum nicht?«

»Leute wie er machen so was die ganze Zeit. Sicherheitshalber, und weil sie einfach solche Leute sind, wenn man mal bedenkt, was sie die ganze Zeit für einen Scheiß bauen. Und sei es nur, um in Übung zu bleiben. Ich habe den jetzt stundenlang beobachtet. Dem geht es viel zu gut, als dass er begriffen hätte, dass ich da hocke. Wenn der nur ahnen würde, dass ich ihm in den Nacken atme, dann würde er sich nicht so verhalten.«

»Was würde er dann machen?«

»Dann würde er um sein Leben rennen«, sagte Motoele. »Das machen sie immer, und er ist da nicht anders. Vor allem er, ein Somalier wie er.«

»Sind Sie da ganz sicher?«

»Ich merke sofort, wenn die abhauen wollen«, sagte Motoele.

»Wirklich?«

»Sowie ich den Fuß auf die Erde stelle«, versicherte Motoele mit einem Nicken.

43

Motoele hatte sie auf dem Vorplatz vom Haus ihrer Schwiegereltern abgesetzt. Hatte ihr Angebot, noch eine Tasse Kaffee zu trinken, ehe er zurückführe, abgelehnt. Das wäre im Grunde natürlich nett, doch ginge es diesmal nicht, denn er habe versprochen, in einer Stunde Linda Martinez in Stockholm abzuholen, um mit ihr wieder nach Eskilstuna zurückzufahren.

Stattdessen hatte er ihr seine Karte gegeben und seine Privatnummer darauf notiert. Die Nummer, auf der einige Auserwählte ihn immer erreichen konnten.

»Jeder könnte mal einen Krieger gebrauchen«, sagte Motoele. »Wenn man es am wenigsten ahnt. Doch, auch so eine wie die Chefin.«

»Danke, Frank«, sagte Mattei.

Als sie aus dem Auto stieg, stand Ella schon auf der Veranda und wartete. Sie hatte eine abwartende Miene und zeigte auf Motoeles schwarzen BMW, als dieser durchs Tor hinausfuhr.

»Wer war der Onkel, der dich gefahren hat?«, fragte Ella.

»Der arbeitet da, wo ich auch arbeite«, erklärte Lisa.

»Aber er ist aus Afrika«, sagte Ella.

Das muss sie von den Kindern in der Tagesstätte haben.

»Ja, genau. Ich habe jede Menge Kollegen bei der Arbeit, die aus Afrika kommen. Kannst du mir nicht erst mal einen Kuss geben?«

»Du bist spät«, sagte Ella und klopfte vorwurfsvoll auf die Uhr, die sie zu Weihnachten bekommen hatte.

»Tut mir leid«, sagte Mattei. »Ich habe mich beeilt, so gut ich konnte.«

»Kein Kuss, kein Kuss!«, schrie Ella und rannte vor ihr ins Haus.

Jemand wie ich sollte eigentlich gar keine Kinder haben, dachte Lisa.

Wochenende auf dem Land mit der Familie im Sommerhaus ihrer Schwiegereltern, und sowie Mattei die Küche betrat, war alles so wie immer. Auch Küsschen und Umarmungen in wohlabgewogenen Dosen.

Erst Johan, der den Arm um ihre Taille legte, mit seiner freien Hand über ihre Wange strich und seine Lippen kurz die ihren berühren ließ. Aus Rücksicht auf seine Eltern, die in derselben Küche standen, und weil sie alles, was darüber hinausging, ja klären konnten, wenn sie allein waren.

»Endlich«, sagte Johan und lächelte sie an.

Dann ihre Schwiegermutter, die wie immer erst abwehrend mit ihren »klebrigen Händen« wedelte, da sie mitten in der Essensvorbereitung war, um dann ihren Arm um Lisas Schultern zu legen und sie von der Seite zu umarmen. Blieb noch ihr Schwiegervater, der ihr einen freundlichen und fast kameradschaftlichen Schlag auf die Schulter verpasste und fragte, ob sie etwas zu trinken wolle. Er selbst plane vor dem Essen einen kleinen Whiskey zu nehmen, doch es gäbe auch Wein, den er nach den Anweisungen seiner ehemaligen Verlobten im Systembolaget in Norrtälje erstanden habe. Einen Karton weißen und einen Karton roten, so dass keiner von ihnen übers Wochenende Not leiden müsse. Nun hatte sich auch Ella angeschlossen und umarmte das Bein ihrer Mutter, während sie sicherheitshalber noch einige Küsschen-Geräusche ausstieß.

Bin ja mal gespannt, wann sie lernt, so langmütig zu sein wie wir Erwachsenen.

Ein Feiertagsessen in dem Haus auf der Insel, das nunmehr das Sommerhaus der Familie war. Dasselbe Haus, in dem ihre Schwiegermutter aufgewachsen war und das ihre Schwiegereltern schon übernommen hatten, als ihre Kinder noch klein waren.

Noch ein Feiertagsessen auf dem Lande mit eingelegtem Hering, den Ella zusammen mit ihrem Opa geangelt hatte, mit Braten aus dem Ofen vom Schwein eines Nachbarn, der immer noch eine kleine Landwirtschaft auf der Insel betrieb. Zum Nachtisch Apfelkuchen mit Schlagsahne und Vanillesoße, wobei Ella der Oma hatte helfen dürfen, damit die Sahne auch süß genug und nicht zu locker wurde.

War das nur eine gepflegte Mittelschicht, die sich um ihre Traditionen kümmerte, vor allem an Feiertagen, wenn es mehr Möglichkeit als sonst gab, über das eigene Leben zu bestimmen? Wohl kaum, dachte Lisa Mattei, denn diese Muster gingen tiefer als das. Das saß in den Wänden des Hauses, in dem sie wohnte, und in den Köpfen der Leute, die das seit Generationen schon so machten, während sie selbst sich nicht im Traum vorstellen konnte, so zu leben.

»Wie schön, endlich wieder auf dem Land zu sein«, sagte Lisa Mattei und lächelte ihre Schwiegermutter an, die von der Ofenhitze rote Wangen hatte, und ihren Schwiegervater, der seine vorübergehende gefühlsmäßige Verlegenheit dadurch löste, dass er sich selbst einen viel zu großen Whiskey eingoss.

Kurz bevor sie sich zum Essen hinsetzten, hatte Wiklander sie angerufen und sie kurzfristig aus dem familiären Idyll gerettet, in dem sie die zwei kommenden Tage verbringen würde.

»Wir essen gleich«, sagte Mattei, »aber du kriegst zehn Minuten. Sonst müssen wir später am Abend noch mal sprechen.«

»Mir genügen fünf.«

»Gut«, erwiderte Mattei, lächelte Johan, Ella und ihre Schwiegereltern entschuldigend an und verschwand im Wohnzimmer.

»Das ist geheim«, flüsterte Ella hinter ihrer Mutter her. »Mama redet Geheimnisse mit einem Mann von ihrer Arbeit. Ich glaube, der arbeitet in Afrika.«

Wiklander glaubte nicht an Vorahnungen. Schon eher an die Sache mit dem Zufall, den man hassen sollte, auch wenn er da eine liberalere Einstellung pflegte als sein alter Chef Lars Martin Johansson. Diesmal meinte er außerdem, dass selbst der Mann, der um die Ecke sehen konnte, dies als die Ausnahme von der Regel bezeichnet hätte. Auch der Zufall konnte wundersame Wege gehen.

Der Spion und Maulwurf Stig Bergling war 1979 gefasst worden, und zwar nicht von seinen schwedischen Kollegen, sondern vom israelischen Geheimdienst Mossad. Und sowie er sein Herz in deren Kellerloch, wo sie ihn verhörten, erleichtert hatte, hatten sie ihn nicht erschossen, sondern in ein Flugzeug nach Kopenhagen gesetzt. »Mr Bergling, you are free to go«, hatten sie ihm noch mitgegeben.

Bergling kippte auf dem Flug unzählige Gläser Whiskey und dankte seinem glücklichen Schicksal, das ihn offenbar nie zu verlassen gedachte. Als er aber in Kopenhagen ausstieg, um in die Maschine nach Stockholm umzusteigen, warteten schon die Säpo und ihre dänischen Kollegen und auf ihn. Der Mossad hatte das Verhörprotokoll mit seinem umfassenden Geständnis in dem Moment an die Säpo geschickt, als sein Flugzeug vom Flughafen Tel Aviv abgehoben hatte.

Im selben Jahr wurde er wegen Spionage zu lebenslänglicher Haft verurteilt, aber acht Jahre später türmte er zusammen mit seiner dritten Frau bei einem Freigang. Sie flohen zu seinem alten Auftraggeber in Moskau und erhielten dort Geld, eine Wohnung und neue Identitäten.

Als das alte Sowjetimperium ein paar Jahre später auseinanderfiel, verließen er und seine Frau Russland und hielten sich bis 1994 im Libanon, in Israel und Ungarn auf. Dann musste er seiner schlechten Gesundheit Tribut zollen, und nach sieben Jahren auf der Flucht kehrten beide freiwillig nach Schweden zurück, wo Bergling umgehend wieder in die Anstalt gebracht wurde, um seine Gefängnisstrafe abzusitzen. Drei Jahre später wurde er auf Bewährung freigelassen, und zu den Auflagen gehörte auch, dass sein alter Arbeitgeber bestimmen würde, wo er wohnen sollte.

»Wie auch immer«, fasste Wiklander zusammen, »er landete in einer kleinen Wohnung in Fröslunda in Eskilstuna, und wenn du mich fragst, so glaube ich ja, dass einige unserer alten Kollegen das dringende Bedürfnis verspürten, ihn zu ärgern, und dass der Hauptverantwortliche Lars Martin war. Du weißt ja, wie der drauf sein konnte, wenn er schlechte Laune hatte.«

»Und wie ist es ihm in Fröslunda ergangen?«

Laut Wiklander hatte Bergling sich genauso mies gefühlt, wie die Kollegen gehofft hatten, und sich in den folgenden Jahren immer wieder in der lokalen Presse über seine schwierige Situation beklagt. Ein Leben am Existenzminimum in einem somalischen Betonghetto, wo alle außer ihm kriminelle Drogensüchtige und außerdem noch Neger waren.«

»Das kann wirklich nicht leicht gewesen sein«, pflichtete Mattei bei.

»Nein. Gewiss nicht.«

»Wie lange wohnte er da?«

»Fast zwölf Jahre. Sogar noch etwas länger, als seine Strafe gewesen wäre. Gegen Ende ging es ihm aber sehr schlecht, und da wurde er dann ins Pflegeheim in Stockholm gebracht, wo er vor ungefähr einem Jahr starb. Aber den Teil kennst du, oder?«

»Ja«, sagte Lisa Mattei. »Er wurde ja noch um einige Jahre älter als Lars Martin.«

»Genau«, stimmte Wiklander zu. »Ich selbst glaube nun mal nicht an Vorsehung. Was glaubst du selbst, Lisa?«

»Ich glaube auch nicht daran. Ich glaube, es ist viel einfacher.«

»Wie meinst du das?«

»Ich glaube, Lars Martin meldet sich von drüben, um uns zu warnen, dass wir einen Maulwurf im Haus haben.«

»Irgendwas Spannendes?«, fragte Johan mit unschuldiger Miene, als Mattei an den gedeckten Tisch zurückgekehrt war. »Ich meine, etwas, wovon du erzählen darfst?«

»Doch«, sagte Mattei, »das war mein alter Chef, der von sich hören ließ. Er wollte mir einfach was erzählen. Von dem er meinte, dass ich es wissen sollte.«

Wie bist du denn wieder drauf? Und dann auch noch so unerklärlich gut gelaunt.

44

Ihr erster Abend auf dem Lande endete bedeutend besser, als er angefangen hatte. Ella hatte als letzte Maßnahme, bevor sie eingeschlafen war, ihrer Mutter einen Kuss und eine Umarmung geschenkt, und dann hatten Lisa und Johan im Bett fast zwei Stunden lang geredet, ehe sie selbst dem Beispiel ihrer Tochter gefolgt und eingeschlafen waren.

Lisa hatte angefangen zu reden, wie man es meist tut, wenn man im Bett liegt und laut denkt. Bei ihrer Arbeit war etwas passiert, erklärte sie. Dazu noch etwas, worüber sie absolut überhaupt nicht reden dürfte, und schon gar nicht mit ihrem Mann.

»Du musst nicht mehr sagen«, meinte Johan. »Die Säpo hat einen Tipp bekommen, dass eine Reihe Verrückter Rosenbad und die ganze Regierung in die Luft sprengen will, und nun hat man meiner Frau gesagt, sie soll dafür sorgen, dass ihnen das nicht gelingt.«

»So in der Art«, meinte Lisa. »Hast du mal überlegt …«

»Nein«, unterbrach Johan sie. »Wenn ich beim Filminstitut rausgeschmissen werde, gehe ich lieber Hamburger braten oder werde Krankenschwester, denn ich kann mir nicht vorstellen, wie Alice im Wunderland zu leben. Aber trotzdem vielen Dank für das Angebot.«

»Kannst du mit einer direkten Frage umgehen?«, fragte Mattei.

»Mal sehen«, antwortete Johan.

»Wie hältst du es mit mir aus?

Aus dem einzig interessanten Grund. Weil er sie liebte.

»Außerdem spielt das ja keine Rolle«, stellte Johan fest.

»Was spielt dann eine Rolle?«

»Du spielst eine Rolle. Momentan bist du komplett belegt mit etwas, was so verdammt unangenehm ist, dass du kaum an etwas anderes denken kannst, ob es nun stimmt oder nicht.«

»Weißt du was, Johan? Du bist so gut, du bist so klug, dass ich dich umbringen könnte.«

»Wir haben alle unsere Fehler und Defizite. Auch du, Lisa.«

»Gib mir ein paar Beispiele.«

Na klar. Da gab es genug, und wenn er sie nun mal der Reihe nach abarbeitete, dann würde er mit ihrer unbegreiflichen Berufswahl anfangen. Dass ein Mensch wie sie, die sowohl die mentalen als auch die wirtschaftlichen Voraussetzungen hatte, frei zu wählen, sich entschieden hatte, Polizistin zu werden. Eine Berufswahl, die offensichtlich, nach dem, was sie selbst vor ein paar Tagen geäußert hatte, ihr nicht guttat und außerdem ihrer Beziehung zu ihm und zu ihrer Tochter schadete.

»Vielleicht macht es mir ja Spaß, Leute in den Knast zu bringen«, sagte Lisa Mattei.

Doch Johan glaubte keine Sekunde, dass es das sei. Es waren andere Dinge, zum Beispiel, dass ihre Mutter sie früh beeinflusst hatte. Ihr eigenes Sportinteresse, das sie schon als Kind und Jugendliche begleitet hatte. Dass es ihr Spaß machte, Dinge in Ordnung zu bringen, und dass sie die romantische Vorstellung hegte, dies sei genau das, was Polizisten den ganzen Tag machten. Aber vor allem hatte sie eine Menge Freundinnen, die auch Polizistinnen waren und die auf eine Weise stark waren, die traditionell nur Männern vorbehalten war. Und wenn es irgendetwas gab, was sie gar nicht mochte, dann war es, Leute in den Knast zu bringen.

»Stimmt«, gab Mattei zu. »Das kaufe ich. Die Frage ist nur, was ich da ändern kann.«

»Du könntest ja mal damit anfangen, drüber nachzudenken«, schlug Johan vor. »Mach doch so eine Liste mit Aufgaben. Die kannst du dann Punkt für Punkt abhaken. Auf diese zwanghafte Art, wie du es gerne tust.«

»Mehr hast du nicht? Vielleicht noch etwas mehr Persönliches?«

»Doch«, sagte Johan. »Du kannst so verdammt überheblich sein, wenn dir irgendwas nicht passt. Auf diese nette, höfliche und wohlerzogene Art, die nur die allerschlimmsten Arroganzlinge hinkriegen.«

»Nicht gut«, meinte Lisa. »Außerdem glaube ich, dass ich auch noch angefangen habe zu saufen. Diese Woche habe ich zum Beispiel an drei Abenden von fünfen Alkohol getrunken. Wein und Champagner.«

»Jetzt versuch nicht abzulenken. Eine dermaßen unglaubwürdige zukünftige Alkoholikerin wie dich muss man lange suchen.«

»Mehr hast du nicht? Gib mir was zu beißen, Johan.«

»Ein bisschen hochnäsig vielleicht. Und auf die Art distanziert, die man annimmt, wenn man über anstrengende Sachen nicht reden will. Oder einfach nur vorzieht, selbst das Gesprächsthema zu bestimmen.«

»In dem Fall habe ich einen Vorschlag«, sagte Lisa.

»Und?«

»Lass uns über Sachen reden, die wir beide nicht mögen.«

»Zum Beispiel? All die politisch inkorrekten Idioten? Die Umweltverschmutzung? Den wachsenden Rassismus? Die gigantischen Ungerechtigkeiten in der Verteilung der Ressourcen auf der Welt?«

»Nein, das nicht. Wer schert sich denn um so etwas? Ich

dachte an Ellas Essgewohnheiten. Dieses Essen, das meine und deine Mutter in sie reinstopfen, so dass sie schon anfängt, auszusehen wie ein richtiges Zuckerschwein. Lass uns da anfangen.«

»Endlich«, stöhnte Johan. »Endlich fängt das hier mal an, einem normalen Gespräch zwischen Leuten wie uns zu ähneln. Immerhin sind wir schon sechs Jahre zusammen.«

»Sieben«, korrigierte Mattei. »Ich habe einen Vorschlag. Wie wäre es, wenn ich mit deiner Mutter rede und du mit meiner. Ich glaube, das verspricht mehr Erfolg.«

»Herrlich«, sagte Johan. »Hast du mal erwogen …«

»Nein«, unterbrach ihn Lisa und schüttelte den Kopf. »Als alte Bullenfrau will ich es härter. Therapeutin? Über Beziehungen reden? Eins rauf mit dem Schlagstock, und gut ist. Was spricht denn gegen ein bisschen Action?«

»Ich habe auch einen Vorschlag, ich werde nämlich langsam ziemlich müde. Wie wäre es mit einer sanften Abreibung?«

»Du meinst, über Leute zu lästern?«

»Ja, alle, die wir kennen. Familie, gute Freunde, normale Bekannte, was immer uns einfällt.«

»Ich liebe dich, Johan«, sagte Mattei. »Du bist so gut und gleichzeitig auch so menschlich.«

»Außerdem habe ich noch den phänomenalen Knüller schlechthin in der Hinterhand. Meine Mutter hat mir heute nämlich erzählt, dass morgen meine geliebte Schwester und ihre Büroklammer und ihre beiden Büroklammern in spe hierherkommen.«

»Ist das wahr?«

Nichts als die Wahrheit, versicherte Johan ihr, und fünf Minuten später war sie mitten in einer wortreichen und unzusammenhängenden Ausführung darüber, warum sie ihre Schwägerin so wenig mochte, eingeschlafen.

45

Nicht alle Tage auf dem Land waren schlecht. So ein Samstagmorgen im Mai zum Beispiel, an dem man seinen Tag damit beginnen durfte, zusammen mit seinem Mann, der schon für alles Praktische gesorgt hatte, und mit seiner Tochter, die nicht quengelte, sondern vollauf mit den Erwartungen des Tages erfüllt war, in der Küche zu frühstücken. Keine familiären Verpflichtungen konnten den Beginn des Tages stören, da die Schwiegermutter bereits mit ihrem Garten beschäftigt war und der Schwiegervater draußen nach all den Netzen sah, die einem immer größer werdenden Teil seines Lebens Sinn und Inhalt schenkten.

Satt, zufrieden und fröhlich, bei einem Wetter, das zumindest ein Versprechen auf den Sommer bot, unternahmen Lisa, Johan und Klein-Ella einen Waldspaziergang. Sie und Johan konnten frische Luft atmen und sich unterhalten, ohne weiter nachzudenken, während Ella mit einem Korb wedelte, den sie von ihrer Oma geliehen hatte, für Elchkacke, falls sie welche fände, mit der die Oma ihre Beerensträucher düngte, damit Ella und ihre Mama und ihr Papa bis Weihnachten mit Marmelade und Saft versorgt waren.

»Das Leben auf dem Lande«, sagte Johan.

»Say no more«, entgegnete Lisa.

»Warum essen Himbeeren Elchkacke, Mama?«

»Wahrscheinlich finden sie die lecker.«

»Ja, aber Menschenkacke ist nicht lecker. Die stinkt.«

»Ja, igitt«, stimmte Lisa Mattei zu. Rede nie mit Fünfjährigen über Kacke.

Als die drei zum Haus zurückkehrten, war die Familie um vier Mitglieder gewachsen. Johans zwei Jahre jüngere Schwester Madeleine, ihr zehn Jahre älterer Mann Nils und ihre beiden Kinder, die Zwillinge Markus und Jacob, vier Jahre alt und schon übergewichtig, waren gekommen.

Mattei mochte weder ihre Schwägerin noch den Schwager, was sie dadurch zu lösen pflegte, dass sie besonders freundlich zu ihnen war. So wie jetzt, als sie zur Eröffnung erst ihre Schwägerin und dann den Schwager mit einem breiten Lächeln und doppelseitigen Wangenküsschen traktierte, um dann eingedenk der Tantenpflichten in die Hocke zu gehen und die beiden kleinen Jungen zu umarmen.

»Wie schön, euch zu sehen«, fasste sie dann zusammen und schenkte allen Umstehenden ihr schönstes Lächeln.

»Gleichfalls«, zwitscherte ihre Schwägerin und zeigte die weißen Zähne und einen wachsamen Blick.

Die Neuangekommenen hatten sich vor dem Schuppen versammelt und sahen dem Hausherrn, dem inzwischen pensionierten Ingenieur Gunnar Eriksson, zu, der dastand und den Fang des Tages putzte. Ein ziemlich zufriedener Mann, der aus einem seiner vielen Netze eine fast fünf Kilo schwere Meerforelle befreit hatte. Die erste des Jahres und eine bessere Mittagsmahlzeit konnte man kaum finden, weshalb seine Ehefrau auch schon in der Küche stand und die selbstgemachte Mayonnaise zusammenrührte, die ein absolutes Muss war zu Meerforelle aus dem Ofen.

»Hier draußen fängt man nicht so oft Lachs«, konstatierte sein Schwiegersohn Nils. »Ich kann mich nicht erinnern …«

»Es ist eine Meerforelle, Salmon trutta trutta«, verbesserte ihn Johan. »Das passiert ungefähr einmal im Monat. Lachs hingegen, Salmo salar, ist ungewöhnlich. Da gibt's höchstens so drei Stück im Jahr.«

»Ja, das habe ich ja gerade gesagt«, beharrte Nils.

»Kümmere dich nicht um ihn, Nils«, sagte Lisa und tätschelte ihrem Schwager die Schulter. »Johan ist kein gewöhnlicher Besserwisser, er gehört zu den allerschlimmsten, die immer recht haben.«

»Was ja wohl keine große Kunst ist, wenn man selbst das Thema bestimmen kann«, stimmte Nils zu und rückte so diskret wie möglich von seiner Schwägerin ab, weil er es überhaupt nicht leiden konnte, wenn Leute ihn anfassten.

Danach war alles wie immer, wenn sich diese neun Mitglieder der Familie auf dem Lande trafen, um zusammen einen Feiertag zu begehen. Erst hatte Ella ihre kleinen Cousins mitgenommen, um ihnen zu zeigen, wie man die Himbeeren mit Elchskacke fütterte, und sie nutzten die Gelegenheit, schon mal heimlich von der traditionell für den Samstag reservierten Süßigkeitentüte zu naschen.

Als es dann so weit war, weigerten sich Markus und Jacob, Opas Fisch auch nur zu probieren. Fisch war eklig. Die Hamburger von der Oma aber waren supergut, vor allem, wenn man dazu Pommes bekam. Ihr Vater Nils drohte ihnen mit Hausarrest und dem Einziehen der Süßigkeitentüte, bis ihre Oma, pensionierte Volksschullehrerin, einen Kompromiss anbot, indem sie die Reste des Bratens von gestern auf den Tisch stellte.

Während Ella Berge von Opas guter Meerforelle verspeiste und die Jungs in ihrem Braten herumstocherten, redeten ihre Eltern über all das, worüber man immer redete, ehe man auf das kam, was auf der versteckten Agenda stand.

Da Nils offenbar nicht über die Sache mit dem Lachs hinwegkommen konnte, vermochte er kaum die Voraussagen seines Schwiegervaters hinsichtlich des Wetters im kommenden Sommer abzuwarten, sondern spielte sofort eine kulturpolitische Breitseite aus, indem er den baldigen Tod der Filmbranche prophezeite. Neue Technik, so einfach war das, und sollte man je in nächster Zukunft noch einmal ein Kino besuchen, dann wohl das einzige übrig gebliebene, das als Erinnerung an vergangene Zeiten als Museum aufbewahrt wurde.

Johan verweigerte den Köder. Da sei er ganz der Meinung seines Schwagers, und er könne sich kaum eine aufregendere Herausforderung vorstellen als die neue Technik, die die Filmbranche von Grund auf verändern würde.

»Herausforderung, na ja«, beharrte sein Schwager, der seine Sache nicht verloren geben wollte. »Ich denke, du und deine Kulturfreaks, ihr solltet euch schon drauf einstellen, dass das eine verdammt harte Umstellung für euch wird.«

»Dann werde ich mir wohl etwas anderes suchen müssen«, erwiderte Johan mit einem lässigen Schulterzucken. »Vielleicht in der Buchhaltung.«

»Wie wäre es denn, wenn du wieder Wachmann werden würdest?«, fragte seine Schwester. »So habt ihr euch doch kennengelernt, oder? Als du da in der Aufpasserbude im Polizeihaus auf Kungsholmen gesessen hast.«

Höchste Zeit, der Büroklammer und meiner kleinen Schwägerin mal das Maul zu stopfen, dachte Mattei.

»Was hältst du eigentlich von der Pharmaziebranche, Nils?«, fragte Mattei mit einem unschuldigen Lächeln. »Ich sitze ja inzwischen im Vorstand unserer Familienstiftung und frage dich wegen der ganzen Pfizer-Aktien, die wir verwalten. Glaubst du, dass es da auch so schlimm werden wird?«

Ihr Schwager schluckte Köder und Haken. Da meinte er, sei es gerade umgekehrt. Eines der langfristig ertragreichsten Unternehmen der Welt mit einem Wissenschaftsportefeuille, in dem man alle denkbaren kommenden Bedürfnisse der etablierten Mittelschicht des Westens eingefangen hatte, die immer zahlreicher, älter und kränker wurde. Eine Branche, die vollkommen unabhängig von Konjunkturschwankungen war. Das Unternehmen der Wahl, ganz gleich, welchen Konkurrenten man dagegenhielt.

»Nicht zu vergessen die Direktausschüttung von knapp vier Prozent«, beschloss Nils seine Ausführungen und lehnte sich mit einem nachdrücklichen Nicken zurück.

»Vier Prozent«, sagte Mattei. »Da wäre es vielleicht nicht ganz schlecht, was zu finden, was mehr Geld bringt, oder?«

Nicht auf lange Sicht und nicht mit der Sicherheit in der Platzierung. Außerdem gäbe es ja juristische Komplikationen mit dem Regelwerk, dem die Stiftung unterläge.

»Ich hatte ja das Vergnügen, mit deinem lieben Vater Claus über ebendas zu sprechen, als er uns zu seinem siebzigsten Geburtstag zu diesem herrlichen Familienfest in Baden-Baden eingeladen hatte.«

»Du meinst die Optionen, die Pfizer auf ihn persönlich ausgestellt hat, die er in die Stiftung eingebracht hat und die man offenbar nicht einfach so verkaufen kann?«

Ich muss unbedingt mit meinem Papi reden. Wie um alles in der Welt kann er über so was mit meinem bekloppten Schwager plaudern? Wenn er das überhaupt getan hatte. Es konnte auch gut sein, dass Nils sich das nur ausdachte.

»Ja, und außerdem denke ich kaum, dass ein Unternehmen von seinem pensionierten Forschungschef so etwas erwarten würde.«

»Nein, das stimmt natürlich«, meinte Mattei. »Ich dachte nur, ob wir nicht mit der Ausschüttung etwas Lustigeres anfangen könnten. Ich meine, es sind ja doch achtzig Millionen im Jahr.«

»Achtzig Millionen«, echote Nils. »Ja, das ist schon eine Menge Geld.«

Wie seltsam du plötzlich klingst, dachte Lisa Mattei, ehe sie das letzte Jahresergebnis der Familienstiftung mal zehn nahm. Höchste Zeit für den Gnadenschuss.

»Naja, Euro«, verdeutlichte Mattei. »Ich weiß nicht, wie der gerade steht, aber das sind ja meist so acht, neun Kronen. Natürlich Euro, wir sind ja eine deutsche Stiftung.«

»Neun Euro sechzig«, erklärte Nils, auch wenn die frohe Botschaft mehr wie der Trost eines Bestatters für die trauernde Familie klang.

»Nun, das ist ja dann doch einiges«, bestätigte Mattei. »Und wir schütten ja fast immer irgendwelches Geld an uns selbst aus.«

»Das muss ja sehr praktisch sein, so viel Geld zu haben«, sagte ihre Schwägerin.

Du klingst ja ebenso glücklich wie dein Mann. Bettelt ihr um Gnade?

»Schon«, stimmte Mattei mit einem Achselzucken ein. »Man spart ganz schön Zeit, wenn man nicht die ganze Zeit über Geld nachdenken muss.«

Für den Rest der Mahlzeit konzentrierte man sich aufs Essen und sprach nicht mehr vom Geld. Und als Lisas Schwiegervater fragte, ob jemand einen Kognak oder einen Kaffee oder vielleicht ein kleines Glas Likör wolle, schüttelten alle die Köpfe.

Die Kinder hatten schon aufstehen dürfen. Ella nahm ihre beiden Cousins mit ins Schlafzimmer der Großeltern, wo sie in aller Ruhe die Süßigkeitentüte leeren konnten, während Ella ihnen aus ihrem Märchenbuch vorlas, das sie von ihrem Onkel Ferdinand bekommen hatte.

Schwager Nils dankte der Schwiegermutter für das gute Essen und lehnte auch den Kaffee ab. Er und seine Frau hätten nämlich schon im Auto beschlossen, nun, da sie schon mal auf dem Lande waren und die Kinder unter Aufsicht, einen Spaziergang durch den Wald zu machen.

»Ich werde ein Buch lesen«, sagte Lisa. »Johan und ich haben heute Vormittag schon eine Runde durch den Wald gedreht, uns seid ihr also los.«

Und an Gesprächsthemen wird es euch nicht mangeln, dachte sie.

»Wie ist es mit dir, Johan. Magst du Gunnar helfen, die Netze aufzuräumen?«, fragte Nils.

»Nein«, erwiderte Johan und legte mit einem freundlichen Lächeln den Arm um seinen Schwager. »Ich dachte, ich lese mal die Stellenanzeigen in *Dagens Nyheter*. Für alle Fälle.«

Als Ella eingeschlafen war und Lisa und Johan ebenfalls schon im Bett lagen, ließen sie einen weiteren Tag im Schoß der Familie auf dem Lande Revue passieren. Sie flüsterten, denn das Haus war hellhörig, und Madeleine und Nils lagen nur ein paar Wände entfernt. Johan benannte zunächst fröhlich eine Eigenschaft seiner Ehefrau, die er am Tag zuvor zu erwähnen vergessen hatte. Sie war nicht nur überheblich, verwöhnt und arrogant, sondern auch absolut gnadenlos.

»Das hat mir nicht gefallen, was sie über uns zwei gesagt hat«, erklärte Lisa. »Das geht sie nämlich gar nichts an.«

»Woraufhin du flugs dem Ergebnis der Stiftung eine Null hinzugefügt und meine kleine Schwester und ihren Buchhalter zu Tode erschreckt hast.«

»Ja«, bekannte Lisa. »Wahrscheinlich bin ich doch ein schlechter Mensch.«

»Und gleichzeitig hast du ganz vergessen zu erwähnen, dass

eigentlich die Einzigen, die kein Geld aus der Matteischen Familienstiftung entnehmen können, die Mitglieder der Familie Mattei sind.«

»Ja, also wenn man ein so schlechter Mensch ist wie ich, dann ist das gar kein Problem mehr.«

»Nein«, sagte Johan, »du bist ein guter Mensch, der sich von niemandem auf der Nase rumtanzen lässt. Meine Schwester ist ein bisschen von der komplizierten Sorte. Verwöhnt, die kleine Prinzessin, eine Menge sozialer Ambitionen, denen weder sie noch ihr Nisse gerecht werden. Trotz Wirtschaftshochschule und Banklehre und alles. Was hat man dann? Neid. Guck sie dir doch an. Der Neid frisst sie von innen auf.«

»Ja, sogar ich sehe, dass es ihr nicht gut geht.«

»Also stürzt sie sich auf uns. Ein Bruder, der als Wachmann arbeitet, während er eine Menge komischer Sachen studiert. Der noch keinen Fuß in die Wirtschaftshochschule gesetzt hat. Mit den Noten, die ich im Abi hatte, musste ich ja auf dem Sveavägen die Straßenseite wechseln, wenn ich an dem Ding vorbeikam.«

»Na ja«, meinte Mattei, »was ja kein Wunder ist, weil du andauernd im Kino warst.«

»Als ich das erste Mal erzählt habe, dass ich eine Polizistin kennengelernt hab, dachte ich wirklich, dass Madeleine sich freuen würde für mich. Eine Polizistin war ja ein ganz schöner Aufstieg für einen Wachmann, der meist im Fitnessstudio rumhing und irgendwelchen Schrott stemmte und glaubte, er könne davon leben, dass er alles über Laurel und Hardy gelernt hatte. Als sie dann kapierte, dass ich mir keine normale Streifenpolizistin angelacht hatte, wurde es schon schwieriger für sie, und als sie begriff, wer dein Vater ist, muss das die reinste Katastrophe gewesen sein.«

»Was hältst du davon, wenn wir das Thema wechseln?«

»Da wir von meiner Schwester reden, gerne.«

»Wie wäre es, wenn wir aufhören zu flüstern und ein bisschen gewöhnlichen, lauten Sex haben?«

»Wie wäre es, wenn wir damit bis morgen warten? Und die kleine, arrogante Variante fahren, auf die ich so abfahre?«

»Wie wäre es, wenn wir morgen nach dem Frühstück gleich in die Stadt fahren?«

»Wollte ich grade vorschlagen. Dann kann ich dich im Büro absetzen, während ich mich ums Abendessen und alles kümmere.«

»Nein«, sagte Lisa, »was soll ich denn im Büro? An einem Sonntag? Wie wäre es, wenn wir in der Stadt essen und dann nach Skansen gehen? Ich habe doch Ella versprochen, dass sie die jungen Bären anschauen kann.«

»Herrlich«, sagte Johan.

»Dann machen wir das«, erwiderte Lisa.

Dann kann ich die Gelegenheit nutzen, ein bisschen heimlich zu ermitteln, wenn ich schon mal da bin.

46

Frühstück, sowie Ella wach war und etwas anhatte. Ein bisschen verschlafen und abwesend, aber nach Cornflakes, Dickmilch und einem halben Glas Apfelsaft reisefertig. Die Schwiegermutter war bereits im Garten, der Schwiegervater wahrscheinlich mit seinen Netzen beschäftigt. Ellas Cousins schliefen noch und auch ihre Eltern, denn die waren zum Frühstück nicht gesichtet worden. Vielleicht aber tun sie nur so, als ob, um mich nicht gleich morgens sehen zu müssen.

Im Auto auf dem Weg nach Stockholm holte Ella das Märchenbuch heraus, das sie von ihrem deutschen Onkel Ferdinand bekommen hatte, und begann eine Geschichte vorzulesen. Auf halbem Weg in die Stadt schlief sie plötzlich mitten in einem Satz ein, während sie noch mit altkluger Stimme verkündet hatte, dass sie las, weil man sehr … sehr … sehr … nett zu Tieren sein müsse.

»Seltsam«, meinte Johan. »Sobald man sie in ein Auto setzt und sie nur ein bisschen müde ist, schläft sie ein. Jetzt ist sie doch schon fünf Jahre alt.«

»Hoffen wir mal, dass das immer noch funktioniert, wenn sie ein Teenager ist«, sagte Lisa.

»Dieses deutsche Kinderbuch«, begann Johan, der mit den Gedanken woanders war, »das sie zu Weihnachten von Ferdinand bekommen hat. Dieses ohne Text, wo man den Kindern auf den Bildern Geschichten vorlesen soll, obwohl man nicht lesen kann. Ich verstehe nicht, was das für einen Sinn haben soll.«

»Dann erkläre ich es dir«, sagte Lisa.

Die Autorin des Buches war eine bekannte deutsche Psychologin, die sowohl eine eigene Fernsehsendung hatte, in der sie Ratschläge in Beziehungsfragen erteilte, als auch »Erwachsenenbücher für Frauen« schrieb und jetzt »ein pädagogisches Märchenbuch für Kinder« verfasst hatte, »die noch nicht lesen können«.

Laut dem deutschen Rückseitentext standen hinter dem Buch zwei Ideen. Die erste war, dass man das klassische Konzept, nach dem man Kindern vorlas, umdrehen und den Zuhörer in den Erzähler verwandeln sollte, um dadurch die natürlich angeborene Kreativität des Kindes zu fördern und im besten Fall auch einen Erwachsenen dazu erzog, außerhalb eingefahrener Routinen zu denken.

Der zweite Gedanke war, dass kleine Kinder mit diesem Buch leichter lesen lernen sollten. Indem es den Bildern eigene Worte hinzufügte, würde das Kind den Zusammenhang zwischen einer Beschreibung und dem, was die Beschreibung aussage, begreifen, was es am Ende leichter machen würde, auch geschriebenen Text zu lesen.

»Aha«, sagte Johan. »Deshalb gibt es in dem Buch keinen Text.«

»Genau«, meinte Mattei. »Der Punkt ist also, dass der für gewöhnlich passive Märchenbuchkonsument wie Ella in einen aktiven Erzähler verwandelt wird, der den Kindern auf den Bildern erzählt, was passiert und wie sie damit am besten umgehen.«

»Ja, dann versteh ich jetzt, warum unsere normalerweise so liebreizende Tochter plötzlich so klingt, als würde sie die ganze Zeit den Kindern, denen sie vorliest, strenge Vorhaltungen machen.«

»Ja, viele der Illustrationen beschreiben schließlich moralisch schwierige Situationen, aber wenn man auf die nächste Seite blättert, erfährt man, wie man das ethische Dilemma lösen kann. Das Bild auf der nächsten Seite stellt nämlich eine neue Situation dar, das auf vorbildliche Weise das Problem des vorigen Bildes erklärt.«

»Einfache und grundlegende deutsche Pädagogik«, konstatierte Johan und nickte. »Um auf so was zu kommen, muss man selbst deutsch sein.«

»Klar, und ich als Halbdeutsche habe das ja auch sofort begriffen«, pflichtete Lisa ihm bei. »Aber ich finde, dass die älteren Bücher noch eine deutlichere Botschaft hatten. Als ich so alt war wie Ella, bekam ich von meiner lieben Großmutter Aurore den großen deutschen Kinderbuchklassiker zum Geburtstag: Der Struwwelpeter. Erstausgabe. Das Ding kam irgendwann Mitte des 19. Jahrhunderts raus.«

»Wovon handelt es? Alte Kinderbücher sind nicht so mein Ding.«

»Ja, wie klingt es denn?«

»Nichts mit Sex, oder?«

»Nein, wirklich nicht. Jetzt mache ich mir richtig Sorgen um dich. Das hier ist ein deutsches Buch. Es handelt davon, wie wichtig es ist, dass du für deine persönliche Hygiene sorgst. Du musst dich waschen, deine Nägel schneiden und all das. Wenn du zum Beispiel, wie der Struwwelpeter es in dem Buch leider tut, vergisst, deine Fingernägel zu schneiden, dann werden die Erwachsenen dir die Finger abschneiden. Deutlicher kann man es doch nicht sagen. Lies es selbst. Das Buch steht auf dem Regal in meinem Arbeitszimmer. Es hat auch richtig gute Bilder. Nicht einmal ein Filmemacher wie du wird die Botschaft darin verpassen.«

»Ich kann mich kaum beherrschen. Ohne Finger keine Nägel. Großartig.«

Den Rest des Tages verbrachten Lisa, Johan und Ella gemeinsam als Familie. Erst spazierten sie nach Djurgården hinaus und blieben am Kai stehen, damit Ella die Enten füttern konnte. Danach aßen sie zu Mittag, um dann weiter nach Skansen zu wandern, um all die kleinen Bären anzusehen, die gerade erst aufgewacht waren.

Ella hatte großartige Laune, plapperte ununterbrochen und lief ihren Eltern um die Beine herum und war dem Struwwelpeter dabei überhaupt nicht ähnlich.

Auf dem Nachhauseweg kamen sie an der Freilichtbühne unterhalb des Parks Solliden vorbei. Jetzt war alles dort leer, kein Mensch war zu sehen. Ruhe und Frieden.

Nicht das kleinste Anzeichen davon, was hier in knapp zwanzig Tagen geschehen soll, dachte Lisa Mattei.

III

Montag, 18. Mai, bis Montag, 25. Mai

Die Jagd auf den Bombenbauer und seine Frau

Einleitende Schritte

47

Am Morgen des 18. Mai wollte Lisa Mattei die Ermittlergruppe treffen, saß aber schon eine Stunde vor Beginn der Besprechung hinter ihrem Schreibtisch. Es gab ein paar Dinge, über die sie mit Hilfe von Papier und Stift nachdenken musste.

Abbdo Khalid plante während der Feierlichkeiten zum Nationaltag auf Skansen in Stockholm ein Selbstmordattentat.

Woher weiß ich das?, fragte sich Lisa Mattei und malte ganz oben links auf ihr Papier eine Eins.

Abgesehen von dem Tipp des britischen Kollegen war das Ergebnis ihrer eigenen Nachforschungen gelinde gesagt dünn. Man wusste nur von Abbdos Ausflug mit dem Auto vor fünf Tagen, doch hatten sie und ihre Kollegen keine Ahnung, wohin er den unternommen hatte.

Woher weiß ich das? Weil die Briten es sagen.

Der Tipp mit dem Ausflug hing zusammen mit den SMS, die die britischen Kollegen abgefangen hatten. Hatte jemand versucht, Khalid zu warnen, dass die Säpo ihn beobachtete?

Die Informationen über Zeitpunkt und Ort, an denen die SMS empfangen und gesendet worden waren, hatten ihre Leute bestätigen können. Ansonsten wusste sie so gut wie nichts. Nicht, wer sie geschickt hatte, wovon sie eigentlich handelten, und nicht, dass Abbdo Khalid es gewesen war, der sie beantwortet hatte. Sie konnte nicht einmal ausschließen, dass Alexander vielleicht versuchte, sie reinzulegen.

Warum auch immer er das tun sollte.

Blieb noch die Mail von Abbdo an seinen Betreuer an der Universität in Manchester. Hatte er einen kranken Vater oder hatte er Wichtigeres zu tun? Oder wollte er einfach frei haben?

Der einzige Vorteil an dieser Information war, dass ihre eigenen Mitarbeiter sie gewonnen hatten. Ansonsten gab es nichts, worauf man den Finger legen konnte. Nicht das kleinste Anzeichen von Nervosität bei Abbdo oder seiner Umgebung, keine Anzeichen von Stress oder veränderten Routinen waren erkennbar.

Nichts, dachte Lisa Mattei, dann rief sie Wiklander an und bat ihn, in ihr Büro zu kommen.

Zwei Minuten später saßen sie sich an ihrem Schreibtisch gegenüber.

»Ich habe mal ein bisschen über unsere Ermittlung nachgedacht«, sagte Mattei. »Wie wäre es, wenn wir damit anfangen würden, alles rauszuschmeißen, was damit nichts zu tun hat?«

»Du denkst an den unglücklichen Bergling, den unser alter Chef nach Fröslunda verbannt hat.«

»Genau«, stimmte Mattei zu. »Was ich am Freitag über ihn zu dir gesagt habe, war mehr der Versuch eines Scherzes. Also weg mit Bergling.«

»Gut«, sagte Wiklander und nickte.

Blieb noch alles andere, zum Beispiel die Frage, ob Abbdo Khalid war, was Alexander und seine Kollegen behaupteten. Oder ob er ein völlig unschuldiger Mensch war, der einfach zu viel redete oder mit den falschen Leuten zusammen, aber kein Terrorist war.

Noch neunzehn Tage bis zum Nationaltag, um herauszufinden, wie es damit stand. Ob Abbdo Khalid Fisch oder Fleisch war, Adler oder Taube.

»Hoffen wir mal, dass bei unserer Ermittlung irgendetwas herauskommt, an dem wir uns festhalten können«, sagte Wiklander.

»Aber nimm mal an, das geschieht nicht. Alles läuft einfach weiter. Ruhig und friedlich. Nicht das kleinste Anzeichen für all das, wovon Alexander redete.«

»In dem Fall werden wir wohl gezwungen sein, trotzdem einzugreifen. Wenn man mal das Risiko bedenkt.«

»Ein Zugriff gegen siebzehn Personen in derselben Familie«, gab Mattei zu bedenken. »Von der alten Oma mit zweiundachtzig bis zu vier kleinen Kindern, die jünger sind als meine eigene Tochter. Das ist keine Sache, die ich gerne durchziehen möchte.«

»Ich auch nicht. Aber ein kleiner Trost für uns beide wäre ja, dass Lisa Lamm das wird übernehmen müssen.«

»Worum ich sie nicht beneide. Außerdem habe ich da ein praktisches Problem.«

»Du meinst das Versprechen, das du Alexander gegeben hast, dass wir nichts ohne seine Zustimmung tun.«

»Exakt. Weil er, bevor wir agieren, etwas abklären muss.«

»Wenn er dann nicht rechtzeitig von sich hören lässt oder wenn etwas Schlimmes vor dem Nationaltag passiert, dann werden wir dieses Versprechen brechen müssen. Schweden ist ein souveräner Staat, wir hier im Haus arbeiten für die schwedischen Interessen und folgen schwedischen Gesetzen. Damit habe ich kein Problem.«

»Ich auch nicht«, meinte Mattei.

»Ausgezeichnet, dann haben wir doch schon mal einen Handlungsplan«, fasste Wiklander zusammen. »Gibt es sonst noch etwas, ehe wir die Kollegen treffen?«

Zwei Sachen, meinte Mattei. Zum einen wollte sie mehr über diese rätselhafte Frau des Bombenbauers, Louise Urqhart, wissen.

»Ich habe meine Fragen an Calle Lewenhaupt gemailt. Aber damit ist es wirklich nicht eilig. Nur ein paar allgemeine Gedanken, damit ich vielleicht mal rauskriegen kann, was mir an ihr komisch vorkommt.«

»Und dein letzter Punkt?«, fragte Wiklander und machte Anstalten, aufzustehen.

»Das mit Bergling«, sagte Mattei. »Er ist tot, und ich glaube nicht an Vorsehung, aber es könnte trotzdem sein, dass wir hier im Haus einen neuen Maulwurf haben.«

»Du gedenkst also, alles noch mal umzurühren.«

»Ja«, sagte Mattei. »Ungefähr so. Dann musst du zumindest schon mal nicht deine Zeit damit verschwenden, zu überlegen, ob das, was ich da jetzt gleich in der Sitzung sage, ein Witz ist oder nicht.«

48

Keine neuen Gesichter, dieselbe Agenda wie am Tag zuvor. Eine sichtbar lebendige und frische Lisa Lamm, die alle begrüßte, ehe sie Mattei das Wort übergab.

»Gut«, begann Lisa. »Ich dachte, Linda könnte mal damit anfangen zu berichten, wie es da unten in Eskilstuna läuft, und dann kann Calle übernehmen und uns mehr über Abbdo und seine Familie erzählen.«

In Eskilstuna laufe alles gut, berichtete Martinez. Seit vorgestern war die komplette Einsatzgruppe vor Ort, und alle Arbeitsaufgaben waren aufgeteilt. Blieben nur noch ein paar technische Probleme.

»Wie sehen die aus?«, fragte Dan Andersson.

»Die Familie hält sich ziemlich viel im Haus auf, vor allem die Frauen«, antwortete Martinez. »Die Gardinen sind zugezogen, und es ist schwer zu erkennen, was sie machen. Jedenfalls sitzen sie nicht den ganzen Tag draußen auf der Wiese in der Sonne. Wir müssen ganz einfach näher an die Bruchbude rankommen.«

»Wie geht es mit den Tonaufnahmen?«

»Schlecht. Das ist noch blöder als die zugezogenen Gardinen. Wir hören vor allen Dingen andere Geräusche. Spülmaschinen, Waschmaschinen, Radioapparate, Fernseher, herumrennende und kreischende Kinder. Dann scheinen sie auch eine Menge Gebetsstunden abzuhalten. Aber so, wie wir es sehen, sind das alles keine Störgeräusche, die sie absichtlich laufen lassen.«

»Wie willst du das lösen?«, fragte Wiklander.

»Helena und ich arbeiten grade daran«, erwiderte Martinez. »Sie und ich und alle ihre Jungs vom Militär.«

»Der allzu große Abstand bereitet uns Probleme. Wir müssen näher an ihr Haus herankommen«, stellte Palmgren fest. »Wir haben deshalb über andere technische Lösungen als Ergänzung zu unseren Kameras, Ferngläsern und normalen Richtmikrofonen diskutiert. Also, Wärmebildkameras, Bewegungsmelder, verschiedene Arten von Lautverstärkungen und Abhöranordnungen in der Nähe des Hauses. Am liebsten würden wir natürlich versteckte Mikrofone im Haus installieren.«

»Das klingt nicht gerade einfach«, meinte Wiklander.

»Wir geben unser Bestes«, sagte Palmgren. »Irgendwas wird uns schon einfallen.«

»Die Familie besitzt fünf verschiedene Autos«, sagte Martinez. »Wenn sie die abends parken, stehen sie alle im Haus. Drei in der Garage im Kellergeschoss und zwei in der kombinierten Garage und Vorratskammer, Wand an Wand mit den Wohnräumen. Keines der Autos ist mit einem Sender ausgestattet. Im Grunde hätten wir, während sie in der Stadt beim Einkaufen waren, durchaus schon welche setzen können, doch bisher haben wir davon abgesehen. Wenn einer so ein Ding unter einem Wagen findet, sind wir geliefert.«

»Unsere Techniker arbeiten auch an der Sache«, meinte Helena Palmgren. »Sie versuchen, eine Ausrüstung zu finden, die aktiviert werden kann, wenn wir sie unbedingt brauchen, und ausgeschaltet, wenn wir sie nicht brauchen. Damit sie einfach nicht so leicht zu entdecken ist.«

»Abbdo Khalid ist nicht nur Elektriker, sondern er ist auch die Mama im Haus, die sorgfältig über die ganze große Familie wacht«, erklärte Martinez mit einem schiefen Grinsen. »Calle hat seinen Lebenslauf rausgelassen, und das ist keine vergnügliche Lektüre. Unter anderem war er mehr als ein Jahr als Installateur beim größten Alarmanlagenunternehmen des Landes angestellt, und er war da auch nicht bei gewöhnlichen Haus-Alarmanlagen eingesetzt. Khalid hat mit avancierten technischen Sicherheitslösungen für Unternehmen und Organisationen gearbeitet. Mit rauchaktiviertem Alarm, Anlagen, die bei Gerüchen, Lichtveränderungen, Geräuschen oder Vibrationen losgehen, sowohl mit verborgenen als auch mit sichtbaren Überwachungskameras, dazu alle denkbaren Arten von elektronischen Schlössern, kurz gesagt, mit allem.«

»Und es ist hoffentlich nicht so, dass er hier im Haus war und ein paar Sachen in die Wände geschraubt hat?«, fragte Mattei. Das würde ja ohne Frage das ein oder andere erklären, dachte sie.

»Nein«, sagte Calle Lewenhaupt und schüttelte den Kopf. »Da können Sie ganz ruhig bleiben, Chefin. Das haben wir als Erstes kontrolliert.«

»War er sonst an irgendwelchen interessanten Orten?«

»Ja, leider«, sagte Lewenhaupt. »Zwar haben wir gerade erst angefangen, das durchzusehen, aber wir haben schon eine Reihe Finanzinstitutionen, Banken und Datenunternehmen gefunden. Alles ehemalige Kunden.«

»Aber nichts, was sich verwenden lassen würde, wenn er uns nun wirklich schaden wollte?«, fragte Mattei.

»Bisher haben wir drei interessantere Details gefunden, alles Aufträge, die drei bis vier Jahre zurückliegen. Vor drei Jahren hat er bei diesem Alarmhersteller aufgehört.«

»Welche Kunden sind das?«, fragte Mattei.

»Der Flugplatz Skavsta bei Nyköping. Die Ein- und Ausgangskontrollen, meist in dem Teil des Flugplatzes, wo verschiedene Lieferanten und Servicebetriebe reinfahren, die in Skavsta arbeiten. Ja, und dann die Hauptstelle der Einwanderungsbehörde unten in Norrköping. Auch da die Ein- und Ausgangskontrollen. Sowohl für Personen als auch für Fahrzeuge und Waren. Und dann der dritte Job, und der bringt mich nachts um den Schlaf.«

»Und was ist das?«, fragte Ingrid Dahl.

»Das Nationalmuseum«, sagte Lewenhaupt mit einem tiefen Seufzer.

»Mensch, Calle, ich hatte ja keine Ahnung, dass du so kunstinteressiert bist«, meinte Ingrid Dahl.

»Doch, das bin ich«, erwiderte Lewenhaupt. »Im Nationalmuseum hängen die Krönung Gustavs III. von Pilo, die Leichenfahrt Karls XII. von Cederström und nicht zuletzt das wunderbare Gemälde von Gustav Vasas Einzug in Stockholm von Carl Larsson. Ich glaube nicht, dass ich es überleben würde, wenn jemand das Nationalmuseum in die Luft sprengen würde.«

»Wie wäre es, wenn wir mal zum Thema zurückkehren«, unterbrach ihn Martinez. »Gib uns einfach eine Liste von dem ganzen Scheiß, den er gedreht haben könnte. Wir anderen haben nämlich echt zu tun hier.«

»Gut, so machen wir das«, stimmte Mattei zu. »Geben Sie uns eine Liste von den Unternehmen und Gebäuden, für die oder in denen er gearbeitet hat. Hat sich sein Verhalten in irgendeiner Weise verändert, Linda?«

Nein, nichts, was Martinez und ihre Kollegen während der sechs Tage, die sie ihn jetzt beobachteten, bemerkt hätten. Die Familie schien ihren gewohnten Routinen zu folgen und sie verhielten sich wie ganz gewöhnliche Menschen. Gingen zur Arbeit, arbeiteten zu Hause im Haushalt oder draußen im Garten, passten auf Kinder auf, kochten Essen, kauften ein, redeten, waren zusammen, aßen und schliefen.

Was sie von ihren schwedischen Nachbarn unterschied, waren ihre umfassenden religiösen Aktivitäten mit täglichen und wiederkehrenden Gebetsstunden im Haus und manchmal auch im Garten. Zudem besuchte der Vater Mohammed Khalid Hussein täglich zusammen mit einem oder mehreren Familienmitgliedern die Moschee unten in Fröslunda.

Gab es Kontakte zu anderen Personen außerhalb der Familie? Keine über die Moscheebesuche des Vaters hinaus. Keine physischen Kontakte von gewöhnlichem, alltäglichem Charakter, meinte Martinez. Keine Gäste und auch keine zufälligen Besucher, wenn man mal vom Zeitungsboten und dem Briefträger absah. Keine sozialen Kontakte zu den Menschen, die in der Umgebung wohnten. Traf man außerhalb des Hauses zufällig auf einen Nachbarn, dann wurde nur kurz gegrüßt. Man blieb nicht stehen und redete miteinander. Dasselbe Muster spielte sich ab, wenn sie einen Laden besuchten, um etwas einzukaufen. Gingen hinein, nahmen, was sie brauchten, bezahlten an der Kasse und gingen wieder.

Kontakt am Telefon oder über das Internet? Hauptsächlich mit Somaliern oder mit einigen anderen Einwanderern, die ebenfalls Muslime waren. Kontakte, die seit langem etabliert waren und insgesamt auch nicht mehr als ungefähr dreißig Personen umfassten. Verwandte, Arbeitskollegen, Glaubensbrüder. Keine Veränderungen der Routinen. Definitiv nichts, was jemandem wie Martinez die Nackenhaare kräuselte.

»Eins möchte ich aber noch sagen, um Missverständnisse zu vermeiden.«

»Was denn?«, fragte Dan Andersson. »Kommt jetzt dein berühmtes Fingerspitzengefühl?«

»Ja, allerdings«, gab Martinez zurück. »Ich bin nämlich hundertprozentig sicher, dass Abbdo Khalid – und zwar zusammen mit einer Reihe von Leuten aus seiner Familie – vorhat, einige von uns in die Luft zu sprengen. So einfach ist das.«

»Und das, obwohl sie die meiste Zeit rumsitzen und Däumchen drehen und beten?«, beharrte Andersson.

»Die halten den Ball flach«, meinte Martinez. »Es sind jetzt noch fast drei Wochen bis zum Anschlag. Sie haben die wesentlichen Dinge geregelt, denn dazu hatten sie gut Zeit, bevor wir anfingen, sie zu beobachten. Aber wenn es auf den Tag zugeht, werden schon noch Sachen passieren.«

»Könnte es sein, dass sie den Ball flachhalten, weil sie erfahren haben, dass wir sie überwachen?«, fragte Mattei.

Es ist an der Zeit, den bösen Samen zu streuen.

»Nein«, meinte Martinez, »wie sollte das möglich sein?«

»Die Leute reden«, sagte Mattei mit einem bewusst beherrschten Achselzucken. »Das ist ja wohl die üblichste Ursache. Man sagt die falschen Dinge zur falschen Person. Einer deiner Kollegen kann sich den Mund verbrannt haben. So was kommt vor.«

»Vergiss es«, gab Martinez zurück und schüttelte den Kopf. »Wer bei mir arbeitet, weiß, dass es auf zwei Dinge ankommt: sehen ohne gesehen zu werden und Schnauze halten.«

»Zu wie vielen arbeitet ihr da unten jetzt?«, beharrte Mattei.

»Dreißig, ungefähr dreißig. Mit mir dreiunddreißig. Also, wenn wir mal die Personenüberwacher nehmen.«

»Und du kannst für alle deine Hand ins Feuer legen?«

»Ja, und nicht nur das. Ich glaube tatsächlich, dass ich auch für alle anderen, die bei dieser Ermittlung dabei sind, die Hand ins Feuer legen kann. Zunächst einmal wir, die wir hier im Zimmer sitzen. Und dazu noch all die buckligen Nerds, die unten bei den Terrorleuten sitzen und auf ihren Rechnern rumhacken. Wie sollte jemand von euch hier im Haus den lieben Abbdo warnen? Durch Gedankenübertragung? Wir hocken wie eine verdammte Käseglocke über ihm und seiner gesamten Familie.«

»Meine Fingerspitzen sagen etwas anderes«, betonte Mattei.

»In dem Fall glaube ich, das liegt daran, dass du auch von

dieser Neurose befallen bist, die die Köpfe von Leuten wie uns durcheinanderbringt.«

»Ich hoffe, du hast recht und ich liege falsch«, sagte Mattei. »Ich selbst glaube nämlich, dass Abbdo Khalid kein Terrorist ist, sondern ein ganz gewöhnlicher Muslim mit somalischem Hintergrund, der nur leider eine Menge Dinge tut, die wir sonst als ausschließlich positiv betrachten würden, aber ausgerechnet in seinem Fall als Nachteil interpretieren, weil es vom Verhalten anderer Somalier abweicht.«

»Jetzt fange ich an, mir Sorgen um dich zu machen, Lisa. Und zwar richtig.«

»Oder es ist so, wie du sagst. Und in dem Fall glaube ich, dass sein Verhalten und das der anderen darauf hindeutet, dass er weiß, was wir tun.«

»Es gibt ja noch eine dritte Möglichkeit«, schob Wiklander ein.

»Und die wäre?«, fragte Mattei.

»Genau, Jan, dass nämlich Leute wie er genauso paranoid werden können, wie manche von uns es bereits sind«, fiel Martinez Wiklander ins Wort und nickte dabei zu Lisa.

»Ungefähr so«, stimmte Wiklander zu. »Dass sein Verhalten und das seiner Leute nicht damit zu tun haben muss, dass einer von uns sie gewarnt haben könnte oder dass er entdeckt hat, was wir hier tun.«

»Wie wäre es, wenn wir mal eine kurze Pause machen und Luft reinlassen?«, schlug Lisa Lamm diplomatisch vor.

»Da bin ich gnadenlos dafür«, erwiderte Martinez und stand mit einem Ruck auf. »Können wir ausnahmsweise mal eine Viertelstunde Pause machen? Damit ich wieder anfangen kann zu rauchen«, fügte sie mit einem Blick auf Lisa Mattei hinzu.

49

Fünfzehn Minuten später waren alle Teilnehmer ausgeruht in die Besprechung zurückgekehrt. Die Arbeitsmoral in der Einsatzgruppe scheint auf jeden Fall gut zu sein, dachte Mattei.

Höchste Zeit, dass sie Calle Lewenhaupt das Wort erteilte, damit er seine erste Übersicht über Abbdo Khalid und seine Familie präsentieren konnte. Noch Fragen? Linda Martinez meldete sich. Sie wolle Lisa direkt etwas fragen. Ob sie sich jetzt entschuldigen will? Immerhin bin ich ja ihre Chefin.

Martinez wollte erst einmal die Kollegen beruhigen, dass sie, nachdem sie jetzt zwölf Monate, drei Wochen und zwei Tage nicht geraucht habe, keineswegs wieder damit anfangen wolle und dass man jetzt wichtigere Dinge zu tun habe, als sich in Besprechungen zu streiten. Eine wohlverpackte Entschuldigung.

Ihre Frage an Lisa war, ob sie einen konkreten Grund für ihre Sorge habe, Abbdo wisse von der Aktion. Etwas, worüber sie und ihre Kollegen informiert sein müssten.

»Nein«, erwiderte Mattei. »Wahrscheinlich ist es genau so, wie du sagst, dass ich von der Berufskrankheit des Dauermisstrauens heimgesucht worden bin. Zu meiner Entschuldigung kann ich sagen, Calle hat mich damit angesteckt, als er erzählte, dass Stig Bergling ausgerechnet in Fröslunda gewohnt hat.«

Treuer Blick aus blauen Augen, ein entschlossenes Kopfschütteln, dann diese glättende humoristische Erklärung. Seit wann kann ich so gut lügen?

»Aber nun ist die Chefin ja wieder ganz hergestellt«, scherzte Carl Lewenhaupt.

»Definitiv«, stimmte Mattei ein. »Ich bin sogar so gesund, dass ich meine, eine Ihrer besonderen Ermittlungsunterlagen parieren zu können.«

»Ein Wochenende auf dem Lande im Schoße der Familie, was kann man sich mehr wünschen«, seufzte Lewenhaupt.

Calle Lewenhaupt war trotz seines kuriosen Hintergrunds ein ausgezeichneter Mitarbeiter. Gewiss neigte er, wenn er gute Laune hatte, zu wortreichem anekdotischem Ausschweifungen, doch lieferte er dabei immer höchst hilfreiche Informationen. So wie auch jetzt, als er einige allgemeine Reflektionen über die somalischen Flüchtlinge in Schweden ankündigte.

Statistisch gesehen war die Anpassung der Somalier an die sozialen Muster ihres neuen Heimatlandes weniger gut gelungen als bei anderen Einwanderergruppen.

Von Seiten der Kommune hatte man darauf leider mit der allzu üblichen Kombination aus Passivität und Ambivalenz reagiert und die Verantwortung der Bürokratie zugeschoben. Da verhielt man sich in Fröslunda sicher nicht schlimmer als in anderen Gebieten mit einer hohen Einwandererdichte. Alle hatten sie ein Dach über dem Kopf, keiner musste hungern, und wer sich eine Ausbildung und eine Arbeit verschaffen wollte, wurde von niemandem daran gehindert.

Sogar mehr Geld wurde investiert, um guten Willen zu zeigen. Die Arbeitsvermittlung hatte zusätzliche Ressourcen von der Kommune erhalten, um besondere Ausbildungs- und Beschäftigungsprogramme einzurichten, die maßgeschneidert gerade für die somalische Minderheit sein sollten, und was die akuten sozialen Probleme anging – Drogenmissbrauch und Kriminalität –, hatte man mit kommunalen Mitteln eine Kontaktperson mit somalischem Hintergrund und ausgezeichnetem Ruf bei den Personen und Gruppen, mit denen sie arbeiten sollte, eingestellt. Dass sich später herausstellte, dass ebendiese Person nicht das Vertrauen eingelöst hatte, das man ihr entgegengebracht hatte, war nun wiederum nicht die Schuld der Kommune.

»Darf ich mal neugierig fragen, was er sich zuschulden hat kommen lassen?«, fragte Dan Andersson.

»Drei Jahre und sechs Monate für schweren Raub, Verstoß gegen das Waffengesetz, einige schwere Diebstähle, diverse Drogenverstöße und noch ein paar kleinere Dinge«, antwortete Lewenhaupt. »Vier von seinen Schützlingen sind gleich mit in den Knast gewandert. Sie haben zwischen einem und drei Jahren Gefängnis gekriegt.«

»Ein guter Ruf ist nie umsonst«, stellte Dan Andersson fest.

»Nein. Aber diesmal war das Timing vielleicht ein wenig unglücklich«, erklärte Lewenhaupt. »Die Kollegen in Eskilstuna haben sie einen Tag vor der letzten Wahl einkassiert. Wie danach die lokale politische Debatte aussah, muss ich ja wohl nicht beschreiben.«

Segregation, soziale Isolierung, eine somalische Gruppe, die sich auf Abstand hielt. Wachsende politische Gegensätze, eine sie umgebende schwedische Majorität, die am liebsten nicht über sie nachdenken wollte, und unter den Letzteren eine schnell wachsende Gruppe von solchen, die fanden, dass man sie »am besten schnell wieder nach Afrika« schickte. Soziales Scheitern, Kriminalität und Drogenmissbrauch. Die Angst der letzten Jahre vor wachsenden radikalen und terroristischen Tendenzen innerhalb der somalischen Gruppe hatte das Ganze sicher nicht leichter gemacht, fasste Lewenhaupt zusammen.

Ein düsteres Bild, vor dessen Hintergrund er nun die Familie Khalid beschrieb.

»Sie passen einfach nicht zu all dem anderen, was ich geschildert habe«, stellte Calle Lewenhaupt fest. »Ganz kurz gesagt, haben wir es hier also mit einer Familie von insgesamt siebzehn Mitgliedern zu tun, fünf davon Kinder. Der Familienvater Mohammed Khalid Hussein hat einen elfjährigen Sohn mit seiner zweiten Ehefrau. Sie heißt Awa Salah Hushi und ist zwölf Jahre jünger als ihr Mann. Die vier Kleinkinder der Familie sind sämtlich von Mohammeds dritter Ehefrau. Sie heißt Leyla Ahmad Rage und ist bedeutend jünger als die beiden anderen Ehefrauen, die ihn begleiteten, als er vor bald fünfundzwanzig Jahren hierherkam. Leyla ist zweiundzwanzig Jahre alt und kam vor fünf Jahren als Flüchtling hierher. Sie hat Mohammed in der Flüchtlingsunterkunft kennengelernt, die er zusammen mit der muslimischen Gemeinde in Eskilstuna besucht hat. Noch Fragen?«

»Die Kleinkinder …«, schob Helena Palmgren ein. »Leylas Kinder …«

»Ja, Entschuldigung«, unterbrach Lewenhaupt. »Das sind drei Mädchen im Alter von vier, drei und zwei Jahren und ein Junge von zehn Monaten. Die Älteste der Familie ist die Großmutter, die Salmo Ali Ahmed heißt. Sie ist zweiundachtzig Jahre alt.«

»Berichtige mich, falls ich falschliege, aber dieser Mohammed hat also drei Frauen«, schob Martinez mit Unschuldsmiene ein. »Zwei davon kamen mit ihm vor fünfundzwanzig Jahren nach Schweden, und dann diese Vierzehnjährige, die er in einer Flüchtlingsunterkunft in der Nähe von Eskilstuna klargemacht hat. Die jetzt die Mutter seiner vier jüngsten Kinder ist.«

»Siebzehn Jahre, nicht vierzehn«, berichtigte Lewenhaupt.

»Also, als sie sich kennengelernt haben. Vor fünf Jahren, wie gesagt.«

»Ja, noch mal zum Verständnis«, sagte Martinez. »Papa Mohammed hat drei Frauen, und mit denen hat er insgesamt zwölf Kinder, und sicherheitshalber hat er auch noch seine alte Mutter mitgenommen. Das sind siebzehn Personen, wenn ich richtig gerechnet habe.«

»Entschuldigen Sie, Carl«, sagte Mattei, »aber haben Sie nicht ein Foto von denen? Ich glaube, das würde es leichter machen.«

»Doch«, erklärte Lewenhaupt, »ich habe auch einen Familienstammbaum anfertigen lassen. Befindet sich alles in Ihrem Infomaterial.«

»Ein Foto würde reichen«, sagte Mattei und lächelte freundlich.

»Danke, Chefin«, erwiderte Lewenhaupt.

50

Carl Lewenhaupt, der hauseigene Graf der schwedischen Sicherheitspolizei, tippte etwas in seinen Computer und produzierte auf dem Schirm an der Wand im Grunde dasselbe Bild, das sein adliger Kollege in England schon Mattei und ihren drei Begleitern gezeigt hatte.

Siebzehn Personen in einer Reihe mit Fotos angeordnet, nur von den jüngsten vier gab es keine Bilder. Unter dem Foto jeweils Name und Personennummer, alle waren sie in dem Haus in Eskilstuna gemeldet. Danach noch ein paar zusammenfassende Zeilen, warum sie sich laut Lewenhaupt auf positive Weise von anderen Somaliern in Schweden unterschieden.

Mit Ausnahme von Mohammed Khalid Husseins dritter Ehefrau und ihrer vier Kinder waren alle schwedische Staatsbürger. Zwölf Familienmitglieder hatten schwedische Pässe. Neun von ihnen besaßen einen Führerschein: Mohammed und seine zweite Frau, seine vier erwachsenen Söhne und seine drei ältesten Töchter. Keines von den Familienmitgliedern, die strafmündig waren, tauchte im Kriminalregister der Polizei auf, ebenso wenig, wie es bei den Sozialbehörden irgendwelche Anzeichen dafür gab, dass in der Familie irgendetwas nicht in Ordnung wäre, keine Vernachlässigung und auch kein Missbrauch.

Als sie in ihren Nachforschungen einmal so weit gekommen waren, hatte es Lewenhaupt und seine Mitarbeiter nicht im Geringsten erstaunt, dass sämtliche der sieben erwachsenen Kinder Abitur hatten. Die Noten waren zwar nicht immer gleichermaßen gut und die meisten von ihnen hatten handwerkliche Ausbildungen gewählt, doch gab es ein strahlendes Licht, und das war Abbdo, der den naturwissenschaftlichen Zweig gewählt hatte, und das mit dermaßen guten Noten, dass er sich jede Hochschule des Landes hätte aussuchen können. Stattdessen hatte er entschieden, auf eine gewöhnliche Berufsschule zu gehen und Elektriker zu werden.

Sah man mal von der Großmutter ab, dann hatten alle Erwachsenen ein deklariertes Einkommen, dessen Umfang darauf hindeutete, dass zumindest sieben von ihnen Vollzeit arbeiteten, während vier in Teilzeit angestellt waren. Zusammen genommen betrug das Bruttoeinkommen der Familie im Vorjahr knapp anderthalb Millionen Kronen.

»Dazu kommen das Kindergeld und die Rente der Großmutter, dann sind wir bei ungefähr hunderttausend Kronen im Monat zum Leben. Das ist kein Überfluss, aber man sollte damit doch ganz gut auskommen«, fasste Lewenhaupt zusammen.

»Und wie viel ziehen sie schwarz ein?«, fragte Martinez. »Noch mal hunderttausend im Monat?«

»Derzeit haben wir keine Informationen darüber«, erwiderte Lewenhaupt mit einem schwer zu deutenden kleinen Lächeln. »Aber ich verspreche, dass ich mich melde, sowie ich mehr dazu weiß, rate dir aber, nicht auf allzu große Beträge zu hoffen.«

»Warum denn nicht?«, beharrte Martinez. »Es arbeiten doch alle schwarz, die die Chance dazu haben.«

»Kommt drauf an, was sie machen«, entgegnete Lewenhaupt. »Nehmen wir zum Beispiel mal die erwachsenen Kinder. Zwei von ihnen arbeiten in der Krankenpflege. Die älteste Tochter ist Krankenschwester, eine ihrer Schwestern ist Krankenpflegerin, die dritte ist scheinbar Schneiderin. Sie arbeitet bei einer chemischen Reinigung mit Änderungsschneiderei im Zentrum von Eskilstuna. Abbdo hat ja früher als Elektriker gearbeitet. Als er Vollzeit gearbeitet hat, war er übrigens der Höchstverdienende in der Familie. Verdiente knapp dreihunderttausend im Jahr, und das schon als Zwanzigjähriger. Inzwischen studiert er ausschließlich. Von seinen drei Brüdern ist einer als Verkäufer in einem örtlichen Baumarkt vor den Toren von Eskilstuna angestellt, die beiden jüngeren Brüder scheinen in der Restaurantbranche zu sein. Sie arbeiten im selben Lokal, ein kleineres Geschäft in Eskilstuna Zentrum, das, wenn man die Fotos und die Karte anschaut, jetzt nicht gerade zu denen mit vielen Sternen zu gehören scheint. Scheint aber, nach den Einnahmen zu urteilen, vor allem unter Einwanderern ein beliebtes Lokal zu sein. Schwarzgeld? Da würde dieses Lokal in Frage kommen, aber ich glaube definitiv nicht, dass wir da von großen Mengen sprechen können.«

»Hier wird einem aber auch nichts gegönnt«, sagte Martinez.

»Das Beste, was ich noch in der Richtung beitragen kann, ist, dass Papa Mohammed nicht direkt arm dran zu sein scheint«, sagte Lewenhaupt. »Er besitzt das Haus, in dem er und die Familie wohnen. Auch das ist nichts Besonderes, aber eine Million sollte es schon wert sein. Vielleicht sogar anderthalb.«

»Weder er noch jemand sonst in der Familie scheint irgendwelche Schulden zu haben«, fuhr er fort. »Außerdem besitzt er knapp drei Millionen Kronen in verschiedenen Bankgeschäften. Normale Bankkonten, Aktien, Fonds und ein paar Kapitalanlagen. Er hat zwei Bankkontakte am Ort, die örtliche Sparkasse und die Handelsbank.«

»Mehr als drei Mille! Woher hat er die denn? Im Lotto gewonnen? Auf der Straße gefunden?«

»Mohammed Khalid Hussein scheint eine Art Unternehmer zu sein«, stellte Carl Lewenhaupt fest. »Tut mir leid, wenn ich dich enttäuschen muss, Linda.«

Unternehmer, und zwar seit er vor einem Vierteljahrhundert nach Schweden gekommen ist. Dazu noch auf die gute alte Weise, indem man viele Eisen im Feuer hat. Das waren zwar keine großen Eisen, aber doch gut gepflegt, und es gab keine Beschwerden seitens der Behörden.

»Beim derzeitigen Stand wissen wir, dass er in Eskilstuna drei geschäftliche Unternehmungen betreibt. Da ist ein normaler Einkaufsladen, der sich vor allem an muslimische Einwanderer zu richten scheint, dann die chemische Reinigung mit Änderungsschneiderei, in der eine seiner Töchter arbeitet, und dann dieses Restaurant, in dem zwei seiner Söhne arbeiten. Insgesamt beschäftigt er an die zwanzig Voll- und Teilzeitangestellte. Drei davon sind seine Kinder, weitere sind somalische Verwandte von ihm. Und die Übrigen sind Einwanderer mit anderem Hintergrund.

»Interessant«, sagte Lisa Mattei. »Was haben Sie noch?«

»Das ist erst der Anfang«, sagte Lewenhaupt. »Aber hier haben wir erst mal die Namen aus der Familie, die wichtig sind. Die vier kleinsten Mitglieder habe ich rausgenommen.«

Carl Lewenhaupt klickte die Fotos der Familienmitglieder weg und zeigte eine Liste mit dreizehn Namen, um die sie sich wahrscheinlich kümmern müssten. Schließlich war es das Muster, dem Terroristen, die ihre Helfer rekrutierten, zumeist folgten: Erst mal in der eigenen Familie anfangen.

Familienvater: Mohammed Khalid Hussein, 62 Jahre

Seine drei Ehefrauen

Seine erste Ehefrau: Sagal Omar Hassan, 55 Jahre

Seine zweite Ehefrau: Awa Salah Hushi, 50 Jahre

Seine dritte Ehefrau: Leyla Ahmed Rage, 22 Jahre

Seine sechs Söhne
Abdullah Mohammed Khalid, 28 Jahre
Hassan Mohammed Khalid, 27 Jahre
Ismail Mohammed Khalid, 24 Jahre
Waaberi Mohammed Khalid, 20 Jahre
Samakab Mohammed Khalid, 11 Jahre
Ein zehn Monate alter Sohn

Seine sechs Töchter
Maka Mohammed Khalid, 32 Jahre
Fathia Mohammed Khalid, 30 Jahre
Amina Mohammed Khalid, 29 Jahre
Eine vier Jahre alte Tochter
Eine drei Jahre alte Tochter
Eine zwei Jahre alte Tochter

Die Großmutter der Familie
Salmo Ali Ahmed, 82 Jahre

Abschließend erklärte Carl Lewenhaupt den Kollegen, wieso die drei Ehefrauen von Mohammed andere Namen trugen als er selbst und die Söhne und Töchter. Die Logik dahinter sei, dass somalische Muslime erst einen eigenen persönlichen Vornamen bekamen, dann den Vornamen des Vaters, an den sie schließlich noch den Vornamen des Großvaters dranhängten. Die Namen seien meist arabischen Ursprungs.

Dieses Namensgebungssystem galt sowohl für Männer wie für Frauen, und wenn man das einmal wusste, war es auch nicht weiter schwierig, herauszufinden, wie es sich mit den Kindern in dieser Familie verhielt.

»Wenn wir mal unsere Hauptperson, den sogenannten Bombenbauer, nehmen«, sagte Lewenhaupt, »dann ist Abdullah sein persönlicher Vorname, Mohammed ist der seines Vaters und Khalid der seines Großvaters. Seines Vaters Großvater hingegen hieß Hussein, weshalb der Vater Mohammed Khalid Hussein heißt.«

»Was für ein Glück, dass die nicht noch mehr Namen dranhängen«, meinte Linda Martinez.

»Doch«, pflichtete Lewenhaupt ihr bei, »allerdings hat die Wahl des Namens noch einen anderen Aspekt, den wir nicht vergessen sollten.«

»Und der wäre?«, fragte Lisa Lamm.

»Ein Name hat eine Bedeutung. Eine Voraussage auf die Zukunft des Kindes, seinen Charakter oder andere Eigenschaften, und immer mit einem positiven Wert. Die Eltern, die dem Kind diesen Namen gegeben haben, drückten damit auch eine Hoffnung auf die Eigenschaften aus, die das Kind mit durchs Leben tragen sollte. So war es in Schweden früher auch, und so ist es immer noch in der muslimischen Welt. Zumindest unter den Muslimen, die ihren Glauben ernst nehmen.«

»Ich könnte mich selbst mal als Beispiel heranziehen«, fuhr Lewenhaupt fort. »Ich heiße Carl Gustaf Lewenhaupt. Carl und Gustaf sind unter den männlichen Mitgliedern meiner Verwandtschaft gebräuchliche Vornamen. Carl bedeutet freier Mann und Gustaf bedeutet, der Stab der Göthen, also der Anführer der Göthen.«

»Deshalb heißen Leute wie du niemals Ronny oder Conny«, stellte Martinez fest. »Ronny Lewenhaupt. Mit dem Namen würdest du wahrscheinlich in hohem Bogen aus der feinen Adelsversammlung im Riddarhuset geworfen werden.«

»Und das mit Fug und Recht«, stimmte Lewenhaupt ihr zu. »Zumindest wäre die Namensvergabe ein Bruch mit einem althergebrachten sozialen Muster.«

Unter rechtgläubigen Muslimen würde man das ernst nehmen, verdeutlichte er. Als der Sohn Abdullah geboren wurde, war er das vierte Kind von Vater Mohammed. Er hatte bereits drei Töchter, ehe er endlich einen Sohn bekam, eine Gabe Gottes, und so war es wohl kaum ein Zufall, dass Vater Mohammed, der nach dem großen Propheten benannt war, seinem erstgeborenen Sohn den Namen Abdullah gegeben hatte.

»Abdullah bedeutet Gottes Diener«, erklärte Carl Lewenhaupt. »Und ich kann mir kaum vorstellen, dass er diesen Namen zufällig erhielt.«

All dies hatte einen sachlichen Aspekt, der in allerhöchstem Maße für die Ermittlung, mit der sie nun arbeiteten, bedeutsam war. Wenn nun wirklich Abdullah Khalid, wie die britischen Kollegen es behaupteten, der Bombenbauer war, dann war es ebenso ausgeschlossen, dass dies etwas war, das sich Mohammeds Sohn selbst ausgedacht und durchzuführen geplant hatte. Völlig ausgeschlossen, laut Carl Lewenhaupt, wenn man einmal bedachte, wie die Familie aussah, in der Abdullah aufgewachsen war.

Mohammed Khalid Hussein war das Oberhaupt der Familie, und er war es, der alles bestimmte. Und zwar wirklich alles. Die großen wie die kleinen Dinge, Leben oder Tod, ohne die übrigen Familienmitglieder, die unter Umständen konkret davon betroffen waren, zu Rate zu ziehen. So gesehen war Vater Mohammed das Oberhaupt über alle Pläne. Sein Sohn Abdullah war nur eines seiner Werkzeuge. Der Vater sagte ihm, was zu tun sei, und wenn man sich die interessanten Übereinstimmungen zwischen der Berufswahl des Sohnes und dem Attentat, das man durchführen wollte, anschaute, dann hatte Mohammed das höchstwahrscheinlich schon seit vielen Jahren geplant.

Und so gesehen gäbe es auch in dem Handeln des britischen Kollegen etwas, so Lewenhaupt, das er nur schwer verstehen könne.

»Und was ist das?«, fragte Mattei.

Genauer gesagt zwei Dinge. Zunächst einmal, dass der Brite offenbar die Bedeutung des Vaters mit Schweigen bedachte. Das konnte den ganz menschlichen Grund haben, dass der britische Sicherheitsdienst nur Informationen über den Sohn hatte und deshalb keine Ressourcen, Anhaltspunkte über den Vater zu sammeln, und dass man diese Seite den schwedischen Kollegen überlassen wollte, indem man ihnen den Tipp gab.

Vielleicht wollte man aber auch ganz nach britischer Art die schwedischen Kollegen nicht mit Selbstverständlichkeiten beleidigen, wie zum Beispiel, dass Abdullahs Vater natürlich die Macht über die Familie besaß. In dieser Hinsicht sei Jeremy Alexander eine internationale Autorität. Möglicherweise hatte er deshalb die Erkenntnisse seiner schwedischen Kollegen in dieser Hinsicht überschätzt.

»Da denke ich so wie Sie, Calle«, sagte Mattei. »Sie dürfen mich gerne begleiten, falls wir uns noch einmal treffen, und das meine ich überhaupt nicht ironisch. Mein Fehler, ganz einfach. Wird nicht wieder vorkommen.«

»Danke, Chefin«, erwiderte Calle Lewenhaupt.

»Aber was war das andere?«, fragte Mattei.

Der zweite Punkt war sehr viel ernster als der erste. Und bei diesem verhielt es sich offensichtlich so, dass Alexander vorausgesetzt hatte, die schwedischen Kollegen wären darüber in Kenntnis, denn er hatte nicht einmal die zwei wissenschaftlichen Aufsätze mitgeschickt, die er zu dem Thema verfasst hatte und um die Lewenhaupt nun die Dokumentation der Operation Praktischer Peter ergänzt hatte.

Folgendes, erklärte Lewenhaupt:

Wenn Abbdo Khalid plante, ein Terrorattentat von der Art, wie die Briten es offenbar befürchteten, durchzuführen, und wenn ihm das womöglich auch gelänge, würde das einem europäischen 11. September so nahekommen, wie überhaupt nur möglich. Eine direkte Kriegserklärung an die politischen Führungen aller EU-Mitgliedsstaaten. Ein terroristischer Akt, der weltpolitische Konsequenzen nach sich ziehen und die Länder der EU und der übrigen westlichen Welt umfassende Vergeltungsmaßnahmen ergreifen lassen würde, die sich nicht nur gegen die verantwortlichen Terrororganisationen, sondern auch gegen die gesamte muslimische Welt richten würden.

Um eine derartige Aktion in die Praxis umzusetzen, war eine absolut notwendige Voraussetzung, dass die höchste Leitung der verantwortlichen Organisation, in diesem Fall die al-Shabaab, dazu ihre Zustimmung, also eine so genannte Fatwa, erteilte. Die interessante Frage war nun, ob diese notwendige Voraussetzung hier überhaupt vorlag.

Das sei, so Lewenhaupt, nicht gerade wahrscheinlich, wenn man bedachte, worum es bei der ganzen Sache ging. Von Seiten der al-Shabaab hatte man bereits vor mehreren Jahren beschlossen, sich der Leitung von al-Quaida unterzuordnen, und zu deren engsten Verbündeten gehörten seit langem sowohl der IS als auch Boko Haram. Lewenhaupt war der Ansicht, dass man diese um Rat und auch um ihre Zustimmung bitten würde, ehe man einen Beschluss von dieser Tragweite fassen würde.

»Das hier ist nichts, was man einen Achtundzwanzigjährigen aus Eskilstuna entscheiden lässt«, sagte Lewenhaupt. »Ganz egal, wie gut er darin ist, eine Bombe zu basteln.«

»Was, wenn unser Abbdo einfach nur verrückt geworden ist«, wandte Martinez ein. »Vielleicht hat er sich plötzlich entschieden, nicht nur die ganze Welt, sondern auch seinen Vater mal so richtig fassungslos zu machen.«

»Diese Möglichkeit habe ich natürlich auch in Betracht gezogen«, erwiderte Lewenhaupt. »Dagegen spricht, dass diese Art von Terrorakt nur sehr selten das Werk von einzelnen Verrückten ist. Diejenigen, die sie durchführen, haben sowohl ein Mandat als auch einen Auftrag, das zu tun. Wenn es hier tatsächlich um Abbdo Khalid geht, dann muss ich sagen, dass ich noch keine rechte Auffassung davon habe, wer er eigentlich ist. Und damit bin ich nicht allein.«

»Wohl wahr«, ergriff Ingrid Dahl das Wort. »Ich finde, das ist sehr klug gedacht. Bei allem Respekt vor Lindas Fingerspitzengefühl meine ich doch, dass uns das leider manchmal täuscht, und dann kriegen Leute wie ich immer Probleme.«

»Und auf eine Sache können wir uns wohl alle einigen, wenn die Rede von Abbdo Khalid ist«, ergriff Lewenhaupt wieder das Wort.

»Und was wäre das?«, fragte Helena Palmgren.

»Dass er nicht im Geringsten verrückt wirkt. Im Gegenteil.«

»Ausgezeichnet«, sagte Mattei und nickte. »Hat noch jemand Fragen? Ansonsten würde ich vorschlagen, dass wir hier unterbrechen und wieder an die Arbeit gehen. Sollte etwas Akutes geschehen, treffen wir uns sofort wieder hier.«

Niemand hatte Fragen oder Einwände. Linda Martinez versprach, sowie sie wieder in Eskilstuna wäre, Fotos von den vier jüngsten Kindern der Familie zu schicken und den verschiedenen Kinderwagen, in denen sie herumgefahren wurden. Sie habe Bilder von einem vierjährigen Mädchen, das mit seinen kleineren Schwestern im Garten herumsprang, während ihre Mutter auf einem Stuhl saß und den kleinen Bruder mit einer Flasche fütterte. Im Hintergrund seien mehrere Kinderwagen zu sehen.

Wenn man bedächte, was sich Abbdo und seine Kollegen vor dem Fußballstadion in Manchester ausgedacht hätten, wäre es wahrscheinlich nicht falsch, solche Fotos zu haben, entschuldigte sich Martinez.

»Ist das in Ordnung?«, fragte sie und sah zu ihrer Chefin.

»Vollkommen okay, Linda«, erwiderte Mattei. »Vollkommen okay.«

In was für einer Welt bin ich da gelandet?

51

Nach der Besprechung hatte Lisa Mattei den Kollegen Lewenhaupt in ihr Zimmer gebeten. Es gab mehrere Dinge, die sie mit ihm unter vier Augen besprechen wollte, und als sie Platz genommen hatten, begann sie mit dem persönlichsten davon – ihrer eigenen Nervosität.

Eine solche Ermittlung zu leiten und sich dabei vollkommen auf seine Mitarbeiter zu verlassen, war nicht ganz einfach, doch noch schlimmer war es, wenn man den anderen ununterbrochen in die operative Arbeit hineinpfuschte. Hier war Führungsarbeit mit Fingerspitzengefühl gefragt. Nur so bekam man echte Resultate. Dass sie dabei den dafür notwendigen Abstand als zu groß empfand, war ihr persönliches Problem.

Sie hatte ein schlechtes Gewissen, weil sie Lewenhaupt und der Kollegin Linda Martinez zu viel Arbeit aufbürdete und gleichzeitig so unzureichend darin war, ihre Wertschätzung des Geleisteten auszudrücken. Wenn sie mehr Ressourcen bräuchten, solle er das nur sagen. In dem Fall versprach sie, alles in ihrer Macht Stehende zu tun.

»Diese Sache mit der Rolle seines Vaters. Das, was Sie sagen, ist vollkommen überzeugend. Mein eigener Tunnelblick, in dem ich nur Abbdo vor Augen hatte, hat nicht einmal mit einer bewussten Entscheidung zu tun. Ich bin einfach völlig unreflektiert da gelandet.«

»Ja, aber das passiert uns doch allen die ganze Zeit. Das ist ja auch der wichtigste Grund für unsere Besprechungen. Den anderen zu zeigen, wie einäugig wir sind.«

»In dem Zusammenhang sollten Sie etwas wissen«, sagte Mattei.

»Und das wäre?«

»Ich bin überhaupt nicht so, wie ich aussehe«, sagte Mattei. »Ich bin nicht im Geringsten empfindlich. Wenn Sie sachliche Argumente haben, können Sie alles zu mir sagen. Wenn Sie mich dann noch überzeugen können, dann freut sich niemand mehr als ich. Ich bin nicht mimosenhaft, sondern langmütig, sachlich und rational.«

»Das weiß ich«, sagte Lewenhaupt. »Ich bin nämlich auch so.«

»Sehr gut«, sagte Mattei. »Und jetzt habe ich endlich begriffen, dass wir Vater Mohammed in der Priorität nach oben schieben müssen. Was haben wir noch?«

Lewenhaupt meinte, da seien noch zahlreiche Bälle in der Luft, die er bereits nach Bedeutung geordnet und für Analyse und Einordnung gekennzeichnet habe. Zum Beispiel die Frage nach all diesen westlichen Frauen, die mit Männern zusammen waren, die Terroristen waren. Die ersten Unterlagen dazu würden bald fertig sein, er wollte aber lieber nichts darüber sagen, welche Relevanz das für ihren Fall haben würde. Allgemeine Ermittlungsunterstützung, im schlimmsten Fall nur Allgemeinbildung.

»Früher oder später werden wir immer Verwendung für solches Material haben«, sagte Mattei. »Nächstes Mal, wenn so ein Fall auftaucht, kann uns das richtig Zeit sparen. Und vielleicht finden wir dann sogar den, nach dem wir suchen.«

»Das glaube ich auch. Ich habe ein schlechtes Gewissen, was diese Louise Urqhart angeht. Ich weiß, dass Sie mehr über sie wissen wollen, aber wir haben es noch nicht geschafft, genauer hinzusehen. Wenn ich das richtig verstanden habe, stört Sie etwas an ihr.«

»Sie wirkt so zufrieden«, sagte Mattei.

»Zufrieden?«

»Ja, zufrieden. Warum ist das so? Erklären Sie es mir.«

»Auf die Gefahr, mich zu blamieren?«

»Selbstverständlich.«

»Also gut. Guter Sex, das wird der einfachste Grund sein. Was gibt es sonst noch? Dass so einer wie Abbdo außerdem für eine Person wie Louise Urqhart wie ein Gewürz des Lebens wirkt. Ansonsten ist ihr Alltag ja nicht so spannend.«

»Da ist noch mehr«, sagte Mattei. »Ich glaube, sie hatte schon öfter guten Sex. Ich glaube, sie ist die Art Frau, die immer das Beste aus den Leuten, mit denen sie zusammen ist, rausholen kann. Ganz abgesehen davon, wie gut oder schlecht es grundsätzlich mal ist.«

»Wenn wir Martinez glauben, dann ist an Abbdo wohl nichts auszusetzen.«

»Nein, aber ich habe trotzdem das Gefühl, dass sie zufriedener mit ihm ist, als ihm eigentlich zusteht. Es ist nicht nur der Sex und das Gewürz. Da ist noch etwas in ihrem Blick.«

»In ihrem Blick?«

»Ja. Man sieht in ihrem Blick, dass sie mehr als zufrieden ist. Und der Grund dafür ist nicht der Sex, sondern etwas ganz anderes, glaube ich.«

»Und das, was sie nun so zufrieden macht, wäre auch etwas, das mehr als allgemeinbildend für uns wäre?«

»Definitiv«, sagte Mattei.

»Dann hoffen wir mal das Beste«, meinte Lewenhaupt. »Möge der Groschen bald fallen.«

»Ich glaube, das wird er. Sobald ich frei denken kann.«

»Das ist oft schwer. Außerdem haben wir vielleicht noch eine andere Sorge, der wir aus dem Weg gehen sollten. Und in dem Fall bin ich übrigens ganz Ihrer Meinung.«

»Sie denken an die Sache mit den Bränden und der Kontaktperson, die man zufällig eine Woche vor der Wahl festgenommen hat.«

»Antwort: Ja.«

Ein zeitliches Zusammentreffen dieser Art störte sogar Carl Lewenhaupt. Und wenn die Kommune nun schon die mangelhafte Einschätzung besessen hatte, eine hochkriminelle Person einzustellen, was hinderte dann andere daran, jemanden zu beschäftigen, der in den muslimischen Räumen Feuer legte? Ob es dabei um mangelhaftes Urteilsvermögen oder böse Absichten oder beides zusammen ging, war uninteressant, entscheidend war das Ergebnis. Den Vorschlag von Martinez, es gehe hier um gewöhnlichen Versicherungsbetrug, habe er fallengelassen. Die Kommune besaß die Gebäude, in denen die Räumlichkeiten sich befanden, und somit hatte die betroffene Glaubensgemeinschaft keinen finanziellen Anreiz, diese anzuzünden. Eher im Gegenteil, wenn man bedachte, wie stark die Miete subventioniert wurde.

»Was nicht einen anderen Grund ausschließt. Zum Beispiel die Vertiefung der Gräben zwischen den muslimischen Einwanderern und der schwedischen Bevölkerung«, fasste Mattei zusammen.

»Ganz Ihrer Meinung«, sagte Lewenhaupt. »Nachdem ich die Ermittlungsunterlagen zu den Bränden noch einmal gelesen habe, muss ich sagen, diese Möglichkeit müssen wir in Betracht ziehen. Täter könnte ein Gläubiger sein, der sich in der Moschee frei bewegen kann. Jemand, dessen Glaube ein bisschen zu wünschen übrig lässt und der sich von Geld oder etwas anderem beeinflussen lässt.«

»Aber nichts von dem deutet auf unsere Kollegen in Eskilstuna hin?«

»Nein, bisher nicht.«

»Wie auch immer möchte ich nicht, dass es auch nur das kleinste Risiko gibt, dass einer von denen plötzlich auf einer Bananenschale in die Sache reingerutscht kommt, die wir da gerade am Laufen haben. Das geht sogar so weit, dass, selbst wenn es rechtlich einwandfreie Gründe gäbe, gegen Abbdo oder jemanden aus seiner Familie vorzugehen, ich sie daran hindern werde, das zu tun. Das muss alles warten, bis wir mit unserem Ding durch sind.«

»Selbstverständlich.«

»Und wie machen wir das rein praktisch?«, fragte Mattei.

»Das Einfachste wäre wahrscheinlich, wenn wir mit unserer Kontaktperson da unten reden«, sagte Lewenhaupt. »Ohne näher anzudeuten, warum.«

»Ist das eine zuverlässige Person?«

»Ja, das glaube ich, ohne ihn allerdings näher zu kennen. Der übliche Typ, schweigsam. Definitiv niemand, mit dem man etwas falsch macht, auch wenn er kaum etwas sagt. Außerdem hat er einen guten Namen.«

»Wie heißt er?«

»Eskilsson. Lars Eskilsson. Er ist der verantwortliche Operator bei denen.«

»Kann man sich ja gut merken. Hat er je irgendeine politische Meinung verlauten lassen?«

»Nichts, was in der Personenakte stünde. Ich habe fast den Eindruck, dass er keine Meinung besitzt.«

»Lassen Sie mich das noch überlegen«, meinte Mattei.

»Lieber nicht den Bären wecken, der sonst vielleicht bis zum Nationalfeiertag schläft?«

»So ungefähr«, sagte Mattei. »Aber noch etwas.«

»Ja?«

»Darf ich Sie zum Mittagessen einladen?«

»Ja, gerne«, sagte Carl Lewenhaupt.

»Allerdings nicht hier im Haus. Ich schlage vor, wir fahren dafür in die Stadt.«

»Jetzt schleppen Sie mich aber nicht in die Stammkneipe von der alten Legende auf Söder, oder?«

»Nein«, versicherte Mattei. »Da war ich nur ein einziges Mal, und zwar nach der Beerdigung von Lars Martin. Das ist sechs Jahre her, und ich habe nicht vor, jemals wieder dorthin zu gehen.«

»Verstehe«, sagte Lewenhaupt erleichtert.

»Aber es gibt ein ausgezeichnetes Fischrestaurant unten am Norr Mälarstrand.«

»Da haben sie bestimmt Zander. Vom Båven oder aus dem Hjälmaren. Es gibt nichts Besseres.«

»Gut«, sagte Mattei. »Wir treffen uns um zwölf in der Garage.«

52

Es wurde ein angenehmes Mittagessen, auch wenn der frische Zander nicht auf der Karte stand, weil es Montag war und der Fischer, der das Restaurant mit schwedischem Süßwasserfisch versorgte, an diesem Tag nicht lieferte. Stattdessen bestellten sie gebratene Makrele, gedünsteten Spinat und französische neue Kartoffeln und unterhielten sich nicht über ihren Fall oder die Arbeit, sondern wieder einmal über den legendären Lars Martin Johansson. Carl erzählte, wie er ihn kennengelernt und von ihm für die Säpo rekrutiert worden war.

»Ich kann verstehen, dass Sie ihn vermissen«, sagte er zu Mattei.

»Ja, vielleicht besonders jetzt«, stimmte Mattei mit einem Nicken zu.

»Und stattdessen müssen Sie sich mit einem wie mir zufriedengeben«, sagte Lewenhaupt.

»Sie sind gut, Calle, Bessere als Sie und Jan und Linda kann ich gar nicht kriegen.«

»Wenn er jetzt an diesem Tisch säße, was würde er über jemanden wie Abbdo Khalid sagen?«

»Dasselbe wie Sie und ich. Einerseits, andererseits. Weil er auch noch nicht fertig nachgedacht hätte.«

»Sind Sie sicher?«

»Ganz sicher. Und deshalb sitzen Sie und ich hier.«

Als Mattei wieder in ihrem Büro war und aus Mangel an anderen Beschäftigungen noch einmal durch ihre wachsenden Papierstapel blätterte, kam ihr Chef rein. Doch es war ein ganz anderer Chef als der, den sie in der Woche zuvor kennengelernt hatte. Dieser hier blieb an der Tür stehen, hatte ein freundliches Lächeln auf den Lippen und nickte fragend zu ihrem Besucherstuhl hin. Jetzt saß er dort, und das Gespräch, das dann folgte, war richtig gut.

Mattei begann damit, sich für die Blumen zu bedanken, und ihr Chef antwortete, das wäre ja wohl das Mindeste gewesen, was er hätte tun können, wenn man bedächte, was er angestellt hatte.

Dann redete Mattei von Stress, von einer akuten Situation, in die sie plötzlich geraten waren, und von diesen typischen zwischenmenschlichen Reibungen, die gern bei solchen Gelegenheiten auftraten. Und wenn sie sich nun selbst mal kritisch überprüfen würde, dann könne sie definitiv ausschließen, dass sie ihm jemals aus demselben Grund Blumen schenken würde, aus dem er ihr dieses prachtvolle Bukett hatte schicken lassen, das nun ihren Schreibtisch zierte.

Ihr Chef quittierte dies, indem er erwähnte, ihr Mitarbeiter Jan Wiklander habe die Freundlichkeit besessen, ihm schon zum Wochenende mitzuteilen, dass ihre Verbindungsperson von der militärischen Seite jetzt aktiv an der Ermittlung teilnehmen würde. Und er habe ihm sogar verraten, wer von der militärischen Seite für die Zusammenarbeit verantwortlich sein würde.

»Helena Palmgren heißt sie wohl«, sagte er. »Ist sie Ihnen schon aus anderen Zusammenhängen bekannt?«

»Nein«, sagte Mattei und schüttelte den Kopf. »Ihnen? Kennen Sie sie?«

»Nein, nicht, dass ich wüsste. Eigentlich müsste ich ihr ja schon mal begegnet sein, aber nein.«

»Das liegt vielleicht daran, dass sie erst seit kurzem hier arbeitet. Jan meinte, erst seit ein paar Monaten.«

»Möglich«, stimmte ihr Chef zu. »Wie ist Ihr Eindruck?«

»Gut«, sagte Mattei. »Sie scheint vernünftig.«

Muss mal ihre Personalakte lesen, dachte sie.

»Schön zu hören, Lisa«, sagte ihr Chef und erhob sich. »Das werden Sie hinkriegen, davon bin ich vollkommen überzeugt. Und dann werde ich dafür sorgen, dass Sie ein richtiges Bukett bekommen.«

»Danke«, sagte Mattei.

Den Rest des Tages hatte Mattei darauf verwandt, immer wieder dieselben Gedanken zu wälzen, die in ihrem Kopf kreisten. Gab es etwas, das sie vergessen hatte, etwas, das eine andere Priorität erforderte? Hielt die Dokumentation ihrer Ermittlung wenigstens annähernd mit der Arbeit Schritt, die beschrieben werden sollte?

Am meisten hatte sie über Louise Urqhart nachgedacht. Die Frau, die ihr britischer Kollege für die Frau des Bombenbauers hielt. Warum siehst du so zufrieden aus? Du siehst … mehr als zufrieden aus. Was übersehe ich?

Schließlich hatte sie alles Material, das sie benötigte, auf einen Stick gezogen und die erforderlichen Papiere und Formulare eingepackt, ihren Chauffeur angerufen und den Fahrstuhl in die Garage genommen.

»Ich sitze heute mal hier hinten«, erklärte Lisa Mattei. »Ich muss einige Papiere lesen.«

»Selbstverständlich, Chefin«, sagte ihr Fahrer und hielt ihr die hintere Tür auf.

Eine Viertelstunde später hielten sie vor ihrem Haus. Mattei steckte die Papiere, die sie gelesen hatte, wieder in ihre Tasche. Höchste Zeit, was fertigzukriegen, dachte sie.

»Permission to speak, boss«, fragte ihr Chauffeur, als er ihr die Autotür aufhielt.

»Permission granted«, erwiderte Mattei und lächelte ihn an, weil sie schon ahnte, was jetzt kommen würde.

»Diese ganzen geheimen Papiere«, sagte ihr Fahrer mit einem Nicken zu der Aktentasche, die sie unter dem Arm hatte. »Ich arbeite zwar erst ein knappes Jahr auf dieser Stelle, aber ich frage mich, wie groß wohl die Wahrscheinlichkeit ist, dass ich verrückt werde, weil ich nicht einmal etwas über ihre Existenz wissen darf.«

»Ich kann leider nichts sagen«, meinte Mattei und grinste. »Das ist geheim.«

»Ich verstehe«, erwiderte ihr Fahrer. »Ist es in Ordnung, wenn ich der Chefin einen schönen Abend wünsche?«

»Vollkommen in Ordnung«, sagte Mattei und grinste wieder. »Vorausgesetzt, sie erzählen es niemandem weiter.«

53

Ausnahmsweise war sie mal als Erste zu Hause. Johan hatte sich bei der Arbeit verspätet, dann war er an der Tagesstätte vorbeigehetzt und hatte Ella abgeholt und dann beim Chinesen im Einkaufszentrum Fältöversten am Karlaplan Essen geholt. Endlich zu Hause, freute er sich, dass Lisa schon da war, und legte den Arm um sie.

Ella wirkte kein bisschen gehetzt. Fröhlich war sie und fit, und chinesisches Essen war das beste, was sie sich denken konnte, vor allem, wenn sie nicht mit Stäbchen essen musste, so wie jetzt, da ihr Vater ihr Gabel und Löffel versprochen hatte.

»Setzt euch«, sagte Lisa mit einem Nicken zum Tisch hin. »Ich tue euch was drauf.«

»Möchtest du vielleicht ein Glas Wein?«, fragte sie Johan. »Du siehst so aus, als könntest du eins vertragen.«

»Wenn du eins nimmst, gerne.«

»Nein«, erwiderte Mattei. »Ich nicht. Aber ich wollte dich bei einer Sache um Hilfe bitten. Also, möglicherweise hilft Wein.«

»Ist das was Geheimes?«

»In allerhöchstem Grade«, sagte Mattei. »Topsecret.«

»In dem Fall hätte ich gern ein Glas roten«, sagte Johan. »Mit rotem kann man nämlich besser denken.«

»Selbstverständlich«, sagte Mattei. »Ist ein Italiener genehm?«

»Eine bessere Unterstützung für die Gedanken gibt es nicht.«

»Und dann hätte ich noch ein Formular. Das musst du unterschreiben. Vorher kann ich dir nicht das geben, womit du mir helfen sollst.«

Das sei überhaupt kein Problem, versicherte ihr Mann.

Als sie aßen, fragte Lisa Mattei ihre Tochter, ob sie vorm Schlafengehen Lust hätte, mit ihrer Mutter zur Djurgårdsbron zu gehen und die Enten zu füttern.

Ella antwortete nicht, sondern sah nur fragend ihren Vater an, als könne sie nicht richtig glauben, was ihre Mutter eben gesagt hatte. Johan nickte bestätigend, und erst da nickte sie auch.

»Cool«, sagte Ella. »Sind die auch noch nicht eingeschlafen?«

»Nein, ich bin sicher, dass die total wach sind«, meinte Lisa. Genauso sicher wie ich bin, dass ich scheinbar meinen Alltag im Job vergessen habe.

Die Enten waren wach und lebendig, schnappten Ella Brotstückchen aus den Händen, und die jubelte, obwohl sie in den Daumen gekniffen worden war. Auf dem Heimweg liefen sie um die Wette zur Tür. Ella gewann und durfte den Fahrstuhlknopf drücken, obwohl sie ja fünf Jahre und eigentlich zu alt für so was war.

»Willst du Papa gute Nacht sagen, ehe wir eine Geschichte lesen?«, fragte Mattei, als sie im Badezimmer fertig waren.

»Der arbeitet. Er sitzt ja in seinem Arbeitszimmer«, sagte Ella und schüttelte erstaunt den Kopf. »So wie du, Mama«, erklärte sie noch dazu.

Eine Viertelstunde später war sie eingeschlafen.

Ihr Mann brauchte noch. Mattei hatte schon die Spätnachrichten gesehen, eine gewöhnliche Mail an Linda Martinez geschickt, sich die Zähne geputzt und im Bett zumindest ein paar Kapitel eines Romans gelesen, von dem sie immer wieder vergaß, dass sie sie schon gelesen hatte.

Was macht er da eigentlich so lange? Drei Stunden waren schon vergangen. Am besten schaute sie mal nach, nicht dass er so viel von dem guten Roten getrunken hatte, dass er einfach eingeschlafen war.

Offensichtlich nicht, denn als sie in sein Zimmer kam und sich in seinen großen Sessel kuschelte, saß er immer noch vor dem Computer an seinem Schreibtisch.

»Nun, wie läuft's für meinen frisch berufenen Experten für Bildanalysen?«, fragte sie.

»Geht so«, erwiderte Johan. »Mit dem rein reflektiven Teil bin ich fertig. Jetzt versuche ich grade das, was auf dem Stick ist, runterzuladen. Für den Fall, dass ich es noch mal ansehen will. Also, falls ich was vergessen habe.«

»Und klappt das?«, fragte Lisa mit unschuldiger Miene.

»Nein«, sagte Johan. »Gar nicht.«

»War ja zu erwarten.«

»Ja, seltsam, nicht?«

»Und das andere? Wozu ich Fragen hatte? Wie läuft es damit?«

»Besser, glaube ich«, sagte Johan und nickte.

»Erzähl.«

»Klar, aber erst musst du mir eine Frage beantworten.«

Mattei nickte.

»Das, was da über Geheimhaltung auf dem Formular steht, das ich unterschreiben musste. Ist das wirklich wahr? Alles, was mit den Leuten passiert, die die Klappe nicht halten können?«

»Ja«, erwiderte Mattei, »absolut wahr. Und weil Ella ihren Papa liebt und ich selbst bisher auch noch nichts Besseres gefunden habe, schlage ich mal vor, dass du es für dich behältst.«

»Das ist doch total krank«, sagte Johan. »Und ich dachte, Schweden sei ein ganz gewöhnlicher Rechtsstaat. Außerdem haben wir schließlich eine Regierung aus Sozis und Grünen. Bessere Menschen als die gibt es doch kaum.«

»Lass es, Johan«, sagte Mattei. »Wahrscheinlich zerreiße ich das Ding, wenn du nur die Klappe hältst. Erzähl mal. Woher kommt es, dass Louise Urqhart so zufrieden mit sich selbst wirkt?«

Die vorherrschende Auffassung unter ihren chauvinistischen Kollegen, angeführt von Linda Martinez, denn ein schlimmeres Männerschwein als die gab es nicht, war, dass es an einer Kombination aus gutem Sex und dem kleinen Gewürz in einem ansonsten inhaltsleeren Dasein läge, das Abbdo ihr geben konnte.

»Habe ich das richtig verstanden?«, fragte Johan. »So steht es auf dem Papier, das du mir gegeben hast. Und die meisten von denen kenne ich ja auch noch, also hatte ich schon so meine Ideen.«

»Ja, das hast du richtig verstanden. Linda definitiv, Wiklander auch. Aber auf diese Wiklander-Art. Calle Lewenhaupt ist auch dabei, obwohl es ihn auch ein bisschen geniert. Sehr süß, übrigens. Und noch einige andere. Auch wenn die nicht so viel beizusteuern hatten.«

»Ich bin da mehr auf deiner Linie«, sagte Johan. »Ich glaube, die anderen vergessen etwas.«

»Und das wäre?«

»Sex ist nicht nur ein Ziel, es ist auch ein Mittel.«

»Ein Mittel?«

»Ja, ein Mittel für denjenigen, der etwas erreichen möchte. Da kannst du jeden erleuchteten Zyniker fragen, wenn du mir nicht glaubst.«

Ein Mittel. Könnte es so einfach sein? Natürlich. Wie dumm ich bin.

»Wie verdammt dumm ich bin«, sagte Lisa.

»Das interpretiere ich so, dass ich gerade gefeuert worden bin«, sagte Johan. »Aber danke für den Wein.«

»Nein«, sagte Mattei, »ich meinte doch nicht dich, sondern mich selbst. Wie dumm ich bin!«

»Ich bin also noch dein Experte?«

»Aber so was von, Johan. Du wirst sogar eine Medaille kriegen. Aus Gold. Aber die ist geheim, du darfst sie also niemandem zeigen. Bis auf Weiteres musst du dich mit einem Kuss begnügen.«

54

Am Freitag, den 15. Mai, erhielt Linus Rasmusson einen Sonderauftrag von seiner Chefin Linda Martinez, und weil der noch geheimer als alles andere war, womit sie arbeiteten, durfte er ausschließlich mit ihr darüber reden. Sich mit einer anderen Person zu unterhalten oblag ihrer Entscheidung, ganz gleich, worum es in dem Gespräch ging.

Zwei Tage zuvor hatte sich der unbewachte Abbdo Khalid fast drei Stunden lang im Dreieck Eskilstuna, Strängnäs und Malmköping aufgehalten. Martinez wollte wissen, was er da gemacht hatte. Sich mit jemandem getroffen, etwas abgegeben oder sich irgendetwas anderes ausgedacht? Und selbst wenn es nicht das Geringste mit ihrem Fall zu tun hatte, wäre auch das gut zu wissen.

Linus sollte das nun für sie rauskriegen. Sie hatte, als sie am Abend zuvor den wahrscheinlichsten Ort für die zwei aufgefangenen Handykontakte suchte, Notizen gemacht. Die bekam er jetzt und dazu die Eckdaten aus der Handyüberwachung. Den Rest musste er selbst rauskriegen, und zwar am liebsten gestern.

»Du magst doch den König, oder, Linus?«, beendete Martinez ihr Gespräch.

»Ja«, sagte Linus, der sein Erstaunen nur schwer verbergen konnte. »Einerseits habe ich großen Respekt vor seinem großen Naturinteresse, andererseits sind wir beide alte Pfadfinder. Seine Majestät ist natürlich bedeutend älter als ich, aber bei den

Pfadis legen wir nicht so großen Wert auf Alter. Woher wissen Sie das eigentlich?«

»Das habe ich in deiner Personalakte gelesen«, log Martinez.

»Ich bin auch ein großer Bewunderer der Königin und vor allem ihres Engagements für Kinder, die es schwer haben …«

»Scheißegal, Linus«, unterbrach Martinez ihn. »Das jetzt ist wichtiger. Ich gebe dir hiermit die Chance, ihnen beiden das Leben zu retten.«

Der genannte Umkreis zwischen Eskilstuna, Strängnäs und Malmköping bedeckte eine Fläche von ungefähr dreihundert Quadratkilometern, in der ein paar Tausend Menschen lebten, die Tausende von Handys hatten, von welchen sie pro Tag Zehntausende von Nachrichten verschickten, und es war somit ausgeschlossen, auch nur einzelne Prozent davon zu kontrollieren. Stattdessen stellte Linus Rasmusson eine Wahrscheinlichkeitsbeurteilung auf, die auf der Annahme beruhte, Khalid hatte jemanden oder etwas aufgesucht, das in der Nähe des Punktes lag, an dem die beiden Handykontakte registriert worden waren.

Linus nahm den wahrscheinlichsten Punkt auf der Karte als Ausgang. Um diesen Punkt legte er einen Radius von einem Kilometer mit einer Fläche von ungefähr hundert Hektar, auf der laut Einwohnermeldeamt insgesamt siebzehn Personen auf neun Haushalte verteilt lebten.

Wenn Khalids Ziel tatsächlich in diesem Kreis zu finden war und jemand, der dort wohnte, damit zu tun hatte, war die Wahrscheinlichkeit, dass diese Person sich unter den siebzehn Menschen befand, hundert Prozent. Vollständig erfassbar, wenn man Zeitrahmen und Kosten berücksichtige, dachte Linus, dessen Laune stieg.

Vorausgesetzt, der missliche Fall, Abbdo Khalid hatte sich an dem Ort mit jemandem verabredet, der eigentlich ganz woanders wohnte, oder er hatte irgendetwas ganz anderes dort gemacht, das nichts mit der Umgebung zu tun hatte, trat nicht ein. In dem Fall musste man ganz tapfer sein, dachte Linus. Wenn man die Jahreszeit in Betracht zog, konnte es sich weder um Beerenpflücken noch um Pilzesuchen handeln, mal abgesehen von Frühlingsmorcheln, doch in der immer umfangreicher werdenden Personenakte von Abbdo Khalid gab es keinerlei Hinweise, die auf ein allgemeines Interesse des Mannes an der Fauna und Flora Sörmlands hindeuteten. Noch weniger schien er Vogelbeobachter zu sein, wie Linus selbst. Und am allerwenigsten hatte er wohl die Runensteine aufsuchen wollen, die in der Nähe standen.

Tapfer sein, sonst bist du erledigt, dachte Linus, und was dann mit seinem naturinteressierten König und seiner sozial engagierten Königin geschehen würde, daran wollte er nicht einmal denken. Da er allein in seinem Zimmer war, wiederholte er es sicherheitshalber noch mal laut.

»Tapfer sein«, sagte Linus.

Danach verbrachte er knapp drei Tage damit, im Großen und Ganzen alles rauszukriegen, was er rauskriegen konnte. Am späten Montagabend war er mit seinen einleitenden Ermittlungen fertig. Die fasste er in einer Aktennotiz von insgesamt einunddreißig Seiten zusammen, die er kurz vor Mitternacht seiner Chefin Linda Martinez mailte.

Kurz nach sieben Uhr morgens hatte sie geantwortet. Sie wollte ihn sofort treffen, spätestens in einer halben Stunde. Zwanzig Minuten später betrat er ihr Zimmer. Martinez sagte nichts, sondern nickte nur auf den Stuhl vor ihrem Schreibtisch, während sie auf ihrem Bildschirm las. Irgendwie sah sie sauer aus.

»Lesen Sie in meiner Aktennotiz?«, fragte Linus in dem Versuch, die Stimmung ein wenig zu lockern und gleichzeitig seinen Respekt zu zeigen.

»Einunddreißig Seiten«, sagte Martinez. »Hast du sie nicht mehr alle? Wie soll ich das schaffen? Sag es mir so. Du kriegst fünf Minuten.«

»Okay«, sagte Linus.

Siebzehn Personen auf neun Haushalte verteilt. Alle Schweden, so gut wie keiner vorbestraft, fünf Kinder unter fünfzehn, neun Rentner, davon sechs fünfundsiebzig oder älter. Die zwei ältesten waren neunundachtzig beziehungsweise fünfundneunzig Jahre alt und waren seit Jahren in Langzeitpflege.

Ferner hatte Linus sie in eine Rangordnung gebracht, danach, wie wahrscheinlich es war, dass sie irgendeine Gemeinsamkeit mit einem wie Khalid haben könnten. Er hatte seine Informationen als Anhaltspunkt und kriminologische Prinzipien zu Hilfe genommen, und als er damit fertig war, gab es eigentlich nur noch ein Problem.

»Und das wäre?«, fragte Martinez.

»Nun, eigentlich kann keiner von denen etwas mit so einem wie Abbdo Khalid zu tun haben«, sagte Linus Rasmusson. »Es ist keiner mehr übrig, wenn Sie verstehen, was ich meine.«

»Wie, keiner mehr übrig?«

»Wenn man bedenkt, was er sich gerade ausdenkt«, verdeutlichte er.

»Gib mir ein Beispiel«, sagte Martinez.

Fast alle von denen, die da wohnten, seien gute Beispiele, meinte Linus. Am besten aber war wohl die Älteste in der Gemeinschaft. Eine Frau von fünfundneunzig Jahren, die nach dem Tod ihres Mannes die letzten zwanzig Jahre allein gelebt hatte. Sie lebte auf einem kleinen, abgelegenen Hof, der ungefähr hundert Meter von dem Schnittpunkt ihrer Handydaten entfernt lag. Im Sommer zuvor hatte sie eine Gehirnblutung gehabt, und seit neun Monaten lag sie nun in der Langzeitpflege. Was sollte so eine Person mit jemandem wie Abbdo Khalid zu tun haben?«

»Was ist denn das Problem mit ihr?«, fragte Martinez. »Ich finde, sie klingt perfekt!«

»Aha«, meinte Linus. »Ich verstehe nicht richtig.«

»Nein, das ist mir schon klar«, unterbrach ihn Martinez, »also, dass du *nada* verstehst. Lass uns mal annehmen, du brauchst einen Ort, um etwas aufzubewahren, was du nicht zu Hause haben kannst. Und da meine ich alles von einem Erdkeller bis zu einem gewöhnlichen Haus, das leer steht und ohne neugierige Nachbarn in der Nähe. Da muss doch so eine Frau, die seit einem Jahr nicht mehr bei sich ist, perfekt sein. Eine bessere Vermieterin findest du doch nicht. Außerdem ist alles gratis, weil sie nämlich keinen Schimmer davon hat, was zu Hause in ihrer alten Bruchbude geschieht.«

»Ich verstehe, was Sie meinen«, sagte Linus.

»Wie schön«, sagte Martinez.

»Und wie sollen wir jetzt weitermachen?«

»Nicht wir«, erwiderte Martinez. »Rede mit Frank. Der braucht sicher bei irgendwas Hilfe. Und wenn es noch was gibt, wovon ich glaube, dass du es für mich tun kannst, dann melde ich mich. Ist das klar?«

»Klar, Chef, danke, Chef.«

»Da nicht für«, erwiderte Linda Martinez.

Wie mache ich weiter?, fragte sie sich. Sie drehte und wendete ihren Fall eine ganze Weile, dann hatte sie sich entschieden. Sie rief ihre Kontaktperson bei der Polizei in Eskilstuna an, den operativen Chef Lars Eskilsson.

Eskilsson ging mit dem üblichen Knurren ran, was für diejenigen, die ihn kannten, das Zeichen war, dass sie richtig gelandet waren.

»Wie geht's, Eskil?«, fragte Linda Martinez. »Schön zu hören, dass es dir gut geht.«

»Womit kann ich dienen, Linda?«

»Einmal muss ich ein ganz normales buntes Auto von dir leihen. Einen kleinen Bus, eine Streife, egal was, Hauptsache, es steht Polizei drauf. Muss nur fahren, wir wollen niemanden damit jagen.«

»Wie lange brauchst du den?«

»Maximal drei Tage«, sagte Martinez, »und am liebsten gleich.«

»Und sonst?«

»Wenn du solche Broschüren über Vermeidung von Verbrechen hast, die Leute wie ihr die ganze Zeit den Leuten aufdrücken.«

»Tonnen«, sagte Eskilsson.

»Eine Schachtel reicht«, erwiderte Martinez.

»In einer Stunde ist alles da«, meinte Eskilsson und legte auf.

Eskil ist gut, dachte Martinez. Der liefert und redet nicht eine Menge Mist.

Die Kollegin Martinez ist gut, dachte Lars Eskilsson. Nicht eine Menge unnötiges Gelaber. Und scharf ist sie auch.

55

Lisa Mattei war bereits um sieben Uhr morgens in ihrem Büro eingelaufen und hatte zum ersten Mal seit Beginn der Ermittlung das Gefühl, ein aktiver Teil davon zu sein. Endlich mit im Match. Außerdem hatte sie gute Laune, fast ein bisschen kicherig. Jetzt stellte sie ihr Handy aus, um mit ihren Gedanken allein zu sein. Endlich allein. Dann nahm sie Papier und Stift, denn das half ihr immer beim Nachdenken. Vor allem jetzt, da sie außerhalb der üblichen Schubladen denken musste.

So eine britische Schublade mit empirischen Beobachtungen und logischem Denken drin, soll es werden, dachte Mattei, der die angelsächsische Common-Sense-Philosophie durchaus vertraut war. Ein gewöhnliches Quadrat ganz einfach, dachte sie und zeichnete ein solches mit ungefähr zehn mal zehn Zentimeter auf das weiße A4-Blatt, das vor ihr lag.

In der Schublade befand sich natürlich Abbdo Khalid, weshalb Lisa Mattei mit ihrer ordentlichen Handschrift seinen Namen mitten ins Quadrat schrieb. Warum eigentlich? Weil Jeremy Alexander es sagt. Und kraft seiner Person und als logische Folge dessen, was er von Khalid behauptete, befand er sich also außerhalb der Schublade. Sie schrieb seinen Namen neben das Quadrat auf der Höhe von Khalids Namen.

Allerdings war er da nicht allein. Es gab doch noch den »amerikanischen Freund«, mit dem er sich immer wieder absprechen musste. Dazu noch alle anderen, die wie er bei den

Sicherheitsdiensten der westlichen Welt arbeiteten. Seit einer knappen Woche gehörten auch Lisa Mattei und ihre Kollegen bei der schwedischen Sicherheitspolizei dazu, und Jeremy Alexander vom MI6 hatte sie dort platziert. Derselbe Mann, der den Bombenbauer in das Quadrat gesetzt hatte.

Und da befand er sich nun. Scheinbar ganz allein, nur eine Person gab es, die ihm vielleicht Gesellschaft leistete, nämlich Louise Urqhart, die nun die Frau des Bombenbauers sein sollte. Ein zufälliges Zusammentreffen mit Khalid, als er eine Wohnung von ihr mieten will, plötzlich aufflammende sexuelle Attraktion, ein Gewürz in dem ansonsten inhaltsleeren Dasein. Rein in die Schublade mit ihr, und alles nur wegen Alexander.

Mattei legte den Stift weg und dachte nach. Wenn es nun genau umgekehrt war? Wenn Louise Urqhart in Wirklichkeit für Alexander arbeitete. Vielleicht war sie seine Infiltratorin, und sie war auch der Motor der Operation des Nachrichtendienstes, die er betrieb und die so wichtig war, dass alles andere warten musste und dass er nicht einmal Mattei eine Andeutung darüber geben konnte, worum es dabei ging. Das würde zumindest eins erklären, nämlich warum Louise Urqhart auf den Bildern so zufrieden aussah.

Mehr als zufrieden. Sie nahm den Stift und schrieb Louise Urqharts Namen unter den von Jeremy Alexander. Machte einen Kreis um beide Namen, zog einen Pfeil von Urqhart in das Quadrat hinein. Schrieb ihren Namen noch einmal, und zwar unter den von Abdullah Mohammed. Umkreiste auch den.

Sie lehnte sich auf dem Stuhl zurück und rieb sich die Schläfen. Nun war sie nicht im Mindesten mehr gut gelaunt, wenn sie an die Konsequenzen dessen, was sie gerade überlegt und sogar auf dem Papier fixiert hatte, dachte.

Das wäre doch vollkommen unmenschlich und unbegreiflich, wenn man bedachte, was ein paar Monate zuvor in Manchester geschehen war. Wenn Urqhart für Alexander arbeitete, dann musste sie das auch schon getan haben, als Khalid sie kennenlernte – mehr als ein halbes Jahr vor dem Attentat. Neun Tote und noch mehr schwer verletzte Menschen, warum hatten sie dann nichts getan, um das zu verhindern?

Weil Alexander nichts davon gewusst hatte? Weil damit eine andere britische Sicherheitsorganisation, nämlich das Terroristenkommando beim alten Scotland Yard befasst war, die Khalid und diejenigen seiner Freunde überwacht hatten, die dann das Attentat vor dem Old Trafford durchgeführt hatten? Hatte er selbst erst spät und wie er es beschrieb zufällig von Khalids Existenz erfahren?

Vergiss es, dachte Mattei. Wenn es nun so war, dass Urqhart für Alexander arbeitete, dann gab es nur zwei Möglichkeiten. Entweder war das, was sie da am Laufen hatten, dermaßen wichtig, dass es alle Mittel heiligte. Oder sie selbst war dabei, den Verstand zu verlieren.

Was mache ich jetzt?

Eine Möglichkeit war natürlich, ihn auf ihrer geheimen Leitung anzurufen und ihm zu erzählen, zu welchen Schlüssen sie gekommen war. Dass sie diese Erkenntnis von außen aus der Tatsache gewonnen habe, dass Louise Urqhart zufriedener wirkte, als sie sein konnte. Und dass sie nun vorhabe, Jeremy Alexander ans Messer zu liefern, und deshalb schon zuverlässige Kräfte innerhalb der Medien und der Politik in seinem Heimatland über die Rolle in Kenntnis gesetzt hätte, die er im Zusammenhang mit der unfassbaren Tragödie vor dem Theatre of Dreams gespielt habe.

Das würde dem guten Jeremy nur ein müdes Lächeln abringen, und wenn er einmal alle seine Register gezogen hätte, wäre das Ende vom Lied, dass sie für die Säpo nicht mehr haltbar wäre. Um jemanden wie Jeremy Alexander weichzukochen, brauchte man schon mehr als das Gefühl, dass Louise Urqhart den Sex befriedigender fand, als plausibel war.

Blieb ihr nur, ordentlich Holz für das Feuer zu sammeln. Und wenn es sich dann erwies, dass sie falschgelegen hatte und dass ihre Arbeit sie den Verstand hatte verlieren lassen, dann konnte sie immer noch kündigen und etwas anderes tun. So mache ich das, dachte sie, rief Calle Lewenhaupt an und erklärte, sie müsse ihn umgehend sehen.

56

Der Kollege Eskilsson von der Polizei Eskilstuna erschien zur vereinbarten Zeit an Martinez' Meisenkasten auf der Lidgatan. Fünf Minuten vorher rief er an und sagte zu Linda, sie solle die Garagentür aufmachen, damit er direkt reinfahren konnte und der Polizeibus nicht auf der Straße rumstand und den Leuten in die Augen stach.

»Hältst du mich für ein bisschen bekloppt, Eskil?«, antwortete Martinez. »Seit wir vor einer Stunde telefoniert haben, steht die Garage weit offen.«

Eskilsson knurrte nur.

Es war ein Volkswagenbus, der schon bessere Tage gesehen hatte, aber für das, wozu Martinez ihn brauchte, war er hervorragend geeignet. Vor dem Verlassen des Polizeihauses hatte Eskilsson noch ein Plakat ausgedruckt, das nun auf der Innenseite der Scheibe klebte, um die Botschaft noch zu verstärken. SICHER IN SÖRMLAND, stand auf dem Plakat, und dem Kleingedruckten war zu entnehmen, dass es sich um eine Unternehmung der Einheit zur Verbrechensvorbeugung der Polizei Eskilstuna handelte. Die Schachtel mit den Broschüren stand auf dem Rücksitz, und außerdem hatte er noch einen Karton Polizeibärchen mitgenommen, die er im Keller gefunden hatte.

»Polizeibärchen?«, fragte Martinez.

»Das ist der Polizeibär Björn«, erklärte Eskilsson. Kleine Teddybärchen in Polizeiuniform, die ein früherer Chef der Reichskripo eingeführt habe und die laut Eskilsson der einzige nachhaltige operative Beitrag dieses Menschen zur schwedischen Polizei gewesen seien.

Bus, Bär und Broschüren, dazu ein selbsterfundenes Plakat, und wenn sie noch was bräuchte, solle sie sich einfach melden.

Nein, Martinez brauchte im Moment nichts weiter, die Beamten, die in dem Bus fahren würden, hatte sie schon besorgt, und sie dankte für alles.

Eskilsson liefert, dachte Martinez. Ein Wunder, dass er nicht schon gefeuert worden ist.

Die zwei Beamtinnen, die Linda Martinez einsetzte, hießen Kajsa Nilsson und Lina Jonsson. Sie waren blond, gut trainiert und sahen gut aus. Der Grund, warum Martinez sie als Personenüberwacher bei der Säpo rekrutiert hatte, war, dass sie ausgezeichnet geeignet waren, Rechtsextremisten in ihrem eigenen Umfeld zu beobachten.

Die beiden in die Moschee von Fröslunda zu schicken, wäre eine reine Katstrophe, aber für diesen Auftrag passten sie perfekt und hatten sogar einmal wieder ihre Polizeiuniformen anziehen dürfen. Verbrechensvorbeugung auf dem Lande in Sörmland. Sie sollten mit den Leuten reden, die da wohnten, ihnen Broschüren und Bärchen geben und dann noch die ganze verbrechensvorbeugende Botschaft, ohne dass jemand merkte, dass sie eigentlich aus einem ganz anderen Grund da waren. Etwa zwanzig Personen und ungefähr hundert Häuser. Von normalen Wohnhäusern, Scheunen, Ställen und Wirtschaftsgebäuden bis hin zu Erdkellern, alten Wohnwagen und auch ein paar Plumpsklos. Sie sollten abchecken, wie die Leute wohnten, und rauszukriegen versuchen, was Abbdo Khalid da zu tun hatte. Eilig war es auch. Spätestens am Freitagmorgen wollte Martinez Meldung haben.

»Er hat jemanden getroffen, der da wohnt. Was geholt, was dagelassen, was kontrolliert, was versteckt. Ich will wissen, was er da gemacht hat.«

57

Carl Lewenhaupt schien auf dem Quivive zu sein. Nur drei Minuten, nachdem Lisa Mattei ihn angerufen hatte, war er schon zur Stelle.

»Hier«, sagte Mattei und gab ihm die Liste mit Fragen, die sie eben ausgedruckt hatte.

»Louise Urqhart, diese schöne englische Frau, die auch noch die Frau des Bombenbauers sein soll«, stellte Lewenhaupt fest, während er das Papier überflog, das sie ihm gegeben hatte. »Ich interpretiere Ihre Fragen so, dass Sie eine Idee haben, warum sie auf diesen Filmen, die wir beide angeschaut haben, so zufrieden wirkt.«

»Wenn man eine Frage stellt, gibt man immer preis, wer man ist und was man weiß«, konstatierte Mattei.

»So ist es«, stimmte Lewenhaupt zu. »Und wenn Sie schon wissen, wonach Sie suchen müssen, ist es oft leichter zu finden.«

»Auch das habe ich schon überlegt.«

»Und?«

»Nein«, sagte Mattei und schüttelte den Kopf. »Diesmal nicht. Hier geht es um vorurteilsloses Suchen. Ich will wissen, was Sie finden können, ohne Sie in eine bestimmte Richtung zu lenken.«

»Ich verstehe«, sagte Calle Lewenhaupt. »Das klingt unheilverkündend. Gibt es sonst noch etwas?«

»Nein«, sagte Mattei.

Das da ist schon schlimm genug.

Mit einer kurzen Unterbrechung zum Mittagessen widmete Mattei den Rest des Tages dem, was man unter der Rubrik administrative Tätigkeiten zusammenzufassen pflegt, und das nahm bei einer Einsatzstärke von um die fünfzig Personen sowohl Zeit als auch zahlreiche Telefongespräche und Mailkontakte mit den Betroffenen in Anspruch. Praktische Informationen in Sachen Personal, Finanzen, Ausrüstung und juristische Fragen. Alles das bewies, dass das hier die Wirklichkeit war, denn ihre erfundenen Gegenparts in Film und Fernsehen mussten niemals auch nur eine Minute Zeit auf diese Dinge verschwenden.

Als letzte Handlung, bevor sie nach Hause ging, um Ella und Johan zu treffen, las sie die Personalakte von Helena Palmgren. Eine interessante Frau. Ich sollte mich mal in Ruhe mit ihr unterhalten.

In der Nacht träumte sie von ihrer Ermittlung; das war ein sicheres Zeichen dafür, dass sie nun wirklich mitten in der Sache drinsteckte, zumal es auch Dinge waren, die sie eigentlich lieber nicht geträumt hätte.

Sie steht in einem dunklen Raum und betrachtet drei Personen, wobei sie selbst von niemandem gesehen wird. Mitten im Raum steht Abbdo Khalid. Er hat lange scharfe Fingernägel wie der Struwwelpeter. Lang genug und scharf genug, um seinen Feinden wehzutun. Jetzt hält er sie hoch und zeigt sie stolz der Frau, die vor ihm steht. Louise Urqhart.

Die sieht mehr als zufrieden aus. Nickt Abbdo aufmunternd zu, der nur Augen für sie hat.

Jeremy Alexander sieht er hingegen nicht. Der steht hinter

seinem Rücken. Deshalb sieht er auch die große Schere nicht, die Alexander in seiner rechten Hand hält. Und noch weniger seinen Schlips mit den weißen Mäusen, die über eine blaue Wiese trippeln.

58

Ein Auftrag in der Pampa von Sörmland, und schon im Bus auf dem Weg dorthin fingen Kajsa Nilsson und Lina Jonsson an, darüber zu streiten, wie sie das anstellen sollten. Für Lina war der Fall klar. Sie würden mit denen anfangen, die am nächsten zum Mittelpunkt des Kreises wohnten, und sich dann zur Peripherie rausarbeiten.

»Wieso das denn?«, fragte Kajsa Nilsson und schüttelte den blonden Kopf. »Wenn du mich fragst, dann machen wir es genau umgekehrt.«

»Ich verstehe dich nicht. Die Wahrscheinlichkeit, dass dieser Abbdo was mit denen, die in der Mitte des Kreises wohnen, am Laufen hat, ist doch größer als bei denen am Rand«, stellte Lina fest. »Wir fangen mit den Häusern an, die am nächsten zum Schnittpunkt liegen, und gut ist.«

Überhaupt nicht gut, meinte Kajsa. Weil sie sowieso mit allen reden müssten, die da wohnten, und alle Häuser abchecken mussten, die innerhalb des Suchgebietes lagen, gab es ja wohl Grund genug, es genau umgekehrt zu machen, um diejenigen, nach denen sie suchten, nicht unnötig misstrauisch zu machen. Außerdem wäre das gut für die Arbeitsmoral, weil die Wahrscheinlichkeit, dass sie am Ende einen Treffer landen würden, kontinuierlich stieg.

»Und was machen wir jetzt?«, seufzte Lina.

»Wir machen es so, wie ich sage«, entschied Kajsa. »Wir fangen mit dieser Familie mit den ganzen kleinen Kindern an. Wenn wir Glück haben, sind die zu Hause, und dann haben wir schon mal fast die Hälfte von allen, die hier wohnen, abgefrühstückt.«

»Ein Drittel von denen, die hier wohnen«, verbesserte Lina. »Dass du immer übertreiben musst.«

»Jetzt hör mal auf zu motzen, ja? Ein Drittel von allen wohnt in dem ersten Haus, das wir checken, während der Rest von ihnen auf mindestens acht andere Buden verteilt ist. Und gut ist.«

»Okay, okay, okay.«

Sie hatten Glück. Alle waren zu Hause. Mama, Papa und ihre vier Kinder, von denen das älteste im Herbst in die Schule kommen würde. Und an diesem Tag hatten sie sogar noch Besuch von zwei Kindern, die in der Nähe wohnten. Zwei Erwachsene, sechs Kinder, alle saßen in der Küche und waren gerade mit dem Mittagessen fertig, als Kajsa und Lina klopften und von ihrem Anliegen berichteten. Die verbrechensvorbeugende Kampagne »Sicher in Sörmland«, für die sie arbeiteten.

Also mit Verbrechen konnten die Bewohner des Hauses nicht dienen. Deshalb waren sie ja überhaupt vor einigen Jahren aus Stockholm weg und aufs Land gezogen. Aber sie konnten zu Kaffee, Tee, selbstgemachtem Saft, Broten und einem Apfelkuchen bitten. Kajsa und Lisa nahmen die Einladung natürlich gern an und ließen sich am Tisch nieder, während ihre Gastgeber vom guten Leben auf dem Land erzählten, ohne dass sie ihnen auch nur eine einzige Frage stellen mussten.

Vor drei Jahren hatten sie ihre Wohnung in Stockholm verkauft, hatten Hetze und Stress, Abgase und Umweltgifte hinter sich gelassen und einen Hof in Sörmland mit zehn Hektar Land und einem Haus gekauft, das doppelt so groß war wie ihre

Wohnung in der Stockholmer Innenstadt, aber nur die Hälfte von dem gekostet hatte, was sie für die Wohnung bekommen hatten. Inzwischen arbeitete die Mutter in Teilzeit als Webdesignerin bei demselben IT-Unternehmen, in dem sie früher Vollzeit gearbeitet hatte, mit dem entscheidenden Unterschied, dass nun sie über ihre Arbeit bestimmte und nicht umgekehrt.

Der Vater der Familie erledigte alles Praktische auf dem kleinen Hof. Sie besaßen ein eigenes Schwein, Hühner, einen ertragreichen Kartoffelacker, einen großen Küchengarten, Obstbäume und Beerensträucher. Alles, was sie brauchten, und noch mehr, erklärte der Vater Kajsa und Lina, da die drei Hektar guten Ackerbodens genügten, um eine Familie von dieser Größe zu versorgen. Dazu gab es ständig neue Projekte, zum Beispiel die Bienenkörbe, die er gerade gekauft und aufgestellt hatte, und die Schafe, mit denen er nächstens anfangen wolle. Natürlich hatte man auch einen Hund und Katzen, und ihr Labrador, der sie ja schon begrüßt hatte, würde übrigens in einem Monat Junge kriegen.

»Es ist nicht so, dass wir Vegetarier wären«, sagte der Vater. »Wir essen gern Fleisch und Fisch und Eier, aber es sollen biologische Erzeugnisse sein, am liebsten natürlich selbstgemacht, aber auch da haben wir es gut.«

»Ja, ein besseres Leben als das hier gibt es gar nicht«, stellte die Mutter fest und lächelte die Besucherinnen freundlich an.

»Doch, das klingt total fantastisch«, stimmte Kajsa ein und schenkte der Gastgeberin ein strahlendes Lächeln. Bis du dich mal in einen neuen Typen verknallst.

»Absolut fantastisch«, echote Lina, und auch sie lächelte. Bis dein Typ sich mal in eine andere verknallt.

Dann teilten sie Bärchen und Broschüren aus und schauten sich abschließend noch die Gebäude auf dem Hof an. Auch dazu hatten ihre Gastgeber sie aufgefordert. Nicht, dass man sich wegen irgendwelcher Einbrüche Sorgen machen würde – hier auf dem Hof standen die Türen fast immer offen –, sondern, weil sie gern zeigten, wie schön sie wohnten. Das Hühnerhaus, der Schweinestall, der Schuppen, das neue Gewächshaus und sogar das alte, verfallene Plumpsklo, das man behalten hatte, um die ursprüngliche Atmosphäre des Ortes zu bewahren, und das der Vater im Laufe des Sommers renovieren würde.

»Wie, wäre es, wenn wir die von der Liste möglicher Kontakte von Abbdo Khalid streichen?«, fragte Lina, als sie davonfuhren. »Ich glaube ja irgendwie nicht, dass solche Umweltheinis sein Ding sind.«

»Ganz deiner Meinung«, erwiderte Kajsa. »Außerdem glaube ich, dass er mit dem Hund und dem Schwein Probleme hätte. Wie ist das eigentlich mit Katzen?«

»Wie, mit Katzen?«

»Ja, so einer wie Abbdo. Mag der Katzen?«

»Woher soll ich das wissen?«

»Ich bitte vielmals um Entschuldigung.«

»Wie wär's, wenn du ihn das fragen würdest. Außerdem haben wir ein Problem.«

»Das wäre?«

»Wir haben fast keine Bärchen mehr. Sogar deren Köter hat eins bekommen.Jetzt sind noch drei übrig.«

»Du hast Angst, dass es nicht für alle Grufties reicht? Jetzt lass aber mal gut sein«, stöhnte Kajsa.

Der nächste Besuch auf ihrer Liste galt der fünfundneunzig Jahre alten Dame, die vor einem Jahr in der Langzeitpflege gelandet war, und auch dort waren Leute zu Hause. Das Erste, was sie sahen, als sie auf den Hof einbogen, war ein alter Mann, der den Rasen mähte. Er sei der Nachbar, erklärte er, und er würde immer mal nach dem Haus sehen. Dann hatten sie sich im Garten niedergelassen, um zu reden, während er die »Konstapel« zu Kaffee und Zimtschnecken einlud und beklagte, dass sie umsonst gekommen seien. Das war eine traurige Geschichte, was seiner alten Nachbarin geschehen war, sie war bis zum Schluss unglaublich fit gewesen, und wegen irgendwelcher Verbrechen hatte man sich niemals Sorgen machen müssen.

»Ich war wegen einer anderen Sache neulich beim Makler in Åkers Styckebruk, und anscheinend versuchen ihre Enkel schon, das Haus zu verkaufen. Eine Schande, wenn Sie mich fragen. Die alte Dame ist ja noch nicht mal unter der Erde.«

Die Broschüren lehnte er ab, und ein Polizeibär wurde ihm gar nicht erst angeboten. Hingegen zeigte er ihnen gerne das Haus, wo sie sich doch schon herbemüht hatten. »Hier ist alles ganz ruhig«, sagte er abschließend.

Die anderen älteren Leute, die in der Nähe wohnten, hatten auch nichts Interessantes zu berichten, obwohl zwei von ihnen die Broschüren annahmen und einer sogar um ein Exemplar des Polizeibären bat, den er seinem Enkelkind schenken wollte, wenn es zu Besuch käme.

Als Letztes besuchten sie eine alleinstehende Frau von fünfunddreißig Jahren und ihre zwölfjährige Tochter. Sie war vor ein paar Jahren nach ihrer Scheidung hierhergezogen, und der Grund war die große Leidenschaft für das Reiten, die sie und ihre Tochter teilten.

»Wir sind solche Pferdenarren, und hier in der Nähe gibt es eine ausgezeichnete Reitanlage.«

Ansonsten hatten sie nichts zu berichten, was sie und ihre Tochter irgendwie beunruhigte, und als Lina der Tochter einen Bären anbot, verdrehte die nur die Augen und schüttelte den Kopf.

»Ich nehme gerne einen, wenn ich darf«, sagte die Mutter mit einem entschuldigenden Lächeln. »Ich habe eine Freundin, die hat kleine Kinder.«

»Nehmen Sie zwei, dann haben Sie einen in Reserve«, sagte Kajsa und reichte ihr den Karton.

»So, was machen wir jetzt?«, fragte Lina, sowie sie wieder bei ihrem Bus waren.

»Wie viele haben wir noch?«, fragte Kajsa.

»Noch ein Gruftiepaar um die siebzig. Plus ein alter Sack von siebenundsiebzig. Zum Glück alleinstehend. Das sind die, die am nächsten zu dem Schnittpunkt wohnen, von dem Linda geredet hat. Da müssen dann doch eigentlich die fetten Sachen passieren, oder?«

»Glaube ich auch«, meinte Kajsa. »Sind ja nur noch die übrig.«

»Wie wäre es, wenn wir uns die für morgen aufheben? Ich habe nämlich Hunger.«

»Gute Idee«, sagte Kajsa. »Wir fahren nach Eskiltuna rein, essen was und schlafen. Ich könnte mir ja auch ein Bierchen vorstellen. Und dann fahren wir morgen früh wieder hierher und lösen den verdammten case auf einmal.«

59

Während Kajsa Nilsson und Lina Jonsson ihre Ermittlungen in den ländlichen Gegenden des schönen Sörmland betrieben, befand sich ihre Chefin Linda Martinez vor der Moschee von Nyfors in Eskilstuna. Sie saß neben Frank Motoele in seinem schwarzen BMW und wollte einen näheren Blick auf den Vater des Bombenbauers, Mohammed Khalid Hussein, werfen. Seit dem Vortrag von Calle Lewenhaupt ein paar Tage zuvor war der Vater Gegenstand einer ebenso umfassenden Überwachung wie sein Sohn. Hoffentlich hat er recht damit, sonst werde ich den kleinen Grafen strangulieren, dachte Martinez, der langsam die Leute ausgingen.

»Warum geht er hier in Nyfors in die Moschee?« fragte sie ihren Chauffeur Frank Motoele. »Ich dachte, er und seine Familie gehören zu der in Fröslunda. Hier hängen irgendwie mehr die IS-Typen rum.«

»Hauptsächlich Muslime aus dem Nahen Osten«, bestätigte Motoele. »Aber auch eine Menge anderer. Vater Mohammed besucht diese Moschee hier einmal in der Woche. Meist, wenn er seinen jüngeren Bruder treffen will. Der wohnt in Nyfors.«

»Wie heißt der noch? Der Bruder?«

»Ibrahim Khalid Hussein.«

»Und wieviel Kinder hat der?«

»Zehn«, antwortete Motoele. »Fünf Jungs und fünf Mädchen. Mit zwei Frauen.«

»Wie zum Teufel kann man zehn Kinder haben?«, fragte Linda Martinez, die schon früh entschieden hatte, sich nie Kinder anzuschaffen. »Diese Teppichbeter müssen Kinder lieben.«

»Nicht, wenn man Jimmie Åkesson und seinen Schwedendemokraten glaubt. Die behaupten, das wäre nur eine Methode, um die Macht zu übernehmen. Du machst einfach so viele Kinder, bis wir anderen zur Minorität werden, und die Sache ist geklärt.«

»Wer will denn so eine Macht haben?«, fragte Martinez. »Mit einem Dutzend Bälgern zu Hause?«

»Klär das doch direkt mit Åkesson, sei so gut«, meinte Motoele. »Da ist jedenfalls Vater Mohammed«, fügte er hinzu und nickte zum Eingang der Moschee, der fünfzig Meter weiter unten auf der anderen Straßenseite lag. »Der mit dem dunkelgrauen Anzug. Der mit dem schwarzen Jackett, der kleinen weißen Mütze auf dem Kopf und dem weißen Hemd über der Hose ist sein Bruder Ibrahim.«

»Mohammed sieht ja gut aus«, meinte Martinez. »Schicker Kerl, erinnert an diesen amerikanischen Schauspieler. Wie heißt er noch?«

»Morgan Freeman vielleicht?«, schlug Motoele vor.

»Ja, genau der. Schicker Kerl, irgendwie sehr in sich ruhend.«

»Siehst du ihn zum ersten Mal?«

»Live jedenfalls. Ich habe ihn bisher nur auf Bildern gesehen. Aber das ist ja nicht dasselbe.«

»Verstehe«, meinte Motoele.

Gut sitzender dunkelgrauer Anzug, weißes Hemd und Schlips. Kurzes, grau gesprenkeltes Haar. Eine fast westliche Anmutung. Sieht aus wie der erfolgreiche Geschäftsmann, der er ja auch ist, dachte Martinez. Natürliche Autorität in Körpersprache und allgemeiner Ausstrahlung.

»Da gibt es keinerlei Zweifel, wer in dieser Familie das Sagen hat«, stellte Martinez fest.

»Mohammed bestimmt alles. Nicht nur in der Familie oder der Verwandtschaft. Er scheint auch unter den Muslimen hier in Eskilstuna eine gewichtige Person zu sein.«

»Und sein Bruder?«

Bitte nicht noch einer, dachte Martinez.

»Eher nicht«, sagte Frank Motoele und schüttelte den Kopf. »Wir hören sein Telefon ab, und außerdem haben wir einen Sender an seinem Auto. Da ist jedenfalls nichts, was mich irgendwie aufhorchen ließe.«

»Was ist mit den zehn Kindern?«

»Vier von ihnen arbeiten bei ihrem Onkel. Zwei der Mädchen stehen in Mohammeds Laden und zwei der Jungs arbeiten in diesem Restaurant, das er auch besitzt.«

»Keiner, der irgendwie rausfällt?«

»Nein«, sagte Motoele. »Der älteste Junge war offenbar der beste Freund von Abbdo, als sie hier in Eskilstuna in die Schule gingen. Sie sind gleich alt. Er heißt Awale Ibrahim Khalid, offensichtlich Awwe genannt. Abbdo und Awwe. Viele der Lehrer haben anscheinend gedacht, sie seien Brüder, weil sie sich so ähnlich sehen und den gleichen Nachnamen haben.«

»Sein Cousin. Der sein bester Freund in der Schule war?«

»Ja, aber ich glaube, du musst dir wegen dem nicht groß Gedanken machen.«

»Was macht er?«

»Erst mal wohnt er in Stockholm«, sagte Motoele. »Dann spielt er in der schwedischen Liga Fußball.«

»In der schwedischen Liga? Da muss er ja gut sein.«

»Djurgården immerhin. Früher war er besser, wenn du mich fragst. Jetzt sitzt er hauptsächlich auf der Bank. Ein fröhlicher Typ, nicht so direkt trainingssüchtig, hat aber einen phänomenalen Sinn für den Ball. Awale bedeutet übrigens glücklich. Arabisch, ich hab es nachgeschlagen, weil der Graf ja so davon geredet hat, was die Namen alles bedeuten und so. Awale scheint ein glücklicher Typ zu sein, da hat es also scheinbar funktioniert. Die beiden scheinen nicht mehr so viel miteinander zu tun gehabt zu haben, seit sich in der Neunten ihre Wege getrennt haben. Abbdo ist aufs Gymnasium und sein Cousin Awwe hat Fußball gespielt. Soll auch ziemlich viel mit Mädchen gehabt haben.«

»Den können wir also streichen? Ein fröhlicher Kerl, der Spaß mit Mädels hat, das ist ja kein Verbrechen.«

»Denke auch«, meinte Frank. »Sollen wir an Mohammed und seinem Bruder dranbleiben? Ich glaub, die sind auf dem Weg zum Auto.«

»Nein«, sagte Martinez. »Fahr mich zum Meisenkasten. Ich hab einen Haufen Unterlagen, um den ich mich kümmern muss.«

»Yes, boss«, sagte Frank Motoele.

Von den fünfzig Personen, über die Lisa Mattei befehligte, saßen die meisten unten in Eskilstuna und widmeten sich dem, was man bei der Polizei äußere Observation nennt, während sie selbst hinter ihrem Schreibtisch saß, auf dessen anderer Seite gerade Helena Palmgren Platz genommen hatte.

»Worüber möchten Sie mit mir reden?«, fragte Helena Palmgren.

»Über Sie«, erwiderte Lisa Mattei. »Da wir uns noch gar nicht kennen, habe ich schon mal Ihre Personalakte gelesen.«

»So schlimm?«

»Nein, ganz und gar nicht. Wiklander hatte nur Gutes über Sie zu berichten. Aber eine Sache hat mich doch neugierig gemacht. Offensichtlich haben Sie als Kind in Afrika gelebt.«

»Ja, das stimmt. Ich meine auch, ich hätte neulich in der Sitzung erwähnt, dass mein Vater in der Entwicklungshilfe tätig war. Ich war fast zehn, als ich nach Afrika kam, und vierzehn, als meine Mutter und ich zusammen mit meinem Bruder und meiner Schwester wieder nach Schweden gingen. Mein Vater blieb in Afrika, und dann ließen sie sich scheiden.«

»Sie haben erst in Kenia und dann in Äthiopien gelebt?«

»Ja. Ungefähr zwei Jahre an jedem Ort. Allerdings habe ich noch nie meinen Fuß nach Somalia gesetzt. Es war schon damals zu unsicher, um dort zu leben.«

»Aber Sie sind dort unten auch zur Schule gegangen?«

»Ja, aber das waren diese Schulen, in die nur solche wie wir gingen. Kinder von Entwicklungshelfern und von UN-Personal. Unterricht auf Englisch, zwei Menüs in der Mensa, man wurde mit dem Auto hin- und hergefahren. Das hatte nicht viel mit den Schulen der afrikanischen Kinder zu tun. Wahrscheinlich fragen Sie sich, ob ich eine der Sprachen beherrsche, die dort am Horn gesprochen werden.«

»Ja.«

»Da muss ich Sie leider enttäuschen. Somalisch? Kein Wort. Was vielleicht kein Wunder ist. Swahili. Vielleicht den ein oder anderen Satz. Tigrinisch, das ist die Sprache, die die Einheimischen in dem Teil Äthiopiens sprechen, in dem wir wohnten, das konnte ich am besten. Die Bediensteten haben es uns Kindern beigebracht. Wir hatten jede Menge Bedienstete, und wenn man bedenkt, was für eine Arbeit mein Vater eigentlich machte, war das ziemlich schrecklich. Die Leute, die bei uns gearbeitet haben, als wir in Kenia wohnten, haben mit uns Kindern immer Englisch gesprochen. Wenn sie mal nicht aufpassten und aus Versehen ein Wort auf Swahili sagten, hat mein Vater sie sofort ausgeschimpft. Die in Äthiopien konnten nicht so gut Englisch, deshalb ging vieles auf Tigrinisch. Aber nie so, dass Papa es hören konnte, denn dann wurde er wahnsinnig wütend. Aber ich dachte, das würde alles in meiner Akte stehen.«

»Nein, das tut es nicht«, sagte Mattei. »Aber es steht dort, dass Ihr Vater schon lange tot ist.«

»Das stimmt. Er ist dort unten gestorben. Das muss fünfundzwanzig Jahre her sein. Ich war damals erst zwanzig, als es passierte. Er hat sich zu Tode gesoffen.«

»Das wiederum stand nicht in der Akte. Ich interpretiere das so, dass Sie ihn nicht sonderlich vermissen.«

»Nein«, erwiderte Helena Palmgren. »Er war ein schlechter Mensch, also vermisse ich ihn nicht.«

»Sprechen wir von etwas anderem«, schlug Mattei vor und lächelte freundlich.

»Gern«, sagte Helena Palmgren. »Jedes Mal, wenn ich an meinen Vater denke, fällt mir nur ein, was er meiner armen Mutter alles angetan hat.«

»Meine Eltern sind auch geschieden«, sagte Lisa Mattei. »Sie haben sich getrennt, als ich ungefähr so alt war wie Sie, als sich Ihre Eltern getrennt haben. In dem Fall war es meine Mutter, die meinen Vater rausgeschmissen hat. Nicht, weil er sich schlecht verhalten hat, sondern weil sie ihn ganz einfach leid war. Wahrscheinlich waren sie einfach zu unterschiedlich. Er war Akademiker, Biochemiker, sehr erfolgreich. Außerdem war er Deutscher. Meiner Mutter nicht sonderlich ähnlich.«

»Was hat sie gemacht?«

»Sie war Polizistin«, antwortete Mattei. »Inzwischen in Pension.«

»Ah so«, sagte Helena Palmgren mit einem Kopfschütteln. »Ein deutscher Biochemiker und eine schwedische Polizistin. Das kann zu jener Zeit nicht gerade eine alltägliche Kombination gewesen sein.«

»Nein, aber Liebe pflegt ja blind zu machen. Am Ende, als meine Mutter aufwachte, flog er raus. Da wurde er sauer und zog zurück nach Deutschland, wo er heute noch wohnt. Da wird er wohl auch sterben wollen. Zumindest, wenn es stimmt, was er sagt. Ob er meine Mutter noch liebt? Ja, davon bin ich fest überzeugt.«

»Aber dann ist er doch ein netter und angenehmer Mann, oder?«

»Ja, definitiv«, sagte Lisa Mattei. »Meine Mutter hingegen kann schon anders drauf sein.«

»Und alles das kann man in Ihrer Personalakte lesen?«, sagte Helena Palmgren.

»Nein«, sagte Lisa Mattei und lächelte. »Kein Wort davon, um genau zu sein. Meine Personalakte werden Sie nicht lesen können, denn ich habe eine geschützte Identität.«

»Das heißt, der Einzige, der sie lesen darf, ist unser oberster Chef?«

»Nein, nicht einmal der. Dazu müsste er sich erst eine Genehmigung holen. Genau wie ich, wenn ich auf die Idee käme, seine Akte lesen zu wollen. Der dahinterstehende Gedanke ist wohl, dass, selbst wenn jemand weiß, dass er und ich existieren, er doch nicht mehr als nur das erfahren kann.«

»Wie auch immer das funktionieren soll«, sagte Helena Palmgren und seufzte fast resigniert. »Ich weiß zum Beispiel sehr wohl, wer Sie sind und was Sie tun. Wenn ich ins Netz gehe, dann kann ich Ihre Abhandlung lesen und dass Ihr Mann Filmwissenschaftler ist und dass Sie offenbar eine kleine Tochter haben.«

»Haben Sie das getan?«

»Ja, und ich schäme mich nicht im Geringsten dafür. Die anderen Sachen bereiten mir Probleme. Das, was die Leute im Vertrauen und unter Geheimhaltung über Sie erzählt haben, dieser ganze Kram, gegen den Sie sich nicht wehren können.«

»Ja, ich weiß genau, was Sie meinen.«

»Außerdem funktioniert das ja nicht. Es genügt doch schon, hier bei der Arbeit eine Tasse Kaffee zu trinken, um das Gegenteil bewiesen zu bekommen. In jeder Kaffeepause werden von den Leuten, die in dem so genannten Aufenthaltsraum sitzen, sicher zehn Verstöße gegen die Geheimhaltung begangen, weil man eben nicht nur Kaffee trinkt. Ich kann Ihnen gern ein paar Beispiele geben, die von Ihnen handeln.«

»Ja, gern«, sagte Mattei.

»Vorgestern, als ich da saß, fragte mich jemand, wie es sei, für Sie zu arbeiten. Ich sagte, das würde ausgezeichnet funktionieren, und da fragte diese Person, ob ich schon mal bei Ihnen zu Hause in dieser fantastischen Wohnung am Narvavägen gewesen sei, in der Sie offenbar wohnen. Ich sagte natürlich Nein. Warum sollte ich in so einer Sache lügen? Und da fingen mehrere von den anderen, die da saßen, an, zu erzählen, wie schön Sie wohnen. Am Ende kam ich mir ziemlich ausgegrenzt vor. Warum hatten Sie mich noch nicht zu sich eingeladen, da alle anderen offensichtlich bei Ihnen ein und aus gehen? Also fragte ich direkt nach.«

»Und was sagten sie dann?«

»Das Übliche. Einer hatte irgendwelche Unterlagen bei Ihnen abgegeben. Ein anderer hatte Sie nach Hause gefahren. Ein Dritter kannte offenbar irgendwelche Nachbarn von Ihnen, die in einer ebenso fantastischen Wohnung wohnen wie Sie. Wie geht man denn mit so etwas um? Da helfen die vielen Geheimhaltungsregeln ja wohl nicht viel.«

»Nein, die helfen da nicht. Was haben Sie sonst noch gehört?«, fragte Mattei neugierig.

»Das Letzte, was ich hörte, war, dass Sie offensichtlich einen Streifenwagen angefordert haben, der Ihre kleine Tochter in die Tagesstätte am Valhallavägen fahren sollte.«

»Ja, die Leute reden viel«, sagte Mattei. »Das stimmt tatsächlich, aber es gibt auch eine Erklärung dafür, eine Mutter-Tochter-Erklärung.«

»Ich wohne selbst in einer kleinen Zweizimmerwohnung auf Kungsholmen. Ich habe keinen Mann und keine Kinder, nicht einmal einen Hund oder eine Katze, aber ich wohne gut. Es ist nur hundert Meter runter zum Wasser. Und seit ich hier im Haus angefangen habe, kann ich bei schönem Wetter auch zu Fuß zur Arbeit gehen. Das sind nur zwanzig Minuten.«

»Ich weiß«, sagte Mattei. »Das steht in Ihrer Akte. Sie wohnen auf der Inedalsgatan, nicht wahr?«

»Ja, das stimmt. Sie haben ein gutes Gedächtnis für solche Sachen.«

»Geht so«, sagte Mattei. »Der Grund dafür, dass ich mir dieses Detail gemerkt habe, ist, dass ein Polizeikollege in derselben Straße wohnt.«

»Arbeitet er auch hier im Haus?«

»Nein«, sagte Mattei, »zum Glück nicht. Er ist nämlich ein unangenehmer Mensch. Wie wäre es, wenn wir was essen gehen?«

»Ja, gerne. Ich bin nämlich langsam wirklich hungrig, auch wenn man als Frau eher nicht davon reden darf.«

»Dann gehen wir mal«, sagte Mattei. »Und egal, wie viel wir in uns hineinschlingen, werde ich unser Mittagessen mit einer Geheimhaltungsklausel belegen, das verspreche ich Ihnen.«

Ob sie wohl lesbisch ist?, dachte Lisa Mattei, als sie nach dem Mittagessen wieder allein hinter ihrem großen Schreibtisch saß. Kein Mann, keine Kinder, lebt alleine, scheint sich nicht sonderlich um ihr Äußeres zu scheren, obwohl sie mit einfachen Mitteln da sicher einiges ausrichten könnte. Definitiv kein Scherzkeks. Und hat wie ein Kerl gegessen, dachte sie und musste kichern.

Höchste Zeit, dass ich mich zusammenreiße. Helena Palmgren war eine loyale Mitarbeiterin, willig und nach dem, was sie sagte und tat, eine ernsthafte Persönlichkeit. Ihre sexuellen Neigungen, wie immer diese auch liegen mochten, spielten keine Rolle. Manchmal war es doch ein großes Glück, dass Helena Palmgren und all die anderen Mitarbeiter nicht sehen konnten, was sich im Kopf ihrer Chefin so tummelte.

Mattei rief Jan Wiklander an, der ihr versichern konnte, dass alles nach Plan verlief. Wenn etwas Akutes, Interessantes oder Unerwartetes einträte, würde er sich natürlich sofort bei ihr melden.

Bleiben noch die Unterlagen, dachte Mattei, und erst als Carl Lewenhaupt sie ein paar Stunden später anrief, wurde sie daran erinnert, dass sie im Moment die Ermittlung mit der größten Einsatzstärke des ganzen Landes leitete.

Ob sie Zeit habe, ihn zu treffen, obwohl es auf fünf Uhr zuging und man den Arbeitstag eigentlich abschließen und nach Hause zur Familie fahren sollte.

»In meinem Zimmer in zwei Minuten«, erwiderte Mattei bloß. Was wohl Leute wie Helena Palmgren nach der Arbeit machen? Wenn man allein lebt? Wohin fährt man dann?

Calle Lewenhaupt machte ihr einen konkreten Vorschlag. Sie hatten Informationen über den Vater von Abbdo Khalid bekommen, die ihre Ermittler so schnell wie möglich erfahren sollten. Momentan wolle er noch nicht davon erzählen, da er für eine abschließende Beurteilung noch ein paar offene Fragen klären müsse, aber er würde eine erneute Besprechung am Freitagmorgen begrüßen.

»Teilen Sie das der Staatsanwältin mit und schicken Sie an alle Gruppenleiter einen Aufruf in meinem Namen. Freitag, acht Uhr, am selben Ort. Sie kümmern sich um das Praktische.«

»Haben Sie sonst noch etwas?«

»Wie läuft es mit Urqhart?«, fragte Mattei.

Hier gab es keine Neuigkeiten oder zumindest keine, die im Widerspruch zur Personenbeschreibung standen, die sie von den britischen Kollegen erhalten hatten. Man hatte höchstens das eine oder andere kleine Detail ergänzen können.

»Zum Beispiel die Sache mit ihrer Mutter, die starb, als Louise zehn Jahre alt war. Das Datum hatten wir ja schon, aber wir kennen jetzt auch die Todesursache.«

»Und woran starb sie?«

»Ein Autounfall im Urlaub an der Riviera. Allein im Auto. Offenbar war sie von der Straße abgekommen und irgendeinen Abhang hinuntergefahren. Kein Verdacht auf Einwirkung von außen. Und nüchtern war sie auch, wie man dem Obduktionsprotokoll entnehmen kann.«

»Ah so«, sagte Mattei. Warum kann man nicht einfach auf die ganz normale Weise sterben, Krebs, Hirnblutung, Herzinfarkt?

»Ich habe einen Vorschlag«, fuhr sie fort.

»Ja?«

»Ich möchte, dass Sie sicherheitshalber mit Kolja sprechen«, sagte Mattei.

»Kolja Brabanow?«

»Ja«, erwiderte Mattei.

»Ich wusste nicht mal, dass der noch lebt. Der muss doch uralt sein.«

»Achtzig«, erklärte Mattei, »und munter wie ein Fisch im Wasser. Sprechen Sie mit ihm. Sicherheitshalber.«

»In dem Fall haben wir ein Problem«, sagte Lewenhaupt. »Ich darf nicht mit Kolja reden. Eigentlich darf ich nicht mal von seiner Existenz wissen.«

»Jetzt dürfen Sie«, erwiderte Mattei. »Ich habe Ihnen soeben die Genehmigung gegeben. Das Praktische können Sie mit Jan regeln.«

Nicht einmal von seiner Existenz wissen, na, ich sage nur Kaffeepause.

»Kolja Brabanow. Die Chefin möchte, dass ich mit Kolja Brabanow rede.«

»Ja«, erwiderte Mattei.«

»Wow«, sagte Lewenhaupt. »Jetzt werde ich bald vierzig, aber … Kolja Brabanow … wow.«

Wie schön, dass ich wenigstens einen glücklich machen konnte, dachte Lisa Mattei, als sie zum zweiten Mal binnen weniger Tage auf dem Rücksitz ihres Dienstwagens Platz nahm.

Eine Viertelstunde später hielten sie vor ihrer Haustür. Mit wachsamem Blick kontrollierte der Chauffeur die Umgebung, ehe er selbst ausstieg und sie zum Eingang brachte.

»Kann ich noch etwas für die Chefin tun?«, fragte er.

»Sie meinen, ob Sie mich zur Wohnungstür bringen sollen?«

»Zum Beispiel«, erwiderte er und grinste.

»Nein, danke. Das schaffe ich selbst«, antwortete sie.

Jetzt bin ich ja zu Hause. Zu Hause bei Ella, zu Hause bei Johan, zu Hause bei … ja, bei was?

60

Am Donnerstagvormittag schlossen Kajsa Nilsson und Lina Jonsson den Ermittlungsauftrag ab, den sie tags zuvor begonnen hatten. Mit drei möglichen Informanten mussten sie noch sprechen: einem Rentnerehepaar und deren nächstem Nachbarn, einem alleinstehenden Mann von siebenundsiebzig Jahren.

Kajsa Nilsson hatte am Abend zuvor ein paar Bier zu viel getrunken, deshalb waren sie spät dran und saßen nun im Polizeibus und stritten.

»Ich muss irgendeinen Mist gegessen haben. Diese Pizza, die wir gekauft haben, mit den Krabben und der Wurst, die roch auch ein bisschen komisch«, jaulte Kajsa.

»Ich habe von der gleichen Pizza gegessen wie du«, sagte Lina, »und mir geht es super, aber im Gegensatz zu gewissen anderen habe ich auch nur ein Bier getrunken.«

»Schon, aber bei Krabben genügt es ja manchmal, wenn eine einzige nicht gut ist«, beharrte Kajsa. »Lass uns an der ersten Tanke anhalten, damit ich mir Halsbonbons und eine kalte Cola kaufen kann.«

Mit zwei Stunden Verspätung bogen sie auf den Hof der kleinen Bauernkate ein, wo das Rentnerehepaar wohnte. Danach lief alles wie geschmiert.

Die Leute, mit denen sie sprechen wollten, waren zu Hause

und saßen im Garten, lasen Zeitung und tranken Kaffee. Sie waren freundlich und fühlten sich sogar ob der Fürsorge, die die Polizei Sörmland ihnen plötzlich angedeihen ließ, geschmeichelt und boten Kaffee und Brote an. Lina nahm gerne an, während Kajsa vorsichtshalber nur an der mitgebrachten Cola nuckelte.

Ihre Gastgeber erzählten ihnen von dem Leben, was sie nunmehr lebten, und von dem Ort, an dem sie wohnten. Dabei sprach die Frau am meisten, während der Mann sich oft mit einem Nicken begnügte, auch wenn er selbst in der dritten Person genannt wurde.

Die Kate, in der sie wohnten, hatten sie vor zwanzig Jahren von dem Nachbarbauern gekauft. Erst war es ihr Sommer- und Wochenendhaus gewesen, doch vor fünf Jahren, als »der Mann« in Rente gegangen war, hatten sie beschlossen, ganz hierher zu ziehen. Das war kein Problem, denn der Mann hatte inzwischen alles voll renoviert, so dass es an keiner Bequemlichkeit mangelte. Einer von vielen Vorteilen, die es mit sich brachte, mit einem Handwerker verheiratet zu sein.

»Man kann über Tore sagen, was man will, aber der ist nicht mit zwei linken Händen geboren«, stellte die Ehefrau fest, während der Mann sich mit einem Brummen und einem zustimmenden Nicken begnügte.

Was Verbrechen betraf, so waren sie glücklicherweise auch von allem verschont geblieben, wovon in der Lokalzeitung so oft berichtet wurde. Einbruch, Diebstahl, Sachbeschädigungen, oft junge Diebe und Gewalttätige mit Drogenproblemen, die offensichtlich in Eskilstuna wohnten und in der ländlichen Umgebung auf regelrechte Einbruchstouren gingen.

»Das alles ist Ihnen also nicht passiert, seit sie hier wohnen«, fasste Kajsa zusammen, die sich zu diesem Zeitpunkt vor allem nach Eskilstuna zurücksehnte und Linda Martinez mit ihren ganzen Handyschnittpunkten verfluchte.

»Doch, ich denke, das könnte man sagen«, stimmte die Ehefrau ein, sah aber noch mal zögernd zu ihrem Mann.

»Na ja«, sagte Tore und räusperte sich trotzdem noch mal.

Keine Drogensüchtigen, nein, zum Glück, aber wenn Tore sich etwas wünschen könnte, dann, dass er und seine Frau ihren nächsten Nachbarn nicht ertragen müssten.

»Ich gehe mal davon aus, dass dies hier unter uns bleibt«, sagte er und sah Kajsa und Lina auffordernd an.

»Selbstverständlich«, sagte Lina. »Alles, was Sie erzählen, bleibt an diesem Tisch hier.«

»Wir haben ja Schweigepflicht«, stimmte Kajsa zu, ohne zu erwähnen, in welchen Fällen die nicht gelten würde.

»Sie meinen diesen Ove Kristiansson, von dem Sie den Hof gekauft haben?«, fragte Lina.

»Just der«, erklärte Tore, »und mit dem Kauf des Hofes fing alles auch an.«

Sehr schnell nach dem Kauf erwies sich nämlich bereits, dass die Immobilie mit einer Menge verborgener Mängel behaftet war und der Verkäufer sie reingelegt hatte. Erst hatten sie versucht, das mit ihm zu klären, doch das sei gewesen, als würde man gegen eine Wand reden.

Im nächsten Schritt wandten sie sich an die Polizei und zeigten den Verkäufer wegen Betruges an, doch die Polizei meinte nur, es handle sich hier um einen zivilrechtlichen Streit, und da könnten sie nichts machen.

»Wie schrecklich«, warf Lina ein und schüttelte ihren blonden Schopf.

»Ja, wirklich«, assistierte Kajsa. »Und was passierte dann?«

»Ja, der Idiot Kristiansson ging natürlich mit einem breiten Grinsen rum, aber er wusste leider nicht, dass Ulla oben in Stockholm als Sekretärin in einer Anwaltskanzlei gearbeitet hat. Und dann ging es richtig rund.«

Mit Hilfe der Kontakte der Ehefrau hatte man einen Anwalt in Eskilstuna bemüht, der den Fall übernommen und nach allen Regeln des Rechts durchgezogen hatte. Der Verkäufer hatte aufgehört zu grinsen, war auf einen Vergleich eingegangen und hatte ihnen einen anständigen Teil der Kaufsumme zurückgezahlt.

»Was für ein trauriger Typ«, fasste Lina zusammen.

»Doch«, erwiderte Tore. »Aber glücklicherweise sind wir ihn bald los.«

»Erzählen Sie«, forderte Kajsa ihn auf. »Ist er sterbenskrank?«

Na ja, das könne man so nicht sagen, meinte Tore. Einerseits sei er ja fast achtzig und würde ein nicht gerade gesundes Leben führen. Der war nicht nur ein Betrüger, sondern auch ein Säufer, ein verdammter Schnapsbrenner, und seine persönliche Hygiene würde auch zu wünschen übrig lassen. Er sei ein richtiges Schwein, und ein sichereres Zeichen dafür, dass das Ende nah sei, gebe es wohl nicht. Da sei es nur gut, dass es über seine kriminelle Vergangenheit Einträge bei der Polizei gab. Tore meinte, er sei zumindest ein paarmal wegen Trunkenheit am Steuer verurteilt worden. Das einzige Mal, als die Polizei auftauchte, als sie hier bereits wohnten, war in dem Jahr nach Hofkauf. Da waren sie nämlich gekommen und hatten seine Schnapsbrennanlage mitgenommen. Offensichtlich hatte er sogar an Jugendliche in Åker Styckebruk und anderen umliegenden Gemeinden Alkohol verkauft.

»Und da ist er im Knast gelandet«, sagte Tore. »Dann ist es ihm offensichtlich gelungen, einen Arzt zu finden, der ihm geholfen hat, sich stattdessen in Therapie zu begeben.«

»Obwohl er der reine Berufsverbrecher zu sein scheint«, sagte Kajsa, ohne sich nur im Geringsten anmerken zu lassen, dass sie die mageren und auch ziemlich veralteten Auszüge aus dem Polizeiregister über Ove Kristiansson schon kannte.

»Nein, das ist wirklich kein angenehmer Mensch«, stimmte Tores Ehefrau Ulla zu.

»Aber es gab auch sonst keine zwielichtigen Gestalten, die irgendwelche Probleme gemacht haben?«, fragte Kajsa, um den Besuch zu beenden und endlich den Tag damit abschließen zu können, noch mal bei diesem Ove Kristiansson vorbeizuschauen.

»Ja, oder die einfach nur hier rumgelaufen sind?«, fragte Lina.

Ihre Gastgeber tauschten einen weiteren zögerlichen Blick, dann nickte Tore, und seine Ehefrau Ulla ergriff erneut das Wort.

»Na ja«, sagte Ulla, »ich weiß ja nicht, ob es wert ist, erwähnt zu werden, aber vor einem Jahr, irgendwann gegen Ende des letzten Sommers, da ist jemand, der nicht hier wohnt, dahinten an der Kreuzung in den Graben gefahren, da, wo man abbiegt, um zu Kristianssons Haus zu kommen. Beziehungsweise, wenn man von ihm wegfährt.«

Dann stand sie auf und zeigte zur Kreuzung, die ungefähr hundert Meter die Schotterstraße hinunter lag. Es sei spät am Abend gewesen, und draußen war es dunkel, weshalb man das Kennzeichen des Wagens nicht erkennen konnte. So ein kleiner schwarzer Stadt-Jeep, mit dem im Grunde alle, die hier auf dem Lande wohnten, herumfuhren. Allerdings ist er nicht so richtig in den Graben gefahren, mehr ein bisschen von der Straße abgekommen, so dass die Räder auf der rechten Seite in den Graben gerutscht sind. Der Fahrer ist dann ausgestiegen und hat sich angesehen, was passiert war. Dann hat er sich wieder hinters Steuer gesetzt, und nach ein paar Versuchen ist es ihm auch gelungen, wieder auf die Straße zu kommen, und er ist dann weiter Richtung Eskilstuna gefahren. Das Ganze hat nur ungefähr fünf Minuten gedauert.

»Und wie sah der Fahrer aus?«, fragte Kajsa.

Niemand, den sie kannten, und auch kein Auto von jemandem aus der Umgebung. Ein jüngerer Mann. Sehr klein und schlank. Er war scheinbar allein im Auto, jedenfalls haben weder sie noch ihr Mann irgendwelche Mitfahrer gesehen.

»Ja, also, er wirkte nicht betrunken oder so. Es hatte an dem Tag ziemlich schlimm geregnet, und da war es wohl kein Wunder, dass das Auto ins Schleudern gekommen ist«, sagte Ulla.

Konnten sie sich an noch etwas erinnern? Wieder gingen die Blicke hin und her, dann sprach Ulla weiter, und plötzlich war die Sache klar.

»Ja, er hatte dunkle Haut«, sagte Ulla, der mit einem Mal nicht mehr so wohl dabei zu sein schien.

»Sie sagen dunkle Haut«, sagte Kajsa, »wie meinen Sie das? War er Spanier oder so?«

»Er war Neger«, erwiderte Tore und räusperte sich sicherheitshalber. »Aber ich weiß, dass man das nicht sagen darf.«

61

Der Hof von Ove Kristiansson wies alle Anzeichen des Verfalls auf, von dem seine Nachbarn schon erzählt hatten. Von den zerbrochenen Dachziegeln über die herunterhängenden Regenrinnen und die abblätternde rote Farbe an den Wänden des Hauses bis hin zu den morschen Treppenstufen, die auf die Veranda und dann zur Haustür führten.

Auf dem Vorplatz stand schlampig geparkt mit dem Vorderrad quer am Fundament des Hauses ein altes Landwirtschaftsmoped von der Sorte, für die man keinen Führerschein benötigte.

»Na, das ist ja schön hier«, stellte Lina fest, sowie sie aus dem Bus gestiegen waren. »Ob wohl die Leute von *Schöner Wohnen* schon hier waren, um eine Reportage über Ove und seinen Sörmlandtraum zu machen?«

Ihre Kollegin ging vorsichtig die Treppe hinauf, fasste an die Türklinke und öffnete behutsam die nicht verschlossene Tür. Aus dem Inneren des Hauses waren Geräusche zu hören, die darauf hindeuteten, dass drinnen jemand vor dem Fernseher saß und Fußball schaute.

»Riechst du das?«, flüsterte Kajsa.

»Vielleicht hat er einfach einen Haufen Katzen«, zischte Lina.

»Ist das nicht Altmännerpisse?«, fragte Kajsa und schüttelte den Kopf. »Inkontinenzgeruch.«

»Ich glaube vielmehr, es riecht nach Ermittlungsdurchbruch«, sagte Lina und knöpfte den Riemen auf, der ihre Dienstwaffe im Holster sicherte, das sie auf der rechten Hüfte trug.

Sie schlichen vorsichtig auf das Geräusch des Fernsehers zu. Erst Kajsa, Lina hinter ihr mit der rechten Hand am Kolben. Er war zwar siebenundsiebzig, aber wenn nun Ove Kristiansson mit so einem wie Abbdo Khalid gemeinsame Sache machte, dann konnte man nie wissen. Kajsa blieb vor der Tür zum Fernsehzimmer stehen.

»Hallo, wir sind von der Polizei. Ist jemand da?«, fragte Kajsa, stellte sich mitten in die Tür und lächelte dem älteren Mann freundlich zu, der auf dem Sofa lag und tatsächlich ein Fußballspiel schaute.

»Teufel aber auch, die Bullen«, knurrte Ove Kristiansson, setzte sich mit einem Ruck auf und knallte die Bierdose auf den Tisch.

»Ich hoffe, wir stören nicht«, sagte Lina, stellte sich neben ihre Kollegin und knöpfte diskret den Riemen über dem Holster wieder zu.

»Kein Problem«, erwiderte Ove, grinste und schüttelte den Kopf. »Zwei nette Mädchen mitten am Vormittag. Wie könnte mich das stören?«

Ove Kristiansson lud weder zu Kaffee noch zu Tee oder Broten ein. Jede könnte ein kaltes Bier bekommen, doch ansonsten war er ebenso redefreudig wie alle anderen, die in diesem abgelegenen Teil von Sörmland lebten.

Kajsa begann damit, zu erzählen, dass sie in Sachen Verbrechensvorbeugung unterwegs seien. Ove Kristiansson hatte auch damit keinerlei Probleme. Als die Bullen das letzte Mal bei ihm waren, da hätten sie seine Schnapsbrennanlage geschnorrt, wenn sie also so was bei ihm suchten, dann müsste er sie leider enttäuschen. Und auch sonst. Was den Grund ihres Besuches anging, war die Reise also leider vergebens. Da, wo er wohnte, würden nämlich keine Verbrechen begangen.

»Was Sie nicht sagen!«, meinte Kajsa und riss ihre blauen Augen auf. »Keine Verbrechen? Das ist doch sehr ungewöhnlich.«

Ganz und gar nicht, stellte ihr Gastgeber klar. Hier wohnten nämlich nur gewöhnliche Schweden, und das war das Geheimnis.

»Keine Kanacken«, verdeutlichte Ove Kristiansson mit einem vielsagenden Achselzucken.

»Was machen Sie denn sonst so den ganzen Tag, Ove?«, fragte Lina.

Er lebte das gute Leben auf dem Lande. Genoss sein wohlverdientes Scherflein als Rentner. Schaute sich Fußball an, trank das ein oder andere kalte Bier zu seinem eingelegten Hering und seinem gebratenen Fleisch mit den roten Bohnen. Am Wochenende manchmal einen Schnaps, falls sie es nun genau wissen wollten.

»Das klingt ja fantastisch«, sagte Kajsa und feuerte ein blendend weißes Lächeln ab. Bei Ove ist einfach die ganze Woche über Feiertag, dachte sie.

Ja, er könne nicht klagen, meinte Ove. Im Sommer pflegte er zu Hause zu bleiben, aber sowie der Winter zuschlug, zog es ihn ins Ausland. Spanien im Herbst, im Winter Thailand. Einfach und selbstverständlich, und auch da keine Probleme. Als Rentner hatte er schon früh beschlossen, es sich im Alter so bequem wie möglich zu machen.

Nun war Ove richtig in Schwung und bot ihnen eine Zusammenfassung seines inhaltsreichen Lebens. In seiner wilden Jugendzeit hatte er nämlich E-Bass in der örtlichen Rockband Die Åkerszocker gespielt, da waren Mädchen, Kumpels, Party, Bier und Gesang, und auch eine ganze Menge Gras angesagt gewesen. Die glücklichen Sechziger und dazu noch die Hälfte von den verrückten Siebzigern.

Dann war er ein solider Typ geworden, hatte von seinem Vater den Hof und die Landwirtschaft übernommen, als der in die Langzeitpflege musste, und so war es dann zwanzig Jahre gegangen, ehe er noch mal eine neue Bahn eingeschlagen und damit angefangen hatte, sein Erbe zu verkaufen. Das Leben als Bauer war einfach zu anstrengend. Er hatte kaum mehr Zeit gehabt, in die Kneipe zu gehen oder am Freitag in den Tanzschuppen bei Rogge in Strängnäs.

»Was haben Sie stattdessen gemacht?«, fragte Lina.

»Ich bin ins Baugewerbe«, meinte Ove.

Hoch- und Tiefbau, erläuterte er. Alles von normalen Gräben beim Straßenbau und die Anlage von künstlichen Seen, die alle die schicken Stockholmer Chefs auf ihren neugekauften Gütern haben wollten, wenn sie die anderen Chefs dort treffen und Irgendwie-Ender schießen und Jahrgangsweine trinken wollten.

Das waren auch herrliche Zeiten gewesen, weil diese Jagdfreaks quasi in Geld schwammen, das sie von all den unwissenden Rentnern genommen hatten, die für ihr sauer Erspartes Aktien gekauft hatten. Auf die wartete kein sicheres Altenteil mehr, meinte Ove Kristiansson, war ja klar, dass es so enden musste, wenn ganz normale Diebe im Nadelstreifenanzug von kompletten Idioten, die nicht mal ihr Gebiss in die richtige Fresse stecken konnten, das Geld klauten. Und wenn es auf die Großen regnete, dann konnte auch ein ehrlicher Unternehmer wie er selbst mal ein paar Tropfen abkriegen.

»Herrliche Zeiten«, wiederholte Ove und machte sein drittes Bier auf.

Das hat dein Konkursverwalter aber anders gesehen, dachte Kajsa. Es war höchste Zeit, den ollen Säufer mal mundtot zu machen.

Am Ende gelang es ihnen doch noch, ihn aus der Allee der Erinnerungen zu geleiten und stattdessen zu fragen, was er denn von den interessanten Tipps halten würde, die in der letzten Zeit in der Abteilung zur Verbrechensvorbeugung bei der Polizei Sörmland so aufgelaufen waren. Im Klartext gehe es um eine Reihe jüngerer Verdächtiger aus verschiedenen Flüchtlingsunterkünften, die sich hauptsächlich damit beschäftigen würden, in der Nachbarschaft rumzufahren und die Leute zu beklauen.

»Verdammt, vielen Dank auch«, meinte Ove Kristiansson. Um das nicht zu begreifen, müsste man ja schon Polizist oder Sozialarbeiter sein.

»Zigeuner«, meinte er,« die klauen wie die Raben, sowie sie laufen können. Oder Roma, wie sie bei den supervornehmen Idioten heißen.«

»In diesem Fall nicht. Die Hinweise, die momentan reinkommen, sprechen von Negern«, sagte Lina, die, wenn es der Arbeit diente, ihre Sprache gern der Zielgruppe anpasste.

»Also, Somalier, um genau zu sein«, fügte sie mit unschuldiger Miene hinzu, um zu sehen, wie viel Wahrheit er aushielt.

Wie man denn einen Neger vom anderen unterscheiden sollte, fragte Ove. Er selbst kannte keine Neger. Hatte noch nie mit einem geredet. Schwarz waren sie alle, und da war schon das nächste Problem, wenn man die beobachten wollte.

»Wie meinen Sie das?«, fragte Kajsa.

»Na ja, sowie die Sonne untergeht, sind die unsichtbar«, grinste Ove.

Die letzte Viertelstunde verwendeten sie darauf, sich zusammen mit ihm auf dem Gelände umzusehen, wobei Ove bis dahin schon ziemlich wacklig auf den Beinen war, aber auch nichts zu verbergen hatte. Seine Schnapsbrennerei war ja schon seit zwanzig Jahren weg, und inzwischen kriegten sowieso alle, die sich die Mühe machten, ein Formular auszufüllen, die Genehmigung, ihren eigenen Branntwein zu kochen, und allein in Sörmland gab es schon sicher zwanzig verschiedene Unternehmen, die ihren Selbstgebrannten verkaufen durften. Sünde und Schande, meinte Ove, seiner war nämlich zehnmal besser gewesen, und als die Bullen seinen alten Brenner mitnahmen, da zerstörten sie zugleich auch ein Kulturerbe.

Wieder im Bus nach Eskilstuna fassten sie ihre Eindrücke von Ove Kristiansson zusammen.

»Okay, Lina«, sagte Kajsa. »Was halten wir von Ove?«

»Also, ich glaube nicht, dass er Muslim ist«, erwiderte Lina.

»Rassist?«

»Machst du Witze? Du hast doch selbst gehört, was er gesagt hat. Das ist der reinste Hasser.«

»Säufer?«

»Na, definitiv. Aber verschlagen. Hast du seinen Blick gesehen?«

»Kein gläubiger Muslim am Ende, sein Körper ist sicher doppelt so alt, wie im Kirchenbuch steht, und jeden Tag duschen tut er auch nicht. Rassist, ja, Säufer, yes, aber mit verschlagenem Blick. Bleibt die Frage: Hat er was mit Abbdo Khalid zu tun?«

»Genau«, meinte Lina. »Da wird es schwierig, finde ich.«

»Wie meinst du das?«, fragte Kajsa.

»Wozu sollte Abbdo Khalid so einen wie Ove Kristiansson brauchen? Das kapiere ich nicht. Mal ganz abgesehen von der Sache mit der persönlichen Chemie, meine ich.«

62

Sowie Kajsa und Lina den Bus und die übrig gebliebenen Broschüren zurückgegeben hatten, wechselten sie in ihre übliche zivile Kleidung, riefen ein Taxi und fuhren zum Meisenkasten an der Lidgatan. Danach verbrachten sie den Nachmittag mit weiteren Ermittlungen.

Abbdo Khalid, so stellte sich heraus, besaß einen schwarzen Toyota RAV4, einen kleineren Stadt-Jeep, der gut mit der Beschreibung übereinstimmte, den das Rentnerehepaar ihnen gegeben hatte. So weit war alles gut. Eine Kontrolle beim Wetterdienst ergab, dass der Sommer des vorangegangenen Jahres lang, warm und trocken gewesen war. Tag um Tag brannte die Sonne von einem blauen Firmament. Doch am Donnerstag, dem 8. August, war der Himmel plötzlich schwarz geworden, um sich dann schleusenartig zu öffnen. Ein drei Stunden währender veritabler Regen ergoss sich über die Umgebung von Eskilstuna, und der schwedische Wetterdienst hatte einhundertfünfzig Millimeter Niederschlag gemessen. Örtliche Überschwemmungen, mehrere Verkehrsunfälle aufgrund des Regens und ein komplettes Verkehrschaos auf der E6 auf der Höhe von Eskilstuna. Darüber hinaus war das ein paar Wochen, bevor Abbdo Khalid nach England gefahren war.

Drei Wochen später hatte es wieder geregnet, doch da befand sich Abbdo bereits in Manchester. Noch besser.

Blieb nur noch herauszufinden, was er gemacht hatte, ehe

der Unfall geschah. Hatte er Ove Kristiansson auf seinem Hof besucht, oder war er nur zufällig da vorbei gefahren?

Alles andere als einfach, Ove Kristiansson mit Abbdo Khalid zusammenzupuzzeln. Ein Mann, der meist schwer alkoholisiert war und dann jede Gelegenheit nutzte, seinen rassistischen Ansichten Ausdruck zu verleihen. Und auf der anderen Seite Abbdo, gläubiger Muslim, Anti-Alkoholiker, nicht vorbestraft, ordentlich und ehrgeizig.

»Verdammt, was soll so einer wie Abbdo von Ove wollen?«, fragte Lina und klopfte auffordernd auf den Papierstapel, der zwischen ihnen auf dem Tisch lag.

»Nein, ich glaube nicht, dass Ove und Abbdo irgendwelche Gemeinsamkeiten haben. Zumal, wenn er nun der Bombenbauer ist, und zwar einer von den schlimmsten. Was meinst du?«

»Unbegreiflich. Wenn ich ein junger und erfolgreicher Bombenbauer wäre, würde ich so einen wie Ove nicht mal mit der Kneifzange anfassen. Ich kapiere auch nicht, womit Ove Kristiansson ihm helfen könnte. Stell dir den vor, wie er mit all seinen Bierdosen auf dem Sofa sitzt, während er eine Menge Elektrokabel in verschiedenen Farben mit einer Sprengladung zusammenbringt. Also, da würde ich mich nicht dazusetzen wollen.«

»Ich auch nicht«, meinte Kajsa.

»Was machen wir jetzt?«

»Das müssen wir wohl aufschreiben«, sagte Kajsa und zuckte mit den Schultern.

»Aufschreiben?«

»Ja, unsere Aktennotiz. Dann darf Linda ihr berühmtes Fingerspitzengefühl anwenden und uns gewöhnlichen Dummköpfen erklären, was Sache ist.«

»Du meinst, wir delegieren nach oben?«, fragte Lina, und ihre Miene erhellte sich.

»Ja, was hältst du davon?«

»Das ist großartig. Du bist ein Genie, Kajsa.«

Linda Martinez hatte offenbar ihr Handy abgeschaltet. Stattdessen wurden sie mit Frank Motoele verbunden, doch der nahm ihren Anruf nicht entgegen. Aber man konnte gerne eine Nachricht hinterlassen. Kajsa schickte eine SMS, auf die Frank quasi umgehend antwortete. Sie sollten weitere Anweisungen abwarten.

Da sie weiter nichts zu tun hatten, nutzten Kajsa und Lina die Zeit, um Bilder von Abbdo Khalid anzusehen. Hunderte von Fotos, die ihre Kollegen während der letzten zehn Tage gemacht hatten. Und noch einmal ungefähr hundert, die sie aus verschiedenen Registern geholt oder im Netz gefunden hatten.

Eines davon war ein altes Klassenfoto, das Abbdo und seine Klassenkameraden in der neunten Klasse der Grundschule in Eskilstuna zeigte. Das Foto stammte von 2002, und Abbdo war damals fünfzehn Jahre alt gewesen.

»Verdammt, diesen anderen Typen hier kenne ich irgendwie«, sagte Lina und reichte Kajsa das Foto.

»Du meinst Awwe«, sagte Kajsa. »Der spielt bei Djurgården. Der da neben Abbdo steht. Das ist sein Cousin und bester Freund zu Schulzeiten. Die sind sich verdammt ähnlich, oder?«

»Nein, den meine ich nicht. Diesen süßen blonden Typen da, der ganz hinten rechts steht und grinst. Hat der nicht gleichzeitig mit dir die Polizeihochschule besucht? Von dem hast du doch die ganze Zeit erzählt, der immer nur das eine im Kopf hatte«, sagte Lina und legte den Finger auf die Person, die sie meinte.

»Verdammt«, sagte Kajsa und schüttelte den Kopf. »Das kann doch nicht wahr sein. Na klar, das ist der alte Frasse. Das ist doch zu krass. Niklas Fransson. Hier unten steht es doch. Ich wusste schon, dass er aus Eskilstuna ist, aber ich hatte keinen Schimmer, dass er in derselben Klasse wie Abbdo war.«

»Unser aller Frasse?«

»Yes. Niklas Fransson. An der Polizeihochschule als der ständig geile Frasse bekannt. Ein Mann, ein Mensch, ein Mythos. The very same«, sagte Kajsa.

63

Am Freitag, 22. Mai, um acht Uhr morgens hielten sämtliche Gruppenchefs und die Ermittlungsleitung ihre vierte Besprechung ab. Ihre Ermittlung ging nun in den zwölften Tag. Noch vierzehn Tage bis zum Nationalfeiertag und damit bis zu einem geplanten Attentat, das um jeden Preis verhindert werden musste. Wenn man davon ausging, dass stimmte, wovor ihre britischen Kollegen sie gewarnt hatten. Dasselbe galt für die Informationen, die zwischen den verschiedenen Sicherheitsdiensten der Länder ausgetauscht worden waren, und auch ihre eigene Ermittlung hatte in dem Punkt nichts beitragen können. Eher im Gegenteil. Nur neue Fragezeichen, und keine nennenswerten Antworten. Da hieß es nur durchhalten, bis man hoffentlich Klarheit gewonnen hatte. Im schlimmsten Fall würde man einfach vorsichtshalber eingreifen müssen.

Bevor die Sitzung begann, hatte Lisa Mattei ihre Kollegin Lisa Lamm darüber informiert, dass zwei SMS mit unbekanntem Absender an den Hauptverdächtigen Abbdo Khalid geschickt worden waren. Auch, dass diese Information von den Briten stammte, die ihrerseits Forderungen gestellt hatten, die sie aber missachtete, indem sie nun die Staatsanwältin in Kenntnis setzte. Schlimmstenfalls hätten sie nämlich einen Maulwurf im Haus, der Khalid mit Informationen versorgte.

»Ich verstehe«, sagte Lisa Lamm und schüttelte den Kopf. »Deshalb waren Sie auf unserem letzten Treffen so sauer auf

Linda Martinez. Das ist ja alles ein bisschen viel. Erst einmal sollten wir rauskriegen, was der junge Khalid da eigentlich plant, und nun soll auch noch ein Maulwurf im Spiel sein, der hart arbeitet, um zu verhindern, dass uns Ersteres gelingt.«

»Ja«, sagte Mattei. »Wenn es diesen Maulwurf nun gibt, dann bedeutet das aber auch, dass Khalid tatsächlich eine terroristische Aktion plant.«

»Und was machen wir jetzt?«, fragte Lisa Lamm.

»Ich habe da eine Idee«, sagte Lisa Mattei.

»Sie wollen kleine Stöckchen in die Erde stecken und mal sehen, ob der Maulwurf irgendwelche Zeichen von sich gibt.«

»Genau«, erwiderte Mattei. »Ordentlich umgraben und sehen, ob wir was Interessantes zutage bringen.«

»So machen wir das«, sagte Lisa Lamm. »Worauf warten wir noch?«

Als eine Viertelstunde später alle am Platz waren, eröffnete Lisa Lamm die Besprechung mit der Mitteilung, dass die Informationen, die sie nun bekämen, unter die allerhöchste Geheimhaltungsstufe fielen und bis auf Weiteres ausschließlich zu ihrer eigenen Information gedacht waren. Wenn einer von ihnen das Bedürfnis verspürte, diese Informationen an seine eigenen Mitarbeiter weiterzugeben, dann musste er erst zu ihr kommen und um Erlaubnis bitten.

»Gut«, begann sie dann, »dann will ich mich mal kurz fassen. Sowie ich fertig bin, habt ihr höchstens fünf Minuten Zeit, Fragen zu stellen, damit wir nicht unnötig die Zeit von Calle Lewenhaupt beschneiden, der interessante Dinge über Mohammed Khalid Hussein und seine Familie zu erzählen hat.«

Dann berichtete sie, es gebe Anzeichen dafür, dass sie einen Maulwurf im Hause hätten. Im besten Fall jemanden, der die

Aufgabe hatte, seine Gänge unter dieser Ermittlung zu graben, im schlimmsten Fall jemanden, der das gesamte Gebäude, in dem sie saßen, unterminieren wollte.

»Noch Fragen?«, fragte Lisa Lamm, sowie sie fertig war. Keiner der Umsitzenden wirkt richtig fröhlich, aber sie tragen es doch mit Fassung, dachte Lisa Lamm. Wie man das auch immer interpretieren muss.

»Ich habe eine Frage«, sagte Dan Andersson. »Etwas verstehe ich nicht.«

»Und was wäre das?«

»Diese erste SMS wurde schon am Montag voriger Woche verschickt. Irgendwann um die Mittagszeit. Habe ich das richtig verstanden?«

»Ja«, antwortete die Staatsanwältin.

»Aber da hatten wir ja noch gar keine Ermittlung eingeleitet. Ich selbst wusste zu der Zeit noch überhaupt nichts über irgendeinen Abbdo Khalid. Und auch keiner von uns, die wir hier sitzen.«

»Was glauben Sie dann?«, fragte Lisa Lamm.

»Nun ja, spontan natürlich, dass es nicht sein kann.«

»Und wenn es aber so ist. Gehen wir mal davon aus, dass wir tatsächlich einen Maulwurf hier im Haus haben. Was meinen Sie dann?«

»In dem Fall glaube ich leider, dass sie oder er Englisch spricht«, sagte Dan Andersson.

»Okay«, sagte Lisa Lamm. »Dann schlage ich mal vor, dass wir über die Sache nachdenken. Wenn Sie keine weiteren Fragen haben, erteile ich Carl Lewenhaupt das Wort. Sich vorzugraben, das dauert, das wissen alle, die hier sitzen, aber ich glaube nicht, dass unser möglicher Maulwurf uns entkommen wird.«

64

Carl Lewenhaupt eröffnete damit, dass nun in den E-Mail-Postfächern der Teilnehmer sehr viel umfangreicheres Material über die jungen westeuropäischen Frauen zu finden sei, die sich mit Männern zusammentaten, welche wiederum auf irgendeine Weise mit islamistischen Terrororganisationen in Zusammenhang gebracht werden konnten. Die hatten diese zumeist selbst ins Netz gestellt. Insgesamt handelte es sich allein in den USA und Westeuropa um Tausende von Frauen, deren Zahl jeden Tag wuchs. In Schweden konnte man von ungefähr fünfzig jungen Frauen sprechen, die in die Öffentlichkeit getreten waren und von ihrem neuen Glauben und dem heiligen Krieg, an dem sie nunmehr teilnahmen, berichteten. Viele von ihnen stammten aus Göteborg oder West-Schweden, warum auch immer, und die Organisationen, die sie unterstützten, waren der IS, al-Shabaab und al-Qaida. In dieser Reihenfolge und nach der Anzahl Anhänger, verdeutlichte Lewenhaupt.

Die Informationen waren als allgemeine Ermittlungsunterstützung zusammengefasst, da man keine direkte Verbindung zu ihrem eigentlichen Fall ausmachen konnte.

Und nun sei es höchste Zeit, dass er zur Sache käme, nämlich zur Frage, wie Mohammed Khalid Hussein mit seiner Familie nach Schweden gekommen war.

Sie waren im Januar 1993 als Quotenflüchtlinge angekommen. Zu jenem Zeitpunkt bestand die Familie aus neun Personen, ihm selbst, seiner zwanzig Jahre älteren Mutter, seinen beiden Ehefrauen und insgesamt fünf Kindern. Im Herbst des Vorjahres waren sie aus ihrer Heimatstadt Buulobarde geflohen, einer Stadt mit knapp zwanzigtausend Einwohnern, die mitten im Land lag, ungefähr hundert Kilometer nördlich der Hauptstadt Mogadischu in der zentralen Hiranregion von Somalia.

Mohammed und seine Familie gehörten zu dem größten Klan im Land, dem Hawiyeklan, der mehr als ein Viertel der knapp zehn Millionen Einwohner des Landes umfasst. Sie waren eine Familie mit herausgehobener Stellung in der Gegend. Mohammed war der zweitälteste Sohn des örtlichen Klanhäuptlings, und sie waren darüber hinaus auch wirtschaftlich erfolgreich. Bauern und Handelsmänner und unter anderem Besitzer des größten Marktes am Ort, auf dem mit Tieren und landwirtschaftlichen Produkten gehandelt wurde.

Zu jener Zeit herrschte in Somalia seit knapp einem Jahr Krieg. Der amtierende Präsident des Landes und große Teile seiner Regierung waren 1991 gestürzt worden, der Staat war zusammengebrochen, der Präsident und seine Minister und die militärische Führung des Landes waren ins Ausland geflohen, und zwischen den verschiedenen Klans und den Rebellengruppen, die aus der ehemaligen Armee rekrutiert worden waren, tobte nun ein blutiger Bürgerkrieg. UNO und USA hatten ihre militärische Intervention im Land noch nicht eingeleitet.

Der Grund dafür, dass Mohammed und seine Familie aus ihrem Heimatort flohen, war, dass sein Vater, der Klanführer, ihm befohlen hatte, das zu tun. Um zumindest Teile der Familie zu retten, da sie Gefahr liefen, gänzlich vernichtet zu werden. Wie sich zeigte, ein kluger Entschluss. Bereits einige Monate später wurde der älteste Bruder von Mohammed ermordet und ein Jahr, nachdem er als Flüchtling nach Schweden gekommen war, auch sein Vater und zwei seiner Brüder.

Mohammed und seine Familie flohen mit dem Auto nach Süden, nach Kenia – eine Reise von mehr als tausend Kilometern, die zwei Tage dauerte und in der Stadt Dadaab endete, die zirka zweihundert Kilometer nordwestlich von der kenianischen Hauptstadt Nairobi liegt. In der Stadt befand sich die Basis für das Flüchtlingskommissariat der UN, und sie wurde von dem umgeben, was damals als das größte Flüchtlingslager der Welt galt, mit einer halben Million registrierter Flüchtlinge.

Die meisten von ihnen stammten aus dem schwer vom Krieg heimgesuchten Nachbarland im Norden, Somalia, und das Lager in Dadaab war der erste Anlaufpunkt der Flüchtlinge auf ihrer Reise, ehe sie sich in andere Länder außerhalb von Afrika begeben konnten, zum Beispiel nach Europa, Kanada oder sogar in die USA. Mohammed und seine Familie hatten sowohl finanzielle Mittel als auch Pässe und gehörten damit zu einer sehr kleinen und privilegierten Gruppe. Wahrscheinlich entschied das darüber, dass Schweden sie als Quotenflüchtlinge akzeptierte, obwohl sie keine Angehörigen hatten, die schon zuvor dorthin geflohen waren. Sie waren somit von dem Land, das ihr neues Heimatland werden würde, ausgewählt worden.

Verglichen mit dem, was sie zuvor durchgemacht hatten, muss die Reise nach Schweden der reinste Urlaubstrip gewesen sein. Die Familie wurde direkt von Nairobi nach Arlanda geflogen. Nach den üblichen Kontrollen durch die Einwanderungsbehörde wurde sie schließlich in einem Flüchtlingslager in Jättuna außerhalb von Flen, einige Kilometer südlich von Eskilstuna, untergebracht.

Das Heim in Jättuna war, nach schwedischen Maßen, eine große Anlage. Es wohnten hier meist vierhundert Flüchtlinge, von denen die meisten aus Bosnien und Somalia stammten. Es war auch eine Anlage, die zu dieser Zeit oft in den Medien wegen verschiedener Missstände und der Konflikte unter den dort Wohnenden kritisiert wurde. Verglichen mit dem Lager in Dadaab, mit einer halben Million Flüchtlingen und dem Leben, das sie dort zu führen gezwungen waren, muss Jättuna dennoch für Mohammed und seine Familie angenehm gewesen sein.

Nach einem knappen Jahr in Jättuna wurde der Familie eine Aufenthaltsgenehmigung für Schweden erteilt, und sie zogen nach Eskilstuna. Erst in eine Wohnung in Fröslunda und nach einem weiteren halben Jahr in das Haus, in dem sie jetzt wohnten. Dieses mieteten sie anfangs von der Gemeinde, Mohammed konnte es aber bald zu einem erschwinglichen Preis kaufen. Es schien Mohammed und seiner schnell wachsenden Familie gut zu gehen. Er erwarb die chemische Reinigung und ein kleineres Lebensmittelgeschäft. Sein ältester Sohn Abdullah hatte eben mit der Schule begonnen und war schon Klassenbester.

So ungefähr könnte man, das meinten Carl Lewenhaupt und seine Mitarbeiter bei der Nachrichtenabteilung für Terrorismusbekämpfung, zusammenfassen, wie es zugegangen war, als Mohammed und seine Familie in Eskilstuna in Schweden gelandet waren, fast zehntausend Kilometer nördlich von ihrer alten Heimatstadt Buulobarde in Somalia.

Da Lewenhaupt und seine Kollegen die Familie mit anderen Augen betrachtet hatten als die Einwanderungsbehörde vor mehr als zwanzig Jahren, blieben noch einige Umstände, die sie sich näher ansehen sollten. Nicht zuletzt vor dem Hintergrund, dass Mohammed mit seiner Familie jetzt der am höchsten priorisierte Fall auf der Agenda der Säpo war.

Die politische Situation in Somalia war heute ebenso chaotisch wie vor zwanzig Jahren, als die Familie von dort floh.

Das Land befand sich immer noch im eisernen Griff von Krieg, Armut, Hunger und Krankheiten, genau wie damals. Immer noch eines der wenigen Länder, denen eine Zentralregierung fehlte. Wenn man das Leben in den Ländern der Welt auf einer Skala von eins bis zehn danach beurteilen sollte, welche soziale, wirtschaftliche und politische Misere in ihnen herrschte – plus allem anderen kollektiven menschlichen Elend, das man finden konnte –, dann war Somalia eindeutig ein Kandidat für zehn Punkte.

Gleichzeitig waren wichtige politische Veränderungen sowohl in Somalia selbst wie auch in der Haltung der anderen Staaten zu diesem Land eingetreten. Die UNO und die USA schienen ihre früheren Ambitionen, eine Form von rudimentärer politischer und sozialer Ordnung im Lande zu erhalten, aufgegeben zu haben. Vor allem militärische Mittel standen nicht mehr zur Debatte. Von dieser Haltung gab es zwei Ausnahmen, und keiner von beiden ging es um irgendeine Form von Fürsorge für das Land und seine Bewohner, sondern es ging vielmehr allein darum, die Umwelt vor Somalia zu schützen.

Zunächst einmal die Einsätze, die man gegen somalische Seeräuber fuhr, die vom Indischen Ozean im Südwesten bis zur Bucht von Aden im Norden vor den Küsten Somalias ihr Unwesen trieben. Zum zweiten die wiederkehrenden Aktionen der USA, die sich gegen die Terrororganisationen richteten, die ihre Basis in dem Land hatten. Ansonsten blieb noch die wirtschaftliche und soziale Unterstützung seitens der UNO und ihren verschiedenen Hilfsorganisationen sowie die normalen Hilfeleistungen der reichen Länder im Westen. Im Fall von Schweden handelte es sich um dreihundert Millionen Kronen im Jahr an »Beitragsgeldern und Entwicklungshilfe« für die knapp zehn Millionen Einwohner in einem der ärmsten Länder der Welt.

So weit die allgemeine politische Lage und der wirtschaftliche und soziale Hintergrund. Doch gab es für ihren Fall noch etwas anderes, was interessant war.

Als Mohammed und seine Familie Somalia verlassen hatten, existierte die al-Shabaab noch nicht. Mehr als zehn Jahre sollte es dauern, ehe die Organisation gegründet wurde. Heute war al-Shabaab ein bedeutender Machtfaktor im Land und verfügte unter anderem über eine eigene Armee mit zehntausend Soldaten, von denen unzählige Tausend in deutlich mehr Kriegen aktiv gewesen waren als nur in dem, der ständig in ihrem Heimatland gegen die nächsten Nachbarn geführt wurde. Viele von ihnen hatten auch für die islamische Sache in Afghanistan, anderen Teilen Afrikas und im ganzen Nahen Osten gekämpft.

Seit mehreren Jahren hatte al-Shabaab seine größte Hochburg in der Heimatstadt der Familie von Mohammed, Buulobarde. In der Zeit nachdem die Familie Somalia verlassen hatte, hatte auch der Klan, dem Mohammed angehörte, der Hawiyeklan, seinen Einfluss im Land und innerhalb der al-Shabaab verstärkt. In der Organisation unterschied man im Grunde nicht zwischen Somaliern aus unterschiedlichen Klans, ihr gemeinsamer islamischer Glaube war dieser Familienzugehörigkeit übergeordnet, doch gleichzeitig war es kein Geheimnis innerhalb der Sicherheitsdienste der westlichen Welt, dass viele von denen, die der obersten Führung der al-Shabaab angehörten, auch dem Hawiyeklan entstammten.

Blieb noch Mohammed selbst. Als er vor mehr als zwanzig Jahren nach Eskilstuna kam, war er der Erste in seiner Familie, der nach Schweden geflohen war. Inzwischen hatte er Gesellschaft von einigen Hundert Verwandten, die als Angehörige von Mohammed einwandern konnten und die ungefähr zehn Prozent von den etwa zweitausend Somaliern, die in der Gegend wohnten, ausmachten.

Sämtliche Somalier in Eskilstuna waren sunnitische Muslime. Sämtliche Mitglieder von Mohammeds Familie gehörten dem Hawiyeklan an. Wie viele von ihnen auch auf unterschiedliche Weise al-Shabaab unterstützten, blieb noch herauszufinden. Lewenhaupt selbst hielt es für höchst wahrscheinlich, dass es dabei um viel mehr Personen gehen könnte als nur Mohammeds ältesten Sohn Abbdo Khalid.

Mohammed war der oberste der Muslime von Eskilstuna, und niemand stellte seine Position in Frage. Er war ein tiefgläubiger Muslim und kannte sämtliche sechs Imame von Eskilstuna persönlich. Außerdem war er ein erfolgreicher Geschäftsmann und zudem seit fünfzehn Jahren schwedischer Bürger.

»Was wir immer noch nicht wissen, ist, ob er auch Kontakt zu al-Shabaab hat, beziehungsweise, wenn er Verbindungen hat, wie viel er da zu sagen hat«, meinte Carl Lewenhaupt.

»Was glauben Sie selbst, Calle?«, fragte Lisa Lamm. »Ist er Vogel oder Fisch?«

»Interessante Frage«, meinte Lewenhaupt. »Da ich glaube, dass wir diese Sache sehr bald geklärt haben werden, würde ich von Spekulationen gern Abstand nehmen. Wenn ich Ihnen einen Tipp geben kann, dann schlage ich vor, dass Sie sich alle Bilder von Mohammed ansehen, die Martinez und ihre Mitarbeiter gemacht haben. Schauen Sie sich seine Körpersprache an und wie seine Umgebung sich ihm gegenüber verhält. Um Ihnen das leichter zu machen, habe ich eine Aktennotiz über Körpersprache unter Muslimen mitgeschickt, die einer meiner Mitarbeiter geschrieben hat.«

»Und die finden wir wie immer in unseren Postfächern«, antwortete Lisa Lamm und lächelte.

»Selbstverständlich«, erwiderte Lewenhaupt.

65

Erst am Freitagnachmittag konnten Kajsa Nilsson und Lina Jonsson an ihre Chefin Linda Martinez berichten. Sie verliehen beide ihren Zweifeln in der Sache Ausdruck. Was sollte Abbdo mit einem wie Ove anfangen? Wenn man nun ein geheimes Leben führte, in dem man Bomben zusammenschraubte, dann müsste man doch zu jedem Preis gerade solche gesprächigen Alkoholiker wie Ove Kristiansson meiden. Blieben noch die andere Sache mit dem Auto, das in den Graben gefahren war, und die Tatsache, dass der Handykontakt ganz in der Nähe vom Hof des Alten abgefangen worden war.

»Nun, was haltet ihr davon?«, fragte Martinez.

»Könnte ja auch ein Zufall sein«, meinte Kajsa.

»Genau«, pflichtete Lina ihr bei. »Das ist so eine typische Situation, in der man einen Zufall nicht ausschließen kann.«

»Manchmal mache ich mir echt Sorgen um euch«, schnauzte Martinez. »Vor neun Monaten ist Abbdo Khalid nur hundert Meter von Kristianssons Hof in den Graben gefahren. Vor einer Woche hatte er an derselben Stelle einen Handykontakt. Was zum Teufel macht er da? Irgendeinen Erinnerungsgottesdienst wegen der Fahrt in den Graben?«

»Verstehe, was Sie meinen«, sagte Kajsa. »Ja, das ist schon ein bisschen schräg.«

»Doch, ohne Frage ein interessantes Zusammentreffen«, bestätigte Lina.

»Sonst noch was?«, seufzte Martinez.

»Ja, eine Sache noch, obwohl, da geht es nicht um Kristiansson«, meinte Kajsa.

»Besprecht das mit Frank«, stöhnte Martinez und schüttelte den Kopf. Jetzt war es wieder Zeit für Linus.

Linus Rasmusson erschien nur eine halbe Stunde später bei Linda Martinez. Fit und bemerkenswert positiv, nicht zuletzt, wenn er bedachte, wie es das letzte Mal bei ihr für ihn ausgegangen war.

»Wenn ich die Chefin recht verstanden habe, dann möchten Sie, dass ich mit diesem Kristiansson weitermache«, sagte Linus. »Wie hätten Sie es denn gern?«

Martinez sah von dem Rechner auf, vor dem sie saß, und nickte zu dem Ermittlungsreport hin, den Kajsa und Lina verfasst hatten.

»Lies mal, was die beiden Blondinen rausgekriegt haben«, sagte Martinez. »Denk dir einen eigenen Ansatz aus. Sag Bescheid, wenn du mir einen Vorschlag zu machen hast.«

Erst las Linus die Aktennotiz seiner Kolleginnen. Das dauerte fünf Minuten. Dann dachte er fünf Minuten scharf nach, dann räusperte er sich behutsam.

»Ich höre«, erwiderte Martinez und lehnte sich im Stuhl zurück.

Linus beschrieb, wie er die weiteren Ermittlungen in Sachen Ove Kristiansson durchzuführen gedachte. Das dauerte weitere zwei Minuten.

»Was hält die Chefin davon?«, fragte er.

»Großartig, Linus«, sagte Martinez. »Es besteht noch Hoffnung für dich. Hau ab und sieht zu, dass etwas daraus wird, damit wir das Leben von deinen alten Pfadi-Kumpels retten können.«

66

Frank Motoele zeigte keine größere Begeisterung, als Kajsa Nilsson vorschlug, die Ermittlungen auch auf Abbdo Khalids alten Klassenkameraden Niklas Fransson auszudehnen, obwohl der inzwischen Polizist war und in all den sieben Jahren, in denen er das war, in Eskilstuna arbeitete.

Was sollte so einer wie Fransson schon beitragen können? Zwölf Jahre waren vergangen, seit er zusammen mit Abbdo in die Schule gegangen war und ihre Wege sich getrennt hatten. Schon damals waren sie ja wohl kaum beste Freunde gewesen, wenn Frank das mal raten durfte. Außerdem war Fransson unter seinen Kollegen vor allem für seinen Spitznamen und sein mangelhaftes Urteilsvermögen als Polizist bekannt.

Kajsa Nilsson hatte sich geweigert, den Plan aufzugeben. Welche alten Kumpel kannte man am besten? Na klar, die, mit denen man in der Schule gewesen war. Sie fand, ganz gleich, wie man Frasse nannte und was sein Ruf innerhalb der Polizei war, es war einen Versuch wert.

Niemand in der Ermittlergruppe hatte Abbdo Khalid jemals getroffen. Sie beobachteten und belauschten ihn heimlich. Sie zogen alle Register, um etwas über ihn in Erfahrung zu bringen. Sie sprachen mit einigen seiner alten Lehrer, mit Arbeitskollegen und Chefs seiner früheren Jobs. Und immer nur mit solchen Leuten, von denen sie sicher sein konnten, sie würden Abbdo nichts davon erzählen, dass die Polizei sich über ihn umhörte. Höchste Zeit, dass einer mal Kontakt zu jemandem aufnahm, der da andere Erfahrungen hatte und der ein bisschen Fleisch auf die Knochen bringen konnte.

»Fransson muss doch tausendmal mit Abbdo geredet haben, und immerhin ist er auch noch Polizist.«

Am Ende hatte Frank Motoele nachgegeben. Vorausgesetzt, dass ein Gespräch mit Niklas Fransson unter einem Vorwand und sehr konkreten Voraussetzungen geschah. Kajsa Nilsson musste sich also in eine weitere Rolle einarbeiten, diesmal als Drogenermittlerin von der Reichskripo in Stockholm. Ihr Gespräch mit Niklas Fransson musste zudem unter formellen Regeln auf dem Polizeirevier in Eskilstuna stattfinden. Die praktischen Fragen würde Motoele mit Eskilsson regeln.

»Verhöre ihn mal dahingehend, ob er was zu Abbdo Khalid sagen kann. Sorge dafür, dass ihm klar ist, hier ist Geheimhaltung angesagt. Denk dir nicht irgendwelche Details über den Drogenfall aus. Man soll nie mehr lügen als notwendig. Sorg dafür, dass er ein Schweigegebot unterschreibt, ehe er wieder geht. Und lass keinen Piep darüber verlauten, worum es eigentlich geht.«

»Ja, was denkst du denn?«, fragte Kajsa. »Was ist eigentlich aus dem schönen Vertrauen in die Kollegen geworden? Du kannst dich auf mich verlassen.«

»Gut«, sagte Frank. »Wenn du dich richtig verhältst, verspreche ich, dass ich dir vertrauen werde.«

»Wie schön, dass wir uns einig sind«, sagte Kajsa.

67

Am Samstagvormittag, dem 23. Mai, führte Kriminalinspektorin Kajsa Nilsson von der Reichskripo ein Verhör mit ihrem alten Klassenkameraden an der Polizeihochschule, dem Polizeiassistenten Niklas Fransson von der Polizei Eskilstuna. Er war genau so, wie sie sich an ihn erinnerte.

»Du bist ja echt schicker denn je, Kajsa. Womit kann ich helfen?«, fragte Niklas Fransson und lächelte so, wie er es schon immer getan hatte, wenn er mit einer Frau sprach, die wie Kajsa Nilsson aussah.

»Hilf mir mit diesem Typen«, erwiderte Kajsa Nilsson, gab ihm das Foto aus der neunten Klasse und zeigte auf Abbdo Khalid.

»Oh, der kleine Abdullah Mohammed, aber in der Schule wurde er nur Abbdo genannt. Ich helfe dir gerne, Kajsa, das weißt du. Du kannst mir immer vertrauen. Ganz gleich, worum es geht.«

»Und was kannst du über ihn erzählen?«, fragte Kajsa Nilsson.

Im Grunde alles, meinte Niklas Fransson. Zumindest von den neun Jahren, die sie zusammen in die Schule gegangen waren, und das, obwohl sie nicht gerade die besten Freunde gewesen waren. Abbdo hatte sich unter seinesgleichen gehalten. Hatte den Umgang mit gewöhnlichen Menschen wie Niklas vermieden.

»Sein bester Freund war sein Cousin Awwe. Der ging auch in dieselbe Klasse. Abbdo, nun ja, was soll ich über ihn sagen? Er war verdammt gut in der Schule. Der Beste der Klasse. Sogar der Beste der Schule. In manchen Fächern, Mathe und so. Kleiner, schweigsamer Typ, so einer, der ganz vorne sitzt und alle Fragen beantwortet. Der nicht mal strecken muss, um drangenommen zu werden. Du weißt schon. Sein Cousin Awwe hingegen …«

»Ja. Was war mit dem?«

»Das war eine ganz andere Sorte. Ein ziemlich lustiger Typ, ehrlich gesagt. Total drauf fixiert, Fußball zu spielen. Du weißt ja wahrscheinlich, dass er in der schwedischen Liga spielt, oder?«

»Ja«, sagte Kajsa. »Aber erzähl mir noch mehr von Abbdo. Der übelste Streber, klein und schweigsam. Ist er auch gemobbt worden?«

»Nein, vergiss es. Der hatte sicher zwanzig Blutsbrüder in derselben Penne. Einige von denen waren echt lebensgefährlich. Reine Berufsmörder. Das wussten alle. Wenn du mit einem von denen Ärger gekriegt hast, dann hattest du sie alle an der Backe. Dann war's das für dich.«

»Hat er diese Leute benutzt? So eine Menge älterer Kumpel, die sich für ihn geschlagen haben?«

»Nein«, sagte Niklas. »Abbdo hat sich außen vor gehalten. Streber. Nett und freundlich, wenn du ihn was gefragt hast. Aber er hat nie von sich aus Kontakt aufgenommen.«

»Wie war das mit seinen somalischen Blutsbrüdern? Hat denn keiner von denen versucht, ihn zu ärgern?«

»Du meinst, dass sie sich an ihn rangemacht hätten, weil er nicht so war wie sie?«

»Ja, in der Art.«

»Nein, das wäre ja der reinste Selbstmord gewesen.«

»Warum denn das?«

»Komm, das musst du doch wissen, oder? Wer Abbdos Vater ist. Mohammed Hussein.«

»Das Einzige, was ich weiß, ist, dass er keinerlei Vorstrafen hat. Wenn ich es richtig sehe, ein normaler erfolgreicher Geschäftsmann, oder?«

»Oh Mann, Kajsa. Mohammed ist der Boss der Somalier. Auch wenn die Muslime sind, ist er doch ihr Gottvater. Und das gilt für alle Somalier hier in Eskilstuna. Wenn einer sich über seinen ältesten Sohn hergemacht hätte, dann wäre er ein toter Mann gewesen. Der kleine Abdullah war sein Augenstern. Immer hielten sich irgendwelche älteren Somalier in der Nähe von Abbdo auf, die darauf geachtet haben, dass ihm keiner was antut. Das waren richtig raue Typen, sogar unsere Lehrer machten sich in die Hose, wenn die sie nur angesehen haben.«

»Aber Abbdo selbst war ein netter und angenehmer Junge, sagst du. Hat keiner Fliege was zuleide getan?«, fasste Kajsa Nilsson zusammen.

»Nein, warum sollte er auch? Musste er ja nicht. Abbdo war der älteste Sohn von Mohammed. Das genügte. Deshalb hat es mich auch ein bisschen erstaunt, dass du hier auftauchst und mich fragst, ob Abbdo in irgendeine Drogengeschichte verwickelt ist. Jeder von den anderen, auch sein Cousin Awwe, aber nicht Abbdo. Völlig unmöglich, wenn du mich fragst.«

»Da kann ich nichts Näheres zu sagen, das habe ich dir ja schon gesagt.«

»Nein, schon okay. Aber es erstaunt mich trotzdem. Als wir in die Schule gingen, Abbdo und ich, immerhin bis zur Neunten …«

»Ja?«

»Der Einzige, der niemals was machte, der niemals rauchte, das war Abbdo. Der hatte nicht mal Mädchen. Sowie wir in der

Oberstufe waren, hörte er auf, die Klassenfeste zu besuchen. Sein Cousin hingegen, der machte andauernd mit Mädchen rum, rauchte, trank Bier, feierte gern. Völlig normal. So gesehen waren sie sich nicht gerade ähnlich.«

»Wie ist der denn in der Schule klargekommen? Ich meine den Cousin, Awwe?«

»Der war nun wirklich kein Überflieger. Ich glaube, sogar ich hatte bessere Noten als der. Awwe war street-smart, aber er ist nach der Neunten sofort aus der Schule. Und das, obwohl er in der schulübergreifenden Prüfung, die wir im letzten Jahr hatten, der Zweitbeste war. Abbdo war natürlich der Beste, das wunderte ja keinen. Aber Awwe plötzlich Zweitbester, das hat alle sehr erstaunt. Keiner von unseren Lehrern kam dahinter. Und von uns auch keiner. Es hat eine Weile gedauert, ehe ich mir ausgerechnet habe, wie das vor sich ging. Und es ist eine echt gute Geschichte, außerdem sagt sie was über Abbdo aus.«

»Dann erzähl sie doch«, ermunterte Kajsa ihn.

In dieselbe Klasse zu gehen wie Abbdo und sein Cousin zu sein brachte gewisse praktische Probleme mit sich, da die beiden einander so ähnlich sahen. Sie wurden andauernd verwechselt, wenn sie nicht gerade in der Klasse saßen, denn da saß Awwe natürlich immer ganz hinten und kuckte nach den Mädchen in der Klasse, während sein Cousin ganz vorne hockte, in einem Buch las oder all die Fragen beantwortete, auf die sonst keiner eine Antwort wusste.

Sowie man das Klassenzimmer verließ, konnte es schwierig werden. Einer in der Klasse hatte mal den Witz gemacht, dass Abbdo und Awwe Namensschilder tragen sollten, auf denen der Einfachheit halber »Neger eins« und »Neger zwei« stehen sollte, und wer von denen nun eins oder zwei war, darum konnten sie ja losen. Abbdo war in sämtlichen Schulfächern der Beste. Awwe spielte am besten Fußball. Da war es am einfachsten, zu losen.

Awwe nahm das mit Humor. Klar, wenn derjenige, der den Vorschlag gemacht hat, ein Schild trüge, auf dem »Kleinster Pimmel« steht, dann hätte er kein Problem damit, Neger zwei zu sein. Abbdo hatte kein Wort gesagt, sondern war einfach nur weggegangen, und in der Pause hat dann Niklas gesehen, wie er mit ein paar von den Übelsten in der somalischen Bruderschaft sprach.

»Es war kein guter Witz«, sagte Niklas und schüttelte den Kopf. »Das wurde meinem Freund schnell klar, als er von der Schule nach Hause gehen wollte. Da standen einige von denen, mit denen Abbdo geredet hatte, und regelten die Sache.«

»Sie haben ihm aufgelauert.«

»Machst du Witze? Das ist sehr gelinde gesagt. Als er nach Hause kam, warteten sie schon auf ihn. Sie haben ihn in die Waschküche geschleift und dann zusammengeschlagen. Am Ende haben sie ihm alle seine Kleider weggenommen und eine Sprühdose genommen und eine Nachricht auf ihm hinterlassen. Haben sie an der Stelle auf seine Brust gesprüht, wo er meinte, dass Abbdo und Awwe ihre Namensschilder tragen sollten.«

»Und was stand da?«

»Fast toter Schwede«, sagte Niklas.

»Aber da muss doch jemand Anzeige erstattet haben«, sagte Kajsa.

»Zum Glück nicht«, meinte Niklas. »Denn dann hätte nächstes Mal ›toter Schwede‹ auf ihm gestanden.«

»Das klingt ja total wahnsinnig. Da muss doch irgendein Erwachsener reagiert haben. Was machten denn seine Eltern? Und die Lehrer in der Schule?«

»Nichts. Alle haben die Schnauze gehalten. Und am glücklichsten darüber war mein Kumpel, der den Vorschlag mit den Namensschildern gemacht hatte. Der durfte zumindest leben.«

»Das klingt wie eine richtig gute Geschichte. Hat mich echt froh gemacht, sie zu hören.«

»Ja, aber es gibt da noch einen anderen Punkt, der etwas über Abbdo und Awwe aussagt.«

»Okay?«

»In der Woche nach der Sache mit den Namensschildern kam Awwe mit einem anderen Vorschlag. Abbdo und er waren es leid, andauern verwechselt zu werden, deshalb haben sie angeboten, Pullover in unterschiedlichen Farben zu tragen. Abbdo einen gelben, denn Gelb war schließlich die Farbe des Löwen, und Awwe einen blauen. Und so machten sie es auch. Das ganze letzte Schuljahr lief Abbdo in einem gelben T-Shirt rum, und Awwe in einem blauen. Alle anderen hat das sehr gefreut, nicht zuletzt die Lehrer. Erst nach den Prüfungen, als Awwe plötzlich ein Genie war, wurde mir klar, was sie da geplant haben. Awwe war ein cooler Typ, irgendwie ein Lebenskünstler, aber ein Schlaukopf war er nicht.«

»Sie haben die Pullover getauscht.«

»Genau. Du weißt ja selbst, wie das in diesen Prüfungen läuft. Hundert Kids, die dasitzen und ihre Fragen ankreuzen müssen, während zwei müde Lehrer checken sollen, dass keiner schummelt. Immer nur einer darf raus auf die Toilette, aber deswegen ist trotzdem ziemlich viel Gerenne die ganze Zeit. Nicht schwer, sich auszudenken, wie das vor sich gegangen ist.«

»Aber darum bist du ja schließlich auch Polizist geworden«, sagte Kajsa und lächelte. Der Meisterdetektiv, der das große Pulloverrätsel löst, dachte sie. Wie er das nur schaffte zwischen all den Mädchen.

»Ja, Polizisten sind wir ja beide«, meinte Niklas und lächelte noch breiter. »Was hältst du davon, wenn wir mal ein Bierchen zusammen trinken und über alte Zeiten quatschen?«

»Ich dachte, du wärst verheiratet«, neckte ihn Kajsa. Derselbe alte Niklas. Nie die Hoffnung aufgeben.

»Na ja, mehr oder weniger. Man darf doch trotzdem mal ausgehen. Ich habe eine Freundin, die ich ab und zu mal date. Aber alte Erinnerungen aufzufrischen, davon stirbt doch keiner, oder? Was meinst du?«

»Ich weiß nicht mal, wie lange ich hier in der Stadt bleiben werde. Aber klar, schick mir Anfang nächster Woche eine Nachricht, dann sehen wir mal«, meinte Kajsa. Wenn du nur wüsstest, wie viele schon gestorben sind, weil sie alte Erinnerungen aufgefrischt haben.

»Das wussten wir doch alles schon«, stellte Frank Motoele fest, als Kajsa ihm ein paar Stunden später berichtete, was ihr Kollege Niklas Fransson über Abbdo Khalid und die gemeinsame Schulzeit zu erzählen hatte.

»Also, die Sache mit dem misshandelten Schulkameraden kannte ich jedenfalls noch nicht. Und auch nicht die Sache mit dem Pullovertausch.«

»Was immer uns das bringt, wenn es überhaupt wahr ist«, sagte Frank Motoele. »Bald fünfzehn Jahre alte Informationen. Bei einer Prüfung zu schummeln ist doch kein Verbrechen. Und was die Misshandlungsgeschichte angeht, ist ja nie Anzeige erstattet worden. Hast du versucht, mal mit dem zu reden?«

»Wann hätte ich das denn machen sollen? Außerdem geht es nicht, denn ich habe ihn zumindest mal überprüft.«

»Und warum geht es nicht?«

»Er ist tot«, sagte Kajsa. »Ein Unglück vor drei Jahren im Sommer. War draußen auf dem Hjälmaren zum Angeln mit ein paar Freunden und ist ins Wasser gefallen. Besoffen reingefallen und ertrunken.«

»Wieso erstaunt mich das nicht?«, fragte Frank Motoele.

»Ich finde trotzdem, dass es was über Abbdo und seinen Cousin aussagt«, beharrte Kajsa. »Der verträumte Streber Abbdo, fünfzehn Jahre alt, als er seinen fiesen Kameraden befiehlt, fast, aber nur fast, seinen Klassenkameraden zu erschlagen. Da kriegt man doch schon mal ein anderes Bild von dem Jungen.«

»Mit diesem Teil der Geschichte habe ich nie ein Problem gehabt. Abbdo ist ein Mörder. Dass er andere den Job erledigen lässt, ist auch nichts Besonderes. Auf ihn warten im Leben größere Aufgaben.«

»Was hättest du denn gemacht, wenn einer dir gesagt hätte, dass du so ein Schild auf der Brust tragen sollst?«

»Das willst du jetzt nicht hören«, erwiderte Motoele.

»Doch, das will ich. Ich will wissen, wie du reagiert hättest, wenn dich jemand auf diese Weise zu kränken versucht hätte. Das sagt nämlich etwas über dich als Person aus. So einer wie Abbdo muss doch andauernd von Leuten gekränkt worden sein, die nicht wussten, wer er war, sondern bei denen es nur darum ging, dass er schwarz war. Was hättest du gemacht, wenn jemand dir das angetan hätte?«

»Hat noch niemand je versucht, mich zu kränken«, entgegnete Frank Motoele.

»Nein. Woran das auch immer liegen mag. Schau dich mal selbst im Spiegel an, wenn du wissen willst, was ich meine.«

»Ich verspreche dir, über die Sache nachzudenken.«

»Jetzt versuch nicht, dich rauszureden, Frank. Antworte. Was hättest du gemacht?«

»Da hätte nicht ›fast tot‹ gestanden. Und den praktischen Teil hätte ich selbst erledigt.«

68

Linus Rasmusson hatte einen Auftrag, und er hatte einen Plan, wie er den ausführen wollte.

Der Auftrag kam von seiner Chefin Linda Martinez. Er sollte beweisen, dass es einen Zusammenhang zwischen Abbdo Khalid und Ove Kristiansson gab, im Detail klarlegen, worin dieser Zusammenhang bestand, und alle Beweise sichern, die man brauchte, um Kristiansson zu einer längeren Gefängnisstrafe zu verurteilen, denn es lag ja in der Natur der Sache, dass es sich hier um einen verbrecherischen Zusammenhang zwischen den beiden handeln musste. So lagen die Dinge nach Martinez, schwerer als das war es nicht, und die praktischen Details überließ sie nur zu gern Linus, weil sie selbst Wichtigeres zu tun hatte.

Linus hatte sich einen Plan zurechtgelegt, wie er sich seinem Beobachtungsobjekt nähern, sein Vertrauen gewinnen und ihn dazu bringen würde, alle Fehler zu machen, die genügten, um ihn ins Gefängnis zu bringen. Leider hatte er auch ein Problem, weil er nicht glaubte, dass es einen Zusammenhang, zumindest krimineller Natur, zwischen Khalid und Kristiansson gab. Was sollte so einer wie Khalid mit so einem wie Kristiansson anfangen?

Er redete mit seinen Kolleginnen Kajsa und Lina über die Sache, die hatten Ove Kristiansson ja schließlich getroffen, aber das, was sie ihm mitgeben konnten, verlieh seiner Motivation nicht gerade einen Kick.

»Ove Kristiansson ist ein schwer alkoholabhängiger alter Mann, der in einer Bruchbude sitzt, die ihm bald über dem Kopf zusammenfallen wird, während er sich die Birne wegsäuft. Vergiss das einfach, das kann nur ein unglücklicher Zufall sein. So was passiert in dieser Branche andauernd.«

Da bleibt mir nur, den Plan durchzuführen, den ich mir zurechtgelegt habe, dachte Linus Rasmusson, und am Samstagvormittag schritt er zu Werke. Er parkte sein Taxi auf dem Hof vor Ove Kristianssons Haus, hupte dreimal, schaltete dann den Motor ab und stieg aus.

Nach fünf Minuten und weiterem dreimaligem Hupen ging die Tür des Hauses auf und Ove Kristiansson trat auf seine Veranda, barfuß, in ungewaschenen Jeans und einem notdürftig zugeknöpften karierten Flanellhemd.

»Was kann ich für dich tun, mein Junge?«, fragte Kristiansson, und sein Blick wanderte von Linus zu seinem Taxi und zurück.

»Entschuldigen Sie bitte«, sagte Linus. »Aber ich habe hier eine Bestellung auf zehn Uhr. Kristiansson. Fahrt nach Eskilstuna Zentrum. Einfach.«

»Was? Taxi? Ich hab kein Taxi bestellt.«

»Ich habe die Bestellung hier«, sagte Linus und hielt sein Handy hoch.

»Ich hab kein Taxi bestellt, verdammt noch mal«, wiederholte Kristiansson und schüttelte den Kopf.

»Mysteriös«, meinte Linus. »Aber Sie sind schon Kristiansson?«

»Ja, wer zum Teufel soll ich denn sonst sein? Steht doch auf dem Briefkasten unten an der Straße. Wenn du einen Führerschein hast, wirst du ja wohl auch lesen können.«

»Sie haben also kein Taxi bestellt?«

»Nein«, erwiderte Kristiansson. »Berichtige mich gerne, wenn ich mich täusche, aber ich glaube, das habe ich grade schon mal gesagt. Und zweimal sogar, sicherheitshalber.«

»Verdammt seltsam«, beharrte Linus. »Ich hab die Bestellung hier auf dem Handy. Gibt es noch einen anderen Kristiansson hier in der Nähe? Ich meine, liegt vielleicht ein Missverständnis vor?«

»Nein.«

»Könnte es sein, dass sich jemand mit Ihnen einen Scherz erlaubt?«, schlug Linus vor. »So was passiert manchmal leider.«

»Klar«, sagte Ove Kristiansson und grinste. »Aber nicht mit einem Kristiansson.«

»Typisch«, seufzte Linus. »Dann muss ich es eben als Leerfahrt abrechnen.«

»Genau«, sagte Kristiansson. »Aber glaub ja nicht, dass du von mir irgendwelches Geld kriegst. Ich bezahle nur für Sachen, die ich auch bestellt hab.«

»Natürlich«, sagte Linus. »Das hier muss Taxi Sörmland übernehmen. Dann bitte ich um Entschuldigung, dass ich Sie hier mitten im Feiertagsfrieden gestört habe.«

»Scheiß egal, mein Junge. So was passiert. Was machst du jetzt?«

»Ja, jetzt muss ich zurück in die Stadt«, seufzte Linus. »Ich bin die Nacht über gefahren, also muss ich den Wagen spätestens um zwölf abliefern.«

»Wie wäre es, wenn ich mit dir in die Stadt trampe, dann kann ich die Gelegenheit nutzen, ein paar Sachen zu erledigen?«

»Tut mir leid«, sagte Linus, »aber das geht nicht.«

»Was ist das Problem? Du kannst mich irgendwo in der Stadt rauslassen.«

»Ich darf keine Passagiere mitnehmen, wenn das Taxameter

abgeschaltet ist. Tut mir leid, aber das hat mit der Versicherung zu tun, die …«

»Komm schon, mein Junge«, unterbrach ihn Kristiansson. »Wie wäre es mit einem Hunderter bar auf die Kralle?«

»Okay«, sagte Linus, und seine Miene hellte sich auf. »Ein Hunderter. Das ist absolut okay.«

»Gut«, erwiderte Ove Kristiansson. »Gib mir fünf Minuten, dann zieh ich mir was an.«

Eine Viertelstunde später saß Ove Kristiansson vorne neben Linus in dessen Taxi auf dem Weg nach Eskilstuna. Den Hunderter hatte Kristiansson im Voraus bezahlt. Er trug saubere Kleider, zumindest war der gröbste Dreck entfernt. Strümpfe und Schuhe, frisch gewaschene Jeans, das Hemd zugeknöpft, und auch das ganz in Ordnung. Ein älterer Rentner vom Lande, der in die Stadt fuhr, um ein paar Sachen zu erledigen. Außerdem hatte er Linus das Du angeboten.

»Wo soll ich dich denn rauslassen, Ove?«, fragte Linus.

»Wie wäre es mit dem Systembolaget?«, antwortete Ove und grinste.

»Passt super«, meinte Linus. »Das ist ganz in der Nähe von unserer Garage.«

»Ich habe noch einen Vorschlag. Wie wäre es, wenn du mich auch wieder zurückfährst? Dann verdienst du noch einen Hunderter.«

»Das Problem ist, dass ich das Auto zurückgeben muss«, meinte Linus.

»Hast du kein eigenes?«

»Nein«, sagte Linus. »Aber wenn du mir eine Viertelstunde gibst, dann glaub ich, dass ich eins leihen kann. Von einem Kumpel. Der arbeitet auch beim Taxiunternehmen.«

»Und verleiht sein Auto?«

»Ja, der hat sich neulich beim Fußballspielen das Bein gebrochen. Er ist krankgeschrieben.«

»Gut, dann machen wir das. Guter Plan.«

»Jo«, sagte Linus. »Aber wenn er sein Auto ausleiht, will er auch was bezahlt haben. Also, unter uns gesagt, ist der ziemlich geizig.«

»Bei solchen Leuten lassen wir uns nicht lumpen. Geizige Teufel, die an solchen wie dir und mir verdienen wollen. Da kriegst du halt einen Hunderter dazu.«

»Super«, sagte Linus. »Echt nett von dir, Ove. Verdammt nett.«

Zwanzig Minuten später ließ er Ove vor dem Alkoholgeschäft raus, und sowie er in der Tür verschwunden war, rief Linus Linda Martinez an und erklärte, dass er sich mitten im Zentrum befand und das Auto wechseln musste.

»Okay«, sagte Linda. »Fahr runter zum Hotel und stell dich auf den Parkplatz, dann sorge ich dafür, dass du ein neues Auto kriegst. Und wie läuft's?«

»Perfekt«, sagte Linus.

»Gut«, sagte Martinez. »In zehn Minuten hast du eine neue Kiste.«

Ove Kristiansson war ausgezeichneter Laune. Linus verfrachtete eine Kiste Bier und zwei wohlgefüllte Tüten vom Systembolaget auf den Rücksitz des Autos und trug vierzig Minuten später dieselben Waren in Oves Küche. Der klopfte ihm auf die Schulter und dankte für die Hilfe. Nicht alle jungen Leute seien heutzutage so wie Linus. Zu seiner Zeit, als er so alt war wie Linus, da waren alle Jugendlichen zur Stelle, wenn ein Alter was brauchte. Aber das sei nicht mehr so. Solche wie Linus gab es sehr selten, und die allerschlimmsten, die solchen wie Ove was klauten und versuchten, sie mit dem Kissen zu ersticken, sowie man eingeschlafen war, um einem in aller Ruhe die Goldzähne rauszuziehen, die arbeiteten in der Regel bei der Hauspflege.

»Wenn du nicht fahren müsstest, hätte ich dich auf ein Bier eingeladen«, sagte Ove. »Aber das müssen wir auf ein andermal verschieben. Außerdem habe ich nur noch ein kaltes, und das trinke ich selbst. Sowie ich mich aufs Sofa gelegt und die Glotze angemacht habe.«

»Das ist total in Ordnung«, sagte Linus. »Hier, nimm mal meine Karte. Falls du noch mal Hilfe brauchst. Meine Handynummer steht da drauf.«

»Teufel auch, Linus«, sagte Ove und seufzte. »Junge, du bist wirklich einzigartig. Jetzt fährst du mal am besten nach Hause nach Eskilstuna, ehe ich es mir anders überlege und dir mein einziges kaltes Bier überlasse.«

Da haben wir also Ove, dachte Linus Rasmusson und seufzte tief, als er zum zweiten Mal am selben Samstag nach Eskilstuna zurückfuhr. Schwer alkoholabhängig, gewiss bald achtzig Jahre alt, und die Wahrscheinlichkeit, dass er sich noch vor Weihnachten zu Tode soff, war überdurchschnittlich hoch. Ein einsamer Mensch und sicher nicht leicht zu haben, wenn man mit ihm über Kreuz war. Wenn man ihn aber richtig nahm, war er wahrscheinlich netter als die meisten. Wie wahrscheinlich ist es, dass einer wie Ove etwas mit Abbdo Khalid zu tun hat?, fragte sich Linus und seufzte noch einmal.

69

Als Mattei nach der Besprechung in ihr Zimmer zurückkam, musste sie sich erst einmal um all die administrativen Dinge kümmern, die ihre Sekretärin Karin auf ihren Schreibtisch gelegt hatte. Die lagen da in einer kleinen Plastikmappe und warteten, dass Mattei ihre Meinung dazu sagte, ehe sie weiter an die nächste Stelle in dem großen Haus an der Ingentingsgatan in Solna geschickt wurden.

Sie tat ihr Möglichstes, alles zu erledigen, und dann war es an der Zeit, mit Lisa Lamm und Jan Wiklander mittagzuessen. Sie saßen in der Kantine und redeten über alles zwischen Himmel und Erde, nur nicht über ihre laufende Ermittlung. Schließlich befand man sich in Hörweite von Kollegen, und außerdem galt es ja die höchsten Anweisungen in Sachen Geheimhaltung zu berücksichtigen.

Nach dem Essen wünschten sie einander ein schönes Wochenende. Wiklander, der während des Wochenendes die operative Verantwortung hatte, versprach, sich zu melden, wenn etwas passierte, was ihre sofortige Gegenwart verlangte, doch da nicht damit zu rechnen war, erwartete er sie nicht vor Montag wieder.

Endlich allein, dachte Lisa Mattei. Sie setzte sich hinter ihren großen Schreibtisch und klappte ihren Computer auf. Loggte sich in Praktischer Peter ein und öffnete die Datei mit Carl Lewenhaupts jüngstem Beitrag zur Ermittlung.

Dann verbrachte Lisa Mattei einen weiteren Nachmittag damit, Filme mit jungen westlichen Frauen anzusehen, die ihren festen Glauben an den Islam beteuerten und versprachen, ihre Gegner in dem heiligen Krieg zu töten, an dem sie nunmehr teilnahmen.

Junge schwedische Frauen, die in einer Beziehung mit einem muslimischen Mann mit einem völlig anderen ethnischen Hintergrund lebten, der zudem noch auf der Liste derer stand, die eine enge Verbindung zu einer der Terrororganisationen der islamistischen Welt pflegten. Auffallend oft waren diese Frauen blond, blauäugig, hatten helle Haut und weiße Zähne. Immer ungeschminkt, oft schön anzuschauen, und zu einer anderen Zeit hätten sie vielleicht Carl Larsson für das Frauenideal jener Epoche Modell stehen können. Der erleuchtete Blick. Ruhig, abgeklärt, sicher. Die Art, wie sie sich ausdrückten. Sachlich, feststellend, ausgeglichen, leidenschaftslos, wie von Gefühlen befreit, ohne die Stimme zu erheben, ohne das kleinste Lächeln, wohlformuliert und insgesamt Beispiele für eine problemfreie Jugend in einer gebildeten schwedischen Mittelklassefamilie.

Und vollkommen humorbefreit, dachte Lisa Matei, nahm das Telefon und rief Carl Lewenhaupt an.

»Hallo Calle, haben Sie Zeit, mich zu treffen?«

»Ja. Worum geht es?«

»Um diese schwedischen Blondinen, die Sie uns geschickt haben und die uns allen die Hälse abschneiden wollen.«

»Haben Sie etwas in deren Blick gesehen?«

»Ja, so ungefähr«, meinte Mattei. »Sie haben dieses Licht in ihren Augen, das jemand in ihren Köpfen angezündet zu haben scheint. Immer derselbe gleichbleibende Schein, der flackert nicht einmal.«

»Ich verstehe, was Sie meinen«, sagte Calle Lewenhaupt und nickte. »Sie haben die Wahrheit und das Licht gesehen, haben den Sinn des Lebens begriffen. So fühlen sie sich über alle anderen erhaben.«

»Gut«, sagte Mattei. »Da gebe ich Ihnen mal einen Tipp. Rufen Sie die Kollegen in Uppsala an und bitten Sie sie, die Filme von den Verhören zu schicken, die sie 2004 mit Sara Svensson in diesem Knutby-Fall gemacht haben.«

»Sie meinen, das Kindermädchen, das die Frau vom Pastor und den Nachbarn erschossen hat?«

»Genau«, sagte Mattei. »Die sollen sie schicken, aber sagen Sie ihnen nicht, warum.«

»Das sind gute Verhöre«, sagte Calle Lewenhaupt.

»Nein«, entgegnete Mattei. »Die Verhöre sind schlecht, aber das Kindermädchen ist gut. Sie hat genau denselben Gesichtsausdruck wie diese Mädchen. Außerdem ist sie im selben Alter.«

»Sie war auch tief gläubig. Allerdings Christin.«

»Genau«, sagte Mattei. »Das kaufe ich. Das können Sie in ihren Augen sehen. Das Problem ist nur, was sie behauptet, getan zu haben. Das nehme ich ihr nämlich nicht ab.«

»Interessant«, sagte Lewenhaupt und nickte nachdenklich.

»Da wundert mich etwas.«

»Was denn?«

»Wenn man nun so einen starken Glauben hat, warum muss man dann die ganze Zeit den anrufen, an den man glaubt? Allah hier und der Prophet da … im Grunde ist das doch jeder zweite Satz, ganz gleich, wovon man redet. Ich selbst bin ja normale schwedische Christin, jetzt nehmen wir mal an, ich hätte plötzlich ein Erweckungserlebnis.«

»Und?«

»Es würde mir doch nicht im Traum einfallen, Unserem Herrn zu berichten, was ich zu Abend gegessen habe und mit welchem Anzug ich zum Fest gegangen bin. Warum sollte ich ihn mit so etwas belasten? Er hat doch sicher wichtigere Dinge zu bedenken.«

»Der Glaube hat seine unterschiedlichen Ausdrucksformen«, meinte Calle Lewenhaupt, faltete die Hände über dem Bauch und sah zur Decke.

»Und es gibt noch eine andere Sache, die mich stört«, sagte Mattei, »und die mich schon die ganze Zeit in dieser Ermittlung stört. Wir haben schon darüber geredet.«

»Sie meinen Louise Urqhart.«

»Ganz genau«, sagte Mattei. »Der Ausdruck in ihren Augen ist ja überhaupt nicht derselbe wie bei diesen muslimischen Blondinen, die sie mir geschickt haben. Und wissen sie warum?«

»Nein, ich höre«, sagte Calle Lewenhaupt.

»Ganz gleich, von welchem Gott wir reden, glaube ich nicht, dass Louise Urqhart ihm dient. Sie hat andere Auftraggeber. Wie läuft es eigentlich mit Kolja?«

»Ich werde ihn diesen Donnerstag treffen. Jan hat das Praktische arrangiert.«

»Am Donnerstag? Das ist ja fast noch eine Woche hin.«

»Ja, ich weiß, aber Jan meinte, Kolja würde die Zeit benötigen, um uns helfen zu können.«

»Okay«, sagte Mattei. »Das sagt er nur, um uns mehr Geld aus dem Kreuz leiern zu können. Aber es ist in Ordnung, wenn Sie dabei rauskriegen, für wen Louise Urqhart arbeitet.«

Als Mattei nach Hause kam, schlief Ella bereits. Zwei Stunden früher als sonst, denn sie hatten mit der Kita einen Ausflug gemacht, und sie war komplett erschöpft, als Johan sie abholte.

»Sie ist schon beim Essen fast eingeschlafen. Aber ich soll dich grüßen und dir einen Kuss geben, wenn du nach Hause kommst.«

»Und ich habe dir ein Geschenk mitgebracht. Einen USB-Stick für deinen Computer, neue Filme, von denen ich möchte, dass du sie dir anschaust.«

»Selbstverständlich«, sagte Johan. »Wo sind die Papiere, die ich unterschreiben soll?«

»Die bleiben dir diesmal erspart, du stehst ja schon in meinen Diensten. Ich werde jetzt einfach Ellas Beispiel folgen und schlafen gehen. Immerhin ist morgen Party, und ich fühle mich alt, faltig und grau.«

Am Samstag gaben sie Ella bei der Großmutter ab, denn Lisa und Johan wollten zu einem Fest bei einem seiner Film-Freunde gehen. Ella hatte keine Einwände. Sie freute sich auf die Oma und besonders, da diese gerade aus dem Italien-Urlaub zurückgekommen war und ein Mitbringsel für die Enkelin hatte.

Lisa nutzte die Gelegenheit, ihrer Mutter einen kleinen Hinweis zu geben.

»Du siehst gut aus. Man sieht wirklich, dass du einen schönen Urlaub hattest.«

»Danke«, sagte Linda Mattei. »Italien ist um diese Jahreszeit wirklich schön. Genau die richtige Temperatur.«

»Ja, dann kann man wenigstens was essen«, stimmte Lisa zu. »Du bist fast genauso rund und drall wie Ella.«

»Ein Problem, das du nicht zu haben scheinst«, erwiderte Linda Mattei, die plötzlich mehr wie eine Polizistin aussah als wie die Mutter von einer.

»Das liegt daran, dass ich nicht die ganze Zeit einen Haufen Zucker in mich reinstopfe«, sagte Tochter Lisa. »Tschüss, ihr beiden, bis morgen!«

Das Fest fand auf Dalarö im Stockholmer Schärengarten statt, mit Freunden und Bekannten von Johan, alle mit Film und

Fernsehen beschäftigt. Erfolgreiche Menschen und so viele davon, dass man nicht Gefahr lief, den ganzen Abend mit nur einer Person reden zu müssen, die dann meist schon betrunken und unerträglich war.

Lisa landete am Tisch der Gastgeberin, einer bekannten Schauspielerin, offenbar im selben Alter wie Lisa. Sie war fröhlich und neugierig und leicht betrunken, und außerdem hatte sie gerade einen Vertrag unterschrieben für eine größere Fernsehserie, in der sie eine Polizistin spielen sollte.

»Ist das in Ordnung, wenn ich dich mal anrufe und um Tipps bitte, Lisa?«, fragte sie. »Vielleicht könnten wir mal zusammen essen gehen?«

»Ja klar«, erwiderte Lisa und lächelte. »Natürlich.« Hier bin ich ja wohl nicht zufällig gelandet.

Später wurde in einem Zelt, das zwischen Pool und Gästehaus aufgestellt war, getanzt.

Lisa tanzte mit Johan, und weil sie zwei Glas Champagner getrunken hatte, während sie auf das Essen warteten, und dann noch zwei Glas Wein zum Essen, sang sie die Musik mit, zu der sie tanzten.

»Will you still feed me, when I'm sixty four«, summte Lisa Mattei ihrem Mann ins Ohr. »Das sind die Beatles, Johan, ein richtig guter alter Song.«

»Wenn du es sagst«, meinte Johan.

»Ich bin betrunken, Johan«, sagte Lisa Mattei. »Ich bin krass besoffen.«

»Nein«, erwiderte Johan. »Vielleicht ein klein wenig angeschickert. Verglichen mit dem Rest der Gesellschaft bist du vollkommen nüchtern.«

Ehe sie im großen Gästehaus der Gastgeber einschliefen, redeten sie über das Fest. Ein bisschen zu viel Great Gatsby, fand

Johan. Außerdem von der schwedischen Sorte, wo die Leute mehr tranken, als es die Gäste von Gatsby getan hätten. Er mochte den Film sowieso nicht. Aber das Buch war gut.

»Was hältst du von der Sache mit den Beatles. Wenn ich vierundsechzig bin.«

»Du meinst, wenn ich siebenundfünfzig bin?«, fragte Johan. »Wenn ich aufgehört habe, Sport zu machen, dreißig Kilo Übergewicht zugelegt habe und so aussehe wie alle anderen, die sich für unsterblich hielten, als sie noch fünfmal die Woche Hanteln stemmten. Aber du wirst immer noch aussehen wie eine Hagebuttenblüte.«

»Ja, was denkst du dann?«

»Ich hoffe, dass du mich immer noch lieben wirst«, sagte Johan.

»Jetzt bist du wieder so«, meinte Lisa.

»Ja, zum Glück hört uns niemand. Wirst du denn der Gastgeberin bei ihrer Rollengestaltung helfen können?«

»Ich denke, ich werde sie mit Linda Martinez zusammenbringen«, meinte Mattei. »Näher kann man der Polizei nicht kommen.«

»Ja«, sagte Johan. »Und ich verspreche, dass ich mich um dich und Ella kümmern werde. Aber du kümmerst dich um alle anderen. Vergiss nicht, was ich gesagt habe.«

»Nein«, sagte Mattei. »Zum Glück hört uns keiner.«

Lisa Mattei schlief traumlos. Ich lebe, dachte sie. Johan lebt, Ella lebt. Nichts Böses wird uns geschehen.

Am Sonntagnachmittag holten sie Ella bei der Oma ab, und sowie sie im Auto saßen, sprach Ella von einem Geheimnis, das sie ihren Eltern erzählen wollte. Wenn sie versprachen, der Oma nicht zu verraten, was sie gesagt hatte.

»Ich verspreche es«, sagte Johan.

»Versprochen«, sagte Lisa. »Und keine gekreuzten Finger.«

»Oma macht irgendwie nicht mehr so gutes Essen«, offenbarte Ella.

IV

Dienstag, 12. Mai, bis Mittwoch, 27. Mai

Die Jagd auf den Bombenbauer, seine Frau und seine Weste

70

Linda Martinez pflegte gegenüber den meisten Dingen im Leben eine pragmatische Einstellung, und besonders romantisch veranlagt war sie auch nicht. Deshalb war es auch kein Problem für sie, die Jagd nach der Frau an Abbdo Khalids Seite oder gar nach seinen finanziellen Verhältnissen Jan Wiklander und Calle Lewenhaupt und all den anderen Intellektuellen zu überlassen. Wenn die ihre Zeit damit verschwenden wollten, Steuererklärungen, Kontoauszüge und Kreditkartentransaktionen von Abbdo Khalid durchzugehen, sollten sie das ohne ihre Hilfe tun. Sie selbst wusste es besser. Leute wie Khalid verwendeten immer Bargeld, und ganz gleich, ob das Geld schwarz oder weiß war, es tauchte sicher nicht in seiner Buchhaltung auf.

Genauso verhielt es sich mit seinen möglichen Kontakten zu Frauen. Mit so was sollten sich Akademikerinnen wie Lisa Mattei beschäftigten. Jemand wie Louise Urqhart würde es wohl kaum wagen, ausgerechnet in Eskilstuna aufzutauchen, dachte Martinez und seufzte tief.

Sie konzentrierte sich stattdessen auf die Sprengweste, die wahrscheinlich beim Attentat zum Einsatz kam. Sie vermutete kaum, dass jemand mit einem Kinderwagen auf die Bühne der Nationalfeierlichkeiten geschoben käme, aber ansonsten würde Abbdo wohl dasselbe Prinzip verfolgen wie vor dem Old Trafford. Ein paar Kilo Dynamit, ein paar Hundert scharfe Stücke zerschnittenes Armierungseisen, eine Weste aus passendem Stoff, die das alles tragen würde.

Spür die Weste auf, dachte Linda Martinez, und dieser Gedanke begleitete sie schon seit Dienstag, dem 12. Mai, seit sie ihren Auftrag begonnen hatte. Am Abend desselben Tages rief eine ihrer Personenüberwacherinnen, Sandra Kovac, sie an und erzählte, dass der zwei Jahre jüngere Bruder von Abbdo, Hassan Mohammed Khalid, offensichtlich in einem größeren Baumarkt am Rande von Eskilstuna arbeitete. Der Laden war beliebt und hatte ein großes Sortiment, so zum Beispiel Armierungseisen, Bolzenschneider, Schneidewerkzeuge, Lötkolben, Elektrokabel, Persenninge und Stoff für Persenninge in verschiedenen Ausführungen und Qualitäten. Mehr denkbare Auslösungsmechanismen, als der ehrgeizigste Bombenbauer sich wünschen konnte, und außerdem verkaufte man auch Dynamit und Sprengkapseln an Kunden, die so was im Zusammenhang mit verschiedenen Bauarbeiten und Anlagenarbeiten brauchten, und die mit den erforderlichen Genehmigungen ausgestattet waren.

Hassan Khalid arbeitete seit fast zehn Jahren dort, seit er im zweiten Gymnasialsjahr die Schule verlassen hatte. Erst war er Springer und Mädchen für alles, danach im Lager und jetzt Verkäufer. Von den Arbeitskollegen geschätzt, genoss er zudem das volle Vertrauen der Chefs. Wenn jemand die erforderlichen Bestandteile besorgen konnte, dann Hassan Khalid.

Nun hatte Hassan Khalid eine neue Kollegin. Sie war für die Revision zuständig und hieß Sandra Kovac. Offensichtlich Flüchtlingskind wie er selbst, zwar aus Jugoslawien, aber im selben Alter wie er.

Der Chef bat Hassan, ihr alles zu zeigen und dafür zu sorgen, dass sie einen Schreibtisch und einen Schrank im Umkleideraum bekam.

»Ja, aber klar doch«, sagte Hassan und grinste breit. »Ich kümmere mich drum, wenn du schön bei mir bleibst, Sandra.«

Linda Martinez hatte die Lage im Griff und das meiste verlief so wie geplant. Zwar war die Familie groß, aber sie schienen festen Routinen zu folgen und hielten sich entweder in dem Haus auf, in dem sie wohnten, oder an ihren Arbeitsplätzen. Sie hatten keinen großen Freundeskreis, unternahmen keine spontanen Aktivitäten, machten aber auch keinen Unfug. Die Hauptperson Abbdo Khalid verließ das Grundstück des Hauses nur selten, und das könnte Anlass zur Sorge sein. Wenn es sich nun so verhielt, wie die Briten behaupteten, dann müsste er doch eigentlich aktiver sein.

Die interne Ermittlung verlief wie üblich einfacher und kontrollierbarer. In diesem Fall war die Nachrichtenabteilung für Terrorismusbekämpfung oben in Stockholm tätig, und die Verantwortung für deren Arbeit lag nicht auf ihrem Schreibtisch. Das Hauptanliegen war, alles zu finden und zusammenzustellen, was es überhaupt über ihren möglichen Täter, seine Familie, Freunde, Bekannter und die übrigen Kontakte, die er pflegte, zu lesen gab. Einfach alles, was man in den Registern von der Einwanderungsbehörde, der Steuerbehörde, der Schule, der Krankenversicherung, der Sozialverwaltung und all der anderen denkbaren Behörden finden konnte.

Natürlich musste sie sich auch um all das andere kümmern. Alles, was man im Netz aufstöbern konnte und mit ihren Autos, ihren Handys, Computern, Kreditkarten und übrigen elektronisch ablaufenden Kontakten zur Umwelt zu tun hatte. Ferner musste sie dafür sorgen, dass die Ressourcen zur Verfügung standen, um auch Akutes und Unerwartetes zu parieren, mit dem man immer rechnen musste. Eine bis dahin unbekannte

Person, die plötzlich in einer Ermittlung auftauchte, ein neuer Kontakt, der aufgenommen wurde, alte, gewohnte Routinen, die sich plötzlich veränderten.

Das war leicht. Linda Martinez hatte nur ein einziges Problem: Es passierte nichts.

71

In Eskilstuna herrschte absolute Ruhe, aber während der ersten Tage hatte Martinez kaum darüber nachgedacht, weil sie mit so vielen anderen Sachen beschäftigt gewesen war. Erst als es langsam auf das Wochenende zuging, kam ihr die Tatsache allmählich komisch vor. Warum machen die nichts?, fragte sich Martinez.

Die Hauptperson Abbdo Khalid verließ das Haus nur für seine täglichen Joggingrunden oder um sich ins Auto zu setzen und in die Stadt zu fahren, wo er dann ganz triviale private Tätigkeiten unternahm. Er kaufte Zeitungen, besuchte das Restaurant, in dem zwei seiner Brüder arbeiteten, oder er traf sich mit seinem Vater zu einem gemeinsamen Besuch in einer der Moscheen der Stadt.

Genauso verhielt es sich mit seinem Vater, der früh zur Arbeit fuhr und oft spät heimkehrte. Dieser verbrachte den Tag in seinem Büro oder besuchte seine drei Geschäfte und redete mit dem Personal. Einen guten Teil seiner Zeit verbrachte er mit religiösen Aktivitäten. Absolvierte mehrere Besuche täglich in einer der Moscheen der Stadt, viele in Gesellschaft seines Bruders. Da er sämtliche Imame gut kannte, führte er mit den muslimischen Führern lange Gespräche, die, aus der Körpersprache zu schließen, von großem gegenseitigem Respekt und Achtung getragen zu sein schienen.

Auch die erwachsenen Geschwister von Abbdo folgten demselben Muster. Sie gingen ihrer Arbeit nach, beteten und waren ansonsten meist mit der Familie zusammen oder mal mit Verwandten oder Arbeitskollegen. Der elfjährige Sohn ging zur Schule, wo er sich wie alle anderen Kinder verhielt und in den Pausen kickte und mit seinen Freunden spielte. Mit der alten Mutter, seinen drei Frauen und den vier kleinsten Kindern war es noch einfacher. Sie verließen nur selten das Grundstück, außer zum Einkaufen oder um mit den kleineren Kindern spazieren zu gehen. Keines der Kinder besuchte eine Tagesstätte. Der Tagesablauf der Familie war stark von ihrem muslimischen Glauben geprägt, mit insgesamt fünf Gebetsstunden täglich. Die erste früh am Morgen und die letzte spät am Abend.

Einmal hatte sich in der ersten Woche etwas Dramatisches ereignet, als die Familie draußen im Garten versammelt war, um zu grillen und zusammen zu Abend zu essen. Der Elfjährige hatte einen kleinen Böller unter die Kohle geschmuggelt, und die ganze Familie fuhr zusammen, während der Junge schreiend vor Lachen im Garten rumrannte, bis einer seiner Brüder ihn einfing. Dann kriegte er eine ordentliche Standpauke von Vater Mohammed, die dieser mit einer Umarmung und einem Tätscheln auf den Kopf abschloss, und dann ging alles wieder seinen Gang.

Martinez und ihre Personenüberwacher waren einigermaßen frustriert. An einem Abend hatte man sich versammelt, um zu diskutieren, wie man eine Überwachung zustande bringen könnte, die diesen Namen auch verdiente. Wenn man wenigstens versteckte Mikrofone im Haus unterbrächte, um zu hören, was sie sagten. Am liebsten auch ein paar Kameras in der Nähe, so dass man vielleicht auch sehen konnte, was sie so machten.

Einer von Martinez' Ermittlern schlug halb im Scherz, halb ernst vor, einen kontrollierten Brand im Haus zu legen. Natürlich nicht, um jemandem zu schaden, sondern um sie dazu zu bringen, an einen anderen, besser zu überwachenden Ort zu ziehen. Zum Beispiel irgendein Apartmenthotel, das der Gemeinde gehörte und wo man schon im Vorfeld die technische Ausrüstung platzieren konnte.

Martinez hatte den Kopf geschüttelt. Ein Brand war vollkommen ausgeschlossen, ganz gleich, wie kontrolliert. Höchstens ein Wasserschaden oder ein lang währender Stromausfall, der ein ähnliches Resultat versprach. Definitiv kein Brand, aber gern andere kreative Vorschläge, damit die Lähmung, in die man geraten war, mal durchbrochen würde. Während der ersten und der zweiten Woche war überhaupt nichts von Interesse für Martinez und ihre Kollegen geschehen. Mal abgesehen vom ungeplanten Untertauchen Abbdos am 13. Mai, wobei man ja immer noch nicht wusste, was er da eigentlich gemacht hatte, und auch nicht beweisen konnte, dass er etwas Kriminelles getan hatte.

Und seinen Betreuer an der Universität anzulügen war schließlich auch kein Verbrechen.

Eine Einsatztruppe von dreißig Personen, die nichts zu beobachten hatten. Dazu nur noch eine knappe Woche bis zu dem großen angekündigten Knall, dachte Linda Martinez. Und im schlimmsten Fall war schon alles fertig vorbereitet. Dann fährt unser Bombenbauer nach England zurück, und einer der anderen reist ins Paradies, dachte Martinez.

Und kaum hatte sie das gedacht, passierte endlich mal was.

72

Dan Andersson war fünfundvierzig Jahre alt und mit einer drei Jahre jüngeren Frau verheiratet, die als zivile Ermittlerin bei der Landeskripo in Stockholm arbeitete. Sie hatten zusammen drei Jungs im schulpflichtigen Alter, und die ganze Familie Andersson wohnte in einem Einfamilienhaus auf dem Mälaren ein paar Kilometer vor Stockholm. Die absolute Mehrheit ihrer Nachbarn arbeitete entweder bei der Polizei, im Rettungsdienst oder in der Krankenpflege, und alles in allem war Dan Andersson ein typischer Polizist mittleren Alters auf Gruppenleiterniveau, der in Stockholm arbeitete.

Er war bekannt dafür, loyal, pflichtbewusst, schweigsam, arbeitsam und fähig zu sein. Vor allem schweigsam. Dass er in privaten Zusammenhängen sowohl sozial wie auch unterhaltsam sein konnte, war eine andere Sache. Im Unterschied zu vielen seiner Kollegen bei der schwedischen Polizei dachte Dan Andersson niemals auch nur im Traum daran, sich über das, was an seinem Arbeitsplatz geschah, mit seiner Ehefrau auszutauschen, auch wenn diese zumindest bei derselben Behörde arbeitete. Zu Beginn ihrer Beziehung unterstellte sie ihm oft scherzhaft, noch eine andere Frau zu haben, aber zehn Jahre später hatte sie sich damit abgefunden. Sie respektierte ihn und die Gründe für sein Schweigen, weil er über andere Dinge sehr gern sprach, nämlich über alles, was ihnen beiden etwas bedeutete: ihre Kinder und das Leben, das sie führten.

Dan Andersson arbeitete seit fast fünfundzwanzig Jahren für die Polizei, erst zehn Jahre in Stockholm, dann insgesamt sechs Jahre im Ausland. Danach war er nach Schweden zurückgekehrt und nun seit acht Jahren stellvertretender Chef der Abteilung Personenschutz bei der Säpo, der Abteilung, die die Aufgabe hatte, die Königsfamilie, die Regierung und alle anderen Persönlichkeiten mit vergleichbarer Fallhöhe zu schützen, die aus unterschiedlichen Anlässen die Dienste des Personenschutzes benötigen könnten.

Auch wenn man im Hause von den »Leibwächtern« redete, wurde doch von den meisten, die dort arbeiteten, nicht erwartet, zuerst zu schießen oder gar eine Kugel mit ihrem Körper abzufangen. Am allerwenigsten von Dan Andersson, der den größten Teil seiner Zeit eigentlich damit verbrachte, Drohbildanalysen und Risikoeinschätzungen im Zusammenhang mit den verschiedenen Aufträgen des Personenschutzes zu erstellen.

Der Nationalfeiertag auf Skansen war ein wiederkehrender Fall auf seinem Tisch. Ein Auftrag mit hoher Priorität, aber gleichzeitig nichts Besonderes. Auf seinem Schreibtisch landeten jeden Monat zwischen zwei und drei Fälle dieser Art. Doch nach dem Treffen mit den britischen Kollegen war die Situation eine völlig andere, und nach seiner Rückkehr ins Büro am 12. Mai hatte er alle anderen Aufgaben an seine Mitarbeiter delegiert, um sich selbst ganz dem neuen Fall widmen zu können.

Er hatte seinen Arbeitstag damit begonnen, seinen Schutzauftrag am Nationalfeiertag mal mit anderen Augen zu betrachten, und da gab es einen Umstand, der ihm sofort auffiel. Der schwedisch-somalische Freundschaftsverband gehörte zu den vielen Organisationen, die beim Festakt aus der Hand Seiner Majestät des Königs eine schwedische Flagge entgegennehmen sollten. Die Übergabe war auf der Solliden-Bühne geplant, und wenn der Geehrte eine Selbstmordbombe unter den Kleidern trug, dann fand sich dafür kaum ein besserer Ort auf Erden, wenn man mal bedachte, wer die Flagge übergeben und wer in den ersten Reihen sitzen würde.

Derjenige, der rein physisch die schwedische Fahne aus den Händen des Königs entgegennehmen sollte, war der Sprecher des Verbandes. Ein Mann um die fünfzig, der vor zwanzig Jahren als Flüchtling nach Schweden gekommen war, inzwischen schwedischer Bürger und mit einer Schwedin verheiratet, mit der er vier Kinder hatte, und in Nacka vor Stockholm wohnhaft. Er war zwar Muslim, arbeitete aber als Personalleiter eines Wachunternehmens in Stockholm.

Das sprach in Dan Anderssons Welt für ihn, denn sorgfältig, wie er war, hatte er eine umfassende Kontrolle des Mannes angeordnet, die nichts Besonderes ergeben hatte. Mehrere Personen im Umkreis des Sprechers beschrieben ihn als netten, freundlichen und hilfsbereiten Menschen, der ein Leben führte, das sich nicht von dem eines ganz gewöhnlichen Schweden unterschied. »Vollkommen normal, obwohl er offenbar so ein Mohammedaner ist.«

Er trank zu Feiertagen Bier und Schnaps, aß zu Weihnachten Braten und zu Mittsommer Hering und im August sogar Krebse. Seine Familie besaß zwei Hunde, und um seinen muslimischen Glauben hatte er nie viel Aufhebens gemacht.

Dan Andersson legte die Personenakte beiseite. Man kann nicht alles haben, dachte er. Ein krebsessender Muslim war als Selbstmordattentäter keine gute Wahl, und außerdem war der Mann derart übergewichtig, dass selbst eine größere und gut geschnittene Bombenweste an ihm auffallen würde. Eine Woche später hatte dann auch seine Kollegin Ingrid Dahl eine Person ins Spiel gebracht, die rein äußerlich viel besser zu dem abgegriffenen Bild eines Selbstmordbombers passte. Zudem noch eine sehr gut gebaute und durchtrainierte Frau. Das Problem mit ihr war ein anderes. Sie war wahrscheinlich derjenige Mensch im Land, von dem Dan Andersson am meisten gehofft hatte, dass er in dieser Ermittlung nicht auftauchen würde. Leyla Abdul Hussein.

73

Dan Andersson mochte Dinge nicht, die Planung und Routine seiner Arbeit störten. Er hatte schon genug mit allem anderen zu tun, was seinen Schutzobjekten zustoßen könnte.

Zunächst einmal hatte der Sprecher des Freundschaftsverbands sich gemeldet und um eine Änderung des Programmes gebeten. Statt seiner sollte diejenige Person die schwedische Fahne entgegennehmen, die ursprünglich das Angebot erhalten hatte. Sie war ohne Frage das bekannteste Mitglied des Vereins und überdies die bekannteste Somalierin des Landes : Leyla Abdul Hussein.

Leyla kam vor zehn Jahren als politischer Flüchtling nach Schweden. Damals war sie fünfzehn Jahre alt und schon in der ersten Woche in ihrem neuen Heimatland als große Hoffnung in der Leichtathletik gefeiert worden. Sieben Jahre später war sie die bekannteste Langstreckenläuferin des Landes. Zwei WM- und zwei EM-Titel in den letzten zwei Jahren. Sie hatte sowohl die fünf- als auch die zehntausend Meter in beiden Wettkämpfen gewonnen, und alle waren sich einig darüber, dass sie diese Leistung auch bei den Olympischen Spielen wiederholen würde.

Mit Hilfe ihrer sportlichen Meriten hatte sie auch einen anderen Rekord gebrochen: Nach nur fünf Jahren wurde sie schwedische Bürgerin. Flüchtlinge aus Somalia warteten normalerweise doppelt so lange darauf.

Alle liebten Leyla Hussein auf die Weise, die mehr über den aussagt, der dieser Liebe Ausdruck verleiht, als über den Gegenstand der Zuneigung. Dass sie gläubige Muslimin war, störte niemanden, außer den einen oder anderen Sportexperten, der dann darüber spekulierte, wie viel schneller sie hätte laufen können, wenn sie nicht im Ganzkörperdress oder mit einer Kopfbedeckung am Start gewesen wäre. Im Grunde spielte das natürlich keine Rolle, da sie sowieso schneller lief als jede andere Frau auf dem Planeten.

Schon als sie ihre erste internationale Meisterschaft gewann, war die öffentliche Meinung ihr so wohlgesonnen, dass die größte Tageszeitung ihr einen Aufmacher widmete, in dem ein bekannter Schriftsteller sie gar mit dem Wind verglich, der über das Horn von Afrika weht.

Dass Leyla Hussein vor diesem Hintergrund die Erste war, der man angeboten hatte, die schwedische Fahne entgegenzunehmen, war nicht verwunderlich. Leider hatte sie jedoch ablehnen müssen, weil sie bereits auf einer Leichtathletikgala in Berlin für die fünftausend Meter gebucht war. Doch dann hatte ihr Arzt ihr einen Strich durch die Rechnung gemacht und entschieden, dass sie insgesamt drei geplante Wettkämpfe absagen müsse, um sich nicht zu überanstrengen und den Einsatz bei den kommenden Olympischen Spielen nicht zu gefährden.

Als der Sprecher des Verbandes Leyla daraufhin den Auftritt in Skansen anbot, hatte sie sofort zugesagt. Daraufhin redete der Sprecher mit der Pressesekretärin des Hofes, wo man uneingeschränkte Zustimmung signalisierte. Und schließlich sprach er auch mit Dan Andersson, der zusagte, die Sache sofort mit seinem Chef zu besprechen und dies auch in positiver Haltung zu tun, auch wenn eine solch kurzfristige Änderung gegen die üblichen Routinen für Arrangements mit Anwesenheit des Staatschefs verstieß.

Sowie Dan Andersson auflegte, rief die Pressesekretärin des Hofes bei ihm an und bestätigte, was er schon vom Sprecher des Freundschaftsverbands erfahren hatte. Dan Andersson blieb keine andere Wahl, als den Beschluss selbst zu fassen. Sollte ein einfacher Kommissar sich dem Willen Seiner Majestät des Königs widersetzen? Am schwedischen Nationalfeiertag? Vergiss es, dachte er.

Blieb also nur noch, im Programm für den 6. Juni den Sprecher gegen Leyla Hussein auszutauschen und die Ermittlergruppe über diese Sache zu informieren.

Ich hasse VIPs, dachte Dan Andersson, als er die Nachricht über Leyla Hussein an all seine Kollegen der Einsatzgruppe mailte.

Eine Stunde später kam seine Kollegin, die Langstreckenläuferin Ingrid Dahl, und teilte ihm mit, was ihr bei der Lektüre seiner Mail plötzlich eingefallen war.

74

Seit Dienstag, dem 12. Mai, befand sich Ingrid Dahl als Chefin des Verhörteams in der Einsatzgruppe in Warteposition. Sie hatte die Zeit genutzt, das umfangreiche Ermittlungsmaterial zu lesen. Unter anderem sah sie sich eine große Anzahl Fotos von Abbdo Khalid und seiner Familie an, um herauszubekommen, ob sie jemanden davon vielleicht kannte. Und etwas unter all diesen Bildern hatte ihr Interesse geweckt, doch da sie nicht genau wusste, wem oder welcher Sache das galt, schob sie es zunächst beiseite und arbeitete sich weiter durch das Material. Zurück blieb jedoch das ärgerliche Gefühl, etwas verpasst zu haben, und erst als Leyla Husseins Name in der Ermittlung auftauchte, klickte es endlich.

Ingrid Dahl kannte Leyla Hussein, denn sie gehörten demselben, sehr erfolgreichen Leichtathletikverein in Stockholm an. Ingrid und Leyla waren sogar schon einige Rennen gegeneinander gelaufen, auch wenn sie vom Alter her sehr weit auseinanderlagen und auch sonst keine Gemeinsamkeiten teilten.

»Ich weiß nicht, wie oft sie mich überrundet hat«, sagte Ingrid Dahl mit einem Lächeln.

»Das war sicher nicht leicht für dich«, scherzte Dan Andersson. »Aber was ist dir aufgefallen?«

»Das letzte Mal bin ich ihr vor ein paar Monaten auf der Sportgala begegnet. Wir saßen zwar nicht am selben Tisch, sie erhielt wie üblich einen Preis und saß bei den feinen Leuten, aber wir trafen uns zufällig, bevor das Essen begann und alle durcheinanderliefen. Da habe ich mit Leyla gesprochen und auch mit einem jungen Mann im selben Alter, der sie begleitete und der mir wie ihr Freund wirkte.

»Wer war das?«, fragte Dan Andersson.

»Der hier auf dem Bild. Der neben Leyla steht«, sagte Ingrid Dahl und reichte ihm ein Exemplar der größten Klatschzeitung des Landes, die auch eine Reportage von der Sportgala enthielt.

Die üblichen VIP-Fotos, das größte davon zeigte Leyla Hussein inmitten von fröhlichen und mehr oder weniger bekannten Galagästen. Einer von ihnen war ein junger, dunkelhäutiger Mann in Leylas Alter, schick gekleidet in dunklem Anzug, weißem Hemd und Schlips, der freundlich in die Kamera lächelte.

»Wer ist das?«, fragte Dan Andersson.

»Leyla hat mich ihm vorgestellt. Ein alter Freund von ihr aus Schulzeiten, auch Somalier, und sie nannte ihn Hasse, wogegen er nichts zu haben schien. Erkennst du ihn?«

»Nein«, sagte Dan Andersson und schüttelte den Kopf. »Ganz unter uns gesagt, ähneln sich für mich die schwarzen Sporttypen alle.«

»Ich bin sicher, dass dies Hasse Hassan Mohammed Khalid ist, Abbdos jüngerer Bruder, der in diesem Baumarkt in Eskilstuna arbeitet«, sagte Ingrid Dahl.

»Ach so«, sagte Dan Andersson. »Das wäre ja kein übles Zusammentreffen. Und jetzt glaubst du, unser Hasse hier habe Leyla davon überzeugen können, dass sie so einen Selbstmordanschlag …«

»Das kannst du vergessen«, unterbrach ihn Ingrid Dahl. »Vergiss es einfach.«

»Und warum?«

»Leyla ist die absolut netteste junge Frau, die man sich nur denken kann«, erklärte Ingrid Dahl. »Sie ist ein guter Mensch, eine einfache und selbstverständliche Person, und sie würde nie im Traum so etwas tun.«

»Warum sollte so einer wie er sie sonst treffen wollen?«, beharrte Dan Andersson.

»Danne, komm schon. Die kennen sich. Sie scheinen sich zu mögen. Sie haben denselben Hintergrund, sind zusammen in die Schule gegangen. Vielleicht nutzt er sie aus, um an Informationen zum Ablauf des Nationalfeiertags zu kommen. Was weiß ich.«

»Klingt, als wäre das was für Carl Lewenhaupts Leute«, sagte Dan Andersson und dachte: Ich hasse VIPs.

Am nächsten Tag meldete sich einer der vielen Mitarbeiter des Nachrichtendienstes bei Dan Andersson. Er konnte zumindest zwei der Fragen, die dieser am Tag zuvor gemailt hatte, beantworten. Sowohl Leyla Abdul Hussein wie auch Hassan Mohammed Khalid waren seit mehreren Jahren Mitglieder des Schwedisch-somalischen Freundschaftsverbands. Dass man am Nationalfeiertag eine schwedische Flagge überreicht bekommen würde, war seit einem halben Jahr ein gut gehütetes Geheimnis innerhalb des Verbands.

Vor rund zehn Jahren besuchten Leyla und Hassan dieselbe Grundschulklasse in Eskilstuna. Nach der neunten Klasse zog Leyla mit ihrer Familie nach Stockholm. Weitergehende Kontakte zwischen ihnen mussten noch untersucht werden, und er würde sich melden, sowie er und die Kollegen mehr herausfänden.

Ich hasse VIPs, dachte Dan Andersson noch einmal, und der einzige Trost war, dass der Wind, der über das Horn von Afrika blies, auch andere Schreibtische nicht verschonte.

75

Alle Menschen aus dem Umfeld von Major Carl Björklund waren sich vollkommen darüber einig, dass er von barscher äußerer Erscheinung war. Was seine inneren Eigenschaften betraf, gingen die Meinungen über seine Person weit auseinander. Da waren auf der einen Seite seine wenigen und engen Freunde, die behaupteten, Carl sei ein sehr direkter, ehrenhafter und im Grunde netter Mensch, und sie nannten diese Attribute zumeist auch in dieser Reihenfolge. In der richtigen Gesellschaft konnte er außerordentlich gesellig sein mit zwar drastischem Humor, aber auch einer ausgezeichneten Singstimme, der zu lauschen leider nur allzu wenige in den Genuss kamen.

Dann waren da noch all die Menschen, die aus persönlicher Erfahrung bezeugen konnten, dass Major Björklund ein ganz gewöhnlicher primitiver Stinkstiefel mit einem Menschenbild war, das er glücklicherweise allein pflegte. Die große Mehrheit löste dieses Problem, indem sie ihn als eine sehr vielschichtige Person beschrieb.

Beruflich gesehen war man sich wieder einig. Major Björklund besaß eine einzigartige Expertise in Bezug auf das, was man im Militär die »Leichten Waffen« nannte, und für seine Auftraggeber war zudem praktisch, dass er diesen Begriff sehr weit auslegte.

Björklunds profundes Wissen erstreckte sich auf alles von gewöhnlichen Schusswaffen wie Pistolen, Revolvern, Maschinengewehren mit einem Gewicht von höchstens ein paar Kilo bis hin zu gepanzerten Fahrzeugen und Kampfflugzeugen, die mehr als hundert Tonnen wiegen konnten. Das einzige Gebiet, über das er sich niemals äußerte, waren die Waffen, die ausschließlich für die Marine gebraucht wurden. Wollte man über die etwas wissen, musste man mit jemand anders reden.

Wasser interessierte ihn nicht. Carl Björklund war Infanterist. Die Kollegen bei der Luftwaffe konnte er so lange ausstehen, wie sie ihm und seinen Kameraden am Boden, die schließlich alle Arbeit machten, die nötige Unterstützung verschafften, und Punkt.

Nachdem Helena Palmgren ihre erste Besprechung mit ihren neuen Kolleginnen und Kollegen in der Führungsgruppe absolviert hatte, ließ sie Carl Björklund zu sich kommen und gab ihm die Unterlagen, die er brauchte, um den Auftrag auszuführen, den sie für ihn vorgesehen hatte. Das war einerseits die kriminaltechnische Untersuchung des Attentats vor dem Fußballstadion in Manchester als auch Informationen über das geplante Selbstmordattentat auf der großen Bühne von Skansen.

Helena Palmgren wollte, dass Björklund für sie eine Selbstmordweste konstruierte mit derselben Ladung und der Art von Projektilen, wie sie der Bombenbauer in einem Kinderwagen vor dem Old Traffic benutzt hatte. Danach sollte er eine Rekonstruktion durchführen und schauen, welche Schäden eine solche Sprengweste beim Publikum, das vor der Bühne saß, anrichten würde.

»Wie gut ist er denn?«, murmelte Björklund. »Also, dieser Bombenbauer.«

»Leider haben wir Anlass anzunehmen, dass er sehr gut ist«, erwiderte Helena Palmgren. »Er ist ausgebildeter Elektriker und hat unter anderem als Installationstechniker bei einem unserer größten Sicherheitsunternehmen gearbeitet. Seit einem

Jahr studiert er Physik und Chemie. Unsere britischen Kollegen behaupten, die Bombe in Manchester habe er konstruiert.«

»Zu welchem Material hat er Zugang?«, fragte Björklund.

»Das Übliche, was jeder in jedem Baumarkt kaufen kann«, sagte Helena Palmgren. »Plus Sprengmittel natürlich, vermutlich Dynamit, von derselben Sorte, die er auch in England verwendet hat. Was man in der Baubranche benutzt.«

»Aber er hat keinen Zugang zu militärischen Materialien?«

»Nein, scheinbar nicht«, sagte Palmgren.

»Schade«, erwiderte Björklund und schüttelte sein schweres Haupt.

»Was meinen Sie denn damit?«, fragte Helena Palmgren. »Ist doch wunderbar, wenn wir das nicht in Betracht ziehen müssen.«

»Ja, klar. Ich dachte nur an den Bombenbauer«, erklärte Björklund. »Die meisten von diesen Typen sind die reinsten Idioten, aber der hier scheint ja anders zu sein. Und wenn man nun mal endlich auf jemanden trifft, der weiß, was er tut, ist es natürlich schade, dass ausgerechnet der nicht zu den besten Materialien Zugang hat«, stellte Major Björklund fest. »Sonst noch was?«

»Nein, danke«, erwiderte Helena Palmgren.

Fünf Tage später erhielt Helena Palmgren eine Mail von Major Björklund mit der Betreffzeile »Mission Completed«.

Er hatte nach den Voraussetzungen zwei verschiedene Bombenwesten herstellen lassen. Eine wollte er mitnehmen und seinen Zuhörern vorführen, wenn er seinen mündlichen Vortrag hielt. Die andere hatte er bereits sprengen lassen. Somit stünde Major Carl Björklund für sie bereit, wenn sie es wünschte, und es wurde ein Termin für den nächsten Nachmittag vereinbart.

Kurz bevor er seinen Vortrag hielt, nahm Helena Palmgren ihn beiseite, um ihm ein paar Worte mit auf den Weg zu geben.

»Wir haben darüber ja schon mal geredet, Carl«, sagte sie, »aber ich würde es wirklich schätzen, wenn Sie versuchten, Ihre Sprache im Zaum zu halten und nicht zu viele persönliche Abweichungen vom Thema zu vollführen.«

Björklund knurrte, da er aber gleichzeitig nickte, war es wohl ein zustimmendes Knurren. Ich habe ja auch keine andere Wahl, als das so zu sehen, dachte Helena Palmgren und unterdrückte einen Seufzer der Resignation.

76

Major Björklund hatte sich für seinen Vortrag mit einer begrenzten Zahl Teilnehmer den kleinen Vortragssaal des Hauses ausgesucht. Mit gewöhnlichen Besprechungsräumen hatte er seine Probleme, vor allem eigentlich wegen der Leute, die so gern in ihnen saßen. Er selbst nahm nur dann an einer Stabsbesprechung teil, wenn die Lage wirklich ernst war.

Nachdem ein Dutzend Personen sich eingefunden und auf die Plätze verteilt hatte, verschwendete Björklund auch keine unnötige Zeit auf Begrüßungsformeln, Vorstellungen oder andere Formalitäten.

»Ich heiße Carl Björklund, Major Carl Björklund«, begann er.

»Und ich werde über zwei Dinge reden. Erst werde ich eine Rekonstruktion des Attentats zeigen, die unser Gegner offenbar durchzuführen plant. Dann werde ich eine sogenannte Sprengweste vom selben Typ, wie unser Selbstmordattentäter sie wahrscheinlich tragen wird, zeigen«, fuhr er fort und nickte dabei zu der Schaufensterpuppe in einem knöchellangen weißen Kaftan, die neben dem Tisch stand, an dem er saß.

»Das nimmt dreißig Minuten in Anspruch, und danach ist also Zeit für Fragen«, endete Björklund und begann gleichzeitig auf dem Computer zu tippen, der auf dem Tisch stand.

Dann tat Björklund genau, worum er gebeten worden war, und begann, Filmsequenzen und Bilder von einem Militärübungsfeld in der Nähe zu zeigen, wo er selbst und zwei seiner treuen Gefreiten, wie er sie nannte, eine Kopie von einem Teil der Solliden-Bühne samt der ersten Bankreihen auf Skansen aufgebaut hatten.

»Ein paar alte Gefreite, aus altem Holz geschnitzt, die ich glücklicherweise retten konnte, als unsere Politiker auf die unglückliche Idee kamen, die allgemeine Wehpflicht abzuschaffen«, sagte Björklund, dem offenbar nach einem kleinen Umweg zumute war.

Helena Palmgren schüttelte den Kopf und warf Lisa Mattei einen bedauernden Blick zu. Mattei begnügte sich mit einem Nicken und einem schwachen Lächeln.

Major Björklund schien sich nicht darum zu scheren, was solche wie Mattei dachten. Er marschierte rasch weiter, zeigte und erklärte mit Hilfe der Bilder, die er auf dem Bildschirm an der Wand hinter sich zeigte.

Die männliche Schaufensterpuppe auf der Bühne stellte Seine Majestät den König dar. Mit einem blauen Jackett. Die weibliche Schaufensterpuppe, die eine Armlänge gegenüber vom König stand, war die Person, die das Attentat durchführen würde. Deshalb trug diese Puppe die gleichen Kleider wie die Schaufensterpuppe hier an seiner Seite.

Die Platzierung der beiden Hauptakteure hatten sie streng nach dem geplanten Programmablauf vorgenommen, und die Ganz- und Halbfiguren aus Pappe, die auf den Bänken unterhalb der Bühne saßen, stellten somit das am nächsten sitzende Publikum dar. »Die übrigen Gäste muss man sich aus den üblichen Praktikabilitäts- und Budgetgründen sowie wegen des nunmehr begrenzten Zugangs zu funktionierenden und verlässlichen Gefreiten denken«, verdeutlichte der Major.

Soweit die Rekonstruktion und die Voraussetzungen für das Drama. Zeit für den Höhepunkt, den Knall, wenn die Selbstmörderin auf der Bühne die Bombe auslöste, die sie ganz dicht am Körper unter dem weißen Kaftan tragen würde. Björklund hatte das Ganze mit drei Kameras filmen lassen, eine gewöhnliche und zwei Hochgeschwindigkeitskameras, und zur Sicherheit zeigte er den Film zweimal.

Erst der blendend weiße Schein, dann der ohrenbetäubende Knall, der mehrere Meter dicke braune Schwall aus Projektilen, der sich in Form eines Fächers über das Publikum ausbreitete, und das alles binnen nur einer einzigen Hundertstelsekunde. Dann alles, was übrig blieb. Fragmente und kleine Teile der beiden Schaufensterpuppen auf der Bühne, zerschossene und perforierte Bankreihen, Haufen mit Holzsplittern, zerfetzte Pappfiguren, die sämtlich mehrere Löcher von Projektilen aufwiesen.

Major Carl Björklund hatte vier Kilo Dynamit von der gewöhnlichen zivilen Sorte verwendet, die man innerhalb der Baubranche und für andere praktische Ziele benutzt. Gut verteilt über die Ladung – mit Rücksicht auf die Platzierung des Trägers und des Ziels – hatte er zudem achthundert Projektile mit einem Gesamtgewicht von acht Kilo an der Vorderseite der Weste angebracht. Das Gewicht der gesamten Weste betrug ungefähr zwölf Kilo – alles getreu den Anweisungen. Er selbst sei auch erstaunt, wie wirkungsvoll diese Projektile aus gewöhnlichem Armierungseisen waren. Sie flogen wie ein Schwarm wütender Wespen herum, führten zu einem beträchtlich höheren Teil an Querschlägern als die sonst üblichen runden Stahlkugeln und erhöhten damit die Wahrscheinlichkeit, dass ein und dasselbe Projektil mehr als die eigentlichen Ziele treffen würde.

»Von den Voraussetzungen ausgehend, die ich hier gezeigt

habe, wird diese Bombe zwischen siebzig und achtzig Prozent der sich im Publikum innerhalb eines Kreissektors von einhundertzwanzig Grad und eines Radius je nach Winkel der Detonation von zwischen zwanzig und dreißig Metern befindlichen Menschen töten oder ernsthaft verletzen«, konstatierte Björklund.

»Danach nimmt die Wirkung natürlich mit dem wachsenden Abstand ab, aber es gibt keinen Grund, dass man nicht auch in einem Abstand von bis zu hundert Metern von der Explosion getötet werden kann«, endete er.

»Wie viele sind es dann?«, fragte Lisa Mattei, die nicht vorhatte, noch eine weitere Viertelstunde zu sitzen, ehe sie diese Frage stellen durfte.

»Vielleicht machen wir das …«

»Nein«, unterbrach sie ihn. »Antworten Sie.«

»Zwischen achtzig und hundert, die getötet werden, und ungefähr die doppelte Zahl, die mehr oder weniger ernsthaft verletzt werden. Das ist ein gutes Stück über dem Durchschnitt für solche Aktionen«, meinte Björklund.

»Der König, die Königin und drei Staatsräte werden zugegen sein. Der König steht auf der Bühne und die anderen sitzen in der ersten Reihe direkt gegenüber dem Platz, an dem der König steht. Wie wird das für sie ausgehen?«

»Die Wahrscheinlichkeit, dass einer von ihnen überleben wird, kann vernachlässigt werden«, sagte Björklund.

»Danke, dann habe ich keine weiteren Fragen.«

Alle fünf, die zur höchsten Schutzklasse gehörten. Dazu der Beifang, den ihr Selbstmordbomber noch tätigen konnte, weil alle Landesminister in Stockholm zugegen sein würden, die hohen zivilen Beamten, ausländische Diplomaten und alle anderen, die einfach nur zufällig zu ihren Familien gehörten.

Als Nächstes zeigte Major Björklund einen Film, der den Titel »Wie stelle ich eine gute Bombenweste her« hätte tragen können, und bediente sich dabei desselben Konzepts wie jeder gute Fernsehkoch.

Eine große, einem Laboratorium ähnelnde Küche mit einer sehr abgenutzten Arbeitsfläche in der Mitte, auf die er seine unterschiedlichen Zutaten gelegt hatte. Der Rumpf der Bombenweste, dieses Mal aus hellem, weißen Baumwollstoff, um nicht durch den weißen Kaftan zu scheinen, der darüber getragen wurde, ein Stapel mit Dynamitstangen, ein ordentlicher Haufen mit spitz abgeschnittenen Stücken Armierungseisen, eine Flasche mit etwas, das wie normales Speiseöl aussah, ein paar Handys, ein paar Rollen Elektrokabel in verschiedenen Farben und Dicken.

Dann seine verschiedenen Hilfsmittel: eine Küchenmaschine älteren Modells, die in einer rotierenden Schüssel Teig kneten konnte, dazu ein Holzspatel zum Umrühren, diverse Werkzeuge und andere Gerätschaften – insgesamt sah das alles aus wie das Intro einer beliebigen Kochsendung.

Was Björklund von all den anderen Fernsehköchen unterschied, war sein ruhiges und ausgeglichenes Auftreten, und dann die Kleider, für die er sich entschieden hatte. Abgenutzte Klempnerhandschuhe und eine Schutzmaske über Mund und Nase. Im Hintergrund standen zwei männliche Personen in derselben Ausrüstung, die schweigend die verschiedenen Kommandos Björklunds abwarteten.

Wahrscheinlich seine zwei getreuen Gefreiten vom alten Schlag.

Dann zeigte und erklärte Björklund in die Kamera, was es auf dem Tisch zu sehen gab. Und dass man alles davon in normalen, alltäglichen Läden kaufen konnte. Nicht einmal das Dynamit war ein Problem. Vorausgesetzt, man kannte die richtige Person, immerhin hatten mehr als zehntausend Einwohner im Land legalen Zugang zu Sprengmitteln. Doch genug davon, moderierte der Major, und höchste Zeit, zur Sache zu kommen und eine gut funktionierende Bombenweste mit klassischem Schnitt und Inhalt herzustellen.

Mit einem der Gefreiten entfernte er das gewachste Umschlagpapier von den Dynamitstangen, brach sie durch und zerteilte sie in kleinere Stücke, die er in die Teigschüssel der alten Küchenmaschine legte. Der andere begann die Flüssigkeit, die aussah wie Speiseöl, in die Schüssel zu schütten, und innerhalb von ein paar Minuten hatte man die Dynamitstangen in etwas verwandelt, das wie Teig aussah. Björklund steckte einen Holzspatel hinein, den er dann in die Kamera hielt, während er das Ergebnis zufrieden besah. »Fest und mit Spannung, vor allem formbar, aber nicht zu weich. Das würde man gut auf die Weste streichen können«, erklärte er.

Was er dann mit einem gewöhnlichen Bratenwender aus Holz tat, während seine zwei getreuen Gefreiten den Sprengteig mit ordentlichen Reihen spitzer Eisenstücke spickten, die Björklund dann mit einer neuen Lage Sprengteig bestrich. Danach war es Zeit für die zwei Zündhütchen mit herunterhängenden Kabeln. Den einen, den man immer brauchte, und den anderen, den man in Reserve hielt. Er kontrollierte, ob das Handy, mit dem der eine verbunden war, auf lautlos gestellt und der Akku voll geladen war. Am Ende platzierte er ein neues Vorderteil aus Stoff über seine Ladung.

Auf die Innenseite der Weste war gewöhnliches Klettband genäht, und zu beachten war, dass das Seitenstück ungefähr sieben Zentimeter länger als die Vorderseite der Weste sein musste. Dies sei wichtig, damit die Ladung unter dem Teil Platz findet, ohne dass es schlampig aussieht, erklärte Björklund. Deshalb ziehe er Klettband von der etwas breiteren

Sorte vor, das könne man leichter in die verschiedenen Richtungen korrigieren. Das Ergebnis sollte ja ordentlich sein und gut sitzen, auch wenn die Weste nur ein einziges Mal getragen würde.

Zunächst gelte es, die einzelnen Schritte zu durchdenken, dann mit ruhigen Bewegungen zu Werke zu schreiten, bei der Ausführung so lange wie möglich Werkzeug aus Metall zu vermeiden, Holz sei die Alternative der Wahl, und um Kopfschmerzen zu vermeiden, sollte man auf keinen Fall von dem Teig probieren.

Spätestens jetzt wären alle Fernsehköche tot, dachte Lisa Mattei.

»Das wär's. Ich bitte um Entschuldigung, dass ich ein paar Minuten überzogen habe«, sagte der Major, als der Film zu Ende war. Er nickte Lisa Mattei zu.

»Hat jemand Fragen?«, erkundigte er sich und ließ den Blick in die Runde schweifen.

»Ich habe eine Frage«, sagte Lisa Lamm und nickte zu der Schaufensterpuppe hin, die neben Björklund stand. »Diese Puppe. Hat sie eine ebensolche Weste an wie die, die Sie in dem Film gesprengt haben?«

»Selbstverständlich«, sagte Björklund, entfernte den weißen Kaftan und zeigte auf die Weste.

»Aber sie ist nicht geladen, oder?«, fragte Lamm, der die eigene Frage nicht mehr geheuer war.

»Natürlich ist sie das«, sagte Björklund. »Aber ich habe die Ladung nicht angeschlossen. Wenn die Frau Staatsanwältin eine Frage dazu haben sollte, dann kann ich das natürlich tun. Das ist schnell erledigt.«

»Nein, danke, nicht nötig«, erwiderte Lisa Lamm und schüttelte den Kopf. »Ich glaube, ich habe verstanden.«

»Diese kleine Plastikdose, die sie an der Hüfte trägt«, fragte Ingrid Dahl, »ist das die Auslösevorrichtung?«

»Ja«, sagte Björklund. »Wie Sie sehen, habe ich die auf ihre Hüfte geklebt. Dann hält sie die nicht sichtbar in der Hand, sondern muss nur noch durch die Kleidung drücken. Und dann explodiert es.«

»Was ist, wenn es mir gelingt, sie vorher zu erschießen?«, fragte Martinez.

»Dann könnte jemand anderes auslösen«, sagte Björklund und fischte ein Handy aus seiner Tasche. »Ich drücke eine Taste dieses Handys und stehe irgendwo in der Nähe. Solange ich Netz habe, kann ich mich im Grunde platzieren, wo ich will.«

»Nehmen wir mal an, wir stören alle Handys in der Umgebung. Dann funktioniert das hier auch nicht«, sagte Dan Andersson.

»Nein.«

»Wie lösen Sie das?«

»Nichts einfacher als das«, sagte Björklund. »Dann bekommt unser Selbstmordbomber eine Auslösevorrichtung mit sogenanntem Totmanngriff, soll heißen, die Bombe detoniert, sowie man den Griff um den Auslöser loslässt. Ich habe also ein funkgesteuertes Backup und wähle eine Frequenz, die schwer zu stören ist. Oder ich programmiere die Auslösung vor.«

»Kann man eine solche Geschichte eigentlich verhindern?«, fragte Andersson.

»Na ja, wie auch immer«, sagte Björklund und zuckte mit den Schultern. »Man kann immer Sachen machen und auch Leute daran hindern, Sachen zu machen. Das Problem ist, dass Letzteres hier lange Zeit braucht. Sagen wir mal so. Wenn derjenige, der den Job machen soll, einfach nur so vor Ort ist, dann ist es im Grunde unmöglich, die Person daran zu hindern, ihren Auftrag auszuführen.«

Hinterher nahm Lisa Mattei den Major beiseite und dankte ihm für einen ganz ausgezeichneten Vortrag. Sie werde sich bei ihm melden, denn da waren noch ein paar Dinge, die sie interessierten. Kein Problem, meinte Major Björklund. Er stehe der Chefin zur Verfügung, wann immer sie wolle. Seine eigene Bereitschaft sei da, und wie es in der Sache ums Vaterland stand, dazu musste er sich ja hoffentlich nicht äußern.

»Machen Sie sich keine Sorgen«, beruhigte ihn Mattei. »Wenn ich mit Ihnen rede, dann dürfen Sie sich zu allem äußern, was mit der Sache zu tun hat.«

»Klare Aussage, danke, Chefin«, sagte Björklund, nickte und richtete seinen bereits geraden Rücken auf.

Björklund ist der Typ, der liefert, was er verspricht, dachte Lisa Mattei, als sie den Fahrstuhl bestieg, um in ihr Büro im obersten Stockwerk zu fahren. Dass er dabei manchmal ein wenig zu laut in seine kleine Spielzeugtrompete blies, gedachte sie zu überhören. Major Björklund und seine beiden getreuen Gefreiten vom alten Schlag. Aber auf wen kann ich mich sonst noch verlassen?

77

Am Sonntag, 24. Mai, traf sich Linus Rasmusson mit seiner Chefin Linda Martinez und berichtete, wie ihm gelungen war, das Vertrauen von Ove Kristiansson zu gewinnen, indem er ihn zum staatlichen Alkoholverkauf und zurückgefahren, Schwarzgeld angenommen, die Einkäufe in seine Küche getragen und dann auch noch die Nummer des Handys notiert hatte, das Kristiansson in der Küche abgelegt hatte, um aufs Klo zu gehen.

Die Nummer des Handys, einer von diesen Apparaten mit Paycard und unterdrückter Rufnummer, war dann umgehend an ihr Handyüberwachungsteam geschickt worden, zusammen mit der Bitte, Kristianssons Gesprächshistorie für die letzten Monate durchzusehen.

Linda Martinez nickte mehr als zufrieden, während Linus redete, und als er zu der Sache mit dem Handy kam, verlieh sie ihrer Anerkennung sogar mündlich Ausdruck.

»Verdammt, Linus«, sagte Linda Martinez, »langsam glaube ich echt, dass für dich noch Hoffnung besteht. Ich hatte dich nämlich fast schon aufgegeben.«

Jetzt oder nie, dachte Linus und erzählte von seinem großen Problem. Er war nämlich vollkommen überzeugt, dass Ove Kristiansson nicht das Geringste mit Abbdo Khalid zu tun hatte. Vollkommen ausgeschlossen, meinte er, Khalid und Kristiansson würden auf unterschiedlichen Planeten leben.

Die Augen von Linda Martinez verengten sich. Wahrscheinlich hatte er mit den beiden durchgeknallten Blondinen gesprochen, die sie in Ermangelung fähigerer Leute von der Ermittlungsabteilung des Verfassungsschutzes angefordert hatte und die sie augenblicklich zurückschicken würde, sowie sie in Eskilstuna mit allem fertig war.

»Ich weiß ja nicht, wie es generell um deren Intelligenz bestellt ist«, sagte Martinez, »aber man weiß ja, dass der Umgang mit den ganzen Skinheads einen intellektuell nicht gerade nach vorne bringt.«

»Ja, stimmt«, beeilte sich Linus zu sagen, »aber wenn Sie das Verhör gelesen haben, das Kajsa Nilsson mit dem Kollegen da unten in Eskilstuna geführt hat. Ich fand schon, dass es zu dem Bild von Abbdo beiträgt, ich meine, was für ein Mensch er ist und so.«

»Kajsa Nilsson? Ist das die mit den noch dickeren Titten als die andere Tittenlisa?«

»Ja«, sagte Linus, denn so war es ja. Auch wenn die von Lina Jonsson schon groß genug waren.

»Die mit ihrem alten Freund Frasse von der Polizeihochschule, dieser lokalen Legende der Truppe hier in Eskilstuna, quatscht, und der ein bisschen den Gemischtwarenladen aufmacht, wie das war, als er mit Abbdo vor etlichen Jahren die Schulbank drückte?«

»Ja«, sagte Linus.

»Also ehrlich, Linus«, sagte Martinez. »Aber weil ich ein netter und freundlicher Mensch bin, werde ich dir eine letzte Chance geben. Hast du Papier und Stift dabei?«

»Ja«, erwiderte Linus und zog gehorsam das kleine schwarze Notizbuch heraus, von dem er schon früh gelernt hatte, dass es für einen wie ihn ein notwendiges Hilfsmittel war.

»Es gibt einen Zusammenhang zwischen Ove Kristiansson und Abbdo Khalid«, sagte Linda Martinez und starrte Linus dabei ins Gesicht. »Abbdo hat irgendetwas von Kristiansson gekauft, geliehen oder gemietet. Oder der alte Suffkopp hat ihm geholfen, etwas hinzukriegen, das er allein nicht hingekriegt hätte. Ist das klar?«

»Ja«, sagte Linus. Ich habe ja keine andere Wahl.

»Ausgezeichnet«, erwiderte Martinez. »Ich möchte, dass du rauskriegst, was es ist. Und dann kommst du und erzählst es mir.«

»Ja«, sagte Linus.

»Wie schön. Hast du sonst noch Fragen?«

»Ja, wenn die Chefin ein paar Tipps hätte«, bat Linus, »wie ich da verfahren soll.«

»Ja, habe ich. Fang mit dem verdammten Konkursantrag an, und wenn du da nichts findest, dann geh mal seine Mülltonne durch und dann den Misthaufen hinter seinem Schuppen.«

»Ja«, sagte Linus. Eigentlich kein Wunder, dass die Frau alleine lebt.

Der Konkursverwalter war ohne Frage ein sehr sorgfältiger Mann. Der Überblick über die Konkursmasse von Ove Anlagen und Grabungen AB enthielt Hunderte von verschiedenen Gegenständen, von Spaten, Hacken, Heugabeln, Werkzeugen, Persenningen, Overalls und gewöhnlichen Gummistiefeln bis hin zu vierrädrigen Motorrädern und einem alten Scania-Vabis-Lastwagen, dazu drei verschiedene Traktoren, normale Karren für Transporte und sogar einen alten Bagger. Außerdem schien es, als wären im Großen und Ganzen sämtliche Gegenstände aus der Konkursmasse bereits verkauft, kassiert, verschrottet oder auf andere Weise beim Konkurs sechs Jahre zuvor abhandengekommen.

Linus war zwar ein alter Scout, Vogelbeobachter und allgemein naturinteressierter Mensch, doch wenn es um die Ausrüstung ging, die Ove offensichtlich benötigt hatte, um Gräben zu baggern, Teiche anzulegen und um all das andere, was er am Laufen gehabt hatte, zu tun, verstand er nichts mehr. Deshalb musste er auch viel Mühe aufwenden, um das zu interpretieren, was in den Papieren stand, die er las.

»Druckluftgetriebener Bohrer mit dieselangetriebenem Aggregat«, war vermutlich das, was er glaubte, dass es war, kein Problem also. »Traktor mit hydraulischem Grabarm« hatte er mit Hilfe von Google herausbekommen, während andere Dinge, wie zum Beispiel »Radlader mit Schaufel« länger gedauert hatten. Und abgesehen von all dem blieb die große Frage: Was um Himmels willen sollte Abbdo Khalid mit all dem anfangen, wenn er doch einfach nur eine normale Bombe herstellen wollte?

Das hatte die gesamte Zeit von Linus beansprucht, was wahrscheinlich auch der Sinn der Strafarbeit gewesen war, die ihm die Chefin verordnet hatte. Ein Elend, das, und es ging so lange weiter, bis am Vormittag des 27. Mai sein Handy klingelte und seine gesamte Situation sich binnen einer einzigen Minute veränderte.

78

In der Leitung war Ove Kristiansson und schien bester Laune zu sein. Hätte er gewusst, in welchen Papieren Linus gerade blätterte, hätte er sicher sofort aufgelegt, aber da er das nicht wissen konnte, erbat er sich Linus' Dienste. Ove bat um eine Fahrt nach Eskilstuna und wieder zurück, wo er verschiedene Dinge erledigen wollte. Das Systembolaget natürlich, weil das Wochenende nahte, aber auch noch ein paar andere Sachen.

»Sagen wir mal, eine, maximal zwei Stunden, plus Fahrt natürlich. Drei Stunden insgesamt«, rechnete Ove. »Kriegst du das hin, Linus?«

»Ja, das ist kein Problem. Ich werde heute Nacht arbeiten, ich muss also nicht vor sechs Uhr morgen anfangen«, behauptete Linus.

»Großartig«, sagte Ove. »Wie wäre es, wenn du mich so gegen zwölf abholst, dann schaffe ich noch, zu duschen und mir ein paar saubere Hosen anzuziehen.«

»Ja«, erwiderte Linus. »Dann leihe ich mir derweil das Auto von meinem Freund.«

»Wie geht es dem eigentlich?«, fragte Ove.

»Der ist immer noch krankgeschrieben«, meinte Linus. »Hüpft auf Krücken rum. Ist also alles okay.«

»Ja, vor so was muss man sich in Acht nehmen«, sagte Ove und seufzte. »Fußball ist ja heutzutage der reinste Kampfsport. Und fahr vorsichtig, mein Junge.«

»Mach ich«, sagte Linus. »Ich hupe, wenn ich auf dem Hof stehe.«

»Eins noch«, fügte Linus hinzu, als würde ihm der Gedanke gerade kommen. »Du hast drei Stunden gesagt. Geht das klar mit einem Fünfhunderter? Auf die Kralle?«

»Ist gebongt«, sagte Ove.

»Plus einen Hunni für Benzin, weil ich ja das Auto von meinem Kumpel ausleihen muss.«

»Ja, schon klar, dass der Geizkragen auch einen Schein braucht«, stimmt Ove ein, der die Spendierhosen anzuhaben schien. »Du kriegst sechshundert Steine. Rostfrei, wie wir zu meiner Zeit gesagt haben, als ich im Baugeschäft war.«

Sowie Linus das Gespräch mit Ove beendet hatte, rief er Frank Motoele an und berichtete, dass er bei ein paar Sachen Hilfe bräuchte. Einmal müsste er noch mal denselben roten Golf ausleihen, den er die Woche vorher schon gefahren war, und dann müsste er die Hilfe von ein paar Kollegen in Anspruch nehmen.

»Du sollst Ove Kristiansson ins Systemet und zurückfahren?«, sagte Frank Motoele, der offenkundig immer Peilung hatte, was um ihn herum lief.

»Ja«, sagte Linus.

»Das Auto ist kein Problem«, sagte Motoele. »Aber wieso brauchst du Unterstützung. Das mit dem Alkohol kriegst du ja wohl selbst hin.«

»Er hat aber noch ein paar Dinge zu erledigen. Was, weiß ich nicht, und ich wollte ihn das am Telefon auch nicht fragen. Aber es wäre gut, wenn jemand sich an ihn dranhängen könnte, um zu sehen, was er plant.«

»Schlau«, sagte Motoele. »Wie aufmerksam ist er denn?«

»So wie ein gewöhnlicher Blinder, wenn du mich fragst.«

»Okay«, sagte Motoele. »Schick eine Nachricht, wenn du wieder in der Stadt bist, dann hängen wir uns dran.«

Kurz vor zwölf hielt Linus auf dem Hof von Ove Kristiansson. Er hupte dreimal, woraufhin Ove gleich herauskam und neben ihm Platz nahm. Proper in Jeans und mit derselben Jacke wie letztes Mal, frisch geduscht und, dem Geruch und den rosigen Wangen nach zu schließen, auch rasiert und immer noch bester Laune.

»Wo willst du anfangen, Ove?«, fragte Linus, sowie die Begrüßung erledigt war.

»Wie anfangen?«, fragte Ove.

»Du hast doch gesagt, dass du mehrere Dinge erledigen musst. Das Systemet und noch ein paar andere Sachen, von denen du nicht gesagt hast, welche«, verdeutlichte Linus.

»Ach so, ja«, sagte Ove. »Systembolaget und Reisebüro.«

»Willst du Urlaub machen?«, fragte Linus. »Wow, das klingt toll.«

»Hast du die Sendung am Wochenende gesehen mit diesem Lappentypen, der vorhersagen kann, wie das Wetter wird, indem er sich eine Menge Barsche ankuckt?«

»Nein«, gestand Linus, »die habe ich verpasst.«

»Also, dieser Lappe ist total gut darin, das Wetter vorherzusagen«, sagte Ove. »Scheinbar ist es die Farbe der Flossen, nach der er sich geht. Also, von den Barschen.«

»Und was hat er gesagt? Wie wird es diesen Sommer?«

»Total beschissen«, sagte Ove und schüttelte den Kopf. »Vor allem hier unten in Sörmland. Deshalb überlege ich mir echt, ob ich wegfahre.«

»Wohin willst du?«, fragte Linus.

»Hab mich noch nicht entschieden«, meinte Ove. »Wahrscheinlich das Übliche. Spanien, Kanarische Inseln, Thailand.

Das wird sich ergeben. Wenn ich Glück habe, gibt es irgendwas Last minute, was man nehmen kann.«

Eine halbe Stunde später hatten sie Oves Alkoholvorräte aufgestockt, obwohl der Einkauf diesmal bedeutend umfangreicher war als der letzte. Zwei Kisten Bier, sechs Flaschen Whiskey und sechs Flaschen Wodka. Aufgrund seiner vorherigen Einsätze durfte Linus gleich von Anfang an mitkommen, damit Ove nicht schleppen musste. Während Linus die Sachen ins Auto trug, bezahlte Ove in bar. Knapp viertausend Kronen, dazu noch die zweitausend, die er am Samstag gezahlt hatte, was sechstausend in einer Woche machte. Da stimmt doch irgendwas nicht, dachte Linus. Zumindest passt das nicht zu dem, was in all den Papieren stand, die er gelesen hatte.

Im Reisebüro dauerte es länger, aber Ove bemerkte Kajsa Nilsson nicht, die ihm die Tür aufhielt und hinter ihm in den Laden ging.

Immerhin ist er fast hundert, dachte Linus. Da schaut man wahrscheinlich nicht mehr nach Mädels.

Eine Viertelstunde später fragte sich Linus, wo Ove denn blieb. Um einfach nur reinzugehen und ein paar Prospekte zu holen, war er jetzt schon zu lange weg, und als es dann noch eine Viertelstunde dauerte, bis Ove rauskam, war Linus schon sehr misstrauisch. Er hatte auch keine Prospekte mit, als er sich ins Auto setzte, aber eine gelbe Plastiktüte, die er in die Jackentasche stopfte. Er hat Geld gewechselt, und auch hier stimmt irgendwas nicht, dachte Linus Rasmusson.

Als er losfuhr, sah er Frank Motoele und Lina Jonsson in das Reisebüro gehen, was ein schlechtes Zeichen war. Irgendwie hatte Linus plötzlich kein gutes Gefühl mehr. Doch Ove wirkte genauso fröhlich und zufrieden wie zuvor. Eigentlich noch fröhlicher, wenn man es genau nahm, dachte Linus.

»Hast du eine Reise gefunden?«, fragte er.

»Ne«, sagte Ove mit einem Kopfschütteln. »Ich fand, die hatten nichts, was so richtig überzeugend war.«

»Dann bleibst du zu Hause?«, fragte Linus.

»Also, dieser Lappentyp im Fernsehen hat gemeint, dass er und die anderen Lappentypen bei sich schönes Wetter haben werden, während wir uns hier unten eigentlich ins Boot setzen müssen, um zum Briefkasten zu rudern.«

»Das heißt, du überlegst, nach Norden zu gehen?«, fragte Linus. Wofür du dann eigentlich kein Geld wechseln musst, dachte er.

»In die Lappenhölle? Vergiss es«, sagte Ove und schüttelte den Kopf. »Da bleib ich lieber zu Hause und lasse es darauf ankommen. Wenn es zu schlimm wird, dann muss ich mich halt ärgern.«

Eine halbe Stunde später hatte Linus die Bierkisten in die Küche getragen und auf die Spüle gestellt. Die Tüten aus dem Alkoholgeschäft nahm Ove selbst, und als Linus mit der anderen Kiste reinkam, hatte er schon für sich selbst ein Bier und einen Schnaps eingegossen.

»Prost, Linus, du bist ein guter Junge«, sagte Ove, erhob das Glas, kippte den halben Schnaps und spülte mit Bier hinterher.

Dann bezahlte er Linus für die Fahrt, gab ihm zusätzliche hundert Kronen als Trinkgeld und einen Klaps auf die Schulter, als er ihn rausbegleitete. Wenn er noch mehr Hilfe bräuchte, würde er sich melden.

»Ich wünsch dir einen schönen Sommer, Ove«, sagte Linus und lächelte.

»Ich dir auch«, erwiderte Ove.

Als Linus am Briefkasten von Ove vorbei war, ungefähr an der Stelle, wo Abbdo Khalid im Sommer zuvor angeblich in den Graben gefahren war, bekam er eine SMS von Frank Motoele. Frank wollte ihn so schnell wie möglich treffen, und zwar in ihrem Meisenkasten.

»Bin in einer halben Stunde da«, antwortete Linus. Was hast du dir denn jetzt überlegt, dachte Linus, der leider angefangen hatte, Ove zu mögen.

79

Als Linus in das Hinterzimmer des Meisenkastens kam, saßen da schon Frank Motoele, Kajsa Nilsson und Lina Jonsson, aßen Pizza und tranken Mineralwasser, und ihre zufriedenen Mienen verhießen nichts Gutes für Ove Kristiansson.

»Erzähl«, forderte Frank Motoele ihn auf, legte Messer und Gabel weg und wischte sich den Mund mit dem Handrücken ab.

Also erzählte Linus. Vom Einkauf im Systemet, von den sechstausend Kronen in vier Tagen, was irgendwie nicht zu einer kleinen Rente von knapp fünfzehntausend netto im Monat passte, vom dem Lappentypen mit den Barschen und von Oves Idee, zu verreisen, weil das Wetter schlecht würde. Dann vom Besuch im Reisebüro, wo Ove eine halbe Stunde geblieben war, aber ohne Prospekte rausgekommen war, dafür allerdings mit einer Tüte von Forex, die offenbar Wand an Wand mit dem Reisebüro lagen.

»Hatte er da eine Reise gekauft?«, fragte Motoele.

»Nein«, sagte Linus. »Er sei immer noch nicht entschieden und hat dann auch gar nicht ausgeschlossen, dass der Wettermann der Samen sich täuscht und man doch zu Hause bleiben könnte.«

»Dann hat er dich angelogen«, meinte Kajsa Nilsson.

»Er hat eine dreiwöchige Reise nach Pattaya gekauft, Abreisetag Mittwoch, 3. Juni. Also nächste Woche«, schob Lina ein.

»Aber wir haben das Gefühl, dass es vielleicht auch länger

wird«, assistierte Kajsa. »Er hat nämlich das Mädel, das die Reise verkauft hat, gefragt, ob sie ihm Tipps für ein gutes Apartmenthotel in Pattaya geben könnte.«

»Und was hat er noch gemacht?«, fragte Linus.

»Ja, jetzt wird es interessant«, sagte Frank Motoele. »Er hat zweihunderttausend thailändische Bath gekauft. Das sind ungefähr fünfzigtausend schwedische Kronen.«

»Das sollte ja für drei Wochen reichen«, meinte Linus. »Wenn man bedenkt, was der Alkohol in Thailand kostet«, erklärte er.

»Bestimmt«, sagte Motoele. »Aber noch interessanter ist, dass er mit englischen Pfund bezahlt hat. Insgesamt viertausend Pfund in Fünfzigpfundscheinen.«

»Ist das denn möglich?«, fragte Linus und schüttelte den Kopf, »einfach so aufzutauchen und sie zu bitten, viertausend Pfund zu wechseln?«

»Er hat gestern angerufen und gefragt, und da haben sie gesagt, wenn er sie in thailändische Bath wechselt, wäre es kein Problem.«

»Woher hat er sie? Also, die Pfund?«

»Nach dem, was er dem Mädchen im Wechselbüro gesagt hat, war er am Wochenende in London beim Fußball und hat hundert Pfund bei einem Buchmacher gesetzt und fast fünftausend gewonnen, die er sich bar hatte auszahlen lassen, weil er nicht wusste, ob er den Scheck, den sie ihm geben wollten, hier in Schweden einlösen könnte.«

»Das kannst du vergessen«, sagte Linus. »Ich habe ihn am Samstag ins Systemet gefahren, und wenn du mich fragst, dann hat er das ganze Wochenende vor seinem Fernseher verbracht.«

»Das haben wir gecheckt«, sagte Lina. »Er hat im Grunde sämtliche Sportkanäle gekuckt, die es gibt.«

»Was habt ihr mit dem Geld gemacht?«, fragte Linus.

»Das ist schon auf dem Weg zu unserem Techniker in Stockholm«, sagte Motoele.

»Wenn die Khalids Fingerabdrücke auf den Scheinen finden, dann ist Ove wahrscheinlich dran«, sagte Linus und seufzte.

»Bleibt noch die eine große Frage«, sagte Motoele. »Warum sollte Abbdo Khalid einem wie Ove Kristiansson eine solche Menge Geld geben. Welche Gründe könnte er haben?«

»Keine«, meinte Linus, »wenn du mich fragst. Keinen einzigen Grund.«

»Vielleicht ist er ein krass guter Schneider«, schlug Kajsa vor und kicherte.

»Ja, womöglich sind seine Westen in ganz Sörmland bekannt«, sagte Lina. »Womöglich ist er der Karl Lagerfeld der Bombenwesten.«

»Das hier ist leider nichts, das wir weglachen können«, mahnte Motoele. »Wenn sich nun bewahrheitet, dass Khalid ihm eine Menge Geld gegeben hat, dann müssen wir rauskriegen, wofür.«

»Wenn wir Khalids Fingerabdrücke auf dem Geld finden, dann können wir doch Ove einkassieren, oder?«, fragte Kajsa.

»Ja, und dann versprechen wir ihm, dass wir ihn zu einem Bier einladen, wenn er nur ein netter alter Saufbruder ist und uns alles erzählt«, kicherte Lina.

»Das geht nicht«, entgegnete Frank Motoele. »Wenn Khalid auch nur den geringsten Verdacht hat, dass wir Ove einkassieren, dann sind wir geliefert.«

»Wie machen wir es dann?«, fragte Linus.

»Wir müssen uns trotzdem drum kümmern«, sagte Motoele.

Ehe Frank Motoele sie verließ, bedankte er sich für die gute Arbeit. Sie sollten sich keine Gedanken machen, wenn Linda Martinez auf der Palme saß, die sei nun mal so, und wenn nichts passierte, dann sei sie noch schlimmer. Er würde auch noch ein bisschen warten, ehe er vernünftig mit ihr redete. Wenn man erst Ove Kristianssons Pfundnoten mit Abbdo Khalid zusammenbringen konnte, dann würde auch Linda Martinez wieder ganz normal werden. Oder so normal, wie sie halt sein konnte.

»Und was machen wir jetzt, Mädels?«, fragte Linus, als Frank Motoele gegangen war. Ob sich wohl eine von ihnen für Vögel interessierte?, fragte er sich.

V

Mittwoch, 27. Mai, bis Dienstag, 2. Juni

Die Jagd auf den Bombenbauer und seine Frau

Durchbruch in der Ermittlung

80

Am Mittwoch, den 27. Mai, gab es für Linda Martinez den erhofften Durchbruch in der Ermittlung. Sechzehn Tage nachdem der britische Kollege sich gemeldet hatte, und obwohl sie noch nichts von den Pfundnoten wusste, die Ove Kristiansson ein paar Stunden zuvor eingetauscht hatte.

Yes! Endlich passieren hier mal Sachen, dachte Linda, nahm ihr Handy und rief Lisa Mattei an, obwohl es schon elf Uhr abends war und die bestimmt schon im Bett lag.

»Es ist was passiert«, sagte Mattei, und es war mehr eine Feststellung als eine Frage.

»Wir verspüren endlich süße Frühlingsluft hier unten«, sagte Martinez.

»Dann komm her«, sagte Mattei. »Und ruf Lamm und Wiklander an. In einer Stunde in meinem Büro. Schaffst du das?«

»Bin schon unterwegs«, sagte Martinez.

»Gut«, erwiderte Mattei. »Wenn du an Södertälje vorbei bist, ruf unseren Fahrdienst an und sag ihnen, dass sie mich abholen sollen.«

Süße Frühlingsluft, dachte Lisa, während sie aus dem Nachthemd schlüpfte, das ihre Tochter ihr zu Weihnachten geschenkt hatte – auf das Ella selbst mit Textilstift »Mama« geschrieben hatte –, und stieg wieder in Jeans, blaues Hemd und Jackett. Nur noch zehn Tage. Hoffentlich ist es wahr. Es war anstrengend, im Spannungsfeld seiner eigenen Zweifel zu leben.

Sie saßen in dem kleinen Besprechungszimmer Wand an Wand mit ihrem Büro. Lisa Lamm, Jan Wiklander und sie selbst. Martinez hatte noch zwei ihrer Ermittler dabei, die Kriminalinspektoren Jan Stein und Lars Hart, lange dabei, Ermittler der alten Schule und bei den Kollegen natürlich als »Steinhart« bekannt. Ihnen war es gelungen, Aufnahmen zu machen, die sie jetzt den anderen zeigten.

»Ich dachte, die Chefin sollte mal ein paar frische Bilder aus Eskilstuna sehen«, sagte Lars Hart, lächelte Lisa Mattei an und schob eine DVD in den Apparat.

»Es dreht sich hier um zwei unserer Verdächtigen«, fuhr er fort. »Die älteste Tochter der Familie, die als Schneiderin arbeitet und in der chemischen Reinigung des Vaters Änderungen durchführt, und die jüngste Frau des Vaters. Wir haben den Film vor wenigen Stunden aufgenommen.«

Um Viertel vor sechs verließ Ehefrau Nummer drei das Haus der Familie. Schon das war ungewöhnlich, weil sie selten ausging, und bisher hatte sie das noch nie um diese Tageszeit getan. Noch ehe sie die Hand aufs Gartentor legte, hatten auch die Ermittler, die hundert Meter entfernt im Meisenkasten saßen, angefangen, sie zu fotografieren. Sie war gekleidet wie immer, von dem schwarzen Kopftuch bis zu dem langen Rock, der ihre Beine verbarg. Unter dem Arm trug sie ein längliches, in braunes Papier geschlagenes Paket.

Dann wanderte sie ins Zentrum der Stadt, und eine knappe halbe Stunde später klingelte sie an der Tür der Wäscherei, in der die älteste Tochter arbeitete. Der Laden war seit sechs Uhr geschlossen, aber offensichtlich wurde sie erwartet, denn jemand dort drinnen öffnete und ließ sie herein.

»Es ist die älteste Tochter, die aufmacht und sie reinlässt«, erklärte der Ermittler. »Es sind nur die beiden in den Räumen, da sind wir ganz sicher, obwohl man die Person, die aufmacht, nicht im Bild sehen kann. Wie die Chefin sicher schon festgestellt hat, sind die Rollläden in beiden Schaufenstern und in der Tür zur Straße heruntergelassen.

»Und wie haben Sie das gelöst?«, fragte Mattei, ohne jedoch – umgeben von lauter fröhlichen Ermittlern – irgendwelche Zweifel zu hegen.

»Gute Spieler haben das Glück auf ihrer Seite«, ließ Martinez einfließen. »Das Zimmer, in dem sie sitzen und nähen, liegt zum Innenhof. Die beiden Fenster in dem Raum haben nur im unteren Teil Gardinen. Meine Jungs hier sind ganz nach oben ins Treppenhaus eines gegenüberliegenden Hauses gestiegen, und dann musste man nur noch den Film laufen lassen. Und gute Bilder sind es auch geworden«, sagte Martinez und nickte Lars Hart zu, der auf die Fernbedienung drückte.

Zwei Frauen im klassischen muslimischen Kleidungsstil sitzen jede auf einer Seite eines Nähtischs. Die eine beginnt damit, das braune Einschlagpapier von einer Rolle mit weißem Stoff herunterzunehmen, wobei es sich durchaus um Baumwolle in gröberer Qualität handeln kann.

Der Stoff wird auf dem Tisch ausgebreitet, mit bereits fertig gezeichneten Schnittmustern belegt, und die zwei Frauen, mit einem Markierstift, einer großen Schneiderschere und vier flinken Händen, helfen einander, Vorder- und Rückenteil von etwas, was höchstwahrscheinlich eine ärmellose Weste werden wird, auszuschneiden, lang genug, um dem, der sie tragen soll, bis zum Schritt zu reichen.

Die älteste Tochter sitzt nun über ihre Nähmaschine gebeugt, die jüngste Ehefrau des Familienvaters geht im Hintergrund herum, serviert Tee, legt neue Stoffstücke hin, fertig geschnittene Stoffstücke in verschiedener Form und Länge, am Ende eine Rolle mit Klettband, das die älteste Tochter über der Brust und dem Rumpf aufnäht. Gute Laune scheinen sie zu haben, denn sie plaudern und lachen.

»Das hat fast drei Stunden gedauert«, sagte Lars Hart und drückte auf den Pausenknopf. »Wenn Sie möchten, können wir natürlich den ganzen …«

»Nein danke, das genügt mir. Was meinen Sie, Lisa?«

»Mir auch«, sagte Lamm. »Aber ich habe eine Frage. Den Bildern nach zu urteilen sieht es aus, als habe die Weste sozusagen zwei Schichten. Erst die innere, längere, und dann die großen Taschen auf der Vorderseite, die man offenbar mit Klettband sichert.«

»Ja, das stimmt«, sagte Jan Stein. »Möchten Sie Detailaufnahmen davon?«

»Ja«, sagte Lisa Lamm, »ich möchte Detailaufnahmen von allem, was zeigt, dass das hier keine normale Weste ist, in der Jäger und Angler herumlaufen.«

»Da ist die Farbe vielleicht schon ein bisschen ungewöhnlich«, meinte Martinez mit einem Grinsen. »Aber ich verstehe, was Sie meinen. Ich werde mit Major Björklund über die Sache sprechen. Der scheint ja der übelste Modeguru zu sein, wenn es um das Design von Selbstmordwesten geht.«

»Ich will morgen vor dem Mittag den üblichen Ereignisbericht und dazu alle Unterlagen«, sagte Mattei. »Was ist denn mit der Weste passiert? Ist die noch im Laden?«

»Nein«, sagte Lars Hart. »Sie haben sie in dasselbe braune Papier eingeschlagen, in dem der Stoffballen lag, und haben sie mit nach Hause genommen. Dazu das, was von dem Ballen übrig war, und alle rausgeschnittenen Stücke, für die es keine Verwendung gab.«

»Wie sind sie nach Hause gekommen?«, fragte Mattei.

»Der älteste Bruder hat sie in seinem Auto abgeholt. Seine

Schwester rief ihn an, und eine Viertelstunde später war er da. Sie sind dann auf direktem Wege zum Haus gefahren.«

»Gute Arbeit«, sagte Lisa Mattei. »Jetzt werde ich nach Hause fahren und schlafen, und ich schlage vor, dass Sie das auch alle tun.«

Zwei Stunden später lag Lisa Mattei wieder in ihrem Bett. Es war schon nach drei Uhr. Sie bewegte sich zwischen Traum und Dösen, während alle Gedanken, die immer ihren Träumen vorangingen, durch ihren Kopf strömten, ohne dass sie sie in irgendeiner Weise hätte steuern können. Wie in diesen gezeichneten Disneyfilmen. Aschenputtel, das auf den Ball im Schloss gehen soll. Den sie so oft als Kind gesehen hatte. Der Film mit den fleißigen kleinen Mäusen, die singen und tanzen, während sie Aschenputtel helfen, ihr Kleid zu nähen.

Wer will schon auf einen Ball im Schloss? Mattei rollte sich zusammen und presste ihre geballten Fäuste auf das, was in ihren Eingeweiden rumorte. Erst eine Stunde später war sie wirklich eingeschlafen.

In den folgenden Tagen dachte Lisa Mattei an den Mittwoch, 27. Mai, als den Moment, an dem sie endlich ihren ersten Durchbruch verzeichnen konnten. Der Tag, an dem ihr Feind begonnen hatte, sich zu bewegen, und von Gedanken und Worten zur Handlung übergegangen war. Etwas, was ihre Helfer zudem noch dokumentiert hatten und was im besten Fall das erste Stück in einer Beweisführung war, die nötig war, um die drei Personen, die auf den Bildern der Ermittler erkennbar waren, für die Vorbereitung eines Attentats zur Verantwortung zu ziehen.

Vier von siebzehn in ein und derselben Familie, und wenn man die alte Oma und die vier kleinen Kinder abzog, dann blieben noch sieben mögliche Täter. Was kam nach ihnen? Nichts. Nur eine Familie von siebzehn Personen, die sie und ihre Kollegen zerstören würden.

So hatte sie gedacht. Als sie immer noch glaubte, Kontrolle über das, was ihre Widersacher planten, zu haben, und verhindern zu können, dass es geschah.

81

Erst vierzehn Tage des Wartens, in denen im Grunde nichts passierte, und dann, am Ende der dritten Woche, ging es plötzlich Schlag auf Schlag. Als hätte jemand den Pfopfen aus dem Abfluss gezogen, dachte eine glückliche und plötzlich befreite Linda Martinez, weil sie noch keine Ahnung hatte, wie richtig sie damit lag.

Am Donnerstag, 28. Mai, konnte die Staatsanwältin Lisa Lamm ihren fünften verdächtigen Täter verzeichnen. Da hatte nämlich Abbdos jüngerer Bruder Hassan Khalid, der im Baumarkt arbeitete, sich an seinem Arbeitsplatz einen Schwingschleifer, eine Metallsäge und einen Bolzenschneider ausgeliehen und obendrein sechzig Meter Armierungseisen gekauft. Ganz offen, mit Personalrabatt, und der Arbeitgeber erinnerte sich gut daran, weil Hasse nämlich einen neuen Zementfußboden im Keller des Hauses anlegen wollte, in dem er und seine Familie wohnten.

Als Hassan am Ende des Arbeitstages nach Hause kam, parkte er sein Auto auf dem Grundstück, und sowie er aus dem Auto gestiegen war, kamen sein ältester Bruder und ihr Vater raus und halfen ihm, schnell Armierungseisen und Werkzeug in den Keller unter dem Wohnhaus zu tragen.

Blöderweise hatte er sich sechs Stunden zuvor in seiner Mittagspause absentiert und die Aufgabe, die ihm gestellt war, geübt. Hatte mit Hilfe des Bolzenschneiders die Armierungseisen in funktionierende Projektile verwandelt. Schräg abgeschnitten, konisch, mit einer Länge von zwei bis drei Zentimetern und einem Gewicht von zirka zehn Gramm, spitz, stachelig, todbringend. Alles auf Bildern dokumentiert, die heimlich von seiner neuen Kollegin im Baumarkt gemacht worden waren – Kriminalinspektorin Sandra Kovac, die das Lager inventarisieren sollte, obwohl sie schon einen Arbeitgeber hatte, der ihr einen mehr als doppelt so hohen Lohn zahlte.

Später am Abend fuhr Hassan seinen jüngeren Bruder Waaberi »Wabbe« Khalid zum Fußballtraining, und während er vollauf damit beschäftigt war, ihm und seinen Mannschaftskameraden zuzusehen, erledigten die Ermittler von Martinez ihren Job. Öffneten den Kofferraum seines Wagens mit einem Dietrich und ließen den Bombenhund Sampo mal seine Nase reinstecken, um herauszufinden, was eventuell da noch früher mal transportiert worden war.

»Der Gute hat sich fast den Schwanz abgewedelt«, erklärte der Halter des Bombenhundes, als er Martinez kurz darauf Nachricht gab. Nicht der geringste Zweifel. Da musste eine ordentliche Ladung dringelegen haben.

»Hast du eine Ahnung, wie viel es gewesen sein könnte?«, fragte Martinez.

»Einiges, wenn du mich fragst«, antwortete der Hundeführer. »Aber Zählen gehört nicht so zu Sampos starken Seiten.«

Also rief sie Sandra Kovac an und bat sie nachzuprüfen, ob in dem Baumarkt, in dem Hassan arbeitete, womöglich Dynamit fehlte.

Am Morgen darauf rief Sandra Kovac zurück.

»Bist du wach, Linda?«, fragte sie. »Sonst kann ich auch später noch mal anrufen.«

»Hör auf, Witze zu machen«, sagte Martinez.

»Fünf Kilo Dynamit scheinen abhandengekommen zu sein. Ich habe ihre Buchführung kontrolliert, und vorgestern war hier ein Kunde, der hat fünf Kilo Dynamex von dem ausgezeichneten Produkt von Nitro-Nobels gekauft und bezahlt. Den empfehlen wir hier übrigens bei Eskils Bau ...«

»Wie wäre es, wenn du mal zur Sache kommst?«

»Klar. Anscheinend hat jemand zehn Kilo aus dem Lager genommen, nicht fünf. Und rate mal, wer diesen Kunden bedient hat? Ein Ereignis, ein Gedanke, würde ich mal sagen.«

»Ich glaube, ich weiß, wen du meinst«, sagte Martinez. »Was ist über den Kunden bekannt?«

»Absolut in Ordnung, der Mann«, sagte Kovac mit solchem Nachdruck, dass Martinez sie förmlich den Kopf schütteln sah. »Ein lokales Unternehmen. Kleinere Firma, die mit Schacht- und Sprengarbeiten arbeitet. Alle Papiere in Ordnung.«

»Schön zu hören«, sagte Martinez.

82

Kolja Brabanow war einer von drei Überläufern des russischen Nachrichtendienstes, die nach dem Zusammenbruch der Sowjetunion beschlossen hatten, in Schweden zu bleiben. Er kam im Herbst 1991. Erst fuhr er mit dem Auto nach Tallinn. Von dort mit der Fähre nach Helsinki und mit dem ersten Flugzeug erreichte er Stockholm. Falsche Pässe und andere Dokumente hatte er in Hülle und Fülle, an Geld fehlte es ihm auch nicht, und all die geheimen Papiere, von denen er sich für den Rest seines Lebens zu finanzieren gedachte, hatte er bereits an sicheren Orten im Ausland versteckt. Kolja Brabanow schlampte nicht mit den Details auf seiner letzten Auslandsreise.

In Arlanda angekommen, hatte er sich in ein Taxi gesetzt und war direkt ins Hauptquartier des militärischen Nachrichtendienstes auf Östermalm gefahren. Er sprach mit dem Wachmann am Eingang und bat auf Englisch, zum Oberst vorgelassen zu werden, sicherlich derjenige in diesem Haus, der am meisten über ihn geflucht hatte.

»Wen darf ich melden?«, fragte der Wachmann.

»Grüßen Sie ihn von Kolja, Kolja Brabanow.«

Fünf Minuten später saßen er und der Oberst jeder in einem bequemen Sessel, und Kolja rauchte das erste Zigarillo des Tages, der versprochene Wodka war unterwegs, die Stimmung großartig, und so blieb es weitere fünfundzwanzig Jahre. Dass

Kolja sich für Schweden und nicht für die USA oder einen seiner Alliierten entschieden hatte, war eine bewusste Wahl. Für einen Mann mit seinem Hintergrund war das sogar eine selbstverständliche Wahl. In den insgesamt zwanzig Jahren beim GRU, dem russischen militärischen Abschirmdienst, hatte er fast die ganze Zeit in der Abteilung gearbeitet, die mit Fragen des Nahen Ostens und politischem Terrorismus zu tun hatte. Israel war oft das Hauptziel und die Palästinenser seine zuverlässigsten Bundesgenossen in dieser Zeit. Dass Kolja nicht beschlossen hatte, in die USA, nach England oder Deutschland zu gehen, war kein Zufall. Lieber sichere schwedische Kronen als unsichere Dollar, D-Mark oder Pfund. Wenn er in der Zukunft noch Geschäfte mit seinen alten Kontakten machen wollte, dann gab es kaum einen besseren Ort, an dem er sein kleines Büro haben konnte, als in Stockholm und im neutralen Schweden.

Inzwischen war Kolja ein alter Mann mit neuem Heimatland, neuer Identität und neuer Sprache und sogar einem neuen Aussehen, um unnötige Probleme zu vermeiden, falls jemand aus seiner alten Vergangenheit zufällig in seinem neuen Leben auftauchte. Er wohnte allein in einer kleineren Wohnung in Gärdet, war Kassier der Eigentümergemeinschaft, lebte nah an der Natur, in der er seinen täglichen ausgedehnten Spaziergang unternahm. Er hatte viele gute Restaurants in der Nähe, nette Nachbarn in seinem Alter, die gut genug erzogen waren, keine Fragen zu stellen. Nicht bei einem Mann, der nach Alter und Namen sehr gut ein jüdischer Flüchtling sein und aus Kindertagen eigene Erfahrungen mit dem Schrecken des Nationalsozialismus gemacht haben konnte.

In einem Punkt blieb er unverändert. Der Ausdruck in seinen Augen war derselbe wie von Oberst Kolja Brabanow, der zwanzig Jahre im GRU gearbeitet hatte. Der sich eines Tages in seinen Dienstwagen gesetzt hatte, aus der Garage gefahren und wie vom Erdboden verschluckt war. Und es war ja so praktisch, dass die Menschen, die ihn umgaben, keine Ahnung von der Sache hatten.

Am Donnerstag, 28. Mai, durfte Carl Lewenhaupt ihn in seiner Wohnung auf der Rindögatan in Gärdet besuchen. Kolja hatte zu Kaffee und Mineralwasser eingeladen, und nach einleitenden Höflichkeiten berichtete er von Louise Urqharts Mutter Judith Rebecka Stein. Englische Bürgerin, Jüdin, geboren 1950 und in London aufgewachsen, wohin ihre Familie bereits Mitte des 19. Jahrhunderts gekommen war, gestorben in Tel Aviv am 7. August 1982.

»Tel Aviv? Nicht an der französischen Riviera?«, fragte Carl Lewenhaupt.

Tel Aviv, nicht die französische Riviera, auch kein Autounfall. Judith Stein war von einer Selbstmordattentäterin ermordet worden, die eine Bombe in dem Café im Zentrum von Tel Aviv auslöste, in dem Stein einen Informanten treffen sollte, von dem ihr palästinensischer Widersacher überhaupt nicht wollte, dass sie ihn traf. All das andere, was man in ihren Papieren lesen konnte, war das Deckungsmanöver, das ihr Auftraggeber, der Mossad, zusammen mit seinen Helfershelfern bei den französischen und den britischen Nachrichtendiensten arrangieren ließ.

Ein interessantes Detail in diesem Zusammenhang war, laut Kolja, dass es nicht einmal die Leiche von Judith Stein war, die auf dem jüdischen Friedhof in Manchester lag. Das Risiko hatte man nicht eingehen wollen, wenn man bedachte, in welchem Zustand sich ihre sterblichen Überreste befanden.

Stattdessen wurde die Leiche einer anderen Frau geschickt, die vom Aussehen her sehr gut als Judith Stein durchgehen konnte.

»Und wer war das?«, fragte Carl Lewenhaupt.

»Spielt das eine Rolle?«, fragte Kolja mit einer müden Handbewegung. »Sie müssen eines wissen, junger Mann, zu der Zeit gab es jede Menge, unter denen man wählen konnte.«

Das Problem von Judith Stein war nicht, dass sie bereits zehn Jahre für den Mossad gearbeitet hatte, ehe ihr palästinensischer Gegenspieler gezwungen war, sie zu eliminieren. Ihr Problem war, dass sie viel zu gut in dem war, was sie tat, und dass sie gern draußen im Feld arbeitete, und zwar mit allen Gefahren, die das mit sich brachte. Warum auch immer, seufzte Kolja.

Eine reiche und unabhängige Frau wie sie, die noch dazu in England lebte und alle Möglichkeiten hatte, sich eine andere, weniger riskante Betätigung im Nachrichtendienst zu suchen.

Doch Judith Stein hatte einen starken Hang zum Abenteuer. Spannung und Gefahr zogen sie an. So wie der Nachtfalter, den es zur Flamme zieht, obwohl er weiß, dass er sich die Flügel verbrennen kann, sagte Kolja mit einem bedauernden Kopfschütteln.

Und wie ihm seine Kontakte berichteten, hatte auch ihre Tochter sich für dasselbe Leben entschieden. Er selbst hatte Louise Urqhart niemals kennengelernt, aber bei den vielen Gelegenheiten, in denen er die Personenakte ihrer Mutter studierte, hatte er die Existenz der Tochter registriert und beklagt, dass das Mädchen mit einer solchen Mutter leben musste.

Eine Lehre aus dem, was ihrer Mutter zugestoßen war – denn das wusste sie sicher seit langem im Detail –, schien sie aber nicht gezogen zu haben. Stattdessen eher umgekehrt: »Wie die Mutter, so die Tochter«, sagte Kolja und seufzte erneut. Ein Romantiker wie er ging eigentlich davon aus, dass Frauen auf dem Gebiet klüger waren als Männer, als diese Söhne, die dasselbe machten wie ihre Väter. »Like father, like son«, auch das war in diesem Metier weit verbreitet.

Kolja hatte das Beste aus dem Leben gemacht, das sein Heimatland einem jungen Mann mit seinem Hintergrund bieten konnte. Er hatte entschieden, Offizier des Nachrichtendienstes zu werden. Schreibtischtäter, nicht Panzergrenadier wie sein Vater, der im Großen Vaterländischen Krieg gefallen war. Und noch weniger Kavallerist wie sein Großvater, der schon vor bald hundert Jahren im Bürgerkrieg gestorben war.

Es gab jedoch auch Anzeichen, die darauf hindeuteten, dass Louise Urqhart noch abenteuerlustiger war als ihre Mutter. Judith Stein hatte sich zumindest an einen Auftraggeber gehalten, und dass dies nun der Mossad gewesen war, musste einen bei ihrem Hintergrund und ihrer Religion nicht verwundern.

Die Tochter Louise hingegen war frei, mit allen Problemen, die dies für sie selbst und die, für die sie arbeitete, mit sich brachte. Während ihrer gesamten aktiven Zeit schien sie in dem Sumpf, in dem zu leben sie sich entschieden hatte, von einem Grasbüschel zum anderen gehüpft zu sein. Mossad, CIA, MI6, um nur ein paar von denen zu nennen, für die sie am häufigsten arbeitete. Doch niemals für die Araber, denn die hasste sie aus verständlichen Gründen. Und auch nicht für die Russen, aber nicht, weil sie sie hasst, sondern weil sie ihnen nicht vertraut. Vielleicht erinnern wir sie zu sehr an sie selbst. Kolja lächelte.

»Ich habe den Eindruck, dass auch Sie und Ihre Kameraden Probleme mit ihr haben.«

»Ja, da bin ich der Erste, der das zugibt«, sagte Carl Lewenhaupt.

»Trösten Sie sich damit, dass der Fehler vor Ihrer Zeit begangen wurde«, sagte Kolja. »Das Leben ist ungerecht, und deshalb sind Sie es, die nach den Fehlern, die andere gemacht haben, aufräumen müssen.«

»Leider ist es wohl so«, stimmte Carl Lewenhaupt zu. Wovon in aller Welt redet der Kerl nur, dachte er.

»Ich selbst hätte ja davon abgesehen, so eine wie Louise Urqhart zu benutzen«, sagte Kolja, und Lewenhaupt konnte schon nicht mehr sagen, zum wie vielten Mal in Folge er den Kopf schüttelte.

Was will er sagen? Höchste Zeit, es zu wagen. Und wie maskiert man am besten eine direkte Frage?

»Eine direkte Frage, Kolja«, sagte Calle Lewenhaupt. »Was hätten Sie selbst getan? Wenn Sie in derselben Situation gewesen wären wie mein Chef damals?«

Erst nickte Kolja nachdenklich. Dann erzählte er, was er getan hätte, weil sein Blick offensichtlich nicht mehr derselbe war wie vor fünfundzwanzig Jahren. Sogar er war gealtert und hatte begonnen, die Gegenwärtigkeit zu verlieren, die erforderlich war, um als einer wie er zu überleben.

83

»Wie lief es bei Kolja?«, fragte Lisa Mattei eine Stunde später.

»Ganz ausgezeichnet«, antwortete Lewenhaupt, doch ehe er erzählte, wollte er gern noch etwas anderes ansprechen. Auch dabei ging es um die Person von Louise Urqhart, und konkret handelte es sich um ihre Rolle als Vermieterin.

»Haben Ihre Buchhalter etwas herausgefunden?«, fragte Mattei.

»Genau«, erwiderte Lewenhaupt, »und die kriegen keine schlechten Sachen raus.«

»Ich bin gespannt«, sagte Mattei. »Wirklich«, schob sie noch hinterher.

Lewenhaupts Mitarbeiter waren das Material über islamistische Terrorgruppen in Großbritannien durchgegangen, das sie von den britischen Kollegen erhalten hatten.

»Das Material ist sehr umfangreich«, sagte Lewenhaupt, »vor allem, was die Hintergrundbeschreibungen der aktiven Personen angeht. Tausende von Seiten.«

»In so etwas verirrt man sich leicht«, sagte Mattei.

»Ganz klar«, erwiderte Lewenhaupt. »Zusammenfassend kann man sagen: In Manchester und Umgebung wohnen ungefähr zweieinhalb Millionen Menschen, von denen zirka dreihundert auf der Liste der Briten von bekannten, verdächtigten oder möglichen Terroristen mit Anbindung an verschiedene muslimische

Terrororganisationen stehen. Was würden Sie sagen, wie viele von denen in den letzten Jahren ein Zimmer oder eine Wohnung von Louise Urqhart gemietet haben?«

»Wie viele Zimmer hat sie denn zu vermieten?«

»Ungefähr hundert«, sagte Lewenhaupt.

»Wenn wir von zweieinhalb Millionen Menschen ausgehen, die durchaus Zugang zu fast einer Million Schlafzimmern haben sollten, dann dürfte die Wahrscheinlichkeit, dass jemand wie Abbdo Khalid ein Zimmer von Louise Urqhart mietet, bei null Prozent liegen.«

»Der Meinung ist unser Statistikchef auch. Null Prozent.«

»Und wie viele sind es?«

»Bisher haben wir zwanzig gefunden, die über einen längeren oder kürzeren Zeitraum dort gewohnt haben.«

»Dafür gibt es nun mehrere mögliche Erklärungen«, meinte Mattei.

»Stimmt. Wenn sie nun die Frau des Bombenmachers ist, dann würde das die Sache erklären. Wenn Leute wie wir auftauchen und eine Wohnung von ihr mieten wollen, dann schüttelt sie den Kopf. Wenn einer wie Abbdo dieselbe Frage stellt, wird er mit offenen Armen aufgenommen.«

»Ist das so?«

»Nein«, sagte Carl Lewenhaupt. »Wenn es so ist, wie Kolja geradeheraus sagt und wie Sie selbst ja schon eine Weile gedacht haben, dann ist es genau umgekehrt. Die Vermieterin Louise Urqhart ist definitiv nicht die Frau des Bombenmachers. Jedenfalls nicht die Frau von einem, der so ist wie Abbdo.«

»Wer ist sie dann?«

»Sie hat ein Netz gesponnen, in dem sie Leute wie Abbdo Khalid fängt. Zwar besitzt sie die Häuser, doch vermietet sie für Jeremy Alexander und dergleichen.«

»Und das, obwohl sie auf den Bildern zusammen mit Abbdo so nett aussieht.«

»Eine glückliche Spinne«, sagte Lewenhaupt, »die eben die fetteste Fliege überhaupt gefangen hat.«

»Besser kann es ja gar nicht gehen«, sagte Mattei und sah vor ihrem inneren Auge schon Jeremy Alexander und was für ein Gesicht er machen würde, wenn sie ihm erzählte, was sie und ihre Mitarbeiter über Louise Urqhart herausgefunden hatten.

»Noch eine Sache«, begann Calle Lewenhaupt. »Kolja hat da sozusagen im Vorbeigehen etwas gesagt.«

»Und das war?«

»Auf die Gefahr hin, dass Sie mich feuern.«

»Die Gefahr besteht eigentlich immer«, sagte Lisa Mattei.

»Okay. Ich hatte das Gefühl, er glaubt, dass Sie und Louise Urqhart sich kennen.«

»Das muss ich dann vergessen haben. War er betrunken, oder was?«, fragte Mattei, die ihr Erstaunen nicht verbergen konnte.

»Er meint, Sie hätten sich bei einem gemeinsamen Auftrag im Norden Mallorcas im Oktober 2006 kennengelernt.«

»Seltsam. Soweit ich weiß, habe ich in meinem ganzen Leben noch nie mit ihr gesprochen oder sie gesehen. Ich denke, daran würde ich mich erinnern.«

»Und was machen wir jetzt?«

»Ich habe nicht vor, Sie zu feuern«, sagte Lisa Mattei. »Wie wäre es, wenn wir versuchen, mal Ordnung in diese Ermittlung zu bringen, mit der wir gerade beschäftigt sind, und das andere zur Seite legen?«

»Sehr gut«, erwiderte Carl Lewenhaupt und lächelte.

»Gut«, sagte Mattei. »Ich melde mich, wenn ich Ihre Hilfe brauche.«

84

Als Kommissar Lars Enochsson von der Technikabteilung der Säpo am Donnerstagmorgen des 28. Mai in sein Labor kam, wartete schon ein Umschlag mit viertausend Pfund auf ihn.

Enochson nahm sich als der typische Småländer, der er war – gottesfürchtig, sparsam, verschwiegen, fähig und fleißig –, des Auftrags an, der mit der Bitte versehen war, eine Antwort bis zum Nachmittag desselben Tages an Linda Martinez zu mailen.

Zuerst beleuchtete er das Bündel Scheine mit seiner besonderen Lampe, die anzeigte, ob auf den Dingen, die er untersuchte, überhaupt DNA-Spuren zu finden waren. Die Pfundnoten wiesen auf ungefähr jedem zehnten Schein Spuren von Speichel auf, so als hätte jemand auf die altmodische Art regelmäßig seinen Daumen angeleckt und dann das Bündel Geld durchgezählt. Nach der Platzierung der Spuren wahrscheinlich ein Rechtshänder.

Es waren insgesamt neun Spuren von Speichel, die er sicherte, indem er sie vorsichtig mit einem Wattestäbchen bestrich. Die Wattestäbchen steckte er in Proberöhrchen und schickte sie weiter an den Biologen, der in der Abteilung für die Analyse der DNA-Spuren zuständig war. Zwei Stunden später hatte er eine Antwort. Die DNA in sämtlichen Proben war mit der des verdächtigen Abdullah Mohammed Khalid identisch.

Was für ein schöner Arbeitstag, dachte Enochsson. Man arbeitete fleißig und ehrenhaft, und am Abend durfte man die Früchte seiner Arbeit ernten.

85

Sowie die Nachricht des Kollegen Enochsson bei Linda Martinez eintraf, gratulierte sie sich erst mal selbst, dann rief sie sofort Lisa Mattei an.

»Wie sieht's aus, Lisa?«, fragte Martinez.

»Danke, gut«, log Mattei.

»Erinnerst du dich noch an den Abend vor vierzehn Tagen, als wir zwei im finstersten Sörmland unterwegs waren und ermittelten?«

»Du meinst, als wir zu der Stelle gefahren sind, wo Abbdo die Handynachricht abgesetzt hat?«

»Genau. Wie du vielleicht in all den Unterlagen von uns gesehen hast, wohnt dort ein alter Kerl, mit dem wir uns ein bisschen angefreundet haben.«

»Du meinst diesen Ove Kristiansson? Von dem ich immer noch nicht weiß, was er mit so einem wie Abbdo zusammen machen sollte?«

»Doch, aber er macht. Offensichtlich hast du noch nicht das technische Protokoll vom Kollegen Enochsson gelesen, das vor ein paar Stunden kam.«

»Nein«, sagte Mattei. »Erzähl mir einfach, was drinsteht.«

Man kann über sie sagen, was man will, aber umständlich ist Linda nicht, dachte Mattei ein paar Minuten später, als ihr alle Details zu Kristiansson und seinen Pfundnoten vorlagen.

»Jetzt steht also Ove Kristiansson in Verbindung zu Abbdo Khalid.«, sagte Mattei.

»Machst du Witze?«, fragte Linda.

»Nein, darüber nicht«, erwiderte Lisa. »Was ich aber immer noch nicht kapiere, ist, was die zusammen gemacht haben sollen. Besonders ähnlich sind sie sich ja nicht.«

»Wir arbeiten wie blöd an der Frage«, versicherte Martinez. »Und lassen den alten Saufkopp nicht aus den Augen.«

»Sehr gut«, sagte Mattei. »Melde dich, sowie du was weißt.«

»Du wirst die Erste sein, die es erfährt, Lisa«, versprach Martinez.

Lisa Mattei blieb viel zu lange im Büro und verpasste sowohl das Abendessen mit Ella und Johan als auch ihr einziges Kind ins Bett bringen zu können. Und was sie dabei auch noch alles verpasste, da dachte sie lieber gar nicht drüber nach.

Sie dachte über ihre Ermittlung nach. Aus irgendeinem Grund störte es sie, dass sie die ganze Zeit recht hatte. Wahrscheinlich bin ich doch eine bessere Polizistin, als ich dachte, und was mich plagt, ist nur das übliche fehlende Selbstvertrauen bei Frauen. Oder irgendjemand erlaubt sich Witze mit mir. Oder beides.

Dann fuhr sie nach Hause. Ella schlief, und auch Johan schlief schon. Um die Zeit schliefen wahrscheinlich die meisten Leute. Auch sie schlief irgendwann ein. In dieser Nacht ohne Träume.

86

Freitag, den 29. Mai, nahm Ismail Mohammed Khalid eine Tätigkeit im Restaurant Solliden auf, das auf Skansen lag, nur knapp hundert Meter von der großen Freilichtbühne entfernt. »Isse«, wie seine Freunde ihn nannten, war als Küchenhelfer, Putzmann und Mädchen für alles angestellt, eine Arbeit, für die er schon Erfahrung mitbrachte. In den letzten zwei Jahren hatte er in etwa dasselbe im Restaurant seines Vaters in Eskilstuna gemacht.

Für die Ermittler kam es nicht überraschend, dass Isse Khalid nach Stockholm zog. Das wussten sie schon seit Woche eins, als sie angefangen hatten, sein Telefon abzuhören und seine Daten abzufangen. Isse Khalid war ein mitteilsamer junger Mensch und pflegte alle üblichen Kontakte im Netz, mit anderen Worten, er war ein dankbares Ermittlungsobjekt.

Blieben eigentlich nur noch ein paar Fragezeichen. Wie war er an den Job im Solliden gekommen und wo würde er in Stockholm wohnen?

Isse Khalid mietete ein Zimmer im Keller eines Einfamilienhauses, das in Högdalen südlich von Stockholm lag. Fußläufig zur U-Bahn, und von dort eine halbe Stunde Fahrt bis nach Skansen. Das Haus gehörte einem sechzigjährigen Mann aus Saudi-Arabien, Abdul Karim, der vor fast vierzig Jahren nach Schweden eingewandert war und nunmehr seit dreißig Jahren die schwedische Staatsbürgerschaft besaß.

Abdul Karim war eine interessante Person. Tiefgläubiger Muslim und respektiertes älteres Mitglied einer der größten muslimischen Gemeinden Stockholms, zudem ein erfolgreicher Geschäftsmann. Er besaß verschiedene Unternehmen, mehrere Häuser, Restaurants und Serviceunternehmen im Großraum Stockholm. Seit vielen Jahren war er auch Gegenstand wachsenden Interesses seitens der Sicherheitspolizei, weil der Verdacht bestand, er versorge verschiedene islamistische Terrororganisationen im Nahen Osten mit Geld. Ein Verdacht, der nicht hatte erhärtet werden können.

Dass ein Mann mit seinen Ressourcen einem jungen Glaubensbruder Job und Wohnung besorgte, war nicht ungewöhnlich. Doch da waren andere Dinge, die den Analytikern bei der Nachrichtenabteilung und ihrem obersten Chef Jan Wiklander aufstießen.

Höchste Zeit, mit einem vernünftigen Menschen über die Sache zu reden, dachte Wiklander und saß eine Viertelstunde später in Lisa Matteis Zimmer.

Zwei Umstände machten Wiklander Sorgen. Zunächst einmal ließen sich bisher keine bekannten Verbindungen zwischen Abdul Karim und Mohammed Khalid Hussein oder einem anderen Mitglied seiner Familie feststellen. Und außerdem gab es da noch die Tatsache, dass Ismail offensichtlich in Abdul Karims Privathaus einzuziehen plante, wo Karim mit seiner großen Familie lebte.

»Jemand wie Karim ist in der Lage, mit einem Telefonanruf ein Zimmer für Khalid zu besorgen. Aber der Junge soll bei ihm zu Hause wohnen. Das finde ich seltsam.«

»Eine neugierige Frage«, sagte Mattei, »ist das der Abdul Karim, den manche hier im Haus Osama bin Laden nennen?«

»Soll in der einen oder anderen Kaffeepause schon vorgekommen sein«, sagte Wiklander.

»Und sind wir sicher, dass Isse Khalid nicht ausgebildeter Pilot ist?«

»Ja«, sagte Wiklander mit einem Lächeln. »Das wissen wir zufällig ganz genau. Der junge Khalid besitzt einen Führerschein für Auto und Motorrad, aber einen Pilotenschein hat er nicht. Und wir halten es für wenig wahrscheinlich, dass er heimlich gelernt haben sollte, zu fliegen.«

»Könnte es einfach so sein, dass Abdul Karim und Vater Mohammed Kontakt haben?«

»Das hätten wir zwar dann verpasst, aber es könnte sein«, meinte Wiklander.

»Ich bin mit dir in einem Punkt einer Meinung«, sagte Mattei. »Es wird irgendwie zu viel. Job auf Solliden, hundert Meter von dem großen Knall entfernt, der kleine Isse, der in Högdalen zu Hause beim großen Karim wohnen soll, im Keller zwar, aber immerhin. Doch da ist noch eine andere Sache, die mich viel mehr stört.«

»Und was?«

»All diese neuen Informationen, die nur so auf uns einprasseln. Das passt alles viel zu gut. Angenommen, wir hätten einen Maulwurf in diesem Haus oder nur in dieser Ermittlung. Dann müssten die das ganze Projekt doch augenblicklich fallen lassen. Stattdessen macht es den Eindruck, sie verfolgen es mehr denn je. Kein Tag, an dem nicht irgendwelche von unseren Verdachtsmomenten bestätigt werden.«

»Die einfache Erklärung wäre dann wohl, dass wir keinen Maulwurf im Haus haben.«

»Hoffen wir mal, dass es so einfach ist. Vielleicht denke ich zu viel. Erst sitze ich hier mit einem Puzzle, in das ich keine Ordnung kriege, und das geht so weit, dass ich mir sogar vorstellen kann, eine Nagelfeile zu nehmen, um die Teile passend zu machen … und plötzlich steht jemand hinter mir und reicht mir die ganze Zeit die perfekten Teile. Das stört mich. Dich nicht?«

»Nein«, sagte Wiklander. »Ich glaube, du machst dir wirklich unnötig Gedanken.«

Lisa Mattei nickte bloß. Ich hoffe, du hast recht.

Am selben Tag, als Mattei und Wiklander dieses Gespräch führten, hatte Linda Martinez die Überwachung ihres neuesten Objektes, Ove Kristiansson, eingeleitet. Das war eine Aufgabe, die keine größeren Grübeleien erforderte. Ove Kristiansson war ein dankbares Überwachungsobjekt. So leicht zu observieren, dass sie die allerjüngsten Mitglieder ihrer Abteilung in diesen Auftrag schicken konnte.

Denn Oves Leben folgte festen Routinen. Er teilte seine Zeit in Schlafen, Saufen, Fernsehen und einmal täglich Essen ein. Nach seiner Mülltonne zu urteilen, waren seine Essgewohnheiten ebenso eintönig wie sein Leben insgesamt. Fleisch und Kartoffeln, Wurst und Kartoffeln, Hering und Kartoffeln, immer Bier und Branntwein, und was sonst noch auf der Getränkekarte stand.

Gegen zehn Uhr vormittags pflegte Kristiansson, egal bei welchem Wetter, in Pantoffeln, Unterhose und einem T-Shirt aus seinem Haus zu treten. Als Erstes stellte er sich an die Hausecke und pinkelte, dann ging er zum Briefkasten und holte seine Zeitung. Das war ein Spaziergang von insgesamt zweihundert Metern. Zurück im Haus öffnete er die erste Dose Bier, um sich dann aufs Sofa zu legen und fernzusehen. Meist einen seiner vielen Sportkanäle.

Während der fünf Tage, die man ihn überwachte, verließ er sechsmal das Haus, wobei fünf seiner Ausflüge der Hausecke gewidmet waren und einer der Runde zum Briefkasten und zurück. Sonntags bekam er keine Zeitung, dann begnügte er sich mit der Hausecke. Seine Post bestand einzig aus verschiedenen Werbesendungen. Keine Besuche, keine Gespräche. Nicht einmal ein Computer, an dem er hätte sitzen können. Trotz seines Sportinteresses schien er nicht geneigt, Geld auf die Fußballspiele zu setzen, die er ständig anschaute.

Am 2. Juni, einem Dienstag und dem Tag vor seiner Abreise in den Thailand-Urlaub, änderte er seine Routinen. Nach dem Gang zum Briefkasten bestellte er für den nächsten Tag um acht Uhr ein Taxi. Zwar würde sein Flieger erst um dreizehn Uhr gehen, aber er kam gerne rechtzeitig und wollte keinen Stress.

Danach setzte er sich auf sein Landwirtschafts-Moped und fuhr nach Åkers Styckebruk. Kajsa Nilsson und Lina Jonsson folgten ihm im Auto, um zu sehen, was er vorhatte. Das war eine einfache Aufgabe, denn an seinem Moped war schon seit dem ersten Tag ein Sender angebracht. Kristiansson parkte vor dem Großmarkt. Erst kaufte er ein Paar Jeans, zwei Sommerhemden und ein Paar Sandalen. Dann ging er in die Lebensmittelabteilung, kaufte Fleisch, rote Bohnen und noch eine Dose Hering, dann fuhr er wieder nach Hause, ohne zu ahnen, dass er Begleitung hatte.

»Scheint, als wolle er den Urlaub mit einer richtigen Festmahlzeit bei sich zu Hause zelebrieren, ehe er nach Thailand abhaut«, sagte Kajsa Nilsson. »Hering und Fleisch und rote Bohnen. Das ist ja praktisch ein Zweigängemenü.«

»Ja, ziemlich traurig, so alt zu werden«, sagte Lina Jonsson. »Hast du die Kleider gesehen, die er gekauft hat?«

»Wahrscheinlich möchte er gern fein aussehen, wenn er nach Thailand kommt«, meinte Kajsa.

»Der arme Ove«, sagte Lina.

»Weißt du, was noch schlimmer ist?«, fragte Kajsa.

»Was?«

»Dass ich immer noch nicht kapiere, was einer wie Abbdo Khalid mit Ove will. Trotz all der Pfundnoten, wegen denen hier alle schier die Wände hochgehen. Jetzt sitzen wir eine Woche hier und glotzen, und ich versteh es immer noch nicht.«

87

Am Freitagvormittag, dem 29. Mai, hatte Abbdo eine Mail an seinen Betreuer an der Universität Manchester geschickt, dass sein Vater jetzt wieder ganz hergestellt sei. Er würde so bald wie möglich an die Universität zurückkehren, das Flugticket sei schon bestellt, und schon am Dienstagnachmittag, dem 2. Juni, würde er in Manchester ankommen.

Sein Betreuer hatte postwendend geantwortet, dass er sich freue, ihn zu sehen.

Da er auf eine Konferenz nach Edinburgh müsse und erst am Freitagnachmittag zurückkomme, könne er ihm nur am Samstag, dem 6. Juni, einen Termin gegen elf Uhr anbieten. Ob das in Abbdos Pläne passe? Kein Problem, antwortete Abbdo, um elf Uhr am 6. Juni würde er sich im Büro des Betreuers einfinden.

Das ist fast zu gut, um wahr zu sein, dachte Mattei, als sie die Mails las, die ihr von der Nachrichtenabteilung der Säpo zur Kenntnis geschickt wurden. Wenn Abbdo sich im Zimmer seines Betreuers an der Universität Manchester niederließ, würden König und Königin und alle anderen auf Skansen in Stockholm den Nationalfeiertag beginnen.

Drei Stunden später ließ der Nachrichtendienst wieder von sich hören.

Nur eine Stunde zuvor hatte ihre Handyüberwachung die dritte Nachricht von der mysteriösen LU aufgefangen, die der

Empfänger umgehend auf dieselbe Weise wie zuvor beantwortet hatte.

CU soon! LU

Die Person, welche die Nachricht geschickt hatte, hielt sich offensichtlich immer noch in der Stockholmer City auf. Der Empfänger, der geantwortet hatte, befand sich in Eskilstuna, doch nicht im Haus der Familie, sondern mitten im Zentrum, wo Vater Mohammed sein Büro hatte und wo auch seine drei Geschäftsstellen lagen.

Wo Abbdo Khalid sich zu diesem Zeitpunkt aufhielt, war unklar. Martinez sagte, keiner ihrer Beschatter hätte ihn das Haus verlassen sehen. Doch gab es auch niemanden, der ihn im Haus oder draußen auf dem Grundstück gesehen hatte.

»Wie interpretiert ihr das?«, fragte Mattei, als sie mit Martinez telefonierte.

»Vielleicht hat sein Vater geantwortet oder eines von den Geschwistern«, sagte Martinez. »Um die Tageszeit ist schließlich ein halbes Dutzend von ihnen in der Stadt unterwegs.«

»Aber Abbdo nicht?«

»Kann nicht ausgeschlossen werden. Wenn er mit einem der anderen gefahren ist, sich auf den Rücksitz gelegt hat oder in den Kofferraum gekrochen ist.«

»Melde dich, wenn du mehr weißt«, sagte Lisa Mattei.

In die Sache kommt Bewegung, dachte Mattei. Sie war jetzt vollkommen überzeugt davon, dass nicht Louise Urqhart die Absenderin der Nachrichten war. Es musste sich um jemand völlig anderen handeln. Ein Maulwurf in ihrer nächsten Nähe. Ein Gefühl, das sie merkwürdigerweise anstachelte.

88

Am Sonntag, 31. Mai, setzte sich Abbdo Khalid in sein Auto und fuhr nach Stockholm, um Skansen zu besuchen. Die Anlage, eine Mischung aus Zoo und Freizeitpark, ist ein beliebtes Ausflugsziel aller Stockholmer. Abbdo schlenderte auf dem Gelände herum, schaute sich erst die kleinen Braunbären an, die jetzt wach waren und herumtollten, dann fotografierte er einen wehmütig blickenden Elch mit seiner Handykamera, wanderte am Restaurant Solliden und der danebengelegenen Bühne vorbei, wo man bald den Nationalfeiertag begehen würde. Ein paar Minuten lang verharrte er neben der Bühne, scheinbar in eigene Gedanken versunken, und ohne etwas Bestimmtes anzusehen. Dann lief er noch am Terrarium vorbei, um schließlich im Café neben dem Affenhaus einen Kebab zu essen.

Dann setzte er sich wieder ins Auto, fuhr in die Innenstadt und auf direktem Weg in das Parkhaus unter dem Kaufhaus Åhléns. Er parkte das Auto, verschwand Richtung U-Bahn, und da verloren die Bewacher ihn aus den Augen. In Ermangelung besserer Ideen warteten zwei in der Nähe seines Autos, und als er eine knappe halbe Stunde später wiederkam, legte er eine Plastiktüte von Åhléns auf den Beifahrersitz.

»Das ist wirklich zu blöd, wenn du mich fragst, Linda«, sagte der verantwortliche Gruppenchef, als er Martinez von seinen Mühen berichtete. »So etwas darf einfach nicht passieren, aber das Glück ist mit den Dummen, also ich denke, wir können die Lücke, in der er weg war, füllen.«

»Und womit?«, fragte Martinez. Immer dieses Zeug, das nicht passieren darf, aber trotzdem die ganze Zeit passiert, dachte sie.

»Eines der Mädchen hier in der Gruppe hat die Tüte identifiziert. Scheinbar war sie vor einer Woche selbst bei Åhléns und hat eingekauft, ein Handy und ein paar andere Sachen, die sie in derselben Tüte überreicht bekommen hat. Also sind wir gleich in die Handy-Abteilung, und als sie da ein Bild von ihm zeigt, da hat das Mädchen an der Kasse ihn erkannt.«

»Er hat ein neues Handy gekauft?«

»Zwei, um genau zu sein. Mit Paycard.«

»Und was hat er dann gemacht?«, fragte Martinez.

»Er ist direkt nach Hause gefahren«, stellte der Ermittlungschef fest. »Ruhig und vernünftig gefahren. Ist seit einer Stunde wieder hier. Seither haben wir nichts von ihm gesehen, wahrscheinlich sitzt er im Keller und arbeitet an der Weste, die für einen von ihnen das Ticket ins Paradies ist. Und erledigt jetzt die letzte Sache mit den Handys, die sie als Backup haben, wenn was passiert.«

»Klingt nicht völlig unwahrscheinlich«, meinte Martinez.

In ein paar Tagen wird er nach England fahren, bis dahin muss alles über die Bühne sein, dachte Martinez. Ein Job, der gemäß Major Björklund einen halben Tag in Anspruch nimmt, auch wenn man weiß, wie es geht, und alles in Reichweite hat, was man braucht. Ein Job, der keine Schlamperei erlaubt, denn dann geht es richtig schief.

Die Bombenweste sollte laut Major Björklund mit zwei Auslösevorrichtungen versehen werden. Eine manuelle, dazu ein

Handy als Backup an der Weste. Und dann gab es schließlich noch ein Handy, das von jemand anders getragen wird, der sich in sicherem Abstand befindet, und das nur für eine einzige Nachricht benötigt würde. Falls nötig.

VI

Mittwoch, 3. Juni, bis Freitag, 5. Juni

Die Jagd auf den Bombenbauer und seine Frau

Das abschließende Geschehen

89

Am Mittwochmorgen verabschiedete sich Abbdo Khalid von seiner Familie. Wenn man bedachte, dass er lediglich nach Manchester reiste, um das Sommersemester abzuschließen, und dass er in einem Monat wieder nach Schweden zurückkehren würde, eine sehr unschwedische Aktion. Die gesamte Großfamilie, inklusive seiner alten Großmutter, versammelte sich auf dem Hof vor dem Haus, um sich von dem ältesten Sohn zu verabschieden. Erst umarmte ihn sein Vater, zog ihn an sich und küsste ihn auf beide Wangen. Dann die restlichen Familienmitglieder, die Großmutter, die Brüder, Abbdos eigene Mutter und die beiden anderen Ehefrauen des Vaters, und ganz zum Schluss die kleinen Kinder.

Dann setzte er sich mit seinem Bruder Hassan in seinen schwarzen Toyota und fuhr davon. Martinez hatte insgesamt drei Beobachtungswagen und sechs Beschatter mobilisiert, um dafür zu sorgen, dass er nicht wieder entwischen konnte. Sicherheitshalber hatte sie auch dafür gesorgt, dass ein Helikopter in der Nähe war, falls Abbdo und Hassan irgendwelche größeren Abenteuerlichkeiten planten.

Nichts von dem geschah. Hassan fuhr ruhig und überlegt, und zehn Kilometer vor dem Flughafen war dasjenige Auto der Ermittler, das einen Kilometer vor ihnen fuhr, vorausgeeilt, um rechtzeitig einen Platz am Abflugterminal zu finden, bevor die beiden Überwachungsobjekte ankamen.

Die Kriminalinspektoren Jan Stein und Lars Hart folgten Abbdo diskret durch Gepäck- und Passkontrolle, und da er nur einen kleineren Rucksack als Handgepäck dabeihatte, mussten sie sich auch keine Sorgen um irgendwelche Koffer machen. Wozu sollte er auch einen Koffer mitnehmen? Alle Kleider und die anderen Dinge, die er benötigte, befanden sich ja vor Ort in Manchester in der kleinen Wohnung, die er immer noch mietete.

Abbdo machte einen ruhigen und entspannten Eindruck. Er kaufte im Kiosk in der Abflughalle Zeitungen, und kurz bevor es Zeit war, das Flugzeug zu besteigen, besuchte er kurz die Toilette. Nach einer knappen Minute kam er wieder heraus und stellte sich in die Schlange am Gate, zeigte seinen Pass noch einmal vor und ging an Bord.

Lars Hart und Jan Stein hatten Verstärkung von ihren vier Kollegen bekommen, und als das Flugzeug nach Manchester auf die Startbahn hinausrollte, sahen ihm sechs Paar Polizeiaugen von den großen Panoramafenstern in der Abflughalle nach.

»So, dann wären wir den Kerl endlich los«, stellte Kriminalinspektor Hart mit einem verkniffenen Lächeln fest, und seine Kollegen hatten sich damit begnügt, zustimmend zu nicken, weil keiner von ihnen eine Ahnung hatte, wie falsch er damit lag.

Ungefähr zur gleichen Zeit, als Abbdo und Hassan den Familienwohnsitz in Eskilstuna verlassen hatten, war Ove Kristiansson auf seine Veranda getreten. Ein ungewöhnlich ordentlicher Ove Kristiansson, bei sich eine kleinere Tasche mit Schultergurt und eine etwas größere Reisetasche aus Leder, ein älteres Modell.

Während der Taxifahrer das Gepäck in den Kofferraum legte, drehte Ove Kristiansson den Schlüssel der Eingangstür zweimal um und ging vorsichtshalber noch eine Runde ums Haus, um zu kontrollieren, ob auch ja alle Fenster zu waren. Das war alles und somit völlig anders als der Abschied, der Abbdo Khalid zuteilgeworden war.

Sobald das Taxi an seinem Briefkasten vorbeifuhr, bekam es Gesellschaft von zwei Ermittlerwagen, die ihn bis nach Arlanda rauf begleiteten. Ein Wagen fuhr ungefähr hundert Meter vor dem Taxi, der andere hinter ihm, und bei dieser Aktion hielt niemand es für nötig, einen Helikopter in Reserve zu haben, am allerwenigstens Martinez.

Abbdo Khalids Abreise nach England war mehr ein praktisches Problem gewesen, sie mussten Gewissheit haben, dass er auch wirklich dort ankam. Deshalb hatte Lisa Mattei eine Übereinkunft mit Jeremy Alexander getroffen, und an die gedachte sie sich, trotz der Informationen, die sie inzwischen über Louise Urqhart besaß, zu halten, solange es ihre eigenen Pläne nicht torpedierte.

Am Nachmittag erhielt sie eine Mail, in der Alexander bestätigte, dass sich Abbdo Khalid nunmehr vor Ort in seiner Wohnung in Manchester befand und dass er damit rechnete, dass sein eigener Auftrag spätestens um Mitternacht des 5. Juni abgewickelt war.

Die Kollegen von der britischen Antiterroreinheit planten, Abbdo Khalid am Morgen des 6. Juni zu ergreifen. In dem Punkt wollte er sie auch gern beruhigen. Es sei vollkommen ausgeschlossen, dass Abbdo seinen britischen Überwachern in dieser Zeit entkommen konnte. Alexander hatte auch bereits in die Wege geleitet, Abbdo nach seiner Festnahme umgehend zurück nach Schweden zu überführen. Spätestens Samstagnachmittag, am 6. Juni, könne die schwedische Sicherheitspolizei ihn am Privatterminal vom Flughafen Bromma abholen. Insgesamt hätten sie beide, so Alexanders entschiedene Meinung, alle Zeit, die sie benötigten, ihre persönlichen Aufträge mit der gebotenen Ruhe zu erledigen.

Alexander beendete seine Nachricht damit, ihr Glück zu wünschen. Mattei gab diese Wünsche zurück und sagte, sie habe keine Einwände gegen ihre Übereinkunft. Natürlich immer vorausgesetzt, dass sie nicht plötzlich in eine schwierige Lage käme, die eine Änderung des Plans erforderte.

Ove Kristianssons Reise nach Thailand hingegen hatte andere Probleme, hauptsächlich juristischen Charakters aufgeworfen, die Mattei, noch während Kristiansson im Taxi nach Arlanda saß, mit Lisa Lamm und Jan Wiklander diskutierte und in bestem Einvernehmen löste.

Nach Meinung von Lisa Lamm war es kein Problem, Ove Kristiansson festzunehmen. Das hatte sie bereits beschlossen. Abbdo Khalids DNA befand sich auf den bewiesenermaßen aus Kristianssons Besitz stammenden Englischen Pfundnoten, damit waren die juristischen Voraussetzungen erfüllt. Blieb nur noch, die verschiedenen Mittäter nicht zu alarmieren. Sicherheitshalber, und sei es auch nur, weil vielleicht in der Säpo-Zentrale ein Maulwurf saß.

»Ich schlage vor, wir nehmen Kontakt zu unseren finnischen Kollegen auf, dann können die Kristiansson festnehmen, wenn sein Flugzeug in Helsinki zwischenlandet«, sagte Lisa Lamm. »Wir sollten Leute vor Ort haben, die ihn umgehend wieder mit zurück nach Schweden nehmen, und dann verfrachten wir ihn an den üblichen Ort. Die praktischen Details überlasse ich gern Jan und seinen Leuten.«

»Damit bin ich sehr einverstanden«, sagte Wiklander und nickte. »Bleiben ja noch drei Tage bis zum Nationalfeiertag, deshalb müssen wir auch das kleinste Risiko, dass etwas nach außen durchsickert, vermeiden. Die Finnen sollten kein Problem sein. Ich sorge dafür, dass wir ihn mit einem eigenen Flugzeug zurückfliegen. Wenn er irgendwelches Gepäck dabeihat, dann muss das in Arlanda bleiben.«

»Meine Meinung müsst ihr gar nicht mehr abfragen«, sagte Mattei, »nicht bei meiner derzeitigen Maulwurf-Neurose.«

»Der schönen Ordnung halber doch«, meinte Lisa Lamm.

»Also gut, der schönen Ordnung halber nutze ich die Gelegenheit, meinen Vorrednern in allem zuzustimmen.«

»Und da ich schon mal das Wort habe, möchte ich auch meinem geschätzten Kollegen danken, der versprochen hat, sich um das Praktische zu kümmern, damit ich wieder meinen üblichen Zweifeln Ausdruck verleihen kann.«

»Was stört dich jetzt, Lisa?«, fragte Wiklander.

»Das, worüber wir schon gesprochen haben«, erwiderte Mattei.

»Was ist das?«, fragte Lisa Lamm.

»Ungefähr Folgendes«, begann Mattei. »Vierzehn Tage lang passiert rein gar nichts. In der Woche darauf passieren plötzlich eine ungeheure Menge Sachen, und jetzt, da es nur noch drei Tage sind, tun plötzlich alle Beteiligten genau das, was wir von ihnen erwarten. Das stört mich.«

»Mich beruhigt das«, entgegnete Wiklander. »Das alles lässt mich glauben, dass wir die ganze Zeit richtiglagen.«

Ove Kristiansson kam fast zwei Stunden vor Abflug in Arlanda an. Nachdem er seine Tasche aufgegeben und die Passkontrolle passiert hatte, besuchte er den Tax-Free-Shop und kaufte eine Flasche Whiskey. Danach setzte er sich in die Bar und trank Bier und Wodka, und als er dann endlich im Flugzeug saß, schlief er schon, bevor sie in Helsinki gelandet waren. Dort musste er das Flugzeug wechseln, das war ihm irgendwie entgangen, und erst als er den zweiten Flieger besteigen wollte, begann er richtig Unrat zu wittern. Wie sollte denn dieses kleine Ding ihn bis nach Bangkok bringen? Er wurde unwillig, doch da klickten schon die Handschellen, und erst nach der Landung in Bromma schien er zu begreifen, dass es hier nicht um einen gewöhnlichen Valuta-Verstoß ging.

Als die Polizei seine Tasche, das Handgepäck und die Kleider durchsuchte, fanden sie insgesamt sechshunderttausend Bath, fünftausend Pfund und einen knappen Tausender in schwedischen Kronen. Insgesamt mehr als zweihunderttausend schwedische Kronen.

Als Ingrid Dahl dann Kristiansson in der geschlossenen Psychiatrie im Krankenhaus Huddinge besuchte, wo solche wie er manchmal landeten, schlief er tief und fest. Der Arzt der Abteilung erklärte ihr, dass Kristiansson leider in einem derartigen Zustand eingeliefert worden sei, dass man sich genötigt sah, ihm eine gute Dosis Beruhigungsmittel zu verpassen. Am nächsten Morgen werde er hoffentlich wieder ansprechbar sein.

Dahl rief Mattei an und berichtete. Lisa wünschte ihr viel Glück.

Wie schön, dass endlich etwas passiert, womit ich nicht gerechnet habe.

90

Ungefähr zur gleichen Zeit, als Ove Kristiansson Schweden Richtung Thailand verlassen hatte, begann die Säpo unter Leitung von Kommissar Enochsson eine Hausdurchsuchung auf seinem Hof.

In seiner Kühltruhe fand man noch ein weiteres Bündel Scheine, und zwar ungefähr hunderttausend Kronen in schwedischen Fünfhundertern, in eine grüne Tüte vom staatlichen Alkoholladen eingewickelt. Die lernen es nicht, seufzte Enochsson. Unter Kristianssons Bett lagen ein altes Schrotgewehr und eine Schachtel Patronen, und obwohl man letztendlich drei Tage bei Kristiansson verbrachte, war das so ziemlich alles, was sich zu beschlagnahmen lohnte.

Der juristische Wert dieser Funde war allerdings zweifelhaft. Der Besitz des Geldes war wahrscheinlich nicht einmal strafbar. Mit der Art und Weise, wie er es verdient hatte, stand es vielleicht anders, aber das musste man erst noch beweisen. Und wer die Anlagezinsen bei den Banken kannte, für den konnte die Kühltruhe durchaus eine alternative Aufbewahrungsmöglichkeit sein, dachte Enochsson und seufzte noch einmal.

Die alte Schrotflinte und die Patronen vom Kaliber zwölf erfüllten zumindest den Tatbestand des Verstoßes gegen das Waffengesetz. Kristianssons Waffenlizenzen waren schon vor zwanzig Jahren eingezogen worden, als er wegen Schnapsbrennerei verurteilt wurde, doch wenn man sein hohes Alter bedachte, und dass es sich wahrscheinlich um eine Waffe handelte, die er von einem älteren Verwandten oder Bekannten geerbt hatte, dann brachte ihm das keine weiteren Schwierigkeiten.

Ansonsten nichts ermittlungstechnisch Bedeutsames und definitiv nichts, was Kristiansson mit Khalid und den Aktivitäten, wegen derer man ihn unter Verdacht hatte, in Verbindung brachte. Das Gefundene zeugte sicher von einem umfassenden sozialen und menschlichen Verfall, aber strafbar war es nicht.

Wollmäuse so groß wie Hunde, alte leere Büchsen und überall Bierdosen. Bei dem Zustand der Küche ein Mysterium, dass Kristiansson sich nicht schon längst selbst vergiftet hatte, offenbar kochte er das Essen selbst, das er aß. Ein sehr einsamer und schwer alkoholkranker Mann, Schmutz, allgemeines Elend und menschliche Misere, so fasste Enochsson zusammen, als er der Staatsanwältin Bericht erstattete.

»Nun, ein Pedant scheint er wirklich nicht zu sein«, stimmte Lisa Lamm zu.

»Ja, vollkommen unbegreiflich«, sagte Enochsson.

»Was denn?«, fragte Lamm.

»Was so einer wie dieser Khalid mit so einem wie Kristiansson zu schaffen hat«, verdeutlichte Enochsson.

»Vielleicht hat er nur etwas von ihm gekauft? Was immer das gewesen sein könnte«, seufzte der Kommissar.

91

Am Donnerstag, 4. Juni, hielt Ingrid Dahl das erste Verhör mit Ove Kristiansson ab, und vorher sprach sie mit seinem Arzt. Kristiansson sei sehr aufgewühlt, erklärte der Doktor, und außerdem leide er unter akutem Entzug und sehr hohem Blutdruck. Dafür hatte man ihm die üblichen Medikamente verordnet. Zum Frühstück hatte er eine halbe Tasse Kaffee getrunken und ein Käsebrot gegessen. Immerhin etwas.

»Ist er ansprechbar?«, fragte Ingrid Dahl.

»Ja, aber ich würde nicht viel darauf geben, was er sagt. Das kann schon etwas durcheinandergehen.«

»Sie sagen, er sei wütend. Wirkt er auch nervös?«

»Ja, vielleicht. Aber hauptsächlich wütend.«

»Wunderbar«, sagte Ingrid Dahl. »Mal sehen, wie weit wir kommen.«

»Viel Glück«, sagte der Arzt.

Wütend, aber ansprechbar. Könnte schlimmer sein, dachte Ingrid Dahl.

»Ich stelle mich erst einmal vor«, begann Ingrid Dahl. »Ich heiße Ingrid Dahl und arbeite als Vernehmungsleiterin bei der Polizei. Bei der Sicherheitspolizei, um genau zu sein.«

»Glückwunsch, Ingrid«, sagte Ove und starrte sie an.

»Darf ich Sie Ove nennen?«

»Ja, zum Teufel. So heiße ich schließlich. Aber scheißegal, ich wüsste mal gerne, warum ich eigentlich hier sitze. Wenn ich wegen irgendwas verdächtigt werde, dann will ich nämlich einen Anwalt haben.«

»Selbstverständlich«, sagte Ingrid Dahl. »Haben Sie jemand Speziellen im Auge?«

»Da kannst du aber Gift drauf nehmen«, meckerte Kristiansson. »Ich will den Eriksson. Der immer im Fernsehen ist. Das ist ein scharfer Hund.«

»Rechtsanwalt Johan Eriksson?«

»Ja.«

»Ich verspreche Ihnen, dass ich ihn anrufen werde«, sagte Ingrid Dahl und nickte freundlich.

»Gut«, sagte Ove. »Und dann will ich wissen, was zum Teufel ich hier mache.«

»Ja, natürlich werden Sie das erfahren«, erwiderte Ingrid Dahl. »Sie sind hier, weil die Staatsanwältin Sie wegen des Verdachts auf Beihilfe zu einem terroristischen Anschlag festnehmen ließ. Sie sollen einer Person namens Abdullah Mohammed Khalid geholfen haben, der ein solches Verbrechen durchzuführen plant.«

»Das kann ja wohl nicht wahr sein«, rief Kristiansson und schüttelte den Kopf.

»Sie sollen ihm verschiedene Dinge verkauft und dafür eine Menge Geld bekommen haben.«

»Das kann ja wohl nicht wahr sein«, wiederholte Kristiansson und schüttelte nochmals den Kopf. »Ich kenne keine Terroristen, verdammt. Mit denen gebe ich mich nicht ab. Und die Scheine, von denen du da jaulst. Wann soll ich die denn gekriegt haben? Von wie viel reden wir denn?«

»Ungefähr eine halbe Million«, erklärte Ingrid Dahl. »Also, in jüngster Zeit.«

»Ich soll eine halbe Million von einem verdammten Terroristen gekriegt haben? Willst du das behaupten?«

»Ja«, sagte Ingrid Dahl und nickte. »In jüngster Zeit haben Sie ungefähr eine halbe Million von Abbdo Khalid bekommen. In englischen Pfund, genauer gesagt. Wie viel Sie insgesamt bekommen haben, weiß ich nicht, aber das werden wir natürlich herausbekommen.«

»Ich sag dir mal, was ich weiß«, schimpfte Ove Kristiansson.

»Nun, erzählen Sie.«

»Dass ich hier offensichtlich bei einer verrückten Bullen-Alten gelandet bin, die glaubt, ich hätte was mit irgendeinem verdammten Terroristen.«

»Nein«, sagte Ingrid Dahl, »da haben Sie mich missverstanden. Das ist nichts, was ich glaube. Das ist etwas, das ich weiß. Ich weiß, dass Sie Khalid kennen, und ich weiß, dass er Ihnen eine halbe Million gegeben hat. Über diese Sache brauchen wir also gar nicht mehr zu streiten.«

»Wie schön«, sagte Ove. »Dann kann ich ja gehen.«

»Der Grund, warum wir hier sitzen, Sie und ich, ist, dass Sie mir erzählen sollen, warum er Ihnen dieses Geld gegeben hat. Vielleicht hat er Sie ja auch einfach reingelegt. Vielleicht haben sie ihm ja etwas verkauft, das legal verkauft werden darf, aber er hat Ihnen nicht gesagt, was er damit eigentlich machen will.«

»Ne, ich bin hier einfach nur bei einer verrückten Bullen-Tante gelandet«, sagte Ove Kristiansson und schüttelte den Kopf.

»Ich spreche mal mit Ihrem Anwalt«, sagte Ingrid Dahl. »Sie denken derweil über die Sache nach. Und dann können wir ja noch mal ein bisschen reden. Vielleicht schon heute Nachmittag, Ihr Anwalt, Sie und ich.«

»Ja, sorg dafür, dass dieser Eriksson herkommt. Ich hab fertig geredet.«

»Ich mache Ihnen einen Vorschlag.«

»Ja?«

»Erzählen Sie mir, womit Sie ihm geholfen haben. Wenn Sie mir eine gute Erklärung geben können und sich herausstellt, dass es nicht strafbar ist, dann werde ich persönlich dafür sorgen, dass Sie diesen Ort hier schnell verlassen dürfen.«

»Du, sieh mal zu, dass du diesen Anwalt rankriegst.«

»Gut«, sagte Ingrid Dahl. »Dann sehen wir uns heute Nachmittag, wenn Sie über die Sache nachgedacht haben.«

92

Am Donnerstagnachmittag setzte die Ermittlungsleitung eine neue Besprechung an, und als erster Punkt auf der Tagesordnung stand der Zugriff, der anderthalb Tage später erfolgen sollte. Die Festnahme beziehungsweise Gewahrsamnahme von zwanzig Personen, darunter eine ältere und schwerbehinderte Frau über achtzig und vier kleine Kinder. Eine Menge praktische Dinge mussten gelöst werden. Einerseits das Juristische, mit dem sich Lisa Lamm und ihre beiden stellvertretenden Staatsanwälte herumschlugen. Dann der Zugriff selbst, für den die Nationale Einsatztruppe verantwortlich zeichnete.

Seit einer Woche übte die Nationale Einsatztruppe diesen Einsatz, und der Einsatzleiter selbst, Kommissar Honkamäki, war bei der Besprechung zugegen, um den anderen Teilnehmern zu berichten, was er und Lisa Mattei geplant hatten.

Wenn die britischen Kollegen sich Abbdo Khalid gegriffen hätten, würde man anfangen, die übrigen Familienmitglieder einzusammeln. Auch Abdul Karim, der Vermieter von Isse Khalid, sollte zu einem Verhör abgeholt werden, und anhand dessen, was er preisgab, wollte man entscheiden, ihn weiter festzuhalten oder gehen zu lassen. Abgesehen davon planten sie ein halbes Dutzend Hausdurchsuchungen. Natürlich im Wohnhaus der Familie, aber auch in den verschiedenen Geschäften des Familienvaters, im Restaurant Solliden und in dem Zimmer, das Isse Khalid bei Abdul Karim in Högdalen mietete.

»Lisa und ich sind der Meinung, dass wir das hier so ordentlich und geschmeidig über die Bühne bringen werden wie möglich, ohne dabei die Sicherheit außer Acht zu lassen«, sagte Honkamäki.

»Und wie habt ihr euch das rein praktisch vorgestellt?«, fragte Dan Andersson.

»Sobald Abbdo in England im Knast sitzt, sammeln wir die anderen nach und nach ein«, sagte Honkamäki. »Die meisten der Erwachsenen werden ja zur Arbeit fahren, die nehmen wir in Gewahrsam, wenn sie das Haus verlassen, und danach alle, dic noch im Haus sind. Wahrscheinlich dic drei Frauen des Vaters, seine alte Mutter und die fünf jüngsten Kinder.«

»Kein Tränengas und keine Rauchbomben oder Schockgranaten oder so«, sagte Lisa Lamm.

»Definitiv nicht«, sagte Honkamäki. »Das wollen wir auf jeden Fall vermeiden.«

»Hat jemand irgendwelche Fragen dazu?«, fragte Lisa Lamm.

»Ja, ich«, sagte Helena Palmgren. »Haben Sie Leute vom Rettungsdienst bestellt, für den Fall, dass etwas Ungeplantes geschieht, und vielleicht jemanden vom Jugendamt, ich denke da an die kleinen Kinder und ihre Mütter.«

»Selbstverständlich«, erwiderte Lisa Lamm. »Alle Frauen und Kinder werden ins Krankenhaus in Eskilstuna gebracht. Für die anderen, die in Untersuchungshaft kommen, haben wir im Gefängnis hier oben in Stockholm Platz.«

»Bleibt noch eine Frage«, sagte Lisa Lamm. »Wie Sie wissen, haben wir bereits gestern Ove Kristiansson wegen des Verdachts auf Mitgliedschaft in einer terroristischen Vereinigung festgenommen. Ich weiß, dass sich viele fragen, was denn seine Rolle in dieser Sache ist. Und ich weiß auch, dass Sie, Ingrid, vor ein paar Stunden ein Verhör mit ihm hatten. Es wäre interessant zu wissen, wie das lief.«

»Ja, natürlich«, sagte Ingrid Dahl. »Kristiansson ist wütend, aber man kann mit ihm reden. Und dann ist er natürlich untröstlich und hat keine Ahnung, wovon wir reden. Er hat niemals einen Abbdo Khalid getroffen. Und natürlich auch kein Geld von ihm genommen.«

»Das klingt ja bleischwer«, meinte Linda Martinez.

»Ne«, erwiderte Ingrid Dahl. »Dass er Khalid kennt und auch Geld von ihm genommen hat, ist klar. Um die Sache müssen wir uns keine Sorgen machen. Der Punkt ist, wir müssen herausfinden, wofür er es gekriegt hat.«

»Und was sagt er dazu?«, fragte Calle Lewenhaupt.

»Nicht viel. Jedenfalls nichts anderes, als dass ich eine verrückte Alte sei. Ich hoffe, ich kann ihn heute Nachmittag weiter verhören.«

Die darauffolgende Stunde hatte man darüber diskutiert, warum Abbdo Khalid wohl Ove Kristiansson so eine Menge Geld gegeben hatte, und die Ansichten zu diesem Thema deckten alle Alternativen ab. Von der Möglichkeit, dass Khalid etwas von Kristiansson gekauft haben könnte, das überhaupt nichts mit dem Fall zu tun hatte – was Helena Palmgren nicht ausschließen wollte –, bis hin zu der Gefahr, dass er Khalid, wie Linda Martinez vermutete, tonnenweise Dynamit verkauft haben könnte.

»Ich habe zwei Fragen«, sagte Lewenhaupt. »Zum einen, wo Kristiansson in dem Fall das Dynamit herbekommen hat. Und zum anderen, wofür Khalid es brauchte. Wenn ich richtig verstehe, hat er bereits alles Dynamit, was er benötigt. Sie sagten doch, in dem Baumarkt, in dem sein Bruder arbeitet, fehlen fünf Kilo Dynamit.«

»Ich glaube, viel weiter kommen wir jetzt nicht«, sagte Lisa Lamm. »Wir halten Kontakt, und wenn etwas geschieht, treffen wir uns wieder.«

93

Nach dem Treffen rief Mattei bei Major Björklund an und bat darum, ihn sofort treffen zu dürfen. Sie hatte nämlich ein paar Fragen, bei denen er ihr wahrscheinlich helfen konnte.

Björklund erschien eine Viertelstunde später und entschuldigte seine kaputte Hüfte. Inzwischen nähmen alle Treppen viel Zeit in Anspruch.

»Ich habe Sie bei der heutigen Besprechung vermisst«, sagte Mattei.

»Hoffentlich nicht um meinetwillen«, knurrte der Major. »Ich lege keinen großen Wert auf Besprechungen.«

»Ich auch nicht«, sagte Mattei. »Ich finde, die Leute reden einfach zu viel Mist.«

Das saß, dachte sie, als sie seinen erstaunten Blick sah.

»Dann sind wir ja schon zwei«, sagte der Major. »In dem Punkt bin ich ganz Ihrer Meinung, Chefin.«

»Ich hätte Sie gerne dabeigehabt. Wir haben über Ove Kristiansson gesprochen, und es wäre interessant gewesen zu hören, was Sie über ihn denken.«

»Ove Kristiansson?«, fragte Björklund. »Wer ist das?«

»Er ist seit gestern in Untersuchungshaft, und zwar wegen des Verdachts, mit Abbdo Khalid gemeinsame Sache gemacht zu haben«, sagte Mattei.

»Viel zu geheim für jemanden wie mich«, meinte Björklund.

»Sie haben also noch nie von ihm gehört? Seltsam.«

»Nein«, sagte Björklund, »und das liegt nicht daran, dass ich zu faul wäre, meine E-Mails zu lesen. Wahrscheinlich liegt die Ursache in dem System der Teilhabe an Information, das man in diesem Haus anwendet. Die vertikale und horizontale Segmentierung, wie es so schön genannt wird. Der reine Wahnsinn, wenn Sie mich fragen.«

»Ja, das hat seine Probleme«, stimmte Mattei zu. »Wissen Sie, was wir machen, Carl, ich maile Ihnen sämtliche Informationen, die wir über Kristiansson haben, und dann können Sie das alles in Ruhe in Ihrem Zimmer lesen.«

»Was wollten Sie denn wissen?«

»Abbdo Khalid hat diesem Kristiansson offensichtlich eine Menge Geld gegeben, ungefähr eine halbe Million Kronen. Warum hat er das getan? Wozu braucht Khalid so einen wie Kristiansson?«

»Verstehe«, sagte Björklund. »Bis wann möchten Sie das wissen?«

»So schnell wie möglich«, antwortete Mattei.

»Ich melde mich«, sagte Björklund und erhob sich etwas mühsam.

Eine Stunde später rief er Mattei an.

»Die Chefin fragt sich, wozu Khalid einen wie Kristiansson braucht?«, fragte Björklund.

»Ja.«

»Zu nichts«, sagte Björklund.

»Nichts?«

»Ja.«

»Tut mir leid, Carl«, sagte Mattei, »aber ich muss Sie leider bitten, hierherzukommen.«

»Geben Sie mir eine Viertelstunde«, sagte Björklund.

Kurz darauf erschien Major Björklund in ihrem Büro.

»Was Sie da am Telefon gesagt haben, können Sie das noch mal spezifizieren?«

»Ja«, begann Björklund. »Ich meine Folgendes. Wenn wir davon reden, eine Bombenweste herzustellen, dann hat der Khalid bereits alles, was er dazu braucht. Die Unterlagen habe ich nämlich gelesen. Er hat eine Weste, fünf Kilo Dynamit, und das reicht gut und gerne. Er hat Material für seine Projektile. Er hat alles, was er braucht, um die Sprengladung auszulösen. Und nicht zuletzt weiß er auch, wie man es macht. Heißt: Er braucht so einen wie Kristiansson nicht. Nicht für die Bombenweste.«

»Und trotzdem hat er ihm eine Menge Geld gegeben.«

»Die einzige Erklärung könnte sein, dass er ihn für seine Hilfe bei etwas anderem bezahlt hat. Für einen alternativen Plan, wie wir in meiner Branche zu sagen pflegen. Vielleicht wurde er aus irgendeinem Grund genötigt, seinen ursprünglichen Plan mit der Bombenweste aufzugeben, und hat nun entschieden, den alternativen Plan durchzuführen, den er sicherlich die ganze Zeit schon in Bereitschaft liegen hat.«

»Interessant«, sagte Mattei. Und du kannst keine Ahnung von einem Maulwurf haben, der sich hier durchs Haus gräbt, dachte sie derweil.

»Also ich hätte auf jeden Fall einen Alternativplan.«

»Welcher Art?«

»Nehmen wir mal diesen durchgeknallten Norweger, Breivik. Er hat eine Bombe aus Kunstdünger und Dieselöl zusammengemischt, und mit deren Hilfe hat er das halbe Regierungsgebäude in der Osloer Innenstadt demoliert. Diese Bombe wog ungefähr anderthalb Tonnen. Hätte er dieselbe Menge Dynamit gehabt, dann hätte er das ganze Viertel dem Erdboden gleichgemacht.«

»Wo könnte Abbdo das Dynamit bekommen haben?«

»Dieser Kristiansson hat eine Vergangenheit in der Baubranche. Für so jemanden ist es keine Kunst, an Sprengstoff ranzukommen. Ich habe gesehen, er ist vor sechs, sieben Jahren in Konkurs gegangen.«

»Ja, das stimmt.«

»Egal«, meinte Björklund. »Das Praktische an den meisten Sprengstoffen ist, dass sie, wenn du sie auf korrekte Weise lagerst, immer noch bis zu fünfzig Jahre lang voll verwendbar sind. In unseren Depots beim Militär liegen Hunderte von Tonnen Sprengmittel seit mehr als zehn Jahren. Das sind keine Lebensmittel, von denen wir da reden.«

»Geben Sie mir eine Idee, Carl«, sagte Mattei. »Nehmen wir mal an, Sie hätten so einen Kristiansson, der eine Vergangenheit in der Baubranche hat. Nehmen wir mal an, er besitzt immer noch eine Menge Sachen aus der Zeit. Womit kann er Ihnen helfen?«

»Ich fürchte, um das zu sagen, brauche ich noch eine Stunde«, sagte Björklund. »Dazu müsste ich herausfinden, womit er gearbeitet hat, und das sind ja noch mal ein paar Hundert Seiten.«

»Wie wäre es mit morgen Vormittag?«, fragte Mattei.

»Ja, wenn die Chefin mit einem qualifizierten Schuss ins Blaue zufrieden ist, dann wäre das drin.«

»Es ist ja bald achtzehn Uhr, Zeit, nach Hause zu gehen«, sagte Mattei. »Wo wohnen Sie?«

»Auf Östermalm«, erwiderte Björklund. »Auf der Jungfrugatan.«

»Dann sind wir ja fast Nachbarn«, sagte Mattei. »Haben Sie ein Auto?«

»Nein«, antwortete Björklund. »Kein normaler Mensch, der da wohnt, hat ein Auto. Obwohl ich heute wünschte, ich hätte eines, mit der blöden Hüfte.«

»Dann mache ich Ihnen einen Vorschlag.«

»Und?«, fragte Björklund.

»Ich fahre Sie nach Hause. Ich sorge dafür, dass Sie die Unterlagen mitnehmen und in aller Ruhe zu Hause lesen können, ohne dass einer von uns im Knast landet, weil er gegen die Geheimhaltungsvorschriften verstoßen hat, und während ich das tue, kann ich Sie zu einem Whiskey einladen. Oder etwas anderem, falls Sie das vorziehen.«

»Whiskey ist gut«, sagte Björklund. »Zu dem Vorschlag sage ich doch gerne Ja.«

»Ich hätte Sie gern zum Abendessen eingeladen, aber das müssen wir auf ein andermal verschieben, denn heute Abend muss ich nach Hause, um mein Kind ins Bett zu bringen.«

»Dafür habe ich vollstes Verständnis«, sagte Major Björklund und nickte. »Ist es das kleine Mädchen, das mit dem Streifenwagen in die Kita gefahren wurde, als ihre Mama und sie nicht in den Zoo gehen konnten?«

»Ja, das stimmt. Woher wissen Sie das? Haben Sie das in der Kaffeerunde gehört?«

»Na ja«, sagte Carl Björklund, »meine Chefin hat es erwähnt.«

»Helena Palmgren?«

»Ja«, sagte Carl Björklund.

»Und warum?«

»Also, wenn es unter uns bleibt…«

»Da können Sie ganz beruhigt sein.«

»Also, wenn es nun unter uns bleibt… Palmgren ist eine richtige Moralapostelin. Sie hat sich darüber empört, dass Sie die Ressourcen der Polizei auf diese Weise verschwenden.«

»Wann war das? Wann hat sie Ihnen das erzählt?«

»Das muss schon einige Wochen her sein«, sagte Björklund.

»Ja, da muss ich mich wohl mehr zusammenreißen«, sagte Mattei und dachte: vor einigen Wochen. Das darf doch nicht wahr sein.

»Meinetwegen nicht«, sagte Björklund. »Ich habe solche Sachen auch schon gemacht.«

»Ich hole mal eben den Whiskey für Sie. Und dann brauche ich zehn Minuten für die Sache mit dem Computer.«

»Kein Problem. Ich bleibe einfach hier sitzen.«

»Hier ist der Whiskey«, sagte Mattei und reichte ihm die Flasche und ein Glas herüber. »Alles andere kommt gleich. Möchten Sie auch Wasser?«

»Nein«, sagte Björklund und schüttelte den Kopf. »Mit Wasser hab ich es nicht so.«

Mattei ging in das Zimmer ihrer Sekretärin und lud die Informationen über Ove Kristianssons Unternehmen hoch. Dann rief sie Carl Lewenhaupt an.

»Hallo Calle, sind Sie noch im Haus?«

»Ja«, sagte Lewenhaupt. »Ich habe schon überlegt, meine Wohnung zu verkaufen. Wozu brauche ich die denn noch? Ich übernachte sowieso meistens hier.«

»Tun Sie das«, sagte Mattei. »Können Sie in einer halben Stunde zu mir kommen?«

»Ja, kein Problem.«

Dann rief sie ihren Chauffeur an und bat ihn, Major Björklund nach Hause in seine Wohnung auf der Jungfrugatan zu fahren.

»Und die Chefin selbst?«, fragte der Chauffeur.

»Ich musste meine Pläne leider ändern«, erwiderte Mattei.

Dann kehrte sie in ihr Zimmer zurück und stellte den kleinen Laptop auf den Schreibtisch vor ihren Gast.

»Hier haben Sie, glaube ich, alles, was Sie brauchen«, sagte Mattei. »Wenn etwas fehlt, dann melden Sie sich.«

»Das wird schon gehen«, sagte Björklund. »Ein überaus guter

Whiskey übrigens«, fügte er hinzu, während er das leere Glas wegstellte. »Trinken Sie selbst auch Whiskey?«

»Nein«, erwiderte Mattei. »Ich trinke Wein.«

»Ja, natürlich«, meinte Björklund und seufzte aus irgendeinem Grund.

»Außerdem habe ich den Chauffeur für Sie bestellt. Er wartet in der Garage. Ich muss leider doch hierbleiben.«

»Es ist etwas passiert«, stellte Björklund fest.

»Ja«, sagte Mattei, »das Übliche.«

»Läge mir fern, da spekulieren zu wollen«, meinte Björklund. »Ich bedanke mich für den Whiskey und für den Chauffeur.«

»Keine Ursache«, antwortete Mattei. »Ich bedanke mich.«

Auch wenn ich mich dafür herzlich gerne nicht bedankt hätte.

94

Am Donnerstagnachmittag hielten Ingrid Dahl und einer ihrer Kollegen das zweite Verhör mit Ove Kristiansson ab. Dieser hatte nunmehr einen Anwalt erhalten, und ehe das Verhör begann, hatten die beiden sich allein ungefähr eine Viertelstunde lang beraten.

Kristiansson war jetzt ruhiger. Er schien eher abwesend, und schon als ihm die erste Frage gestellt wurde, wies er auf seinen Anwalt hin.

»Damit wir Zeit sparen und nicht ewig hier sitzen müssen, möchte ich gern, dass Sie mir erzählen, womit Sie Abbdo Khalid geholfen haben«, sagte Ingrid Dahl. »Wir wissen ja schon, dass Sie ihn kennen und Geld von ihm angenommen haben.«

»Fragt den Anwalt«, erwiderte Ove Kristiansson. »Ich habe nichts zu sagen.«

»Ich fürchte, dass Sie doch auf diese Sache selbst antworten müssen«, sagte Ingrid Dahl.

»Das habe ich«, entgegnete Kristiansson. »Besprecht das mit meinem Anwalt.«

»Ich interpretiere das so, dass Sie sich weigern zu antworten«, warf Dahls Kollege ein.

»Ja, na ja«, mischte sich der Anwalt ein. »Ich würde es eher so interpretieren, dass Herr Kristiansson sein gesetzliches Recht in Anspruch nimmt, auf Fragen nicht antworten zu müssen.«

»Dann hat der Herr Anwalt also vor, an seiner Stelle zu antworten?«, beharrte Dahls Kollege.

»Durchaus, wobei ich fürchte, an diesem Punkt nicht allzu viel beitragen zu können«, erwiderte der Anwalt.

»Jetzt bin ich aber wirklich neugierig«, sagte Dahls Kollege. »Das klingt so, als könnten Sie uns andere Informationen geben.«

»Ja, definitiv«, sagte der Anwalt.

»Und die wären?«, erkundigte sich Ingrid Dahl, obwohl sie die Antwort bereits kannte.

»Leider nicht sonderlich viel«, sagte der Anwalt. »Ich habe die Sache mit Herrn Kristiansson durchgesprochen, und ich denke, seine Auffassung ist sowohl einfach wie eindeutig. Er hat Khalid niemals getroffen. Hat niemals Geld von ihm entgegengenommen oder etwas getan, das Khalid Grund geben würde, ihm Geld zu übergeben.«

Weiter also kamen sie nicht, obwohl Ingrid Dahl und ihr Kollege eine Stunde lang ihr Bestes gaben.

95

Eine Viertelstunde, nachdem Mattei sich von Björklund verabschiedet hatte, ließ sich Calle Lewenhaupt im selben Stuhl nieder. Die Zeit dazwischen hatte Mattei genutzt, darüber nachzudenken, ob irgendetwas darauf hindeutete, dass sie alles in den falschen Hals bekommen und deshalb einen Grund hatte, die Besprechung abzusagen, noch ehe sie begonnen hatte. Leider hatte sie nichts gefunden.

»Ich möchte Sie um einen Gefallen bitten, Calle«, begann Mattei, »und Sie dürfen mit niemandem außer mir darüber reden. Sie werden Hilfe benötigen, um das zu tun, worum ich Sie jetzt bitte, aber wahrscheinlich werden dazu einige wenige Personen genügen, und die dürfen ausschließlich mit Ihnen darüber sprechen.«

»Das klingt ernst«, erwiderte Carl Lewenhaupt.

»Ja«, sagte Mattei. »Wenn ich recht habe, dann gibt es in diesem Haus wahrscheinlich kein ernsteres Anliegen.«

»Worum geht es?«

»Ich werde gleich dazu kommen«, sagte Mattei. »Doch bevor ich es tue, möchte ich Ihnen die Möglichkeit geben, abzulehnen. Wenn sich herausstellen sollte, dass ich falschliege, werde ich gefeuert, und Sie leisten mir höchstwahrscheinlich Gesellschaft.«

»Vergessen Sie's«, sagte Lewenhaupt. »Ich vertraue Ihnen.«

»Obwohl ich mich schon mehr als einmal getäuscht habe?«

»Ja, wenn ich bedenke, wie oft Sie recht haben, bin ich bereit, das Risiko einzugehen. Vor allem nach der Sache mit der Urqhart. Wer hat das außer Ihnen gemerkt? Niemand.«

»Danke«, sagte Mattei. »Ich schätze das wirklich sehr.«

»Ja, und ich selbst wäre sehr froh, wenn Sie jetzt anfangen würden. Ehe ich vor Neugier sterbe.«

»Wissen Sie, was ein Talpa europaea ist?«

»Ja«, sagte Lewenhaupt. »Das ist ein Maulwurf. Die europäische Variante, um genau zu sein.«

»So wie unser Exemplar«, sagte Mattei. »Eine ganz andere Frage: Lesen Sie gern Personalakten?«

»Nicht sonderlich«, meinte Calle Lewenhaupt. »Einerseits habe ich immer das Gefühl, Leuten an die Wäsche zu gehen, und andererseits stehen so oft Sachen da drin, die nicht stimmen. Zwei meiner besten Mitarbeiter hätten niemals einen Fuß in dieses Haus gesetzt, hätte ich geglaubt, was in ihren Personalakten steht.«

»Das sehe ich ungefähr genauso, aber leider muss ich Sie bitten, diese hier zu lesen«, sagte sie und reichte ihm einen schwarzen Ordner.

»Um wen geht es?«, fragte Lewenhaupt.

»Lesen Sie selbst. Der Name steht auf der ersten Seite. Man muss nur den Ordner aufschlagen.«

»Okay«, sagte Lewenhaupt und tat, was sie gesagt hatte.

»Helena Palmgren?«, fragte er dann.

»Ja.«

»Helena Palmgren. Die Kontaktperson des Militärischen Abschirmdienstes? Nummer drei im Rang der Leute vom Must, die hier arbeiten?«

»Exakt«, sagte Mattei. »Ich dachte, Sie würden schon den Maulwurfsduft verspüren.«

»Machen Sie Witze?«

»Nein«, sagte Mattei. »Definitiv nicht. Ich kann nicht ausschließen, dass ich mich täusche, aber ich glaube, ich habe leider recht.«

»Palmgren soll Khalid die drei kryptischen SMS geschickt haben, auf das Handy, das er in Manchester gekauft hat?«

»Ja«, sagte Mattei. »Dass wir diese Telefonnummer haben, scheint das Einzige gewesen zu sein, wovon Helena Palmgren nichts wusste, zumindest als sie die ersten beiden Nachrichten geschickt hat. Bei der dritten wusste sie natürlich Bescheid, denn zu diesem Zeitpunkt hatte unsere Staatsanwältin ihr und allen anderen, die in dieser Besprechung saßen, auf mein Geheiß hin davon erzählt. Deshalb hat sie die dritte Nachricht auch geschickt – sie wollte uns glauben lassen, es sei jemand anderes. Zum Beispiel Louise Urqhart.«

»Aber Moment«, sagte Lewenhaupt. »Ist die Beweislage da nicht etwas dünn? Ich saß auch in der Besprechung, ich könnte es gewesen sein.«

»Ich fürchte aber, es ist Palmgren, und der Grund dafür ist eine ganz banale Sache, die Leute einfach so sagen, ohne richtig zu begreifen.«

»Und worum geht es?«

»Kurz gesagt geht es darum, dass zwei Streifenpolizistinnen Ella und mich zu ihrer Kita kutschiert haben, an dem Tag, als wir eigentlich nach Skansen gehen wollten und an dem Alexander anrief, um uns den Tipp mit Abbdo Khalid zu geben.«

»Und Palmgren hat das mit Ella und den Streifenpolizistinnen erzählt?«

»Ja, obwohl sie es eigentlich nicht wissen konnte.«

»Moment mal«, sagte Carl Lewenhaupt. »Die erste SMS, die diese mysteriöse LU schickte, kam doch während Sie im Flugzeug saßen. Sie, Jan, Linda und Dan Andersson. Niemand sonst.«

»Stimmt, aber es gab zwei Personen, die, noch bevor wir ins Flugzeug stiegen, wussten, warum wir nach England fuhren.«

»Das waren Sie und unser Generaldirektor.«

»Genau«, sagte Mattei.

»Entschuldigung, aber das ist jetzt ein bisschen viel«, sagte Carl Lewenhaupt.

»Ich weiß, ich weiß«, erwiderte Mattei. »Aber die Sache ist so, dass weder ich noch unser geschätzter Generalsekretär etwas über Abbdo Khalids Existenz wussten, als diese erste SMS losgeschickt wurde.«

»Jetzt haben Sie mich verloren«, sagte Carl Lewenhaupt.

»Das kann ich verstehen. Ich habe schließlich vierzehn Tage gebraucht, bis ich begriffen habe, was Sache ist. Wollen Sie die kurze oder die lange Variante?«

»Fangen Sie mal mit der kurzen an, und dann sehen wir, ob ich es kapiere.«

»Unser Generaldirektor kennt Helena Palmgren, wahrscheinlich haben die beiden was am Laufen. Als Alexander uns anruft, erzählt der GD Palmgren, was er eben gehört hat. Nicht, weil sie zusammenarbeiten, sondern einfach, weil er gern angibt, um zu zeigen, was für ein außergewöhnlich großartiger Mann er ist. Außerdem plappert er noch ein wenig ganz allgemein über mich und Ella und unseren verhinderten Zoobesuch. Weil Palmgren auch Abbdo Khalid kennt, ahnt sie sofort, worum es gehen könnte. Deshalb entscheidet sie sich, ihn zu warnen. Das ist die erste Nachricht. Er soll vorsichtig sein. Die zweite hingegen ist eine direkte Warnung, dass er die Sache lassen soll, denn zu dem Zeitpunkt weiß sie ja schon, dass wir eben genau ihm auf den Fersen sind. Unser Generaldirektor hat bestimmt gleich erzählt, dass es um einen Somalier aus Eskilstuna geht. Den Rest hat sie sich dann gedacht, und nur die Sache mit dem Telefon ist ihr entgangen. Sowie ihr das klar wird, legt sie falsche Fährten.«

»Sie glauben, das Selbstmordattentat auf Skansen wird nicht stattfinden?«

»Nein«, sagte Mattei. »Ich denke, stattdessen gibt es einen alternativen Plan. Und deshalb kommt wahrscheinlich gerade Ove Kristiansson in unsere Ermittlung hinein.«

»Aber diese Familie macht doch die ganze Zeit Sachen, die so aussehen, als wollten sie das Attentat auf Solliden verwirklichen.«

»Das spielen sie alles nur für uns. Und deshalb läuft die Ermittlung auch auf diese Weise. Das ist ungefähr so, als schalte man eine ganzseitige Anzeige in der Zeitung.«

»Abbdo wird festgenommen und zu uns nach Hause geschickt.«

»Ja, gewiss. Mal sehen, wofür wir ihn anklagen. Ein Selbstmordattentat, das nie stattgefunden hat?«

»Wann hat sie eigentlich bei uns angefangen?«

»Kurz nach Neujahr. Kurz nach unserem neuen Chef.«

»Glauben Sie, er kannte Sie bereits vorher?«

»Ja, vermutlich. Bestimmt war ihr Plan, hier angestellt zu werden. Er tut natürlich so, als kenne er sie nicht. Und es gibt ja keine Spur von ihm in ihren Papieren.«

»Aber wie ist sie in unsere Ermittlung gekommen?«

»Aufgrund ihrer Position, und weil Ihr Chef, unser gemeinsamer guter Freund Jan Wiklander, sie empfohlen hat. Falls Sie sich fragen, warum er nicht hier sitzt – weil ich ihn wahrscheinlich umbringen würde, und das ist das Letzte, was ich will.«

»Was machen wir jetzt?«

»Zwei Sachen«, sagte Mattei. »Erst einmal versuchen Sie, den Zusammenhang zwischen Helena Palmgren und Abbdos Familie aufzudecken. Ich habe das Gefühl, als ginge das ziemlich weit zurück. Fangen Sie mit der Zeit an, als Familie Khalid nach Schweden kam. Versuchen Sie rauszukriegen, was Palmgren in der Zeit gemacht hat.«

»Und das andere? Dass sie und unser GD was am Laufen haben sollen?«

»Das ist viel zu einfach für Sie, Calle«, sagte Mattei, »das werde ich anderen überlassen.«

»Und was machen wir dann? Wenn sich herausstellt, dass Sie recht haben?«

»Der Tag, die Sorge«, sagte Lisa Mattei, zuckte mit den Schultern und dachte an ihren alten Freund Johansson.

96

Am Morgen des 5. Juni fuhr Ingrid Dahl in die geschlossene Abteilung der Psychiatrie im Krankenhaus Huddinge, um ihr drittes Verhör mit Ove Kristiansson durchzuführen. Sie kam gleichzeitig mit seinem Anwalt an, und als sie die Station betraten, wartete auch schon Kristianssons Arzt auf sie.

Eine Stunde zuvor war Kristianssons Blutdruck in die Höhe geschossen, und da die akute Gefahr einer Gehirnblutung bestand, wurden ihm große Mengen blutdrucksenkender Mittel verabreicht. Den Blutdruck bekamen sie nun langsam wieder in den Griff, aber ein Verhör mit ihm abzuhalten war aus medizinischer Sicht ausgeschlossen.

»Ich habe einen Vorschlag zu machen«, sagte Ingrid Dahl und lächelte dem Anwalt zu, als sie die Station verließen. »Wie wäre es, wenn ich Sie zum Mittagessen einlade?«

»Das ist kein guter Vorschlag«, sagte der Anwalt und erwiderte ihr Lächeln, »denn ich glaube, ich weiß, worüber Sie reden wollen.«

»Dann könnten wir vielleicht wenigstens den halben Weg gehen und einen Kaffee miteinander trinken?«

»Gut«, sagte der Anwalt. »Weil Sie es sind, Ingrid.«

Ingrid Dahl und der Rechtsanwalt ließen sich an einem abgelegenen Tisch in dem großen Café im Foyer des Krankenhauses nieder. Sie holte Kaffee für sie beide und kam sofort zur Sache.

Kristiansson hatte etwas an Khalid verkauft, das dieser benötigte, um eine terroristische Aktion durchzuführen. In dem Punkt war sie inzwischen sicher, und auch er müsste das sein, denn er kannte ja die Beweislage gegen seinen Klienten.

Allerdings wusste sie nicht, um was es sich handelte, und wenn sie das nicht erfuhr, dann wuchs die Gefahr ganz entschieden, dass Khalid seine Pläne in die Tat umsetzte. Sie sei natürlich bereit, ein Auge zuzudrücken, falls es sich bei dem Geschäft um keine legale Angelegenheit handelte. Und falls Kristiansson eine Menge Sprengstoff an Khalid verkauft hatte, dann versprach sie, sich dafür einzusetzen, die Strafe so niedrig wie möglich ausfallen zu lassen.

»Ich möchte, dass Sie ihn zur Vernunft bringen. Es gibt keine formellen Hindernisse für Sie als sein Anwalt, das zu versuchen.«

»Das ist mir natürlich bewusst, und ich habe ihm das auch bereits erklärt. Das Problem ist, er schüttelt immer nur den Kopf. Er habe Khalid niemals getroffen.«

»Nehmen wir mal an, Khalid gelänge es, so was im Stil von Breivik zu tun. Wie würde Kristiansson damit umgehen? Er hat doch eine Tochter, die zwei Kinder hat, seine Enkelkinder. Die Tochter schickt immer Karten zum Geburtstag und zu Weihnachten, die haben wir bei der Hausdurchsuchung im Nachttisch gefunden. Sie muss ihm etwas bedeuten.«

»Ich verstehe Sie«, sagte der Anwalt. »Das Problem ist nur, dass mein Klient Sie nicht zu verstehen scheint.«

»Wie wäre es, wenn Sie noch einen Versuch unternehmen?«

»Ich verspreche Ihnen, dass ich mit ihm reden werde, wenn er wieder ansprechbar ist.«

»Danke«, sagte Ingrid Dahl.

97

Freitagfrüh erklärte Major Carl Björklund der Chefin, wofür ein Terrorist einen ehemaligen Bauern und Bauunternehmer gebrauchen könnte. Der einzige Haken an Ove Kristiansson war, dass er keine Ordnung halten konnte. Doch wenn er sie hätte, dann gäbe es da etliches, was einer wie Abbdo Khalid gebrauchen könnte. Alles von Kunstdünger, Dieselöl und Dynamit bis hin zu den Orten, an denen man unbeobachtet arbeiten konnte, und einer Reihe von Fahrzeugen, die vielleicht von Nutzen sein konnten, wenn es dann Zeit war, zur Tat zu schreiten. Außerdem sollte noch ein Umstand nicht vergessen werden. Die reine handwerkliche Fähigkeit, die Kristiansson bei seinen alltäglichen, völlig legalen Arbeiten bewies, konnte natürlich auch für kriminelle Aktivitäten zum Einsatz kommen.

»Gut, Carl«, sagte Lisa Mattei. »Wenn sie nun wählen dürften, wofür würden Sie Kristiansson einsetzen?«

»Also schon mal nicht für eine Bombenweste, denn die kann ich selbst machen«, sagte Björklund.

»Das kann ich bestätigen. Aber nehmen wir mal an, Sie müssten eine andere Art Bombe herstellen. Womit könnte er Ihnen helfen?«

»Das hängt ganz davon ab, von welchem Ziel wir hier sprechen. Ob es um harte Ziele geht, wie zum Beispiel Gebäude, oder um weiche Ziele wie Menschen. Da gibt es eine einfache Faustregel.«

»Die wäre?«

»Wenn einer wie Abbdo Khalid es auf weiche Ziele abgesehen hat, dann benutzt er Projektile, die von der Druckwelle der Explosion getragen werden. Zum Beispiel Dynamit und scharfe Stücke Armierungseisen, wie er sie ja vor der Fußballarena verwendet hat. Wenn einer wie ich so was vorhat, dann braucht er nicht einmal Projektile, mir stehen nämlich viel bessere Sachen zur Verfügung.«

»Und was?«

»Ich gebe Ihnen ein paar Beispiele. Explosive Gase, die einfach ausgedrückt Menschen binnen einer Sekunde verbrennen. Die USA wenden sie in ihren Hellfire-Missiles an, die für weiche Ziele ausgelegt sind, und sie haben sie in ihren Drohnen, die sie für Angriffe verwenden.«

»Und sonst?«

»Normale Giftgase, biologische Kampfmittel, radioaktive Präparate. Da gibt es alles Mögliche. Man muss nur wissen, wie man töten möchte.«

»Aber jemandem wie Abbdo ist das egal.«

»Ja. Aber er muss sich glücklicherweise an die einfachste Variante halten: Sprengstoff und verschiedene Projektile, fast immer aus Metall. Sie töten ja noch weit über die Druckwelle hinaus.«

»Schön zu hören, dass er nur dazu Zugang hat«, sagte Lisa Mattei. »Und wenn Sie nun ein hartes Ziel in Angriff nehmen wollten? Zum Beispiel ein Gebäude?«

»Dann würde ich Projektile vermeiden und mich allein auf den Sprengstoff und die Druckwelle der Explosion verlassen. Die tötet schließlich auch Menschen, nämlich die in der Nähe und auch die im Innern des Gebäudes, wenn es einstürzt.«

»Aber keine Projektile?«

»Nein«, sagte Carl Björklund. »Fast keine der Projektile, die unsere Terroristen verwenden, können harte Oberflächen durchschlagen. Wenn es Ihnen also gelingt, Schutz zu suchen, dann haben Sie eine gute Chance zu überleben. Es könnte sogar genügen, dass Sie eine Schutzweste tragen oder hinter einer soliden Tür stehen.«

»Okay, was würden Sie dann machen, Carl? Wenn Sie in die Geschichte eingehen wollen, aber nur die Sachen zur Verfügung haben, mit denen Ihnen Ove Kristiansson aushelfen kann.«

»Dann würde ich mir einen Traktor oder eine Lademaschine anschaffen. Vierradantrieb und das größte Modell. Arbeitsgewicht zwischen zehn und zwanzig Tonnen. Der würde als eine Art ziviler Panzer fungieren.«

»Und dann?«

»Und dann würde ich ein paar Hundert Kilo Dynamit aufladen, mehr als das werde ich nicht benötigen, und direkt in den Regierungssitz Rosenbad reinfahren, der bekanntlich ja mitten in der City liegt, und dann die Explosion auslösen.«

»Was würde dann passieren?«

»Das ganze Regierungsviertel würde einstürzen«, sagte Carl Björklund. »Wenn ich könnte, würde ich den Donnerstag wählen, wo das gesamte Parlament in der Hütte zusammenhockt.«

»Wie schützen wir uns gegen so etwas?«

»Also jedenfalls nicht, indem wir ein paar Betonviecher von ein paar Hundert Kilo das Stück verteilen«, schnaubte Major Björklund.

»Haben Sie vielleicht schon etwas darüber verfasst?«

»Natürlich. Liegt in Ihrem E-Mail-Postfach. Ich habe es geschickt, bevor ich hierhergehinkt bin.«

»Haben die anderen in der Ermittlergruppe es auch bekommen?«

»Selbstverständlich«, sagte Carl Björklund. »Das liegt in der Natur der Sache. Gewarnt ist gewappnet.«

98

Am Freitag, 5. Juni, wuchs die Anzahl der Mitarbeiter, die an Lisa Matteis Büro vorbeikamen, merklich an. Ein deutliches Zeichen, dass sich etwas zusammenbraute. Bei der Säpo war man mit der Planung durch, und die Maßnahmen, die man ergreifen würde, waren im Detail festgelegt. Doch bedeutete das nicht, dass sich Matteis Zweifel über die ganze Angelegenheit in Luft aufgelöst hatten.

Nach dem Treffen mit Major Björklund kam Dan Andersson zu ihr, voller Zuversicht für den folgenden Tag. Er und seine Mitarbeiter waren gut vorbereitet und freuten sich auf einen ruhigen Nationalfeiertag sowie die Täter festgenommen waren. Vor allem auf Solliden und der großen Bühne auf Skansen.

»Ich bin ganz deiner Meinung, Dan«, stimmte Mattei zu, ohne jedoch zu erwähnen, dass ihre Überzeugung ihren Grund darin hatte, dass das Ganze ohne Personenschützer genauso ruhig ablaufen würde.

Am Freitagnachmittag dann tauchte ein ausgezeichnet gelaunter Wiklander auf. Wie leicht war es doch, Sachen zu finden, wenn man wusste, wo man suchen musste! Er habe fast schon erwogen, Major Björklund eine Flasche Whiskey zu verehren, war er doch der Autor der Aktennotiz, die endlich alle Mitarbeiter auf die richtige Spur gebracht und sie das hatte finden lassen, was sie zuvor vergebens gesucht hatten.

»Und warum kriegt er den Whiskey jetzt nicht?«, fragte Mattei.

»Weil er am Ende schreibt, dass wir unbedingt die Sicherheit einer ganzen Reihe anderer harter Ziele, also von Gebäuden, verstärken müssten, von denen es allein in Stockholm und Umgebung um die zwanzig gibt – alles vom Regierungssitz Rosenbad bis zum Wohnsitz der königlichen Familie in Drottningholm. Sogar unserem Haus gebührt die Ehre. Das Hauptquartier der Sicherheitspolizei in der Ingentingsgatan in Solna.«

»Björklund ist halt so drauf, aber wie soll das denn gehen, also rein praktisch?«

»Man solle die Überwachung durch militärisches Personal verstärken. Natürlich mit adäquater Ausbildung und Bewaffnung.«

»Adäquate Bewaffnung?«

»Ja, wie Granatwerfer und diese neuartige schwedische Panzerfaust Bill, um die vor einem Jahr so ein Theater gemacht wurde, weil die Regierung sich weigerte, sie an Saudi-Arabien zu verkaufen. Stell dir das mal vor, Lisa. Die beiden Gefreiten von Major Björklund stehen in Habachtstellung, und jeder mit einer Panzerfaust im Arm, vor unserem Gebäude. Das würde mich nicht gerade beruhigen.«

»Also, ich fände es sehr nett. Aber du wolltest mir etwas berichten«, erinnerte sie ihn.

Wiklanders Mitarbeiter waren auf die Straßenbauarbeiten gestoßen, die man vor fünfundzwanzig Jahren durchgeführt hatte, als die E20 zwischen Mariefred und Eskilstuna verbreitert worden war. Damals waren unter anderem ungefähr fünfzig neue Auf- und Abfahrten gebaut worden, und auch die Eisenbahnlinie entlang des Mälaren zwischen Södertälje und Västerås hatte man verlegt. Ein Bauprojekt, das mehrere Jahre gedauert und noch mehr Milliarden gekostet hatte. Außerdem waren dafür Hunderte Tonnen von Dynamit erforderlich gewesen.

Zwei Umstände hatten nun das Interesse der Leute von Wiklander geweckt. Zunächst einmal war von der Sprengmittelinspektion mehrmals scharfe Kritik an den verschiedenen beteiligten Bauunternehmern geübt worden. Es war mit der Ausweisung der gebrauchten Sprengmittel geschlampt worden, und wie immer hatten die kritisierten Unternehmen versprochen, sich zu bessern, und damit hatten die Behörden sich zufriedengegeben.

Einer der vielen lokalen Unternehmer, die an den Arbeiten beteiligt waren, war die Baufirma von Ove Kristiansson. Diese Jahre, in denen man die Autobahn umbaute, bedeuteten auch die wirtschaftlich guten Zeiten in Kristianssons Leben, mit einem Dutzend Angestellter und einem ansehnlichen Maschinenpark. Doch nach Abschluss der Bauarbeiten kamen andere und härtere Zeiten, und beim Konkurs dann war von dem Unternehmen, das er einmal besessen hatte, eigentlich nichts mehr übrig.

»Hat Kristiansson denn auch irgendwelche Rügen von der Inspektion bekommen?«

»Nein«, erwiderte Wiklander. »Zwei der größten Unternehmen traf es, aber sowie sie Besserung und Strafgelder versprochen hatten, stellte man die Ermittlungen gegen sie ein.«

»Du willst sagen, dass Kristiansson viele Jahre in einer Umgebung gearbeitet hat, in der er sozusagen frank und frei eine Menge Dynamit und anderen Sprengstoff beiseiteschaffen konnte?«

»Ja, eine fast klassische Information aus dem Nachrichtendienst«, erklärte Wiklander mit einem Lächeln.

»Was hält Lisa Lamm davon?«, fragte Mattei.

»Nun, die ist da nicht gleich drauf angesprungen.«

»Ich finde es interessant«, sagte Mattei, »dass Ove Kristiansson damals ein ganz anderer Mensch war als heute. Nun ist er nur noch ein alter Mann, der zu viel trinkt und einsam ist und eine traurige Gestalt abgibt.«

»Ja, das stört mich auch.«

Am Nachmittag fuhr Lisa Mattei nach Hause, um Ella zu sehen, mit ihr und Johan zu Abend zu essen und ihr eine Gutenachtgeschichte vorzulesen, ehe sie wieder ins Büro zurückkehrte.

»Du hast dir aber nicht zufällig einen neuen Lover zugelegt?«, fragte Johan.

»Nein, ich habe ja schon einen. Seit zehn Jahren.«

»Und wie heißt der?«

»Säpo«, erklärte Mattei. »Und weißt du was? So langsam bin ich ihn richtig leid.«

»Die Nation steht vor einer Krise. Meine Ehefrau ist gezwungen, im Büro zu übernachten.«

»So ungefähr«, bestätigte Mattei.

»Pass auf dich auf, Liebling«, sagte Johan. »Und ruf an, ehe es ganz ernsthaft losgeht, damit Ella und ich noch Zeit haben, diese alten bayerischen Polizeihelme aufzusetzen, die uns dein Papa vor ein paar Jahren zum Krebsessen mitgebracht hat. Die einem so verdammt im Nacken scheuern.«

»Versprochen«, sagte Mattei.

99

Am 5. Juni gegen elf Uhr abends führte Lisa Mattei ein kurzes Gespräch mit Jeremy Alexander. Für ihn lief alles nach Plan, und er wollte nur wissen, ob er sie ein paar Stunden später noch einmal anrufen könne, um die praktischen Details für den folgenden Tag festzulegen. Kein Problem, sagte Mattei, sie werde die Nacht über da sein.

»I wish you the best of luck, Lisa«, sagte Alexander.

»Same to you«, erwiderte Lisa Mattei und hätte dies vermutlich nicht gesagt, wenn sie da schon begriffen hätte, was er und sein amerikanischer Freund planten.

Noch ein neuer Schlips, dachte sie, als Alexander vom Bildschirm verschwunden war. Was der wohl diesmal bedeutet.

Gegen zwei Uhr in derselben Nacht meldete sich Alexander erneut.

Er und sein amerikanischer Freund hätten ihre Aktion beendet. Nun gab es in den kommenden Stunden noch ein wenig aufzuräumen, und danach würde der amerikanische Präsident eine Erklärung im Namen der Alliierten abgeben, den genauen Zeitpunkt dafür werde er ihr noch mitteilen.

Was Abbdo Khalid angehe, sei angedacht, ihn gegen sieben Uhr morgens britischer Zeit festzunehmen. Auch auf diesem Gebiet sei alles unter Kontrolle. Momentan schlief er in seiner Wohnung in Manchester. Sowie er festgenommen und die nötigen Formalitäten geklärt waren, werde man ihn mit der »britischen Post« nach Hause schicken.

»Ich denke mal, Sie können ihn gegen sechzehn Uhr heute Nachmittag in Bromma in Empfang nehmen. Wir melden uns rechtzeitig, sowie er auf dem Weg ist.«

»Das klingt ausgezeichnet«, sagte Mattei. »Ich hätte noch eine neugierige Frage.«

»Ja?«

»Da ich annehme, dass Sie in Buulobarde begonnen haben, möchte ich natürlich wissen, wie es da gelaufen ist.«

»Wieso möchten Sie das wissen?«

»Aus mehreren Gründen, die meine Arbeit betreffen«, erklärte Mattei. »Abbdo und seine Familie kommen nun mal aus Buulobarde. Das ist ihre Heimatstadt, Abbdo ist dort geboren und sein Vater Mohammed höchstwahrscheinlich das Oberhaupt des größten der örtlichen Klans. Gleichzeitig ist es auch die stärkste Festung der al-Shabaab in Somalia.«

»Ich verstehe immer noch nicht«, fuhr Alexander mit demselben unverändert freundlichen Lächeln fort.

»Falls Sie nun Verwandte der Familie Khalid umgebracht haben, dann wird das natürlich Probleme mit sich bringen, sowie das bekannt wird.«

»Und Sie verstehen sicherlich, warum ich das nicht kommentieren kann.«

»Ich hatte einfach gehofft, dass Sie mir helfen könnten«, sagte Lisa Mattei.

»Leider, Lisa, nicht jetzt. Sie müssen sich mit meinen Komplimenten begnügen.«

»Ja, und ich hoffe natürlich, dass zumindest Ihre alte Mitarbeiterin Louise Urqhart lebt und sich bester Gesundheit erfreut«, sagte Mattei.

Das erste Mal, dass er nicht lächelt.

»Ebendieses Thema gedachte ich mit Ihnen zu besprechen, wenn wir uns sehen«, erwiderte Alexander.

»Das tun wir«, antwortete Lisa Mattei. »Vielen Dank für Ihre Hilfe.«

»Ganz meinerseits«, beteuerte Alexander. »Ich freue mich darauf, Sie wiederzusehen.«

VII

Samstag, 6. Juni

Die Jagd auf den Bombenbauer und seine Frau

Zugriff

100

Gegen sechs Uhr früh am Samstagmorgen, dem 6. Juni, ging Mattei in die Einsatzzentrale im Haus auf der Ingentingsgatan hinunter. Ihre Nachrichtenleute und das übrige technische Personal waren bereits vor Ort, doch ansonsten war sie offenbar die Erste der Führungsgruppe, die erschien. Ihr Frühstück, eine Tasse Tee, ein Butterbrot und ein Becher Joghurt, hatte sie dabei, und wie es ihr ging, darüber hatte sie noch nicht einmal Zeit gehabt, nachzudenken. Ein weiterer Tag im Leben der Lisa Mattei.

Als Erstes wurde Abbdo Khalid festgenommen. Gegen halb zehn Uhr am Morgen hatten die britischen Kollegen der Terrorbekämpfung sich bei Mattei gemeldet, um ihr mitzuteilen, dass sie Khalid ergriffen hatten und er im Gefängnis in Manchester saß, um nach Schweden ausgeliefert zu werden.

Khalid war in seiner Wohnung festgenommen worden, und es verlief ohne Probleme. Als man ihm erklärte, dass er wegen Vorbereitung eines terroristischen Anschlags festgenommen würde, leugnete er das und sagte, er wisse nicht einmal, wovon sie redeten, aber gleichzeitig hatte er auch keine Einwände dagegen gehabt, wieder nach Schweden verbracht zu werden.

»Okay«, sagte Lisa Mattei, erhob sich und sprach lauter, um zu zeigen, dass sie um Ruhe bat.

»Wir können jetzt beginnen, die anderen zu holen. Es kann

losgehen, Honken«, sagte sie und lächelte Kommissar Honkamäki von der Nationalen Einsatztruppe zu.

Während der nun folgenden zwei Stunden wurden alle weiteren sechzehn Mitglieder der Familie von Abbdo Khalid festgenommen. Zudem kassierte man den Vermieter seines jüngeren Bruders Isse Khalid, Abdul Karim ein. Trotz der Umstände war das Ganze eigentlich ruhig und problemlos über die Bühne gegangen. Das Problem war ein ganz anderes: Je mehr Verdächtige man festnahm, desto mehr Beweise gegen sie fielen in sich zusammen.

101

Der Nationalfeiertag auf Skansen war der ruhigste seit vielen Jahren. Es gab nicht einmal eine betrunkene Person, die den königlichen Gästen irgendwelche Beleidigungen zupöbelte, und das, obwohl vor der Bühne in Solliden mehr als doppelt so viele Menschen saßen als im Jahr zuvor.

Der Wettergott zeigte sich von seiner freundlichsten Seite und lud zu einem echten Vorgeschmack auf den schwedischen Sommer der besten Sorte ein. Klarblauer Himmel und strahlender Sonnenschein – dieselben Farben wie in den Fähnchen und Standarten, die Seine Majestät der König an die verschiedenen Ehrengäste austeilte, die sich auf verdienstvolle Weise für die schwedische Sache eingesetzt hatten.

Eine von ihnen war Leyla Hussein, die weltberühmte schwedische Leichtathletin aus Somalia, die vielleicht mehr als ein anderer Bürger des Landes den Namen Schwedens geehrt und über die Welt getragen hatte, und dies im Geiste eines modernen Schwedens und nicht allein, wie es die Nationalhymne beschreibt, in der Erinnerung an frühere große Zeiten.

Leyla Hussein war in ihrem knöchellangen weißen Kaftan und mit ihrem blendenden Lächeln die Königin des Festes, und natürlich war sie auch der Höhepunkt. Wieder einmal gewann sie die Herzen aller, als sie die schwedische Flagge schwenkte und die stehenden Ovationen des Publikums entgegennahm.

Nach Abschluss der Feierlichkeiten auf Skansen hatten Seine Majestät der König und Ihre Majestät die Königin eine Auswahl der höhergestellten Persönlichkeiten zu einem späten Sommermittagessen nach Schloss Drottningholm eingeladen. Leyla Hussein gehörte selbstverständlich dazu, und nach dem üblichen Plaudern und Essen hatte sie ein längeres Gespräch mit der Königin geführt.

»Ein besonders schöner Nationalfeiertag und eine Bestätigung dafür, dass Schweden ein Teil der Welt ist«, wie es der Kulturchef der größten Morgenzeitung zusammenfasste.

102

Das erste Glied in der Beweiskette war schon gerissen, als Ismail »Isse« Khalid festgenommen wurde. Kurz nachdem Einsatzchef Honkamäki seinen Leuten im Feld grünes Licht gegeben hatte, war Isse von seiner Übergangswohnung in Högdalen Richtung U-Bahn spaziert, um zu seinem Arbeitsplatz im Restaurant Solliden auf Skansen zu gelangen. Alles das war bekannt, und kaum befand er sich außer Sichtweite des Hauses, in dem er wohnte, fuhr ein schwarzer Van neben ihm vor, und zehn Sekunden später lag er mit den Händen auf dem Rücken gefesselt im Laderaum des Wagens.

Isse führte eine Tasche aus Stoff mit sich, die ein Bombenhund beschnüffelte, ehe sie geöffnet wurde. Der Hund war vollkommen uninteressiert, keine Andeutung eines Schwanzwedelns. Dann wurde die Tasche geöffnet und daraufhin sofort der Einsatzleiter in der Säpo-Zentrale angerufen.

»Wir haben in der Tasche eine Weste gefunden, sieht aus wie eine gewöhnliche Anglerweste.«

»Gut«, sagte Honkamäki.

»Aber sie hat die falsche Farbe.«

»Was heißt das?«

»Sie ist grün und nicht weiß und hat nicht die kleinste Spur von Sprengstoff an sich. Wenn du mich fragst, eine gewöhnliche Anglerweste.«

»Was sagst du da?«, fragte Honkamäki. »Bring sie sofort hierher, damit die Techniker sie untersuchen können.«

»Was ist das Problem?«, fragte Martinez.

»Die Weste«, seufzte Honkamäki. »Die Jungs sagen, sie hat die falsche Farbe.«

»Und welche Farbe?«

»Sie ist grün«, sagte Honkamäki.

Ungefähr zur gleichen Zeit, als man die Farbe von Anglerwesten diskutierte, begannen die Mitarbeiter von Kommissar Enochsson mit der Durchsuchung von Isses Arbeitsplatz. Als der Bombenhund das Klarzeichen gegeben hatte, fingen sie an, die Personalräume zu durchsuchen, und um Zeit zu sparen, brachen sie als Erstes den Spind von Isse auf. Dort fanden sie fünf weitere Gegenstände, die mit Angeln in Verbindung gebracht werden konnten. Zwei kleinere Thermoskannen, zwei Plastikschachteln mit Angelhaken und eine Rolle. Alles in hübsches Geschenkpapier eingeschlagen.

»Schickt das alles ins Haus rauf, damit wir es in Ruhe ansehen können«, entschied Enochsson.

Eine Stunde später bat einer von Isses Arbeitskollegen, mit einem der Polizisten, die das Restaurant durchsuchten, allein sprechen zu dürfen. Er meinte, die Polizei hätte einen fetten Fehler gemacht, Isse abzugreifen, denn der wäre echt der weltbeste Typ und Kumpel für die meisten seiner Kollegen im Restaurant. Unter anderem auch für den Küchenchef, der heute Geburtstag hatte. Der sei ein begeisterter Angler, und schon beim Einstellungsgespräch habe sich Isse angeboten, die Geschenke für das Geburtstagskind zu besorgen – ein Angebot, das von allen im Festkomitee mit großer Freude angenommen wurde. Vor allem, da Isse anmerkte, seine Schwester sei Schneiderin und es sei kein Problem, eine maßgeschneiderte Anglerweste für den Jubilar zu besorgen.

»Der sieht halt aus, wie Köche manchmal so aussehen«, verdeutlichte der Kollege.

Enochssons Mann hatte bedauert, da nichts mehr dran tun zu können. Alle Geschenke waren jetzt Beweismaterial der Polizei.

»Gebt ihm doch einfach einen Blumenstrauß«, schlug er vor, »zumindest für's Erste.«

Und so war es weitergegangen.

Als sie den Baumarkt durchsuchten, fehlten plötzlich keine fünf Kilo Dynamit mehr. Ein reines Mysterium, wie das möglich sein konnte, Hassan Khalid konnte der Polizei jedenfalls nicht bei der Lösung behilflich sein. Er verstand überhaupt nicht, was die von ihm wollten.

Als die Polizei alle Frauen und Kinder aus dem Haus in Ekilstuna herausgeführt hatten, kamen die Techniker. Im Keller wurde offensichtlich ein neuer Fußboden verlegt, die Arbeit war allerdings noch nicht abgeschlossen, der halbe Fußboden war aufgebrochen. Außerdem fanden sie im Keller Bündel Armierungseisen, Säcke mit Zement, einen kleinen Zementmischer und das Werkzeug, das nötig war, um diese Arbeiten auszuführen.

Im Zimmer des elfjährigen Sohnes Samakab »Sammy« Khalid entdeckten sie eine Schleuder und einen kleineren Plastikeimer, der zur Hälfte mit abgeschnittenen Stücken Armierungseise gefüllt war. Seine Mutter erklärte, sowohl Schleuder als auch Eisenstücke seien ein Geschenk, das Samakab von seinem netten großen Bruder Hassan bekommen habe. Er solle damit einen Dachs verjagen, der sich offensichtlich unter dem Vorratsschuppen neben dem Haus einen Bau gegraben hatte.

Insgesamt acht Hausdurchsuchungen, alle ohne Ergebnis.

Insgesamt vierzehn erwachsene Personen, wovon zehn in Untersuchungshaft saßen, einer war ohne Vorwarnung zum Verhör geholt worden, weitere drei wurden zusammen mit fünf minderjährigen Kindern betreut. Summa summarum neunzehn Personen.

Mit den beiden Ältesten, Ove Kristiansson und der alten Großmutter Salmo Ali Ahmed, konnte man nicht reden. Blieben noch zwölf, die alle gemeinsam hatten, dass sie nicht kapierten, wovon die Polizisten sprachen. Zwei von ihnen waren außerdem sehr aufgebracht, allen voran der Familienvater Mohammed Khalid Hussein. Sie seien nach Schweden gekommen, um frei zu sein, und erst jetzt werde ihm klar, dass sie offensichtlich in einem Polizeistaat gelandet waren, in dem die Gesetze, die andere Bürger vor Übergriffen durch die Justiz schützen sollten, für ihn und seine Familie nicht galten.

Besonders empört war sein alter Freund und Glaubensbruder Abdul Karim, der nicht verstand, warum es strafbar sein sollte, dem Sohne eines guten Freundes der Familie Hilfe mit Arbeit und Wohnung anzubieten. Für ihn als Muslim war das eine menschliche Selbstverständlichkeit.

»Okay«, sagte Lisa Mattei und erhob sich. »Es ist gleich zwölf Uhr. Ich schlage vor, dass alle, die nichts Besseres zu tun haben, dafür sorgen, etwas zu essen in den Magen zu bekommen. Es wird ein langer Tag, und wir müssen auch noch die ganzen Unterlagen für die Haftrichter vorbereiten. Ist im Zusammenhang mit den Festnahmen irgendetwas passiert, das unsere Staatsanwältin wissen müsste?«

Ein Detail möglicherweise, meldete sich Kommissar Honkamäki zu Wort. Ein kleines Ereignis im Zusammenhang mit dem Einsatz im Haus der Familie Khalid.

»Und was war das?«, fragte Mattei. Das hier hat einfach nie ein Ende.

»Als die Kollegen in das Haus rein sind, konnten sie den elfjährigen Jungen nicht finden. Offensichtlich hatte er sich auf dem Dachboden versteckt. Und tatsächlich, er kam aus irgendeinem Kleiderschrank gestürzt. Das Kind spielte komplett verrückt. Er trug einen weißen Kaftan und eine komische Mütze auf dem Kopf, so dass die Kollegen genötigt waren, ihn hinzulegen und ihm Handschellen anzulegen. Offensichtlich drehte der Kleine total durch und brüllte sie auf Arabisch an. Außerdem konnte ja nicht ausgeschlossen werden, wenn man mal an andere junge Männer aus diesen Kreisen dachte, dass er unter dem weißen Hemd eine Bombe hatte.«

»Hatte er aber nicht.«

»Nein, nur ein paar Unterhosen in derselben Farbe. Keine Bombe. Aber er hatte einen Gegenstand in der Hand, mit dem er wedelte, so dass nicht richtig zu sehen war, um was es sich handelte. Konnte gut der Auslöser einer Bombe sein.«

»War es aber nicht.«

»Nein, es war ein gewöhnliches Feuerzeug. Wozu er das auch immer brauchte. Aber er schrie und wedelte mit der Hand, so dass wahrlich Anlass geboten war, ihn außer Gefecht zu setzen«, sagte Honkamäki. »Also, nach den Regeln, die wir ja übrigens zusammen mit Ihnen verfasst haben.«

»Sie haben ihn auf den Boden gedrückt und ihm Handschellen angelegt. Ist das alles?«, fragte Mattei.

»Ja«, sagte Honkamäki. »Ich weiß wirklich nicht, wie ich mich selbst in diesem Fall verhalten hätte, aber das werde ich mit den Jungs klären, wenn wir unsere Nachbesprechung haben.«

»Dann sagen Sie ihnen einen schönen Gruß von mir und vielen Dank«, sagte Mattei.

»Bei allem Respekt werde ich das doch lieber nicht tun«, erwiderte Honkamäki.

»Okay, gibt es noch mehr, das ich wissen muss?«, fragte Mattei.

»Ja«, sagte Honkamäki. »Sicherheitshalber habe ich entschieden, den kleinen Jungen ins Krankenhaus in Eskilstuna bringen zu lassen, damit der Onkel Doktor ihn sich mal ansieht. Mit dem habe ich dann auch vor einer Weile gesprochen.«

»Und was sagt er?«

»Nun, er hält es für ziemlich ausgeschlossen, dass der Junge sterben wird. Bisher haben sie noch keine Schramme an ihm gefunden. Aber er wird ihn dennoch gründlich untersuchen.«

»Melden Sie sich, wenn Sie mehr hören.«

»Selbstverständlich«, antwortete Honkamäki.

Dann übernahm Wiklander, und Mattei zog sich zusammen mit Lisa Lamm und Linda Martinez in ihr Büro zurück, um Kriegsrat zu halten und gleichzeitig etwas zu essen.

»Sieht nicht gut aus«, sagte Lisa Lamm. »Manchmal wünschte ich, eine schlechte Juristin zu sein.«

»Jetzt bleiben wir erst mal ganz cool«, sagte Mattei.

»Können Sie mir einen guten Grund dafür nennen, warum ich das sein sollte?«, fragte Lisa Lamm.

»Das hier ist viel schlimmer, als wir gedacht hatten«, meinte Mattei.

»Glauben Sie?«

»Ich glaube das nicht, ich weiß es.«

Kaum hatte sie das gesagt, klingelte ihr Handy, und das Klingelzeichen verriet, dass es nur eine Person sein konnte, die da anrief.

»Bleibt sitzen«, sagte Mattei. »Ich gehe eben raus und nehme das Gespräch an, das ihr leider nicht mithören dürft. Bin gleich zurück.«

Trotz seiner guten Erziehung und seiner angeborenen Höflichkeit kam Jeremy Alexander sofort zur Sache.

»Ich fürchte, wir haben ein Problem.«

103

Als Lisa Mattei das Gespräch mit Alexander beendet hatte und in ihr Zimmer zurückkehrte, nickte sie ihren beiden Gästen nur zu, angelte sich ein paar gemischte Sushi-Stücke von der Platte und goss sich ein Glas Mineralwasser ein, ehe sie sich wieder auf ihren Stuhl setzte und aß. Das muss sie vertragen, dachte Mattei und meinte damit ihre Kollegin und gute Freundin Linda Martinez.

»Was ist denn, zum Teufel«, sagte Linda. »Sag etwas.«

»Ich habe gerade mit Alexander gesprochen«, erwiderte Lisa Mattei.

»Ja, und was ist das Problem?«

»Kurz gesagt Folgendes: Die Person, die unsere Briten heute Morgen in Abbdos Wohnung in Manchester festgenommen haben, ist nicht Abbdo. Ich habe Alexander gebeten, diese Person hierherzuschicken. Er wird in ein paar Stunden in Bromma sein, du kannst also mit ihm reden.«

»Und wer ist es?«

»Abbdo Khalids Cousin. Awale Ibrahim Khalid.«

»Ich hätte wetten können, dass die Briten es versauen!«, rief Martinez und donnerte mit der Faust auf Matteis Schreibtisch.

»Das glaube ich keine Sekunde«, meinte Mattei. »Ich bin überzeugt davon, dass die chemische Reinigung, die Abbdo diesmal passiert hat, auf der Herrentoilette in der Abflughalle draußen auf dem Flughafen Skavsta liegt.«

»Wieso glaubst du das?«

»Weil ich selbst zwei von deinen Aktennotizen gelesen habe. Darunter ein Verhör mit einem Kollegen von der Polizei Eskilstuna, der den Spitznamen Frasse trägt. Er ging in dieselbe Klasse wie Neger eins und Neger zwei. Erinnerst du dich? Die Geschichte von den beiden Cousins, die sich so ähnlich sehen.«

»Teufel auch«, sagte Martinez und erhob sich mit einem Ruck. »Entschuldigt bitte, aber mir ist der Appetit vergangen. Ich verspreche dir, dass ich das hier in Ordnung bringe, Lisa. Und zwar heute noch.«

»So was passiert einfach«, sagte Mattei. »Viel Glück, Linda.«

So was darf einfach nicht passieren.

104

Am Nachmittag des Nationalfeiertags schaffte Lisa Mattei es kaum vor ihre Bürotür.

Erst hatte sich Dan Andersson gemeldet. Die Feierlichkeiten auf Skansen waren abgeschlossen. Etwa hundert Gäste nahmen nun an einem späten Mittagessen auf Schloss Drottningholm teil. Alles war ruhig, und nach der entschiedenen Meinung von Dan Andersson lief auch dieses Ereignis nach Plan ab. Er würde sich sofort melden, falls etwas anderes passierte.

Nach Dan Andersson hatte ihr Chef, der Generaldirektor, angerufen. Er beging den Nationalfeiertag zusammen mit der Familie draußen auf dem Lande, hatte aber dennoch die Fernsehübertragung von der großen Bühne auf Skansen gesehen. Er wollte nur anrufen und sich bei ihr für die gute Arbeit bedanken.

Woher willst du das wissen? Dieser Mann spottet doch jeder Beschreibung. Ob die Palmgren wohl kapiert hat, was für einen kompletten Idioten sie da an Land gezogen hat?

Kommissar Honkamäki von der Einsatztruppe war der Dritte, der sich meldete. Er hatte mit dem verantwortlichen Arzt im Krankenhaus in Eskilstuna gesprochen. Der kleine Sammy war soeben ordentlich untersucht worden, und auf dem Röntgenbild waren lediglich zwei gebrochene Rippen zu sehen. Das war sicher geschehen, als einer der Einsatzpolizisten mit seiner hundert Kilo wiegenden Ausrüstung den Elfjährigen, der nur dreißig Kilo wog, durch ein eingesprungenes Tackling umgeworfen hatte.

Das war natürlich alles andere als gut, aber es war nichts, was die Gesundheit des Jungen ernsthaft gefährdete oder Folgeschäden hinterlassen würde. Sammy klagte, dass sein Brustkorb wehtat. Er hatte Schmerztabletten bekommen, und nach Einschätzung des Arztes wären die Schmerzen in einer Woche verschwunden. Wiklander entschied deshalb, dass Sammy und seine Mutter im Krankenhaus bleiben sollten, bis der Junge wieder völlig hergestellt war. Sie bekamen ein eigenes Zimmer, und die Polizei Eskilstuna übernahm die Bewachung.

Dann führte Mattei ein längeres Gespräch mit Lisa Lamm. Die war inzwischen auf derselben Linie wie Mattei, dass hier etwas gewaltig stank, überzeugt durch das mysteriöse Verschwinden Abbdo Khalids. Das war ganz einfach eine Sache zu viel. Außerdem glaubte sie auch nicht länger, dass sie selbst, Lisa Mattei und ihre Einsatztruppe die ganze Zeit falschgelegen hatten und dass es für alles eine natürlich Erklärung gab. Abbdo Khalid und seine Familie hatten sie hinters Licht geführt, aber sicher nicht, weil sie sich einfach einen Scherz mit ihnen erlauben wollten.

»Ich bin fest davon überzeugt, dass sie etwas anderes planen«, sagte Lisa Lamm.

»Ich auch«, stimmte Mattei zu.

»Ja, ich weiß, Sie denken schon eine Weile so. Ich bin wohl ein wenig langsamer als Sie, Lisa.«

»Wir sehen die Sache aus verschiedenen Perspektiven«, sagte Mattei.

»Das haben Sie schön gesagt. Deshalb habe ich auch entschieden, dass alle, die in Untersuchungshaft sitzen, dort bleiben werden. Ganz gleich, was uns das wahrscheinlich kosten wird. Allerdings mit einer Ausnahme.«

»Wer?«

»Abdul Karim. Sein Anwalt stand schon bereit und hat auf ihn gewartet, als er zum Verhör geholt wurde. Weder die Hausdurchsuchung noch das Verhör haben auch nur das Mindeste ergeben. Deshalb habe ich ihn nach Hause gehen lassen«, sagte Lisa Lamm.

»Das verstehe ich«, sagte Mattei. »Ich habe einen Vorschlag zu machen, oder besser gesagt, eine Einladung.«

»Worum geht es?«

»Offenbar wird der amerikanische Präsident eine Pressekonferenz über das, was er und seine Freunde heute Nacht getan haben, abhalten. Aus dem Weißen Haus in Washington, um dreizehn Uhr lokaler Zeit, soll heißen, sieben Uhr schwedischer Zeit. Wie wäre es, wenn wir uns die in meinem Zimmer gemeinsam ansehen?«

»Ich komme gern«, sagte Lisa Lamm. »Höchste Zeit, dass wir mal erfahren, in was wir da eigentlich reingeraten sind.«

»Ich habe ein bisschen Käse und Obst bestellt, und ich denke, wir haben uns ein gutes Glas Wein verdient.«

»Aber wir haben ja nicht wirklich was zu feiern.«

»Das spielt doch keine Rolle. Feiern oder den Kummer ertränken.«

»Außerdem habe ich einen Experten geordert, der uns mit den Drohnen und all dem helfen kann.«

»Der Major?«

»Genau.«

»Ich bin quasi schon da«, sagte Lisa Lamm.

Vier Stunden nach ihrem ersten Gespräch meldete sich ihr

Chef, der Generaldirektor, ein weiteres Mal. Da Mattei schon wusste, was er würde sagen wollen, war sie nicht rangegangen, sondern hatte ihn seine Botschaft auf den Anrufbeantworter absondern lassen.

Inzwischen zeigte sich der Generaldirektor sehr besorgt über das, was im Laufe des Tages geschehen war, und bei zwei Vorgängen, die er erwähnte, war ganz klar, dass er sie von jemandem aus ihrer Ermittlergruppe gehört haben musste, obwohl das gesamte Team mit ihm nicht über diese Dinge reden durfte. Eine Person tat dies aber offensichtlich dennoch.

Der ist nicht nur dumm, der gräbt auch noch sein eigenes Grab, dachte sie und übertrug seine wortreiche Nachricht in ihr Ermittlungslogbuch.

Gegen halb sieben am Abend erreichte sie eine Mail von Linda Martinez. Ingrid Dahls Kollegen hatten zwei Stunden zuvor ihr Verhör mit Awwe Khalid beendet. Awwe war um kurz nach sechzehn Uhr in Bromma gelandet und festgenommen worden. Das erste Verhör fand in den Räumen der Säpo an der Ingentingsgatan statt und endete gegen siebzehn Uhr.

Awwe sagte aus, er hätte sich während seines letzten Spiels vor ungefähr einer Woche verletzt. Nach einer ernsten Zerrung des Oberschenkelmuskels musste er vom Platz humpeln, und der Mannschaftsarzt schrieb ihn für eine Woche krank.

Der Trip nach London, um ein paar alte Kumpel zu besuchen, war ein spontaner Entschluss. Am Mittwoch sei er nach Manchester gefahren, um noch mehr Kumpel zu treffen, und da wohnte er in der Wohnung seines Cousins, was er übrigens vor ungefähr einem Jahr schon mal gemacht hatte. Am Sonntag, also morgen, hatte er vorgehabt, wieder nach Hause zu fahren, um am Montag noch mal den Mannschaftsarzt aufzusuchen. Dann aber sei er am frühen Samstagmorgen von einem

Haufen englischer Bullen aus dem Bett gerissen worden, die ihn für seinen eigenen Cousin gehalten hatten, und zehn Stunden später saß er nun bei den schwedischen Bullen, die eine Menge Sachen redeten, von denen er ganz einfach nichts begreife.

Wenigstens waren sie jetzt seiner Meinung, dass er Awwe war und nicht Abbdo.

Wo sein Cousin sich aufhalte, konnte er nicht sagen. Wahrscheinlich in Eskilstuna bei seiner Familie. Zumindest war er dort, als sie vor einer Woche miteinander sprachen.

Laut Martinez sah die Wahrheit in allen wesentlichen Punkten anders aus. Zwar hatte Awwe tatsächlich sechs Tage zuvor ein Flugzeug nach London bestiegen, war danach aber sofort wieder zurück nach Schweden gekommen. Diesmal nicht mit dem Flugzeug, sondern auf Wegen, die er ohne größeres Risiko und mit Hilfe eines schwedischen Passes benutzen konnte. Wahrscheinlich war er schon am Montag oder spätestens am Dienstag nach Schweden zurückgekehrt. Die Rolle als Putzmann auf dem Flughafen Skavsta, dessen Arbeitsaufgaben und Identität, übergab er dann in der Toilette der Abflughalle von Skavsta an seinen Cousin Abbdo Khalid. Daraufhin reiste Awwe Khalid zum zweiten Mal binnen drei Tagen nach England, diesmal nach Manchester, wo er den Pass seines Cousins vorzeigte. Ein paar Stunden danach beendete Abbdo seinen Arbeitstag als Putzkraft auf Skavsta und verließ den Flughafen mit unbekanntem Ziel.

Der richtige Putzmann, ein Somalier, der in Nyköping wohnte, dasselbe Alter und ungefähr das gleiche Aussehen wie die beiden Cousins Khalid hatte, war passenderweise am selben Tag in Urlaub gefahren, man wusste nicht, wohin. Er wurde gesucht und war zur Fahndung ausgeschrieben, die näheren Details hoffte Martinez so schnell wie möglich nachliefern zu können. Die Entscheidung, ob man auch Abbdo suchen lassen sollte, überließ sie Mattei, denn in der derzeitigen Lage konnte Martinez nicht genau sagen, was hier das Klügste war.

Das muss warten, ich muss nachdenken, dachte Lisa Mattei und klappte ihren Rechner zu, um in Ruhe ein paar Leckereien für ihre Gäste auf den Tisch stellen zu können.

105

Lisa Mattei und Lisa Lamm teilten sich eine Flasche ausgezeichneten italienischen Weines und aßen dazu Oliven, Käse und Obst. Major Björklund genehmigte sich einen Whiskey und ein Bier und hatte eine ganze geräucherte Wurst, jede Menge getrockneten Schinken und auch Käse in sich hineingestopft. Dazu Knäckebrot. Birne und Weintrauben hatte er abgelehnt.

Während sie aßen und tranken, hatten sie die Rede des amerikanischen Präsidenten angehört, die sich in diesem Fall nicht nur an das eigene Land, die Alliierten und alle anderen demokratischen Länder richtete, sondern auch an die Länder und Völker, welche als die Feinde der Demokratie galten.

In der Nacht hatten die USA und ihre Alliierten von zwei Flugzeugträgern im Indischen Ozean und im Mittelmeer aus sowie einem halben Dutzend Basen an Land, von Kenia im Süden bis zur Türkei im Norden, eine große Anzahl Drohnenangriffe geflogen. Die Angriffe richteten sich gegen rund zehn Ziele in Somalia und dem Nahen Osten, und zwar gegen die Anführer von vier verschiedenen islamistischen Terrororganisationen, al-Qaida, al-Shabaab, IS und Boko Haram. Von den zwanzig höchsten Anführern dieser Organisationen hatte man die Hälfte getötet, darunter die drei höchsten von al-Shabaab, IS und Boko Haram. Dazu den Stabschef der al-Qaida und fünfhundert ihrer sogenannten heiligen Krieger. Ferner konnte man eine Reihe von Ausbildungslagern, Waffendepots, Kasernen und Verstecken zerstören. Dies galt als der erfolgreichste Einsatz jemals im Kampf gegen den islamistischen Terror und eine Warnung, die die Feinde von Demokratie und Menschlichkeit zur Vernunft kommen lassen sollte, damit sie ihre Terroraktionen sofort einstellten. Passiere dies nicht, würden die USA und ihre Alliierten sie zerstören.

Dann hatten sie die üblichen Filme auf den amerikanischen Nachrichtenkanälen angesehen. Nachts aufgenommen mit Infrarot-Kameras, graue Gebäude, schräg von oben gefilmt, Explosionen in Grau, körnige Bilder, Raster in Grau und Schwarz.

»Das ist das allerneueste Modell ihrer Angriffsdrohnen, der Sensenmann. MQ 10, *Reaper*, wie die offizielle Bezeichnung lautet«, erklärte Major Björklund.

»Und was ist daran so besonders?«, fragte Lisa Lamm.

»Billig, unbemannt, kann von einem gewöhnlichen Rechner gelenkt werden, der auf der anderen Seite der Erdkugel steht. Dieser hier kann sich zwanzig Stunden in der Luft halten und eine Waffenlast von knapp zwei Tonnen tragen. Bomben und Raketen, die sich ihrerseits auch dann lenken lassen, wenn man sie abgeschossen hat.«

»Auch Kernwaffen?«

»Selbstverständlich. Es gibt taktische Kernwaffen in Form von fliegenden Bomben, die weniger als hundert Kilo das Stück wiegen.«

»Aber warum hat man dann eine Menge Piloten und so, die in Flugzeugen sitzen, die Hunderte von Millionen kosten, wenn man doch stattdessen solche Apparate nutzen kann?«, fragte Lisa Lamm, nahm einen großen Schluck aus ihrem Glas und warf Mattei einen vielsagenden Blick zu.

»Gute Frage«, sagte Björklund. »Das, was sie da eben aufgezählt haben, wird bald Geschichte sein.«

»Und stattdessen bekommen wir Drohnen und eine Menge IT-Nerds, die irgendwo auf der anderen Seite der Erde in einem Schutzbunker sitzen und Piloten spielen?«

»Ja«, antwortete Björklund. »Zu einem Stückpreis von weniger als einem Zehntel eines konventionellen Kampfflugzeugs. Soll ich Ihnen ein Beispiel nennen?«

»Gern«, sagte Lisa Lamm.

»Von dem Modell der Drohne, das wir eben im Fernsehen gesehen haben, das also von diesen Nerds gesteuert wird, bekommt man ungefähr zwanzig zum Preis eines JAS-Flugzeugs mit Pilot. Außerdem liegt Schweden in der Entwicklung der nächsten Generation Drohnen ja vorn.«

»Dürfen Sie uns das erzählen?«, fragte Mattei mit Unschuldsmiene.

»Ja, in diesem Raum darf ich das«, entgegnete Major Björklund und goss sich einen neuen Whiskey ein.

»Seit mehreren Jahren pflegen unter anderem Saab und der militärische Nachrichtendienst FRA eine interessante Zusammenarbeit mit den USA und ihrer Luftwaffenindustrie und sind sehr weit mit der Entwicklung von Drohnen gekommen, die auch so genannte Stealth-Eigenschaften besitzen. Sie wissen schon, man nennt sie Tarnkappen-Flieger, Flugzeuge also, die leichter durch das Radar der Feinde entwischen können. Saab arbeitet mit den Flugzeugen selbst, während der FRA verschiedene Software für die Steuerung anbietet.«

Klingt so, als würde mir nicht gerade Arbeitslosigkeit drohen.

»Jetzt mal etwas ganz anderes«, sagte Lisa Lamm. »Wenn wir nun mal annehmen, dass die USA und alle anderen jetzt ungefähr fünfhundert Terroristen getötet haben. Wie viele sind noch dabei ums Leben gekommen. Die man normalerweise Kollateralschäden nennt?«

»Sicher um die hundert Personen«, sagte Carl Björklund und seufzte. »Das ist deren Art, sich zu schützen. Es ist kein Zufall, dass sie lieber in Krankenhäusern und Kinderheimen und Schulen in der Gegend essen und schlafen oder an Orten, wo ganz normale Menschen leben, und nicht unter ihresgleichen in Ausbildungslagern oder Depots oder Kasernen und gewöhnlichen Verstecken. Das ist ein Teil ihrer Taktik. Die menschlichen Schilder, ganz einfach. Dieselbe Taktik besagt, sich lieber mit unschuldigen Menschen zu treffen, am besten Frauen und Kindern, wenn sie in der westlichen Welt ihre Aktionen durchführen. Solche wie uns vermeiden sie, denn da ist der Stückpreis viel zu hoch. Es ist viel einfacher, über unsere Kinder herzufallen, unsere Liebsten, unsere Freunde und unsere Nachbarn.«

»Wir werden also mit ein wenig Schwund rechnen müssen«, sagte Lisa Lamm.

»Genau diesen Ausdruck nehme ich nicht in den Mund«, gab Carl Björklund zurück, der plötzlich sehr unwirsch aussah.

»Wenn ich mal etwas über uns hier in der westlichen Welt, die wir versuchen, den Terrorismus zu bekämpfen, sagen darf, dann, dass wir um jeden Preis versuchen, dergleichen zu vermeiden. Einerseits, weil danach immer so ein unglaublicher Aufstand zu Hause folgt, aber vor allem, weil wir damit nicht fertigwerden können. Das haben sich unsere Gegner auch schon ausgerechnet, und deshalb haben sie ein System ersonnen. Um sich selbst zu schützen und uns so weitgehend wie möglich zu schaden.«

»Wie wäre es, wenn wir jetzt mal den so genannten Rückzug anträten?«, schlug Mattei vor.

»Das klingt wie eine ausgezeichnete Idee«, stimmte Major Björklund zu. »Morgen ist Sonntag und damit wieder ein Arbeitstag für solche wie uns.«

106

Als Lisa Mattei am Abend nach Hause kam, war es schon nach zehn, und erst als sie im Flur ihrer Wohnung stand, merkte sie, wie erschöpft sie war.

Ella schlief. Johan saß im Fernsehzimmer und schaute dieselben Nachrichtenfilme an, die sie vor ein paar Stunden im Büro gesehen hatte. Das hier wird nicht gut ausgehen, dachte Lisa Mattei und sank ins Sofa.

»Willkommen daheim«, sagte Johan.

»Danke«, erwiderte Lisa und nickte. Das hier wird richtig, richtig übel ausgehen.

»Hast du daran mitgewirkt?«, fragte Johan und nickte zum Fernseher.

»Nein«, sagte Lisa Mattei und schüttelte den Kopf.

»Wenn man bedenkt, dass offensichtlich mehrere Hundert Personen heute Nacht bei Drohnenangriffen getötet wurden und dass die Säpo offenbar eine Menge Personen festgenommen hat, die wegen terroristischer Anschläge verdächtig sind, und dass du und ich verheiratet sind und eine gemeinsame Tochter haben, dann frage ich mich das natürlich.«

»Eigentlich sind das zwei Fragen«, entgegnete Mattei. »Und ich verstehe, warum du sie stellst. Die Antwort auf die erste Frage, die der amerikanische Präsident in seiner Rede aufwarf, ist Nein. Weder die Regierung noch die Säpo oder ich hatten eine Ahnung davon, und …«

»Und das soll ich glauben?«

»Du kannst glauben, was du willst, aber wenn du eine Antwort haben willst, dann unterbrich mich nicht, verdammt noch mal. Und was die andere Frage angeht, weiß ich nicht so ganz, was du damit meinst.«

»Ich will einfach wissen, ob es einen Zusammenhang gibt zwischen dem, was die USA sich da ausgedacht haben, und dem, was du und deine Kollegen offenbar hier zu Hause tun.«

»In dem Fall ist das eine ausnehmend bescheuerte Frage. Die Antwort darauf lautet ebenfalls Nein, was du dir mit Hilfe der Antwort auf deine erste Frage schon hättest ausrechnen können.«

»Okay«, sagte Johan, »ich verstehe, was du sagst.«

»Nein, ich habe das dringende Gefühl, dass du genau das nicht tust«, sagte Lisa Mattei und stand auf. »Wir kennen uns jetzt seit sieben Jahren, und das hier ist mit Abstand das Einfältigste und Kränkendste, was du in unserer gesamten Beziehung jemals rausgelassen hast. Wenn ich umgekehrt auch nur im Entferntesten glauben würde, dass du weißt, was du sagst, dann würde ich dich auf der Stelle verlassen.«

»Tut mir leid«, sagte Johan, »das war …«

»Ich bin noch nicht fertig«, unterbrach ihn Mattei. »Es gibt da etwas über dich selbst, was du übersehen hast. Du machst immer alles so verdammt richtig und so gut, dass du keine Ahnung hast, wie böse du sein kannst.«

Dann ging sie raus, rief sich ein Taxi und fuhr zurück ins Büro.

Als sie gerade in ihrem Übernachtungszimmer im Büro eingeschlafen war, rief Jeremy Alexander zum vierten Mal innerhalb eines Tages an. Doch weil sie das träumte, musste sie nicht aufstehen, und er wollte sich auch nur melden, um zu berichten, er habe ihre Probleme gelöst. Eine der Drohnen von der britischen Luftwaffe hätte in Eskilstuna die gesamte Familie Khalid ausgelöscht und ihr Haus dem Erdboden gleichgemacht. Sein eigener Sensenmann hatte seine erste Ernte auf schwedischem Boden gemacht, und der Grund dafür, dass er heute den Schlips mit den weißen Mäusen trage, wäre nicht, sie in irgendeiner Weise zu ärgern, sondern eine Ehrenbezeugung und der schönste Schlips, den er in einem Zusammenhang wie diesem tragen könnte.

VIII

Sonntag, 7. Juni, bis Dienstag, 9. Juni

Die Jagd auf den Bombenbauer, seinen Maulwurf und sein neues Ziel

107

Am Sonntag, 7. Juni, rief Calle Lewenhaupt an und weckte sie um sieben Uhr morgens.

»Da Sie um diese Uhrzeit anrufen, nehme ich mal an, Sie teilen meine Auffassung über Helena Palmgren«, sagte Mattei.

»Ja«, erwiderte Lewenhaupt. »Ich hatte gehofft, Sie täuschen sich, aber das war natürlich dumm von mir.«

»Wir sehen uns in einer Stunde. Und bringen Sie Unterlagen mit, die wir unserer Staatsanwältin präsentieren können.«

»Dann brauche ich ein bisschen länger«, sagte Lewenhaupt.

»Aber dann haben Sie Unterlagen, die taugen?«

»Definitiv«, versprach Lewenhaupt.

»Dann kommen Sie um zehn Uhr. Geht das?«

»Perfekt«, erwiderte Lewenhaupt.

Mattei wartete zwei Stunden, dann rief sie bei Lisa Lamm an.

»Ich hoffe, ich habe Sie nicht geweckt.«

»Nein, ich bin schon draußen und laufe. Frisch wie eine Lerche, trotz der Ausschweifungen von gestern. Das Einzige, was mir Sorgen macht, ist, dass ich langsam die Kontrolle über Major Björklund verliere. Er scheint doch eine erheblich vielschichtigere Persönlichkeit zu sein, als ich zuerst dachte. Eine Art primitiver Humanist.«

»Ich glaube, da liegen Sie richtig. Ich muss Sie sehen, um zehn Uhr. In meinem Büro.«

»Nein«, stöhnte Lisa Lamm. »Das geht nicht, nicht heute. Ich habe nämlich ein Date, und zwar nicht irgendeins, sondern *The Date.*«

»Und wie heißt er oder sie?«

»Namen sind doch Schall und Rauch. Es ist ein Er. Wie wäre es heute Nachmittag?«

»Wir sehen uns in einer Stunde«, wiederholte Mattei. »Warum, das kann ich am Telefon nicht erklären.«

»Okay«, sagte Lisa Lamm. »Ich verstehe. So schlimm?«

»Schlimmer«, sagte Mattei.

»Okay«, bestätigte Lamm.

»Versuchen Sie mal, es pragmatisch zu sehen. Wenn Sie nun den Mann Ihres Lebens kennengelernt haben, dann ist es nur gut, wenn er so früh wie möglich begreift, mit wem er es zu tun hat.«

108

Helena Palmgren war 1970 geboren und hatte Ende der 1980er-Jahre begonnen, an der Universität Stockholm zu studieren. In den ersten beiden Jahren hatte sie eine sehr breit gefächerte Mischung aus akademischen Fächern genossen, von Rhetorik bis Religionswissenschaften, bis sie sich irgendwann entschied, eine Ausbildung zur Psychologin zu machen. Im Herbst 1994 hatte sie ihr Examen gemacht, ihre Abschlussarbeit handelte von verschiedenen psychologischen Problemen, mit denen Flüchtlinge kämpften, die in ein neues Land mit einer ganz anderen Kultur kamen.

Als empirisches Material dienten ihr ausschließlich Somalier, die aus politischen Gründen aus ihrem Heimatland geflohen waren. Dies ging klar und deutlich aus dem Vorwort und mehreren anderen Stellen hervor, wenn man ihre Arbeit las.

Die praktischen Erfahrungen hatte sie unter anderem gewonnen, als sie im Sommer 1992 und 1993 in zwei Unterkünften des Amts für Migration arbeitete, wo ein großer Anteil der ankommenden Flüchtlinge aus Somalia untergebracht wurde. Im Sommer 1993 war sie Assistentin der Unterkunftsleitung in Jättuna in Sörmland, wo Mohammed Khalid Hussein und seine Familie untergebracht waren, als sie nach Schweden kamen.

Soweit der erste Teil der Beweisführung von Carl Lewenhaupt. Helena Palmgren musste die Familie Khalid 1993 kennengelernt haben, was sie nicht zur Kenntnis gegeben hatte, als sie knapp zwanzig Jahre später für die Einsatztruppe rekrutiert worden war, in der es um den Fall Abbdo Khalid und andere Mitglieder jener Familie ging. Zu diesem Punkt gab es eine umfassende schriftliche Dokumentation. Der Zeitpunkt ihrer Anstellung war in den Personalunterlagen des Amts für Migration festgehalten, dazu Gehaltsunterlagen und andere praktische Dinge im Zusammenhang mit ihrer Arbeit in Jättuna.

In den folgenden Jahren studierte Helena Palmgren weiter Psychologie und arbeitete gleichzeitig in Teilzeit am Institut der Universität. Ein Jahr nach ihrem Bachelorexamen legte sie ihre Masterprüfung ab und war kurz darauf als Doktorandin angenommen worden. Nun nahmen ihre Studien eine andere Richtung. Sie arbeitete inzwischen bei der Psychologischen Abteilung der Streitkräfte und hatte eine Teilzeitstelle an der Militärischen Hochschule und verfasste einen Aufsatz darüber, wie die Besatzungen von Panzern bei der Durchführung ihrer Aufträge von unterschiedlichen Stressfaktoren beeinflusst wurden. Danach folgte eine Studie darüber, wie Angehörige des schwedischen Militärs am besten mit posttraumatischen Beschwerden nach Auslandseinsätzen fertigwerden konnten. Sie entwickelte Methoden, um solche Probleme zu diagnostizieren, und Behandlungsprogramme, wie man sie lösen konnte.

Ungefähr zehn Jahre später, 2010, wurde aus etlichen dieser Aufsätze eine Doktorarbeit in Psychologie. Helena Palmgrens berufliches Profil konnte am ehesten als akademisch ausgerichtete Militärpsychologin mit Doktortitel bezeichnet werden.

Folgerichtig arbeitete sie nach abgeschlossenem Studium ein knappes Jahr in der Psychologischen Abteilung der Streitkräfte. Dann ein weiteres Jahr an der Militärischen Hochschule und schließlich beim Militärischen Abschirmdienst Must. Nach weiteren fünf Jahren beim Must war sie an die Stelle versetzt worden, die Säpo, Must und FRA eingerichtet hatten, um ihre Arbeit zu koordinieren – das Nationale Centrum zur Terrorismusbekämpfung NCT –, und rein räumlich arbeitete sie inzwischen im Gebäude der Säpo an der Ingentingsgatan.

Ihre Arbeit wurde zunehmend operativ, und sie hatte bereits an drei größeren Ermittlungen in Sachen Terrorverdacht teilgenommen. In allen diesen Ermittlungen ging es um islamistische Terrororganisationen mit Ursprung in Somalia, und deshalb erstaunte es Lewenhaupt, dass ihre akademische Arbeit über somalische Flüchtlinge nicht mehr in ihrer Referenzliste vorkam, als sie sich beim NCT beworben hatte. So hatte sie sicher versucht, diesen Teil ihres Hintergrunds zu verbergen.

Entscheidend für die Einschätzung, dass gegen Helena Palmgren wegen des Verdachts der Unterstützung von Mitgliedern einer Terrororganisation ermittelt werden sollte, war ein Verhör, das man mit der zwanzig Jahre älteren Frau geführt hatte, die in Jättuna 1993 ihre Chefin gewesen war. Sie war inzwischen pensioniert und lebte in Katrineholm und berichtete gern über die Zeit in Jättuna und ihre Erfahrungen mit Helena Palmgren.

In Jättuna waren seinerzeit große Probleme aufgetreten. Starke Gegensätze und physische Gewalt zwischen Flüchtlingen unterschiedlicher Herkunft, Drogenhandel, Prostitution und andere missliche Verhältnisse. Darüber war auch in den Medien berichtet worden.

Helena Palmgren ergriff früh und sehr deutlich die Partei der somalischen Flüchtlinge, was für keineswegs alle ihre Kollegen selbstverständlich war. Womöglich rührten daher die Gerüchte, sie habe angeblich ein sexuelles Verhältnis zu einem bedeutend älteren Mann, der in der somalischen Gruppe als Anführer galt: Mohammed Khalid Hussein, Vater von vielen Kindern, darunter der älteste Sohn Abdullah Mohammed Khalid.

Schon am Ende des Sommers 1993 setzte man eine Interne Ermittlung in der Sache ein. Helena Palmgren gab zu, dass sie umfassende Kontakte zu Mohammed Khalid pflegte. Das sei jedoch notwendig, wenn man bedachte, wie wichtig seine Rolle in der Gruppe der somalischen Flüchtlinge war. Somit sei es auch nicht ungewöhnlich, dass sie eine Art persönlicher Beziehung zu Mohammed und seiner Familie hatte. Sie verneinte jedoch entschieden, eine sexuelle Beziehung eingegangen zu sein. Die Interne Ermittlung sei, wie in so einem Fall üblich, abgeschlossen worden, indem man neue Regeln und Empfehlungen für die Arbeit ausgesprochen, diese aber nicht gegen eine bestimmte Person gerichtet hatte. Für Helena Palmgren blieb das ohne Konsequenzen.

Palmgrens ehemalige Chefin erzählte jedoch freimütig, bei mehreren Gelegenheiten mit ihrer Untergebenen darüber gesprochen zu haben, dass sie das Verhalten Palmgrens gegenüber der Familie Khalid missbilligte und wie wichtig berufliche Distanz und Objektivität seien. Sie hatte ihr sogar deutlich gesagt, dass sie es als unpassend empfand, wenn Helena einen erwachsenen Mann wie Mohammed umarmte. Das wäre nicht dasselbe, wie wenn sie es mit den Kindern oder den Frauen in der Familie tat.

»Und wie war ihre Einschätzung?«, fragte Lisa Mattei. »Hatte Helena Palmgren mit Mohammed eine sexuelle Beziehung?«

»Sie sagte das nicht direkt«, meinte Lewenhaupt, »aber ich konnte erkennen, dass sie sehr überzeugt davon war. Wenn ich noch einmal mit ihr sprechen kann, dann kriege ich sie bestimmt dazu, mir die Namen der anderen Arbeitskollegen zu geben, die ihr den Tipp geliefert haben. Und wenn ich noch ein paar Tage kriege, dann finde ich auch die.«

»Wie wirkte ihre Chefin?«, fragte Lisa Lamm.

»Klug, ausgeglichen, überhaupt nicht zum Tratsch neigend.

Eine gute Chefin von der freundlichen, einfühlsamen Sorte, die vernünftig mit den Mitarbeitern redet, bei denen sie meint, etwas verändern zu können. Aber auch jemand, der nicht davor zurückschreckt, Klartext zu reden, wenn es nötig ist.«

»Wie hat das denn funktioniert, als sie versucht hat, Helena Palmgren zur Vernunft zu bringen?«, fragte Mattei.

»Nicht sonderlich gut, und da war offenbar eine Seite an Palmgren, die sie nicht schätzte, dass sie nämlich auf manche Dinge einfach nicht reagierte und auch nicht gesprächsbereit war. Sie nannte sie halsstarrig.«

»Das, was Sie hier zusammengetragen haben, reicht ja aus, um sie wegen Verdachts auf Bruch der Geheimhaltung oder grobem Dienstvergehen anzuzeigen«, sagte Lisa Lamm. »Nun hoffe ich noch, dass auch ihre Arbeit als Maulwurf für Abbdo Khalid und die anderen Beteiligten der Familie bewiesen werden kann. Ich werde die Papiere zusammenstellen, und da bin ich normalerweise gezwungen, vorher mit meinem Chef und dem Chef der Internen Sicherheit der Säpo zu sprechen, aber darum mache ich mir jetzt mal nicht so viele Gedanken.«

»Nein, ich auch nicht«, sagte Mattei. »Die sind viel blutrünstiger als Sie, das weiß ich.«

»Am meisten Sorgen mache ich mir wegen des nächsten Schritts«, sagte Lamm. »Ihre Beteiligung an einem Terrorverbrechen, für das uns momentan noch der Beweis fehlt, den wir gegen die Familie Khalid verwenden können. Aber okay, ich spreche mal mit den Chefs, und Sie, Lisa, können sicher Leute schicken, die Palmgren innerhalb von ein paar Stunden festnehmen. Wir haben genug, um sie in den Knast zu bringen, aber ich möchte die nächsten Schritte auch schon abklären. Dass sie auch der Vorbereitung eines Terroranschlags verdächtig ist. Spätestens zu dem Zeitpunkt, als sie uns daran gehindert hat, diese Verbrechen aufzuklären, indem sie Khalid gewarnt hat. Im schlimmsten Fall, damit er woanders ein anderes Verbrechen ausführen kann.«

»Das Allerübelste an diesem ganzen Mist ist das, womit ich Sie eben noch verschont habe und was in mir die Überzeugung hat wachsen lassen, dass wir noch ein paar andere Sachen erledigen müssen, ehe wir Helena Palmgren einkassieren können. Und das ist die Person, die sie als Informanten genutzt hat. Ausgenutzt trifft es besser, aber die Art und Weise, in der sich diese Person ausnutzen hat lassen, wird sie kaum davor bewahren, im selben Knast zu landen.«

»Wer ist das denn?«

»Unser Generaldirektor«, sagte Mattei. »Diese beinahe einzigartige Kombination aus Einfalt, Geschwätzigkeit und aufgeblasenem Ego.«

»Nein, Lisa, jetzt hören Sie aber auf.«

»Das werde ich nicht tun«, entgegnete Mattei. »Denn so bin ich überhaupt erst auf Palmgren gekommen, mit Hilfe ihres bekloppten und unwissenden Helfers. Er hat mit ihr was am Laufen, schließlich hält er sich für den heimlichen Traum jeder Frau.«

»Und was machen wir jetzt?«

»Folgendes«, antwortete Mattei. »Wir sagen kein Wort über unseren GD. Sie regeln alle Genehmigungen in Sachen Palmgren, sowohl normales Abhören als auch geheimer Lauschangriff, damit wir ihren Computer hacken dürfen, verdeckte Hausdurchsuchung, kurz gesagt, das ganze Programm, und um das Praktische kümmere ich mich. Dann wird sie uns innerhalb von ein paar Tagen seinen Kopf auf einem Silbertablett servieren.«

»Glauben Sie, Palmgren ist genauso einfältig wie der GD?«

»Nein«, erwiderte Mattei. »Aber Helena Palmgren ist komplett humorbefreit, sie ist halsstarrig, es fehlt ihr an Fingerspitzengefühl, und der Grund dafür ist, dass sie tiefgläubig ist. Sie hat die Wahrheit und das Licht gesehen.«

»Wenn Sie es sagen«, meinte Lamm und nickte. »Ich erinnere mich, dass sie auf einer unserer Besprechungen gesagt hat, ihr Vater sei Pfarrer gewesen.«

»Nun, ihr Glaube ist jetzt allerdings ein anderer. Helena Palmgren ist Muslimin, und vermutlich wurde sie das, als Vater Mohammed sie in der einen oder anderen Weise erleuchtete, als sie unten in Jättuna in der Flüchtlingsunterkunft gearbeitet hat.«

»Muslimin? Wie können Sie das beweisen? Ich finde, sie sieht mehr aus wie eine altmodische Hauswirtschaftslehrerin.«

»Das ist sie aber nicht«, sagte Mattei.

109

Die Diskussion über ihre Ermittlung hatte in den sozialen Medien schon am Samstagnachmittag begonnen, und zwar mit der üblichen Mischung aus Fakten, Spekulationen, Wunschträumen, Fantasien, gewöhnlicher übler Nachrede und reinem Blödsinn. Das Engagement ließ nichts zu wünschen übrig, und die politischen Mittel, nach denen gerufen wurden, erstreckten sich über die ganze Skala und folgten dem üblichen Vokabular. Von man sollte alle »Bullen, Rassisten und Kriminellen zusammenschießen« bis zu der Forderung, noch schlimmere Sachen mit allen »Moslems, Arabern, Negern und Schwulen« zu machen. So gesehen war alles wie immer.

Die traditionellen Medien hatten mit der üblichen Verzögerung ein Lebenszeichen von sich gegeben, und auf den Titelseiten der Sonntagszeitungen und in den Frühstückssendungen erschienen erste vorsichtige Kommentare. Das hier schien auf unheimliche Weise dem Vorgehen gegen die Terroristen in Göteborg und Malmö zu gleichen. Was bedeutete das diesmal für die Sicherheit der Bevölkerung?

In medialer Weise konnten die Reaktionen bestenfalls als einzelne Windböen beschrieben werden, die immer noch so schwach waren, dass nicht einmal mit Sicherheit gesagt werden konnte, welche Richtung der Wind nehmen würde, wenn er an Stärke zulegte. Vielleicht erstarb er auch einfach. Doch mit Hilfe des Frühstücksfernsehens von TV4 und dem eingeladenen Gast Leyla Hussein wuchsen die kleinen Böen innerhalb von wenigen Minuten zu einem echten Orkan.

Eigentlich sollte Leyla Hussein dort über ihre Vorbereitungen für die Olympischen Spiele berichten, doch als sie dem Redakteur eine Viertelstunde vor der Sendung erzählte, was sie mental und emotional in dem Moment beschäftigte, änderte die Produzentin den Auftritt und ließ ihre Kollegen von der Nachrichtenredaktion alles für eine Sondersendung vorbereiten.

Leyla berichtete mit Tränen in den Augen von den Übergriffen seitens der Polizei gegen eine gesamte Familie, die sie kannte, seit sie als kleines Mädchen aus Somalia geflohen war. Das waren einfach die besten und nettesten Menschen, die sie kannte. Sie erzählte, wie sie und ihre Angehörigen von Familie Khalid Geborgenheit und Hilfe erfahren hatten, von dem Sohn der Familie, in den sie insgeheim verliebt gewesen war, als sie gemeinsam die Grundschule besuchten, und von dem kleinen Sammy, der nach der Presse-Gala im Vorjahr auf ihrem Schoß saß, als man ihre Erfolge mit einem großen Fest im Schwedisch-somalischen Freundschaftsverband feierte. Ehrenwerte, strebsame Menschen. Jetzt saßen sie alle in Schweden im Gefängnis. Die alte Großmutter sei in die geschlossene Pflege eingesperrt und der kleine Sammy von den Einsatztruppen der Polizei so schwer misshandelt worden, dass er in der Notaufnahme im Krankenhaus Eskilstuna lag. Offensichtlich ging es ihm so schlecht, dass die Ärzte sich weigerten, mit Leyla Hussein zu sprechen, als sie anrief, um sich nach seinem Zustand zu erkundigen.

Dan Andersson sah die Sendung zufällig, als er die Gelegenheit nutzte, seiner Frau Gesellschaft zu leisten, da er nun mal ein paar Stunden frei hatte. Kaum dankte eine zutiefst gerührte Moderatorin Leyla Hussein für das Gespräch, da klingelten auch schon alle Telefone der Familie Andersson gleichzeitig.

Ich hasse VIPs, dachte Dan Andersson.

110

Der Generaldirektor hatte noch einmal angerufen, und seine Nachricht war genauso behandelt worden wie zuvor. Inzwischen sei er wirklich beunruhigt, und das sollte sie auch sein, wenn sie sehen würde, wie ihre Ermittlung bereits in den Medien beschrieben wurde. Deshalb möge sie sich doch bitte umgehend bei ihm melden.

Ist mir doch egal, was du möchtest, dachte Mattei und rief stattdessen bei Martinez an.

»Ich fasse mich mal kurz«, sagte Mattei. »Nimm ein Dutzend von den Besten, die du da unten hast. Sorge dafür, dass sie all ihren Kram mitnehmen und nach Stockholm kommen. Wir verändern die Prioritäten. Lass ein paar Leute da, die erforderlich sind für die Sachen, die noch geregelt werden müssen. Für sie ist die oberste Priorität, Abbdo zu finden. Er versteckt sich irgendwo in der näheren Umgebung, da bin ich ganz sicher. Das ist ein Fall für Steinhart und Kollegen.«

»Mir macht es wirklich nichts aus, nach Stockholm zurückzukehren.«

»Das denke ich mir«, sagte Mattei. »Aber leider ist der Job, den ich für dich und deine Leute hier zu bieten habe, ziemlich trist.«

»Was sollen wir tun?«

»Jagd auf den Maulwurf«, erwiderte Mattei. »Das muss so schnell wie möglich losgehen. Spätestens heute Abend.«

»Gibt es jemanden, mit dem wir nicht reden dürfen?«

»Ihr redet mit niemandem außer mir«, sagte Mattei. »Ist das klar?«

»Endlich«, erwiderte Martinez.

Lisa Mattei war weit im Voraus vom Pressesekretär der Internen Sicherheit gewarnt worden und hatte dafür gesorgt, dass alle eingehenden Gespräche auf die Mailbox umgeleitet wurden. Sobald Martinez mit Motoele und einigen zuverlässigen Leuten vor Ort war, nahm Lisa das Notwendigste von ihrem Schreibtisch und begab sich an den sichersten Ort des Hauses: die operative Zentrale der Terrorabwehr im Keller des Gebäudes.

Auf dem Weg dorthin rief Lisa Lamm sie an und berichtete, dass sie nunmehr alle notwendige formelle Unterstützung hatten.

»Es kann losgehen«, sagte Lamm.

So wie in der guten alten Zeit, als ich selbst noch eine richtige Polizistin war und nicht wie heute die meiste Zeit hinter meinem großen Schreibtisch sitze und in Papieren blättere.

Besorgt Beweise, dass Helena Palmgren Kontakt zu Abbdo Khalid und seinem engeren Kreis hatte – so lautete die Anweisung an Linda Martinez und ihre Leute. Sorgt dafür, den Zusammenhang zwischen Palmgren und dem Generaldirektor zu erhärten. Seid in erhöhter Bereitschaft für akute und gefährliche Situationen. Das muss alles unter höchster Geheimhaltung geschehen.

»Gibt es einen Zeitplan, Chefin?«, fragte Motoele.

»Alles so schnell wie möglich«, antwortete Mattei. »Alles das zu unserem Verdacht passt, will ich sofort erfahren. Sowie die Staatsanwaltschaft genug hat, um Palmgren und den Generaldirektor festzunehmen, werden wir das tun. Am besten beide gleichzeitig.«

»Am besten, wenn sie gerade so richtig in Schwung sind«, sagte Sandra Kovac. »Der oberste Chef der Säpo, der auf einem Maulwurf herumturnt. Da kann man dann gleich beiden die Handschellen anlegen. Sag noch mal einer, wir würden hier nichts geboten kriegen.«

»Es gibt noch einen Hinweis, den ich euch geben muss«, sagte Lisa Mattei.

»Und der wäre?«, fragte Martinez.

»Das hier sind keine gewöhnlichen Kriminellen. Helena Palmgren lebt in der festen Überzeugung, über jeden Zweifel erhaben zu sein. Mit unserem Generaldirektor steht es leider noch schlimmer. Ich fürchte, er ist sich nicht einmal darüber bewusst, dass sein Verhalten in irgendeiner Weise kriminell ist. Er weiß nicht, dass Helena Palmgren ihn als Informationsgeber benutzt. Das liegt außerhalb seiner Vorstellungskraft.«

Die Jagd auf den Maulwurf nahm ungefähr drei Tage in Anspruch, und schon am Sonntagabend hatte Frank Motoele dafür gesorgt, dass die Sache einen guten Start bekam. Als ihm klar wurde, dass Helena Palmgren in nächster Nachbarschaft zu seinem alten Chef wohnte, konnte er seine Karten gut ausspielen und einen Meisenkasten im Haus gegenüber einrichten, der einfach nur ein Traum für jeden Personenüberwacher war.

Eine Viertelstunde später stand er in dem Haus und klingelte an der Tür zu der Wohnung, die dem einzigen Polizisten gehörte, der seiner entschiedenen Auffassung nach diese Bezeichnung verdiente: Kommissar Evert Bäckström.

»Schön, dich zu sehen, Frank«, sagte Bäckström, der eine dicke kubanische Zigarre paffte. »Was kann ich für dich tun?«

»Es ist mir eine Ehre, Chef«, erwiderte Frank und verbeugte sich. »Darf ich reinkommen?«

»Selbstverständlich, Frank. Komm nur herein«, sagte Bäckström und schritt vor ihm her ins Allerheiligste.

Bäckström trug einen Hausmantel aus dicker, rot-blauer Seide mit breiten goldfarbenen Aufschlägen, den eine goldene Kordel zusammenhielt, und nach den nackten Beinen zu schließen, war dieser Hausmantel wohl das Einzige, was er anhatte. Um den Hals trug Bäckström eine breite Goldkette mit brillantenbesetztem Kreuz, und in der Brusttasche steckte ein Zigarrenetui aus schwarzem Leder.

»Setz dich, Frank, setz dich«, sagte Bäckström und machte eine einladende Geste zu einem riesigen Ledersofa, während er sich selbst in einen ebenfalls riesenhaften Ohrensessel sinken ließ und seine braungebrannten Beine auf einem abgenutzten Fußschemel platzierte.

Auf dem kleinen Couchtisch neben ihm stand eine große Karaffe mit etwas, das sich der Farbe nach zu urteilen wahrscheinlich um Wodka handelte, dazu ein klassisches Schnapsglas, bis zum Rand gefüllt. Bäckström paffte ein bisschen an der Zigarre, dann halbierte er den Inhalt des Glases, seufzte vor Wohlbehagen und lehnte sich zurück.

»Wenn du einen Schnaps oder ein Bier willst, dann bedien dich einfach«, sagte Bäckström und wedelte Richtung Küche. »Steht alles im Kühlschrank.«

»Nein, danke, ich brauche nichts«, erwiderte Motoele. Der muss unsterblich sein, dachte er. So wie der säuft und frisst, und jetzt hat er auch noch angefangen, Zigarre zu rauchen. Und dabei sieht er aus wie das blühende Leben, fett, braungebrannt und strahlend.

»Du hast gesagt, ich kann dir irgendeinen Dienst erweisen?«, fragte Bäckström.

»Ich habe gehört, Sie hätten die Nachbarwohnung hier im Haus gekauft, Chef?«, sagte Motoele.

»So ist es«, erwiderte Bäckström. »Ich tue mich schwer mit Nachbarn, und der hier war eine bedauernswerte arme Sau. Ein alter, alkoholabhängiger Fernsehjournalist. Die Leute saufen viel zu viel«, stellte Bäckström fest, leerte das Schnapsglas, füllte es in einer Bewegung erneut bis zum Rand und rundete die Sache ab, indem er noch einmal an der Zigarre zog.

»Ich wollte fragen, ob ich Ihre Zweitwohnung ein paar Tage als Meisenkasten nutzen kann«, sagte Frank Motoele.

»Aha«, sagte Bäckström und grinste verschlagen. »Ich beginne zu ahnen, was hier los ist. Du arbeitest inzwischen für die Säpo, oder?«

»Ja«, sagte Motoele mit einem Nicken.

»Nun, das kann ja nicht viel Spaß machen, einen Chef zu haben, der die ganze Zeit auf einer polnischen Hure herumliegt«, sagte Bäckström mit einem hinterhältigen Lächeln.

»Woher wissen Sie das, Chef?«, fragte Frank.

»Ich bin Polizist«, sagte Bäckström, »das wird man nicht, sondern man ist dazu geboren. Was du eigentlich wissen solltest. Und was deinen Chef betrifft, den kenne ich ja nun. Der macht da schon seit einem halben Jahr rum. Eine fette Blondine mit großen Titten, und die bringt die kleine Ratte ordentlich in Fahrt.«

»Und warum glaubt der Chef, dass es sich um eine polnische Hure handelt?«

»Ich gebe dir mal einen guten Rat«, sagte Frank. »Wenn du etwas siehst, was wie eine polnische Hure aussieht und fickt wie eine polnische Hure, dann liegt das einfach daran, dass du soeben eine polnische Hure gesehen hast«, stellte Bäckström fest. »Jetzt schauen wir uns mal den Meisenkasten an.«

Perfekt, dachte Motoele. Große Fenster zur Straße, eine leere Wohnung, die offensichtlich mal renoviert werden musste, direkter Blick in Helena Palmgrens Wohnung im Haus auf der anderen Straßenseite.

»Könnte ich diese Bude mal ein paar Tage ausleihen?«, fragte Frank.

»Selbstverständlich«, erwiderte Bäckström. »Die Bilder, die ich selbst von ihnen gemacht habe, sind leider nicht der Burner. Die könnte man nicht mal auf seiner Website platzieren. Schärfe und so sind in Ordnung, aber es fehlt leider das kleine Extra.«

»Sie haben Bilder von ihm, Chef?«

»Ja, natürlich. Jede Menge«, sagte Bäckström. »Und von ihr, versteht sich.«

»Darf ich die mal ansehen?«

»Aber selbstverständlich, Frank«, sagte Bäckström. »Selbstverständlich.«

Leichte Beute, hatte Lisa Mattei gesagt, und damit lag sie vollkommen richtig. Binnen zweieinhalb Tagen hatte man alle Beweise gesammelt, die man sowohl gegen Helena Palmgren als auch ihren Liebhaber und unbewussten Informanten brauchte. Sowie alles vorlag, konnte ihr Auftrag auch abgeschlossen werden. Sie festzunehmen war nicht länger aktuell, denn mit diesem Teil des Ganzen hatte Mattei nichts zu tun. Das hatte sich ohnehin schon gelöst.

111

Während sie darauf wartete, dass Ove Kristiansson wieder vernehmungsfähig sein würde, hatte sich Ingrid Dahl damit zufriedengeben müssen, täglich Kontakt zu seinem Arzt und zu seinem Anwalt aufzunehmen. Erst am Montagmorgen des 8. Juni hatte das dritte Verhör stattfinden können. Der Arzt hatte widerwillig sein Einverständnis gegeben, und der Anwalt hatte einen weiteren Versuch unternommen, vernünftig mit seinem Klienten zu reden. Kristiansson willigte ein, Dahl zu treffen, damit die endlich aufhörte, »ihn zu nerven«. Allerdings wollte er sie alleine treffen, und den Grund dafür verriet er nicht einmal seinem Anwalt.

»Und darüber ist ja wohl niemand froher als ich«, seufzte sein Anwalt.

»Sie müssen sich wirklich keine Vorwürfe machen«, tröstete ihn Ingrid Dahl. »Wenn hier jemand im Interesse seines Klienten agiert hat, dann Sie.«

»Ich hoffe, Sie haben recht«, sagte Eriksson. »Ich habe nicht vor, solche Kontakte zur Gewohnheit werden zu lassen.«

Ingrid Dahl hatte fast eine Stunde gesessen und gewartet, bis Kristianssons Arzt mit der Visite fertig war. Kristiansson war wach, nicht sonderlich anwesend, aber sein Gesundheitszustand war kein entscheidendes Hindernis. Ingrid Dahl solle das Beste hoffen, er selbst würde das auch immer tun.

Das dritte Verhör von vier Versuchen, dachte Ingrid Dahl, als sie in das Zimmer kam und sich neben Kristianssons Bett auf einen Stuhl setzte.

»Schön, Sie wiederzusehen, Ove«, begann Ingrid Dahl. »Ich soll Sie von Ihrem Anwalt grüßen, der wünscht Ihnen gute Besserung, und Ihr Arzt hat ja angedeutet, dass es schon in die richtige Richtung geht mit Ihnen.«

Daraufhin nickte sie aufmunternd und strich ihm freundlich über den mageren, geäderten Arm.

»Hmm«, murmelte Ove und nickte widerwillig.

Zumindest erkennt er mich wieder, dachte Ingrid. Aber viel mehr ist es auch nicht, da beeile ich mich also mal besser.

»Und Ihr Anwalt hat mir gesagt, Sie möchten etwas erzählen?«

»Hmm«, sagte Ove und nickte wieder.

»Ich höre Ihnen gern zu«, sagte Ingrid und streichelte ihm die Hand.

Diesmal kein Gemurmel, sondern nur ein Nicken. Alles schwer zu deuten.

»Sie wollten wohl erzählen, wobei Sie Abbdo Khalid geholfen haben«, versuchte Dahl.

»Nä«, sagte Kristiansson, und diesmal schüttelte er den Kopf.

»Etwas, was Sie ihm verkauft haben«, sagte Ingrid Dahl, ohne auf seine Reaktion zu warten.

»Verkauft«, echote Ove Kristiansson mit schwacher Stimme. Dann nickte er wieder.

Endlich kommen wir der Sache näher, dachte Ingrid Dahl.

»Sie haben also etwas an Abbdo verkauft. Was war das denn?«, fragte Dahl.

»Bolin«, lallte Ove und schüttelte den Kopf. »Bolin.«

»Bolin? Sie haben etwas an jemanden verkauft, der Bolin heißt? Wer ist das?«

»Nä«, murmelte Kristiansson und schüttelte wieder den Kopf.

»Erzählen Sie ruhig«, schob Dahl nach. »Sie haben etwas an jemanden verkauft, der Bolin heißt. Wer ist das?«

»Nä«, sagte Ove und schüttelte den Kopf. »Bolin … Mönch«, nuschelte er.

»Mönch?«

»Bolin … Mönch«, wiederholte Ove und nickte.

»Sie haben jemandem, der Bolin heißt und Mönch ist, etwas verkauft«, sagte Dahl und nahm dabei vorsichtig seinen Arm. »Können Sie etwas mehr über ihn sagen?«

Diesmal sagte Ove nichts, nickte auch nicht noch schüttelte er den Kopf. Er wirkte plötzlich völlig abwesend. Starrer Blick, Augen, die nichts zu sehen schienen. In diesem Moment kam sein Arzt zusammen mit einem Krankenpfleger ins Zimmer. Er schüttelte ablehnend den Kopf und nickte zur Tür. Ingrid Dahl erhob sich, setzte sich draußen auf dem Flur auf einen Stuhl und wartete.

Und was mache ich jetzt?, dachte Dahl

Zwei Minuten später rollte der Krankenpfleger einen regungslosen Ove in seinem Bett den Flur hinunter, und der Arzt kam, um mit Ingrid Dahl zu reden.

»Was ist denn passiert?«, fragte Ingrid Dahl. »Ist er in Ohnmacht gefallen?«

»Hoffen wir mal«, erwiderte der Arzt. »Im schlimmsten Fall hat er eine Gehirnblutung oder eine Thrombose.«

»Wir bleiben in Kontakt«, sagte Dahl.

»Als ob ich eine andere Wahl hätte«, entgegnete der Arzt. »Ich melde mich, sowie es etwas zu berichten gibt.«

Eine Stunde später saß Ingrid Dahl bei Lisa Mattei.

»Sehe ich das richtig«, begann Mattei, »ein schwer zu deutender Kristiansson sagt, er habe etwas an jemanden verkauft, der Bolin heißt und außerdem behauptete, Mönch zu sein?«

»Ich habe alles mit meinem Smartphone aufgenommen«, seufzte Ingrid Dahl. »Ich hab es gemailt, sieh es dir am besten selbst an.«

»Selbstverständlich«, sagte Mattei. »Das klingt ja wirklich spannend. Nicht nur, dass Abbdo Khalid was mit Kristiansson am Laufen hatte, da kommt plötzlich auch noch ein Mönch in unsere Ermittlung marschiert. Ein Mönch, der Bolin heißt. Scheint vom Namen her also ein schwedischer Mönch zu sein. Fantastisch. Vielleicht ist dies das erste Beispiel in der Geschichte der Terrorismusbekämpfung, wo christliche Fundamentalisten, die sonst ja auch gerne mal Abtreibungskliniken, Finanzämter und Steuereintreiber in die Luft sprengen, sich mit Muslimen zusammengetan haben.«

»Cool«, erwiderte Ingrid Dahl und stand auf.

»Bis später«, sagte Lisa Mattei mit einem Lächeln.

Es geht mir besser denn je, dachte Lisa Mattei. Ich habe diesen bedauerlichen Nationaltag hinter mich gebracht, unser Generaldirektor wird bald nur noch eine böse Erinnerung sein, und ich habe sogar aufgehört, über Johan zu fluchen.

112

Als Mattei wieder allein im Zimmer war, sah sie sich das Verhör an, das Ingrid Dahl auf ihrem Smartphone aufgenommen hatte. Schwer zu interpretieren, dachte sie. Dann schickte sie es an Major Björklund zur Kenntnis weiter und bat ihn, sich zu melden, wenn er die Nebel in dieser Sache lüften könne. Am liebsten gestern, natürlich.

Wenn so einer wie Abbdo Khalid mit einem Mönch mit Namen Bolin zusammenarbeiten kann, dann ist es ja wohl nicht weiter verwunderlich, wenn eine Polizistin und Genderwissenschaftlerin Halt und Unterstützung bei Major Carl Björklund sucht.

»Alles in Ordnung, Chefin?«, fragte Major Björklund.

»Wunderbar, Carl«, erwiderte Mattei. »Und bei Ihnen?«

»Doch, könnte schlimmer sein«, erwiderte der Major. »Und was das Verhör angeht, ist das ja wohl kein größeres Problem. Sollen wir es jetzt am Telefon besprechen?«

»Kein Wort«, sagte Mattei. »Ich möchte, dass Sie hierherkommen und mir berichten.«

»Eine Viertelstunde, Chefin«, sagte Major Björklund.

Und dann saß er da wieder. Pünktlich und ihr offensichtlich genauso treu wie seine beiden Gefreiten ihm. Der alte Ehrenmann, dachte Mattei.

»Ich höre, Carl«, sagte Mattei und nickte ihm zu. Und jetzt klinge ich auch schon so wie er.

»Ich glaube, dass die Chefin sich keine weiteren Sorgen über irgendeinen mystischen Mönch namens Bolin machen muss, der aufgetaucht sein soll. Dieser Name, den Kristiansson auszusprechen versuchte, lautet Bolinder.«

»Und wer war das?«

»Also, auf jeden Fall schon mal kein Mönch. Bolinder war Traktorenhersteller in Eskilstuna, und zu Beginn der Dreißigerjahre ist sein Unternehmen mit einer anderen Mechanikerwerkstatt zusammengelegt worden, die auch in Eskilstuna beheimatet war und Mönchtell hieß. Das neue Unternehmen mit dem Namen Bolinder-Mönchtell-Aktiengesellschaft wurde dann zu Beginn der Fünfzigerjahre weiter an Volvo verkauft.«

»Und die stellen also Traktoren her.«

»Nicht nur Traktoren, sondern auch eine Reihe anderer Arbeitsmaschinen für zivile und militärische Zwecke, zum Beispiel auch gepanzerte Kettenfahrzeuge für die Armee. Wir sprechen hier von einem weltweit führenden Unternehmen, schwedische Industriegeschichte vom Feinsten.«

»Und wie kommen die jetzt in unsere Ermittlung?«, fragte Mattei.

»Mir ist aufgefallen, dass Kristianssons altes Unternehmen, das vor sieben Jahr Konkurs anmeldete, unter anderem einen Radlader vom größten Modell besaß. Einen Volvo BM, Modell 1996, mit Vierradantrieb und einem Ladegewicht von knapp zehn Tonnen.«

»Ein Radlader? Was ist das?«

»Das ist so ein Traktor mit einer großen Schaufel vorn. Da es sich hier um die größte Maschine, die Volvo BM hergestellt hat, handelt, ist dieser hier wahrscheinlich benutzt worden, um schweren Aushub abzutransportieren, Steine nach Sprengungen und dergleichen. Aus den Papieren geht hervor, dass er im Zusammenhang mit dem Konkurs abgeschrieben und abgemeldet worden ist, aber deshalb kann er ja trotzdem irgendwo in einer Scheune stehen.«

»Wozu könnte Abbdo ein solches Ding brauchen?«, fragte Mattei, obwohl Major Björklund ihr bereits die Antwort gegeben hatte.

»Offenbar«, sagte Major Björklund und nickte »hat Abbdo Khalid sich einen Panzer zum einmaligen Gebrauch gekauft.«

113

Als Helena Palmgren ihre Wohnung verlassen hatte, um zu ihrem Arbeitsplatz auf der Ingentingsgatan zu gehen, drangen die Techniker der Säpo in ihre Wohnung ein, während die Personenbeobachter von Martinez Palmgren gefolgt waren, um zu kontrollieren, dass die Techniker auch in aller Ruhe arbeiteten. Versteckte Mikrofone, versteckte Kameras und der ein oder andere Sensor, der Aktivitäten ablesen konnte, denen sich ein Beobachtungsobjekt möglicherweise widmete.

In ihren Computer hatte man sich bereits eingehackt und konnte alles, was sie bekam oder sendete, unmittelbar mitlesen. Sogar ihre Mails und alle anderen Aktivitäten konnten auf ihrem Rechner abgefangen werden. Ihre Handys wurden bereits abgehört, und sollte sie ein neues besorgen und es in ihrer Wohnung benutzen, dann konnte dieses auch binnen kurzem identifiziert werden.

Alles lief nach Plan, und da die Leute schon mal dort waren, schlossen sie die Arbeit mit einer sehr diskreten Hausdurchsuchung ab. Dabei fanden sie Bilder in einem alten Fotoalbum, die bewiesen, dass sie zu Mohammed Khalid und seiner Familie auch mehrere Jahre nach der Zeit in Jättuna zu Beginn der Neunzigerjahre noch Kontakt hatte.

Lisa Mattei sorgte dafür, dass ihr Ermittlungslogbuch in bester Ordnung war. Vor allem diejenige Dokumentation, die ihren

Chef, den Generaldirektor, und Helena Palmgren betraf. Im Laufe des Nachmittags gab es zwei Gelegenheiten, bei denen sie Haltung bewahren musste, was ihr aber gelang.

Erst hatte sie ein kurzes Gespräch mit ihrem Chef, der sich Sorgen wegen des draußen tobenden Mediengewitters machte. Manche Informationen, die da über ihre Ermittlung lanciert wurden, spotteten ja jeder Beschreibung. Mattei stimmte ihm zu. Den sachlichen Inhalt konnte sie, wie er wusste, natürlich nicht kommentieren, doch sie betonte, er solle sich keine Sorgen machen. Wenn da irgendwas schief lief, dann trugen ja die Staatsanwältin und sie die Verantwortung dafür, was ja übrigens auch ein Grund war, warum sie strikten Instruktionen folgte.

»Aber was, wenn die Regierung sich bei mir meldet und um Informationen bittet?«, wandte der Generaldirektor ein.

»Wir belassen es dabei«, sagte Mattei. »Wir folgen einem Regelwerk. Und zwar Punkt für Punkt.«

Und dem folge ich auch jetzt, damit du nicht noch mehr Schaden anrichten kannst.

Dann rief Helena Palmgren sie auf dem Handy an. Sie wolle über eine Sache reden, am liebsten natürlich unter vier Augen, aber wenn das unmöglich war, dann könnten sie das auch am Telefon besprechen. Mattei habe momentan leider keine Möglichkeit, sie zu treffen, und sie halte nicht viel davon, sagte sie, wichtige Dinge am Telefon zu besprechen.

»Wie wäre es, wenn wir morgen zusammen zu Mittag essen?«, schlug sie vor.

»Ja, wenn Sie Zeit haben«, erwiderte Palmgren. »Es geht nur um ein paar Überlegungen zur aktuellen Lage.«

»Das klingt doch nach einem ausgezeichneten Thema für ein Mittagessen«, sagte Mattei.

Du willst eine Fährte legen. Lügen und betrügen nach allen

Regeln der Kunst. Während der, den du wirklich reingelegt hast, schon an meiner Kündigung bastelt.

Dann stand noch das Unangenehmste aus, und das war am schwierigsten, weil es sie und die eigentlich wichtigen Sachen betraf. Sie rief Johan an.

»Endlich«, sagte er. »Ich frage jetzt nicht einmal, ob du meine Nachrichten gelesen hast.«

»Natürlich habe ich das«, sagte Lisa. »Aber ich habe nicht geantwortet, weil ich erst so sauer war, dass es sinnlos gewesen wäre. Und dann hatte ich hier alle Hände voll zu tun. Ich schlage vor, wir reden drüber, wenn wir uns gleich sehen. Falls du nicht zu deiner Schwester und ihrer Büroklammer gezogen bist.«

»Nein, ich bin noch da«, meinte Johan.

»Schön zu hören«, erwiderte Mattei.

»Was machen wir jetzt?«

»Ich dachte, ich hole Ella in der Kita ab und mache Essen für uns. Wie wäre es, wenn wir uns um sechs Uhr treffen? Was machst du gerade?«

»Du kannst dir gar nicht vorstellen, wie leid mir tut, was ich zu dir gesagt habe.«

»Doch, ich glaube, das kann ich mir vorstellen. Daran musst du arbeiten. Sorg mal dafür, dass du ein ganz normaler wütender Mensch wirst. Mal ein bisschen schreien und herumspringen, wenn dir danach ist.«

»Versprochen.«

»Ich glaube dir«, sagte Mattei. »Und außerdem werde ich ja das großartigste Abendessen der Welt für uns machen.«

»Papa sagt, er ist doof zu dir gewesen«, meinte Ella, sowie sie aus der Kita raus waren und vertraulich miteinander redeten.

»Erwachsene streiten sich manchmal«, sagte Lisa.

»Aber Kinder streiten erst recht die ganze Zeit«, sagte Ella. »Wenn sie nicht froh sind.«

»Das ist bei Erwachsenen genauso.«

»Sollen wir ihn auf den Boden werfen?«, schlug Ella vor.

»Das ist keine gute Idee, glaube ich«, sagte Lisa. »Er ist ja viel stärker als wir.«

»Was machen wir dann?«

»Ich hab gedacht, wir zwei kochen Essen, zu dem wir ihn einladen. Und dann küssen wir ihn die ganze Zeit, bis er darum bettelt, dass wir aufhören.«

»Jaaaa!«, rief Ella.

114

Dienstagmorgen, 9. Juni, bekam Ingrid Dahl einen Anruf von Ove Kristianssons Arzt, der eine traurige Nachricht übermitteln musste. Kristiansson hatte während der Nacht eine starke Hirnblutung erlitten, die der verantwortliche Chirurg für inoperabel hielt, und eine Stunde später war Kristiansson gestorben.

»Oha, und wie finden wir das?«, fragte Lisa Mattei, als Ingrid Dahl sie informierte.

»Wenn du mich fragst, ist es ganz gut. Ein Gerichtsverfahren hätte er sowieso nicht durchgestanden.«

Eine Stunde später hielten Lisa Mattei und ihre drei engsten Mitarbeiter Kriegsrat in den Räumen der Anti-Terror-Abteilung. Hat jemand gute Nachrichten?, fragte Lisa Lamm, falls nicht, würde sie ein juristisches Update bieten. Martinez hatte durchaus gute Neuigkeiten im Gepäck, doch Lamms Angebot war so verlockend, dass sie gern wartete.

»Gut«, sagte Lisa Lamm, »ich will mich kurz fassen: Wir haben für sämtliche Personen, die festgenommen wurden, wegen verschiedener Arten der Beteiligung an der Vorbereitung einer terroristischen Aktion die Untersuchungshaft beantragt. Aufgrund der geltenden Zeitregeln müssen die Beschuldigten spätestens morgen um zwölf Uhr dem Haftrichter vorgeführt werden.«

»Haben Sie bis dahin etwas gegen sie in der Hand?«, fragte Carl Lewenhaupt. »Die Beweislage ist ja nicht gerade überwältigend.«

»Ich bin fest davon überzeugt, dass sie in Untersuchungshaft kommen, und das aus drei Gründen. Erstens die verschiedenen Aktivitäten, wodurch Abbdo Khalid gelungen ist, uns zu entwischen. Zweitens unser Maulwurf, der ihm geholfen hat, unsere Ermittlung zu unterminieren, und drittens die sehr engen Kontakte zwischen den Familienmitgliedern und die reale Gefahr, dass einer von ihnen versuchen könnte, Abbdo zu helfen. Wenn Sie wollen, kann ich auch ins Detail gehen.«

»Meinetwegen nicht«, sagte Martinez.

»Dann höre ich mir gern ein paar gute Neuigkeiten an«, sagte Lisa Lamm.

»Ich habe einen richtigen Knaller«, versprach Martinez.

»Ich kann mich kaum beherrschen«, sagte Lewenhaupt.

»Steinhart und seine Leute haben diese Reinigungskraft in Skavsta festgenommen, dessen Schicht dann Abbdo übernommen und fertig geputzt hat. Sie haben einen Tipp gekriegt und ihn in einer Kneipe unten in Nyköping erwischt. Er und ein paar Gleichgesinnte saßen und rauchten sich einen. In der Kneipe fanden sie fast ein Kilo Cannabis, und zu dem Gelage hatte der Putzmann eingeladen. Steinhart hatten ihn kaum in den Knast gebracht, da fing er auch schon an zu plaudern. Die reinste Nachtigall.«

»Und was hat er erzählt?«, fragte Mattei.

»Er verpfeift sowohl Awwe als auch Abbdo. Sagt, er hat zweitausend Pfund von Awwe gekriegt, und der hätte die Kohle von seinem Cousin Abbdo. Ungefähr die Hälfte des Geldes haben wir gefunden, die hatte er in den Taschen seiner dreckigen Jeans. Gerollt. Wie irgendein verdammter Rapper. Es waren die gleichen alten Fünfzigpfundscheine, wie sie der alte Suffkopp

Kristiansson um sich verbreitet hat, Friede seiner Asche, übrigens. Aber um diesen Putzmann müssen wir uns keine Sorgen machen, der kann schon aus anatomischen Gründen keine Hirnblutung kriegen.«

»Was ist mit unserem Liebespaar?«, fragte Lewenhaupt.

»Komplett erledigt«, sagte Martinez. »Er war gestern Abend bei ihr zu Hause. Wenn sie nicht gerade Hund mit zwei Rücken gespielt haben, dann redeten sie eine Menge Mist über Lisa und mich.«

»Über mich?«, fragte Lisa Lamm mit gespieltem Erstaunen.

»Nein«, erwiderte Martinez. »Über Sie wird tatsächlich überhaupt nie geredet. Er redet Mist über unsere Lisa.«

»Was hab ich denn verbrochen?«

»Du bist verrückt. Verfolgungswahn. Hast das Leben einer ganzen Familie zerstört. Völlig unschuldige Menschen.«

»Und was sagt er dann?«

»Nun, er gibt ihr recht. Aber alles gut. Morgen trifft er anscheinend den Justizminister, und dann wirst du gefeuert.«

»Meinen Sie denn, dass wir sie so weit unter Kontrolle haben, um sie festnehmen zu können?«, fragte Lisa Lamm.

»Machen Sie Witze? Ich kann auch jetzt gleich hin und sie holen, wenn Sie wollen.«

»Und wie stellen wir das an?«, fragte Lisa Lamm.

»Ich glaube, wir sollten warten«, sagte Martinez. »Palmgren kann uns nicht entwischen. Außerdem besteht eine gewisse Chance, dass Abbdo sich bei ihr meldet. Ich habe das Gefühl, als würde sich alles langsam zusammenziehen und Palmgren bald rauskommen und sich bewegen.«

»Hat sie irgendwas gesagt?«, fragte Lewenhaupt.

»Nein, aber gestern hat sie ein Auto gemietet. Steht vor ihrer Tür.«

»Interessant«, sagte Lisa Lamm. »Was meinen Sie, Lisa? Halten Sie es aus, wenn die noch ein wenig länger schlecht über Sie redet?«

»Das bin ich gewohnt«, sagte Lisa Mattei. »Seit ich denken kann, haben die Leute schon immer hinter meinem Rücken geredet und behauptet, ich sei paranoid.«

»Na gut«, sagte Lisa Lamm, »dann warten wir noch ein bisschen.«

Eine Stunde vor dem geplanten Mittagessen rief Lisa Mattei Helena Palmgren an, um abzusagen. Irgendwo muss die Grenze verlaufen, dachte sie.

»Tut mir leid, Helena«, sagte Lisa, »aber ich muss unser Mittagessen leider canceln. Ich muss mich mit unserer Staatsanwältin und ihrem Chef treffen. Morgen haben wir einen Termin vor dem Haftrichter, und die machen sich Sorgen wegen der Beweislage.«

»Das war genau, worüber ich mit Ihnen reden wollte«, sagte Helena Palmgren. »Ich mache mir da auch ein bisschen Sorgen.«

»Ich höre«, sagte Mattei. »Ich kann jetzt jeden guten Rat gebrauchen.« Surprise, surprise.

»Ja«, sagte Helena Palmgren und seufzte. »Sie müssen wissen, ich habe diese ganze Geschichte gedreht und gewendet. Ich weiß nicht, aber ich habe den Eindruck, als seien die Leute vollkommen unschuldig. Leider.«

»Ich weiß selbst kaum, was ich glauben soll«, log Mattei.

»Aber ich wünsche Ihnen auf jeden Fall viel Glück bei dem Treffen. Ich denke an Sie.«

»Danke«, sagte Lisa Mattei.

Den Rest des Tages verwandte sie darauf, die Unterlagen zusammenzustellen, die sie brauchte, wenn sie den Justizminister traf. Das war ein Treffen, das sie gern vermieden hätte, doch ihr Chef hatte ihr keine andere Wahl gelassen. Also rief sie den Minister auf der Nummer an, die sie in den zwei Jahren als operative Chefin der Sicherheitspolizei bisher noch nie gebraucht hatte.

»Lisa Mattei«, sagte sie. »Ich hoffe, es geht Ihnen gut.«

»Ja, ausgezeichnet«, antwortete der Justizminister. »Ihnen auch, hoffe ich. Als ich heute Morgen die Zeitung las, wurde mir klar, dass sie im Moment einiges durchzustehen haben.«

»Über das, was in der Zeitung steht, mache ich mir nicht die geringsten Sorgen. Doch ich muss mich mit Ihnen treffen, um Sie zu informieren, warum die Berichterstattung in den Medien so aussieht, wie es der Fall ist.«

»Da sind Sie nicht die Erste«, sagte der Justizminister. »Tatsache ist, dass Ihr Chef mich mit demselben Wunsch anrief wie Sie. Er hingegen klang sehr besorgt.«

»Das weiß ich bereits«, erklärte Mattei. »Ich weiß, dass Sie morgen um zwölf Uhr auf Harpsund ein Treffen vereinbart haben und dass er mich nicht dabeihaben will. Er hat es mir nicht gesagt, ich weiß es aus anderen Quellen. Ich werde ihn nicht daran hindern, sich mit Ihnen zu treffen, ich muss vorher mit Ihnen reden. Eine halbe Stunde vorher reicht.«

»Das klingt beunruhigend. Da ich lieber Sie als ihn treffe, kann ich die Besprechung mit ihm doch einfach absagen.«

»Nein, das geht leider nicht«, sagte Mattei. »Haben Sie eine sichere Telefonleitung zur Hand?«

»Ja, das habe ich. Ich befinde mich in unserer Botschaft in Brüssel auf einer EU-Konferenz.«

»Dann schicke ich Ihnen jetzt Unterlagen. Die sind nur für Sie bestimmt. Sie können die Files mit Ihrem persönlichen Code öffnen.«

»Das klingt ziemlich aufregend«, sagte der Minister. »Ich rufe zurück, sobald ich sie gelesen habe.«

»Es sind hauptsächlich Bilder«, sagte Lisa Mattei.

Zwanzig Minuten später rief er zurück.

»Nun, jetzt habe ich alles gelesen. Und die Bilder angeschaut. Das ist nicht wahr, oder?«

»Doch, leider«, sagte Mattei.

»Dann sehen wir uns auf Harpsund. Ich fahre nämlich direkt dorthin. Wir haben eine kleine informelle Veranstaltung da unten, so eine Art Abschluss vor dem Sommer, Sie wissen schon. Idee vom Chef. Hering und Schnaps und Sauna und so, und wenn man will, noch ein Musikquiz. Das ganze Programm. Deshalb muss ich Sie um eins bitten.«

»Das wäre?«

»Dass Sie ihn nicht mitten in den Feierlichkeiten kassieren.«

»Das verspreche ich«, sagte Mattei. »Ich habe einen besonderen Knopf dafür. Wenn ich da draufdrücke, kann ich Leute verschwinden lassen. Niemand merkt etwas. Am wenigsten diejenigen, die es betrifft.«

»Wenn man bedenkt, was sich dieser Mann hat einfallen lassen, dürfen Sie gern zweimal drücken. Wir sehen uns morgen um halb zwölf im schönen Sörmland.«

IX

Mittwoch, 10. Juni

Der große Knall

115

Mattei und ihr Chauffeur verließen um kurz nach zehn am Mittwoch die Garage in der Ingentingsgatan, und als sie eine knappe Stunde später an Malmköping vorbeifuhren, traf Frank Motoele eben in ihrem Meisenkasten in der Inedalsgatan auf Kungsholmen ein.

»Sie hat heute Morgen im Büro angerufen«, sagte Kajsa Nilsson. »Es gehe ihr nicht gut. Wenn es später besser wird, kommt sie noch.«

»Im Moment ist sie im Badezimmer und pudert sich die Nase«, sagte Lina Jonsson. »Irgendwie wirkt sie genau wie immer.«

Jetzt wird etwas passieren, dachte Motoele. Das hatte er schon gespürt, als er am Morgen aus dem Bett aufstand und den Fuß auf die Erde setzte.

»Huch«, sagte Lina. »Ich nehme das mit der gepuderten Nase zurück. Sie hat sich angezogen. Weiße Sportschuhe an den Füßen. Jetzt geht sie in die Diele und zieht eine schwarze Kapuzenjacke an.«

»Okay«, sagte Motoele und schaltete das Mikrofon ein, das er ums Handgelenk trug. »Motoele an alle. Objekt verlässt die Wohnung. Wir machen alles nach Plan. Und ihr beiden bleibt hier«, sagte er und nickte Kajsa und Lina zu.

»Yes, boss«, sagte Kajsa und nickte.

»Thank you very much, boss«, stimmte Lina ein.

Frank Motoele saß allein in seinem schwarzen BMW. Er hatte sich vorher ausgerechnet, welchen Weg Helena Palmgren nehmen würde, und deshalb stand er schon dort und parkte in diskretem Abstand.

»Sandra an Frank«, sagte Sandra Kovac. »Ich glaube, du hast recht. Die Alte biegt grade nach rechts in die Odengatan ein. Fährt den Valhallavägen Richtung Osten runter.«

»Gut«, sagte Frank. »Haben wir ihr Ziel in Sicherheit gebracht?«

»Das haben wir getan, sowie sie sich ins Auto gesetzt hat. Vor ungefähr zehn Minuten.«

»Gut«, erwiderte Frank. »Ich gehe rein und warte. Ihr anderen handelt nach Plan. Bestätigen, sowie du etwas weißt.«

»Sie hat gerade geparkt. Jetzt steigt sie aus. Schwarze Kapuzenjacke. Blaue Jeans, Sportschuhe. Noch hundert Meter. Sie zieht die Kapuze der Jacke über den Kopf. Knapp eine Minute noch, dann kannst du sie sehen.«

»Gut«, erwiderte Frank. »Sichert ihr Auto. Position einnehmen. Auf weitere Order von mir warten. Klar und over.«

»Klar und over«, bestätigte Sandra.

Mattei kam zur verabredeten Zeit auf Harpsund, dem Sommersitz des schwedischen Ministerpräsidenten, an, und fünf Minuten später saß sie in dem sogenannten »Sicheren Raum«, den ein früherer Ministerpräsident im Keller des Hauptgebäudes hatte einrichten lassen. Das war der beste Platz im Haus für jemanden, der geheime Vorgänge oder Informationen besprechen wollte, ohne einen Anlass zu haben, um seine körperliche Sicherheit zu fürchten. Im Raum befanden sich vier Personen. Lisa Mattei, der Ministerpräsident, der Justizminister und der Innenminister, die sich nun an einem Ende des langen Konferenztisches niederließen.

»Gut«, begann der Justizminister, »wie ich Ihnen heute Morgen am Telefon bereits sagte, habe ich meinen Chef und die Kollegen vom Innenministerium über alles informiert, was Sie mir gestern Abend geschickt haben. Das aber alles nur kurz, wenn Sie also noch ausführlicher etwas dazu sagen möchten, dann können wir ja mögliche Fragen hinterher abhandeln.«

»Wie viel Zeit haben wir?«, fragte Mattei und lächelte freundlich.

»Die übliche Viertelstunde«, erwiderte der Justizminister ebenfalls mit freundlicher Miene. »In diesem Raum ist das viel, Lisa, das kann ich Ihnen versichern.«

»Ich fühle mich geehrt«, erwiderte Mattei.

Dann erzählte sie ihnen die ganze Geschichte: Bericht in Sachen Handlung, juristische Lage, Hintergrund der weiblichen Hauptpersonen. Alles, was binnen fünfzehn Minuten zu schaffen war, ohne etwas von dem auszulassen, was sie wissen mussten.

»So, das ist alles«, sagte Lisa Mattei. »Wenn jemand Fragen hat, dann antworte ich gern.«

»Ja, das ist aber eine ganz schön üble Geschichte«, seufzte der Ministerpräsident. »Ich wundere mich über das Vorgehen von Frau Palmgren. Haben wir Grund anzunehmen, dass sie sich früher schon mal so was ausgedacht hat?«

»Nicht bei uns«, sagte Mattei. »Sie hat erst vor ein paar Monaten bei uns angefangen, aber wir haben ihre früheren Fälle unter die Lupe genommen, und da ist zumindest nichts, was einem seltsam vorkommt. Was sie gemacht hat, ehe sie bei der Säpo anfing, wird die Ermittlung zeigen. In den letzten fünf Jahren, ehe sie zu uns kam, hat sie ja beim Must gearbeitet.«

»Nun, das muss für eine wie sie eine tolle Stelle gewesen sein«, schnaubte der Ministerpräsident. »Dann ist sie so eine Art weibliche Mata Hari?«

»Na ja, eher ein weiblicher Cicero«, sagte Mattei.

»Cicero«, sagte der Ministerpräsident.

»Cicero«, echote der Innenminister.

»Sie oder ich, Lisa?«, fragte der Justizminister.

»Erklären Sie es«, antwortete Lisa Mattei.

»Cicero war im Zweiten Weltkrieg Spion für Hitlerdeutschland. Er war Albaner, hieß Ilias Bazda und arbeitete als Angestellter des britischen Botschafters in Ankara. Der Botschafter war ein Mann, der mit seinen Geheimpapieren nicht sonderlich sorgfältig umging, aber dennoch keine kriminelle Veranlagung hatte«, sagte der Justizminister, der über die Grenzen seiner Partei hinaus dafür bekannt war, ein historisch gebildeter Mann zu sein.

»Wissen Sie denn, wo sich dieser unglückselige Khalid jetzt befinden könnte?«, fragte der Ministerpräsident.

»Nein«, sagte Mattei. »Wir suchen nach ihm. Palmgren ist nach wie vor auf freiem Fuß, weil wir hoffen, dass sie Kontakt zueinander aufnehmen werden und wir ihn auf diese Weise finden. Und mein Chef ist noch auf freiem Fuß, weil wir sie nicht misstrauisch machen wollen«, sagte Mattei.

»Entschuldigen Sie«, sagte der Ministerpräsident und nahm sein Handy aus der Tasche. »Das ist meine Sekretärin, ich habe sie gebeten, anzurufen«, flüsterte er.

»Ja, ich höre«, sagte der Ministerpräsident laut, stellte auf Lautsprecherfunktion und blinzelte den anderen im Raum zu.

»Der Generaldirektor der Säpo ist da«, sagte die Sekretärin. »Soll ich ihn runterbringen?«

»Nein«, sagte der Ministerpräsident. »Wir sind noch nicht ganz fertig. Geben Sie ihm ein Glas und bitten Sie ihn, sich ein bisschen unter die Leute zu mischen, wir melden uns, sowie wir so weit sind.«

»Alles klar«, bestätigte die Sekretärin.

»Wenn man vom Teufel spricht«, seufzte der Ministerpräsident. »Wenn ich irgendjemanden jetzt nicht treffen will, dann ist er das. Wie regeln wir das?«

»Lisa hat versprochen, sich darum zu kümmern«, erwiderte der Justizminister. »Sie hat so eine praktische App auf ihrem Smartphone. Wenn man auf jemanden tippt und dann auf einen bestimmten Knopf drückt, dann verschwindet die Person einfach. Ich habe sie gebeten, uns zuliebe noch mal extra zu drücken.«

»Schön zu hören«, meinte der Ministerpräsident. »Dann habe ich nur noch eine Frage. Haben Sie eine Ahnung, was Khalid sich jetzt einfallen lassen wird, da aus der Geschichte oben auf Skansen, die Sie ja offenbar verhindern konnten, nichts geworden ist?«

»Nein«, sagte Mattei, und kaum hatte sie es ausgesprochen, da war schlagartig nicht nur ihr, sondern allen im Raum klar, was Abbdo Khalid sich stattdessen hatte einfallen lassen.

116

Abbdo Khalid machte sich bereit, Harpsund auf dieselbe Weise zu betreten, wie Major Björklund es beschrieben hatte. Er fuhr geradewegs drauflos.

Als der Wachmann, der neben seiner Bude stand, den gelben Radlader sah, trat er auf die Fahrbahn und erhob eine Hand als Stoppzeichen. Was er sah, beunruhigte ihn nicht, denn Fahrzeuge dieser Art gehörten auf dem Lande und schon gar auf einem größeren Gut wie Harpsund zum Alltag.

Doch statt seiner Aufforderung Folge zu leisten, senkte der Traktorfahrer die Schaufel und gab Vollgas. Fuhr direkt durch alles durch, erst die Betonviecher, die zur Seite geworfen wurden, dann den Schlagbaum, der abbrach. Der zweite Wachmann, der in der Bude saß, fiel vom Stuhl, als die Schaufel die Ecke des Betonfundaments traf und die ganze Bude in Schräglage geriet, sein Kollege, der den Traktor aufhalten wollte, warf sich in den Graben, und die beiden Wachsoldaten vom Militär folgten seinem Beispiel.

Derjenige der beiden Soldaten, der für den Panzerabwehr-Roboter Bill zuständig war, rappelte sich schnell wieder hoch, ging auf die Knie, zielte und feuerte, doch der gelbe Radlader befand sich da schon auf der Höhe des Hofplatzes vor dem Hauptgebäude. In dem Augenblick, als er seinen Roboter abfeuerte, wendete der Radlader um neunzig Grad, in Richtung all der Menschen, die vor dem Haus standen. Einige sahen erstaunt hoch, doch die meisten schienen ihn nicht einmal zu bemerken. Abbdo richtete die Schaufel auf die Stelle, wo die meisten zu stehen schienen, und Sekunden danach zündete er die Sprengladung von knapp hundert Kilo Dynamit, die in der Schaufel lag. Was danach passierte, lag nicht mehr in seiner Hand, denn da befand er sich bereits im Paradies.

Der in Schweden hergestellte Panzerabwehr-Roboter Bill besaß die Eigenschaft, in neunzehn von zwanzig Fällen sein Ziel zu treffen. Diesmal tat er es nicht, doch wie jedes Mal zuvor auch schon, war es auch diesmal weder die Schuld von Bill noch die des Schützen. Der Radlader hatte ganz einfach zu schnell für den Schützen seine Richtung verändert. Bill flog über das Ziel hinaus bis zum Steg hinunter, wo er das berühmte Harpsund-Ruderboot traf, welches er binnen einer Hundertstelsekunde in verbrannte Holzsplitter verwandelte.

117

Erst in der Entfernung ein kaum hörbarer Knall. Dann drehte sich das Zimmer, in dem sie saßen, als hätte ein Riese sich das Haus gegriffen und einmal kurz geschüttelt. Nicht mehr. Aber doch ausreichend, dass der weiße Stuck sprang und ein paar schneeflockengroße Stücke auf den Tisch, an dem sie saßen, segelten. Dann der dumpfe Knall, der die Ohren verschloss.

»Runter, runter unter den Tisch!«, schrie Lisa Mattei, zog ihre Dienstwaffe und schob sich schnell an der Wand entlang bis zur Ecke neben der Tür. Dann holte sie ihr Handy raus, und sowie sie erkannte, dass sie Netz hatte, löste sie den höchsten Alarm aus, den jemals ein Polizist in der schwedischen Polizeigeschichte ausgelöst hatte.

»Liegen bleiben«, sagte Mattei zum Ministerpräsidenten und seinen beiden Kollegen. »Liegen bleiben, bis ich Entwarnung gebe«, schob sie nach.

Endlich mal jemand, der macht, was ich sage.

Sie wartete noch ein paar Minuten, dann schob sie vorsichtig die Tür auf. Das Erste, was sie sah, waren der blaue Himmel und die Sonne draußen. Das halbe Haus musste weggesprengt worden sein. Und dann erst musste sie an Ella denken und an Helena Palmgren und die Taktik, die ihre Gegner anwenden wollten, um Leute wie sie in die Knie zu zwingen.

Ella, dachte Mattei und drückte die einprogrammierte Nummer, die Frank Motoele ihr gegeben hatte, für den Fall, dass sie mal einen Krieger an ihrer Seite bräuchte.

Fragmentarische Erinnerungsbilder, das Zimmer vor ihr, das zu schwanken begann. Nicht, weil der Boden sich bewegte, sondern weil sie sich kaum auf den Beinen halten konnte.

»Ella!«, schrie Mattei in ihr Handy.

»Alles gut, Chefin«, sagte Motoele. »Im Moment ist sie auf der Wiese in Gärdet und kickt mit ein paar von meinen Kollegen.«

»Palmgren«, sagte Mattei. »Habt ihr sie?« Schon besser jetzt, dachte sie und lehnte sich an die Wand.

»Sie ist tot«, sagte Motoele.

»Tot?«, fragte Mattei. »Was ist passiert?«

»Alles gut«, sagte Motoele. »Ich habe sie eben erschossen.«

118

Als Helena Palmgren durch die Tür von Ellas Kita am Valhallavägen trat, stand Frank Motoele bereits da und wartete auf sie. Ella, ihre Kindergartenfreunde und deren Erzieherinnen waren von seinen Kollegen in dem Moment, als Helena Palmgren ihre Wohnung auf Kungsholmen verlassen hatte, in Sicherheit gebracht worden. Dann hatte Motoele die Kollegen angewiesen, sich auf Abstand zu halten und Helena Palmgren in die Kita zu lassen.

Sie hatte die Kapuze über den Kopf gezogen. Sowie sie zur Tür herein war, zog sie eine Pistole aus der Tasche. Ihre eigene, dachte Frank Motoele bei sich. Dasselbe Fabrikat und Modell wie die SIG Sauer, die er selbst in der Hand hielt.

»Kann ich dir mit irgendetwas behilflich sein, Helena?«, fragte Frank Motoele.

Sie war wie alle anderen auch und hatte es viel zu eilig. Fuhr herum und schoss in Richtung der Stimme, die sie gerade angesprochen hatte, und verfehlte Motoeles Kopf um mindestens einen halben Meter.

Frank machte es wie immer. Erst platzierte er einen Schuss in ihre rechte Schulter, und es war überhaupt nicht an einen weiteren Schuss zu denken, ehe ihr die Waffe aus der Hand fiel. Jetzt hatte er alle Zeit der Welt. Also zielte er gründlich und schoss auch in ihre linke Schulter, und das sicher eine volle Sekunde, bevor sie die Hand in ihre linke Tasche schieben konnte.

Helena Palmgren sackte breitbeinig auf die Knie, ihre Arme hingen herab, ihr Oberkörper schwankte bereits, und es war höchste Zeit, das hier abzuschließen, dachte Frank Motoele.

»Ich habe eine Überraschung für dich, Helena«, sagte Motoele.

Helena Palmgren schien ihn nicht zu hören. Sie sah ihn mit leerem Blick an, erwiderte aber nichts.

Frank Motoele zielte und Helena Palmgren fiel mit hängenden Armen und zuckenden Beinen nach vorn auf den Boden, und das Blut schoss ihr aus dem Kopf.

»Willkommen im Paradies, Helena«, sagte Frank Motoele, sicherte seine Waffe und steckte sie in das Holster auf seiner rechten Hüfte.

X

Der Sommer nach der Jagd auf den Bombenbauer und seine Frau

119

Im Sommer nach der Jagd auf den Bombenbauer und seine Frau widmeten sich viele den Aufräumarbeiten nach dem, was geschehen war. So ist es nun mal mit der Trauer. Sie nistet sich im Kopf ein. Bestimmt das Bewusstsein und den Alltag und bereitet Schmerzen. Aber das Praktische lässt sie übrig. Sie erwartet, dass man all das erledigt, woran man nicht mal zu denken imstande ist.

Schon am Tag nach dem »Großen Knall auf Harpsund« – so sollte das Ereignis später in den Medien genannt werden, auch wenn man sich wirklich eine einfühlsamere Bezeichnung gewünscht hätte – hatte der Sprecher des Reichstags den Ministerpräsidenten kontaktiert und die Gründung einer Allparteienregierung vorgeschlagen, ein politisches Modell, das man vor bald achtzig Jahren schon einmal angewendet hatte, als der Zweite Weltkrieg jenseits der Landesgrenzen tobte. Sicherlich war die Situation damals eine andere, doch hatte auch der Krieg sein Antlitz verändert, und vielleicht wäre es jetzt diese Art von Krieg, der man geeint entgegentreten musste.

Der Ministerpräsident dankte dem Sprecher für seinen Rat, doch er und seine Parteikollegen in der Regierung hätten sich für eine andere Lösung entschieden. Deshalb beabsichtigten sie, die Koalition mit den Grünen zu beenden und sich stattdessen einen anderen Partner zu suchen. Den Inhalt der Politik würde man bis auf Weiteres hintenanstellen müssen. Jetzt ging es darum, dafür zu sorgen, dass Schweden in ganz praktischer Hinsicht funktionierte. Erst wenn man damit fertig war, würde man wieder zur Ideologie zurückkehren.

Und so kam es. Bereits in der darauffolgenden Woche hatte Schweden eine neue Regierung, noch dazu eine Majoritätsregierung mit einem Ministerpräsidenten, der die Tragödie überlebt hatte, die allzu viele in seiner Nähe das Leben gekostet hatte. Ganz oben auf der Tagesordnung stand nun die Frage, wie man verhindern konnte, dass so etwas noch einmal passierte.

Der Ministerpräsident hatte persönlich bei einem örtlichen Bootsbauer ein neues Ruderboot für Harpsund bestellt. Dies wurde bereits Anfang August geliefert, und als sich der Ministerpräsident auf die Ruderbank setzte, um die ersten Krebsreusen auszusetzen, spürte er mit jedem Zug, wie Schweden sich wieder erhob.

Wenn das, was nicht sein darf, doch passiert, dann fungiert der Rechtsapparat der Gesellschaft als selbstverständlicher Besen. Am meisten hatte man bei der Sicherheitspolizei sauber gemacht, und die Ersten, die man rauszufegen versuchte, waren die, die im juristischen Sinne an den Ereignissen schuld waren.

Die alte Regel, dass es leicht war, Dinge zu finden, wenn man wusste, wo man suchen musste, hatte sich wieder einmal als richtig erwiesen. Der Bombenbauer Abbdo Khalid war tot. Er hatte entschieden, sein Leben kraft seiner Überzeugung und in der Hoffnung, dabei gleichzeitig die schwedische Regierung vom Erdboden zu tilgen, geopfert. Tot war auch die Frau, die ihm am meisten geholfen hatte. Sie gehörte zu den vielen Frauen, die ihm geholfen hatten, war aber nicht die Frau des Bombenbauers gewesen, von der ihre Gegner manches Mal gesprochen hatten. Blieben diejenigen, die noch lebten.

Lisa Lamm und ihre Leute hatten im Laufe des Herbstes insgesamt fünfzehn Personen wegen der Beteiligung am Attentat auf Harpsund angeklagt. Alle waren zu Strafen zwischen einem Jahr und lebenslänglich verurteilt worden. Für Abbdo Khalids Vater Mohammed Khalid Hussein und ebenso für seinen alten Freund Abdul Karim hatte das Urteil lebenslänglich gelautet. Drei seiner Söhne, eine seiner Töchter und die dritte Ehefrau waren zu Strafen zwischen einem und zehn Jahren Gefängnis verurteilt worden und sein Neffe zu zwei Jahren und sechs Monaten.

Die übrigen Angeklagten, die zu Gefängnisstrafen zwischen einem und zehn Jahren verurteilt worden waren, gehörten nicht zur Familie Khalid.

Auch die Sicherheitspolizei hatte es schwer getroffen. Der oberste Chef und ein Leibwächter waren bei dem Attentat ums Leben gekommen.

Die Geschichte von dem Maulwurf, der bei der Säpo gearbeitet hatte, war mit Ausnahme von zwei Details öffentlich geworden. Die Beziehung zwischen Helena Palmgren und dem ermordeten Generaldirektor war nicht nur verschwiegen worden, sondern sicherheitshalber von der Regierung für die kommenden fünfundsiebzig Jahre mit Geheimhaltung belegt worden.

Ebenfalls unveröffentlicht blieb die Aussage von Helena Palmgren, die diese auf ihrem eigenen Rechner platziert hatte und die automatisch um ein Uhr am Tag des Attentates verschickt werden sollte.

Dort trat Helena Palmgren mit dem traditionellen Kopftuch bekleidet in ihrer Eigenschaft als Repräsentantin der al-Shabaab in Schweden auf und berichtete von den zwei Aktionen, die im Laufe des Tages durchgeführt werden sollten. Nur der Teil, in dem sie die Verantwortung für das Attentat auf Harpsund übernahm, war veröffentlicht worden. Der Rest war mit Rücksicht auf die Sicherheit des Reiches für fünfundsiebzig Jahre unter Geheimhaltung gestellt worden, und was die Nachricht insgesamt betraf, so war sie niemals weiter gelangt als bis zu den IT-Experten der FRA im Haus an der Ingentingsgatan.

Blieben nur noch die Mitglieder der Ermittlergruppe und das, was in ihren Köpfen ablief. Die Erinnerungen und Erlebnisse, mit denen sie für den Rest ihres Lebens würden umgehen müssen.

Ein am Boden zerstörter Jan Wiklander, der sich noch während der Internen Ermittlung krankschreiben ließ und schriftlich um Entlassung aus dem Dienst gebeten hatte.

Lisa Mattei ließ sich nicht krankschreiben. Doch sie hatte darum gebeten, während der Zeit der Internen Ermittlung andere Arbeitsaufgaben zugeteilt zu bekommen. Sie wollte bei der Sicherheitspolizei aufhören, und was sie stattdessen tun würde, daran hatte sie noch keinen Gedanken verschwendet.

Die Regierung hatte sich ihrem Wunsch widersetzt und stattdessen vorgeschlagen, dass sie bis zum Ende der Ermittlungen als designierte Generaldirektorin bleiben sollte. Nach dem dritten Überredungsversuch ließ sie sich schließlich darauf ein. Sie war willig, bis auf Weiteres zu bleiben, immer vorausgesetzt, dass sie als Generaldirektorin volle Einsicht in die operative Arbeit bekommen würde. Der Justizminister hatte keine Einwände gegen ihre Forderung und versprach, dieses Detail umgehend zu klären. Zudem habe er keinerlei Sorgen, was das Ergebnis der laufenden Internen Ermittlung in ihrem Fall anginge.

Sowie alles erledigt sei, würde er ihr ein langfristigeres Angebot machen. Wie die meisten seiner Kollegen in der Regierung fand er, es sei höchste Zeit, dass die Sicherheitspolizei ihren ersten weiblichen Chef bekäme, und wer wäre besser für diese Aufgabe geeignet als die Frau, die wirklich wusste, worum es dabei ging?

Die Medien berichteten über insgesamt zwanzig Tote und eine entsprechende Zahl Schwerverletzter, und doch vergleichsweise wenige, wenn man frühere terroristische Aktionen betrachtete.

Als ein gegen Demokratie gerichtetes politisches Attentat sah es jedoch viel schlimmer aus. Mittwoch, der 10. Juni, war zum 9/11 Schwedens geworden. Acht der zwanzig Getöteten waren Mitglieder der Regierung, und die Partei der Grünen hatte es besonders schwer getroffen. Fünf von sechs ihrer Abgeordneten gehörten zu den Todesopfern, und die Einzige, die überlebt hatte, war die Kultusministerin, die sich in Eksjö befunden hatte, um eine Konferenz zum Thema traditionelles Kunsthandwerk in Småland zu eröffnen, ihre große Leidenschaft. Die Sozialdemokraten waren viel besser weggekommen. Drei Staatsräte von insgesamt achtzehn waren ums Leben gekommen, doch keiner von ihnen gehörte zu den Schwergewichten innerhalb der Regierung.

Darüber hinaus weitere zwölf Todesopfer. Acht von ihnen in der Regierungskanzlei angestellt, die restlichen vier waren der Generaldirektor der Sicherheitspolizei, ein Leibwächter bei der Säpo und zwei vom Personal auf Harpsund.

120

Am Dienstag in der Woche nach Mittsommer meldete Alexander sich bei Lisa und kündigte an, dass er am folgenden Tag nach Stockholm kommen und sie gern zum Abendessen in der britischen Botschaft einladen würde. Ohnehin sei da ja einiges, worüber sie früher oder später würden sprechen müssen.

Lisa Mattei sagte zu. Johan und Ella waren nach Deutschland gereist, um ihren Vater und die anderen deutschen Verwandten zu besuchen, aber das war nicht der Grund. In der Tat gab es Dinge zu besprechen.

Erst sprachen sie über Louise Urqhart, die der Bombenbauer bestimmt für seine Frau gehalten hatte. Alexander brachte das Gespräch darauf, sowie sie Platz genommen hatten und ein Glas Champagner serviert bekamen.

Als er Lisa Mattei das erste Bild von ihr gezeigt hatte, wusste er bereits, dass sie Urqhart nie begegnet war und dass sie nicht einmal von ihrer Existenz gewusst hatte. Dass Louise Urqhart nicht so unschuldig war, wie er dachte, und Lisa Mattei etwas gesehen hatte, was ihm entgangen war, plagte ihn.

Von dem Attentat am Old Trafford hatte er keine Ahnung, bis es geschehen war. Hätte er Kenntnis davon gehabt, hätte er natürlich eingegriffen. Doch, es gab Grenzen, sogar für einen wie ihn und dem Leben, das er gewählt hatte, zum Trotz.

»Natürlich habe ich sie darauf angesprochen«, sagte Alexander.

»Sie verneinte vehement. Zwar erkannte ich bald, dass sie mich reingelegt hatte, doch da war es schon zu spät, und außerdem musste sie einen anderen Auftrag erledigen. Was sie ja auch tat, wie Sie sich sicher schon denken.«

»Sie hat es getan, um ihre Glaubwürdigkeit bei Abbdo Khalid zu erhöhen«, sagte Mattei.

»Genau, und deshalb hat er sie in diesem Haus in Buulobarde untergebracht. Der sicherste Ort, den er sich vorstellen konnte, solange er seine Arbeit verrichtete, damit sie danach wieder zusammenkommen konnten. Es war das Haus, in dem die Führung der al-Shabaab und ihre Familien lebten. Gute Freunde und Verwandte seines Vaters Mohammed, das örtliche Oberhaupt des Klans. In der Nacht, als wir zuschlugen, wussten wir, dass sich die Führung der al-Shabaab und ihre Alliierten von Boko Haram, IS und al-Qaida treffen würden. Urqhart hat uns diese Information gegeben, und sie gab uns am selben Abend, an dem wir angriffen, grünes Licht.«

»Wie ist es ihr ergangen? Lebt sie?«

»Nein«, erwiderte Alexander. »Sie ist bei dem Angriff getötet worden. Wir hatten vereinbart, dass wir ihr mindestens zwei Stunden geben, ehe wir Buulobarde angreifen, doch es muss etwas passiert sein, warum sie sich nicht in Sicherheit gebracht hat. Allerdings kaum etwas, das den Verdacht ihrer Gastgeber geweckt hat, denn es waren ja noch alle im Haus. Mehr wissen wir nicht. Außer, dass sie sicher tot ist.«

Mattei begnügte sich mit einem Nicken. Womöglich hast du ihr versehentlich die falsche Zeit gesagt. Als Dank für das, was vor dem Theatre of Dreams geschehen ist.

»Die Regierungen von Großbritannien und den USA werden ihr posthum eine sehr hohe Auszeichnung verleihen. Aber natürlich geheim«, erklärte Alexander und lächelte wie immer.

»Vermissen Sie Louise?«, fragte Mattei.

»Nein, das tue ich nicht«, erwiderte Alexander. »Für meinen simplen Geschmack hatte sie ein bisschen zu viele Auftraggeber. Schwierig zu arbeiten, wenn man sich auf seine Mitarbeiter nicht verlassen kann.«

»Ja«, stimmte Mattei zu. »Das kann ich nur zu gut bestätigen.«

»Aber Sie haben sie ja enttarnt. Den zweiten Maulwurf in der langen Geschichte der schwedischen Sicherheitspolizei.«

»Leider viel zu spät«, sagte Mattei.

»Das passiert jedem von uns, andauernd«, meinte Alexander und erhob sein Glas.

»Wie wäre es, wenn wir jetzt essen«, fuhr er fort und nickte einem diskreten Diener zu, der eben in der Tür zum Speiseraum nebenan erschienen war.

Dann aßen sie zu Abend. Ein ausgezeichnetes Essen. Ein begabter und gebildeter Gastgeber und ein Gespräch, das von allem zwischen Himmel und Erde handelte, nur nicht von dem, was ihrer beider Arbeit war.

Der letzte Arbeitstag vor den Ferien, und als Lisa Mattei auf dem Weg zur Garage und dem wartenden Wagen, der sie nach Hause fahren sollte, durch den Eingang lief, trat der Wachmann zu ihr. Sie hatte soeben einen Brief erhalten, der ihr persönlich übergeben werden sollte.

Der Brief war vom stellvertretenden Militärattaché der britischen Botschaft in Stockholm abgegeben worden, der auch die Kontaktperson zur schwedischen Sicherheitspolizei war. Soweit kein Problem, doch in Anbetracht der in der Welt herrschenden Verhältnisse hatte man das Kuvert durch die Sprengstoff-Kontrolle laufen lassen. Auch da kein Problem, was doch, nach der unbedeutenden Meinung des Wachmannes, zumindest darauf hindeutete, dass das Verhältnis zwischen Schweden und Großbritannien immer noch gut sei.

Mattei setzte sich auf den Rücksitz ihres Wagens, und erst als sie aus dem Haus gefahren waren und sich auf der Hauptstraße befanden, öffnete sie den dicken Umschlag. Keine schriftliche Mitteilung oder irgendein anderer Text. Es entfaltete sich lediglich ein Schlips, der möglicherweise eine Nachricht darstellte, die offen für verschiedene Interpretationen war.

Ein gewöhnliches Geschenk? Eine Erinnerung? Ein Ruf? Eine ausgestreckte Hand? Bestimmt etwas anderes, dachte Lisa Mattei. Das Angebot, zu einer Gemeinschaft zu gehören, die unter so speziellen Bedingungen lebte, dass nur sehr wenige dazugehörten und sie gleichzeitig alle anderen Menschen auf der Erde ausschloss.

In diesem Moment fasste Mattei den Entschluss, nie wieder in ihrem ganzen Leben einen Fuß in das große Haus auf der Ingentingsgatan zu setzen.

Ein Seidenschlips, kunstvoll mit einem lateinischen Spruch bestickt, von dem sie inzwischen wusste, was er bedeutete. Sicher ein sehr teurer Schlips, zumal er ja auch eine Botschaft trug.

Eine Reihe weißer Mäuse, die über eine blaue Wiese tippelten.

Die schwedische Originalausgabe erschien
2015 unter dem Titel »Bombmakaren och hans kvinna«
bei Albert Bonniers, Stockholm.

MIX
Papier aus verantwortungsvollen Quellen
FSC® C083411
FSC www.fsc.org

Verlagsgruppe Random House FSC® N001967

1. Auflage

Published by agreement with Salomonsson Agency
Satz: Uhl + Massopust, Aalen
Druck und Einband: CPI books GmbH, Leck
Printed in Germany
ISBN 978-3-442-79954-1

www.btb-verlag.de
www.facebook.com/btbverlag